KB125193

The Best of CONNIE WILLIS:
Award-Winning Stories

Copyright © 2013 by Connie Willis

All Rights reserved.
Published by agreement with The Lotts Agency, Ltd. through Danny Hong Agency, Seoul, Korea.
Korean translation copyright © 2023 by Arzaklivres

이 책의 한국어판 저작권은 대니홍 에이전시를 통한 저작권사와의 독점 계약으로 (주)아작에 있습니다.
저작권법에 의해 한국 내에서 보호를 받는 저작물이므로 무단전재와 복제를 금합니다.

베스트 오브 코니 윌리스

THE BEST OF
CONNIE
WILLIS

Connie Willis

최세진 김세경 정준호 옮김

아작

이 책을 모든 공공 도서관에 바칩니다

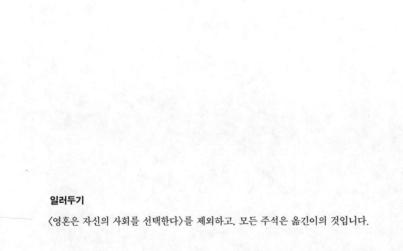

일러두기

〈영혼은 자신의 사회를 선택한다〉를 제외하고, 모든 주석은 옮긴이의 것입니다.

서문

　작가로서 '최고'의 작품들을 모은 모음집에 서문을 쓰는 건 약간 골치 아픈 일이다. 작품에 대해 너무 많이 이야기하면 줄거리를 미리 흘리게 되고, '최고'라는 부분에 초점을 맞추면 허세 가득한 자랑 같아서 언짢게 보일 수밖에 없기 때문이다.

　각 작품의 발상을 어디에서 얻게 되었는지에 대한 이야기는 대개 끔찍하게 재미없을 뿐 아니라 실제로 아무것도 설명해주지 못한다. 레저용 차량 뒷좌석에 앉아서 우드랜드 파크를 시속 25킬로미터로 지나가다가 〈마지막 위네바고〉에 대한 발상을 얻었다든가, 교회 성가대에 앉아서 가사가 아주 괴상한 크리스마스 캐럴을 부르다가 〈모두가 땅에 앉아 있었는데〉를 떠올렸다고 이야기해줄 수도 있지만, 그런 이야기는 발상부터 완성된 작품까지 어떻게 연결되는지 하나도 설명해주지 못한다. 그 과정을(작품들의 허를 찌르는 반전까지 반쯤 흘리면서) 한 단계씩 설명해주면, 독자로서는 마술사가 여자를 어떻게 반으로 잘랐는지 설명해주는 이야기를 들었을 때처럼 속았다는 느낌이 들며 짜증이 날 것이다.

　게다가 그 과정에 대해서는 나도 잘 모른다. 사실 작가들은 그런 발상을 어디서 얻는지, 또 그 발상이 책에 실리는 작품으로 어떻게 바뀌어 가는지 전혀 모른다. 그래서 나는 내가 하는 일에 대해 실제로는 어떻게 되어 가는지 전혀 모르는 게 아닌가 하는 생각이 들곤 한다. 한 작품을 쓰는 동안 무의식은 부지런히 또 다른 작품을 쓰고 있다. 작품을 제대로 설명하려면 내 성장 과정을 전부 늘어놓고, 어린 시절 이야기뿐만 아니라 당시 얻었던 정신적 충격에 관해서까지 설명해야 할 것이다. 하지만 여기서 그럴 생각은 없다.

이 책이 하나의 주제로 묶은 단편집이 아니라는 사실은 몹시 아쉽다. 주제별 모음집에는 서문을 쓰기 쉽다. 이 책이 시간 여행이나 H. G. 웰스에 관한 책이라면, 혹은 외계인이나 용의 침략에 대한 책이라면, 용이나 침략, 시간 여행에 대해 몇 페이지 끄적이는 것만으로도 괜찮은 서문을 쓸 수 있다. 하지만 이 책에 웰스 풍의 외계 침략에 대한 작품은 딱 하나밖에 없다. 외계인이 침략하는 이야기가 있긴 하지만, 그 외계인들은 아무도 죽이지 않으며 아무 짓도 하지 않는다. 사실, 그게 문제다. 외계인들은 그저 멍하게 서서 못마땅한 눈으로 쳐다볼 뿐이다.

이 책에 시간 여행에 대한 작품이 두 개 있지만(그중 한 작품만이 전통적인 관점의 시간 여행이긴 하다) 용이 나오는 작품은 없다. 그 외 다른 작품들은 심령술, 레저용 자동차, 피라미드, 우체국, 아네트 퍼니첼로, 추리 소설, 쿨에이드, 토마토, 그라우맨스 차이니즈 극장 앞에 있는 핸드프린팅에 관한 이야기이다.

이 작품들에서 공통된 주제를 찾아내기는 어렵다. 배경 역시 다양하다. 공간적 배경은 피닉스시, 이집트, 런던 지하철, 앰허스트시, 매사추세츠, 크리스마스 시즌의 쇼핑몰을 넘나들고, 시간적 배경은 과거와 미래, 내세, 세상의 종말에 이른다.

유일한 공통점은 내가 썼다는 사실이지만 그것조차 약간 불확실하다. 예전에 코니 윌리스가 실은 두 명이라서 한 명은 '웃기는 이야기'를 쓰고, 다른 한 명은 '슬픈 이야기'를 쓴다는 음모론이 인터넷에 돌았던 적이 있다.

나는 이런 말이 전혀 이해되지 않았다.

무슨 말이냐면, 셰익스피어도 희극과 비극을 썼지만(역사 소설은 말할 필요도 없고, 판타지와 아주 멋진 시도 몇 편 썼다), 아무도 그의 작품을 두고 두 명이 썼다고 하지는 않았다. 그런데 이 문제에 대해 더 생각해보면, 사람들은 프랜시스 베이컨을 포함해서 에드워드 드 베르와 엘리자베스 여왕까지 셰익스피어로 의심했던 적이 있긴 했다(그리고 어떤 위원회가 썼다는 이야기까지 있었는데, 이 경우는 두 명으로 취급해도 될 것 같다). 아직 내 작품을 위원회가 썼다고 이야기하는 사람들은 없으니 그나마 다행이다.

이 단편집에는 여러 종류의 이야기가 있다. 나는 그 이야기들을 쓰면서 셰익스피어의 발자취보다는(모든 사람이 셰익스피어처럼 쓰려고 노력하거나 적어도 그의 작품들을 읽기만 해도 지금보다 나은 세상이 되었을 게 틀림없는 사실이기는 하지만), 내가 좋아하는 SF 작가들의 발자취를 더 많이 따랐다.

SF 작가들도 한 종류의 이야기만 계속 쓰는 경우는 없었다. 셜리 잭슨은 인간의 행동에서 무서운 부분(〈제비뽑기(The Lottery)〉)과 우스운 부분(〈땅콩과 보내는 평범한 하루(One Ordinary Day, with Peanuts)〉)을 다룬 작품을 모두 썼다. 윌리엄 텐은 잔인한 〈지구 해방(The Liberation of Earth)〉과 비관적인 〈술에 곯아떨어진 채(Down Among the Dead Men)〉를 썼지만, 매우 재미있는 〈파우스트 버니(Bernie the Faust)〉라는 작품도 썼다.

킷 리드는 무서운 〈기다리는 시간(The Wait)〉과 섬뜩한 〈지방 농장(The Fat Farm)〉부터 기분 좋고 재미있는 〈전쟁의 노래(Songs of War)〉까지 온갖 스펙트럼을 가로지르며 작품을 썼다.

나는 처음에 이 작가들과 주디스 메릴, 로버트 P. 밀즈, 앤터니 바우처가 편집한 《올해의 최고 작품선(The Year's Best Collection)》에 실린 프레드릭 브라운, 밀드러드 클링거맨, 시어도어 스터전, 제나 핸더슨, 레이 브래드버리를 많이 접했다. 이 작가들은 비슷한 시기에 발견한 로버트 A. 하인라인보다 내게 더 깊게 영향을 미쳤다.

하인라인의 말을 인용하자면 "이게 어떻게 된 일이냐면 말이지…". 우리의 삶이 예상 밖에 일어난 우연한 일에 얼마나 많이 영향을 받는지 생각할 기회를 주는, 그런 우연한 순간이 있었다. 나는 우연한 기회에 하인라인의 《우주복 있음, 출장 가능(Have Space Suit, Will Travel)》이라는 제목을 보고 재미있다는 생각이 들어서(젊은 사람들을 위해 이야기해주자면 당시에 〈총 있음, 출장 가능(Have Gun, Will Travel)〉이라는 텔레비전 프로그램이 있었다. 그래, 당시에도 텔레비전이 있었어!) 도서관에서 대출을 받았다. 그리고 첫 문장을 읽자마자 사랑에 빠져버렸다. "이것 봐, 나한테 우주복이 있어."

나는 열일곱 살 주인공(난 당시 열세 살이었다)과 동료인 열 살 소녀 피위, 그리고 '엄마 생물'에 푹 빠졌다. 그리고 유머와 모험, 과학, 문학 작품의 인용을 아주 좋아했다. 주인공 킵의 아빠는 제롬 K. 제롬의 《보트 위의 세 남자(Three Men in a Boat)》 첫 장을 읽었고, 셰익스피어의 《폭풍우(The Tempest)》는 지구를 구하는 데 중요한 역할을 한다(모든 사람이 셰익스피어를 읽는다면 지금보다 더 나은 세상이 될 거라고 내가 앞에서 말하지 않았던가).

나는 즉시 도서관에 있는 하인라인의 책들을 게걸스럽게 읽기 시작했다. 《별을 위한 시간(Time for the Stars)》, 《하늘의 터널(Tunnel in the Sky)》, 《별의 야수(The Star Beast)》, 《여름으로 가는 문(The Door into Summer)》, 《더블 스타(Double Star)》, 《22세기 우주 경찰 학교(Space Cadet)》를 읽고 난 뒤 비슷한 책들을 찾아 나섰다.

그때는 도서관에 SF 분야가 별도로 없었기 때문에(당시는 어두운 압제의 시절이었다), 비슷한 책들을 찾는 건 생각보다 쉽지 않았다. 하지만 나는 하인라인의 책 뒤표지에 우주선과 원자 모형 그림이 있다는 사실을 알아채고 그런 그림이 그려진 책들을 찾아서 도서관을 뒤졌다. 그래서 《하늘의 조약돌(Pebble in the Sky)》과 《우주 상인(Space Merchants)》, 《알파 C의 반란(Revolt on Alpha C)》, 그리고 《올해의 최고 작품선》을 모아놓은 책장을 찾았다.

그 책들은 내게 하나의 계시였다. 존 콜리어와 C. M. 콘블루스, 레이 브래드버리, C. L. 무어가 쓴 책들이 함께 모여 있었으며, 프레드릭 브라운의 재미있는 〈인형극(Puppet Show)〉부터 E. M. 포스터의 무섭도록 파멸적인 〈기계가 멈췄다(The Machine Stops)〉와 가슴 아리게 슬픈 〈앨저넌에게 꽃을(Flowers for Algernon)〉까지 문체와 주제가 다양한 이야기들이 있었다.

달 위를 걸었던 사람에 대한 사실적인 이야기가 서정적인 회상과 '풍족한 생활'에 드리워진 악몽 사이에 놓여 있었다. 그리고 '진귀한 장치의 기적'을 볼 수 있는 애리조나 사막의 어딘가와 간석지와 놀이공원, 백화점에 대한 이야기들이 있었다.

로봇과 시간 여행자, 외계인에 대한 이야기, 물리학적인 우주의 냉정한 방정식과 기술 진보의 숨겨진 대가에 대한 이야기, 인간이란 존재가 무엇인지 결정하는 게 얼마나 어려우며, 또 인간이 되는 게 얼마나 힘든지에 대한 이야기가 있었다. 끝도 없이 다양한 SF가 내 앞에서 축제를 펼치는 것 같았다.

그리고 그 이야기들은 훌륭했다. 그 작품들은 작가들의 역량이 최고조에 달했을 때 쓴 단편과 중편들이었기 때문이다. 요즘에는 SF 작가들이 단편소설을 단지 출판계에 입문하기 위한 방법 정도로 생각하는 경향이 있어서 첫 장편소설을 내고 나면 더 이상 단편을 쓰지 않으려 한다.

하지만 당시는 장편 SF가 거의 출간되지 않았다(확실히 어두운 압제의 시절이었다). 그래서 재능 있는 초보 작가부터 잭 윌리엄슨이나 프레데릭 폴처럼 노련한 작가들까지 모두 잡지에 단편을 실었다. 내가 처음 발견한 뒤 감격해 마지않았던 하인라인의 보석 같은 〈그들은(They)〉과 〈너희 모든 좀비는(All You Zombies—)〉 그리고 그의 작품 중 가장 좋아하는 〈지구에서 온 위협(The Menace from Earth)〉도 모두 단편집에 들어 있었다.

그들은 글을 제대로 쓸 줄 아는 작가들이었다. 나는 〈달맞이꽃(Evening Primrose)〉과 〈전설의 밤(Nightfall)〉, 〈포도 수확철(Vintage Season)〉, 〈아라라트(Ararat)〉와 같은 고전 SF들을 읽으며 그 열매를 따 먹었다.

이 대단한 작품들 틈에서도 두드러지게 눈에 띄는 작품들이 있다. 그 중 하나가 워드 무어의 〈롯(Lot)〉이었는데, 이 작품은 시작 부분에서는 한 아버지가 여행을 떠나기 위해 자가용에 짐을 싸는 단순한 이야기처럼 보이다가 끔찍하게 무서운(그리고 모두 너무도 그럴듯한) 핵폭발의 악몽으로 변한다. 문명을 잃어버린 것뿐 아니라 인간성까지 잃어버리는 상황을 실감 나게 잘 다뤘다. 그 이야기는 지금까지도 내 머릿속을 떠나지 않는다.

두 번째로 눈에 띈 작품은 필립 K. 딕의 〈어서 그곳에 도착했으면 (I Hope I Shall Arrive Soon)〉이었다. 냉동 수면 상태로 아주 멀리 떨어진 행성으로 여행하는 남자의 이야기였는데 그는 자신이 도착하는 꿈을 계속 꾸었다. 그 작품은 무엇이 현실이고 무엇이 꿈인지 구별할 수 없는, 완전히 색다른 종류의 악몽을 다루고 있었다.

하지만 내가 가장 좋아하는 작품을 고른다면 밥 쇼의 〈지난 시절의 빛(The Light of Other Days)〉을 꼽아야 할 것이다. 어느 여름날 창문에 넣을 유리를 사기 위해 마을 밖으로 길을 나서는 부부에 관한 짧고 단순한 이야기다. 결혼과 상실, 한탄, 그리고 기술이 양날의 칼이 될 수 있다는 씁쓸한 인식을 잘 다루고 있다. 이 모든 게 아주 짧은 단편에 담겨 있었다.

나는 그 단편을 보기 전에는 그런 이야기가 가능하리라고 상상도 못 했다.

내가 그런 단편집들을 발견했던 건 엄청나게 운이 좋은 덕택이었다 (다시 말하지만 '우연'이었다). 하인라인은 훌륭한 작가였지만, 우주를 누비고 다니며 눈이 여러 개 달린 괴물들이 들끓는 행성들을 탐험하는 일에 온통 빠져 있는 그의 소설은 내게 그다지 매력이 없었다. 도서관에 있는 대부분의 SF가 비슷했다. SF 영화는 더 안 좋았다(〈스타워즈〉는 아직도 계속 나온다).

당시 내가 하늘을 날아다니는 용감한 유격대원이 나오는 소설이나 읽고 금성에서의 침공을 담은 영화 같은 것들만 봤더라면 SF에 대한 열정은 금세 식어버리고 말았을 것이다. 하지만 나는 밥 쇼와 필립 K. 딕, 그리고 다른 작가들의 뛰어난 작품들 덕분에 SF가 어떤 이야기를 담을 수 있는지 슬쩍 엿볼 기회를 가졌다. 그래서 나는 계속 읽으며 새뮤얼 R. 딜레이니와 J. G. 발라드, 제임스 팁트리 주니어, 하워드 월드롭뿐 아니라 다른 뛰어난 작가들을 많이 찾아냈고, 덕분에 SF 장르와 더 깊은 사랑에 빠져들었다. 그래서 나도 내 작품을 쓰기 시작했다.

뭐, 온전하게 나만의 작품은 아닐 수도 있다. 〈클리어리 가족이 보낸 편지〉를 다시 보면 그 작품이 워드 무어의 〈롯〉에 얼마나 많이 빚지고 있는지 보인다. 〈화재 감시원〉을 읽으면 하인라인과 그의 불운한 영웅이 내게 끼친 영향을 볼 수 있다. 〈여왕마저도〉와 〈리알토에서〉는 쾌활한 문체와 가볍게 농담을 주고받는 등장인물에 스며든 하인라인의 기운을 느낄 수 있다.

하지만 그 두 작가만이 아니다. 나는 모든 작가에게서 영향을 받았다. 내 작품을 쓸 때 이용할 수 있는 온갖 종류의 기법을 그들에게서 배웠다. 양파껍질처럼 하나씩 폭로하는 다니엘 키스, 절제된 반어법의 킷 리드, 한 문장의 대화에 다양한 의미를 집어넣던 셜리 잭슨. 더욱 중요한 점은 모든 이야기가 화려하거나 번쩍거릴 필요는 없다는 것을 그 작가들에게서 배웠다는 사실이다(물론 화려하게 만드는 방법도 그들에게서 배웠다). 그 작가들은 이야기가 단순하고 직설적이어도 깊은 내용을 담을 수 있음을 보여줬다.

그 작가들 덕분에 나는 SF를 미치도록 사랑하게 되어 그들처럼 되고 싶었다. 너무도 미치도록 사랑했기 때문에 40년이 넘도록 SF 단편을 써왔고 여전히 쓰고 있다.

올해 나는 내가 쓴 작품들과 SF에 바친 생애 덕택에 네뷸러 그랜드마스터 상을 받는 영광을 얻었다. 그 상은 〈친절한 이들의 나라(The Country of the Kind)〉와 〈빅 팻 붐(The Big Pat Boom)〉을 포함해서 《올해의 최고 작품선》에 실린 내가 좋아했던 단편들을 쓴 데이먼 나이트를 기리며 수여되는 상으로서, 나는 장편소설뿐 아니라 이 책에서 여러분이 만나게 될 단편들 덕택에 이 상을 받게 됐다고 생각하고 싶다.

나는 수상소감에서 그간 도움을 받았던 작가와 편집자, 에이전시에 감사인사를 전한 뒤 이렇게 마무리했다.

하지만 제가 가장 많이 빚졌고 가장 많이 감사해야 할 사람들이 있습니다.

— 저에게 킵과 피위뿐 아니라 《보트 위의 세 남자》와 SF의 놀라운 세계를 소개해준 로버트 A. 하인라인
— 제게 경이로운 가능성을 보여준 킷 리드와 찰스 윌리엄스, 워드 무어
— SF를 어떻게 써야 하는지 가르쳐준 필립 K. 딕과 셜리 잭슨, 하워드 월드롭
— 〈지난 시절의 빛〉과 〈앨저넌에게 꽃을〉, 〈바다를 잃어버린 사나이(The Man Who Lost the Sea)〉로 SF를 사랑하게 해주었던 밥 쇼와 다니엘 키스, 시어도어 스터전

이들이 없었다면 저는 여기에 서지 못했을 것입니다.

이 작가들이 없었다면 내가 그동안 써왔던 어떤 작품도 쓰지 못했을 것이다. 이 단편집을 읽을 때 여러분은, 어찌 보면 내 작품만이 아니라 그 작가들의 작품까지 함께 읽는 것이다. 최소한 그들이 조금이나마 내게 스며들어 있기를 바란다. 그 작품들은 진짜로, 출간된 해뿐 아니라 그 이후로도 최고였다. 희극적이든 비극적이든, 토머스 모어부터 크리스마스 캐럴까지, 살인자부터 간절한 어머니까지, 나는 그들의 뒤를 따라왔다. 그리고 그 작가들은 셰익스피어의 뒤를 잇는 사람들이었다.

그러니, 재미있게 읽으시라! 이 단편들을 다 읽고 나면 필립 K. 딕의 〈도매가로 기억을 팝니다(We Can Remember It for You Wholesale)〉와 C. L.

무어와 헨리 커트너의 〈보로고브들은 밈지했네(Mimsy Were the Borogoves)〉, 킷 리드의 〈시간여행사(Time Tours, Inc.)〉, 시어도어 스터전의 〈외로움의 비행접시(A Saucer of Loneliness)〉를 읽어보라. 그리고 다른 멋진 SF들도 찾아서 읽어보라.

— 코니 윌리스

차례

A LETTER FROM THE CLEARYS

클리어리 가족이 보낸 편지

✦

최세진 옮김

1982년 〈Isaac Asimov's Science Fiction Magazine〉 발표
1983년 네뷸러상 수상
1983년 로커스상 노미네이트

우체국에 클리어리 가족이 보낸 편지가 있었다. 나는 탤벗 아줌마가 부탁한 잡지와 함께 편지를 배낭에 넣고 밖으로 나와 스티치를 묶어두었던 줄을 풀었다.

스티치는 모퉁이를 돌아 개줄이 미치는 끝까지 가서는 반쯤 목이 졸린 채 개똥지빠귀를 쳐다보며 앉아 있었다. 스티치는 절대 짖지 않는다, 심지어 새들한테도. 아빠가 녀석의 발바닥을 꿰맬 때도 낑낑거리는 소리 한번 내지 않았다. 스티치는 우리가 현관에서 자기를 발견하고 아빠가 이리저리 살펴보는 동안 발을 내민 채 살짝 떨고만 있던 그때처럼, 그냥 묵묵히 앉아 있었다. 탤벗 아줌마는 형편없는 경비견이라고 하지만, 나는 스티치가 짖지 않아서 좋다. 러스티는 늘 먼저 짖고 보는 식이었다.

개줄을 풀려면 스티치를 모퉁이 이쪽으로 끌어당겨 여분의 줄을 충분히 확보해야 했다. 스티치가 개똥지빠귀를 정말로 좋아했기 때문에 제법 시간이 걸렸다. "저건 봄이 온다는 신호야. 그렇지, 친구?" 나는 손톱 끝으로 매듭을 풀면서 말했다. 그러다 매듭을 풀기는커녕 손톱만 부러뜨려 속살까지 드러내고 말았다. 멋지군. 엄마는 내가 조심성 없이 손톱을 또

부러뜨렸다며 혼낼 것이다.

내 손은 진짜 엉망진창이었다. 이번 겨울에 나는 저 지긋지긋한 우리 집 장작 난로에 손등을 백 번쯤 데었다. 같은 곳을 계속해서 데다 보니 손등은 도대체 아물 새가 없었다. 그다지 크지 않은 난로에 너무 긴 장작 을 욱여넣으려니 매번 난로 안쪽에 손등을 부딪치게 되는 것이다. 멍청 한 오빠 데이비드는 당최 장작을 적당한 길이로 자르려고 하질 않는다. 나는 부탁하고 또 부탁했다. 제발 장작 좀 짧게 자르라고. 하지만 데이비 드는 내 말을 귓등으로 흘려들었다.

나는 데이비드가 장작을 너무 길게 자르지 않게 일러달라고 엄마한테 부탁했지만, 엄마는 그러지 않았다. 엄마는 절대 오빠를 혼내지 않는다. 엄마가 아는 한 오빠는 절대 잘못된 일을 하는 사람이 아니다. 스물세 살 인 데다 결혼도 했으니까.

"오빠는 일부러 저러는 거예요." 나는 엄마한테 말했다. "내가 불타 죽 었으면 하는 거죠."

"열네 살짜리 여자애들은 다 신경과민으로 죽지." 엄마가 말했다. 엄 마는 늘 그런다. 난 저 말을 들을 때마다 너무 화가 나서 엄마를 죽여버 리고 싶을 정도다. "네 오빠가 일부러 그러는 게 아니야. 네가 난로를 다 룰 때 좀 더 조심해야지. 그러면 돼." 하지만 엄마는 늘 내 손을 잡고, 영 영 낫지 않을 것 같은 커다란 화상 자국을 곧 터질 시한폭탄이라도 되는 양 쳐다봤다.

"더 큰 난로가 필요해요." 나는 손을 홱 잡아 빼며 말했다. 우리에겐 정말 더 큰 난로가 필요하다. 기름값이 천정부지로 치솟을 때 아빠가 벽 난로를 막고 장작 난로를 들였는데, 엄마는 난로가 거실 공간을 너무 많 이 차지하는 걸 원치 않았기 때문에 작은 거로 낙찰되었다. 어쨌든, 난로 는 저녁에만 쓰면 되는 거였으니까.

우리는 새 난로를 들이지 못할 것이다. 모두 저 멍청한 온실 작업을 하느라 너무 바쁘니까. 봄이 일찍 오면 손이 나을 기회가 조금이라도 있을지 모르지만, 내가 그걸 기대할 정도로 멍청하지는 않다. 작년엔 6월 중순까지 눈이 왔는데, 지금은 겨우 3월이다. 스티치가 보고 있는 개똥지빠귀도 남쪽으로 돌아가지 않으면 그 작은 꼬리가 꽁꽁 얼어버릴 것이다. 아빠는 작년이 이상했다며 올해엔 날씨가 정상으로 돌아올 거라고 말하지만 아빠조차 자기 말을 믿지 않는다. 그렇지 않으면 온실을 지을 턱이 없다.

개줄을 놓자마자 스티치는 착한 아이처럼 다시 모퉁이를 돌아가 앉아서 내가 손가락 빠는 걸 그만두고 자기 목줄을 벗겨주기를 기다렸다. "우리 슬슬 움직이는 게 좋겠어." 내가 스티치에게 말했다. "엄마가 화낼 거야." 잡화점에 들러 토마토 씨앗을 가져가야 했지만, 태양은 이미 한참 멀리 서쪽으로 가 있었고 집에 가려면 적어도 30분은 걸어야 했다. 어두워진 뒤에 집에 도착하면 난 저녁도 없이 바로 침대로 보내질 텐데, 그러면 편지를 읽지 못하게 된다. 그러나 오늘 잡화점에 들르지 않으면 내일 다시 보낼 테니, 난 그 멍청한 온실 작업을 하지 않아도 된다.

가끔은 온실 따위 다 날려버리고 싶은 기분이 들었다. 천지 사방에 톱밥과 진흙이 떨어지고, 비닐을 자를 때는 데이비드가 떨어뜨린 비닐조각이 난로 위에서 녹으면서 지독한 냄새를 풍겼다. 그러나 그런 아수라장이 보이지도 않는 듯 다들 다음 여름이면 집에서 기른 수박과 옥수수와 토마토가 생긴다는 게 얼마나 대단한지 얘기하느라 여념이 없었다.

이번 여름이라고 지난여름과 얼마나 달라질까 싶다. 뭐라도 나오는 건 상추와 감자가 다였다. 상추는 내 부러진 손톱만 했고 감자는 돌멩이만큼 딱딱했다. 탤벗 아줌마는 고도 때문이라고 했지만 아빠는 그것보다는 이상한 날씨와 이 동네에서는 흙이라 부르는 파이크스피크산의 변변찮은 화강암 모래 때문이라고 했다. 아빠는 잡화점 안쪽 작은 서가에서 온실을 직접 만드는 방법에 대한 책을 집어오더니 온갖 것들을 뒤엎어놓기 시작했고, 이제는 탤벗 아줌마까지도 그 생각에 푹 빠져버렸다.

요전에 내가 사람들한테 말했다. "이 고도에 사는 사람들은 다 신경과민으로 죽을 거야." 하지만 사람들은 널빤지를 자르고 비닐을 고정하느라 내게는 눈길조차 주지 않았다.

스티치가 개줄을 팽팽하게 잡아당기며 앞서 걷길래 나는 큰길을 건너자마자 녀석의 목줄을 벗겨주었다. 스티치는 러스티처럼 달아나버리는 법이 없다. 어쨌든 녀석을 도로에 들어가지 못하도록 막는 건 불가능하다. 계속 목줄을 묶어두려 하다가는 도로 한복판까지 녀석에게 끌려들어가서 발자국을 남기게 되고 그러면 아빠에게 혼이 날 것이다. 그래서 나는 얼어붙은 도로변을 따라 걸으며 스티치가 길에 팬 자국마다 코를 들이대고 킁킁거리며 이리저리 돌아다니도록 내버려두었다. 녀석은 뒤처졌다가도 내가 휘파람을 불면 곧장 달려왔다.

나는 발걸음을 서둘렀다. 날이 점점 추워지는데 스웨터만 입고 있었기 때문이다. 언덕 꼭대기에서 잠시 걸음을 멈추고 스티치에게 휘파람을 불었다. 아직 1.5킬로미터를 더 가야 한다. 파이크스피크산이 눈에 들어왔다. 봄이 오고 있다는 아빠 말이 맞는지도 모르겠다. 산 위에는 눈이 거의 없었고 나무들이 다시 자라기라도 하는지 불탄 자리가 지난가을보다는 덜 꺼멓게 보였다.

지난해 이맘때쯤엔 산봉우리 전체가 완전히 흰색이었다. 매일 눈이 내리는 바람에 사냥을 나갔던 아빠랑 데이비드랑 텔벗 아저씨가 거의 한 달 동안 집에 돌아오지 못하던 때라 기억하고 있다. 엄마는 사람들이 돌아올 때까지 거의 제정신이 아니었다. 눈이 1.5미터나 쌓였는데도 엄마는 설인 발자국만 한 큰 발자국을 남기며 자꾸 길에 나가서 사람들이 돌아오나 살펴보았다. 스티치가 어둠을 싫어하는 만큼이나 러스티는 눈이라면 질색이었지만 엄마는 러스티를 데리고 나갔다. 총도 들고 나갔다. 한번은 엄마가 나뭇가지에 걸려 넘어져 눈에 빠진 적이 있었다. 엄마는 발목을 삐고 뻣뻣하게 언 채로 겨우 집에 돌아왔다. "엄마들은 다 신경과민으로 죽을 거야." 내가 이 말을 막 입에 올리려는 참에 텔벗 아줌마가 끼어들어서, 다음번에 나갈 때는 내가 엄마와 같이 가야 한다며, 사람을 혼자 돌아다니게 내버려두면 이런 일이 생긴다고 말했다. 말인즉슨 내가 우체국에 다니는 걸 이르는 것이었다. 나는 내 일은 내가 알아서 하겠다고 대답했고, 엄마는 내게 탤벗 부인에게 무례하게 굴지 말라고, 탤벗 부인 말이 옳으니 다음번에는 내가 엄마와 같이 가야 한다고 했다.

엄마는 발목이 나을 때까지 기다리지 않았다. 엄마는 발목에 붕대를 감고 다음 날 바로 나를 데리고 밖으로 나갔다. 엄마는 내내 한마디도 하지 않고 그저 눈 속을 절룩거리며 걸었다. 도로에 도착할 때까지 날 쳐다보지도 않았다. 눈이 잠시 그치더니 구름이 걷히고 파이크스피크산이 보였다. 산은 아주 말끔했다. 회색 하늘과 검은 나무들과 하얀 산의 모습은 마치 흑백사진 같았다. 파이크스피크산은 완전히 눈에 덮여 있었다. 유료 도로도 전혀 알아볼 수 없었다.

우리는 클리어리네 가족이랑 저 산으로 등산을 가기로 되어 있었다.

집에 돌아와 내가 말했다. "재작년 여름에 온다던 클리어리네가 결국 안 왔죠."

엄마는 손모아장갑을 벗고 난롯가에 서서 얼어붙은 눈 덩어리를 떼어내며 말했다. "그랬지."

내 코트에서 떨어진 눈이 난로 위에서 지글거렸다. "내 말은 그게 아니고, 6월 첫 주에 오기로 했었잖아요. 릭 오빠가 졸업하면 곧장 말이에요. 대체 무슨 일이 있었던 걸까요? 그냥 안 오기로 한 걸까요, 아니면 뭔가 다른 일이 있었던 걸까요?"

"난 모르겠다." 엄마가 모자를 벗고 머리카락을 털어내며 말했다. 앞머리가 온통 젖어 있었다.

"그 사람들이 계획을 바꿨다면 편지를 보내 알렸을 거야." 탤벗 아줌마가 말했다. "우체국에서 편지를 잃어버렸을지도 모르지."

"상관없어요." 엄마가 말했다.

"아줌마는 그 사람들이 편지를 썼을 거라고 생각하시는 거죠?" 내가 말했다.

"우체부가 편지를 다른 사람의 우편함에다 넣었을지도 모르지." 탤벗 아줌마가 말했다.

"상관없어요." 엄마가 주방에 매놓은 빨랫줄에 외투를 널러 가면서 말했다. 엄마는 그 사람들 얘기가 나오면 저 말밖에 안 했다. 아빠가 집에 돌아왔을 때도 나는 클리어리네에 관해서 물었지만, 아빠는 사냥 나갔던 일을 얘기하느라 너무 바쁜 나머지 내 말은 들은 척도 안 했다.

스티치가 오지 않았다. 나는 다시 휘파람을 불어보다가 녀석을 찾으러 왔던 길을 돌아가기 시작했다. 녀석은 언덕 저 아래에서 뭔가에 코를 박고 있었다. "이리 와." 녀석이 고개를 돌리자 나는 놈이 왜 안 오는지 알 수 있었다. 녀석은 늘어진 전깃줄에 엉켜 있었다. 가끔 목줄로도 그러더니 다리에 전선이 감겨서 빠져나오려고 몸부림칠수록 더 얽혀들었다.

녀석은 딱 도로 한복판에 있었다. 나는 도로변에 선 채 발자국을 남기지 않고 녀석한테 갈 방법을 궁리했다. 언덕 꼭대기 쪽 도로는 상당히 얼었지만 여기 아래쪽은 벌써 눈이 녹기 시작해서 군데군데 넓은 강물을 이루며 도로를 가로질러 흘렀다. 발끝으로 진흙을 짚었더니 운동화가 2센티미터쯤 푹 빠졌다. 나는 발을 빼고 손으로 자국을 문지른 다음 청바지에 손을 닦았다. 어떻게 해야 할지 고민했다. 엄마가 내 손에 안달복달하는 만큼이나 아빠는 발자국에 과민반응을 보였지만, 어두워진 뒤에 내가 밖에 나와 있는 건 그보다 더 심각한 문제였다. 제때 집에 돌아가지 않으면 아빠가 다시는 우체국에 가지 못하게 할 수도 있다.

스티치는 거의 짖기 일보 직전이었다. 녀석은 이제 목까지 전선을 감고 제 숨통을 조르고 있었다. "알았어. 내가 갈게." 나는 가능한 한 멀리 도약해서 눈 녹은 물속으로 뛰어들었다. 그리고 물을 헤치며 스티치에게 다가가면서 내 발자국이 물에 지워졌는지 확인하느라 두어 번 돌아봤다.

나는 실패에서 실을 풀듯이 스티치를 감은 전선을 풀어서 길옆 전봇대 쪽으로 던졌다. 전봇대에 매달린 전선이 다음번에는 스티치의 목을 매달 태세였다.

"멍청한 놈, 이제 서둘러!" 그리고 나는 다시 길가로 달려가서 흠뻑 젖은 운동화를 신은 채 언덕을 올랐다. 스티치는 다섯 걸음쯤 달리는 척하더니 멈춰 서서 웬 나무에 코를 들이댔다. "어서 와! 어두워지고 있어. 어둡다고!"

스티치가 총알처럼 나를 지나서 반대쪽 언덕을 반쯤 내려갔다. 녀석은 어둠을 두려워한다. 나도 안다, 개들은 그러지 않는다는 걸. 하지만 스티치는 정말로 어둠을 두려워한다. 보통 때라면 녀석한테 "개들은 다 신경과민으로 죽을 거야." 하고 말해줬겠지만, 지금은 발이 얼기 전에 녀석이 좀 서둘러주면 좋겠다는 생각밖에 들지 않았다. 나는 뛰기 시작했고, 우리는 거의 동시에 언덕 아래에 닿았다.

스티치가 탤벗 아줌마네 집 진입로에서 멈췄다. 우리 집은 거기서 몇백 미터도 안 떨어진 언덕 너머에 있다. 언덕들이 사방을 막아 우물처럼 폭 잠긴 곳에 있는 우리 집은 너무 깊고 은밀해서, 사람들은 거기에 집이 있다는 걸 눈치채지도 못한다. 우리 집 난로에서 나는 연기는 탤벗 아줌마네 집 뒤에 있는 언덕에 가려 보이지 않았다. 탤벗 아줌마네 땅을 가로질러 아래쪽 숲을 통과해 우리 집 뒷문으로 통하는 지름길이 있지만, 나는 더는 그 길로 다니지 않는다. "어두워, 스티치." 나는 엄하게 말하고 다시 뛰기 시작했다. 스티치가 내 뒤에 바짝 붙어서 따라왔다.

우리 집 진입로에 도착했을 때는 파이크스피크산이 분홍색으로 바뀌고 있었다. 나는 가문비나무에 오줌을 백 번쯤 누는 스티치를 기다리다 못해 진입로 흙길을 가로질러 끌고 왔다. 정말 큰 나무였다. 지난여름에 아빠와 데이비드가 저 나무를 베어 길을 가로질러 쓰러진 것처럼 보이게 만들어놓았다. 도로에서 진입로로 들어가는 지점을 나무가 완전히 가려주었지만, 나무 몸통이 온통 가시투성이라 나는 늘 그렇듯이 손등의 같은 부분을 또 긁혔다. 멋지군.

나는 스티치와 내가 길에 어떤 자국도 남기지 않았다는 사실을 확인하고는(녀석이 늘 남기는 표식, 다른 개가 즉시 우리를 찾을 수 있는 그 표식은 제외하고. 아마 스티치도 그렇게 러스티가 남긴 냄새를 맡고 우리 집 현관에 나타났을 것이다) 최대한 재빨리 언덕 그늘로 숨어들었다. 어두워지면 신경이 예민해지는 게 스티치만은 아니다. 게다가 발이 아프기 시작했다. 오늘 저녁 스티치는 정말 안절부절못했다. 집이 보이는데도 뛰어갈 생각조차 하지 않았다.

데이비드가 장작을 들여놓느라 바깥에 나와 있었다. 슬쩍 보기만 해도 길이가 죄다 글렀다는 것을 알 수 있었다. "아슬아슬했네, 그렇지? 토마토 씨앗은 가져왔어?"

"아니. 대신 다른 걸 가져왔어. 모두에게 주는 거야."

나는 안으로 들어갔다. 아빠가 거실 바닥에 비닐을 펼치고 있었는데, 텔벗 아줌마가 아빠를 도와 한쪽 끝을 잡고 있었다. 엄마는 카드놀이용 접이식 탁자를 들고 서서, 비닐 일이 끝나는 대로 난로 앞에 탁자를 펼치고 저녁상을 차리려 기다리고 있었다. 누구 한 사람 고개를 들고 쳐다보는 이가 없었다. 나는 배낭을 풀어 텔벗 아줌마가 부탁한 잡지와 편지를 꺼냈다.

"우체국에 편지가 있었어요. 클리어리 가족이 보낸 거요."

모두가 고개를 들었다.

"그건 어디서 찾았지?" 아빠가 물었다.

"우체국 바닥에서요. 온갖 광고용 우편들이랑 섞여 있었어요. 텔벗 아줌마의 잡지를 찾다가 발견했어요."

엄마가 카드놀이 탁자를 소파 옆에 기대 세우고 앉았다. 텔벗 아줌마는 어리둥절한 얼굴이었다.

"클리어리네는 우리가 일리노이에 살 때 제일 친하게 지냈던 가족이에요. 재작년 여름에 우리를 보러 오기로 돼 있었고요. 같이 파이크스피크산에 등산도 하고 그럴 예정이었잖아요." 내가 말했다.

데이비드가 문을 박차고 들어왔다. 소파에 앉아 있는 엄마와 여전히 비닐을 잡은 채 한 쌍의 조각상처럼 서 있는 아빠와 텔벗 아줌마를 쳐다보더니 물었다. "무슨 일이에요?"

"린이 오늘 클리어리네가 보낸 편지를 찾았대." 아빠가 말했다.

데이비드가 장작을 난롯가에 부렸다. 장작 한 개비가 카펫 위를 굴러 엄마 발치에서 멈췄다. 누구 하나 몸을 숙여 집을 생각을 하지 않았다.

"그럼 제가 큰 소리로 읽어볼까요?" 내가 텔벗 아줌마를 바라보며 말했다. 아줌마의 잡지를 아직 내가 들고 있었다. 나는 봉투를 열고 편지지를 꺼냈다.

"제니스와 토드, 그리고 모두에게. 멋진 서부에서 잘 지내고 있어? 다들 너희를 보러 갈 날만 애타게 기다리고 있는데, 생각처럼 그렇게 금방 될 거 같지가 않아. 카를라와 데이비드와 아기는 잘 지내? 데이비드의 아기가 보고 싶어 죽을 지경이야. 이제는 걸어 다녀? 제니스 할머니는 분명 손자가 너무 자랑스러워서 승마바지가 닳도록 부산을 떨겠지. 이거 맞아? 너희 서부 사람들 승마바지 입는 거 맞지? 아니면 다들 진작에 고급 청바지로 갈아탄 거야?"

벽난로 옆에 서 있던 데이비드가 벽난로 선반에 올린 두 팔 위로 얼굴을 묻었다.

"그동안 편지 못 해서 미안해. 하지만 릭이 졸업하는 거 때문에 엄청나게 바빴어. 그리고 어쨌든 난 편지보다 우리가 먼저 콜로라도에 도착할 거라고 생각했거든. 그런데 지금은 계획을 좀 바꿔야 할 것 같아. 릭이 군대에 들어가겠다고 확실하게 마음을 굳혔어. 리처드와 내가 지칠 때까지 붙잡고 얘기를 나눠봤지만, 우리가 일을 더 엉망으로 만든 거 같아. 콜로라도 여행이나 다녀오고 나서 입대하라고 해도 씨알이 안 먹히네. 녀석은 우리가 여행 내내 자기한테 그 얘기를 할 거라고 생각하는데, 그건 사실이지 뭐. 난 그냥 얘가 너무 걱정돼. 군대라니! 릭은 내게 걱정이 너무 많다지만, 그것도 사실이지, 뭐. 그래도 전쟁이라도 나면 어떡해?"

엄마가 몸을 숙여 데이비드가 떨어뜨린 장작을 줍더니 소파 옆자리에 놓았다.

"황금의 땅 서부에 사는 너희만 괜찮다면, 우리는 릭이 7월 첫째 주에 기초훈련을 끝낼 때까지 기다렸다가 그때 가려고 해. 그래도 괜찮을지 꼭 답장 줘. 이렇게 마지막 순간에 계획을 바꿔서 미안해. 하지만 이렇게 생각해봐. 파이크스피크 등산에 대비해 몸을 만들 시간이 한 달이나 더 생겼잖아. 너희는 어떨지 모르겠지만 난 확실히 좀 필요하거든."

탤벗 아줌마가 잡고 있던 비닐을 떨어뜨렸다. 이번에는 난로 위에 떨어지진 않았지만, 너무 가까이 떨어지는 바람에 열기에 비닐이 쭈그러들기 시작했다. 아빠는 선 자리에서 그냥 보고만 있었다. 주울 생각조차 하지 않았다.

"딸들은 어때? 소냐는 잡초처럼 쑥쑥 크고 있어. 올해엔 육상 선수로 나가서 메달이랑 땀내 나는 더러운 양말을 잔뜩 들고 왔지. 그리고 걔 무릎을 한번 봐야 해! 어찌나 멍이 많이 들었던지 의사한테 데려갈 뻔했다니까. 걔 말로는 장애물에 긁혔다고 하고, 코치도 걱정할 거 아니라고 하지만, 난 좀 걱정이야. 도대체 나을 생각을 안 하는 거 같거든. 린과 멜리사한테는 그런 문제 생긴 적 없어?

나도 알아, 안다고. 내가 좀 걱정을 사서 하긴 하지. 소냐는 괜찮아. 릭도 괜찮고. 지금부터 7월 첫째 주 사이에 별일이 일어날 리도 없을 테니, 우리 그때 봐. 사랑을 담아, 클리어리 가족 일동. 추신. 혹시 파이크스피크에서 사람이 떨어진 적은 없대?"

아무도 말이 없었다. 나는 편지를 접어 봉투에 넣었다.

"편지를 보냈어야 했어." 엄마가 말했다. "그 집에 말해야 했어. '지금 와.' 그러면 그 가족은 여기로 왔을 거야."

"그랬다면 우리도 그날 파이크스피크에 올랐다가 모든 게 완전히 박살 나는 걸 보면서 같이 박살 났겠죠." 데이비드가 고개를 들고 말했다. 그리고 웃었는데 말소리가 웃음소리에 걸려 약간 갈라진 것처럼 들렸다. "그 가족이 오지 않은 걸 다행이라 생각해야 할 것 같은데요."

"다행?" 엄마가 말했다. 엄마는 두 손을 청바지 다리에 문지르고 있었다. "그럼 그날 카를라가 아기와 멜리사를 콜로라도 스프링스로 데려가서 먹을 입을 줄여준 것도 다행이라 생각해야겠네." 엄마는 청바지에 구멍이라도 낼 기세로 세게 문질렀다. "그 약탈자들이 탤벗 씨를 쏜 것도 다행이라 생각해야 되는 거니?"

"아냐." 아빠가 말했다. "하지만 약탈자들이 나머지 우리를 안 쏜 건 다행이라고 생각해야지. 놈들이 통조림만 챙기고 씨앗들은 두고 간 것도 다행이고. 불이 여기까지 번지지 않은 것도 다행이고, 또…."

"아직도 우리한테 우편이 배달된다는 건요?" 데이비드가 말했다. "이것도 다행이라고 생각해야 하나요?" 데이비드는 문을 꽝 닫고 밖으로 나갔다.

"그 집에서 연락이 없었을 때 전화를 하거나 뭔가를 해야 했어." 엄마가 말했다.

아빠는 여전히 못쓰게 된 비닐을 쳐다보고 있었다. 나는 편지를 아빠한테 내밀었다. "아빠, 이거 보관할 거예요, 말 거예요?"

"그건 할 일을 다 한 것 같구나." 아빠는 편지를 구겨서 난로 안에 던져 넣고 뚜껑을 닫았다. 아빠는 손을 데지 않았다. "린, 온실 만드는 걸 도와줘."

바깥은 칠흑같이 깜깜했고 정말로 추웠다. 운동화가 뻣뻣해지기 시작했다. 아빠는 손전등을 들고 널빤지 위로 비닐을 팽팽하게 잡아당겼다. 나는 온실 틀을 따라 5센티미터마다 철심을 박았는데, 두 번에 한 번은 내 손가락도 같이 박았다. 틀 하나를 끝내고 나서 나는 안에 들어가 장화로 갈아 신고 나와도 되느냐고 아빠한테 물었다.

"토마토 씨앗은 가져왔니?" 내 말을 전혀 못 들은 것처럼 아빠가 내게 물었다. "아니면 그 편지를 찾느라고 너무 바빴던 거야?"

"찾은 게 아니라고요. 발견한 거지. 난 사람들이 편지를 보고 클리어리네에 무슨 일이 생겼는지 알면, 다들 기뻐할 거라고 생각했어요."

아빠가 그다음 틀 위로 비닐을 잡아당겼다. 어찌나 세게 잡아당겼는지 작은 주름이 생겼다. "우리는 이미 알고 있었어."

아빠가 손전등을 건네고는 내가 쥐고 있던 스테이플러를 가져갔다. "내가 말해줄까? 그 사람들한테 정확하게 어떤 일이 생겼는지 알고 싶어? 좋아. 난 그 사람들이 시카고 정도까지 왔을 때 폭탄이 떨어져서 증발했을 거라고 생각해. 그랬다면 그 사람들은 운이 좋은 거지. 시카고 주변에는 여기 같은 산들이 없으니까 말이야. 그렇지 않았다면 화염 폭풍에 날아갔거나, 섬광에 화상을 입었거나 방사능 병으로 죽었겠지, 그것도 아니면 어느 약탈자의 총에 맞았거나."

"아니면 자기 가족의 총에 맞았거나." 내가 말했다.

"아니면 자기 가족의 총에 맞았겠지." 아빠가 스테이플러를 나무틀에 대고 방아쇠를 당겼다. "재작년 여름에 무슨 일이 일어났는지에 대해서도 짐작되는 게 있어." 아빠는 스테이플러를 아래쪽으로 움직여 나무틀에 철심 하나를 더 박았다. "러시아 놈들이 시작했을 거 같지는 않아, 미국도 마찬가지고. 어디 무슨 작은 테러 단체거나 어쩌면 그냥 한 사람일 수도 있다고 생각해. 놈들은 폭탄을 떨어뜨리면서도 어떤 일이 일어날지 전혀 몰랐겠지. 놈들은 그저 세상 돌아가는 게 너무 속상하고 화나고 무서워서 그냥 쏠어버렸던 거야. 폭탄으로." 아빠가 나무틀 밑까지 깔끔하게 철심을 박고는 몸을 일으켜 다른 쪽을 박기 시작했다. "이 이론에 대해서 어떻게 생각해, 린?"

"말했잖아요. 탤벗 아줌마의 잡지를 찾다가 그 편지를 발견했다고."

아빠는 몸을 돌려 스테이플러로 날 가리켰다. "하지만 놈들이 무슨 이유로 그랬든 간에, 놈들은 그 짓으로 세상 전부를 무너뜨렸어. 놈들이 의도했건 아니건, 놈들은 그 결과를 감당하며 살아야 해."

"놈들이 살아남았다면…." 내가 말했다. "누군가가 놈들을 쏘지 않았다면 말이에요."

"난 더 이상은 널 우체국에 보낼 수가 없구나. 너무 위험해." 아빠가 말했다.

"탤벗 아줌마의 잡지는 어떡하고요?"

"가서 불 좀 살펴봐."

나는 집 안으로 들어갔다. 데이비드가 돌아와 또 벽난로 옆에 서서 벽을 쳐다보고 있었다. 엄마는 벽난로 앞에다 카드놀이용 탁자와 접이식 의자들을 늘어놓았다. 탤벗 아줌마는 부엌에서 감자를 자르고 있었는데, 아줌마가 울고 있으니 감자가 꼭 양파 같아 보였다.

불이 거의 꺼져가고 있었다. 나는 불을 다시 살리려고 잡지에서 뜯어낸 종이 두 장을 뭉쳐서 집어넣었다. 화려한 녹청색 불꽃이 타올랐다. 솔방울 두어 개와 막대기 몇 개를 불붙은 종이 위에 던져 넣었다. 솔방울 하나가 가장자리로 구르더니 잿더미 위에 멈췄다. 나는 그걸 집으려다 손으로 난로 뚜껑을 치고 말았다.

바로 똑같은 그 자리를. 멋지군. 물집이 먼저 앉아 있던 딱지를 밀어낼 테고, 그러면 완전히 또 처음부터 다시 시작하겠지. 늘 그렇듯이, 엄마가 때마침 감자수프 냄비를 들고 옆에 서 있었다. 엄마는 냄비를 난로에 내려놓고 내 손이 무슨 범죄의 증거라도 되는 것처럼 홱 잡아 올렸다. 엄마는 아무 말도 하지 않고, 그냥 내 손을 잡고 서서 눈만 껌벅거렸다.

"덴 거예요." 나는 말했다. "그냥 덴 거라고요."

엄마는 뭔가가 옮을까 봐 두려워하는 사람처럼 먼젓번에 앉은 딱지 가장자리를 건드렸다.

"덴 거예요." 나는 손을 홱 잡아 빼고는 데이비드의 그 지긋지긋한 장작개비들을 난로에 쑤셔 넣으며 소리쳤다. "방사능 병이 아니라 그냥 덴 거라니까요!"

"린, 아빠가 어디로 갔는지 아니?" 엄마가 내 말은 아예 듣지도 못한 것처럼 물었다.

"아빠 뒤 베란다에서 그 지긋지긋한 온실을 짓고 있어요."

"거기 없어." 엄마가 말했다. "스티치를 데리고 나갔나 봐."

"스티치를 데리고 갔을 리가 없잖아요. 그 녀석은 어둠을 무서워한단 말이에요." 내가 말했다. 엄마는 아무 말도 하지 않았다. "저 바깥이 얼마나 어두운지 알아요?"

"알아." 엄마는 그렇게 말하고 창가로 가서 밖을 내다보았다. "얼마나 어두운지 알지."

나는 벽난로 옆 옷걸이에서 외투를 잡아채서 문으로 뛰쳐나갔다.

데이비드가 내 팔을 잡았다. "도대체 어딜 가려는 거야?"

나는 팔을 잡아 뺐다. "스티치 찾으러. 걔는 어두운 걸 무서워한다고."

"너무 어두워." 데이비드가 말했다. "길을 잃어버릴 거야."

"그럼 어때서? 여기서 어슬렁거리는 것보단 그게 더 안전해." 나는 그렇게 말하며 데이비드의 손을 아랑곳하지 않고 문을 쾅 닫아버렸다.

장작 더미까지 가지도 못하고 또 데이비드에게 잡혔다. 이번에는 다른 쪽 손이었다. 문에 두 손을 다 찧어버렸어야 했는데.

"놔. 난 갈 거야. 가서 같이 살 만한 사람들을 찾을 거야."

"다른 사람은 없어! 우리는 지난겨울에 사우스 파크까지 갔었잖아. 아무도 없었어. 약탈자들조차 안 보였다고. 그러다 그놈들을 만나면 어떻게 할래? 텔벗 씨를 쏜 그 약탈자놈들 말이야."

"만나면 뭐 어때? 놈들이 할 수 있는 최악의 짓거리라고 해봐야 날 쏘는 것밖에 더 있겠어? 총질이야 전에도 당해봤어."

"너 완전히 미쳤구나, 너도 알지, 안 그래? 마른하늘에 날벼락도 아니고, 그 미친놈의 편지로 모두에게 무차별 사격을 해대다니!"

"무차별 사격이라니!" 나는 너무 화가 나서 이러다 울음이라도 터뜨릴까 봐 두려웠다. "무차별 사격이라니! 지난여름은 뭔데? 그때 무차별 사격을 받은 게 누군데?"

"누가 너보고 지름길로 다니래? 아빠가 절대 그 길로 다니지 말라고 했잖아."

"그게 날 쏠 이유가 돼? 그게 도대체 러스티를 죽일 이유가 되느냐고!"

데이비드가 내 팔을 너무 꽉 쥐어서 이러다 팔을 두 동강 내겠다는 생각이 들었다. "약탈자들은 개를 데리고 다녀. 우리는 탤벗 씨 시신 주위에 마구 찍혀 있던 개 발자국을 봤어. 네가 그 지름길로 올 때 러스티가 짖는 소리를 듣고 우리는 약탈자들이 오는 줄 알았다고." 데이비드가 나를 쳐 다봤다. "엄마 말이 맞아. 사람들은 다 신경과민으로 죽을 거야. 지난여름 에 우리는 모두 조금씩 미쳐 있었어. 우리는 전부 다 조금씩 미쳤던 거 같 아. 그런데 넌 편지를 집에 가져오는 따위의 짓거리로 모두가 그간 일어 났던 일이며, 잃어버린 사람들을 다시 떠올리도록…." 데이비드가 날 놓 더니 내 팔을 거의 부러뜨릴 뻔했다는 사실은 안중에도 없는 것처럼 자신 의 손을 내려다보았다.

"말했잖아. 잡지를 찾다가 발견했다고. 난 그걸 찾아서 다들 기뻐할 거라고 생각했어."

"그래. 어련하시겠어."

데이비드가 안으로 들어가고 나는 한참 동안 밖에 머물며 아빠와 스티 치를 기다렸다. 안으로 들어갔을 때는 아무도 고개를 들지 않았다. 엄마 는 여전히 창가에 서 있었다. 엄마 머리 위로 별이 하나 내다보였다. 탤벗 아줌마는 울음을 그치고 상을 차리고 있었다. 엄마가 수프를 그릇에 떠내 자 우리는 모두 식탁에 앉았다. 저녁을 먹고 있는데 아빠가 들어왔다.

스티치는 아빠가 데리고 있었다. 그리고 잡지도 잔뜩. "미안해요, 탤 벗 부인. 괜찮으시다면 이걸 집 근처에 둘 테니 린을 보내서 한 권씩 가져 오라고 시키세요."

"상관없네." 탤벗 아줌마가 말했다. "더는 잡지를 읽고 싶은 생각이 없어."

아빠는 잡지들을 소파에 놓고 카드놀이용 탁자에 앉았다. 엄마가 수프 를 한 대접 떠냈다. "씨앗을 구했어." 아빠가 말했다. "토마토 씨앗은 다 젖어버렸지만, 옥수수와 호박은 괜찮아."

아빠가 나를 쳐다봤다. "린, 우체국은 판자로 막아버렸다. 널 더 이상 거기에 보낼 수 없다는 건 너도 이해할 거야, 그렇지? 너무 위험해."

"말했잖아요. 잡지를 찾다가 편지를 발견했다고."

"불이 꺼지겠구나." 아빠가 말했다.

러스티가 총에 맞은 후, 멀리 에두르는 길로만 다니겠다고 아무리 약속을 해도, 집에 오는 나를 또 쏠까 봐 두려웠던 사람들은 한 달이나 아무 데도 못 나가게 했다. 하지만 그러다 스티치가 나타나고 아무 일도 생기지 않자 날 밖으로 내보내주기 시작했다. 나는 여름이 끝날 때까지 매일, 그리고 그 이후로는 내보내줄 때마다 거기로 갔다. 나는 모든 우편 더미를 각각 백 번쯤은 더 뒤진 끝에 클리어리 가족이 보낸 편지를 찾았다. 탤벗 아줌마 말이 맞았다. 편지는 다른 집 우편함에 들어 있었다.

〈클리어리 가족이 보낸 편지〉 후기

나는 콜로라도 스프링스에서 고개를 넘어서 가는 우드랜드 파크라는 로키산맥 속 소읍에 살 때 〈클리어리 가족이 보낸 편지〉를 썼다. 당시 우드랜드 파크는 비포장 흙길에다 소나무와 사시나무, 야생화들이 무성하고 파이크스피크산의 풍광이 멋진 작은 마을이었다.

다만 거긴 우편배달 서비스가 없었다. 나는 우편물을 가지러 우체국까지 걸어 다녀야 했다. 개를 데리고. 내가 어디서 이야기의 실마리를 얻었는지 여러분도 알 수 있을 것이다.

하지만 나는 지금까지의 내 작가 생활에서 최악이었던 날, 내 전체 경력에서도 두 번째 또는 세 번째로 최악이었던 날을 생각할 때도 그 우체국을 떠올린다. 그 당시는 잡지사에 원고를 보낼 때 이메일 대신 우편을 사용해야 했고, 편집자가 거절 쪽지를 붙여서 돌려보낼 수 있도록 자기 주소를 적고 우표를 붙인 반송용 봉투를 동봉해야 했다.

이 말은 수도 없이 우체국을 오가야 한다는 의미였으니, 나는 여분의 우표를 사서 한꺼번에 서류봉투 두 장과 반송용 봉투 두 장씩을 만들었는데, 한 세트는 잡지사에 보낼 때 썼고, 두 번째 세트는 첫 번째로 보낸 원고가 거절될 경우에 다른 잡지사에 보낼 때 썼다.

그 당시에 나는 거절 쪽지를 많이도 받았지만(보통은 글자 그대로 '쪽지'였다. 타자기로 '죄송합니다만 귀하의 원고는 저희 출판 목적에 맞지 않습니다'라 찍었고, 폭은 3센티미터도 안 되었다), 늘 스스로에게 이렇게 말하며 기운을 낼 수 있었다. '이번 건 거절당했지만 〈갈릴레오〉에 보낸 건 팔릴 가능성이 있어. 아니면 〈아시모프스〉에 보낸 거라도.'

그러나 그날, 우편물을 가지러 갔더니 우편함엔 반송된 원고 대신 접수대로 오라는 노란 종이가 들어 있었다. '아, 좋군. 좋아, 할머니가 선물을 보내셨구나.'라고 나는 생각했다. 그래서 선물을 가지러 접수대로 터덜터덜 걸어갔는데, 선물이 아니었다. 소포 같은 것도 아니었다. 내 손글씨가 적힌 서류봉투 더미가, 그때 내가 여기저기 보냈던 여덟 편의 소설 전부가, 모조리 거절당한 채 쌓여 있었다. 작품을 팔 수 있을 거라고 확신했던 〈옴니〉나 〈판타지와 SF〉에 보낸 것까지 하나도 남김없이.

흐음, 나는 집으로 오는 먼 길을 걸으며 생각했다. '어쩌면 이것들은 나에게 뭔가를 말하고 있는지도 모른다.' 그 뭔가란 분명히 이 일을 그만둬야 한다고, 포기해야 한다고, 스스로를 우스꽝스럽게 만드는 짓을 중단하고 교사 일로 돌아가야 한다는 이야기일 것이다.

그 길로부터 나를 구해준 것은 이미 만들어놓은, 우표를 붙이고 주소를 적어놓은 반송용 봉투들이었다. 다시 말해, 우표는 비싸니까, 마지막으로 한꺼번에 싹 다 보내본다 해서 더 상처받을 일은 없지 않겠나?

다행스럽게도 그렇게 대량으로 발송한 소설 중 하나인 〈달을 향해 우는 아이(The Child Who Cries for the Moon)〉가 《시공의 한 삽(A Spadeful of Spacetime)》이라는 선집에 팔렸고, 이것이 내 용기를 북돋워 결국은 〈갈릴레오〉와 〈아시모프스〉, 〈옴니〉, 〈판타지와 SF〉에 소설을 팔 때까지, 그리고 〈클리어리 가족이 보낸 편지〉와 〈화재 감시원〉이 네뷸러상을 받을 때까지, 그리고 내 삶의 경로를 완전히 바꿀 때까지 계속해서 글을 쓸 수 있었다.

하지만 아슬아슬했다. 지금은 재밌는 소소한 일화처럼 들리겠지만, 그 일이 벌어졌던 당시에는 전혀 재미있지 않았다.

그리하여, 혹시나 이 글을 읽을지도 모르는 고뇌하는 젊은 작가들에게 내가 하고 싶은 말은 이것이다. "아무리 많은 거절 쪽지를 받고, 아무리 낙담했다 하더라도 계속 쓰세요." 그리고 윈스턴 처칠이 했던 말처럼, "절대, 절대, 절대 포기하지 마세요".

AT THE RIALTO

리알토에서

✦

김세경 옮김

1989년 〈Omni〉 발표
1990년 네뷸러상 수상
1990년 휴고상 노미네이트
1990년 로커스상 노미네이트
1990년 SF 크로니클상 노미네이트

사고의 진지함은 뉴턴 물리학을 이해하는 데 있어 하나의 전제조건이었습니다. 하지만 저는 그러한 진지함이 양자이론을 이해하는 데에서는 걸림돌이 된다고 확신합니다.

— 1989년 국제양자물리학회 연례 학회에서,
게단켄 박사의 기조연설 중 발췌
캘리포니아, 할리우드

1시 30분 무렵 할리우드에 도착한 이후로 나는 리알토 호텔에 체크인하느라 애를 먹고 있었다. "죄송합니다만, 방이 없어요." 안내 데스크 너머에 있는 여자가 말했다. "무슨 과학 행사인지 뭔지 때문에 방이 꽉 차버렸거든요."

"저도 그 과학 행사에 참석합니다." 내가 말했다. "루스 베링거 박사예요. 2인실로 예약했어요."

"지금 여기엔 공화당원들이 한 무리 있는 데다, 핀란드에서 온 단체 관광객 한 팀까지 있어요. 제가 이곳에서 일하기 시작했을 때는 영화계 사람들이 죄다 여기로 온다고 말하더니, 이제껏 본 배우라고는 영화 한 편에서 유부녀의 정부로 나온 남자의 친구 역을 맡았던 남자 딱 한 명뿐이네요. 혹시 영화계에서 일하시는 분은 아니죠, 맞나요?"

"아니요. 저는 그 과학 행사인지 뭔지에 참석하러 왔어요. 루스 베링거 박사라고요."

"제 이름은 티파니예요." 여자가 말했다. "저는 사실 호텔 직원은 아니랍니다. 초월 명상법 수업료를 벌기 위해 여기서 일하는 것뿐이죠. 실제로는 모델/배우예요."

"저는 양자 물리학자예요. 이름은 루스 베링거고요." 나는 어떻게든 본론으로 다시 돌아가기 위해 애를 썼다.

티파니는 잠시 컴퓨터를 만지작거렸다. "손님 이름으로 예약된 방은 없는데요?"

"어쩌면 멘도사 박사 이름으로 예약되어 있을지도 몰라요. 그 여자분과 방을 같이 쓰기로 했거든요."

티파니가 컴퓨터를 한동안 더 만지작거렸다. "그분 이름으로 예약된 방도 없네요. 혹시 디즈니랜드 호텔에 예약하신 건 아닌가요? 이 두 호텔을 혼동하시는 분들이 많아서요."

"리알토 호텔 맞아요." 공책을 찾기 위해 가방을 뒤지며 내가 말했다. "여기 예약 확인번호가 있어요. W37420."

티파니는 컴퓨터에 확인번호를 입력하더니 물었다. "게단켄 박사님이세요?"

"실례합니다." 어느 나이 지긋한 남자가 말했다.

"곧 도와드릴게요." 티파니는 남자에게 말하더니 내게 다시 물었다. "저희 호텔에 얼마나 묵으시겠어요, 게단켄 박사님?"

"저기, 실례합니다만." 나이 지긋한 남자가 절박한 목소리로 말했다. 흰머리가 무성한 그 남자는 이제 막 끔찍한 일을 당하기라도 한 듯 멍한 얼굴이었다. 아니면 리알토 호텔에 체크인하느라 애를 먹기라도 했던가.

남자는 양말조차 신고 있지 않았다. 나는 혹시 이 사람이 게단켄 박사인 게 아닐까 궁금해졌다. 내가 이 학회에 오기로 결심한 것은 바로 게단켄 박사 때문이었다. 비록 작년에 파동/입자의 이중성에 대한 박사의 강의를 놓치긴 했지만, 〈국제양자물리학회 저널〉에서 강의 원고를 읽어봤더니 내가 보기에도 진짜로 말이 되는 소리 같았다. 양자이론의 대부분이 이해 불가능하다는 것을 고려해 볼 때 그 정도면 실로 대단한 일이다. 게단켄 박사가 올해 기조연설을 할 예정이라서 나는 기어이 그 연설을 들을 작정이었다.

하지만 게단켄 박사가 아니었다. "저는 웨드비 박사입니다." 그 나이 지긋한 남자가 말했다. "엉뚱한 방을 주셨더군요."

"저희 방들은 모두가 거의 똑같아요." 티파니가 말했다. "침대가 몇 개 있나, 뭐 그런 차이들뿐이죠."

"제 방에는 사람이 있다고요! 텍사스 오스틴 대학의 슬리스 박사가 있었어요. 그 여자분이 옷을 갈아입고 있었다니까요." 남자가 말을 할수록 머리카락은 점점 더 엉망진창이 되는 것 같았다. "슬리스 박사는 제가 연쇄살인범인 줄 알았대요."

"그러니까, 성함이 웨드비 박사라고 하셨던가요?" 컴퓨터를 다시 만지작거리며 티파니가 물었다. "박사님 이름으로 예약된 방은 없네요."

웨드비 박사가 고함을 지르기 시작했다.

티파니는 종이행주를 꺼내 데스크 위를 닦더니 고개를 다시 내게로 돌리며 물었다. "무엇을 도와드릴까요?"

개막 행사.
목요일, 오후 7시 30분-9시. 연회장.
'하이젠베르크의 불확정성 원리를 둘러싼 의문점들'
메릴랜드 대학 칼리지 파크의 할바르트 오노프리오 박사

나는 티파니가 근무를 마치고 난 오후 5시 30분이 되어서야 마침내 방을 받을 수 있었는데, 그때까지 웨드비 박사와 로비에 앉아 기다리며 애비 필즈가 할리우드에 대해 불평하는 소리를 들어야 했다.

"라신에서 하면 뭐가 문제래요?" 애비가 말했다. "도대체 왜 우리는 늘 이렇게 이상한 곳으로 와야 하는 거죠? 할리우드라니 세상에. 작년에

학회가 열린 세인트루이스도 여기보다 나을 바 없었어요. 앙리 푸앵카레 연구소 사람들이 게이트웨이 아치와 부시 스타디움을 본답시고 자꾸 자리를 떴잖아요."

"세인트루이스 이야기가 나와서 말인데…." 타쿠미 박사가 말했다. "아직 데이비드 못 만났어요?"

"네, 못 봤어요." 내가 대답했다.

"아, 정말요?" 타쿠미 박사가 말했다. "작년 연례 학회에서는 두 분이 말 그대로 떼려야 뗄 수 없는 사이였잖아요. 둘이서 '달빛 유람선'도 타고 말이죠."

"오늘 밤 프로그램이 어떻게 되나요?" 내가 애비에게 물었다.

"데이비드가 방금까지 여기 있었어요." 타쿠미 박사가 말했다. "보도 블록에 새겨진 스타들의 손자국을 보러 나가겠다고 당신께 전해달라더군요."

"제 말이 바로 그거예요!" 애비가 말했다. "유람선이며 할리우드 스타들 말이에요. 도대체 그런 게 양자이론과 무슨 상관 있는 거죠? 라신이야말로 물리학자들이 모이기에 훨씬 적합한 장소였을 거예요. 이… 이런 곳 말고요. 바로 길 건너편에 그라우맨스 차이니즈 극장이 있다는 걸 알고 계세요? 게다가 할리우드 대로는 갱이란 갱들이 모두 활보하는 곳이라고요. 빨간색이나 파란색 옷을 입고 있는 모습을 보기라도 한다면 그 깡패놈들은…." 애비가 말을 멈추고 안내 데스크를 쳐다보며 물었다. "저 사람 게단켄 박사 아닌가요?"

나도 고개를 돌려 그쪽을 쳐다봤다. 키가 작고 둥글둥글한 몸집에 콧수염을 기른 남자가 체크인하느라 애쓰고 있었다. "아뇨. 저분은 오노프리오 박사예요."

"아, 맞다." 애비가 프로그램 일정표를 보더니 말했다. "오노프리오 박사가 오늘 밤 개막 행사에서 발표하실 예정이죠. 하이젠베르크의 불확정성 원리에 관해서요. 가실 건가요?"

"아직 불확정인데요?" 농담으로 대답했지만, 애비는 웃지 않았다.

"저는 게단켄 박사를 꼭 만나야 해요. 최근에 새로운 연구를 위해 기금을 모았다더군요."

나는 게단켄 박사의 새 연구가 무언지 궁금했다. 아, 그분과 함께 연구할 수만 있다면.

"저는 '양자 물리학의 놀라운 세계' 워크숍에 그분이 와주셨으면 하고 바라고 있습니다." 여전히 안내 데스크를 쳐다보며 애비가 말했다. 놀랍게도, 오노프리오 박사는 단번에 열쇠를 받은 모양인지 엘리베이터로 향하고 있었다. "제 생각엔 게단켄 박사의 새로운 연구가 양자이론에 관한 해석과 관련된 것 같아요."

뭐, 그렇다면 나하고는 인연이 없을 것 같다. 난 도무지 양자이론이 이해되지 않았다. 때로는 애비 필즈를 포함한 그 누구도 이해하지 못하고 있는데, 단지 그걸 인정하고 싶지 않은 게 아닌가 하는 의혹이 슬며시 들기도 했다.

예를 들자면, 전자는 입자다. 파동처럼 움직이긴 하지만 말이다. 중성자는 두 개의 파동처럼 움직이면서 스스로(또는 서로) 간섭을 일으키는데, 하이젠베르크의 불확정성 원리 때문에 실제로는 어느 것 하나 정확히 측정할 수가 없다. 문제는 그보다 더한 골칫거리가 있다는 것이다. 전자들이 어떤 규칙들에 따라 움직이는가를 알아내기 위해 조셉슨 접합을 만들면 전자들은 부도체 장벽을 터널링해서 다른 쪽으로 슬쩍 넘어가버릴 뿐만 아니라, 광속이라는 제한에도 구애받지 않는 것처럼 보인다. 게다가 슈뢰딩거의 고양이는 우리가 상자를 열어보기 전에는 살아 있는 것도 죽어 있는 것도 아니다. 이 모든 것들은 티파니가 나를 게단켄 박사라고 부르는 것만큼이나 말이 안 된다.

그런 생각을 하다 보니 도착하면 같이 방을 쓰기로 한 달린에게 전화로 방 번호를 알려주겠다고 약속했던 게 떠올랐다. 방 번호를 받진 않았지만 더 이상 지체했다간 달린이 출발해버렸을 수도 있었다. 달린은 콜로라도 대학에서 발표하기 위해 덴버로 날아갔다가 내일 오전에 할리우드로 올 예정이었다. 라신의 겨울이 얼마나 아름다운지 내게 이야기해주고 있던 애비의 말을 중간에 끊고 나는 달린에게 전화하러 갔다.

"방을 아직 못 받았어." 달린이 전화를 받자 나는 그렇게 말했다. "이따가 자동 응답기에 메시지를 남길까? 아니면 덴버 연락처를 나에게 알려줄래?"

"난 괜찮아. 신경 쓰지 마." 달린이 말했다. "그나저나 데이비드는 아직 못 만났니?"

슈뢰딩거 박사는 파동 함수라는 개념의 문제점을 보여주기 위해 상자 안에 고양이 한 마리와 약간의 우라늄, 유독가스 한 병, 그리고 가이거 계수관을 함께 넣는 상황을 상상했습니다. 고양이가 상자 안에 있는 동안 우라늄 핵이 붕괴하면 방사능이 방출될 것이고, 이로 인해 가이거 계수관이 작동되면 유독가스 병이 깨지게 되어 있었습니다. 양자이론에서는 고양이가 상자 안에 있는 동안 우라늄 핵이 붕괴할 것인지 아닌지를 예측하는 일은 불가능하고, 단지 우라늄의 확률적인 반감기를 계산하는 것만 가능하므로, 우리가 상자를 열어보기 전까지 고양이는 살아 있는 것도 죽어 있는 것도 아니게 됩니다.

— 국제양자물리학회 연례 학회에서 열린 세미나에서,
네브래스카 대학 와후 캠퍼스의 A. 필즈 박사가 발표한
"양자 물리학의 놀라운 세계"

나는 달린에게 모델/배우인 티파니에 대해 경고해주려고 했던 걸 까맣게 잊어버리고 말았다.

"도대체 그게 무슨 말이야? 데이비드를 피하려는 중이라니?" 달린은 세 번도 넘게 같은 질문을 했다. "그렇게 바보 같은 짓을 왜 하는데?"

난 세인트루이스에서 '달빛 유람선'을 타는 바람에 콘퍼런스가 끝날 때까지도 돌아오지 못했었다. 그게 이유다.

"프로그램에 참가하고 싶으니까." 난 같은 대답을 벌써 세 번째쯤 했다. "밀랍인형 박물관 같은 데는 가기 싫어. 나도 이제 중년 아줌마라고."

"데이비드도 중년 아저씨야. 굳이 덧붙이자면 끝내주게 매력적이고. 실제로 우주에 남은 마지막 매력남일 수 있어."

"매력(charm)하면 쿼크지."* 나는 그렇게 말하고 전화를 끊었다. 티파니에 대해 아직 말하지 못했다는 걸 기억하기 전까지만 해도 의기양양한 기분이었다. 어쩌면 오노프리오 박사의 성공이 어떤 변화를 암시한 것일지도 모른다고 생각하며 안내 데스크로 돌아갔다.

티파니가 물었다. "무엇을 도와드릴까요?" 그러고는 나를 그냥 거기에 계속 세워두었다.

얼마 후 나는 다시 체크인을 포기하고 빨간색과 금색으로 된 소파로 되돌아갔다. "데이비드가 다시 여기로 왔었어요." 타쿠미 박사가 말했다. "밀랍인형 박물관으로 가겠다고 당신께 전해주라더군요."

"라신에는 밀랍인형 박물관 따윈 없어요." 애비가 말했다.

"오늘 밤 프로그램이 뭐죠?" 나는 애비의 프로그램 일정표를 가로챘다.

"6시 30분에 연회장에서 사교 모임과 개막 행사가 있고 그 후로는 세미나가 몇 개 있네요."

나는 여러 세미나에 관한 설명을 읽어보았다. 조셉슨 접합에 대한 세미나가 하나 있었다. 전자는 필요한 에너지가 없어도 어떻게든 부도체를 통과할 수가 있다. 어쩌면 나도 체크인 없이 어떻게든 방을 구할 수 있을지도 모른다.

"라신에 있었다면⋯." 애비가 시계를 보며 말했다. "우리는 벌써 체크인을 끝내고 저녁 식사를 하러 가고 있었을 거예요."

오노프리오 박사가 엘리베이터에서 모습을 드러냈는데, 여전히 손에는 가방을 들고 있었다. 박사는 우리 쪽으로 건너와 애비 옆 소파에 털썩

---

* 쿼크에는 6종이 있는데 그중의 하나가 'Charm'이다.

주저앉았다.

"저들이 옷을 반쯤 벗고 있는 여자가 있는 방을 주던가요?" 웨드비 박사가 물었다.

"모르겠어요." 오노프리오 박사가 말했다. "방을 찾을 수가 없네요." 그러고는 애처로운 눈빛으로 열쇠를 바라보았다. "1282호 열쇠를 받았는데, 방은 1275호까지밖에 없었어요."

"저는 카오스에 관한 세미나에 참석할래요." 내가 말했다.

오늘날 양자이론이 직면하고 있는 가장 심각한 어려움은 EPR 역설이나 측정 능력과 관련된 내재적 한계가 아닙니다. 그것은 바로 사람들에게 보여줄 모델이 없다는 사실입니다. 양자이론에는 모델도 없고 이론의 특징을 적절하게 보여줄 은유도 없습니다.

— 게단켄 박사의 기조연설 중에서 발췌

내 여행 가방을 어디에 보관해놓았는지 기억 못 하는 벨보이/배우와 작은 실랑이를 벌인 후, 나는 6시가 되어서야 방으로 들어가 짐을 풀 수 있었다.

MIT에서 여기까지 오는 동안 줄곧 납작하게 눌려 있던 내 옷가지들은, 여행 가방이 열리는 순간 완벽한 파동 함수 붕괴를 겪으며 다 죽어가는 슈뢰딩거의 고양이 같은 모습으로 쏟아져 나왔다.

다림질을 위해 호텔 객실관리부에 전화한 후 목욕을 하고, 결국 다림질을 포기한 채 샤워실 수증기로 원피스 주름을 폈을 즈음에는 '간식과 함께하는 사교 모임'은 이미 놓친 상태였고, 오노프리오 박사의 개회사에도 30분이나 늦었다.

나는 연회장으로 들어가는 문을 최대한 조용히 연 후 안으로 슬그머니 들어갔다. 회의가 늦게 시작했으면 하고 내심 바랐지만, 내가 알지 못하는 어느 남자가 벌써 발표자 소개를 하고 있었다. "…또한, 학계에 있는 저희 모두에게 영감이 되시는….”

나는 가장 가까운 의자로 뛰어들어가 자리에 앉았다.

“안녕.” 데이비드였다. “온종일 찾아다녔어요. 도대체 어디 있었던 거예요?”

“밀랍인형 박물관은 아니에요.” 내가 속삭였다.

“당신도 가봤으면 좋았을 텐데요.” 데이비드도 속삭이며 말했다. “대단했어요. 존 웨인에, 엘비스 프레슬리에, 완두콩/아메바같이 머리가 나빴던 모델/배우 티파니까지.”

“쉿!” 내가 말했다.

“…우리가 모두 기다려왔던 바로 그분, 링잇 디나리 박사님의 발표를….”

“오노프리오 박사는요?” 내가 물었다.

“쉿.” 데이비드가 말했다.

디나리 박사는 오노프리오 박사와 몹시 흡사했다. 그도 작은 키와 둥글둥글한 몸집에 콧수염까지 있었고, 무지개색 줄무늬가 있는 헐렁한 카프탄을 입고 있었다. “오늘 밤 저는 여러분을 낯설고도 새로운 세계로 안내하고자 합니다.” 디나리 박사가 말했다. “여러분이 알고 있다고 믿었던 모든 것과 모든 상식, 그동안 배운 모든 지혜를 버려야만 하는 세계. 존재했던 모든 규칙이 바뀌고, 때로는 규칙이 전혀 존재하지 않는 것처럼 보이는 그런 세계지요.”

디나리 박사는 말투도 오노프리오 박사와 똑 닮았다. 오노프리오 박사는 2년 전 신시내티에서 이와 똑같은 연설을 했다. 존재하지 않는 1282호를 찾아 헤매는 동안 무슨 이상한 변형을 거쳐 오노프리오 박사가 이제 여자가 돼버린 게 아닐까 하는 생각이 들었다.

“여기에서 더 나아가기 전에….” 디나리 박사가 말했다. “혹시 영매를 경험해보신 분 계신가요?”

뉴턴 물리학의 모델은 기계였습니다. 밀접히 연관된 부품들, 기어와 바퀴, 원인 및 결과가 담긴 기계라는 은유 덕분에 사람들은 뉴턴 물리학에 대해 생각해볼 수 있었습니다.

— 게단켄 박사의 기조연설 중에서 발췌

"당신은 우리가 엉뚱한 곳에 들어왔다는 걸 알고 있었잖아요." 로비로 나갈 때 나는 화가 잔뜩 난 목소리로 데이비드에게 따졌다.

우리가 자리를 떠나려고 일어섰을 때, 디나리 박사는 무지개색 줄무늬의 소매 안에 있던 통통한 손을 펼치고는 찰턴 헤스턴 같은 목소리로 외쳤다. "오, 믿지 않는 자들이여! 떠나지 말지어다. 참된 현실은 오직 이곳에만 존재하나니!"

"실제로 영매가 많은 것들을 설명해줄지도 몰라요." 데이비드가 씨익 웃으며 말했다.

"개회식이 연회장에서 열리고 있는 게 아니라면 다들 대체 어디에 있는 거죠?"

"난들 아나요?" 데이비드가 말했다. "캐피털 레코드 빌딩 보러 갈래요? 레코드판을 쌓아놓은 것처럼 생겼어요."

"개회사를 들으러 가고 싶어요."

"꼭대기에 있는 탑에서는 '할리우드'의 철자를 모스 부호로 깜박거리며 내보내죠."

나는 안내 데스크로 갔다.

"무엇을 도와드릴까요?" 안내 데스크에 있는 직원이 말했다. "제 이름은 나탈리이고, 저는…."

"오늘 저녁 국제양자물리학회 회의가 어디에서 열리고 있나요?"

"지금 연회장에서 진행되고 있습니다."

"분명 아직 저녁도 안 먹었죠?" 데이비드가 말했다. "콘 아이스크림 사줄게요. 저쪽에 가면 영화 〈페이퍼 문〉에서 라이언 오닐이 테이텀에게

콘 아이스크림을 사줬던 멋진 가게가 있어요."

"연회장에는 영매사가 있어요." 내가 나탈리에게 말했다. "저는 국제 양자물리학회를 찾고 있고요."

나탈리가 컴퓨터를 만지작거렸다. "죄송합니다만, 국제양자물리학회는 예약되어 있지 않습니다."

"그라우맨스 차이니즈 극장은 어때요?" 데이비드가 말했다. "현실을 원해요? 찰턴 헤스턴을 보고 싶어요? 양자이론이 실제로 작동하는 현장을 보고 싶지는 않아요?"

데이비드가 내 손을 움켜잡았다. "나랑 갑시다." 데이비드는 진지하게 말했다.

여행 가방을 열었을 때 옷가지들에 일어났던 것과 같은 파동 함수의 붕괴를 나는 지난해에 세인트루이스에서 이미 겪었다. 그때 나는 어쩌다 보니 유람선을 타고 뉴올리언스로 향하는 중간 지점까지 가고 말았다. 그런 일이 또다시 일어났다. 정신을 차렸을 때는 이미 아이스크림을 먹으며 '마이어나 로이'라는 배우의 발자국에 내 발을 맞춰보면서 그라우맨스 차이니즈 극장 앞마당을 거닐고 있었다.

그 배우들은 왜소증에 걸렸거나 어렸을 때 발을 묶어 놓았던 게 분명했다. 데비 레이놀즈, 도로시 라무어, 월레스 비어리도 모두 마찬가지였을 것 같았다. 그나마 내 발의 크기와 비슷했던 것이라곤 도널드 덕뿐이었다.

"내게는 이게 일종의 우주를 축소해놓은 지도처럼 보여요." 수많은 스타들의 손바닥 자국과 서명으로 가득한, 약간은 불규칙한 정사각형 시멘트로 이루어진 보도 위를 손으로 훑으며 데이비드가 말했다. "이 모든 흔적을 봐요. 우리는 이 흔적들을 통해 여기에 뭔가 있었다는 걸 알 수 있죠. 여기에 있는 자국들은 대개 비슷해요. 어쩌다 한 번씩 이런 것들을 보게 된다는 것 빼고는." 그러고는 무릎을 꿇더니 존 웨인의 주먹 자국을 가리켰다. "여기도." 데이비드는 매표소 쪽으로 걸어가 베티 그레이블의 다리 자국을 가리켰다. "그리고 서명을 보면 누구의 것인지도 알아낼 수 있어요. 그런데 이 정사각형 보도블록마다 언급되고 있는 '시드(Sid)'는 도대체 뭘까요? 게다가 이건 또 무슨 뜻일까요?"

데이비드가 레드 스켈턴의 보도블록을 가리켰다. "고마워요 시드, 우리가 해냈어요(Thanks Sid We Dood It)."

"어떤 패턴을 발견했다는 생각을 계속 하게 돼요." 반대쪽으로 건너가면서 데이비드가 말했다. "그런데 밴 존슨의 보도블록은 여기 에스더 윌리엄스와 칸틴플라스 사이에 비스듬히 끼워져 있단 말이죠. 게다가 메이 롭슨이란 사람은 또 누굴까요? 그리고 이쪽에 있는 보도블록들은 왜 죄다 비어 있는 거죠?"

아무튼 데이비드는 아카데미 수상자들을 진열해놓은 곳 너머로 나를 데리고 갔다. 그건 아코디언처럼 생긴 철제 병풍이었는데, 나는 1944년과 1945년 수상자 사이에 끼어 있었다.

"그러다 이제껏 파악한 패턴으로는 이 상황을 충분히 설명하기 힘들다는 생각이 들 때쯤, 문득 아직 앞마당까지밖에 못 왔다는 사실을 깨닫게 되죠. 아직 극장 안으로는 들어서지도 못했다는 사실 말이에요."

"그러면 당신 생각에는 그게 바로 지금 양자이론에서 일어나고 있는 일이라는 건가요?" 내가 자신 없이 물었다. 그때 나는 빙 크로스비의 액자에 등을 대고 있었는데, 빙 크로스비는 영화 〈나의 길을 가련다〉로 남우주연상을 받았다. "당신은 우리가 아직 극장 안에도 못 들어갔다고 생각해요?"

"우리가 양자이론에 대해 이해하는 수준은 발자국을 통해 메이 롭슨에 대해 알아낼 수 있는 정도에 불과하다고 생각해요." 데이비드는 잉그리드 버그만(영화 〈가스등〉으로 여우주연상을 받았다)의 뺨에 손을 올려놓으며 내가 빠져나가는 걸 막고서는 이렇게 말했다. "내 생각엔 말이죠, 우리는 양자이론에 대해 아는 게 전혀 없는 것 같아요. 터널링에 대해서도. 상보성에 대해서도." 그러고는 내 쪽으로 몸을 숙이며 말했다. "격렬함에 대해서도."

1945년도 작품상은 〈잃어버린 주말〉이 받았다. "게단켄 박사는 이해하고 있을 거예요." 내가 아카데미 수상자들과 데이비드 사이에 끼어 있던 몸을 빼내며 말했다. "게단켄 박사가 양자이론의 이해에 관한 큰 프로젝트를 준비하면서 새로운 연구팀을 꾸리고 있다는 거 알고 있어요?"

"네." 데이비드가 대답했다. "영화 한 편 볼래요?"

"9시에 카오스에 대한 세미나가 있어요." 나는 막스 형제의 손자국을 밟고 지나가며 말했다. "저는 돌아가야 해요."

"원하시는 게 '카오스'라면 바로 여기가 딱이에요." 데이비드가 걸음을 멈추고 아이린 던의 손자국을 보며 말했다. "영화 보고 나서 저녁 식사하러 가도 돼요. 영화 〈미지와의 조우〉에서 리처드 드레이퓨즈가 감자를 으깨서 데블스 타워를 만들잖아요. 할리우드 대로와 바인 가가 만나는 교차로 근처에 그 으깬 감자를 파는 곳이 있어요."

"저는 게단켄 박사를 만나고 싶어요." 나는 조심스럽게 보도 쪽으로 걸어간 뒤 데이비드를 돌아보았다.

데이비드는 극장 앞마당의 다른 쪽으로 가서 로이 로저스의 서명을 보고 있었다. "지금 농담하는 거죠? 게단켄 박사도 우리랑 마찬가지로 양자이론을 이해 못 해요."

"글쎄요, 적어도 게단켄 박사는 노력은 하잖아요."

"노력이야 저도 하죠. 문제는 말이죠, 어떻게 하나의 중성자가 자기 자신이랑 간섭을 하느냐는 거예요. 그런데 여기 트리거의 말발굽 자국은 왜 두 개밖에 없는 걸까요?"

"8시 55분이에요. 저는 카오스 세미나에 갈래요."

"당신이 세미나를 찾을 수 있다면야." 데이비드가 보도블록에 쓰인 서명을 보려고 한쪽 무릎을 땅에 대면서 말했다.

"찾아낼 거예요." 내가 단호히 말했다.

데이비드가 일어서서 나를 향해 씨익 웃더니 주머니에 손을 집어넣었다. "이건 대단한 영화예요."

또다시 이런 일이 벌어지다니! 나는 몸을 돌려 뛰다시피 도로를 건
넜다.

"〈벤지〉 9편이 상영 중이라고요." 데이비드가 뒤에서 소리쳤다. "벤지
가 우연히 샴 고양이와 몸이 뒤바뀐대요."

'카오스의 과학'
목요일, 오후 9~10시. 클라라 바우 실.
카오스의 구조에 대한 세미나. 나비 효과, 프랙탈, 무정형의 소용돌이 등 카
오스 원리들이 논의될 예정
라이프치히 대학교의 I. 두흐샤이난더.

나는 카오스 세미나를 찾을 수 없었다. 세미나가 열리기로 했던 클라
라 바우 실은 텅 비어 있었다. 바로 옆 패티 아버클 실에서는 채식주의자
회의가 열리고 있었고, 다른 회의실은 모두 잠겨 있었다. 연회장에는 아
직도 영매사가 있었다. "오시오!" 내가 문을 열자 영매사가 명령조로 말
했다. "이해가 기다리고 있소!"

나는 잠을 청하러 위층으로 올라갔다.

달린에게 전화하는 걸 깜빡 잊고 있었다. 벌써 덴버를 향해 출발했을
지도 모르지만, 달린이 메시지를 확인할지 몰라서 자동응답기에 방 번호
를 남겼다. 아침에 일어나면 안내 데스크에 달린이 오면 열쇠를 주라고
말해야 한다. 나는 잠자리에 들었다.

썩 잘 자지는 못했다. 밤사이 에어컨이 꺼져서 다음 날 아침 정장을
스팀으로 다릴 필요가 없어졌다. 나는 옷을 입고 아래층으로 내려갔다.

프로그램은 9시에 시작되었다. 애비 필즈의 '양자 물리학의 놀라운 세
계' 워크숍이 메리 픽포드 실에서 열렸고, 연회장에서의 아침 뷔페 후 '지
연 선택 실험에 관한 슬라이드 프레젠테이션'이 중간층에 있는 세실 B.

드밀 A에서 열렸다.

'아침 뷔페'는 듣기엔 근사했지만 늘 그랬듯 보온병에 담긴 커피와 도 넛뿐이었다. 전날 점심 이후로 아이스크림을 빼고는 먹은 게 없었지만, 만약 데이비드가 근처에 있다면 어딘가 음식 가까이에 있을 것이었다. 나는 데이비드를 피하고 싶었다. 어젯밤에는 그라우맨스 차이니즈 극장 이었지만, 오늘은 어쩌면 너츠 베리 팜에 가게 될지도 모른다. 데이비드 가 매력적이기는 해도 그런 일은 피하고 싶었다.

세실 B. 드밀 A 안은 칠흑같이 어두웠다. 심지어 앞쪽 스크린 위의 슬 라이드마저도 검게 보였다. "보시다시피, 레이저 펄스는 실험자가 파동 감지기나 입자 감지기를 설치하기 전부터 작동 중이었습니다." 르보브 박사가 말했다.

르보브 박사가 다음 슬라이드를 클릭했다. 어두운 회색 슬라이드였 다. "저희는 두 개의 거울과 하나의 입자 감지기로 이루어진 마하젠더 간 섭계를 사용했습니다. 첫 번째 일련의 시도에서 저희는 어떤 장치를 사 용할지, 그것을 어떤 방식으로 사용할지, 실험자가 모두 결정할 수 있도 록 허용하였습니다. 하지만 두 번째 시도에서는 무작위 기법 중에서도 가장 원시적인 방법을 사용했는데…."

르보브 박사가 다시 클릭하자, 이번엔 열 줄 앞에 있는 빈 의자도 찾 아낼 수 있을 만큼의 밝은 빛을 내뿜는 흰 슬라이드가 나타났고, 그 슬라 이드에는 동그란 검은 점들이 찍혀 있었다. 나는 슬라이드가 바뀌기 전 에 서둘러 빈 의자로 가서 자리에 앉았다.

"바로 한 쌍의 주사위였지요. 앨리의 실험은, 입자 감지기가 가동 중 일 때는 빛이 입자로 감지되고, 파동 감지기가 가동 중일 때는 빛이 파동 과 같은 양상을 보인다는 것을 저희에게 보여주었습니다. 사용할 장치를 선택하는 시점은 상관이 없었습니다."

"어서 와요." 데이비드가 말했다. "당신은 다섯 개의 검은 슬라이드랑 두 개의 회색 슬라이드랑 검은 점들이 있는 흰색 슬라이드를 놓쳤어요."

"쉿!"

"저희는 두 실험을 통해 의식적 선택이 실험 결과에 영향을 미치는지에 대한 확답을 얻고 싶었습니다." 르보브 박사가 또 다른 검은 슬라이드를 클릭했다. "보시다시피, 이 그래프는 실험자가 감지 장치를 선택했을 때의 실험과 장치가 무작위로 선택되었을 때의 실험 사이에 눈에 띄는 차이점이 없다는 사실을 보여주고 있습니다."

"아침 먹으러 갈래요?" 데이비드가 속삭였다.

"벌써 먹었어요." 나는 속삭이듯 대답하고는 위장에서 소리가 나서 거짓말이 들킬까 봐 조마조마했는데, 꼬르륵!

"영화 〈여성의 해〉에서 캐서린 헵번이 스펜서 트레이시에게 만들어주었던 바로 그 와플을 파는 근사한 곳이 할리우드 대로와 바인 가 교차로 근처에 있어요."

"쉿!"

"그리고 아침을 먹은 후에는 '프레드릭 오브 할리우드'에 가서 브래지어 박물관도 볼 수 있죠."

"조용히 좀 해줄래요? 안 들리잖아요."

"안 들리면 보면 되죠." 그렇게 말하긴 했지만, 검은색과 회색과 점들이 새겨진 나머지 92개 슬라이드가 상영되는 동안 데이비드는 어느 정도 잠자코 있었다.

르보브 박사가 불을 켜고 눈을 깜빡이며 청중들을 향해 미소를 지었다. "의식은 실험 결과에 눈에 띌 만한 영향을 미치지 않았습니다. 우리 연구실 조교 중 한 명은 이렇게 말하더군요. '이 작은 악마는 우리가 무엇을 할 것인지 우리 자신보다 먼저 알고 있군요.'"

르보브 박사는 농담으로 말한 모양이었지만 별로 재미는 없었다. 나는 일정표를 펼쳐 데이비드가 죽었다가 깨어나도 가고 싶어 하지 않을 만한 곳이 있는지 찾아보았다.

"두 분, 아침 드시러 가세요?" 디보도 박사가 물었다.

"네." 데이비드가 대답했다.

"아니요." 내가 대답했다.

"호타르드 박사와 저는 정말로 할리우드다운 곳에서 식사했으면 하거든요."

"바로 그런 곳을 데이비드 박사가 알고 있어요." 내가 말했다. "영화 〈공공의 적〉에서 제임스 캐그니가 매 클라크의 얼굴에 뭉갰던 자몽을 판다는 멋진 식당을 계속 이야기했거든요."

호타르드 박사는 서둘러 카메라와 여행안내서 네 권을 챙겼다. "그렇다면 저희에게 그라우맨스 차이니즈 극장도 보여주실 수 있겠네요?" 그가 데이비드에게 물었다.

"당연히 그럴 거예요." 내가 대답했다. "함께 갈 수 없어서 아쉽네요. 저는 불 연산(Boolean logic)에 관한 베리코프스키 박사의 강의에 가겠다고 약속을 했거든요. 그라우맨스 차이니즈 극장을 보신 다음 데이비드 박사가 여러분을 프레드릭스 오브 할리우드에 있는 브래지어 박물관으로 모시고 갈 수도 있을 거예요."

"브라운 더비 식당은요?" 디보도가 물었다. "중절모처럼 생겼다고 들었어요."

그들이 데이비드를 끌고 갔다. 나는 그 사람들이 완전히 로비를 벗어날 때까지 지켜본 다음 위층으로 재빨리 올라가서 웨드비 박사가 정보이론을 강의하는 곳으로 들어갔다. 웨드비 박사는 그곳에 없었다.

"웨드비 박사는 오버헤드 프로젝터를 찾으러 갔어요." 타쿠미 박사가 말해주었다. 타쿠미 박사는 한 손에는 도넛 반쪽이 얹어진 종이 접시를, 다른 한 손에는 스티로폼 컵을 들고 있었다.

"그거, 아침 뷔페에서 가져오신 거예요?" 내가 물어보았다.

"네. 마지막 도넛이었죠. 제가 도착한 다음 커피도 바로 다 떨어졌어요. 애비 필즈 박사의 강의에 안 가셨죠?" 타쿠미 박사는 커피가 든 컵을 내려놓고 도넛을 한 입 베어 먹었다.

"네." 나는 도넛을 갑자기 낚아채는 게 나을까, 아니면 힘으로 뺏는 게 나을까, 생각 중이었다.

"별로 중요한 것도 없었어요. 라신에서 회의를 열었어야 했다고 내내 열변을 토하기만 했죠." 타쿠미 박사가 마지막 도넛 조각을 입에 털어 넣었다. "데이비드는 아직 못 만났어요?"

'유레카 실험: 슬라이드 프레젠테이션'
금요일. 오후 9~10시. 세실 B. 드밀 A
르보브의 의식적/무작위적 지연 선택 실험에 관한 설명 및 실험 결과와 결론.
유레카 칼리지의 J. 르보브.

웨드비 박사가 드디어 오버헤드 프로젝터를 들고 들어섰다. 뒤로 프로젝터의 전선이 땅에 질질 끌리고 있었다. 박사가 전원을 연결했지만 불이 들어오지 않았다.

"잠깐만 들고 있어주실래요?" 타쿠미 박사가 내게 접시와 컵을 건넸다. "캘리포니아 공대에도 저런 게 있어요. '프랙탈 유역 경계'를 조정해주면 돼요." 그러더니 프로젝터 옆면을 세게 쳤다.

도넛은 부스러기 한 점 남아 있지 않았다. 커피는 컵 바닥에 1밀리미터 정도 남아 있었다. 내가 비굴하게 남은 커피라도 마셔보려는 찰나 타쿠미 박사가 한 번 더 프로젝터를 후려쳤다. 프로젝터에 불이 들어왔다.

"어젯밤 카오스 세미나에서 배운 거예요." 타쿠미 박사는 내가 들고 있던 컵을 가져가 남은 커피를 마저 마셔버렸다. "거기 오셨어야 했어요. 클라라 바우 실이 꽉 찼었답니다."

"자, 이제 시작해도 되겠군요." 웨드비 박사가 말했다.

타쿠미 박사와 나는 자리에 앉았다.

"정보는 의미의 전달입니다." 웨드비 박사가 초록색 매직펜으로 '의미'라는 단어와 '정보'처럼 보이는 단어를 스크린 위에 적었다. "정보가 임의로 바뀌면 의미는 전달될 수 없고, 엔트로피 상태에 빠지게 됩니다." 웨드비 박사는 '의미' 밑에 빨간색 매직펜으로 내용을 적었다. 무슨 내용인지 전혀 알아볼 수 없을 정도로 악필이었다.

"엔트로피 상태는 자동차 라디오에서 발생하는 약한 잡음 같은 낮은 엔트로피부터 완전한 무질서와 무작위, 혼돈 상태 같은 높은 엔트로피까지 다양한데, 엔트로피가 높은 상태에서는 그 어떤 정보도 전달되지 않습니다."

맙소사! 호텔 데스크에 달린에 대해 말해놓는다는 걸 깜빡했다.

나는 웨드비 박사가 상형문자 같은 글씨를 쓰려고 스크린 위로 몸을 숙이는 틈을 타서 회의장을 몰래 빠져나가 안내 데스크로 내려갔다. 부디 티파니의 근무시간이 아니기만 바랐다.

티파니가 근무 중이었다. "무엇을 도와드릴까요?" 티파니가 물었다.

"663호에 묵고 있는데요. 달린 멘도사 박사와 방을 함께 쓰기로 했어요. 오늘 아침에 도착할 예정인데 열쇠가 필요할 거예요." 내가 말했다.

"왜요?" 티파니가 물었다.

"방으로 들어가야 하니까요. 달린 박사가 도착하실 때 저는 강의를 듣고 있을지도 모르거든요."

"그분은 왜 열쇠를 안 가지고 계시죠?"

"아직 여기에 도착하지 않았으니까요."

"방을 함께 쓴다고 하지 않으셨나요?"

"박사가 도착하면 저랑 방을 함께 쓸 거라고요. 663호예요. 이름은 '달린 멘도사'예요."

"손님 성함은 어떻게 되세요?" 티파니가 손을 컴퓨터의 키보드에 올리며 물었다.

"루스 베링거예요."

"그 이름은 예약이 안 되어 있습니다."

플랑크 상수가 발표된 이후 90년 동안 우리는 양자 물리학에서 놀라운 발전을 이루어 왔습니다. 하지만 그것은 대체로 기술에 의한 발전이었지 이론적인 발전은 아니었습니다. 이론 분야의 발전은 시각화할 수 있는 모델이 있을 때야 비로소 이루어질 수 있습니다.

— 게단켄 박사의 기조연설 중 발췌

나는 내 이름이 호텔 예약자 명단에 없다는 것과 에어컨 문제로 한동안 티파니와 높은 엔트로피 상태를 유지하다가, 다시 재빨리 달린에게 줄 열쇠 문제로 화제를 돌렸다. 티파니가 방심한 틈을 노리려고 했던 것이었지만, '앨리의 지연 선택 실험'과 마찬가지로 이 작전도 눈에 띄는 차이를 보여주지는 못했다.

달린이 에어컨 수리공이 아니라는 사실을 티파니에게 설명하고 있는 와중에 애비 필즈가 나타나서 내게 물었다. "게단켄 박사 보셨어요?"

난 고개를 가로저었다.

"저의 '양자 물리학의 놀라운 세계' 워크숍에 참석하실 줄 알았는데 안 오셨어요. 게다가 호텔 측에서는 게단켄 박사 성함을 예약자 명단에서 찾을 수 없다고 하네요." 애비가 로비를 훑어보며 말했다. "우연히 그분의 새 연구 과제가 무엇인지 알게 됐는데, 분명 제가 적임자일 거예요. 게단켄 박사는 양자이론의 모델을 찾으실 거예요. 저분이 게단켄 박사인가요?" 애비는 엘리베이터 안으로 들어가는 나이 든 남자 한 명을 가리켰다.

"웨드비 박사 같은데요?" 내가 말하는 사이에 애비는 벌써 로비를 가로질러 엘리베이터를 향해 전력 질주하는 중이었다.

애비는 아슬아슬하게 웨드비 박사를 놓쳤다. 엘리베이터에 막 도착한 순간 문이 닫혀버렸다. 애비 박사는 엘리베이터를 다시 열려고 여러 번 버튼을 눌렀지만 실패하자, 프랙탈 유역 경계를 조정하려 애썼다. 나는 안내 데스크로 몸을 돌렸다.

"무엇을 도와드릴까요?" 티파니가 말했다.

"네, 좀 도와주시겠어요? 저랑 같은 방을 쓰는 달린 멘도사 양이 오늘 오전 중으로 도착할 겁니다. 멘도사는 프로듀서예요. 로버트 레드포드랑 해리슨 포드가 출연하는 새 영화에 출연할 주연 여배우를 캐스팅하러 오는 거랍니다. 달린 멘도사 양이 도착하면 방 열쇠 좀 주시겠어요? 참, 에어컨도 고쳐주시고요."

"네, 그럴게요, 선생님." 티파니가 말했다.

조셉슨 접합은 전자들이 추가적인 에너지를 얻어야만 에너지 장벽을 넘어갈 수 있도록 설계되어 있습니다. 하지만 하인즈 페이겔스의 표현을 빌리자면 일부 전자가 "벽을 그대로 뚫고 지나가듯" 통과하는 전자 터널링 현상이 발견되었습니다.

— 네브래스카 대학 와후 캠퍼스의 A. 필즈
"양자 물리학의 놀라운 세계" 중에서

애비는 엘리베이터 버튼을 쾅쾅 두드리는 걸 멈추고, 이제는 엘리베이터 문을 억지로 열기 위해 기를 쓰고 있었다.

나는 옆문을 통해 할리우드 대로로 나갔다. 데이비드가 말했던 식당은 할리우드 대로와 바인 가의 교차로 근처에 있었다. 나는 그 반대쪽, 그라우맨스 차이니즈 극장 방향으로 몸을 돌려 눈에 보이는 첫 번째 레스토랑으로 재빨리 들어갔다.

"제 이름은 스테파니예요." 웨이트리스가 말했다. "일행이 몇 분이세요?"

근처에는 아무도 없었고 달랑 나 혼자였다. "혹시 배우/모델이신가요?" 내가 스테파니에게 물었다.

"네. 저는 심신미용 수업을 듣고 있는데, 수업료를 벌기 위해 여기에서 일하고 있죠."

"저는 혼자예요." 나는 정확히 알려주기 위해 검지를 들어 보이며 말했다. "창가에서 떨어진 테이블에 앉고 싶네요."

스테파니는 창 바로 앞에 있는 테이블로 나를 안내한 다음, 대우주 크기의 메뉴판을 건네주더니 내 맞은편 자리에도 메뉴판 하나를 더 놓았다. "오늘의 아침 특식은 새먼베리를 채운 파파야와 발삼 비네그레트 소스가 곁들어진 금련화/치커리 샐러드입니다. 일행분이 도착하시면 주문을 받으러 오겠습니다."

나는 얼굴을 가리려 창 쪽에 메뉴판 하나를 세우고, 다른 하나를 펼쳐서 아침 식사용 요리를 읽었다. 메뉴 이름들에는 한결같이 '실란트로'라든가 '레몬그라스'가 들어 있는 것 같았다. '적색 치커리'가 혹시 '도넛'의 캘리포니아식 표현인 건 아닌지 궁금할 정도였다.

"안녕?" 데이비드가 테이블에 세워진 메뉴판을 집어 들고 자리에 앉으며 인사했다. "성게 파이가 맛있어 보이는데요?"

데이비드를 만나게 되어 실은 기뻤다. "여긴 어떻게 왔어요?" 내가 물었다.

"장벽을 뚫고 터널링했죠. 그런데 엑스트라 버진 올리브 오일이란 게 정확히 뭐죠?"

"도넛을 먹고 싶었는데…." 내가 맥이 빠진 목소리로 말했다.

데이비드는 내게서 메뉴판을 빼앗아 테이블 위에 놓더니 자리에서 일어났다.

"영화 〈어느 날 밤에 생긴 일〉에서 클라크 게이블이 클로데트 콜베르에게 도넛을 커피에 적셔 먹는 법을 가르쳐줬죠. 그 도넛을 파는 멋진 식당이 바로 옆에 있어요."

그 멋진 식당이 어쩌면 저기 롱비치 어딘가에 있을지도 몰랐지만, 데이비드의 제안을 물리치기에는 너무나 허기에 지쳐 있었다. 나는 자리에서 일어났다. 스테파니가 황급히 다가왔다.

"더 필요한 게 있으신가요?" 스테파니가 물었다.

"나가는 길이에요." 데이비드가 말했다.

"그럼, 그러세요." 스테파니는 종이 뭉치에서 계산서 한 장을 찢어 테이블 위에 탁 놓으며 말했다. "식사 맛있게 하셨길 바랍니다."

그러한 패러다임을 찾는 일은 어렵습니다, 불가능한 게 아니라면 말이죠. 플
랑크 상수 덕분에 우리가 보는 세계는 대개 뉴턴 역학의 지배를 받고 있습니
다. 입자는 입자고 파동은 파동이며, 물체가 갑자기 벽을 뚫고 사라졌다가 반
대편에서 다시 나타나는 일은 없죠. 양자 효과는 오직 아원자 수준에서만 현
저하게 나타납니다.

— 게단켄 박사의 기조연설 중에서 발췌

그라우맨스 차이니즈 극장 바로 옆에 있어서 살짝 신경이 쓰이긴 했
지만, 그 식당에서는 달걀과 베이컨, 토스트, 오렌지 주스, 커피, 거기다
도넛까지 팔고 있었다.

"저는 당신이 디보도 박사와 호타르드 박사랑 같이 아침 식사를 할 거
라고 생각했는데요." 도넛을 커피에 적시며 내가 물었다. "그 사람들은
어떻게 됐어요?"

"포레스트 론 공원묘지로 갔어요. 호타르드 박사가 로널드 레이건 전
대통령이 결혼식을 올렸던 교회를 보고 싶어 했거든요."

"레이건 전 대통령이 포레스트 론 공원묘지에서 결혼했어요?"

데이비드는 내가 먹던 도넛을 한 입 베어 먹었다. "'위 커크 오브 더
헤더 교회'에서 했죠. 세계에서 가장 큰 종교 유화가 포레스트 론에 있다
는 사실 알아요?"

"그런데 왜 그 사람들이랑 같이 안 갔어요?"

"그러다 영화를 놓치게요?" 데이비드가 테이블 너머로 내 손을 움켜
잡았다. "2시에 영화가 상영돼요. 같이 가요."

나는 현실의 파동함수가 붕괴하기 시작하는 걸 느낄 수 있었다. "돌아
가야 해요." 나는 손을 빼내려 애쓰며 말했다. "2시에 EPR 역설에 대한
패널 토론회가 있어요."

"그럼 5시 상영을 보면 되겠네요. 8시도 있고."

"8시에는 게단켄 박사가 기조연설을 할 예정이에요."

"문제가 뭔지 알아요?" 데이비드가 여전히 내 손을 잡은 채 말했다. "문제는, 사실 이 극장이 그라우맨스 차이니즈 극장이 아니라는 사실이에요. 진짜 이름은 맨스 차이니즈 극장인 거죠. 시드라는 사람은 이미 죽어서 이런 걸 물어볼 수도 없어요. 왜 조앤 우드워드와 폴 뉴먼 같은 부부는 보도블록 하나를 함께 쓰고, 어떤 부부는 함께 쓰지 않는 걸까요? 진저 로저스랑 프레드 아스테어 부부 같은 경우는 보도블록을 각각 따로 썼거든요."

"당신이야말로 문제가 뭔지 알아요?" 내가 손을 비틀어 빼며 말했다. "문제는 당신이 아무것도 진지하게 여기지 않는다는 사실이에요. 여긴 학회예요. 그런데 당신은 학회 프로그램에도, 게단켄 박사의 발표를 듣는 데에도, 양자이론을 이해하려고 노력하는 데에도 전혀 관심이 없다고요!" 나는 계산할 돈을 꺼내려 지갑 안을 뒤지며 말했다.

"우리가 바로 그 이야기를 하고 있었던 거 아닌가요?" 데이비드가 놀란 목소리로 말했다. "문제는 말이죠, 문을 지키고 있는 저 사자 석상들은 어디에 두어야 어울릴까요? 그리고 저 빈 공간들은 다 뭐죠?"

'EPR 역설에 관한 패널 토론회'
금요일. 오후 2~3시. 키스톤 콥스 실.
비국소 작용과 캘커타 제안 및 원거리의 격렬함을 포함한 단일항 상태의 상관관계에 대한 최근 연구에 관한 토론.
사회자: I. 타쿠미. 패널: R. 아이버슨, S. 핑.

나는 리알토 호텔로 돌아가자마자 달린이 왔는지 확인하기 위해 내 방으로 올라갔다. 달린은 방에 없었고 안내 데스크에 전화하려고 했지만 전화가 작동되지 않았다. 다시 데스크로 내려갔다. 데스크에는 아무도 없었다. 나는 15분을 기다린 후 EPR 역설에 대한 패널 토론이 열리는 곳으로 들어갔다.

"아인슈타인-포돌스키-로젠(Einstein-Podolsky-Rogen) 역설은 양자이론과 양립할 수 없습니다." 타쿠미 박사가 이야기하고 있었다. "그 실험들이 무엇을 의미하든 전 신경 쓰지 않습니다. 우주 양쪽 끝에 있는 전자두 개가 동시에 서로에게 영향을 미치는 일은 시공 연속성에 대한 이론전체를 파괴하지 않고서는 불가능합니다."

타쿠미 박사 말이 맞았다. 양자이론의 모델을 찾는 일이 설령 가능하다 하더라도, EPR 역설은 어떻게 할 것인가? 만약 실험자가 원래 충돌했던 한 쌍의 전자 중 하나를 측정하면, 이는 동시에 또 다른 전자의 상관관계를 바꿔놓게 된다. 설령 그 전자들이 서로 몇 광년 멀리 떨어져 있다 하더라도.

그것은 마치 단 한 번의 충돌로 한없이 연결되어 영원히 같은 보도블록을 공유하게 되는 것 같았다. 설령 그들이 서로 우주 정반대에 있다 하더라도.

"만일 양자들이 동시에 소통한다면, 저도 여러분의 의견에 동의할 겁니다." 아이버슨 박사가 말했다. "하지만 양자들은 그러지 않아요. 그것들은 단순히 서로에게 영향을 미칠 뿐이죠. 쉬모니 박사가 '원거리의 격렬함(passion at a distance)'에 대한 논문에서 이런 작용에 대한 정의를 내렸습니다. 그리고 제 실험 또한 명백하게…."

데이비드가 1944년도와 1945년도 아카데미 작품상 사이에서 내게 몸을 숙이며 "우리가 양자이론에 대해 이해하는 수준은 발자국을 통해 메이 롭슨에 대해 알아낼 수 있는 정도에 불과하다고 생각해요."라고 말했던 것이 떠올랐다.

"새로운 용어를 만들어 무얼 설명해내려고 해선 안 됩니다." 타쿠미 박사가 말했다.

"전혀 동의할 수 없습니다." 펑 박사가 말했다. "'원거리의 격렬함'은 단순히 새로 만들어진 용어가 아닙니다. 그것은 입증된 현상이에요."

그 이야기를 들으니, 데이비드가 창가에 세워뒀던 대우주 크기의 메뉴판을 가져가서 "성게 파이가 맛있어 보이는데요?"라고 했던 게 떠올랐다.

충돌 후에 전자가 어디로 갔느냐는 전혀 상관이 없었다. 설령 전자가 할리우드 대로와 바인 가 교차로에서 반대 방향으로 갔다 하더라도, 설령 자기를 감추기 위해 창가에 메뉴판을 세워놓았다 하더라도, 다른 전자는 적색 치커리에서 그 전자를 구출해내어 도넛을 사주었을 것이다.

"입증된 현상이라고요?" 타쿠미 박사가 소리쳤다. "허!" 타쿠미 박사는 강조하기 위해 의사봉을 꽝 내리쳤다.

"지금 원거리의 격렬함이 존재하지 않는다고 말씀하시는 겁니까?" 펑 박사가 얼굴을 몹시 붉히며 따졌다.

"저는 빈약한 실험 한 번으로 입증된 현상이라고 말할 수는 없다는 겁니다."

"빈약한 실험 한 번이라고요? 저는 이 연구에 5년이라는 시간을 쏟아부었어요!" 아이버슨 박사가 펑 박사에게 주먹을 흔들며 말했다. "원거리의 격렬함을 보여드리죠!"

"한번 해보세요. 그럼 제가 당신의 프랙탈 유역 경계를 조정해드리죠!" 타쿠미 박사는 그렇게 말하며 의사봉으로 펑 박사의 머리를 내리쳤다.

하지만 패러다임을 찾는 일이 불가능한 것은 아닙니다. 뉴턴 물리학도 기계는 아니에요. 단지 기계가 가지고 있는 특성의 일부를 공유할 뿐이지요. 우리는 가시적 세계 어딘가에서 양자 물리학이 가지고 있는, 종종 기묘하게 보이기도 하는 특성을 공유하고 있는 모델을 찾아야만 합니다. 이러한 모델은, 불가능하게 들리기는 하지만 분명 어딘가 존재하고 있을 겁니다. 그 모델을 찾는 일은 이제 우리에게 달려 있습니다.

— 게단켄 박사의 기조연설 중에서 발췌

나는 경찰이 오기 전에 내 방으로 올라갔다. 달린은 아직도 방에 없었고, 전화와 에어컨도 작동되지 않았다. 나는 정말로 걱정이 되기 시작했다. 데이비드를 찾으러 그라우맨스 차이니즈 극장으로 가봤지만 거기에 없었다. 웨드비 박사와 슬리드 박사가 아카데미 수상자들의 사진이 진열된 철제 병풍 뒤에 서 있었다.

"혹시 데이비드 박사 보셨어요?" 내가 물었다.

웨드비 박사가 배우 노마 셰러의 사진을 짚고 있던 손을 떼었다.

"떠났어요." 슬리드 박사가 1929년도와 1930년도 작품상을 받은 영화들 사이에서 빠져나오며 말해주었다.

"포레스트 론 공원묘지로 간다고 하더군요." 웨드비 박사가 덥수룩한 흰머리를 매만지며 말했다.

"혹시 달린 멘도사 박사 못 보셨어요? 오늘 아침에 오기로 되어 있었는데…"

그들은 달린을 보지 못했다. 호타르드 박사와 디보도 박사도 마찬가지였다. 그 두 사람은 나를 로비에서 멈춰 세우더니 오순절 교파의 지도자 에이미 셈플 맥퍼슨의 묘지 사진엽서를 보여줬다. 티파니는 근무를 마치고 자리를 떠났다. 나탈리는 예약자 명단에서 내 이름을 찾지 못했다. 나는 달린이 전화할지도 모른다는 생각에 전화를 기다리러 방으로 돌아갔다.

에어컨은 아직도 고쳐지지 않았다. 나는 할리우드 안내 책자로 부채질하다가 책자를 펼쳐 읽어보았다. 뒤표지에 그라우맨스 차이니즈 극장 앞마당의 지도가 있었다. 데보라 카와 율 브리너도 보도블록을 공유하지 않았고, 캐서린 헵번과 스펜서 트레이시는 지도에 있지도 않았다. 영화 〈여성의 해〉에서 캐서린 헵번이 스펜서 트레이시에게 와플을 만들어주었는데도 사람들은 그들에게 보도블록 한쪽도 내주지 않았다. 혹시 모델/배우인 티파니가 보도블록의 배정을 맡았던 게 아닐까? 티파니가 스펜서 트레이시를 멍한 눈으로 쳐다보며 "예약자 명단에 없습니다."라고 말하는 장면을 상상할 수 있었다.

모델/배우란 게 도대체 뭘까? 모델 또는 배우라는 뜻일까, 아니면 모델 겸 배우라는 뜻일까? 티파니는 분명 호텔 직원은 아니었다. 어쩌면 전자가 미시우주의 티파니일 수도 있다. 그렇게 가정하면 전자의 파동/입자 이중성이 설명된다. 어쩌면 실제로는 전자가 아닐 수도 있다. 어쩌면 그저 단일항 상태 수업료를 내기 위해 전자 상태로 아르바이트하고 있었던 것일 수 있다.

7시가 되도록 달린에게서는 전화가 없었다. 나는 부채질을 멈추고 창문을 열려고 했지만, 창문은 꼼짝도 하지 않았다. 문제는, 모두가 양자이론에 대해서 아무것도 모르고 있다는 사실이었다. 우리가 가진 것이라고는, 아무도 볼 수 없고 하이젠베르크의 불확정성 원리 때문에 제대로 측정할 수도 없는, 서로 충돌하는 몇 개의 전자들뿐이었다. 게다가 카오스도 고려해야 했고 엔트로피며 저 모든 빈 공간들까지. 우리는 메이 롭슨이 누군지조차도 모르고 있었다.

7시 30분에 전화벨이 울렸다. 달린이었다.

"도대체 어떻게 된 일이야? 어디에 있어?" 내가 물었다.

"비벌리 윌셔 호텔에 있어."

"비벌리힐스에 있는?"

"응. 이야기가 길어. 리알토 호텔에 도착했을 때, 호텔 직원이 말하길 네가 그곳에 묵고 있지 않다는 거야. 이름이 티파니였던 것 같아. 티파니가 말하길 호텔이 무슨 과학 행사로 모두 예약돼서 나머지 사람들을 다른 호텔들로 보내야 했대. 네가 비벌리 윌셔 호텔 1027호에 머물고 있다고 알려줬어. 데이비드는 어때?"

"말도 안 돼." 내가 말했다. "데이비드는 학회 내내 그라우맨스 차이니즈 극장에 있는 디나 더빈의 발자국이나 보러 다니고 영화 보러 가자고 날 설득하느라 시간을 보냈어."

"그래서 보러 갈 거야?"

"안 돼. 30분 후에 게단켄 박사가 기조연설을 할 거야."

"정말?" 달린이 깜짝 놀란 목소리로 말했다. "잠깐만."

잠시 정적이 있고 나서 달린이 다시 돌아와 말했다. "내 생각엔 네가 극장으로 가는 게 좋을 것 같아. 데이비드는 우주에 남은 마지막 매력남 두 명 중 한 명이라고."

"하지만 데이비드는 양자이론을 전혀 진지하게 받아들이지 않아. 게단켄 박사는 새로운 모델을 설계할 연구팀을 꾸리고 있는데, 데이비드는 캐피털 레코드 빌딩 꼭대기에 있는 송신탑 이야기나 계속해대고 있단 말이야."

"있잖아, 어쩌면 데이비드가 양자이론에 대해 뭔가 알고 있는 건지도 몰라. 그러니까 내 말은, 진지함이 뉴턴 물리학에서는 통했지만 양자이론에서는 다른 접근 방식이 필요할 수도 있어. 시드가 그러는데…."

"시드?"

"오늘 밤 나를 데리고 영화 보러 갈 남자야. 이야기가 좀 길어. 티파니가 나에게 엉뚱한 방 번호를 주는 바람에 이 남자가 속옷만 입고 있는 방으로 들어가게 됐지 뭐니. 양자 물리학자야. 리알토 호텔에 묵기로 되어 있었는데 티파니가 예약자 명단에서 이름을 못 찾았대."

파동/입자 이중성이 함축하고 있는 가장 중요한 점은, 전자가 정확한 위치를 가지고 있지 않다는 것입니다. 전자는 확률적 위치에 중첩된 상태로 존재합니다. 실험자가 전자를 관측할 때, 비로소 전자는 하나의 위치로 '붕괴'됩니다.

— "양자 물리학의 놀라운 세계" 중에서,
네브래스카 대학 와후 캠퍼스의 애비 필즈

포레스트 론 공원묘지는 5시에 문을 닫았다. 달린과의 전화를 끊은 뒤 할리우드 안내 책자에서 찾아봤다.

데이비드가 어디로 갔을지 알 수가 없었다. 브라운 더비 식당이거나 라브레아 타르 웅덩이일 수도 있었고, 아니면 영화 〈에이리언〉에서 존

허트가 가슴이 터지기 직전에 먹었던 알팔파 새싹을 판다는 할리우드 대로와 바인 가 교차로 근처의 어느 근사한 식당일 수도 있었다.

적어도 게단켄 박사가 어디에 있는지는 알게 되었다. 나는 옷을 갈아 입고 엘리베이터에 올라타면서 파동/입자 이중성과 프랙탈과 높은 엔트로피 상태와 지연 선택 실험에 대해 생각했다. 문제는, 우리가 조셉슨 접합과 원거리의 격렬함과 그 모든 빈 공간들을 고려했을 때, 양자이론을 시각화할 수 있게 할 모델을 어디에서 찾을 수 있는가 하는 거였다. 불가능한 것은 아니었다. 하지만 우리에게는 발자국 몇 개와 인상적인 베티 그레이블의 다리보다는 더 많은 게 필요했다.

엘리베이터 문이 열리자 애비 필즈가 나를 툭 쳤다. "한참 찾아다녔어요." 애비가 말했다. "게단켄 박사 못 보셨죠? 혹시 보셨어요?"

"연회장에 안 계시던가요?"

"안 계시네요." 애비가 말했다. "벌써 15분이나 늦으셨는데 박사를 본 사람이 아무도 없어요. 여기 서명 좀 해주시겠어요?" 애비는 클립보드를 내밀며 말했다.

"이게 뭐죠?"

"요청서예요." 애비는 내게서 클립보드를 채갔다. "'아래 서명한 우리는 국제양자물리학회 연례 학회가 차후 적절한 장소에서 개최될 것을 요구합니다.'라고 되어 있어요. 라신 같은 곳 말이죠." 애비는 클립보드를 다시 들이밀며 덧붙였다. "할리우드 같은 곳 말고요."

할리우드.

"국제양자물리학회 참가자들이 체크인하는 데 평균 2시간 36분 걸렸다는 사실 알고 계세요? 심지어 참가자 중 일부는 글렌데일에 있는 호텔로 보내졌다더군요."

"비벌리힐스로도 보냈대요." 별생각 없이 말이 나왔다. 할리우드. 브래지어 박물관, 막스 형제, 빨간색이나 파란색 옷을 입으면 날 죽일지도 모르는 갱들, 티파니/스테파니, 세계에서 가장 큰 종교 유화.

"비벌리힐스라니." 애비가 윗주머니에서 샤프를 꺼내 메모하며 중얼거렸다. "게단켄 박사가 발표하는 동안 요청서를 제출할 거예요. 자, 어서 서명하세요." 애비가 내게 샤프를 건네주며 말했다. "내년에도 리알토 호텔에서 연례 학회가 열리기를 원하시는 게 아니라면요."

나는 클립보드를 애비에게 돌려주며 말했다. "제 생각에 이제부터 연례 학회는 매년 여기에서 열릴 것 같은데요?" 그리고 나는 그라우맨스 차이니즈 극장을 향해 달려갔다.

우리가 양자이론의 논리적인 면과 터무니없는 면을 모두 포용할 수 있는 그런 모델을 갖게 된다면, 우리는 전자의 충돌과 수학을 넘어 놀랍고 아름다운 미시우주를 볼 수 있게 될 것입니다.

— 게단켄 박사의 기조연설 중에서 발췌

"〈벤지〉 9편 티켓 한 장 주시겠어요?" 나는 매표소에 있는 여자에게 말했다. 여자의 이름표에는 '할리우드에 오신 것을 환영합니다. 제 이름은 킴벌리입니다.'라고 적혀 있었다.

"어느 극장을 원하세요?" 킴벌리가 물었다.

"그라우맨스 차이니즈요." 지금은 높은 엔트로피 상태로 있을 시간이 없다.

"어느 극장이요?"

나는 극장 입구에 있는 차양을 올려다보았다. 〈벤지〉 9편은 극장 세 개에서 동시에 상영 중이었다. 커다란 중앙 극장과 양쪽에 있는 작은 극장들이었다. "현재 관중 반응 설문조사가 진행 중입니다." 킴벌리가 말했다. "각 극장에서 상영되는 영화들은 모두 마지막 부분이 달라요."

"어떤 게 중앙 극장이죠?"

"잘 모르겠어요. 저는 그저 유기 호흡법 수업료를 내기 위해 여기에서 아르바이트하고 있을 뿐이에요."

"혹시 주사위 가지고 계세요?" 질문을 던지고 나서야 나는 내가 완전히 잘못된 방식으로 접근하고 있다는 것을 깨달았다. 이것은 뉴턴 물리학이 아니라 양자 물리학이었다. 내가 어떤 극장을 선택하든, 어떤 좌석에 앉든, 그것은 중요하지 않았다. 이것은 지연 선택 실험이었고, 데이비드는 이미 공중으로 붕 떠버렸다.

"해피 엔딩으로 끝나는 극장이 어디죠?" 나는 물었다.

"중앙 극장이요." 킴벌리가 대답했다.

나는 사자 석상들을 지나 로비로 들어갔다. 화장실 문 옆에 놓인 유리 케이스에 론다 플레밍과 중국 밀랍인형들이 들어 있었다. 구내매점 뒤에는 그림이 그려진 거대한 커튼이 있었다. 나는 레이지넷과 팝콘, 주주비를 산 다음 극장 안으로 들어갔다.

극장은 내가 상상했던 것보다 훨씬 컸다. 빨간색 빈 의자들이 거대한 기둥들 사이사이와 극장 앞쪽의 스크린을 덮은 붉은 커튼까지 곡선을 이루며 줄줄이 들어 차 있었다. 벽은 복잡한 그림들로 뒤덮여 있었다. 나는 주주비와 레이지넷과 팝콘을 손에 든 채, 머리 위에 있는 샹들리에를 쳐다보며 그곳에 서 있었다. 샹들리에에서는 은빛 용들로 둘러싸인 화려한 금빛 햇살이 쏟아져 나왔다. 이런 곳일 거라고는 상상조차 해보지 않았다.

조명이 꺼지고 붉은 커튼이 열리자 안쪽 커튼이 베일처럼 스크린을 가로질러 모습을 드러냈다. 나는 어두운 통로를 걸어 내려가 좌석에 앉았다. "안녕?" 그리고 나는 데이비드에게 레이지넷을 건네주었다.

"어디 있었어요?" 데이비드가 말했다. "영화가 이제 막 시작하려던 참이에요."

"알고 있어요." 내가 대답했다. 나는 데이비드를 가로질러 몸을 숙인 채 달린에게는 팝콘을, 게단켄 박사에게는 주주비를 건네주었다. "양자 이론을 위한 모델에 대해 연구 중이었어요."

"그래서요?" 주주비 상자를 열며 게단켄 박사가 말했다.

"두 분 다 틀렸어요." 내가 말했다. "그건 그라우맨스 차이니즈 극장이 아니에요. 영화도 아니지요, 게단켄 박사님."

"시드." 게단켄 박사가 말했다. "우리 모두 같은 연구팀에 있을 거라면 성보다는 이름을 부르는 게 좋을 것 같군요."

"그라우맨스 차이니즈 극장도 아니고 영화도 아니라면 뭐야?" 달린이 팝콘을 먹으며 물었다.

"할리우드야."

"할리우드라." 게단켄 박사가 생각에 잠긴 얼굴로 말했다.

"그래요, 할리우드." 내가 말했다. "보도 위의 스타들과 레코드판들과 중절모처럼 생긴 빌딩, 적색 치커리와 관객 설문조사와 브래지어 박물관, 영화들, 그라우맨스 차이니즈 극장."

"그리고 리알토 호텔." 데이비드가 말했다.

"특히나 리알토 호텔."

"그리고 국제양자물리학회." 게단켄 박사가 말했다.

나는 르보브 박사의 검은색과 회색 슬라이드들에 대해, 사라져버린 카오스 세미나에 대해, 그리고 웨드비 박사가 오버헤드 프로젝터 위에 '의미'라는 단어와 '정보'처럼 보이는 단어들을 적었던 일에 대해 생각했다. "그리고 국제양자물리학회도요." 내가 말했다.

"정말로 타쿠미 박사가 아이버슨 박사 머리를 의사봉으로 내리쳤어?" 달린이 물었다.

"쉿!" 데이비드가 말했다. "영화가 시작하는 것 같아요." 데이비드가 내 손을 잡았다. 달린은 팝콘과 함께 의자에 몸을 묻었고, 게단켄 박사는 앞에 있는 의자 위에 발을 올렸다. 베일이 열리고 스크린이 밝아졌다.

〈리알토에서〉 후기

내가 〈리알토에서〉를 쓴 것은, 미국 SF작가협회가 주최한 네뷸러상 연회가 열렸던 주말 이후였는데, 그 연회는 정말로 소설 속에 묘사된 많은 요소를 보여주었다. 연회는 루스벨트 호텔에서 열렸는데, 그 호텔은 그라우맨스 차이니즈 극장 바로 길 건너편에 있었다. 우리는 실제로 프레드릭스 오브 할리우드에 있는 브래지어 박물관에 갔고, 그곳에는 마돈나의 금색 원뿔형 브래지어와 에델 머먼의 거들이 있었다. 호텔의 안내 데스크 직원은 모델/배우였다. 그리고 분명 아원자 레벨에서 발생하는 양자 효과의 흔적들이 있었다. 그러나 극장에서 우리는 〈벤지〉 9편이 아니라 〈윌로우〉를 보았고, 포레스트 론에는 가지 않았다.

그래도 우리는 정말 멋진 시간을 보냈다. 할리우드에서 그것 말고 무엇을 바랄 수 있겠는가? 나는 할리우드를 사랑한다. 정말로 반할 만큼 별난 곳이다. 무슨 말이냐면, 호텔 직원이며 웨이트리스며 주차 요원들까지 죄다 배우/이런저런 직업을 가진 사람일 뿐만 아니라, 할리우드의 명소인 언덕 위의 '할리우드(Hollywood)' 글자판은 사실 '할리우드랜드(Hollywoodland)'라는 주택개발단지 광고에서 마지막 네 글자가 떨어져

나간 것이다. 게다가 쇼핑몰에는 앞다리들을 들어 올린 채 우뚝 서 있는 콘크리트 코끼리들과 D. W. 그리피스의 1916년도 무성 영화 〈인톨러런스〉를 위해 바빌론을 복제한 거대한 세트가 있다.

〈할리우드 포에버〉라는 공동묘지도 있는데, 여름이면 무덤 옆에서 영화가 상영되고(내가 꾸며낸 이야기가 아니다), 그 지역 주민들은 피크닉 바스켓을 가져가서 더글러스 페어뱅크스와 세실 B. 드밀과 제인 맨스필드의 무덤들 사이 잔디밭에 자리를 잡는다.

정신 나간 감독들과 대책 없는 프로듀서와 광고 회의에 관한 모든 이야기 또한 사실이다. 그들은 브로드웨이 연극 〈조지 3세의 광기〉를 영화로 개작할 때, 정말로 제목을 〈조지 왕의 광기〉로 바꾸길 고집했는데, 그러지 않으면 관객이 시리즈 영화라고 생각할 거라 굳게 믿었기 때문이었다. 〈스파이더맨〉 3편처럼 말이다.

이런 곳을 어떻게 사랑하지 않을 수 있겠는가?

DEATH ON THE NILE

나일강의 죽음

◆

김세경 옮김

1993년 〈Asimov's Science Fiction〉 발표
1994년 휴고상 수상
1994년 SF 크로니클상 수상
1994년 네뷸러상 노미네이트
1994년 브램 스토커상 노미네이트
1994년 로커스상 노미네이트

1

여행을 준비하다

"고대 이집트 사람들에게…." 조이가 소리 내어 책을 읽었다. "죽음은 서쪽에 존재하는 나라였고…." 비행기가 요동쳤다. "죽은 자들은 바로 그 서쪽을 향해 여행을 떠났다."

우리는 이집트로 향하는 비행기에 타고 있었다. 비행이 몹시 거칠어서 승무원들은 겁에 질린 얼굴로 가장 가까운 빈 좌석에 좌석 벨트로 몸을 고정했고, 나머지 우리 승객들은 깊은 침묵에 빠진 채 긴장된 모습으로 창밖을 주시하고 있었다. 통로 맞은편에 앉아서 여행안내서를 소리 내어 읽는 조이만 신이 났다.

'특별한 사람이거나 아니거나' 출판사에서 나온 《쉽게 하는 이집트 여행》이라는 책이었다. 조이의 좌석 앞주머니에는 '포더' 사의 《카이로》와 '쿡' 사의 《이집트 유물 관광 안내서》가 꽂혔고, 조이의 수화물에도 다른 안내서가 대여섯 권이나 있었다. '프롬머' 사의 《하루 35달러로 그리스 여행하기》와 '새비 트래블러' 사의 《오스트리아 안내서》는 말할 필요도 없고, 이번 여행 내내 조이가 우리에게 읽어준 안내서만 삼사백 권에 달했다. 나는 그 책들의 무게가 이 비행기를 기우뚱거리게 만들다가 머지않아 우리를 죽음으로 곤두박질하게 만드는 건 아닐까 하는 생각을 잠시 했다.

"무덤 안에는 음식과 가구, 무기들이 놓여 있었다." 조이가 읽었다. "여행을 위한 준⋯." 비행기가 좌우로 요동쳤다. "⋯비물이었다."

비행기가 다시 휘청거렸는데, 너무 심하게 휘청거린 나머지 조이가 책을 떨어뜨릴 뻔했지만 당황하지 않고 계속 책을 읽었다. "투탕카멘왕의 무덤이 열렸을 때 그곳에는 옷가지와 포도주 항아리, 황금으로 만든 배, 그리고 사후 세계에서 모래 위를 걸을 수 있도록 만들어진 샌들 한 켤레로 꽉 채워진 상자들이 있었다."

나의 남편 닐이 창밖을 내다보려 몸을 내 쪽으로 기울였지만 볼 만한 것은 아무것도 없었다. 하늘은 맑고 구름 한 점 없었으며, 아래쪽의 바다에도 출렁이는 파도조차 없었다.

"죽은 자들은 사후 세계에서 자칼의 머리에 인간의 몸을 가진 신 아누비스의 심판을 받았으며, 죽은 자의 영혼은 황금 저울로 그 무게를 쟀다." 조이가 읽었다.

조이의 말을 듣고 있는 사람은 나 혼자뿐이었다. 통로 쪽에 앉은 리사는 계속 닐에게 귓속말을 했는데, 리사의 손이 팔걸이에 올린 닐의 손에 닿을 듯 말 듯했다. 통로 건너편에서 《쉽게 하는 이집트 여행》을 읽고 있는 조이의 옆에는 조이의 남편이 잠들어 있었고, 리사의 남편은 다른 쪽 창밖을 뚫어져라 쳐다보며 술을 쏟지 않으려 애쓰고 있었다.

"괜찮아요?" 닐이 걱정스러운 목소리로 리사에게 물었다.

"다른 두 부부와 함께 가면 정말 재미있을 거야!" 닐은 모두 함께 유럽 여행을 가자며 그렇게 말했었다. "리사와 리사 남편은 진짜 재미있는 사람들이고, 조이는 모르는 게 없잖아. 마치 전속 여행 가이드와 함께 다니는 것 같을 거야."

맞는 말이었다. 조이는 우리를 이 나라에서 저 나라로 몰고 다니며 역사적 사실과 외환 시세를 계속 읊어댔다. 루브르 박물관에서는 프랑스 여행자 한 명이 조이에게 '모나리자'가 어디에 있는지 물어봤을 정도였다. 조이는 무척 흥분했다. "그 사람은 우리가 단체 관광객이라고 생각했나 봐요! 대단하지 않아요?"

대단하고말고.

"죽은 자는 심판을 받기 전에 자신이 저지르지 않은 죄목을 열거했다." 조이가 안내서를 읽었다. "예를 들면, 덫으로 신들의 새를 잡은 적이 없다, 거짓말한 적이 없다, 간음한 적이 없다."

닐이 리사의 손을 가볍게 쓰다듬더니 내게로 몸을 숙였다. "리사랑 자리 좀 바꿔줄 수 있어?" 남편이 내게 속삭였다.

자리야 이미 바꿨잖아, 나는 생각했다. "그러면 안 돼." 좌석 위쪽에 있는 불빛을 가리키며 나는 말했다. "좌석 벨트 표시등이 켜져 있어."

닐이 리사를 걱정스럽게 쳐다보았다. "구역질이 날 것 같은가 봐."

나도 구역질이 난다고 말하고 싶었지만, 이 여행 자체가 그렇게 되어 버릴 것 같아 두려워서 결국 다른 말을 내뱉었다. "그러지 뭐." 나는 좌석 벨트를 풀고 리사와 자리를 바꿨다. 리사가 기다시피 닐을 넘어오는 동안 비행기가 다시 한 번 기우뚱거렸고, 리사는 닐의 팔에 반쯤 안겼다. 닐이 리사를 부축했다. 두 사람의 눈이 서로에게 고정되었다.

"다른 사람에게 속한 것을 취한 적이 없다." 조이가 책을 읽어 나갔다. "다른 사람을 살인한 적이 없다."

더 이상은 견딜 수가 없었다. 나는 창가 좌석 아래에 두었던 내 가방으로 손을 뻗어 애거서 크리스티의 《나일강의 죽음》을 꺼냈다. 아테네에서 산 책이었다.

"죽음은 어디서나 똑같아요." 이 책을 들고 아테네에 있는 호텔로 들어섰을 때 조이의 남편이 내게 이런 말을 했었다.

"네?"

"당신이 가지고 있는 그 책 말이에요." 조이의 남편은 농담이라도 하는 양 미소를 머금고 책을 가리키며 말했다. "그 제목 말이에요. 저는 나일강에서 죽는 거나 다른 곳에서 죽는 거나 같을 거라고 생각해요."

"무슨 말씀이시죠?"

"이집트 사람들은 죽음도 삶과 아주 비슷하다고 믿었어요." 조이가 끼어들었다. 조이도 같은 서점에서 《쉽게 하는 이집트 여행》을 샀다. "고대 이집트 사람들에게 사후 세계는 그들이 살았던 세계와 매우 비슷한 곳이었어요. 그곳은 아누비스가 지배하는 세계였는데, 아누비스는 죽은 자들을 심판하고 운명을 결정했죠. 우리가 가지고 있는 천국과 지옥, 그리고 심판의 날에 대한 개념은 모두 이집트 사람들이 가지고 있었던 관념을 근대적으로 새롭게 다듬은 것에 지나지 않아요." 조이는 그렇게 말한 후 《쉽게 하는 이집트 여행》을 큰 소리로 읽기 시작했고, 우리의 대화는 그로 인해 끝이 나고 말았다. 그리고 나는 조이 남편이 나일강에서건 다른 어느 곳에서건 죽음이 어떨 거라고 생각했는지 여전히 알지 못했다.

어쩌면 에르퀼 푸아로는 알고 있을지도 모른다는 생각에 《나일강의 죽음》을 펴고는 기를 쓰고 읽어봤지만, 비행이 영 평탄치가 않았다. 순식간에 속이 메스꺼워지고, 반 페이지를 읽는 동안 세 번이나 더 비행기가 요동치자, 나는 책을 좌석 앞주머니 속에 넣고 눈을 감은 채 또 다른 살인을 머릿속에 그려보았다. 이것은 완벽하게 애거서 크리스티적인 배경이었다. 애거서의 소설에는 항상 시골에 있는 집이나 섬을 배경으로 적은 수의 사람들이 등장했다. 《나일강의 죽음》에서 그 사람들은 나일강 증기선을 탔지만 그보다는 비행기가 훨씬 나았다. 여기에 다른 사람들이라고는 승무원들과, 영어를 전혀 못 하는 것 같은 일본인 관광객 한 무리뿐이었다. 만약 그들이 영어를 안다면 조이 주위에 몰려 스핑크스로 가는 길을 물어봤을 것이다.

이제 좀 요동이 줄어들어 나는 눈을 뜨고 책을 다시 찾았다. 리사가 내 책을 가지고 있었다.

책장은 펼쳐져 있지만, 리사는 책을 읽고 있는 게 아니었다. 리사는 내가 알아채기를 기다리며, 내가 무언가 말하기를 기대하며, 나를 쳐다보고 있었다. 닐은 불안한 표정이었다.

"다 읽으신 것 같던데, 그렇죠?" 미소를 지으며 리사가 말했다. "안 읽고 계시던데요?"

애거서 크리스티의 소설 속 인물들은 모두 살인 동기를 가지고 있다. 리사의 남편은 파리에서부터 줄곧 술을 마셔댔고, 조이의 남편은 이야기할 때 문장을 제대로 끝마치는 법이 없었다. 경찰은 리사의 남편이 갑자기 쓰러졌다고 생각할 수 있다. 혹은 조이의 남편이 죽이려고 했던 건 조이였는데 실수로 리사를 쏘게 됐다고 생각할 수도 있다. 누가 살인을 저질렀는지 그들에게 말해주고 미스터리를 풀어서 이상한 일들을 설명해줄 에르퀼 푸아로는 비행기에 타고 있지 않다.

비행기가 갑자기 심하게 기우는 바람에 조이가 안내서를 떨어뜨렸고, 비행기는 족히 1천5백 미터를 곤두박질친 후에야 다시 균형을 찾았다. 안내서가 몇 좌석 앞까지 미끄러지는 바람에 조이가 발을 뻗어 책을 잡으려 애썼지만 결국 실패했다. 조이는 좌석에서 벗어나 책을 집어올 수 있게 좌석 벨트 표시등이 꺼지기를 바라듯 표시등을 올려다보았다.

그런 급강하 뒤에 좌석 벨트 표시등이 꺼질 리 없다고 내가 생각하는 순간 표시등이 핑 소리를 내며 꺼졌다.

리사의 남편이 곧바로 승무원을 부르며 술을 한 병 더 요구했지만, 승무원들은 벌써 허둥지둥 비행기 뒤편으로 가 버리고 없었다. 승무원들은 비행기 뒤편에 이르기도 전에 다시 난류가 시작될까 봐 걱정이 되는 모양인지 아직도 창백하게 겁에 질린 얼굴이었다. 조이의 남편은 소음 때문에 잠깐 깼지만 곧장 다시 잠들었다. 조이는《쉽게 하는 이집트 여행》을 바닥에서 주워와서 관심 가는 것 몇 개를 더 읽더니, 책장을 펼쳐서 좌석 위에 엎어놓고는 비행기 뒤편으로 다시 돌아갔다.

나는 무슨 일이 일어났는지 궁금해서 닐 너머로 몸을 구부려 창밖을 내다보았지만 아무것도 보이지 않았다. 우리는 순백의 하늘을 비행하는 중이었다.

리사가 머리를 문질렀다. "창문에 머리를 부딪쳤어요." 그리고 닐에게 물었다. "여기 피 나요?"

닐이 걱정스러운 얼굴로 살펴보기 위해 리사에게 몸을 기울였다.

나는 좌석 벨트를 풀고 비행기 뒤편으로 향했지만 화장실은 둘 다 사용 중이었고, 조이가 통로 쪽 좌석의 팔걸이에 걸터앉아 일본인 관광객들을 가르치고 있었다. "이곳에서는 이집트 파운드를 사용해요. 100피아스터가 1파운드지요."

나는 다시 돌아와 자리에 앉았다.

닐이 리사의 관자놀이를 부드럽게 마사지하고 있었다. "이제 좀 나아요?" 닐이 물었다.

나는 통로를 가로질러 조이의 안내서를 집어 들었다. '꼭 봐야 할 관광 명소'라는 장의 목록 맨 처음에 피라미드가 나왔다.

'기자의 피라미드. 나일강 서안. 카이로에서 남서쪽으로 15킬로미터. 택시, 버스, 렌터카 이용 가능. 입장료는 3이집트파운드. 주의사항: 피라미드는 빠뜨릴 수 없는 관광지이긴 하지만, 실망할 수도 있음. 예상과 전혀 다르고, 교통이 끔찍하며, 관광객 무리와 가판대와 기념품 상인들로 경치가 완전히 엉망진창임. 매일 개방함.'

조이는 어떻게 이런 걸 계속 읽는지 신기할 따름이었다. 책장을 넘겨 두 번째 관광 명소를 보았다. 투탕카멘의 무덤인데, 이 안내서를 쓴 이가 누구였든 투탕카멘의 무덤 또한 그다지 좋아하지는 않았다. '투탕카멘의 무덤. 왕가의 계곡. 카이로에서 남쪽으로 668킬로미터. 룩소르에 위치. 세 개의 방이 있으나 별로 인상적이지 않고, 벽화들은 조악함.'

무덤 내부도를 보니 (회랑이라고 이름이 붙여진) 길고 직선 형태의 통로와 특별할 것도 없는 방 세 개가 한 곳에서 다른 한 곳으로 이어지는 식으로 줄줄이 연결되어 있었다. 대기실, 묘실 그리고 심판의 방.

나는 책을 덮어서 조이의 좌석에 다시 올려놓았다. 조이의 남편은 아직도 자고 있었고, 리사의 남편은 좌석 너머로 뒤편을 뚫어져라 보고 있었다. "승무원들이 어디로 간 걸까요?" 리사의 남편이 물었다. "술을 한 병 더 하고 싶은데."

"피 안 나는 거 확실해요? 혹이 만져지는데." 머리를 문지르며 리사가 닐에게 말했다. "뇌진탕 아닐까요?"

"아니에요." 리사의 얼굴을 자기 쪽으로 돌리며 닐이 말했다. "동공이 확장되지 않았어요." 닐이 리사의 눈동자를 깊이 응시했다.

"승무원!" 리사의 남편이 소리쳤다. "도대체 여기 술 언제 가져다줄 거요?"

조이가 우쭐대는 얼굴로 돌아왔다. "저 사람들이 저를 전문 가이드로 생각하더라고요." 조이가 자리에 앉아 좌석 벨트를 착용하며 말했다. "우리 팀과 함께 다닐 수 있는지 물어봤어요." 조이가 안내서를 펼쳤다. "사후 세계는 악어, 원숭이, 뱀의 형상을 한 반신반수와 괴물들로 가득 차 있었다. 죽은 자들은 심판의 방에 이르기도 전에 괴물들에게 잡아먹힐 수도 있었다."

닐이 내 손을 툭 쳤다. "아스피린 있어? 리사가 머리가 아프대."

나는 가방 안으로 손을 넣어 아스피린을 찾았고, 닐은 리사에게 줄 물을 가지러 자리에서 일어나 뒤편으로 갔다.

"닐은 정말 사려 깊은 분이에요." 리사가 반짝이는 눈으로 나를 쳐다보며 말했다.

"죽은 자들은 이 괴물과 반신반수들로부터 자신을 보호하기 위해《사자의 서》라는 책을 받았다." 조이가 안내서를 읽었다. "더 정확하게 번역하자면 '사후 세계에 존재하는 것에 관한 책, 사자의 서'인 이 책에는 사후 여행을 위한 지침들과 죽은 자들을 보호하는 마법의 주문들이 담겨 있었다."

나는 나를 보호해줄 마법의 주문도 없이 어떻게 남은 여행을 마칠 것인지 생각했다. 이집트에서 엿새, 그 후엔 이스라엘에서 사흘, 그리고 지금처럼 비행기를 타고 집으로 돌아가는 15시간의 비행 동안 리사와 닐을 지켜보고 조이가 책 읽는 소리를 듣는 것 외에는 할 일이 없었다.

나는 좀 더 기분 좋은 가능성에 대해 생각해봤다. "만약 우리가 카이로로 가는 게 아니라면 어쩌죠?" 내가 말했다. "만약에 우리가 죽었다면요?"

조이가 짜증 난 표정을 지으며 안내서에서 고개를 들었다.

"요사이 폭탄 테러가 아주 많았고, 또 여긴 중동이잖아요?" 나는 계속해서 말을 이었다. "만약에 아까 급강하했던 난기류가 실은 폭탄이었다면요? 만일 그 폭탄이 우리가 탄 비행기를 산산조각으로 폭파해서 바로 지금 우리가 작은 잔해들로 찢어져 에게해를 떠내려가고 있는 거라면요?"

"지중해예요." 조이가 말했다. "우리는 이미 크레타섬 위를 지났어요."

"그걸 어떻게 알 수 있죠?" 내가 물었다. "창밖을 내다보세요." 나는 리사가 앉아 있는 쪽 창문 너머로 펼쳐진 순백의 하늘을 가리켰다. "바다가 보여요? 우리는 어디에든 있을 수 있어요. 아니면 아무 곳에도 없을 수도 있고요."

닐이 물을 가지고 돌아왔다. 그러고는 물과 함께 내 아스피린을 리사에게 건네주었다.

"비행기에 폭탄이 있는지 검사하잖아요, 그렇죠?" 리사가 닐에게 물었다. "금속 탐지기인지 뭔지, 뭐 그런 것들을 사용하지 않나요?"

"전에 어떤 영화를 봤어요." 내가 말했다. "영화에 나오는 사람들 모두 죽었죠. 하지만 정작 그들은 자기가 죽었다는 사실을 모르고 있었어요. 그들은 배를 타고 있었는데, 자기들이 미국으로 가고 있다고 생각했지요. 안개가 너무 짙어 그들은 바다를 볼 수 없었어요."

리사가 걱정스러운 기색으로 창밖을 내다보았다.

"진짜 배랑 똑같이 생겼지만, 그들은 사소한 것들에서 조금씩 이상한 점을 눈치채기 시작했어요. 배에 탄 사람도 없었고 선원이 한 명도 없다는 걸요."

"승무원!" 리사의 남편이 조이 위로 몸을 구부려 통로를 향해 소리를 질렀다. "우조 한 병 더 줘요."

리사의 남편이 소리치는 바람에 조이의 남편이 잠에서 깼다. 조이가 안내서를 읽고 있지 않자 당황한 조이의 남편은 눈을 끔뻑이며 조이를 쳐다보았다. "무슨 일 있어?" 조이의 남편이 조이에게 물었다.

"우리는 모두 죽었어요." 내가 말했다. "아랍 테러리스트들에게 살해됐죠. 우리는 카이로로 가고 있다고 생각하지만, 사실은 천국으로 가는 중이에요. 아니면 지옥이거나."

리사가 창밖을 내다보며 말했다. "안개가 너무 짙어 비행기 날개가 보이지 않아요." 리사가 겁에 질려 닐을 바라보았다. "날개에 무슨 문제가 생겼으면 어쩌죠?"

"우리는 그저 구름을 통과하고 있는 것뿐이에요." 닐이 말했다. "비행기가 카이로를 향해 하강하기 시작한 모양이군요."

"하늘은 완벽하게 맑았어요." 내가 말했다. "그런데 갑자기 안개 속에 있게 됐지요. 영화에서도 배에 탔던 사람들이 안개를 봤어요. 그러다 주변에 항해등이 하나도 켜지지 않았다는 걸 눈치챘죠. 그리고 선원들이 전혀 보이지 않았어요." 나는 리사를 향해 미소를 지었다. "난기류가 갑자기 멈췄던 거 알아요? 급강하 직후부터요. 왜 그랬을까요?"

승무원이 술병을 들고 조종석에서 나와 우리를 향해 통로를 걸어왔다. 모두 안심한 얼굴이 되었다. 조이는 안내서를 펴고 흥미진진한 사실들을 찾아 책장을 휙휙 넘겼다.

"우조 찾으신 분?" 승무원이 물었다.

"여기요." 리사의 남편이 술병을 향해 손을 뻗으며 말했다.

"카이로에 도착하려면 얼마나 남았죠?" 내가 승무원에게 물었다.

승무원은 대답도 없이 비행기 뒤편을 향해 걷기 시작했다. 나는 좌석 벨트를 풀고 승무원을 따라갔다. "카이로에는 언제 도착하죠?"

승무원이 뒤돌아보며 미소를 지었지만, 얼굴은 여전히 창백하고 겁에 질린 표정이었다. "음료수 더 원하셨나요? 우조 드릴까요? 아니면 커피?"

"난기류가 왜 멈췄죠? 카이로까지는 얼마나 가야 하나요?" 내가 물었다.

"좌석에 앉아 주세요." 승무원이 좌석 벨트 표시등을 가리키며 말했다. "비행기가 하강을 시작하고 있습니다. 20분 후면 목적지에 착륙합니다." 승무원은 일본인 관광객들에게 몸을 숙여 좌석 등받이를 제자리로 세워 달라고 말했다.

"목적지가 어딘가요? 어디로 내려간다는 거예요? 하강을 시작하지도 않았잖아요. 좌석 벨트 표시등은 아직 켜지지도 않았어요." 그 순간, 표시등이 핑 소리를 내며 켜졌다.

나는 자리로 돌아갔다. 조이의 남편은 벌써 다시 잠이 들었고, 조이는 《쉽게 하는 이집트 여행》의 한 부분을 큰 소리로 읽고 있었다. "이집트를 여행하기 전, 방문객들은 각별한 주의를 기울여야 한다. 지도는 필수고, 유적지 중 많은 곳에서는 손전등이 필요하다."

리사가 좌석 아래에서 자기 가방을 꺼내더니, 내 책《나일강의 죽음》을 그 가방에 집어넣었다. 나의 눈길은 리사 너머 비행기 날개가 있어야 할 창밖의 순백을 향해 있었다. 설령 우리가 안개 속에 있다 하더라도 날개 위에 있는 항공등은 보여야 했다. 항공등을 거기에 달아놓은 이유는 안개 속에서도 비행기를 볼 수 있도록 하기 위해서니까. 영화에서 배에 탔던 사람들도 자기가 죽은 상태라는 걸 처음에는 몰랐다. 정상적이지 않은 사소한 것들을 알아채기 시작했을 때에야, 그들은 비로소 의문을 가지기 시작했다.

"여행 가이드와 함께 여행하기를 추천한다." 조이가 읽었다.

리사를 겁줄 셈이었는데 오히려 내가 겁을 먹고 말았다. 우리는 하강하기 시작한 거야, 그게 다야, 그리고 우리는 구름 속을 비행하고 있는 거야, 나는 자신에게 그렇게 말했다. 그런 게 틀림없었다.

이제 우리는 카이로에 있었으니까.

2

공항에 도착하다

"그래서 여기가 카이로인가요?" 조이의 남편이 주위를 둘러보며 말했다. 비행기가 활주로 끝에 멈춰 섰다. 우리는 금속 계단을 통해 아스팔트에 내렸다.

동쪽으로 떨어져 있는 공항 터미널은 야자수들로 둘러싸인 낮은 건물이었는데, 일본인 관광객들은 휴대용 가방과 카메라 케이스를 어깨에 메고 곧장 터미널을 향해 출발했다.

우리는 휴대용 가방을 하나도 가지고 있지 않았다. 항상 수화물을 찾는 곳에서 조이의 안내서들이 나올 때까지 기다려야 했기 때문에, 우리는 휴대용 가방도 부쳐버렸다. 그때마다 나는 분명 그것들이 몽땅 도쿄로 가버리거나 분실될 거라는 생각을 했지만, 지금은 그것들을 공항 터미널까지 끌고 갈 필요가 없다는 사실에 그저 기쁠 뿐이었다. 공항 터미널은 수 킬로미터는 떨어져 있는 것처럼 보였는데, 일본인 관광객들의 발걸음이 벌써 느려지고 있었다.

조이는 안내서를 읽고 있었고, 나머지 일행은 조급한 표정으로 조이의 주위를 둘러싸고 서 있었다. 비행기에서 내려올 때 금속 계단 사이에

샌들 굽이 끼었던 리사는 지금은 닐에게 기대고 있었다.

"발목을 삔 거 아니에요?" 닐이 걱정스러운 목소리로 물었다.

승무원들이 감청색 소형 여행 가방을 들고 떠들썩하게 수다를 떨며 계단을 내려왔다. 승무들은 여전히 초조해 보였다. 계단 아래에 이르자 그들은 바퀴가 달린 금속 캐리어를 펼치더니, 여행 가방을 캐리어에 끈으로 고정하고 공항 터미널을 향해 출발했다. 승무원들은 몇 걸음을 걷다가 멈추었다. 한 명이 상의를 벗어 캐리어 위에 걸쳤다. 그리고 다시 하이힐을 신은 발로 빠르게 걷기 시작했다.

멀리 떨어져 있는 공항 터미널이 아스팔트에서 올라오는 더운 열기 속에서 어른거리기는 했지만, 예상만큼 더운 날씨는 아니었다. 우리가 뚫고 날아왔던 구름은 흔적조차 없었고, 옅은 흰색 안개로 인해 고르게 펼쳐진 햇살이 눈이 부시도록 빛났다. 밝은 햇빛에 우리 모두 눈을 찡그렸다. 리사가 선글라스를 가방에서 꺼내기 위해 붙잡고 있던 닐의 팔을 잠시 놓았다.

"여기 사람들은 무슨 술을 마시죠?" 리사의 남편이 조이의 어깨너머로 안내서를 힐끗 쳐다보며 물었다. "술 한잔 하고 싶군요."

"이집트인들은 지빕이라는 술을 마셔요." 조이가 말했다. "우조 같은 것이죠." 조이가 안내서에서 고개를 들었다. "저는 우리가 피라미드를 보러 가야 한다고 생각해요." 관광안내 전문가께서 또 한 방 날리셨다.

"제일 중요한 일들부터 먼저 해야 하지 않을까요?" 내가 말했다. "세관도 거쳐야 하고, 우리 짐도 찾아야 하고."

"그리고 술도 찾아야 하는데…. 아까 뭐라고 했죠? 지밥?" 리사의 남편이 말했다.

"아니에요." 조이가 말했다. "먼저 피라미드부터 봐야 해요. 수화물을 찾고 세관을 통과하려면 1시간은 걸릴 테고, 게다가 짐을 들고 피라미드까지 갈 수는 없잖아요? 그렇다면 호텔에 들를 수밖에 없을 텐데, 그때쯤이면 피라미드에 사람들이 바글바글할 거라고요. 그러니 지금 당장 가는 게 좋아요." 조이가 공항 터미널을 손짓으로 가리켰다. "서둘러 가서 보고 오면 저 일본인 관광객들이 세관을 통과하기도 전에 돌아올 수 있을 거예요."

조이가 몸을 돌려 터미널 반대 방향으로 걷기 시작하자 다른 이들도 순순히 조이를 따라 걸어갔다.

나는 고개를 돌려 터미널을 쳐다보았다. 승무원들이 일본인 관광객을 지나 야자수 나무에 거의 이르러 있었다.

"그렇게 가면 안 돼요." 내가 조이에게 말했다. "공항 터미널로 가서 택시를 타야 해요."

조이가 걸음을 멈추었다. "택시라고요?" 조이가 말했다. "왜요? 별로 멀지도 않아요. 걸어서 15분 안에 갈 수 있다고요."

"15분이요?" 내가 말했다. "기자는 카이로에서 서쪽으로 15킬로미터나 떨어져 있어요. 게다가 거기에 가려면 나일강을 건너야 한다고요."

"바보 같은 소리 말아요. 바로 저기에 있잖아요." 조이는 자기가 걸어가고 있던 방향을 가리켰다. 그리고 거기, 아스팔트 너머 넓게 펼쳐진 모래 위에, 너무나 가까워 어른거림조차 없는 거리에, 피라미드가 서 있었다.

3
돌아다니기

피라미드까지 가는 데는 15분이 넘게 걸렸다. 피라미드는 보기보다 멀었고, 모래가 깊어 걷기가 힘들었다. 우리는 리사가 닐에게 몸을 기대어 샌들 속 모래를 털어낼 수 있도록 몇 미터마다 한 번씩 걸음을 멈춰야 했다.

"택시를 탔어야 했는데." 조이의 남편이 말했다. 하지만 여기서는 도로는커녕 안내서가 불평했던 가판대와 기념품 상인들의 흔적조차 보이지 않았다. 그저 끝없이 펼쳐진 깊은 모래와 단조로운 하얀 하늘, 그리고 저 멀리 줄지어 서 있는 세 개의 노란 피라미드만이 있을 뿐이었다.

"세 개의 피라미드 중 가장 큰 것은 쿠푸왕의 피라미드로 기원전 2690년에 지어졌다." 조이가 걸어가며 안내서를 읽었다. "완성까지 30년이 걸렸다."

"피라미드로 가려면 택시를 타야 해요." 내가 말했다. "그곳은 교통이 아주 복잡해요."

"쿠푸왕의 피라미드는 나일강 서안에 세워졌는데, 고대 이집트 사람들은 그곳이 죽은 자들의 땅이라고 믿었다."

앞쪽의 피라미드들 사이로 무언가 움직이는 모습이 어른거렸다. 나는 걸음을 멈추고 손으로 햇빛을 가리며 그게 기념품 상인이기를 내심 기대했지만 아무것도 보이지 않았다. 우리는 다시 걷기 시작했다.

또다시 뭔가가 어른거렸는데, 이번엔 무언가 등을 구부린 채 두 팔이 거의 땅에 닿게 달리고 있는 모습이 내 눈에 포착되었다. 그것은 가운데 있는 피라미드 뒤로 사라져버렸다.

"뭔가를 봤어요." 내가 조이를 따라잡으며 말했다. "무슨 동물 같았는데, 비비처럼 생겼어요."

조이가 안내서를 뒤적이더니 말했다. "원숭이예요. 기자 근처에서 자주 보이는데 관광객들에게 음식을 구걸하죠."

"지금은 관광객이 한 명도 없잖아요." 내가 말했다.

"맞아요." 조이가 기쁜 목소리로 말했다. "우리가 혼잡한 시간을 피하게 될 거라고 제가 말씀드렸잖아요."

"아무리 이집트라 해도 세관을 거쳐야 돼요." 내가 말했다. "공항에서 그냥 나가버리면 안 된다고요."

"왼쪽에 있는 피라미드가 카프레왕의 피라미드예요." 조이가 말했다. "기원전 2650년에 세워졌지요."

"그 영화에 나오는 사람들도 자기가 죽었다는 걸 믿으려 들지 않았어요. 심지어 다른 사람이 말해줬을 때조차도요." 나는 말했다. "기자는 카이로에서 15킬로미터 떨어져 있어요."

"무슨 이야길 하는 거야?" 닐이 말했다. 리사는 다시 걸음을 멈추고 닐에게 몸을 기댄 채 한 발로 서서 샌들 속 모래를 털어내고 있었다. "리사가 가지고 있는 그 추리 소설 이야기야? 《나일강의 죽음》이었던가?"

"영화 이야기야." 내가 말했다. "그 사람들은 배를 타고 있었는데 모두 다 죽었어."

"조이, 우리도 그 영화 봤던 것 같은데, 그치?" 조이의 남편이 말했다. "미아 패로우가 나왔었지. 베티 데이비스도 나왔었고. 그런데 그 탐정 이름이 뭐였더라…."

"에르퀼 푸아로. 피터 유스티노프가 그 역을 맡았어." 조이가 말했다. "피라미드는 매일 오전 8시부터 오후 5시까지 개방돼요. 색색의 투광 조명등을 쏘고 영어랑 일본어로 설명해주는 '송 에 뤼미에르 쇼'가 저녁마다 공연되죠."

"온갖 실마리들이 있었지만, 그들은 그저 무시했어요." 내가 말했다.

"저는 애거서 크리스티가 싫어요." 리사가 말했다. "살인이며, 누가 누굴 죽였는지 알아내려는 일이며. 저는 도대체 뭐가 어떻게 돌아가는지 전혀 이해가 안 돼요. 기차를 탔던 그 사람들 모두."

"《오리엔트 특급살인》 말이군요." 닐이 말했다. "저도 그 영화 봤어요."

"한 사람씩 차례로 살해되는 영화가 그거였나요?" 리사의 남편이 물었다.

"그 영화, 저도 봤어요." 조이의 남편이 대답했다. "저는 그 사람들이 죽어도 싸다고 생각해요. 함께 있어야 한다는 것을 알면서도 다들 그렇게 각자 제 갈 길을 갔잖아요."

"기자는 카이로에서 서쪽으로 15킬로미터 떨어져 있어요." 내가 말했다. "거기 가려면 택시를 타야 해요. 교통이 보통 혼잡스러운 게 아니라고요."

"그 영화에도 피터 유스티노프가 출연했었죠?" 닐이 말했다. "그 기차 영화 말이에요."

"아니요." 조이의 남편이 말했다. "그건 다른 사람이었는데, 이름이 뭐였더라?"

"앨버트 피니." 조이가 대답했다.

4

관광 명소

피라미드는 닫혀 있었다. 쿠푸 피라미드 밑변에서 45미터쯤에 둘린 쇠사슬이 우리 앞을 가로막았고, 영어와 일본어로 '휴관'이라고 쓰인 금속 표지판이 쇠사슬에 매달려 있었다.

"실망할 수도 있음." 내가 말했다.

"매일 개방한다고 하지 않으셨나요?" 리사가 샌들에서 모래를 털어내며 물었다.

"공휴일인 게 분명해요." 조이가 안내서의 책장을 넘기며 말했다. "여기 있네요. '이집트 공휴일.' 유적지들은 라마단, 즉 3월의 이슬람 금식월 동안 문을 닫는다. 매주 금요일에는 오전 11시부터 오후 1시까지 닫는다."

지금은 3월도 아니고, 금요일도 아니었다. 설령 오늘이 금요일이라고 치더라도 지금은 오후 1시가 넘었다. 쿠푸왕의 피라미드 그림자가 우리가 서 있는 곳을 넘어 길게 뻗어 있었다. 내가 피라미드 너머 어디쯤 있을 태양을 보려 고개를 쳐들자, 저 높이 움직이는 무언가 얼핏 눈에 들어왔다. 원숭이라고 보기에는 너무나도 컸다.

"자, 이제 어떡하지?" 조이의 남편이 말했다.

"스핑크스를 보러 갈 수도 있고….” 조이가 안내서를 훑어보며 중얼거렸다. "아니면 송 에 뤼미에르 쇼를 기다리고 있는가."

어둠 속에서 야외에 있을 생각에 나는 말했다. "안 돼요."

"공연이 열릴 거라는 보장은 있나요?" 리사가 물었다.

조이가 책을 찾아보았다. "하루에 두 차례, 오후 7시 30분과 9시에 공연이 있어요."

"피라미드에 관해서도 그렇게 말씀하셨잖아요." 리사가 말했다. "저는 말이죠, 공항으로 돌아가서 짐을 찾아야 한다고 생각해요. 아무래도 신발을 바꿔야겠어요."

"제 생각에는 호텔로 가는 게 좋을 것 같네요." 리사의 남편이 말했다. "그러고는 시원한 맥주나 칵테일 한 잔을 하는 거예요."

"투탕카멘의 무덤으로 갈 거예요." 조이가 말했다. "그곳은 매일 개방돼요. 공휴일에도요." 그러고는 기대에 찬 눈빛으로 고개를 들었다.

"투탕카멘왕의 무덤이라고요?" 내가 물었다. "왕가의 계곡에 있는 거요?"

"네." 조이가 안내서를 읽기 시작했다. "1922년 하워드 카터가 온전하게 보존된 상태의 무덤을 발견했다. 무덤 안에는….”

죽은 자가 사후 세계로 여행하는 데 필요한 준비물이 있겠지, 나는 생각했다. 샌들과 옷가지, 《쉽게 하는 이집트 여행》.

"저는 차라리 술이나 마실래요." 리사의 남편이 말했다.

"낮잠도 좀 자고." 조이의 남편도 말했다. "당신은 다녀와. 나중에 호텔에서 만나면 되겠네."

"그렇게 각자 제 갈 길로 가면 안 될 것 같아요." 내가 지적했다. "저는 우리가 함께 있어야 한다고 생각해요."

"여기서 우물쭈물하다가는 곧 사람들이 붐빌 거예요." 조이가 말했다. "저는 지금 출발할래요. 리사, 같이 갈래요?"

리사가 애원하는 눈길로 닐을 올려다보았다. "저는 그렇게 멀리까지 걸어가기는 힘들 것 같아요. 발목이 다시 아파 오기 시작했거든요."

닐이 어쩔 수 없다는 듯이 조이를 바라보았다. "아무래도 저희는 안 되겠네요."

"당신은 어떻게 하실래요?" 조이의 남편이 내게 물었다. "조이랑 가실래요, 아니면 저희와 함께 가시겠어요?"

"전에 그러셨죠, 죽음은 어디에서나 똑같다고." 내가 조이의 남편에게 말했다. "그래서 제가 '무슨 말씀이시죠?'라고 했는데, 조이가 대화에 끼어드는 바람에 제 질문에 답을 못하셨잖아요. 그때 무슨 말을 하시려고 했어요?"

"잘 기억이 나질 않네요." 조이의 남편은 우리의 대화를 다시 끊어주길 바라기라도 하듯 조이를 쳐다보며 말했지만, 조이의 관심은 온통 안내서에 가 있었다.

"당신은 죽음이 어디에서나 똑같다고 했어요." 내가 고집스럽게 되물었다. "그래서 제가 '무슨 말씀이시죠?'라고 되물었어요. 죽음이 어떨 거라고 생각하셨던 거죠?"

"글쎄요…. 예상치 못하게 일어나는 일, 뭐 그런 게 아닐까요? 아마 기분은 더럽게 나쁠 거예요." 조이의 남편이 신경질적으로 웃었다. "호텔로 가려면 지금 출발하는 게 나아요. 호텔 가실 분 또 계세요?"

나는 그들과 함께 호텔로 가서 천장 선풍기와 야자수가 있는 바에 편안히 앉아 지빕을 마시며 기다릴까 생각해보았다. 그 배에 탔던 사람들도 바로 그렇게 했었다. 게다가 리사가 있든 말든, 난 닐의 곁에 있고 싶었다.

동쪽으로 넓게 펼쳐진 모래를 돌아다보았다. 이곳에서는 카이로도 터미널도 보이질 않는데, 저 멀리에서 무언가가 달리고 있는 듯한 움직임이 얼핏 보였다.

나는 고개를 가로저었다. "저는 투탕카멘의 무덤을 보러 갈래요." 그리고 닐에게 다가서서 말했다. "우리는 조이랑 함께 가는 게 좋을 것 같아."

내가 남편의 팔을 잡았다. "어쨌든 조이가 우리 여행 가이드잖아."

닐이 난처한 얼굴로 리사를 바라보더니 나를 다시 쳐다보았다. "글쎄…."

"세 분은 호텔로 돌아가셔도 돼요." 내가 리사에게 그렇게 말하며 손짓으로 다른 두 남자까지 함께 묶는 시늉을 했다. "그럼 조이랑 닐과 저는 무덤에 다녀온 후 호텔에서 뵐게요."

닐이 리사에게서 떨어졌다. "그냥 당신이랑 조이만 가면 안 돼?" 남편이 나에게 귓속말을 했다.

"나는 우리가 함께 있어야 한다고 생각해." 내가 말했다. "안 그러면 흩어져버릴 수 있어."

"그나저나 왜 그렇게 조이랑 같이 가려고 안달하는 거야?" 닐이 물었다. "자기 마음대로 이리저리 끌고 다닌다며 싫어했었잖아."

조이가 안내서를 가지고 있으니까, 라고 말하고 싶었지만, 리사가 어느새 다가와 선글라스 너머로 두 눈을 반짝이며 우리를 지켜보고 있었다. "무덤 안이 어떻게 생겼는지 늘 보고 싶었어." 나는 말했다.

"투탕카멘왕이요?" 리사가 물었다. "그 왕이 보물이랑 목걸이, 황금으로 만든 관 같은 것들과 함께 발견된 사람 맞죠?" 리사가 닐의 팔을 잡았다. "저는 그게 늘 보고 싶었어요."

"좋아요." 닐이 안도감이 섞인 목소리로 말했다. "조이, 저희도 같이 갈게요."

조이가 기대에 찬 눈빛으로 남편을 바라보았다.

"나는 아니야." 조이의 남편이 말했다. "바에서 만나자고."

"당신들을 위해 술을 주문해놓지요." 리사의 남편이 말했다. 그러고는 잘 가라며 손을 흔들고, 조이가 호텔 이름을 말해주기도 전에 어디로 갈지 알고 있다는 듯 떠나버렸다.

"왕가의 계곡은 룩소르 서쪽에 있는 언덕에 있어요." 그리고 조이는 공항에서 그랬듯이 사막을 가로질러 걸어가기 시작했다. 우리는 조이 뒤를 따랐다.

나는 리사가 신발 가득 쌓인 모래를 털어내느라 닐과 함께 뒤처질 때까지 기다렸다.

"조이." 내가 조용히 말했다. "문제가 있어요."

"네?" 조이가 안내서의 색인에서 무언가를 찾으며 말했다.

"왕가의 계곡은 카이로에서 남쪽으로 668킬로미터 떨어져 있어요." 나는 말했다. "피라미드에서 그곳까지 걸어서는 못 가요."

조이가 해당 책장을 찾았다. "당연히 걸어서는 못 가죠. 배를 타야죠."

조이가 가리키는 곳을 보니, 우리는 어느덧 갈대숲에 이르러 있었고 그 너머는 나일강이었다. 파피루스 사이로 배 한 척이 뱃머리를 내밀고 있었는데, 혹시 황금으로 만든 배가 아닐까 하는 두려움이 일었지만 나일강을 오가는 유람선 중 한 척일 뿐이었다. 왕가의 계곡까지 걸어갈 수 없는 게 얼마나 다행인지 몰랐다. 선상에 올라 나무로 된 외차 옆 차양이 쳐진 갑판 위에 서고 나서야, 비로소 나는 그 배가 어떤 배인지 알아보게 되었다. 그것은 바로 《나일강의 죽음》에 등장하는 증기선이었다.

5

크루즈, 당일치기 여행, 그리고 안내 관광

리사가 뱃멀미를 했다. 닐이 리사에게 갑판 아래로 데려다주겠다고 말하지만, 내 예상과는 달리 리사는 고개를 가로저었다. "발목이 아파요." 그러고는 갑판 의자에 힘없이 주저앉았다. 닐은 리사의 발 옆에 무릎을 꿇더니 이집트 피아스터 동전보다 작은 멍 자국을 자세히 들여다보았다.

"부었나요?" 리사가 걱정스럽게 물었다. 부기라고는 전혀 없지만, 닐은 조심스럽게 리사의 샌들을 벗기고, 양손으로 애무하듯 부드럽게 발을 감싸 쥐었다. 리사는 눈을 감고 한숨을 내쉬며 갑판 의자에 등을 기댔다.

나는, 리사의 남편도 더 이상 이 짓을 참아줄 수가 없어서 그가 우리 모두를 죽이고 자살했다는 생각을 했다.

"우리도 이제 배를 타고 있네요." 내가 말했다. "그 영화에서 죽은 사람들처럼요."

"하지만 이건 범선이 아니라 증기선이에요." 조이가 말했다. "나일강 증기선을 타는 건 가장 즐겁고 가장 싸게 이집트를 구경할 수 있는 방법이죠. 나흘간 유람선 여행이 1인당 180달러에서 360달러 정도니까요."

어쩌면 조이의 남편이었을 수도 있다. 조이의 남편은 대화 하나라도 제대로 끝내기 위해, 결국 조이를 입 다물게 하기로 결심했고, 그 뒤 붙잡히지 않기 위해 우리까지 차례차례 죽여야만 했을지도 모른다.

"배에는 우리밖에 없네요." 내가 말했다. "그 영화에서 죽은 사람들처럼요."

"왕가의 계곡까지는 얼마나 멀어요?" 리사가 물었다.

"룩소르에서 서쪽으로 5킬로미터예요." 조이가 안내서를 읽으며 말했다. "룩소르는 카이로에서 남쪽으로 668킬로미터에 있다."

"그렇게 멀다면, 저는 제 책이나 읽고 있는 편이 낫겠네요." 리사가 선글라스를 밀어 올려 머리 위에 얹으며 말했다. "닐, 가방 좀 건네줘요."

닐이 리사의 가방에서 《나일강의 죽음》을 꺼내 건네주자 리사는 조이가 환율 시세를 찾아보듯 주르륵 훑어보더니 책을 읽기 시작했다.

"아내가 범인이에요." 나는 말했다. "남편이 바람피우고 있었다는 걸 알게 됐죠."

리사가 나를 노려보았다. "그건 저도 알아요." 무관심한 어조로 리사가 말했다. "영화를 봤어요." 하지만 반 페이지 정도 더 읽더니 책장을 편 채로 옆에 있는 빈 갑판 의자 위에 엎어놓았다.

"도저히 읽을 수가 없네요." 리사가 닐에게 말했다. "햇빛이 너무 밝아요." 그러고는 눈을 가늘게 뜨고, 여전히 거즈로 덮은 듯 뿌연 안개로 가려진 하늘을 올려다보았다.

"왕가의 계곡은 파라오 64명의 무덤이 있는 유적지다." 조이가 안내서를 읽었다. "물론 그중 가장 유명한 것은 투탕카멘의 무덤이다."

나는 난간으로 가서 강변을 따라 줄지어 자라는 파피루스 사이로 미끄러지듯 서서히 시야에서 멀어져 가는 피라미드들을 바라보았다. 마치 모래에 꽂아놓은 노란 삼각형처럼 납작하게 보이는 피라미드를 보며, 파리에서 조이의 남편이 '모나리자'가 진품이 아니라고 믿었던 일을 떠올렸다. "이건 가짜예요." 조이가 말을 끊기 전까지 조이의 남편은 자기주장을 굽히지 않았다. "진품은 이것보다 훨씬 더 커요."

안내서에는 '실망할 수도 있음'이라고 적혀져 있었다. 왕가의 계곡은 책에 나온 대로 피라미드로부터 668킬로미터 떨어져 있으며, 중동의 공항들은 치안 부재로 악명이 높았다. 공항에 내린 사람들이 세관을 거치지 않아도 되니 수많은 폭탄이 비행기에 실릴 수 있었다. 그리고 나는 영화를 너무 많이 보지 말았어야 했다.

"투탕카멘의 무덤 속 보물 중에는 황금으로 된 배가 한 척 있는데, 투탕카멘의 영혼은 그 배를 타고 죽은 자들의 세계로 여행을 떠났다." 조이가 말했다.

나는 난간 너머로 몸을 기울여 물속을 들여다보았다. 강물은 생각과 달리 탁하지가 않았다. 오히려 물살 하나 없이 맑고 푸르며 깊은 물 위로 태양이 밝게 빛나고 있다.

"그 배에는 《사자의 서》에 나오는 구절들이 새겨져 있다." 조이가 안내서를 읽었다. "이는 죽은 자가 심판의 방에 도착하기 전에 괴물과 반신반수에게 잡아먹히는 것을 막기 위해서이다."

강물에 무언가가 있었다. 잔물결도 일지 않고 태양이 비친 상을 일그러뜨릴 만큼의 움직임도 없었지만, 그곳에 무언가 있다는 사실을 나는 알고 있었다.

"마법의 주문들 또한 파피루스에 적혀 시신과 함께 묻혔다." 조이가 말했다.

그것은 마치 악어처럼 길고 색이 짙었다. 나는 난간을 붙잡고 더 멀리 몸을 구부리며 투명한 강물 속을 들여다보려 애썼다. 번쩍이는 비늘이 눈에 들어왔다. 그것은 배를 향해 곧장 헤엄쳐 오고 있었다.

"이 주문들은 명령조로 적혀 있었다." 조이가 안내서를 읽었다. "돌아가라, 너 사악한 자여! 물러서라! 아누비스와 오시리스의 이름으로 너에게 명하노라."

강물이 머뭇거리듯 반짝였다.

"내게 대적하지 마라." 조이가 말했다. "주문이 나를 보호하고 있나니. 나는 길을 알고 있노라."

강물 속에 있던 것이 방향을 틀더니 헤엄쳐 가버렸다. 배가 천천히 강변 쪽으로 뱃머리를 돌리며 그것을 따라갔다.

"저기 있네요." 조이가 갈대 너머로 멀리 늘어선 절벽을 가리키며 말했다. "왕가의 계곡이에요."

"제 생각엔 이곳도 닫혀 있을 것 같아요." 리사가 닐의 도움을 받아 배에서 내리며 말했다.

"무덤은 항상 개방되어 있어요." 내가 사막 너머 북쪽으로 멀리 있는 피라미드들을 바라보며 말했다.

6
협상하기

왕가의 계곡은 닫혀 있지 않았다. 무덤은 사암 절벽을 따라 펼쳐져 있었고, 황톳빛 암석에 검게 뚫린 무덤들로 내려가는 돌계단에는 가로막는 쇠사슬이 없었다. 계곡 남쪽 끝에서는 한 무리의 일본인 관광객들이 맨 마지막 무덤으로 들어가는 중이었다.

"무덤들에 왜 표시가 없죠?" 리사가 물었다. "어떤 게 투탕카멘왕의 무덤이에요?" 조이가 우리를 계곡의 북쪽 끝으로 안내했는데, 그곳에 이르자 차츰 높이가 낮아진 절벽이 작은 벽을 이루고 서 있었다. 그 절벽 너머로 사막을 가로질러 하늘을 향해 뾰족이 솟아 있는 피라미드들이 보였다.

암석들의 기저(基底) 내부로 들어가는 경사진 구멍의 입구에서 조이가 걸음을 멈췄다. 그곳에 밑으로 내려가는 계단이 있었다. "투탕카멘의 무덤은 어느 인부가 우연히 계단 위쪽을 파면서 발견됐지요." 조이가 말했다.

리사가 계단 안쪽을 내려다보았다. 맨 위의 계단 두 개를 빼놓고는 모두 그늘이 져서 너무나 어두워 바닥이 보이지 않았다. "혹시 여기 뱀이 있나요?" 리사가 물었다.

"아니요." 모르는 게 없는 조이가 대답했다. "투탕카멘의 무덤은 왕가의 계곡에 있는 파라오들의 무덤 중 크기가 가장 작답니다." 조이는 손전등을 찾기 위해 가방 속을 더듬었다. "이 무덤은 세 개의 방으로 이루어져 있어요. 대기실, 투탕카멘의 관이 있는 묘실, 그리고 심판의 방."

어둠 속 발밑에서 마치 뱀이 천천히 똬리를 푸는 것처럼 무언가가 스르르 미끄러지듯이 움직이자 리사가 계단 가장자리에서 뒤로 물러섰다. "그 물건은 어느 방에 있죠?"

"물건이요?" 조이가 여전히 손전등을 찾으러 가방 속을 더듬으면서 자신 없는 목소리로 말했다. 그리고 자기의 안내서를 펼쳤다. "물건?" 하고 다시 한 번 말하더니, 마치 색인에서 '물건'이란 단어를 찾아보려는 듯 뒷부분으로 책장을 넘겼다.

"물건이요." 리사의 목소리에 두려움이 배어 있었다. "그들이 함께 가지고 가는 가구랑 화병 같은 물건들 말이에요. 이집트 사람들은 소유물들을 자신과 함께 묻었다고 그랬잖아요."

"투탕카멘의 보물 이야기예요." 닐이 친절하게 말해주었다.

"아, 보물들." 조이가 안도하는 목소리로 말했다. "사후 세계로 가는 여행을 위해 함께 묻혔던 투탕카멘의 소유물들은 이곳에 없어요. 카이로에 있는 박물관에 있지요."

"카이로라고요?" 리사가 말했다. "그것들이 카이로에 있다고요? 그럼 우리는 여기 뭐 하러 온 거죠?"

"우리는 죽었어요." 내가 말했다. "아랍 테러리스트들이 우리가 타고 있던 비행기를 폭파하고 우릴 모두 죽였어요."

"제가 여기까지 온 건 그 보물들이 보고 싶어서라고요." 리사가 말했다.

"관은 여기에 있어요." 조이가 다독이듯 말했다. "대기실에는 벽화들도 있고요." 하지만 리사는 이미 닐을 계단으로부터 멀리 데려가면서 뭔가 열심히 말하고 있었다.

"벽화는 영혼이 심판받는 단계들을 묘사하고 있는데, 영혼의 무게를 다는 것과 죽은 자의 자백을 열거하는 것이죠." 조이가 말했다.

죽은 자의 자백이라. 나는 다른 자에게 속한 것을 취한 적이 없다. 남에게 고통을 준 적이 없다. 간음한 적이 없다.

리사와 닐이 돌아왔는데, 리사는 닐의 팔에 심하게 기대어 있었다. "아무래도 저희는 무덤 보는 것을 포기해야겠어요." 닐이 사과하듯 말했다. "저희는 박물관이 문 닫기 전에 도착하려고 해요. 리사가 그 보물들을 꼭 보겠다고 마음먹었다네요."

"이집트 고고학 박물관은 매일 오전 9시부터 오후 4시까지 문을 여는데, 금요일에는 오전 9시부터 11시 15분까지, 그리고 오후 1시 30분부터 4시까지 연다." 조이가 안내서를 읽어 주었다. "입장료는 3이집트파운드다."

"벌써 4시예요." 내가 시계를 보며 말했다. "도착하기도 전에 문이 닫힐 거예요." 내가 고개를 들었다.

닐과 리사는 벌써 되돌아가기 시작했는데, 배가 아니라 피라미드를 향해 사막을 가로질러 가고 있었다. 피라미드 뒤편으로 햇빛이 사라지기 시작하면서, 하늘은 흰색에서 잿빛을 띤 푸른색으로 변해 가고 있었다.

"잠깐만." 나는 둘을 따라잡기 위해 사막을 가로질러 달려갔다. "기다렸다가 모두 함께 돌아가는 건 어때? 무덤을 보는 데 오래 걸리진 않을 거야. 안에는 아무것도 없다고 조이가 말한 거 들었잖아."

둘 다 나를 쳐다보았다.

"난 우리가 계속 함께 있어야 한다고 생각해…." 내가 자신 없는 목소리로 말을 마쳤다.

리사가 고개를 들어 초롱초롱한 눈빛으로 나를 쳐다보자, 리사는 내가 지금 이혼에 관해 이야기하고 있으며, 이제까지 자신이 기다려왔던 걸 내가 마침내 말해줬다고 생각한다는 사실을 깨달았다.

"난 우리가 모두 함께 행동해야 한다고 생각해." 내가 서둘러 말했다.

"여긴 이집트야. 악어니 뱀이니 온갖 위험한 것들이 널려 있고…. 무덤을 둘러보는 데 시간이 오래 걸리진 않을 거야. 안에 아무것도 없다고 조이가 그랬잖아."

"우리는 가지 않는 게 좋겠어." 닐이 나를 쳐다보며 말했다. "리사의 발목이 부어오르기 시작했어. 얼음찜질을 하는 게 좋을 것 같아."

나는 리사의 발목을 내려다보았다. 멍 자국이 있었던 곳에는 뱀에 물린 자국처럼 두 개의 작은 상처 자국이 서로 가까이 나 있었고, 그 주위로 발목이 부어오르기 시작했다.

"리사는 심판의 방까지 갈 수 없을 것 같아." 닐이 여전히 나를 바라보며 말했다.

"계단 위에서 기다려도 돼." 내가 말했다. "꼭 들어갈 필요는 없을 거야."

리사가 떠나고 싶어서 안달이 난 듯 닐의 팔을 붙잡았지만, 닐은 머뭇거렸다. "배에 탔던 그 사람들 말이야." 남편이 내게 말했다. "그들에겐 무슨 일이 일어났지?"

"그냥 당신을 겁주려고 했던 이야기야." 내가 닐에게 말했다. "뭔가 논리적인 설명이 분명히 있을 거야. 에르퀼 푸아로가 여기 없어서 아쉽네. 푸아로라면 모든 걸 다 설명해줄 수 있었을 텐데. 피라미드가 닫혀 있던 건 아마도 조이가 몰랐던 이슬람 휴일 때문이었을 거고, 세관을 거칠 필요가 없었던 것도 그 때문이었을 거야. 휴일이었으니까."

"그 배에 탔던 사람들에게 어떤 일이 일어났지?" 닐이 다시 물었다.

"그들은 심판을 받았어." 내가 말했다. "하지만 그들이 생각했던 것만큼 끔찍한 건 아니었어. 그들 모두, 심지어 죄 한 점 지은 적 없는 성직자마저도 무슨 일이 일어날지 두려워했지만, 그들을 심판했던 사람은 그가 아는 이였어. 하얀 주교복을 입고 매우 상냥했던 주교였지. 그래서 대부분의 사람들은 괜찮게 끝났어."

"대부분…." 닐이 말했다.

"이제 가요." 리사가 닐의 팔을 잡아당기며 말했다.

"그 배에 탔던 사람들 말이야…." 닐이 리사를 무시하고 말했다. "그들 중에 혹시 끔찍한 죄를 저지른 사람이 있었나?"

"발목이 아파요." 리사가 말했다. "제발 좀 가요."

"난 가 봐야겠어." 닐이 마지못해 말했다. "우리랑 같이 가는 건 어때?"

나는 분명 리사가 닐을 노려보고 있을 거라 예상하며 힐끗 리사를 쳐다보았지만, 리사는 두 눈을 반짝이며 경계하는 눈빛으로 나를 쳐다보고 있었다.

"그래요. 우리랑 함께 가요." 리사는 이렇게 말하고 나의 대답을 기다렸다.

《나일강의 죽음》의 결말에 대해 난 리사에게 거짓말을 했었다. 그들이 죽인 사람은 바로 아내였다. 나는 그들이 끔찍한 죄를 저질렀을 것이라는 생각을, 나는 지금 관자놀이가 피와 총상으로 검게 그을린 채 아테네에 있는 호텔 방에 누워 있는 거라는 생각을 해보았다. 그렇다면 이곳에는 나 혼자뿐이고, 리사와 닐은 그들의 모습으로 위장한 반신반수일지도 몰랐다. 아니면 괴물들이거나.

"저는 같이 가지 않는 게 좋겠어요." 나는 그들로부터 물러났다.

"그럼, 우리는 가요." 리사가 닐에게 말했다. 그리고 둘은 사막을 가로지르기 시작했다. 리사는 심하게 절뚝거리고 있었다. 얼마 가지 않아 닐이 걸음을 멈추더니 자기 신발을 벗었다.

피라미드 뒤편으로 하늘이 보랏빛이 감도는 푸른색을 띠고 있었고, 그런 하늘을 등진 피라미드들은 검고 납작하게 도드라져 보였다.

"서둘러요." 조이가 계단에서 소리쳐 나를 불렀다. 조이는 손전등을 들고 안내서를 보는 중이었다. "영혼의 무게를 다는 부분을 보고 싶어요."

7
길에서 벗어나다

돌아가니 조이는 벌써 계단을 반이나 내려가 손전등으로 아래쪽에 있는 문을 비추고 있었다. "무덤이 발견됐을 때, 이 문은 석고로 봉해져 있었고 투탕카멘의 카르투슈*가 새겨진 봉인이 찍혀 있었어요."

"곧 어두워질 거예요." 내가 아래를 향해 큰 소리로 조이에게 말했다. "리사랑 닐과 함께 호텔로 돌아가야 하지 않을까요?" 나는 고개를 돌려 사막을 둘러보았지만 그들은 벌써 시야를 벗어났다.

조이도 사라지고 없었다. 다시 고개를 돌려 계단을 내려다보니 그곳에는 어둠만이 가득했다. "조이!" 나는 조이를 쫓아 바람에 휩쓸린 모래가 쌓여 있는 계단을 뛰어 내려갔다. "기다려요!"

무덤으로 들어가는 문은 열려 있었고, 조이의 손전등에서 나오는 불빛이 좁은 복도 저 멀리에서 석벽과 천장을 흔들거리며 비추고 있었다.

"조이!" 나는 외치며 조이를 쫓아가기 시작했다. 바닥이 울퉁불퉁한 탓에 발을 헛디뎌서 손으로 벽을 짚고서야 몸을 가눌 수 있었다. "돌아와

* 고대 이집트의 왕 이름을 둘러싸고 있는 타원형의 장식

요! 당신이 책을 가지고 있잖아요!"

불빛이 멀리 앞쪽에서 조각된 벽의 한 부분을 비추더니, 마치 방금 모퉁이를 돌기라도 한 듯 사라져버렸다.

"저 좀 기다려 줘요!" 나는 소리치다가 그 자리에 멈춰 섰다. 바로 코 앞에 있는 손도 보이지 않았기 때문이었다.

응답하는 불빛도, 대답해주는 목소리도, 아무 소리도 없었다. 나는 한 손으로는 벽을 짚은 채 꼼짝 않고 서서, 조용히 터벅거리는 발소리나 스르르 미끄러지는 소리를 들으려 했지만, 아무 소리도, 심지어 내 심장 박동 소리조차도 들리지 않았다.

"조이!" 내가 소리쳐 불렀다. "저는 밖에서 기다릴게요." 그러고는 어 둠 속에서 방향 감각을 잃지 않게 벽을 의지하면서 몸을 돌려 왔던 길로 돌아갔다.

통로는 들어왔던 때보다 훨씬 길게 느껴졌다. 나는 이 통로가 어둠 속 에서 영원히 계속 이어지거나 입구가 석고로 봉해지고 고대의 봉인들이 찍혀졌을 거라는 생각을 했지만, 내가 밀어내자 문은 쉽게 열렸다.

나는 길고 넓은 방으로 내려가는 돌계단 위에 서 있었다. 넓은 방 양 쪽으로 돌기둥들이 줄지어 서 있었고, 기둥 사이사이로 적갈색과 노란색 과 밝은 푸른색으로 그림이 그려진 벽들이 보였다.

이곳은 대기실인 게 분명했다. 조이가 대기실 벽에 죽음으로 들어가 는 영혼의 여행 장면들이 그려져 있다고 말했는데, 이곳에는 영혼의 무 게를 달고 있는 아누비스, 그 너머에는 무언가를 게걸스럽게 먹고 있는 한 마리의 비비, 내가 서 있는 계단의 건너편 벽에는 푸른 나일강을 건너 는 한 척의 배가 그려져 있었다. 황금으로 만들어진 배에는 네 명의 영혼 들이 일렬로 웅크리고 앉아 있었는데, 콜먹*으로 화장을 한 그들의 눈은 강변을 향하고 있었다. 그들 옆으로 흐르는 투명한 강물 속에는 악어 형

---

* 아라비아와 이집트 여성들이 눈썹을 그리는 데 사용하는 화장 먹

상의 반신반수 세베크*가 헤엄치고 있었다.

　나는 계단을 내려가기 시작했다. 멀리 방 끝에 출입구가 있었는데, 만약 이곳이 대기실이라면, 저 문은 묘실로 이어질 게 분명했다.

　조이는 무덤이 세 개의 방으로만 이뤄져 있다고 말했었고, 비행기에서 나도 직접 내부도를 봤는데, 계단과 직선으로 된 통로, 그다음엔 딱히 인상적일 게 없는 대기실, 묘실, 심판의 방이 차례차례 이어져 있었다.

　지도에서 볼 때보다 크기는 했지만 이곳은 분명 대기실이었다. 조이는 앞서 묘실로 들어가 투탕카멘의 관 옆에 서서 소리 내어 여행안내서를 읽고 있을 게 틀림없었다. 내가 들어가면 조이는 고개를 들어 이렇게 말할 것이었다. "규암(硅巖)으로 만들어진 석관에는《사자의 서》의 구절들이 새겨져 있어요."

　계단을 반 정도 내려오자 영혼의 무게를 달고 있는 그림이 눈에 들어왔다. 자칼의 머리를 가진 아누비스가 한 편에는 노란색 저울을, 다른 한 편에는 죽은 자를 둔 채 서서 파피루스에 적힌 죽은 자의 자백을 읽고 있었다.

　두 계단을 더 내려가 저울과 높이가 같아지자, 나는 그 자리에 주저앉았다.

　조이는 분명 오래 걸리지 않을 것이다. 묘실에는 관 외엔 아무것도 없었다. 설령 더 나아가 심판의 방까지 갔다고 해도, 틀림없이 이 길로 돌아와야 할 것이다. 무덤으로 들어오는 입구는 단 하나뿐이었다. 게다가 조이는 손전등과 책을 가지고 있으니 반대편으로 가게 됐을 리가 없었다. 나는 두 손으로 무릎을 꽉 감싸고, 기다렸다.

　나는 심판을 기다리며 그 배에 타고 있던 사람들에 대해 생각했다. 나는 닐에게 말했었다. "그들이 생각했던 것만큼 끔찍한 건 아니었어." 하지만 여기 계단에 앉아 있는 지금, 흰 주교복을 입고 상냥한 미소를 지었

---

*　이집트 신화에 나오는 악어의 머리를 가진 물의 신

던 그 주교가 그 사람들의 죄에 합당한 형벌을 내렸던 게 기억났다. 그 여자들 중 한 명은 영원히 혼자 있어야 하는 벌을 받았다.

벽화 속 저울 옆에 서 있는 죽은 자는 겁에 질려 있는 듯 보였고, 나는 아누비스가 저자에게 어떤 형벌을 내릴지, 저 사람이 어떤 죄를 저지른 것인지 궁금했다.

어쩌면 저 사람은 영화 속의 성직자처럼 죄 한 점 지은 적이 없고, 그래서 아무것도 걱정하지 않고 있거나, 아니면 이런 낯선 곳에 혼자 있게 되어서 놀란 것뿐일지도 몰랐다. 그리고 과연 죽음을 예상했을까?

"죽음은 어디에서든 똑같아요." 조이의 남편이 말했었다. "예상치 못하게 일어나는 일." 예상대로 되는 일은 아무것도 없다. '모나리자'를 봐. 그리고 널. 그 배에 탔던 사람들도 전혀 다른 일을, 천국의 문과 천사와 구름과 근대적으로 세련된 것들을 마음속에 그렸었다. 실망할 수도 있음.

여행을 위해 옷가지며 와인, 샌들을 쌌던 이집트 사람들은 또 어떤가? 정말로 그들이 나일강에서 기대했던 것이 죽음이었을까? 혹시 그들의 여행안내서에 나왔던 여행과는 달랐던 게 아닐까? 그 모든 실마리에도 불구하고 그들은 계속 자기가 살아 있다고 믿었던 건 아닐까?

죽은 자는 자신의 파피루스를 움켜쥐고 있었다. 나는 그가 무슨 끔찍한 죄를 저질렀던 게 아닐까 하는 생각을 해봤다. 간음이었을까? 아니면 살인? 나는 그가 어떻게 죽었는지 궁금했다.

그 배에 탔던 사람들은 우리처럼 폭탄으로 인해 죽었다. 나는 폭탄이 터지던 순간을 기억해내려고 했다. 조이는 큰 소리로 책을 읽고 있었고, 갑자기 빛과 감압의 충격이 있었고, 여행안내서가 조이의 손에서 떨어져 나갔고, 리사가 푸른 하늘로 빨려 나갔지만, 나는 기억해낼 수가 없었다. 어쩌면 비행기에서 일어난 게 아니었을 수도 있었다. 어쩌면 우리가 아테네의 공항에서 수화물을 찾던 중에 테러리스트가 우릴 날려버렸던 것일 수도 있었다.

나는 애초에 폭탄으로 인한 게 아니었다는 생각을, 《나일강의 죽음》

에서처럼 내가 리사를 죽인 후 스스로 목숨을 끊었다는 생각을 해봤다. 내가 가방 안으로 손을 넣었던 건 책이 아니라 내가 아테네에서 샀던 총을 꺼내기 위해서였고, 리사가 창밖을 내다보고 있을 때 내가 리사를 쐈을지도 몰랐다. 그리고 널이 걱정하고 염려하며 리사 위로 몸을 굽혔을 때 나는 다시 총을 들었고, 조이의 남편이 내 손에서 총을 빼내려 기를 쓰는 와중에 총알이 빗나가 비행기 날개에 있는 연료탱크를 맞춘 것이다.

나는 여전히 스스로를 겁주고 있었다. 내가 만일 리사를 죽였다면, 나는 분명 그것을 기억하고 있을 것이다. 그리고 아무리 치안 부재로 악명 높은 아테네라지만, 내가 총을 가지고 비행기에 타도록 내버려두지는 않았을 것이다. 게다가 끔찍한 범죄를 저지르고도 한 줌의 기억조차 없을 수는 없는 법이다. 그렇지 않은가?

그 배에 탔던 사람들은, 누군가가 그들에게 말해주었을 때조차도, 자기가 죽었다는 사실을 기억해내지 못한다. 하지만 그건 난간이며, 바다며, 갑판까지, 그 배가 너무나도 진짜 같았기 때문이었다. 그리고 폭탄 때문이었다. 사람은 자신이 폭파되는 순간을 기억해내지 못했다. 뇌진탕이나 그런 비슷한 이유로 기억이 사라져버리는 것이다. 하지만 내가 누군가를 살해했거나 누군가에 의해 살해당했다면 나는 분명 기억했을 것이다.

나는 조이의 손전등 불빛이 출입구에 보이길 기다리며 오랫동안 계단 위에 앉아 있었다. 밖은 어두울 것이고, 피라미드에서는 송 에 뤼미에르 쇼가 시작될 것이다.

이 안도 더욱 어두워진 것 같았다. 아누비스와 노란 저울과 심판을 기다리는 죽은 자를 보기 위해선 눈을 가늘게 떠야만 했다. 그가 쥐고 있는 파피루스는 테두리가 그려진 긴 세로줄 속에 적힌 상형문자로 뒤덮여 있었고, 나는 그 상형문자들이 그가 저지른 죄의 목록이 아니라, 그를 보호해줄 마법의 주문들이길 바랐다.

내 생각에 난 누구를 살해한 적이 없었다. 간음한 적도 없었다. 하지만 다른 죄들이 있었다.

곧 어두워질 것이고, 나에겐 손전등이 없었다. 나는 자리에서 일어섰다. "조이!" 나는 조이를 부르고 계단을 내려가 기둥 사이를 지나갔다. 기둥에는 코브라와 비비, 악어 같은 동물 형상들이 조각되어 있었다.

"어두워지고 있어요." 내가 소리치자, 목소리가 기둥 사이로 공허하게 메아리쳤다. "사람들이 우리에게 무슨 일이 일어났는지 걱정할 거예요."

마지막 기둥 한 쌍에는 사암으로 된 날개를 활짝 펼치고 있는 새 한 마리가 조각되어 있었다. 신들의 새, 혹은 신들의 비행기였을지도.

"조이?" 나는 몸을 숙여 낮은 문을 통과했다. "이 안에 있어요?"

8
특별 행사

조이는 묘실 안에 없었다. 묘실은 대기실보다 훨씬 작았고, 거친 벽면 위에도 심판의 방으로 이어지는 문 위쪽에도 아무런 그림이 없었다. 천장이 문보다 그리 높지 않아서 천장에 머리를 긁히지 않으려면 나는 등을 구부려야 했다.

이곳은 대기실보다 더 어둡지만, 아무리 어둑하더라도 나는 조이가 이곳에 있지 않다는 걸 알 수 있었다. 《사자의 서》가 새겨진 투탕카멘의 석관도 없었다. 심판의 방으로 들어가는 문 옆 모퉁이에 잔뜩 쌓인 여행 가방들을 빼고는, 이 방에는 아무것도 없었다.

그건 우리의 여행 가방들이었다. 내 낡은 샘소나이트와 일본인 관광객들의 휴대용 가방들을 알아볼 수가 있었다. 승무원들의 감청색 소형 여행 가방들이 바퀴가 달린 캐리어들에 묶인 채 짐 더미 앞에 제물처럼 놓여 있었다.

내 여행 가방 위에는 책이 한 권 놓여 있었다. 조이가 여행안내서를 남겨두었을 리 없다는 걸 알면서도, 그게 안내서일지도 모른다는 생각에 나는 황급히 다가가 책을 집어 들었다.

그것은 《쉽게 하는 이집트 여행》이 아니라, 내 《나일강의 죽음》이었다. 책은 리사가 증기선에 두었던 그대로 책장이 펼쳐진 채 뒤집혀 있었지만, 어쨌든 나는 책을 집어 들어 에르퀼 푸아로가 그동안 일어났던 모든 이상한 일들을 설명하는 부분, 그가 미스터리를 풀어내는 부분을 찾아 마지막 책장까지 넘겨보았다.

그 부분을 찾을 수가 없었다. 나는 지도를 보려고 급히 책을 훑어보았다. 애거서 크리스티의 책에는 누가 배에서 어떤 특등실에 묵었는지, 그리고 계단과 문과 한 곳에서 다른 곳으로 이어지는 인상적일 것도 없는 방들을 보여주는 지도가 항상 들어 있었다. 하지만 그것 또한 찾을 수가 없었다. 책장은 온통 세로줄로 길게 적힌, 전혀 읽을 수 없는 상형 문자들로 뒤덮여 있었다.

나는 책을 덮었다. "조이를 기다리고 있어봤자 아무 소용이 없어." 그리고 나는 짐들을 지나쳐 그다음 방으로 가는 문을 바라보았다. 그것은 내가 통과했던 문보다 더 낮았고, 그 너머는 어두컴컴했다. "조이가 심판의 방까지 간 게 분명해."

나는 책을 가슴에 꼭 품은 채 문을 향해 걸어갔다. 아래로 이어지는 돌계단이 있었다. 묘실에서 새어 나오는 희미한 불빛으로 맨 위 계단이 눈에 보였다. 계단은 가파르고 폭이 아주 좁았다.

그렇게 끔찍하지는 않을 거라고, 나는 그 성직자처럼 쓸데없이 두려워하고 있는 거라고, 그리고 그 사람은 심판관이 아니라, 흰 주교복을 입고 미소를 짓던 주교처럼, 내가 알고 있는 누군가로 밝혀질 거라고, 그리고 자비는 근대적으로 세련된 게 아니라고 잠깐 생각해보았다.

"난 살인을 저지른 적이 없어." 내가 말했지만, 목소리가 울리지 않았다. "나는 간음한 적이 없어."

나는 계단에서 넘어지지 않기 위해 한 손으로 문설주를 붙잡았다. 다른 한 손으로는 《나일강의 죽음》을 몸에 바짝 붙여 쥐고 있었다. "돌아가라, 너희 사악한 자들이여." 나는 말했다. "물러서라. 오시리스와 푸아로

의 이름으로 너희에게 명하노라. 나의 주문들이 나를 보호하고 있나니,
나는 갈 길을 알고 있노라."

나는 내리막을 내려가기 시작했다.

〈나일강의 죽음〉 후기

사람들이 내게 공포물을 좋아하느냐고 물으면, 난 보통 아니라고 한다. 그들이 말하는 공포물이란 엘름 가와 쉽게 죽지 않는 살인자들과 피가 철철 흐르도록 찌르고 목을 자르고 배를 가르는 것들을 의미하기 때문이다.

그렇다고 해서 내가 정말로 공포물을 싫어하는 건 아니다. 나는 공포물을 사랑한다. 하지만 그런 이야기를 좋아하는 건 아니다. 무엇이 무서운지 딱 꼬집어 말할 수는 없지만 그래도 머리털이 쭈뼛 서는 이야기, 괴물이나 내장 기관이나 날카로운 물건 대신 멋지고 상냥한 작은 마을과 흰 드레스와 털실 뭉치가 나오는 이야기, 혹은 전시(戰時)에 항해등도 없이 대서양을 가로지르는 기이하게 인적 없는 원양 정기선 이야기나, 호수 반대편에 미동도 없이 서서 당신을 쳐다보는 여인의 이야기와 같은 것을 나는 사랑한다.

또는 같은 숫자가 계속해서 눈에 띈다든가. 아파트 문에, 택시에, 비행기 기체에.

맨 마지막 것이 무엇인지는 눈치챘을 것이다. 그건 내가 봤던 〈환상특급(Twilight Zone)〉 시리즈 중 가장 무서웠던 에피소드에 나왔던 이야기다. 호수 반대편의 여인은 헨리 제임스의 《나사의 회전》에 나온다. 털실 뭉치와 흰 드레스는 킷 리드의 〈기다리는 시간(The Wait)〉에 나오는 것이고, 인적 없는 갑판은 이 단편 소설에서 여주인공이 리사를 겁주려고 계속 언급했던 영화 〈두 세계 사이(Between Two Worlds)〉에 나온 것이다.

나는 〈두 세계 사이〉를 십 대 때 TV로 봤는데 정말 좋았다(런던 대공습을 배경으로 했기 때문만은 아니었다). 하지만 제목이 무엇인지 누가 나왔는지 전혀 알지 못했고, 어느 SF 행사에서 물어볼 생각을 해내기 전까진 다시 찾아낼 수도 없었다(SF 팬들은 모르는 게 없다).

어렸을 때 이후 다시 보지는 못했지만, 그 작품은 〈기다리는 시간〉이나 〈환상특급〉의 에피소드가 나와 함께했듯이, 그리고 영화 〈디 아더스(The Others)〉와 셜리 잭슨의 소설 《힐 하우스의 유령(The Haunting of Hill House)》과 대프니 듀 모리에의 단편 소설 〈지금 보지 마!(Don't Look Now!)〉가 그렇듯, 수십 년이 지난 지금까지 뇌리에 박혀 있다. 어느 하나에도 마체테나 피 한 방울도 나오지 않지만 말이다.

어쩌면 그 때문인지도 모른다. 난 늘 슬래셔 공포물이, 온갖 쿠션에 장식용 골동품, 캐비닛인가 뭔가 하는 것과 오토만 소파, 그리고 모든 것들에 장식술과 테두리장식, 주름장식, 레이스를 달려고 드는 빅토리아풍 실내장식과 똑같은 문제를 가지고 있다고 여겨 왔다. 둘 다 극도로 어수선하다. 하나는 찻주전자 덮개와 접시 깔개로, 다른 하나는 동강이 난 머리통과 사이코패스들로 너무나 빽빽해서 공포심은 빠져나갈 길을 찾지 못한다.

하지만 나는 H. P. 러브크래프트나 웨타 워크숍 특수효과팀이 만들어 낼 수 있는 그 어떤 것보다, 우리 머릿속에 있는 게 훨씬 더 무시무시하다는 생각도 한다. 영화 〈에이리언〉에서는 괴물이 눈에 보이기 직전까지가 정말이지 끔찍하게 무서웠고, 영화 〈죠스〉에서는 제작진이 기계 상어들을 작동시킬 수 없었던 게 최고의 행운이었다고 늘 생각해 왔다. 기계

상어들은 물에 닿을 때마다 계속해서 가라앉거나 가라앉으며 폭발했기 때문에 그들은 부표와 어슴푸레하고 불확실한 바닷속 '어떤 것'에 의지할 수밖에 없었는데, 그것이 오히려 더 큰 공포심을 유발했다.

우리가 정말로 두려워하는 것은 바로 그 불확실한 어떤 것이다. 흘끗 보이지만 확실히 포착할 수 없는 움직임, 잠에서 깼을 때 명확히 기억해낼 수 없는 악몽, 아래층에서 들려오는 듯한 문소리. 그중에서도 우리가 상상한 건지 실제로 일어난 일인지 확신할 수 없는 일이 우리를 미치게 한다. 콕 집어 말하지 못하고 추측밖에 할 수 없는 이름 없고 모호한 일들.

바로 그게 죽음이 무엇보다 두려운 이유이다. 살아 있는 그 누구도 죽음을 본 적이 없고, 저승으로부터 온 유령과 메시지에 대한 주장들이 수 세기 동안 있었지만, 죽음으로부터 돌아와 그것이 어떤 것인지 말해준 사람은 아무도 없다. 게다가 우리는 죽음이 어떤 것일지 상상할 수도 없을 뿐 아니라, 어떻게 상상해야 할지조차도 상상할 수 없다.

하지만 우리는 계속 시도한다. 그래서 누군가가 와서 간을 빼가는 유령 이야기를 하고, 슬래셔 영화를 보며, 좀비 소설을 읽는 것이다. 하지만 그런 건 전혀 무섭지 않다. 진짜로 무서운 것은 기차역 벽시계를 올려다보고 있는데 시곗바늘이 없다는 걸 알게 되는 것이다.

혹은 당신이 그 사람들을 배의 휴게실에서 본 적이 있다는 사실을 깨닫게 되는 것이다. 그들이 폭탄으로 죽기 바로 직전에.

THE SOUL SELECTS HER OWN SOCIETY:

INVASION AND REPULSION: A CHRONOLOGICAL REINTERPRETATION OF TWO OF EMILY DICKINSON'S POEMS: A WELLSIAN PERSPECTIVE

영혼은 자신의 사회를 선택한다:

침략과 반격: 에밀리 디킨슨의 시 두 편에 대한 연대학적 재해석: H. G. 웰스 학파적 관점에서

◆

김세경 옮김

✦

1996년 〈Asimov′s Science Fiction〉 발표
1997년 휴고상 수상
1997년 로커스상 노미네이트
1997년 〈아시모프스〉 독자상 노미네이트

최근까지도, 에밀리 디킨슨의 시 쓰기는 디킨슨이 세상을 떠났던 1886년 바로 그해에 끝이 났다고 알려졌다. 하지만 186B번 시와 272?번 시는, 디킨슨이 1886년 이후에도 시를 썼을 뿐만 아니라 1897년에 있었던 '엄청나고 끔찍한 사건'[1]에 연루되었음을 암시하고 있다.

문제의 시들은 1991년, 네이튼 플리스가 박사 학위 연구를 하던 중 처음 세상에 알려졌다.[2] 플리스는 디킨슨의 뒤뜰 생울타리 아래에서 그 시들[3]을 발견하고 디킨슨의 초기, 즉 '살짝 유별났던 시기'에 속하는 것으로 분류했지만, 최근 그 작품들을 검토해보니[4] 그 시들이 쓰인 상황에 관해 전혀 다른 해석이 나왔다.

시가 적힌 종잇조각들은 테두리가 불에 그슬려 있는데, 272?번 시가

[1] 사건의 자초지종을 알기 위해서는 H. G. 웰스의 《우주 전쟁》, 옥스퍼드 대학 출판사, 1898 참조.
[2] 발견에 대한 자세한 설명은 〈절망과 발견: 박사학위 지원자들이 찾아낸 이례적 양의 분실된 원고들〉, J. 마플, 리딩 레일웨이 프레스, 1993 참조.
[3] 실제로는 시 한 편, 네 줄짜리 연 하나, 두 번째 연 중간에 있는 단어의 일부 또는 단어. 이 논문 뒤쪽에서 설명됨.
[4] 내가 내 논문을 쓰던 중에.

적힌 종이에는 불에 탄 구멍이 크고 둥글게 나 있다. 마르타 하지-뱅크스는 "종이를 낡아 보이게 하려는 한심한 시도를 하다가 오븐을 지켜보는 걸 깜빡해서 생긴" 그슬린 자국과 구멍이라고 주장하지만,[5] 거의 해독 불가능한 악필과 수많은 대시를 보면 그 시들은 디킨슨이 쓴 게 분명하다. 디킨슨의 알아보기 힘든 필체는 많은 학자에 의해 감정되었는데, 그중에는 〈에밀리 디킨슨: 손글씨인가, 상형문자인가?〉를 쓴 엘모 스펜서와 "디킨슨의 a는 c처럼, e는 2처럼 보이고, 모든 게 닭이 할퀸 자국처럼 보인다."라고 쓴 M. P. 커시브도 포함되어 있다.[6]

불에 그슬린 자국은 그 시들이 흡연 중이나[7] 어떤 재난 중에 쓰였다는 것을 암시하는 것 같았다. 그래서 나는 실마리를 찾기 위해 원문을 검토하기 시작했다. 플리스는 272?번 시가 다음과 같이 시작한다고 해독했다. "나는 친구friend를 본 적이 없다—/ 나는 저능인moom을 본 적이 없다—." 하지만 전혀 말이 되지 않았다.[8] 나는 좀 더 자세히 검토해본 결과 실제로는 그 연이 이렇게 쓰였다는 것을 알게 되었다.

나는 악마fiend를 본 적이 없다—

나는 폭탄bomb을 본 적이 없다—

하지만 나는 꿈을 꾸었지dreamed, 그 둘 모두에 대해—

꿈도 없이 단잠 자는 무덤tomb, 그 속에 있는 동안에—

5　"그 종이가 1990년에 조작되었으며, 잉크는 플레어 팁 펜 것이었다"라는 뱅크스 박사의 주장은 무성의한 추측에 불과하다. ("방사성 탄소 연대 측정법은 아무것도 증명해주지 못한다…." 예레미야 하박국, 〈재미와 유익을 위한 창조과학〉, 골든 슬리퍼즈, 1974 참조.)

6　디킨슨의 형편없는 필체는 〈교정에 필요한 자극: 에밀리 디킨슨이 파머 방식에 미친 영향〉과 "깊이, 얼간이, 그리고 이: 에밀리 디킨슨의 죽음에 관한 시들에 관한 새로운 해석"에서도 다루어지는데, 그 글은 712번 시가 실제로는 "나는 다트를 위해 몸을 숙일 수 없었기 때문에"로 시작하고 있고, 어느 저녁 지역 술집에서 도진 관절염에 관해 이야기하고 있다"고 주장하고 있다.

7　디킨슨은 후기, 즉 '완전히 유별났던 시기'를 제외하고는 흡연을 하지 않았던 것으로 알려졌다.

8　물론, "화려한 행렬이 얼마나 귀족을 능가하는가"나 "이슬은 그 자체로 충분하다"도 말이 되지 않는다.

훨씬 더 근거 있는 해독이었다. 특히나 운율 체계에 관한 한 말이다. 사실상 플리스의 해독에 나오는 'moom'과 'tomb'이 운율은 맞지만, 디킨슨은 그렇게 운율에 맞춰 시를 쓴 적이 거의 없었다. 오히려 디킨슨은 'mat/gate', 'tune/sun', 'balm/hermaphrodite'와 같은 불완전 운율을 선호했다.

두 번째 연은 더 어려웠다. 그 연이 불에 탄 구멍 부위에 자리하고 있는 바람에 유일하게 읽을 수 있는 부분이라곤 아래쪽 구석에 'ulla[9]'라고 쓰인 글자 네 개뿐이었기 때문이다. 플리스는 'ulla'가 '교황의 칙서$_{bullary}$[10]'나, 혹은 '얼간이$_{dullard}$'나 '소란$_{hullabaloo}$[11]'처럼 더 긴 단어의 일부일 거라고 추측했다.

하지만 나는 'ulla'가 H. G. 웰스가 들었다던, 죽어가는 화성인의 신음소리라는 사실을 즉시 알아차렸다. 웰스가 "두 개의 음이 엇갈리며 흐느끼는[12]… 쓸쓸한 울음소리"라고 묘사했던 바로 그 소리였다.

'ulla'는 영국, 미주리 그리고 파리 대학[13]에만 국한되어 일어났다고 여겨졌던 1897년 화성인 침략 사건을 언급하는 게 분명했다. 272?번 시의 조각들은 186B번 시와 마찬가지로 화성인들이 앰허스트에 착륙했으며, 그 화성인들이 에밀리 디킨슨을 만났다는 사실을 명백히 보여주고 있었다.

화성인들과 에밀리 디킨슨, 양쪽 모두의 성향 때문에 언뜻 보기에는 이것이 전혀 일어날 가능성 없는 시나리오처럼 보였다. 디킨슨은 그 누

---

9 혹은 "ciee", 또는 "vole".

10 에밀리 디킨슨이 칼빈주의적인 환경에서 성장했던 점을 미루어볼 때 가능성이 없다.

11 혹은 호주의 Ulladulla(울라둘라) 시를 가리키는 것일 수도 있다. 디킨슨의 시는 호주에 대한 언급들로 가득 차 있다. W. G. 마틸다는 이를 바탕으로, "에밀리 디킨슨이 인생을 통틀어 가장 사랑했던 사람은 허긴슨도, 판사도 아니라, 다름 아닌 멜 깁슨이었다"는 이론을 내놓았다. 〈에밀리 디킨슨: 빌라봉과의 관계〉, C. 던디, 아웃백 프레스, 1985 참조.

12 로드 매큐엔 참조.

13 쥘 베른이 박사 논문을 쓰고 있던 곳.

구도 만나지 않는 은둔자여서, 이웃들이 찾아올 때도 위층에 숨어 쪽지를 아래로 내려보내는 편을 선호했다.[14] 디킨슨 스스로 자처한 은둔에 관해서는 브라이트병(신장 질환을 총칭하여 부르는 용어—옮긴이)이나 불행했던 연애, 눈병, 피부 질환 등 다양한 이론들이 제시되었다. T. L. 멘자는 훨씬 간단한 이론을 제시했는데, 그것은 디킨슨을 제외한 앰허스트 주민 모두가 멍청이였기 때문이라는 주장이다.[15]

이 설명 중 그 어느 것도, 에밀리 디킨슨이 앰허스트 주민들보다 화성인을 더 좋아했을 거라는 것을 그럴듯하게 설명해주지는 못했고, 더 골치 아픈 문제는 디킨슨이 1886년에 사망한 탓에 화성인이 침략했던 1897년쯤에는 시신 또한 심하게 부패하여 있었으리라는 사실이다.

여기에 화성인의 성향은 문제를 더 어렵게 만든다. 그들은 은둔자들과는 정반대로, 요란스럽게 착륙해서 기자들의 관심을 끌며 근처에 있는 모든 사람을 날려버리는 습관이 있었다. 그들이 앰허스트에 착륙했다는 공식 기록은 없지만, 여느 때와 달리 요란스러웠던 뇌우에 관해 여러 주민이 적어놓은 일기가 있다.[16] 인근 콩코드에 살았던 루이자 메이 앨코트는 자신의 일기장에 이렇게 적었다. "어젯밤에는 서쪽에서 들리는 요란한 소리 때문에 갑자기 잠에서 깼다. 걱정돼서 다시 잠들 수가 없었다. 조는 로리와 결혼하도록 해야 했다. 할 일: 에이미가 죽는 내용의 속편을 쓸 것. 원고를 태우다니, 당해도 싸지."

착륙에 관한 간접적인 증거도 있다. 오손 웰스는 레이크허스트와 종종 혼동되는 앰허스트에서 영감을 얻어서 〈우주 전쟁〉 라디오 드라마의

14 쪽지들에는 매혹적이고, 종종 수수께끼 같은 감상들이 담겨 있었는데, "그것은 무엇이 될까—제라늄일까 아니면 튤립일까?"라든가, "꺼져버려—그리고 문을 닫아 네가—떠날 때" 같은 것들이었다.
15 〈얼간이들과 바보 천치들: 이웃들에 대한 에밀리 디킨슨의 견해가 드러난 시적 증거〉, I. 스마트, 인텔리젠시아 프레스, 1991 참조.
16 거의 모든 앰허스트 주민들이 일기를 썼는데, "디킨슨이 위대한 시인이 될 거라는 걸 늘 알고 있었다"와 "어젯밤 보름달이 떴다. 디킨슨이 정원에 나와 콩을 심는 게 얼핏 보였다. 완전히 미쳤다." 같은 내용이 적혀 있었다.

무대를 뉴저지로 바꾼 게 틀림없다.[17] 게다가 웨스트 공동묘지에 있는 많은 비석이 한쪽으로 기울어져 있는데, 이는 화성인들이 앰허스트뿐만 아니라 디킨슨의 무덤에서 매우 가까운 웨스트 공동묘지에도 착륙했다는 사실을 분명히 보여준다.

웰스의 묘사에 의하면, 우주선이 땅에 충돌[18]했을 때 "선명한 초록색의 눈부신 섬광"이 일었고 "이제껏 단 한 번도 들어보지 못한 어마어마한 진동"이 뒤따랐다. 또한 주위의 흙먼지가 "사방으로 튀었고" 깊은 구덩이가 만들어져 배수관들과 주택들의 기초가 드러났다. 그러한 충돌이 웨스트 공동묘지에서 발생했다면, 주변에 있던 관들이 지면 위로 드러나 부서져 열렸을지도 모른다. 그리고 그로 인한 빛과 소음은 죽은 자들을 깨우기에 충분했을 것이다. 편히 잠자고 있던 디킨슨까지도.

에밀리 디킨슨이 이처럼 깨어났다는 사실과 디킨슨이 그 사건을 사생활 침해로 여겼다는 것은 더 긴 186B번 시에서 명확히 드러나는데, 그 시의 첫 연은 이렇게 쓰여 있다.

> 내가 무덤에 정착하기 무섭게─
> 불청객들이─찾아왔을 때─
> 내 관 뚜껑을 두드렸던 이들이─
> 흙먼지 속의─침입자들이─[19]

---

17 사람들이 오손 웰스와 H. G. 웰스를 구분하지 못한다는 사실은 인간성에 대한 에밀리 디킨슨의 견해에 신빙성을 부여한다. 각주 15 참조.

18 여기에서 충돌은 《우주 전쟁》 초반에 나오는, 이미 모든 사람이 알고 있는 그 충돌이 아니다. 이 충돌은 이야기 중반에 등장하는 것으로, 실제로 우주선이 웰스의 바로 머리 위에 내려앉았는데, 사람들이 그 전에 라디오를 끄고 "종말이 왔다! 화성인들이 오고 있다!"고 비명을 지르며 우왕좌왕 거리를 뛰어다니는 통에 이 대목을 놓치고 말았다. (이로써 다시 한 번 대중들에 대한 에밀리 디킨슨의 분석이 옳았음이 증명되었다.)

19 〈소리, 분노, 개구리들: 에밀리 디킨슨이 윌리엄 포크너에 미친 중대한 영향〉, W. 스노우프스, 요크나파토파 프레스, 1955 참조.

화성인들의 통상적인 태도에 비추어볼 때, 왜 그 '불청객들'이 디킨슨을 해치지 않았는지,[20] 그리고 어떻게 디킨슨이 화성인들을 무찌를 수 있었는지는 분명하지 않다. 해답을 찾기 위해 우리는 H. G. 웰스의 화성인 이야기로 돌아가야만 한다.

웰스의 설명에 따르면, 화성인들은 착륙하자마자 화성보다 큰 지구의 중력 탓에 완전히 무기력해졌고, 자신들의 공격용 기계들을 만들 수 있을 때까지 무기력한 채로 있었다. 그 기간 동안 화성인들이 디킨슨에게 가할 수 있는 위협이란 단체 방문 정도밖에 없었을 것이다.[21]

둘째로, 화성인은 일단 머리가 컸다. 웰스는 그들이 두 개의 눈과 부리와 몇 개의 촉수를 가지고 있고, 머리 뒤에는 귀의 역할을 하는 '커다란 원통형 고막 기관 한 개'를 가지고 있다고 묘사했다. 웰스는 화성인들이 "몸통이 없어지는 대신… 뇌와 손이 점진적으로 발달한, 우리와 다르지 않은 존재의 후손"이라는 이론을 내놓았다. 웰스는, 몸통이 갖는 취약함과 감각들이 사라지면서 뇌가 "이기적이고 잔인해져" 수학을 즐기게 되었을 거라고 결론 내렸지만,[22] 디킨슨이 화성인에게 끼친 결과가 시사해 주는 바에 의하면, 지나치게 발달한 화성인의 신피질이 그들을 수학자 대신 시인으로 만들어버린 듯하다.

화성인이 인간을 열선으로 쏘아 죽이고 인간의 피를 빨아 먹고 온 나라에 검은 독가스를 분출한 행동은 시적 감수성과는 상반되는 듯 보이지만, 시인들이 어떻게 행동하는지를 한번 보자. 예를 들어 셸리(퍼시 비쉬 셸리, 영국 낭만주의 시인―옮긴이)는 첫 번째 부인을 떠나서 괴물 영화의

---

[20] 물론 디킨슨은 이미 죽어 있었으므로, 그들이 가할 수 있었던 상해는 최소한에 그칠 수밖에 없었을 것임을 의미한다.

[21] 디킨슨은 그것을 상당한 위협으로 여겼다. 1873년에 디킨슨은 "만일 지금 그 학살자 소년이 온다면, 나는 밀가루 통 안으로 뛰어들어갈 것이다."라고 썼다. (디킨슨이 그런 버릇을 가지고 있었다면, 왜 디킨슨이 늘 흰 옷을 입었는지 설명된다.)

[22] 특히 비선형 미분방정식.

원작 소설을 썼던 다른 여자(메리 셸리, 소설《프랑켄슈타인》의 저자—옮긴 이)와 결혼하기 위해, 첫 번째 부인이 서펀타인 호수에 몸을 던져 익사하기까지 방치했다. 바이런은 또 어땠나. 그에 대해 좋게 말했던 생명체라고는 그의 개들밖에 없었다.[23] 로버트 프로스트 또한 마찬가지였다.[24]

화성인의 시인으로서의 정체성은, 그들이 영국 전역에 우주선 일곱 대를 착륙시켰고 그중 세 대를 레이크 디스트릭트[25]에 착륙시켰는데 리버풀에는 단 한 대도 착륙시키지 않았다는 사실에서 확인된다. 그들은 앰허스트에 착륙하기로 결정했을 것이다.

하지만 186B번 시가 분명히[26] 보여주듯, 그러한 화성인들의 판단은 디킨슨의 투지나 문학적 기법과는 상관없이 이루어졌다. 186B번 시의 두 번째 연에 이렇게 쓰여 있다.

나는 편지를 썼다—악마들에게—
그리고 그들에게 말했다—모두 떠나라—
간결한 언어로 썼다—명료하고 명확하게—
"홀로 있고 싶다."

"명료하고 명확하게" 썼다는 건 과장임이 확실하지만, 디킨슨이 편지 한 통을 써서 화성인들에게 전했다는 사실만은 분명하다. 그다음 행이 이를 더욱 분명히 드러낸다.

---

23 〈바이런 경의 돈 주앙: 뮤즈로서의 마스티프〉, C. 해럴드 참조.
24 프로스트 또한 사람들을 좋아하지 않았다. "담장 고치기…." 〈시 모음집〉, 랜덤 하우스. 프로스트는 일반적인 담장보다는 뾰족한 대못이 박힌 철조망 담을 선호했다.
25 〈워즈워스의 '나는 구름처럼 외롭게 떠돈다'에 있는 기호학적 속임수: 변증법적 접근〉, N. 캄포우즈 멘티즈, 포스트모던 프레스, 1984 참조.
26 어느 정도는.

그들은 외경심 어린 경악 속에 그것을 (해독할 수 없음)—²⁷

디킨슨이 그 편지를 큰 소리로 읽어주었거나, 늘 그랬듯이 그들이 착
륙했을 때 생긴 구덩이 안으로 편지를 내려보냈을 수도 있고, 우주선 문
을 열고 수류탄처럼 던져 넣었을지도 모른다.

하지만 전달 방식이 무엇이었든 그다음 행이 보여주듯, 화성인들은
결국 '외경심 어린 경악 속에' 후퇴했다.

그들은—즉시—떠났다—

디킨슨이 묘지에서 필기도구를 구할 방법이 없었을 거라는 주장이 있
었지만, 이는 빅토리아식 생활 방식을 고려하지 않은 주장이다. 디킨슨
이 장례식에서 입었던 옷은 흰색 드레스였는데 빅토리아 시대의 모든 드
레스에는 호주머니가 있었다.²⁸

장례식이 진행되는 동안, 에밀리 디킨슨의 여동생 라비니아가 주님께
가져가라고 속삭이며 헬리오트로프 두 송이를 언니의 손에 쥐여주었다.
어쩌면 라비니아가 연필 한 자루와 포스트잇 몇 장도 슬쩍 넣어주었을지
모른다. 그게 아니라면 디킨슨 자신이 글을 쓰거나 편지를 나눠주던 생
전의 버릇 그대로 미리 준비해놓았을 수도 있다.²⁹

게다가 무덤의 시³⁰는 문학사에서 익숙한 부분이다. 사랑하는 엘리자
베스 시델이 죽자 극심한 고통에 휩싸인 단테이 게이브리얼 로세티(영국

---

27 그 단어는 "읽었다"이거나 "들었다"이거나, 아니면 (권총, 수류탄 등과 같은) "평화유지용
구"였을 가능성도 있다.
28 또한, 접어 기운 주름단뿐 아니라, 소매 끝과 치마 아래, 옷깃, 목 부분에 온갖 주름 장식들
이 있었고, 금은 구슬 장식도 있었다. (《정치적 표현으로서의 호주머니: 빅토리아 시대 초기의
페미니즘에 있어서 옷의 역할》, E. & C. 팽크허스트, 앵그리 위민즈 프레스, 1978 참조.)
29 훌륭한 작가는 늘 연필과 종이를(혹은 노트북 컴퓨터를) 가지고 다닌다.
30 H. 후디니의 〈이치에 맞지 않는 문학적 이론들〉 중 "유작시" 참조.

시인 겸 화가―옮긴이)는 엘리자베스가 관에 눕혀질 때 시델의 적갈색 머리카락을 시들로 휘감았다.[31]

필기도구들이 어떤 식으로 그곳에 있게 되었건, 디킨슨이 즉시 그것들을 효과적으로 사용했던 게 분명하다. 디킨슨은 몇 연을 휘갈겨 화성인들에게 보냈는데, 화성인들은 그 시로 인해 너무나도 고통스러워 임무를 포기하고 화성으로 돌아가기로 결심했다.

이 치명적 결과의 정확한 원인에 관해서는 여러 이론이 제기되어 많은 논쟁이 있었다. 웰스는 영국에 착륙했던 화성인들이 지구의 박테리아에 대해 무방비 상태였기 때문에 미생물에 의해 죽었다고 확신했지만, 박테리아가 화성인을 감염시키는 데는 수 주일이 걸렸을 것이므로, 화성인들은 이질 때문이 아니라 디킨슨의 시들 때문에 떠난 게 분명했다.

스펜서는 에밀리 디킨슨의 알아볼 수 없는 필체 때문에 화성인들이 디킨슨의 메시지를 오해해, 그것을 일종의 최후통첩으로 받아들인 거라고 추정한다. A. 후이펜은 구두법에 능하고 문명이 앞선 화성인이 대시를 남발하고 아무 데나 대문자를 사용하는 에밀리 디킨슨에 질겁했을 것이라고 주장한다. S. W. 러벅은 디킨슨의 모든 시가 〈텍사스의 노란 장미〉의 선율에 맞춰 불릴 수 있다는 사실에 그들이 불안감을 느꼈다는 이론을 제시한다.[32]

하지만 디킨슨이 사용했던 불완전 운율이 화성인의 폐부를 찔렀다는 설명이 가장 논리적으로 보인다. 진보된 문명이라면 불완전 운율을 혐오하는 게 당연하기 때문이다. 186B번 시에는 특히 어처구니없는 예가 두

---

[31] 2년 후 그는 더 이상 비탄에 빠져 있지도 않은 데다 사랑스러운 돈 생각이 들어, 엘리자베스를 무덤에서 파내어 시들을 되찾는다. (시인들은 행실이 나쁘다고 내가 말했지 않았던가?)

[32] 한번 해봐요. 아니, 정말로. "내-애-애-가 죽음을 위해 멈추지 못하니, 그가 친절히 나를 위해 서-어-는-구-나." 봤죠? (디킨슨의 모든 시가 〈텍사스의 노란 장미〉에 맞춰 불릴 수 있는 것은 아니다. 2번, 18번, 그리고 1411번 시는 〈거미가 줄을 타고 내려옵니다〉에 맞춰 부를 수 있다. 디킨슨이 〈텍사스의 노란 장미〉라는 곡을 선택했던 것은 텍사스에 착륙했던 운 나쁜 화성인에 대한 암호화 된 언급은 아니었을까? 하워드 월드랍의 "늪거북이들의 밤" 참조.)

개나 포함되어 있다. 'gone/alone'과 'guests/dust'다. 272?번 시에 있는 불에 탄 구멍은 그보다 더 심한 예를 보여주는지도 모른다.

이 불완전 운율 이론은 당시 앨프리드 테니슨(빅토리아 시대의 영국의 계관 시인—옮긴이)을 최고로 여겼던 런던에 가해졌던 피해에 대한 H. G. 웰스의 설명뿐 아니라, 네브래스카주 옹 카운티에 화성인이 착륙할 뻔했던 사건에 대한 뮤리엘 애덜슨의 기록에 의해서도 뒷받침된다.

당시 우리는 옹 카운티 여성 문학회의 주간 모임을 하고 있었는데, 무언가가 그레인지 홀에 떨어지는 듯 격렬하고 무시무시한 소리가 밖에서 들려왔다. 헨리에타 머디가 에밀리 디킨슨의 〈나는 양조된 적이 없는 독주를 맛본다〉를 큰 소리로 낭독하던 중이었다. 우리 모두 창문으로 달려갔지만 엄청난 먼지밖에 보이지 않아서[33] 헨리에타가 다시 낭독을 시작했다. 그때 쉭 하는 소리가 크게 들리더니, 시가처럼 생긴 크고 둥그런 금속 물체[34]가 공중으로 똑바로 날아올라 사라졌다.

중요한 점은 문제의 이 시가 'pearl'과 'alcohol'[35]이 운을 이루는[36] 214번 시라는 사실이다.

디킨슨은 화성인의 침략으로부터 앰허스트를 구한 뒤 186B번 시 마지막 두 행에서 말했듯, "풀이 무성한 침대를—" "다시 정돈했다—/그리고 돌아갔다—잠을 청하러." 디킨슨은 그 시들이 묘지에서 생울타리까지 어떻게 가게 되었는지 설명하지 않았다. 어쩌면 우리는 영영 확실히 알

---

33 네브래스카주 옹 카운티에서는 흔한 일이었다.

34 프로이트 참조.

35 불완전 운율 이론은 토머스 웬트워스 히킨스(에밀리 디킨슨의 시집 출판을 도와준 작가—옮긴이)가 '진주(pearl)'를 '보석(jewel)'으로 바꾸었을 때, 디킨슨이 왜 그렇게 사납게 반응했는지도 설명해준다. 디킨슨은 토머스와 달리 언젠가는 세계의 운명이 자신의 운율에 관한 무능함에 기대리라는 사실을 알고 있었던 것이다.

36 약간은.

수 없을지도 모른다.[37] 당시 디킨슨이 불굴의 용기를 보였던 것인지, 아니면 그저 괴팍한 성질을 부렸던 것인지도 영영 알 수 없을 것이다.

우리가 아는 거라곤 이 시들이 에밀리 디킨슨의 다른 많은 시와 마찬가지로[38] 예기치 않게 일어났던 화성인 침략 사건을 기록하고 있다는 사실이다. 따라서 186B번과 272?번 시는 가장 후기, 즉 '해체 시기' 작품들로 재분류되어야 한다. 이는 디킨슨이 쓴 마지막이자 가장 중요한 시들에 정당한 자리매김을 해주기 위해서만이 아니라, 디킨슨이 의도했던 상징주의 전체가 제대로 된 분류 체계 안에서 이해되도록 하기 위해서이다. 따라서 1775번과 1776번 시가 각각 7월 4일(미국 독립기념일―옮긴이)과,[39] 디킨슨이 앰허스트에서 화성인을 몰아냄으로써[40] 만들어진 제2차 독립기념일을 가리키는 것으로 분류된 것은 정당하다고 할 수 있을 것이다.

참고: 웰스가 불완전 운율의 치명적 효과에 대해 알지 못했다는 것은 유감스러운 일이다. 웰스가 에밀리 디킨슨 시들의 복사본을 들고 착륙 당시 생긴 구덩이로 가서 "집안의 야단법석" 중 몇 행을 골라 읽었더라면 모두 괜한 수고를 할 필요는 없었을 것이다(주석 18번 참조―옮긴이).

---

37 흥미로운 가능성을 위한 참조: "문학을 망친 사람: 소로의 환경 보호주의에 대한 대답으로서의 에밀리 디킨슨의 짧은 편지", P. 월든, 초월주의자 논평, 1990.

38 187번 시의 "끔찍한 대갈못"은 명백히 화성인들의 실린더에 대한 언급이다. 258번 시의 "뭔가 비스듬한 불빛이 있다"는 웰스의 "선명한 초록색의 눈부신 섬광"을 상기시키고, 그 시에 적힌 "고통/공중으로부터 우리에게 보내진"은 착륙을 가리키는 것이 분명하다. 이러한 암시들은 최대 55개의 시들이(의미심장하게도, 에밀리 디킨슨은 55세를 일기로 세상을 떠났다) 처음 추정되었던 시기보다 이후에 쓰였다는 것을 가리키며, 그 시들에 대한 연표 및 번호 매김 전체가 재고되어야 한다는 의미이다.

39 디킨슨은 독립기념일의 사교적 성격 때문에 이날을 기념하지 않았다. 하지만 1881년에 디킨슨이 메이블 도드의 현관에 버찌색 폭죽을 놓고 불을 붙인 뒤 도망가는 게 목격되었다(어쩌면 화성인의 착륙이 거의 관심을 끌지 못했던 게 그 이유에서였는지도 모른다. 앰허스트 시민들은 그 또한 에밀리 디킨슨의 이상한 속임수로 인한 것이라고 생각했을 것이다).

40 뉴잉글랜드 침략에 실패한 화성인이 롱아일랜드로 갔다는 강력한 증거가 있다. 이 이론은 내 다음 논문의 주제가 될 것이다(나는 종신 교수 재직 심사를 받는 중이다). "데이지네 집이 있는 부두 끝자락의 초록 불빛: F. 스콧 피츠제럴드의 〈위대한 개츠비〉에 나오는 화성인 침략에 관한 증거."

〈영혼은 자신의 사회를 선택한다〉 후기

사람들은 에밀리 디킨슨의 '은둔자적인' 삶의 방식에 항상 놀라고 혼란스러워하며, 디킨슨이 방 안에만 머물고 한밤중에 정원을 가꾸고 방문객들이 부르러 올 때마다 위층으로 사라졌던 것에 대해 온갖 이론들을 제시해왔다. 우울증, 햇볕을 쬐면 안 되는 피부 상태, 결핵성 피부병, 디킨슨이 평생 극복하지 못했던 비극적 결말의 연애, 광장 공포증, 간질 등.

하지만 난 디킨슨의 행동을 전적으로 이해한다. 디킨슨이 살았던 곳은 다름 아닌 매사추세츠주의 앰허스트 시였다!

디킨슨은 마차 타기를 죽음과, 책을 범선과, 겨울의 불빛을 '성당의 선율이 지닌 무게'와 연결 지을 수 있는 정신세계를 가졌던 사람이었다. 디킨슨은 "말하라 모든 진실을, 하지만 말하라 비스듬하게"나, "이별은 천국에 대해 우리가 아는 모든 것, 그리고 지옥을 위해 필요한 모든 것"이나, "그러고는 창문이 흐릿해지고, 나는 보려야 볼 수 없었다"와 같은 시구를 쓸 수 있었다. 디킨슨은 재미있고 풍자적이며 매우 똑똑했지만, 빵 굽기와 코바늘뜨기가 최고 관심사였던 작은 마을에 갇혀 있었다. 그곳에 사는 사람들은 운율이 맞는 시들을 좋아했고, 온갖 일과 사람에 대해 평가하기를 좋아했다. 그리고 똑같은 이야기를 다른 이들에게 숨 가쁘도록 되풀이했다. "디킨슨네 여자애가 뭐라고 했는지 들으셨어요?"

나는 앰허스트가 빨간 머리 앤이 없는 에이번리와 돌리 레비가 없는 용커스, 고퍼 프레리, 미네소타, 전형적인 미국 소도시인 아이오와주 리버 시의 교차점에 있다고 본다. 리버 시는 전 지역 주민이 레이첼 린드 부인(〈빨간 머리 앤〉의 등장인물―옮긴이)과 호러스 밴더겔더(희극 〈결혼 중매인〉의 등장인물―옮긴이)와 율럴리 맥켁크니 쉰(뮤지컬 〈더 뮤직맨〉의 등장인물―옮긴이)으로만 이루어져 있다.

내가 에밀리 디킨슨이었다 하더라도 방 안에서만 지냈을 것이다.

FIRE WATCH

화재 감시원

최세진 옮김

♦

1982년 〈Isaac Asimov's Wonders of the World〉 발표
1983년 휴고상 수상
1983년 네뷸러상 수상
1983년 SF 크로니클상 수상
1983년 로커스상 노미네이트
1983년 발록상 노미네이트

역사는 시간을 이겨왔다.
역사 외에 시간을 이기는 것은 영원밖에 없다.

— 월터 롤리 경

9월 20일 내가 가장 먼저 찾아본 것은 당연히 화재 감시원을 기리는 석판이었다. 그리고 기념 석판은 당연히 아직 그 자리에 없었다. 기념 석판은 1951년이 되어서야 헌정되었으며, 월터 매튜스 주임 사제가 축사를 했다. 그런데 지금은 겨우 1940년이었다. 나도 그 사실을 알고 있다. 바로 어제 나는 범죄 현장을 보면 뭔가 도움이 되리라는 잘못된 생각으로 화재 감시원 석판을 보러 갔었다. 아무런 도움도 되지 않았다.

'대공습 기간의 런던'에 관한 벼락치기 특강을 받고, 여유 시간이 조금 더 있었더라면 도움이 되었겠지만, 나는 특강도 받지 못했고 여유 시간도 없었다.

"바솔로뮤 군, 시간여행은 지하철 타는 것과 다르다네." 존경하는 던워디 교수가 구식 안경 너머로 눈을 껌뻑이며 그렇게 말했다. "20세기에 대한 보고서를 작성해. 그게 싫으면 그만둬."

"저는 준비가 안 됐습니다. 보세요, 지난 4년 동안 사도 바울과 함께 여행할 준비만 했습니다. 세인트폴 대성당이 아니라 진짜 사도 바울 말이에요. 이틀 만에 런던 대공습을 준비하라는 건 무리한 요구입니다."

"그렇지." 던워디 교수가 말했다. "우린 할 수 있어." 그렇게 대화는 끝났다.

"이틀밖에 안 남았어!" 내가 룸메이트 키브린에게 소리쳤다. "이게 다 컴퓨터가 사도 바울(St. Paul)에 's를 덧붙여서 세인트폴 대성당(St. Paul's)으로 만들어버리는 바람에 일어난 일이야."

"존경하는 던워디 교수는 내가 따져도 눈 하나 깜빡이지 않더라니까. 그리고 이러더라. '얘야, 시간여행은 지하철 타는 것과 달라. 대비하는 게 좋을 거야. 모레 떠나잖아.' 완전히 무능한 인간이야." 내가 말했다.

"아니야." 키브린이 말했다. "던워디 교수님은 무능하지 않아. 교수님은 역사 분야에서 최고시잖아. 세인트폴 대성당에 대한 책도 쓰셨어. 교수님의 말씀을 듣는 게 좋을 거야."

나는 키브린이 최소한 약간의 동정이라도 해줄 거라 기대했었다. 키브린은 실습 과정이 15세기에서 14세기 영국으로 바뀌었을 때 길길이 날뛴 경험이 있었다. 그런데 어떻게 14세기와 15세기가 실습 과정으로 허용된 걸까? 하지만 그 시대는 전염병을 고려하더라도 5등급 이상일 가능성이 없었다. 런던 대공습은 8등급이고, 세인트폴 대성당 그 자체는 운이 좋아도 10등급이었다.

"그럼 너는 내가 다시 가서 던워디 교수를 만나야 한다는 거야?" 내가 물었다.

"응."

"만나서 뭘 어쩌라고? 이제 이틀밖에 안 남았어. 난 그 시대의 화폐도 모르고 언어도 모르고 역사도 모른단 말이야. 아무것도 몰라."

"던워디 교수님은 훌륭한 선생님이야. 시간이 허락되는 한 교수님의 말에 귀를 기울이는 게 좋을 거야." 키브린이 말했다. 착한 키브린은 항상 사람들을 너무 쉽게 믿었다.

바로 그 훌륭한 교수 때문에 지금 나는 계획대로 갓 시골에서 올라온 맹한 사내아이의 몰골을 하고, 열린 상태로 고정해놓은 서쪽 문 안쪽에

서서 존재하지도 않는 기념 석판을 찾고 있다. 교수가 내 실습 준비를 도와줄 수 있었겠지만, 나는 그 훌륭한 교수 덕분에 딱 그만큼의 준비가 되지 않은 상태였다.

성당 안은 어두워서 몇 미터 앞도 보이지 않았다. 멀리서 희미하게 빛나는 초 한 자루가 눈에 들어오더니, 흐릿한 하얀 형체가 내게 다가왔다. 성당지기일 것이다. 어쩌면 주임 사제일 수도 있다. 나는 웨일스에서 성직자로 지내고 있는 삼촌이 써준 편지를 꺼냈다. 이 편지를 이용해 주임 사제를 만날 계획이었다. 그리고 역사 부록이 추가된 옥스퍼드 영어사전 개정판 마이크로필름 카드가 뒷주머니에 잘 들어 있는지 손으로 만져봤다. 옥스퍼드 대학의 보들리 도서관에서 훔친 카드였다. 대화를 나누다가 필름을 꺼내 단어를 찾아보기는 힘들겠지만, 운이 따른다면 처음 만나는 사람을 주변 상황을 이용해 그럭저럭 넘기고 나중에 모르는 단어를 찾아볼 수 있을 것이다.

"아이아르피에서 왔소?" 성당지기가 말했다. 그 사람은 나보다 나이가 많지 않았으며, 머리 하나가 작았고, 무척 말랐다. 마치 고행자 같았다. 그를 보자 키브린이 떠올랐다. 성당지기는 입지 않은 흰옷을 가슴 앞에 움켜쥐고 있었다. 다른 상황이었다면, 나는 그게 베개라고 생각했을 것이다. 다른 상황이었다면, 성당지기가 내게 무슨 말을 하는지 알 수 있었을 것이다. 그러나 아지중해 지역의 라틴어와 유대 율법을 머리에서 지우고, 런던 토박이 영어 억양과 공습 예방조치를 배우기에는 시간이 부족했다.

남은 이틀 동안 존경하는 던워디 교수는 아이아르피가 뭔지 가르쳐주지 않았고, 역사가의 신성한 의무에 대해서만 줄곧 떠들어댔다.

"그런 거요?" 성당지기가 다시 물었다.

웨일스가 여기서 멀리 떨어진 낯선 지방이니, 거기에서는 다들 이렇게 한다는 듯 옥스퍼드 영어사전을 휙 꺼내 아이아르피를 찾아보고 싶다는 생각이 들긴 했지만, 1940년에 마이크로필름이 존재했을 것 같지는 않았다. 아이아르피가 무슨 뜻인지 전혀 알 수 없었다. 어쩌면 화재 감시원을 부르는 별칭일 수도 있다. 그런 경우라면 충동적으로 아니라고 대답하는 것은 안전하지 않았다. 그러나 나는 대답했다. "아니요."

성당지기가 앞으로 불쑥 달려오더니 나를 지나 문밖을 내다봤다. "젠장." 성당지기가 그렇게 말하며 다시 돌아왔다. "그러면 그놈들은 대체 어디로 간 거야? 게을러터진 부르주아 타르트놈들!" 나는 상황을 통해 대충 이해해보려 했지만 무리였다.

성당지기가 의심스러운 눈빛으로 나를 주의 깊게 살펴봤다. 내가 아이아르피에서 왔으면서도 아닌 척한다고 의심하는 눈빛이었다. "성당은 폐쇄됐소." 이윽고 그가 말했다.

내가 봉투를 내보이며 말했다. "저는 바솔로뮤입니다. 안에 매튜스 주임 사제님 계신가요?"

성당지기는 그 게을러터진 부르주아 타르트놈들이 곧 나타날 것처럼 문밖을 한참 동안 내다봤다. 그들이 나타나면 흰 꾸러미로 때려주려는 것 같았다. 그러더니 나를 돌아보며 관광안내인처럼 말했다. "이쪽으로 오시오." 그리고 어둠 속으로 들어갔다.

성당지기는 나를 데리고 오른쪽으로 돌아 본당 회중석의 남쪽 복도로 갔다. 성당의 평면도를 기억해둔 게 천만다행이었다. 그러지 않았다면 나는 계속 중얼거리는 성당지기를 따라 완전히 깜깜한 어둠으로 들어가다 이 상황에 대한 괴상한 은유에 휩싸여 서쪽 문으로 돌아나가 세인트존스우드로 도망쳐버렸을지도 모른다. 내가 어디에 있는지 아는 것이 약간 도움이 되었다. 우리는 16구역을 지나고 있을 것이다. 등불을 든 예수를 그린 헌트의 〈세상의 빛〉이라는 작품이 이 구역에 있지만, 너무 어두워서 보이지 않았다. 예수가 들고 있는 등불을 우리가 사용할 수 있으면 좋겠다는 생각이 들었다.

성당지기가 내 앞에서 우뚝 멈췄다. 그는 아직도 중얼거렸다. "우리가 염병할 사보이 호텔처럼 만들어달라는 것도 아니고 간이침대 좀 달라고 한 건데 말이지. 차라리 죽은 넬슨 제독의 처지가 우리보다 낫겠다. 그 양반은 그래도 베개를 배급받았잖아." 성당지기는 흰 꾸러미를 어둠 속에서 횃불을 휘두르듯 머리 위로 쳐들었다. 아무래도 그 흰 꾸러미는 옷이 아니라 베개인 모양이었다. "우리가 요청한 게 벌써 2주나 지났는데 말이지, 아직도 이런 꼴로 트라팔가 해전에서 사망한 빌어먹을 장군들 위에서 잠을 자고 있잖아. 그 잡년들이 빅토리아 탑에서 토미들과 차 마시고 크럼핏*이나 먹으면서 시시덕거리느라 우리한테는 신경도 안 쓰니까 이렇게 된 거라고!"

성당지기는 마구 소리를 질러대면서도 내 반응을 기대하는 것 같지는 않았다. 그건 다행이었다. 난 그 사람이 말하는 어휘들을 3분의 1도 못 알아들었기 때문이었다. 그가 쿵쾅거리며 앞으로 나갔다. 희미한 제단의 촛불에서 벗어나더니, 다시 블랙홀처럼 깜깜한 곳에서 멈췄다. 25구역이었다. '속삭임의 회랑'과 돔, 그리고 대중에게 공개되지 않은 서재로 향하는 계단이 있을 것이다.

성당지기는 계단을 올라간 후 홀을 지나 중세풍의 문 앞에서 다시 멈추더니 문을 두드렸다.

"난 가서 그 사람들을 기다려야 해. 내가 거기에 없으면 놈들이 웨스터 민스터 사원에 가져다줄 거요. 주임 사제님께 그놈들한테 다시 전화해달라고 말해주시오, 알았소?" 성당지기는 베개를 방패처럼 안고 돌계단을 내려갔다.

성당지기가 노크를 하긴 했지만, 참나무 문은 두께가 적어도 30센티미터는 될 것 같았다. 그러니 주임 사제가 노크 소리를 못 들은 게 틀림없었다. 내가 다시 두드려야 했다. 그래, 뭐, 정밀 조준 폭격을 겨눈 사람이 쏘아야 하는 법이다. 누구도 대신 쏴주지 않는다. 그러나 이 모든 일들이 순식간에 지나가리라는 것을 알고 있다 하더라도, 그게 "자, 지금이야!"라는 말처럼 쉽게 느껴지지는 않았다.

* 핫케이크처럼 생긴 부드러운 빵

그래서 나는 역사학부와 존경하는 던워디 교수, 그리고 실수를 저질러서 나를 여기 이 깜깜한 문 앞에 서 있게 만든 컴퓨터를 욕하며 서 있었다. 현재 유일하게 내가 가진 가짜 삼촌이 써준 편지는 그들보다도 더욱 신뢰가 가지 않았다.

오랫동안 신뢰해왔던 보들리 도서관마저 나를 실망시켰다. 주 단말기와 옥스퍼드 베일리얼 단과대학을 통해 양쪽에서 교차 신청했던 연구 자료들은 아마도 지금쯤 내 방에 도착했을 것이다. 한 세기나 떨어진 그 시대에 말이다. 그리고 이미 실습을 다녀온 경험이 있으므로 쉴 새 없이 조언을 해줄 거라 기대했던 키브린은, 내가 제발 도와달라고 사정할 때까지 성녀처럼 입을 꾹 닫고 서성대기만 했다.

"던워디 교수 만나봤니?" 키브린이 말했다.

"응. 교수가 나한테 얼마나 귀중한 정보를 알려줬는지 알고 싶지 않아? '침묵과 겸손은 역사가의 신성한 임무란다.' 그리고 내가 세인트폴 대성당을 좋아하게 될 거라고도 하더라. 존경하는 스승님이 해주시는 황금 같은 말씀이셨지. 근데 불행하게도 지금 내가 알아야 될 건 폭탄이 떨어질 시간과 장소란 말이야. 그래야 내 머리 위로 떨어지는 폭탄을 피할 거 아니냐고." 내가 침대에 벌렁 드러누우며 말했다. "나한테 조언해줄 말 없어?"

"기억 복구는 얼마나 잘해?" 키브린이 물었다.

내가 일어나 앉으며 대답했다. "아주 잘해. 기억 융합을 하는 게 좋을까?"

"그걸 할 시간은 없어. 지금은 모조리 장기기억에 직접 집어넣는 게 나을 것 같아." 키브린이 말했다.

"엔도르핀을 사용하라는 말이야?" 내가 말했다.

정보를 장기기억에 주입할 때 사용하는 기억 보조 약물의 가장 큰 문제는, 그 정보가 단기기억에 1백만분의 1초도 머물지 않아서 사람을 불안하게 만들 뿐 아니라 기억 복구 과정이 복잡하다는 점이었다. 이전에 전혀 본 적도, 들은 적도 없는 어떤 일이 갑자기 데자뷔처럼 불안정하게 떠오르며 알게 되는 식이었다.

그러나 중요한 문제는 기괴한 느낌이 아니라 기억의 복구 그 자체였다. 두뇌가 평소에 원하는 기억을 저장소에서 어떻게 찾아내는지 정확하게 알지 못하지만, 그 과정에 단기기억이 관련되어 있다는 사실은 확실하다. 잠깐, 때로는 극히 짧은 시간이라도 단기기억을 거치는 과정은 기억을 떠올릴 때 입에서 빙빙 도는 능력을 주는 것 이상으로 기억의 복구에 도움이 되는 게 틀림없다. 기억 복구라는 몹시 복잡한 정보의 정렬 과정에서 단기기억이 중심적인 역할을 맡는 게 분명했다. 그래서 단기기억을 거치지 않은 상태에서 정보를 장기기억에 집어넣었던 약이나 인공적인 대체 약물의 도움을 받지 않고는 정보를 복구하는 게 불가능할 수도 있다. 나는 종종 시험 때 엔도르핀을 사용했는데, 기억한 내용을 복구하는 데 전혀 어려움이 없었다. 남은 시간이 얼마 없었기 때문에, 엔도르핀만이 내게 필요한 모든 정보를 저장할 수 있는 유일한 방법으로 보였다. 하지만 그 방법을 사용하면 나는 알아야 할 사실들을 전혀 모르는 상태로 있게 되며, 심지어는 장기기억 속에서 그 정보들을 다 잊어버릴 때까지도 모를 수 있었다. 내가 정보들을 복구하면 그때야 그 내용을 알 수 있겠지만, 그때까지 나는 거미줄이 쳐진 머리 한구석 어딘가에 그런 정보가 들어 있는지조차 모르는 상태로 있게 될 것이다.

"인공 대체 약물이 없어도 기억을 되살릴 수 있지, 안 되니?" 키브린이 미심쩍은 눈초리로 나를 바라보며 말했다.

"할 수 있을 거야."

"스트레스를 받아도 가능해? 잠을 못 자도? 신체의 엔도르핀 수치가 낮을 때는?" 대체 키브린의 실습 과정은 정확히 뭐였던 걸까? 키브린은 실습에 대해 한마디도 하지 않았다. 그리고 학부생은 물어보지 못하게 되어 있었다. 중세에 스트레스를 받을 일이 뭐지? 그 시대 사람들은 종일 멍하게 보냈던 것 같은데.

"그러길 바라야지. 아무튼 네 생각에 그 방법이 도움이 될 것 같다면 시도해볼게." 내가 말했다.

키브린이 고통스러운 표정으로 나를 쳐다보며 말했다. "뭘 해도 도움이 안 될 거야." 감사합니다, 베일리얼 단과대학의 성녀 키브린이시여.

어쨌거나 나는 그 방법을 시도했다. 던워디 교수가 사무실에서 고전적인 안경을 쓰고 눈을 껌뻑거리며 내게 세인트폴 대성당을 사랑하게 될 거라고 이야기하는 걸 들으며 앉아 있는 것보다는 그 방법이 나았다. 보들리 도서관에 요청했던 자료가 오지 않자, 나는 블랙웰 서점에서 감당할 수 있는 한도 이상까지 신용카드를 긁어 자료들을 구입했다. 2차 세계대전에 대한 테이프와 켈트 문학, 대중교통의 역사, 관광 안내서 등 내가 생각해낼 수 있는 모든 자료를 사들였다. 그리고 고속 기록장치를 대여해 머리에 주입했다. 기록장치에서 빠져나왔을 때, 이전보다 아는 게 전혀 늘지 않은 느낌이어서 몹시 당황스러웠다. 나는 화재 감시원 기념 석판을 보면 뭔가 떠오르는 기억이 있을지 확인해보기 위해 지하철을 타고 런던으로 가서 세인트폴 대성당이 있는 루드게이트힐까지 뛰어 올라갔다.

아무것도 떠오르지 않았다.

"엔도르핀 농도가 아직 정상화되지 않아서 그래." 나는 혼잣말을 하며 긴장을 풀려고 노력했지만, 앞으로 헤쳐나가야 하는 실습 과정이 눈앞에 떠올라 도저히 진정되지 않았다. 게다가 그 시대에는 진짜 총알이 날아다닌다. 내가 실습 중인 역사 학부생이라는 이유로 죽지 않으리라는 보장은 없었다.

지하철을 타고 집으로 돌아오는 내내, 그리고 오늘 아침 던워디 교수를 따르는 아첨꾼들이 나를 세인트존스우드로 데려가려고 올 때까지 계속 역사책을 읽었다. 그리고 옥스퍼드 영어사전 마이크로필름 카드를 뒷주머니에 쑤셔 넣었다. 하지만 내가 살아남기 위해 믿을 거라곤 타고난 임기응변밖에 없을 것 같다는 생각이 들었다. 그리고 부디 1940년에서 인공 대체 약물을 손에 넣을 수 있기를 바랐다. 첫 번째 날은 별다른 사고 없이 보낼 수 있으리라 확신했었다. 그러나 나는 지금 여기에 와서 처음 들은 단어에 얼어붙어 버렸다.

뭐, 완전히 얼어붙은 것은 아니었다. 키브린은 내게 단기기억에 아무 것도 집어넣지 말라고 충고했지만, 나는 영국의 화폐와 지하철 체계, 옥스퍼드 대학 지도를 외웠다. 그 기억 덕분에 여기까지 올 수 있었다. 틀림없이 주임 사제도 잘 상대할 수 있을 것이다.

내가 문을 두드릴 용기를 낸 순간, 주임 사제가 문을 열었다. 주임 사제와의 첫 만남은 정밀 조준 폭탄에 맞을 때처럼 정말로 빠르고 고통 없이 지나갔다. 내가 편지를 내밀자 주임 사제가 악수하며 이런 말을 했다. "이렇게 와주셔서 기쁩니다, 바솔로뮤 씨."

주임 사제는 피곤하고 지친 모습이었다. 내가 런던 대공습은 이제 막 시작되었을 뿐이라고 말해주면 쓰러져버릴 것만 같았다. 나도 안다, 알아. 나는 입을 꼭 닫고 지내야 한다. 역사가의 신성한 침묵 어쩌고저쩌고.

주임 사제가 말했다. "랭비가 성당을 안내해줄 겁니다. 갈까요?" 나는 아까 만났던 베개를 든 성당지기가 랭비일 거로 추측했는데, 그 짐작이 맞았다. 랭비는 약간 숨을 헐떡이긴 했지만 의기양양한 표정으로 계단 발치에서 우리와 만났다.

"간이침대가 왔습니다." 랭비가 매튜스 주임 사제에게 말했다. "신부님은 그놈들이 저희한테 친절을 베푼다고 생각하시겠지만, 얼마나 코가 높고 꺼드럭거리는지 모릅니다. 그중 한 놈이 저한테 이러더라고요. '당신네 때문에 차를 못 마셨잖아.' 그래서 제가 이랬죠. '그래, 아이고, 잘됐네. 열댓 근 더 빠져도 까딱없을 것 같구만.'"

매튜스 주임 사제도 랭비의 말을 다 알아듣는 것 같지는 않았다. 주임 사제가 물었다. "간이침대는 지하 묘지에 배치했나요?" 그러더니 나를 소개해줬다. "바솔로뮤 씨는 웨일스에서 막 도착했습니다. 자원 봉사단에 참가하러 오셨죠." 화재 감시원이 아니라 자원 봉사단이었다.

랭비는 전반적으로 어둑한 성당에서 흐릿하게 보이는 다양한 물건들을 가리키며 이곳저곳을 구경시켜주었다. 그리고 지하로 데려가서 지하

묘지의 무덤들 사이에 설치된 접이식 캔버스 간이침대 열 개를 보여줬다. 지나는 길에 검은 대리석으로 만든 넬슨 제독의 석관도 보여주었다. 랭비는 내게 첫날에는 화재 감시원 근무를 설 필요가 없다며, 공습 때에는 가장 소중한 필수품이 잠이니까 잠자리에 드는 게 좋을 거라고 했다. 나는 랭비가 그 우스꽝스러운 베개를 애인이라도 되는 양 가슴에 꼭 끌어안고 다니는 모습을 봤기 때문에, 그 말을 믿을 수 있었다.

"여기 아래에서도 사이렌 소리가 들리나요?" 나는 랭비가 그 베개에 머리를 파묻고 자는지 궁금해하며 물었다.

랭비는 낮은 석조 천장을 둘러보며 말했다. "어떤 사람은 듣고, 어떤 사람은 못 듣지. 브린톤은 홀릭스를 마셔야 잠이 드는데, 벤스 존스는 머리 위에서 지붕이 무너져 내려도 잘 거야. 나는 무조건 베개가 있어야 해. 중요한 건 무슨 일이 있어도 여덟 시간을 자야 한다는 거야. 그러지 않으면 걸어 다니는 시체 꼴이 될 거야. 그러다 진짜로 죽어."

랭비는 그렇게 힘을 북돋우는 말을 해주고는, 오늘 밤에 일할 화재 감시원들을 배치하러 가면서 간이침대 하나에 베개를 놔두고 아무도 건드리지 못하게 하라고 내게 지시했다. 그렇게 해서 지금 나는 여기에 앉아 처음으로 듣게 될 공습 사이렌을 기다리며, 걸어 다니는 시체 또는 못 걸어 다니는 시체가 되기 전에 이 모든 상황을 일지에 적으려 애쓰고 있다.

나는 도서관에서 훔친 옥스퍼드 영어사전을 이용해 바보 같은 랭비의 말을 해석했는데, 그럭저럭 성공적이었다. '타르트'는 페이스트리 또는 창녀를 의미했다. (베개에 대해서는 내가 틀렸었지만, 이건 아무래도 후자의 뜻인 것 같았다.) '부르주아'는 중산층의 온갖 잘못을 가리킬 때 사용하는 포괄적인 용어였다. '토미'는 병사라는 의미였다. '아이아르피'는 어떤 철자를 대입해봐도 찾을 수가 없었다. 내가 거의 포기했을 때, 장기기억에서 전쟁 기간에 사용하던 머리글자와 약어들에 대한 생각이 불쑥 떠올랐다. (성녀 키브린에게 축복이 깃드시길.) 그래서 나는 아이아르피가 약어일 거라는 생각이 들었다. ARP. '공습 예방 조치(Air Raid Precautions)'를 줄인 말이었다. 당연히 그렇겠지. ARP가 아니라면 어디에서 빌어먹을 간이침대를 배급받을 수 있겠는가?

9월 21일 이 시대에 온 후 첫 충격이 가라앉고 나니, 그제야 석 달이 넘는 이번 실습 기간에 내가 뭘 해야 하는지 역사학부가 말해주지 않았다는 사실을 깨달았다. 역사학부는 이 일지와 가짜 삼촌의 편지, 2차 대전 전에 발행된 10파운드 지폐만 달랑 쥐여주고 나를 과거로 보내버렸다. 이미 기차와 지하철 요금으로 거의 다 써버린 10파운드는 본래 12월 말까지 가지고 있어야 했다. 웨일스로 돌아와 삼촌의 병환을 돌보라는 두 번째 편지를 받으면, 나를 미래로 데려갈 세인트존스우드로 돌아갈 때 사용할 비용이었다. 그때까지 나는 이 지하 묘지에서 넬슨 제독과 함께 살아야 한다. 랭비의 말에 따르면, 제독은 관 속에서 알코올에 절여진 상태였다. 우리의 머리 위로 직격탄이 떨어지면, 제독이 횃불처럼 타오를지, 아니면 썩은 물에 담긴 채 지하 묘지 바닥으로 주르륵 흘러내릴지 궁금했다. 식사는 가스풍로를 이용해 만들었는데, 형편없이 맛없는 차와 말로 표현하기 힘든 맛의 훈제 청어가 전부였다. 나는 이 호화로운 식사에 대한 대가로 세인트폴 대성당 지붕 위로 올라가 소이탄을 꺼야 했다.

나는 이 실습의 목표가 뭔지 모르겠지만, 아무튼 그 목표도 달성해야 한다. 지금 당장 내가 관심을 가진 유일한 목표는 가짜 삼촌으로부터 편지가 올 때까지 살아서 버티다가 집에 돌아가는 것뿐이다.

나는 랭비가 '일하는 요령'을 가르쳐줄 시간이 날 때까지 잡일을 했다. 냄새나는 작은 생선을 요리했던 냄비를 닦고, 지하 묘지 끝에 있는 제단에 접이식 나무 의자들을 쌓아 올렸다(한밤중에 폭탄이 터지듯 요란하게 무너져내리곤 했기 때문에, 세워놓지 않고 옆으로 눕혀 쌓았다). 그리고 잠을 자려고 애썼다.

나는 공습이 쏟아지는 상황에서도 잠을 잘 수 있을 정도로 운이 좋은 사람은 아닌 게 확실했다. 거의 밤새도록 세인트폴 대성당의 위험등급이 얼마나 되는지 궁금해하며 보냈다. 실습은 최소한 6등급 이상이어야 한다. 어젯밤에 나는 이 실습 과정이 10등급이며, 지하 묘지가 폭탄이 떨어지는 투하 지점일 거라고 확신했다. 차라리 덴버에 지원하는 게 나았을 것이라는 생각도 들었다.

지금까지 가장 재미있던 사건은 고양이를 목격한 일이었다. 나는 넋을 놓고 고양이를 바라봤지만, 겉으로는 그렇게 비치지 않으려 노력했다. 이 시대에는 고양이가 흔한 것 같았기 때문이었다.

9월 22일 나는 아직도 지하 묘지에 있다. 랭비는 주기적으로 달려 내려와 온갖 정부 기관(모두 약자로)을 욕하고는 나를 지붕 위로 데려가겠다고 약속했다. 그동안 나는 잡일도 떨어져서, 혼자 소화용 소형 수동 펌프의 작동법을 익혔다. 키브린은 나의 기억 복구 능력을 지나치게 걱정했다. 나는 지금까지 아무런 문제도 없었다. 오히려 키브린의 걱정과는 정반대였다. 나는 화재 진압 활동에 대한 정보를 떠올렸는데, 수동 펌프의 사용 지침뿐 아니라 사진까지 담긴 안내서 전체를 기억해냈다. 누군가가 훈제 청어를 요리하다 넬슨 제독에 불을 붙인다면, 나는 영웅이 될 것이다.

어젯밤은 시끌벅적했다. 공습 사이렌이 일찍 울려 런던 중심가의 사무실들을 청소하는 잡역부들이 지하 묘지에서 우리와 함께 대피했다. 그중 한 여성이 공습 사이렌처럼 비명을 질러대며 잘 자고 있던 나를 깨웠다. 아마도 생쥐를 본 모양이었다. 우리는 생쥐가 도망갔다는 사실을 그 여자에게 보여주기 위해 고무장화로 간이침대 밑과 묘비를 철썩철썩 때리며 다녀야 했다. 쥐잡기는 역사학부가 계획해두었던 실습 과정인 게 확실했다.

9월 24일 랭비가 나를 데리고 돌아다녔다. 성가대석에서 소화용 수동 펌프의 작동법을 처음부터 다시 배워야 했다. 그리고 고무장화와 양철 헬멧을 지급받았다. 랭비는 앨런 화재감시 대장이 우리에게 소방관들이 입는 석면복을 제공해주려 했지만, 아직 못 구했다고 했다. 그래서 나는 챙겨온 모직 외투와 목도리를 대신 입을 수밖에 없었다. 9월밖에 안 됐는데도 지붕 위는 몹시 추웠다. 마치 11월처럼 추웠는데, 해가 안 떠서 으스스하고 칙칙했기 때문에 보기에도 정말로 11월 같았다. 돔으로 올라가 지붕 위로 갔다. 지붕은 평평할 것 같았지만, 종탑과 작은 첨탑들, 배수로, 조각상이 어수선하게 흩어져 있었다. 이 모두가 하늘에서 떨어진 소이탄을 붙잡아서 우리의 손이 닿지 못하게 지켜주려고 일부러 만들어놓은 듯한 느낌이 들었다. 불이 지붕으로 번져 대성당을 태워버리기 전에 모래로 소이탄을 끄는 방법을 배웠다. 서쪽 탑이나 돔 꼭대기로 올라가야 할 상황에 대비해 돔의 바닥에 잔뜩 쌓아놓은 밧줄도 확인했다. 그리고 다시 성당 내부로 들어와 '속삭임의 회랑'으로 내려갔다.

랭비는 나를 데리고 다니는 내내 끊임없이 떠들었는데, 일부는 실용적인 설명이었고 일부는 대성당의 역사였다. 회랑으로 들어가기 전에 랭비는 나를 남쪽 문으로 데려가더니, 런던 대화재 당시 크리스토퍼 렌이 연기가 피어오르는 세인트폴 대성당 잔해 위에 서서 주춧돌을 표시하겠다며 한 노동자에게 묘지에서 묘비를 하나 가져다달라고 부탁했던 일화를 이야기해줬다. 노동자가 가져온 묘비에 라틴어로 '나는 다시 일어날 것이다'라는 말이 새겨져 있었는데, 렌은 그 예기치 못했던 상황에 깊은 감명을 받아 대성당의 문 위에 그 말을 새겨두었다. 랭비는 역사학부 1학생이라면 다들 알고 있는 사실을 말하면서, 마치 아무도 모르는 이야기를 해주는 듯 으스댔다. 그러나 나는 화재 감시원 기념 석판이 주는 정도의 감동은 없었고, 그저 그럭저럭 괜찮은 이야기 정도로 판단했다.

랭비는 계단을 뛰어 올라가 속삭임의 회랑을 도는 좁은 발코니로 나를 데려갔다. 그리고 금세 반 바퀴를 돌아 건너편으로 가서 대성당의 면적과 음향효과에 대해 소리쳐 설명했다. 그러다 멈춰 서더니 건너편의 벽을 바라보며 조용히 말했다. "내가 속삭이는 소리 들리지. 돔의 모양

때문이야. 음파가 돔의 둘레를 따라가며 강화되거든. 공습이 있을 때는 여기에서 최후의 심판의 날 하늘이 갈라지는 것 같은 소리가 나. 돔은 지름이 33미터야. 돔에서 본당 윗부분까지 높이는 24미터."

나는 아래를 내려다봤다. 밑에 있던 난간이 사라지고, 대성당의 검고 흰 대리석 바닥이 현기증 나는 속도로 솟구쳤다. 나는 앞에 있던 뭔가를 붙잡으며 털썩 무릎을 꿇고 휘청거렸다. 가슴이 철렁 내려앉았다. 태양이 뜨자 세인트폴 대성당의 모든 것들이 황금빛으로 물들었다. 성가대에 조각된 나무와 하얀 돌기둥, 오르간의 납 파이프까지 모든 게 금빛, 금빛이었다.

랭비가 내 곁으로 와 나를 난간에서 떼어내려 낑낑댔다. "바솔로뮤." 그가 소리쳤다. "왜 그래? 맙소사, 이봐."

내가 붙잡고 있는 것을 놓아버리면 세인트폴 대성당과 모든 과거가 내 위로 무너져 내릴 거라고 랭비에게 이야기해야 한다. 그리고 나는 역사학자이므로 그런 일이 일어나도록 해서는 안 된다고 말해줘야 한다. 내가 뭔가 말하긴 했지만, 내가 하려던 말은 아니었다. 랭비가 나를 꽉 움켜잡고 있었기 때문이었다. 그는 나를 난간에서 거칠게 떼어내 계단으로 데려가더니, 내가 흐느적거리며 계단에 철퍼덕 쓰러지자 아무 말 없이 물러섰다.

"저기에서 왜 그랬는지 모르겠어요. 지금까지 높은 곳을 두려워한 적이 한 번도 없었거든요." 내가 말했다.

"떨고 있잖아." 랭비가 날카롭게 말했다. "침대에 눕는 게 좋겠어." 그는 나를 데리고 지하 묘지로 돌아갔다.

9월 25일

기억 복구: ARP 안내서. 폭격 피해자 증상.

1단계 — 쇼크, 지각 상실, 부상에 대한 자각 불능, 피해자 자신 외에 다른 사람은 알아들을 수 없는 말.

2단계 — 떨림, 악몽, 구역질, 부상, 감각 상실. 현실감 회복.

3단계 — 통제할 수 없이 수다스러움, 구조자에게 충격 반응을 설명하려는 욕구.

랭비는 틀림없이 내 증상을 알아봤을 것이다. 하지만 폭격도 없는 상황에 그 사실을 어떻게 받아들였을까? 나는 내 충격 반응을 그에게 설명할 방법이 없었다. 역사학자의 신성한 침묵 때문에 말을 안 한 것은 아니었다.

랭비는 아무 말도 하지 않았다. 그리고 아무 일도 없었다는 듯 내일 밤 첫 번째 화재 감시원 근무를 나에게 배정했다. 랭비가 다른 사람들보다 심하게 정신을 놓고 있는 것처럼 보이지는 않았다. 지금까지 만나본 사람들은 전부 안절부절못했지만(내 단기기억에 남아 있는 정보에 따르면 공습이 진행되던 당시 사람들은 모두 차분했었다), 내가 이 시대로 온 이후 폭격이 대성당 근처까지 진행된 적은 없었다. 폭탄은 주로 런던 이스트엔드와 부두에 쏟아졌다.

오늘 밤에는 불발탄에 대한 자료가 기억났다. 그리고 주임 사제의 태도에 대해 생각했다. 대공습 기간 내내 개방되어 있었다고 읽었던 기억이 거의 뚜렷한데, 실제로는 대성당의 문이 닫혀 있었다. 기회가 되면 9월에 발생했던 사건들에 대한 기억을 복구해볼 계획이다. 기억 복구 이야기가 나와서 말인데, 내가 여기서 뭘 해야 하는 건지 알아내기 전까지는 올바른 정보를 떠올리기를 바랄 수도 없었다. 여기서 내가 해야 하는 임무라는 게 있는지도 의문이다.

역사가에게는 활동에 대한 지침도 없고 제한도 없었다. 사람들이 내 말을 믿을 거라 생각되면, 모든 사람에게 내가 미래에서 왔다고 말해도 된다. 독일에 갈 수 있다면 히틀러를 죽여도 된다. 혹시 내가 죽일 수 있을까? 역사학부에서는 시간여행 역설에 관해 이야기를 아주 많이 했다. 그런데 실습에서 돌아온 대학원생들은 이렇다저렇다 말을 하지 않았다. 과거는 완고하고, 변경할 수 없는 걸까? 그게 아니라면, 매일 새로운 과거가 생겨나고, 우리 역사학자들이 그 새로운 역사를 만들고 있는 건가? 만일 영향이 있다면, 우리가 한 일의 영향은 무엇인가? 우리가 한 일의 영향을 모르는 상태에서 감히 무언가를 할 수 있을까? 멸망을 자초하지 않기를 바라며 대담하게 개입해야 하는 건가? 아니면 미래를 바꾸지 않기 위해 아무것도 하지 않은 채 간섭하지 않고 가만히 서서 세인트폴 대성당이 불타는 모습을 지켜봐야 하는 걸까?

이 모든 질문은 심야 학습 시간에 잘 어울린다. 그러나 여기에서는 그런 질문들이 중요하지 않다. 나는 히틀러를 죽일 수 없지만, 세인트폴 대성당이 불타도록 놔둘 수도 없다. 아니, 그것은 사실이 아니다. 어제 속삭임의 회랑에서 깨달았다. 만일 내가 세인트폴 대성당에 불을 지르는 히틀러를 잡는다면 놈을 죽일 수 있다.

9월 26일 오늘 젊은 여자를 한 명 만났다. 매튜스 주임 사제가 대성당을 열어놔서 화재 감시원들은 대성당의 잡일을 거들고, 사람들도 다시 성당으로 오기 시작했다. 그 젊은 여자는 키브린과 닮았다. 하지만 키브린은 훨씬 더 키가 크고, 머리카락이 저렇게 곱슬곱슬하지 않았다. 여자는 대성당에 오기 전에 운 것 같았다. 키브린도 실습에서 돌아온 이후 내내 저런 얼굴이었다. 중세가 매우 버거웠던 모양이었다. 키브린이라면 이런 상황에 어떻게 대처했을지 궁금했다. 틀림없이 지역의 사제에게 자신의 두려움을 쏟아부었을 것이다. 나는 키브린을 닮은 이 여자가 그러지 않기를 진심으로 바랐다.

"도와드릴까요?" 나는 그렇게 말했지만 돕고 싶은 생각은 조금도 없었다. "저는 자원봉사자입니다."

여자는 괴로운 표정이었다. "당신은 돈을 안 받나요?" 여자가 물으며 손수건으로 빨개진 코를 닦았다. "세인트폴 대성당과 화재 감시원 등에 관한 소식을 읽었어요. 그래서 제가 일할 만한 자리가 있을지도 모른다고 생각했어요. 매점 같은 곳이요. 돈을 받는 일자리로." 여자의 빨개진 눈가에 눈물이 맺혔다.

"유감스럽지만 대성당에는 매점이 없습니다." 키브린이 항상 나를 초조하게 만들었던 걸 생각하며 최대한 상냥하게 말했다. "그리고 여기는 제대로 된 대피소가 아닙니다. 화재 감시원들이 지하 묘지에서 자는 거예요. 아쉽지만, 저희는 모두 자원봉사자입니다."

"그럼, 안 되겠네요." 여자가 손수건을 눈가에 가볍게 댔다. "세인트폴 성당을 무척 좋아하지만, 자원봉사를 할 수는 없어요. 시골에서 남동생 톰이 돌아왔거든요." 나는 이게 무슨 상황인지 이해가 잘 안 되었다. 여자는 겉으로 보기에는 온통 괴로워하는 모습이지만, 말투는 상당히 쾌활했고, 성당에 들어온 이후 눈물을 흘리지도 않았다. "저에게는 동생과 함께 머무를 수 있는 제대로 된 장소가 필요해요. 톰을 데리고 지하도에서 계속 잘 수는 없으니까요."

얼결에 기억이 복구되면 때때로 갑작스러운 공포감이나 날카로운 통증이 느껴질 때가 있다. "지하도요?" 내가 기억을 떠올리려 애쓰며 물었다.

"저희는 대체로 마블 아치 역에서 지내요." 여자가 계속 말했다. "톰이 일찍 우리 자리를 잡으면, 제가 가서⋯." 여자가 말을 멈추더니 손수건을 코에 대고 세게 풀었다. "죄송해요." 여자가 말했다. "이번 감기는 정말 지독하네요!"

빨간 코, 촉촉한 눈, 재채기. 호흡기 감염이었다. 내가 여자에게 울지 말라고 말하지 않았던 게 오히려 신기했다. 내가 지금껏 용서받을 수 없는 잘못을 저지르지 않은 것은 오로지 운이 좋은 덕분이었다. 그리고 내가 장기기억에 접근하지 못했기 때문에, 감기를 울음으로 착각했던 것은 아니었다. 나는 여기에서 지내는 데 필요한 정보를 절반도 저장하지 못했다. 고양이와 감기, 해가 밝게 비칠 때 세인트폴 대성당의 모습 같은 것들은 내 장기기억에 담겨 있지 않았다. 언젠가는 내가 알지 못하는 어떤 문제 때문에 옴짝달싹 못 하게 되는 사태가 일어날 것이다. 그건 그저 시간의 문제일 뿐이었다. 비록 저장된 기억이 적더라도, 오늘 밤 화재 감시원 임무를 마친 후에 기억 복구를 시도해볼 것이다. 최소한 내게 어떤 일이 일어날지, 그리고 그게 언제일지 정도는 알 수 있을 것이다.

고양이를 한두 번 더 봤다. 목에만 하얀 무늬가 있는 검은색 고양이였다. 마치 등화관제를 대비해 색칠해놓은 듯 까맸다.

9월 27일 조금 전에 지붕에서 내려왔다. 아직도 덜덜 떨린다.

초기에 폭격은 대체로 이스트엔드에만 쏟아졌다. 그 광경은 보고도 믿기지 않을 정도로 엄청났다. 사방에서 서치라이트가 비췄고, 불길 때문에 분홍색으로 물든 하늘이 템스강에 반사되었다. 폭발하는 포탄들은 불꽃놀이를 하듯 번쩍거렸다. 귀가 먹먹할 정도로 끊임없이 울려대는 굉음 사이로 가끔 머리 위 높은 곳에서 날아가는 비행기의 웅웅거리는 소리가 들려왔고, 이어서 대공포 소리가 반복적으로 들렸다.

자정 무렵 화재 감시원 근무를 하고 있을 때, 내 머리 위로 기차가 지나가는 듯한 끔찍한 소리와 함께 대성당에서 아주 가까운 거리에 폭탄이 떨어지기 시작했다. 지붕으로 몸을 날려 엎드리고 싶은 욕구를 자제하기 위해 의지력의 마지막 한 톨까지 짜내야 했지만, 랭비가 내 모습을 지켜보고 있었다. 돔에서 내가 했던 짓을 또 보여서 랭비에게 만족감을 주고 싶지 않았다. 나는 고개를 치켜들고 모래 양동이를 손으로 꽉 움켜쥐고서 스스로 몹시 자부심을 느꼈다.

새벽 3시쯤이 지나자 우레처럼 몰아치던 폭격 소리가 멈추고 30분가량 잠잠하더니 대성당의 지붕 위로 우박이 떨어지는 것처럼 달가닥거리는 소리가 요란하게 났다. 랭비를 제외한 모든 사람이 삽과 소화용 수동 펌프를 가지러 달려갔다. 랭비는 나를 지켜보고 있었다. 그리고 나는 소이탄을 쳐다보고 있었다.

시계탑 뒤에 서 있는 내게서 겨우 몇 미터 거리에 소이탄이 떨어졌다. 내가 상상했던 것보다 훨씬 작았는데, 기껏해야 약 30센티미터 정도의 크기였다. 소이탄이 격렬하게 내뿜는 청백색의 불꽃이 내가 서 있는 곳까지 튀었다. 곧 소이탄이 끓어올라 곤죽으로 변해서 지붕을 뚫고 들어가며 태우기 시작할 것이다. 불꽃, 소방관들이 미친 듯이 외치는 소리, 그리고 수 킬로미터에 걸쳐 흩어진 하얀 잔해들. 그리고 아무것도, 아무것도 남지 않을 것이다. 화재 감시원 기념 석판조차도.

다시 '속삭임의 회랑'에서의 상황이 펼쳐졌다. 내가 뭔가를 말한 듯한 느낌이 들었다. 랭비의 얼굴을 바라보자 그가 삐딱하게 미소를 지었다.

"세인트폴 대성당이 불탈 거예요. 아무것도 남지 않을 거예요." 내가 말했다.

"그렇겠지." 랭비가 말했다. "그럴 생각인 거야, 그렇지 않아? 세인트폴 대성당을 잿더미로 만들 거야. 그게 계획인 거지?"

"누구 계획이요?" 내가 바보같이 되물었다.

"당연히 히틀러지." 랭비가 말했다. "내가 누구 이야기하는 걸로 생각한 거야?" 그리고 그는 무심한 얼굴로 수동 펌프를 집어 들었다.

갑자기 ARP 안내서의 내용이 떠올랐다. 나는 아직도 불꽃을 뿜어내는 소이탄을 빙 둘러 모래 양동이를 붓고, 다른 양동이를 잡아채 소이탄 위에 들이부었다. 검은 연기가 자욱하게 올라와서 삽을 찾는 게 힘들었다. 나는 불이 꺼진 소이탄을 삽 끝으로 건드려보고, 빈 양동이에 담았다. 그리고 삽으로 모래를 퍼서 그 위에 덮었다. 매운 연기 때문에 눈물이 얼굴을 타고 흘러내렸다. 나는 고개를 돌리고 소매로 눈물을 닦았다. 그리고 랭비가 눈에 들어왔다.

랭비는 나를 도울 생각이 없는지 꼼짝도 하지 않았다. "사실 나쁜 계획은 아니야. 하지만 당연히 그런 일이 일어나도록 내버려두지 않을 거야. 그래서 화재 감시원이 여기에 있는 거지. 그런 일이 일어나지 않도록 막기 위해서. 그렇지, 바솔로뮤?"

이제야 내 실습의 목적이 무엇인지 깨달았다. 랭비가 세인트폴 대성당을 불태우는 것을 반드시 막아야 한다.

9월 28일　나는 어젯밤에 랭비를 잘못 봤으며 그가 했던 말을 오해한 거라고 나 자신을 설득하려 애쓰고 있다. 랭비가 나치의 간첩이 아니라면 왜 세인트폴 대성당을 불태우고 싶어 하겠는가? 나치의 간첩이 어떻게 화재 감시원이 될 수 있겠는가? 나는 내가 들고 온 가짜 소개서가 떠올라 오싹해졌다.

어떻게 밝혀낼 수 있을까? 1940년에 충성스러운 영국인만이 알 만한 어떤 결정적인 사실로 랭비를 시험했다가 오히려 내 거짓이 드러날 것 같아 두려웠다. 기억 복구 작업을 제대로 해야 한다.

그때까지는 랭비를 지켜볼 테다. 적어도 당분간은 그리 어렵지 않을 것이다. 랭비가 다음 2주 동안의 화재 감시원 근무 시간표를 짰는데, 자신과 나를 함께 근무하도록 배치했다.

9월 30일　9월에 무슨 일이 있었는지 알게 되었다. 랭비가 내게 말해 줬다.

어젯밤에 성가대석에서 외투를 입고 장화를 신을 때 랭비가 말했다. "너도 알겠지만, 놈들이 이미 한 번 시도했었어."

나는 랭비가 무슨 말을 하는지 이해가 안 됐다. 내게 아이아르피에서 온 게 아니냐고 물었던 첫날처럼 곤혹스러웠다.

"세인트폴 대성당을 파괴하려는 계획 말이야. 놈들은 이미 한 번 시도했었어. 9월 10일이었지. 고성능 폭탄으로. 하지만 물론 넌 그 사건을 몰랐을 거야. 웨일스에 있었을 테니까."

나는 랭비의 말을 듣지 않고 있었다. 그가 '고성능 폭탄'이라는 말을 하자마자, 모든 기억이 떠올랐기 때문이었다. 폭탄은 도로 아래로 파고들어가 성당의 기초 부분에 박혀 있었다. 폭탄 처리반이 뇌관을 제거하려 했지만 누출된 가스관이 있었다. 처리반은 세인트폴 대성당에 있는 사람들을 내보내기로 결정했는데, 매튜스 주임 사제가 떠나길 거부했다. 결국 처리반이 폭탄을 파내 바킹 습지에서 폭파시켰다. 기억이 즉시 완벽하게 복구되었다.

"그때 폭탄 처리반이 대성당을 구했어." 랭비가 말하고 있었다. "언제나 대성당을 구하는 누군가가 있는 것 같아."

"네. 그렇죠." 나는 그렇게 말하고 랭비를 떠났다.

10월 1일 나는 어젯밤에 9월 10일의 사건에 대한 기억이 복구된 것이 일종의 돌파구라고 생각했다. 그래서 간이침대에 누워서 세인트폴 대성당 안에 잠입한 나치 간첩을 기억해내려고 거의 밤을 새웠지만 아무기억도 떠오르지 않았다. 내가 찾는 대상을 정확히 알고 있어야 기억을 복구할 수 있는 걸까? 이미 알고 있는 것에 대한 기억을 복구하는 게 무슨 도움이 될까?

랭비는 나치 간첩이 아닐 것이다. 그렇다면 그는 대체 뭘까? 방화범? 미친 사람? 지하 묘지는 생각하는 데 거의 도움이 안 됐다. 묘지인데도 전혀 조용하지 않았다. 잡역부들이 거의 밤새 떠들고, 폭격 소리가 둔하게 들려왔는데, 그렇게 둔하게 들리는 게 어쩐지 더 기분 나빴다. 어느새 잡역부들의 이야기에 귀를 쫑긋 세우고 듣게 된다. 오늘 아침에 잠이 들었을 때, 나는 지하도 대피소가 폭격을 맞아서 관로가 터지고 사람들이 익사하는 꿈을 꾸었다.

10월 4일 오늘 나는 고양이를 잡으려고 했다. 그 고양이를 구슬려 잡역부들을 놀라게 하는 생쥐를 없애버릴 계획이었다. 또 고양이를 가까이에서 보고 싶기도 했다. 나는 어젯밤 대공포의 유산탄이 터지며 떨어진 파편의 열기를 끌 때 수동 펌프와 함께 사용했던 양동이를 지하 묘지로 가져왔다. 양동이에 물이 조금 남아 있긴 했지만, 고양이가 잠길 정도는 아니었다. 나는 고양이에 양동이를 씌워서 꼼짝 못 하게 만들고, 밑으로 손을 집어넣어 붙잡아서 지하 묘지로 데려가 생쥐를 향해 고양이를 풀어줄 계획이었다. 하지만 나는 고양이 근처에도 못 갔다.

내가 양동이를 휘둘렀다. 그러다 물이 조금 튄 모양이었다. 나는 고양이가 집에 길든 동물이라고 기억했는데, 내 기억이 잘못된 게 틀림없다. 크고 사근사근하던 고양이의 얼굴이 정말 무서운 해골처럼 변하고, 아무해가 없는 발이라고 생각했던 것에서 사악한 발톱이 뻗어 나왔다. 그리고 잡역부들보다 훨씬 큰 소리를 냈다.

나는 깜짝 놀라 양동이를 떨어뜨렸고, 양동이는 굴러가다 기둥에 부딪히며 멈췄다. 고양이는 사라졌다. 내 뒤에서 랭비가 말했다. "그런 방법으로는 고양이 못 잡아."

"확실히 그렇네요." 나는 대답하며 몸을 숙여 양동이를 들었다.

"고양이는 물을 싫어해." 랭비가 여전히 무뚝뚝한 목소리로 말했다.

"아." 내가 성가대석으로 양동이를 가져다 놓기 위해 랭비 앞을 지나며 말했다. "몰랐어요."

"그건 다들 알아. 멍청한 웨일스 놈들도 그건 알아."

10월 8일 우리는 일주일 동안 화재 감시원 근무를 두 배로 늘렸다. 보름달이 떠서 폭격하기 좋은 기간이기 때문이었다. 랭비가 지붕 위로 올라오지 않았다. 그래서 나는 랭비를 찾아 성당 안으로 갔다. 랭비는 서쪽 문 옆에 서서 노인과 이야기하고 있었다. 노인은 옆구리에 신문을 끼고 있다가 랭비에게 내밀었다. 그러나 랭비는 신문을 노인에게 돌려줬다. 노인이 나를 보더니 몸을 피했다. 랭비가 말했다. "관광객이야. 윈드밀 극장이 어딘지 물어보더라고. 신문에서 여자들이 옷을 벗고 나온다는 기사를 읽었대."

랭비가 하는 말을 들으니, 내가 그를 믿지 않는 것처럼 보인 모양이었다. "얼굴이 고약한 노인네처럼 망가졌군. 잠을 충분히 못 잔 거야? 오늘 밤에 너 대신 첫 번째 감시원 근무를 설 사람을 구해야겠네."

"아뇨." 내가 차가운 말투로 말했다. "내가 맡은 근무를 설게요. 난 지붕 위에 있는 게 좋아요." 그리고 속으로 덧붙였다. '지붕에 있어야 널 감시

할 수 있잖아.'

랭비가 어깨를 으쓱하고 말했다. "지하 묘지로 내려가 있는 거보다야 낫겠지. 적어도 지붕 위에 있으면 널 죽이려고 떨어지는 폭탄 소리를 들을 수 있을 테니까."

10월 10일 나는 화재 감시원 근무가 두 배로 늘어나면 도움이 될 거라 생각했다. 기억을 제대로 복구하지 못하는 내 무능력에 대한 집착에서 벗어나게 될 것이기 때문이다. 지켜보고 있으면 냄비의 물이 안 끓는 법이다. 실제로 이렇게 무심하게 두는 게 가끔 효과가 있었다. 몇 시간 동안 다른 문제를 생각하거나 밤에 푹 자고 나면, 어떤 자극이나 인공 약물이 없이도 장기기억에 넣어둔 정보가 불쑥 떠올랐다.

밤에 푹 자는 것은 불가능했다. 잡역부들이 끊임없이 떠들어댈 뿐 아니라, 고양이까지 지하 묘지로 내려와 사람들에게 쭈뼛쭈뼛 다가가서는 사이렌 소리를 내며 훈제 청어를 달라고 졸랐다. 나는 화재 감시원 근무를 나가기 전에 내 간이침대를 대성당의 가로축 부분인 수랑에서 넬슨 제독 묘지 옆으로 옮겼다. 제독은 알코올에 절여졌어도 입은 다물고 있었으니까.

10월 11일 트라팔가르 해전 꿈을 꾸었다. 함선들이 대포를 쏘고, 연기가 피어오르고, 회벽이 우수수 떨어지고, 랭비가 내 이름을 소리쳐 불렀다. 내가 잠에서 깨어나며 처음 든 생각은 접이식 의자들이 사라졌다는 것이었다. 연기가 가득해서 앞을 볼 수가 없었다.

"갑니다." 나는 그렇게 말하고, 장화를 당겨 신으며 랭비를 향해 느릿느릿 걸어갔다. 수랑에 회벽 더미와 뒤엉킨 접이식 의자들이 쌓여 있었고, 랭비가 그 더미를 파헤치고 있었다. "바솔로뮤!" 랭비가 회벽 덩어리를 옆으로 던지며 소리쳤다. "바솔로뮤!"

나는 아직도 뿌연 게 연기인 줄 알았다. 그래서 나는 달려가 수동 펌프를 가지고 돌아와서 랭비 옆에 무릎을 꿇고 앉아 부러진 의자 등받이를 잡아당기기 시작했다. 꼼짝도 안 했다. 그때 문득 이 아래에 시체가 있는 게 아닌가 하는 생각이 들었다. 천장에서 떨어진 조각이라고 생각했던 게 사람의 손으로 드러날지도 모른다. 나는 상체를 들고 쪼그려 앉아서 구역질하지 않기로 굳게 다짐한 후 다시 그 더미로 돌아갔다.

랭비는 의자 다리를 들고 그 더미를 파고 있었는데 지나치게 서둘렀다. 내가 랭비를 진정시키려고 손을 붙잡았지만, 그는 파편 조각을 옆으로 내던지듯 내 손을 뿌리쳤다. 랭비가 납작한 사각형의 회벽 조각을 치우자 그 아래에 바닥이 드러났다. 나는 고개를 돌려 뒤를 돌아봤다. 잡역부들이 양쪽에서 제단 뒤쪽으로 모여들었다. "누굴 찾는 건가요?" 내가 랭비의 팔을 붙잡으며 물었다.

"바솔로뮤." 랭비가 잡석들을 옆으로 치우며 대답했다. 재먼지로 뒤덮인 그의 손에서 피가 흘러내렸다.

"난 여기 있어요." 내가 말했다. "난 괜찮아요." 나는 하얀 재먼지 때문에 숨이 컥컥 막혔다. "침대를 수랑에서 다른 데로 옮겼어요."

랭비가 잡역부들을 향해 고개를 획 돌리더니, 아주 차분한 목소리로 물었다. "여기 아래엔 뭐가 있지?"

"가스풍로밖에 없습니다." 잡역부 한 명이 어둑한 제단 뒤쪽에서 겁을 먹은 목소리로 대답했다. "갤브레이스 부인의 수첩하고요." 랭비는 그 두 가지를 찾을 때까지 회벽 더미를 팠다. 가스풍로의 불은 꺼진 상태였지만, 가스가 많이 새고 있었다.

"당신이 결국 세인트폴 성당과 나를 구했어요." 나는 속옷을 입고 장화를 신은 차림으로 쓸모없는 수동 펌프를 들고 서서 그에게 말했다. "우리 모두 질식해 죽었을지도 몰라요."

랭비가 일어서며 말했다. "널 구하지 말아야 했는데."

1단계: 쇼크, 지각 상실, 부상에 대한 자각 불능, 피해자 자신 외에 다른 사람은 알아들을 수 없는 말. 랭비는 자신의 손에 피가 난다는 사실을 모를 것이다. 자신이 한 말을 기억하지 못할 것이다. 랭비는 내 목숨을 구하지 말았어야 했다고 말했다.

"널 구하지 말아야 했는데." 랭비가 다시 말했다. "나는 생각할 의무가 있어."

"당신은 지금 피를 흘리고 있어요." 내가 날카롭게 말했다. "누워서 쉬는 게 좋겠어요." 속삭임의 회랑에서 랭비가 내게 했던 말을 그에게 했다.

10월 13일 그것은 고성능 폭탄이었다. 폭탄이 성가대석에 구멍을 내고, 대리석 조각상 몇 개를 부서뜨렸지만, 처음에 내가 했던 짐작과 달리 지하 묘지의 천장은 무너지지 않았다. 폭격의 충격으로 천장의 회벽이 떨어진 것뿐이었다.

나는 랭비가 자신이 무슨 말을 했는지 알고 있다고 생각지 않는다. 그 사실이 내게 어느 정도 이점이 될 것이다. 이제 나는 누가 위험한지 확실하게 알고 있으며, 다른 방향에서 위험이 닥쳐오지 않으리라는 것도 잘 안다. 하지만 이런 걸 아는 게 무슨 소용일까? 나는 랭비가 언제, 어떤 짓을 하려는지 모르는데 말이다.

나는 어제의 폭격과 관련된 역사적 사실을 장기기억 속에 저장하고 있는 게 틀림없다. 하지만 회벽 천장이 무너져내리는 상황조차도 그 기억을 풀어놓지 못했다. 이제 나는 구태여 기억을 복구하려고 노력하지도 않는다. 나는 위에서 천장이 무너져 내릴 때를 기다리며 어둠 속에 누워 있다. 그리고 랭비가 어떻게 내 생명을 구했는지 떠올린다.

10월 15일 그 여자가 오늘 다시 왔다. 감기는 아직 낫지 않았지만, 돈을 받는 일자리를 구했다고 했다. 여자를 보니 기뻤다. 산뜻한 제복에 발가락 부분이 트인 신발을 신었으며, 머릿결은 정성을 들여 곱슬곱슬하게 만들었다. 우리는 여전히 폭격의 잔해를 치우고 있었고, 랭비는 앨런 대장과 함께 성가대석에 뚫린 구멍을 메울 나무판자를 구하러 갔다. 그래서 나는 빗자루질을 하는 동안 여자가 내게 마음껏 재잘거리도록 놔두었다. 먼지 때문에 여자가 재채기를 했다. 하지만 최소한 이번에는 여자가 왜 재채기를 하는지 내가 알고 있었다.

여자가 자신의 이름이 에놀라라고 말해주었다. 그리고 여성의용대(WVS)에서 일하게 됐으며, 화재 현장에 파견되는 이동식 매점의 운영을 맡았다고 했다. 에놀라는 그 일자리를 얻게 되어 나에게 감사 인사를 하러 온 것이었다. 에놀라가 여성의용대에 가서 세인트폴 대성당에는 매점이 달린 제대로 된 대피소가 없다고 말했더니, 여성의용대에서 에놀라에게 런던 중심가에서 매점을 운영하도록 했다고 한다. "그래서 근처에 올 때면 한 번씩 들러 제가 어떻게 지내는지 알려줄게요. 그래도 되나요?"

에놀라와 동생 톰은 아직도 지하도에서 잠을 잤다. 에놀라에게 거기가 안전하냐고 물었더니, 아닌 것 같다고 했다. 하지만 적어도 지하도에서는 자신을 죽이러 날아오는 폭탄 소리를 들을 수 없으니 그건 축복이라고 했다.

10월 18일 너무 피곤해서 이 글도 간신히 쓰고 있다. 오늘 밤에 소이탄 아홉 개가 떨어졌다. 그리고 낙하산 투하 폭탄 한 개가 떨어졌는데, 낙하산이 바람에 날려 대성당에서 멀어지지 않았다면 돔 위에 내려앉았을 것이다. 나는 소이탄 두 개를 껐다. 여기에 온 후 적어도 스무 개는 껐다. 그리고 다른 사람들이 끄는 것을 수십 번 도왔지만, 아직 그걸로는 부족하다. 랭비를 지켜보지 않은 한순간에 일어난 한 번의 방화가 이 모든 일을 허사로 만들어버릴 수 있다.

내가 이렇게 피곤한 것도 부분적으로는 그것 때문이었다. 밤마다 내가 맡은 근무를 하면서 랭비를 감시하고, 떨어지는 소이탄을 하나도 놓치지 않으려 노력하며 지쳐가고 있다. 그리고 지하 묘지에 돌아와서는 간첩이나 화재, 1940년 가을의 세인트폴 대성당 등 뭐라도 기억해내려 안간힘을 쓰며 또 지쳐갔다. 내가 제대로 못 해내고 있다는 느낌이 자꾸 들어 괴로웠지만, 달리 뭘 해야 할지 몰랐다. 기억 복구가 되지 않으면, 내일 무슨 일이 벌어질지 모르기 때문에, 나도 여기에 있는 불쌍한 사람들과 똑같이 무력한 존재가 되어버린다.

내가 해야만 한다면, 집으로 돌아갈 때까지 이 일을 해나갈 것이다. 내가 여기에서 화재를 진압하는 한 랭비는 세인트폴 대성당을 불태울 수 없다. "나에겐 의무가 있어." 랭비가 지하 묘지에서 그렇게 말했었다.

그러나 내게도 의무가 있다.

10월 21일 폭발 이후로 거의 2주가 지났다. 그 후 고양이를 보지 못했다는 사실을 이제야 깨달았다. 고양이는 지하 묘지의 잔해더미에도 없었다. 랭비와 나는 그 밑에 아무도 없다고 확인한 후에도, 그 더미를 두 번이나 체를 치듯 뒤졌었다. 그러나 고양이가 그날 밤 성가대석에 있었을 수도 있다.

벤스 존스 노인은 걱정하지 말라고 했다. "녀석은 괜찮을 거야. 독일 놈들이 폭격으로 런던을 송두리째 날려버리더라도 고양이들은 왈츠를 추며 폭탄들을 맞이하러 나갈걸. 왜 그런지 알아? 고양이들은 아무도 사랑하지 않아. 사람들 절반은 사랑 때문에 죽는다고. 며칠 전 스테프니에 사는 한 할망구는 자기 고양이를 구하려다 죽었어. 빌어먹을 고양이는 앤더슨 대피소에 있었대."

"그러면 고양이가 어디에 있을까요?"

"어딘가 안전한 곳에 있을 거야. 내가 장담할 수 있어. 만일 고양이가 세인트폴 대성당 근처에 없다면, 우리가 골치 아픈 상황에 빠졌다는 뜻이야. 옛날 사람들은 가라앉는 배에서 쥐들이 도망간다고 했지만 그건 오해야. 도망치는 건 쥐가 아니라 고양이야."

10월 25일 지난번에 랭비가 만났던 관광객이 다시 모습을 보였다. 그 관광객이 아직도 윈드밀 극장을 찾고 있을 가능성은 없었다. 그는 오늘도 옆구리에 신문을 끼고 랭비를 찾았다. 하지만 랭비는 소방관의 석면복을 구하려고 앨런 대장과 함께 시내 건너편으로 갔다. 그가 옆구리에 끼고 있는 신문의 제목이 보였다. 〈노동자〉였다. 나치 신문일까?

11월 2일 폭탄 때문에 생긴 구멍을 메우는 작업을 하는 서투른 노동자들을 돕느라 일주일 내내 지붕 위에서 지냈다. 그들은 지독하게 일을 못했다. 한쪽에 사람 하나가 빠질 만한 커다란 구멍이 아직도 남아 있었지만, 그들은 괜찮을 거라고 우겼다. 설령 떨어지더라도 바닥까지 곧장 떨어지지 않고 천장까지밖에 안 떨어지기 때문에 괜찮다고 했다. "떨어져도 안 죽어요." 그들은 그 구멍이 소이탄을 숨길 수 있는 완벽한 장소라는 사실을 이해하지 못하는 것 같았다.

그리고 랭비에게 필요한 게 바로 저런 구멍이었다. 랭비는 세인트폴 대성당을 파괴하기 위해 굳이 불을 지를 필요가 없다. 손을 쓰기에는 너무 늦어질 때까지 저런 구멍 안에서 소이탄이 들키지 않고 불타도록 놔두기만 하면 된다.

노동자들에게는 아무리 말해도 소용이 없었다. 내가 매튜스 주임 사제에게 하소연하려고 대성당으로 내려가는데, 랭비가 그 관광객이라는 사람과 유리창 근처의 기둥 뒤에 함께 있는 모습이 보였다. 랭비가 신문을 손에 쥐고 그 남자와 이야기하고 있었다. 한 시간 후 내가 서재에서 내려올 때까지도 두 사람은 그곳에 있었다. 지붕의 구멍도 그대로였다. 매튜스 주임 사제는 나중에 그 구멍을 널빤지로 막고 잘 되길 바라자고 했다.

11월 5일 기억 복구 시도를 포기했다. 잠자는 시간이 너무 모자라서, 이미 이름을 아는 신문에 대한 정보조차 떠올리지 못하고 있다. 이제 화재 감시원 근무를 두 배로 늘린 상태가 계속 유지되고 있다. 잡역부들은 (그 고양이처럼) 모두 우리를 떠나버렸다. 그래서 지하 묘지는 조용해졌지만, 나는 잠을 잘 수 없었다.

간신히 졸기라도 하면 꿈을 꾸었다. 어제는 키브린이 성녀처럼 차려입고 지붕 위에 있는 꿈을 꾸었다. "네 실습의 비밀이 뭐였어?" 내가 물었다. "네가 뭘 알아내야 하는 거였어?"

키브린이 손수건으로 코를 닦으며 말했다. "두 가지였어. 하나, 침묵과 겸손은 역사가의 신성한 의무이다. 둘," 키브린이 말을 멈추더니 손수건에 대고 재채기했다. "지하도에서 자지 말라."

내게 남은 유일한 희망은 인공 대체 약물을 찾아 최면 상태를 유도하는 것이다. 그게 문제였다. 나는 화학적으로 제조한 엔도르핀과 환각제가 이 시대에는 아직 나오지 않았을 거라고 확신했다. 술은 분명히 구할 수 있겠지만, 내게는 에일 맥주보다 도수가 높은 뭔가가 필요했다. 내가 이름을 아는 술은 에일 맥주밖에 없었다. 다른 화재 감시원에게 함부로 부탁할 수도 없었다. 랭비가 이미 나를 의심하는 상황이었다. 나는 옥스퍼드 사전으로 돌아가 모르는 단어를 찾아봤다.

11월 11일 고양이가 돌아왔다. 랭비가 앨런 대장과 함께 나갔다. 여전히 석면복을 구하려 노력 중이었다. 그래서 나는 세인트폴 대성당을 나가도 안전할 거라는 생각이 들었다. 나는 식료품과 어쩌면 인공 대체 약물을 구할 수 있을지 모른다는 희망을 품고 식료품점에 갔다. 시간이 늦어서 내가 런던 중심가인 칩사이드에 도착하기도 전에 사이렌이 울렸다. 하지만 보통 공습은 어두워지기 전에는 시작되지 않았다. 필요한 식료품을 다 구입하고 용기를 내서 혹시 술이 있는지 물어보기까지 시간이 좀 걸렸다. 가게 주인은 술집에 가보라고 했다. 가게에서 나왔을 때, 갑자기 수렁에 빠진 것 같았다.

나는 세인트폴 대성당이 어디에 있는지, 이 거리가 어딘지, 조금 전에 나온 가게가 어디였는지 알 수 없었다. 나는 훈제 청어와 빵이 든 갈색 종이봉투를 손에 쥐고 있었는데, 이 봉투를 얼굴 앞에 들이대도 알아보지 못할 정도로 어두운 상황에서 인도도 아닌 곳에 서 있었다. 나는 손을 올려 목도리를 여미고, 눈이 어둠에 적응하기를 기도했지만, 거리에는 적응할 만한 희미한 빛조차 없었다. 세인트폴 대성당의 화재 감시원들이 간첩이라 부르며 저주하는 달조차 반가울 것 같았다. 아니면 빛이 위쪽으로 새지 않도록 전조등에 셔터를 설치한 버스라도 와서 내가 방향을 찾을 수 있을 정도로 빛을 비춰주면 좋겠다. 아니면 서치라이트라도. 아니면 대공포가 폭발하며 내뿜는 불꽃이라도. 부디 아무 불빛이라도.

그때 버스가 눈에 들어왔다. 멀리서 가느다란 구멍에서 새어 나오는 노란 불빛 두 개가 비쳤다. 나는 그 불빛을 향해 출발하다 연석에 발이 걸려 넘어질 뻔했다. 그렇다면 버스가 인도 위에 있다는 의미가 되므로, 저 불빛은 버스가 아니라는 뜻이었다. 아주 가까운 곳에서 고양이 한 마리가 야옹 울더니, 내 다리에 몸을 비볐다. 내가 아래를 내려다보니, 조금 전까지 버스의 전조등이라고 생각했던 노란 불빛이 보였다. 수 킬로미터 안에 불빛이라곤 전혀 없었다고 맹세할 수 있지만, 고양이의 눈동자는 어딘가에서 빛을 받아 나에게 단조롭게 반사하고 있었다.

"파수꾼이 널 보면 이 눈빛 때문에 죽이려 할 거야, 톰." 내가 말했다. 그때 머리 위로 비행기가 웅웅거리는 소리가 들려왔다. "아니면 독일놈들이 죽일 거야."

갑자기 세상이 폭발하듯 밝아졌다. 서치라이트와 템스강을 따라 줄지은 백열등 불빛이 거의 동시에 켜지며 대성당으로 돌아가는 길을 밝혀주었다.

"나를 데리러 왔구나. 그런 거야, 톰?" 내가 쾌활하게 말했다. "그동안 어디 있었어? 우리한테 훈제 청어가 떨어진 사실을 알아챘던 거지? 내 생각엔 충성심이란 게 그런 거야." 나는 숙소로 돌아가는 내내 고양이에게 말을 했고, 내 생명을 구해준 대가로 훈제 청어 깡통의 절반을 줬다. 벤스 존스 노인이 식료품 가게에서 우유 냄새가 났다고 말해줬다.

11월 13일 등화관제가 실시되는 도중에 길을 잃는 꿈을 꾸었다. 나는 눈앞에 있는 손조차 보이지 않았는데, 던워디 교수가 와서 손전등을 비춰줬다. 하지만 내가 지금까지 지나온 길만 보이고, 어디로 가고 있는지는 보이지 않았다.

"이게 그 사람들에게 무슨 도움이 되죠? 그들에게는 자신이 어디로 가고 있는지 보여줄 빛이 필요해요."

"템스강의 백열등이라도 말인가? 화재와 대공포에서 나오는 빛이라도?" 던워디 교수가 말했다.

"네. 어떤 불빛이라도 이 무시무시한 어둠보다는 나아요." 그러자 던워디 교수가 내게 다가와 손전등을 주었다. 그런데 그것은 손전등이 아니라 남쪽 본당에 있는 헌트의 그림에서 예수가 들고 있던 등불이었다. 나는 집으로 가는 길을 찾기 위해 그 등불로 앞에 있는 연석을 비췄다. 하지만 불빛이 화재 감시원 기념 석판을 비춰서 허둥지둥 등불을 꺼버렸다.

11월 20일 오늘은 랭비에게 말을 걸어봤다. "예전에 봤던 그 노인과 이야기하는 걸 봤어요." 내가 말했다. 마치 죄를 비난하는 듯한 말투였다. 실제로 그런 의도로 한 말이었다. 나는 랭비가 내 말을 그렇게 받아들이고, 그가 계획하는 일이 무엇이든 중지하길 바랐다.

"신문을 읽었어." 랭비가 말했다. "이야기한 게 아니고." 랭비는 성가대석에서 모래주머니를 쌓으며 물건들을 정리하고 있었다.

"그렇다면, 내가 당신이 신문을 읽는 모습은 본 거였네요." 내가 시비조로 말하자 랭비가 모래주머니를 내려놓고 몸을 일으켰다.

"뭘 하자는 거야?" 랭비가 말했다. "여긴 자유 국가야. 내가 원하면 노인에게 읽어줄 수 있어. 네가 그 조그만 여성의용대 타르트와 떠들어댈 수 있는 것처럼."

"뭘 읽어줬는데요?" 내가 물었다.

"노인이 원하는 건 다 읽어줬지. 늙은이잖아. 예전에 노인은 일을 마치고 집에 가면, 브랜디를 조금 마시고, 아내가 읽어주는 신문 내용을 듣곤 했대. 그런데 아내가 폭격으로 죽었어. 그래서 이제는 내가 읽어주고 있는 거야. 너와는 상관없는 일이야."

진실을 말하는 것처럼 들렸다. 거짓말을 할 때처럼 조심스럽게 무심한 듯한 태도를 꾸미지 않았기 때문에, 나는 랭비의 말을 믿을 뻔했다. 그러나 나는 이전에 그가 진실을 말할 때의 말투를 들은 적이 있었다. 폭격 직후 지하 묘지에서.

"그 노인은 윈드밀 극장을 찾는 관광객이라고 하지 않았나요?" 내가 말했다.

랭비가 잠깐 멍한 표정을 짓더니 말했다. "아, 그래, 그랬지. 노인이 신문을 가져와서 나한테 극장이 어디에 있느냐고 물었어. 그래서 주소를 찾으려고 신문을 들여다봤지. 똑똑하네, 그걸 기억하다니. 당시 나는 노인이 다른 사람의 도움 없이 신문을 못 읽을 거라는 생각을 못 했어." 그것으로 충분했다. 랭비는 거짓말을 하고 있었다.

랭비가 모래주머니를 내 발 바로 앞에 던졌다. "물론 넌 그런 걸 이해하지 못할 거야, 그렇지? 인간의 친절함에서 나오는 소박한 행동 말이야."

"네." 내가 차갑게 대답했다. "이해 못 해요."

이것으로는 아무것도 증명하지 못한다. 랭비는 인공 약물인 듯한 물건의 이름 외에는 아무런 실마리도 주지 않았다. 매튜스 주임 사제에게 가서 랭비가 노인에게 신문을 읽어줬다고 고자질할 수는 없었다.

나는 랭비가 성가대석의 일을 마치고 지하 묘지로 내려갈 때까지 기다렸다. 그런 후 모래주머니 하나를 지붕에 난 구멍으로 끌고 갔다. 지금까지 널빤지가 구멍을 막고 있었지만, 사람들은 그게 무덤이라도 되는 양 조심조심 돌아서 다녔다. 나는 모래주머니를 잘라서 열고, 모래를 바닥에 부었다. 혹시 랭비가 여기를 소이탄을 숨기기에 완벽한 장소라고 생각하더라도, 이 모래가 그 소이탄을 꺼버릴 것이다.

11월 21일   오늘은 에놀라에게 가짜 삼촌이 준 돈을 조금 주면서 브랜디를 사다달라고 부탁했다. 에놀라는 내가 생각했던 것보다 훨씬 주저하는 표정이었다. 내가 알지 못하는 사회적으로 곤란한 문제가 있는 모양이었다. 그래도 에놀라는 내 부탁을 들어주었다.

나는 오늘 에놀라가 왜 왔었는지 모른다. 에놀라는 동생 톰이 지하도에서 장난을 쳐서 경비원에게 혼난 이야기를 시작했는데, 내가 브랜디를 사다달라고 부탁하자, 그 이야기를 끝내지도 않고 가버렸다.

11월 25일   오늘 에놀라가 왔다. 하지만 브랜디는 가져오지 않았다. 에놀라는 휴일에 고모를 만나러 바스에 갈 예정이었다. 어쨌든 에놀라는 당분간 공습에서 벗어날 것이다. 나는 에놀라를 걱정하지 않아도 될 것이다. 에놀라가 동생 톰에 관한 이야기를 마저 했다. 그리고 고모를 설득해서 런던 대공습 기간에 톰을 맡아주길 바라지만, 과연 고모가 부탁을 들어줄지 잘 모르겠다고 했다.

에놀라의 어린 동생 톰은 귀여운 개구쟁이라기보다는 범죄자에 가까운 녀석 같았다. 녀석은 뱅크역 대피소에서 소매치기로 두 번이나 잡혔다. 그래서 에놀라와 톰이 마블 아치 역으로 돌아갈 수밖에 없었다. 나는 최선을 다해 에놀라를 위로하며, 남자애들은 한두 번 나쁜 짓을 할 때도 있다고 말해주었다. 내가 진짜로 해주고 싶었던 말은 전혀 걱정할 필요가 없다는 것이었다. 내가 볼 때 에놀라의 남동생 톰은 내 고양이 톰이나 랭비처럼 진정한 생존자 유형으로서 자기 자신 외에는 누구에게도 관심이 없고, 대공습에서 생존할 준비가 잘 되어 있으며, 미래에 뛰어난 인물로 성장할 사람이라고 말해주고 싶었다.

그런 후 나는 에놀라에게 브랜디를 사 왔는지 물었다.

에놀라가 고개를 숙이고 발가락이 노출된 신발 끝을 바라보며 슬픈 목소리로 웅얼거렸다. "저는 당신이 다 잊어버렸을 줄 알았어요."

내가 화재 감시원들이 교대로 술을 산다는 이야기를 꾸며서 해주자

에놀라의 슬픈 얼굴이 조금 풀린 것 같았지만, 에놀라가 바스에 여행을 다녀온다는 사실을 핑계로 브랜디를 사다 주지 않을 것 같은 생각이 들었다. 내가 직접 나가 사는 수밖에 없을 것이다. 하지만 대성당에 랭비 혼자 함부로 놔둘 수는 없었다. 바스로 떠나기 전에 오늘 브랜디를 사다 주겠다는 약속을 받았다. 하지만 아직 에놀라가 돌아오지 않았는데, 벌써 사이렌이 울리기 시작했다.

11월 26일 에놀라는 오지 않았다. 에놀라가 탈 기차가 정오에 떠난다고 했었다. 나는 다른 건 몰라도 에놀라가 런던에서 무사히 빠져나갔다는 사실을 감사해야 한다고 생각했다. 아마 바스에서는 감기도 나을 수 있을 것이다.

오늘 밤에 ARP 소속 여성이 갑자기 들이닥쳐 우리의 간이침대 절반을 빌려 가면서, 이스트엔드의 지상 대피소가 폭격당해 엉망이 된 상황을 말해줬다. 네 명이 사망하고, 열두 명이 부상했다. "어쨌거나 지하 대피소는 아니었잖아요! 지하 대피소가 폭격당했으면 진짜 엉망진창 난장판이 됐을 거예요, 그렇지 않나요?"

11월 30일 내가 고양이를 세인트존스우드에 데리고 가는 꿈을 꿨다.
"이번 실습의 임무가 구조인가?" 던워디 교수가 물었다.
"아니요, 교수님." 내가 자랑스럽게 말했다. "제 실습에서 찾아야 할 게 뭔지 압니다. 완벽한 생존자죠. 강인하고, 재치 있고, 이기적인 존재 말이에요. 저는 이 고양이밖에 못 찾았습니다. 세인트폴 대성당을 불태우는 걸 막기 위해 랭비를 죽여야 했어요. 에놀라의 남동생은 바스로 가 버렸고요. 다른 사람들은 살아남지 못할 거예요. 에놀라는 겨울에도 발가락이 노출된 신발을 신고 지하도에서 자면서 머리카락을 곱슬곱슬하게 만들려고 금속 핀을 끼고 있어요. 에놀라는 대공습에서 살아남지 못할 겁니다."

던워디 교수가 말했다. "자네는 그 고양이 대신에 여자를 구해야 했어. 그 여자 이름이 뭐라고 했지?"

"키브린이요." 내가 말했다. 그리고 추위에 떨며 잠에서 깨어났다.

12월 5일 랭비가 정밀 조준 폭탄을 갖고 있는 꿈을 꾸었다. 랭비는 갈색 종이봉투 같은 것을 옆구리에 끼고, 세인트폴 대성당 역에서 나와 루드게이트힐을 돌아서 대성당 서쪽 문으로 갔다.

"이건 비겁하잖아." 내가 팔을 벌려 랭비를 막으며 말했다. "근무 중인 화재 감시원이 아무도 없단 말이야."

랭비는 처음 만났을 때의 그 베개처럼 폭탄을 끌어안고 있었다. "그거 야 네 잘못이지." 랭비가 말했다. 그리고 내가 수동 펌프와 양동이를 가지러 가기 전에 폭탄을 문 안으로 툭 던졌다.

정밀 조준 폭탄은 20세기 말까지는 발명되지도 않았고, 좌절한 공산주의자들이 정밀 조준 폭탄을 손에 넣은 후 들고 다닐 수 있는 크기로 만든 것은 그때로부터 10년이 지난 후였다. 꾸러미 하나면 시내 중심가의 반경 4백 미터를 흔적도 없이 날려버릴 수 있었다. 현실에서 실현될 수 없는 꿈이라 천만다행이었다.

꿈속에서는 햇살이 비추는 아침이었다. 그리고 오늘 아침에 내가 화재 감시원 근무를 마쳤을 때 몇 주 만에 처음으로 해가 환하게 비쳤다. 나는 지하 묘지로 내려갔다가 다시 올라와 두 번 더 지붕을 돌았다. 소이탄이 빠질 수 있는 계단과 바닥, 불안한 좁은 통로 사이사이를 전부 살펴봤다. 그러고 나니 기분이 나아졌다. 하지만 잠자리에 들었을 때 또 꿈을 꾸었다. 이번에는 꿈속에서 랭비가 화재를 지켜봤으며 미소를 지었다.

12월 15일 오늘 아침에 고양이를 발견했다. 어젯밤의 공습이 심하긴 했지만, 대부분의 폭격은 캐닝 타운에 집중되어서 대성당의 지붕에는 언급할 만한 피해가 없었다. 그렇지만 고양이는 죽은 상태였다. 오늘 아침 나 혼자서 성당을 돌아보다가 계단에 누워 있는 고양이를 발견했다. 머리를 다친 것 같았다. 목에 있는 하얀 반점만 눈에 띌 뿐 겉으로 보이는 상처 같은 게 없었지만, 내가 고양이를 들어 올리자 온몸이 젤리처럼 축 늘어졌다.

나는 고양이를 어떻게 해야 할지 몰랐다. 그래서 매튜스 주임 사제에게 고양이를 지하 묘지에 묻을 수 있는지 여쭤볼까 하는 미친 생각을 잠깐 했었다. 세인트폴 대성당의 지하 묘지에 묻히려면 트라팔가르, 워털루, 런던 같은 곳에서 전투 중 사망하는 명예로운 죽음이어야 했다. 나는 결국 목도리로 고양이를 감싸고 루드게이트힐로 내려가 폭격당한 건물로 갔다. 그리고 건물 잔해에 고양이를 묻었다. 이렇게 묻어도 아무 소용이 없을 것이다. 건물의 잔해는 개나 쥐를 막아주지 못할 것이다. 그리고 나는 다른 목도리를 구할 수 없을 것이다. 가짜 삼촌이 준 돈도 거의 다 떨어졌다.

여기에 멍하니 앉아 있을 수는 없었다. 통로와 계단을 다 점검하지 못했으니, 불발탄이나 아직 발화되지 않은 소이탄, 혹은 내가 놓친 뭔가가 있을 수 있었다.

이 시대로 왔을 때 나는 스스로 고결한 구조자이며 과거를 구원할 자라고 생각했었다. 그러나 그 과제를 썩 잘하지 못하고 있다. 아무튼 에놀라는 여기에서 벗어나 바스로 갔다. 세인트폴 대성당도 바스로 보내서 안전하게 지킬 방법이 있으면 좋겠다. 어젯밤에는 대성당에 폭격이 거의 없었다. 벤스 존스 노인이 고양이는 어떤 상황에서도 살아남을 거라 그랬다. 만일 저 고양이가 집으로 가는 길을 알려주려고 내게 오는 길이었다면 어쩌지? 폭탄은 모조리 캐닝 타운에 떨어졌다.

12월 16일 에놀라는 이미 일주일 전에 돌아와 있었다. 고양이의 사체를 발견했던 서쪽 계단에 서 있는 에놀라의 모습을 보자, 마블 아치 역에서 잠을 자며 전혀 안전하지 않다는 생각이 떠올라 견디기 힘들었다.

"버스에 있을 거라고 하지 않았나요?" 내가 얼빠진 말투로 물었다.

"고모가 톰은 맡아줄 수 있지만, 나까지 맡기는 힘들다고 했어요. 고모네는 피난한 아이들이 잔뜩 있어서 엄청 시끄러웠어요. 목도리는 어디 뒀어요? 대성당은 언덕 위에 있어서 엄청 춥잖아요." 에놀라가 말했다.

"내가…." 나는 입을 열었지만, 대답을 할 수 없었다. "내가 잃어버렸어요."

"다른 목도리를 구하기 힘들 거예요. 입을 거리도 배급제를 한다더라고요. 모직도 그럴 거예요. 다시는 그런 목도리를 구하지 못할 거예요." 에놀라가 말했다.

"알아요." 내가 눈을 껌뻑거리며 대답했다.

"좋은 물건을 가지고 있으면 그냥 없어져버려요. 진짜 범죄라니까요. 그런 게 바로 범죄예요."

나는 에놀라의 그 말에 대해 대답하지 않았던 것 같다. 난 몸을 돌려 고개를 숙이고 폭탄과 죽은 동물을 찾아 걸어갔다.

12월 20일 랭비는 나치가 아니라 공산주의자였다. 나는 그 단어를 쓰는 것조차 버겁다. 공산주의자라니.

우리가 첫 번째 화재 감시원 근무를 마치고 내려올 때, 한 잡역부가 기둥 뒤에 끼워져 있던 신문 〈노동자〉를 발견하고는 지하 묘지에 가져다 놨다.

"빌어먹을 공산주의자들." 벤스 존스 노인이 말했다. "그놈들은 히틀러를 도와주고 있어. 국왕 폐하를 욕하고, 대피소에서 문제를 일으키잖아. 반역자 놈들. 그놈들은 반역자야."

"공산주의자들도 당신만큼이나 영국을 사랑해요." 그 잡역부가 말했다.

"그놈들은 자기 자신 말고는 아무도 사랑하지 않아. 지독하게 이기적인 놈들이야. 난 그놈들이 히틀러와 전화 통화를 한다는 이야기를 들어도 놀라지 않을 거야. '여보세요, 아돌프 히틀러. 폭탄은 여기로 떨어뜨리세요.'"

가스풍로에 올려놓은 주전자에서 쉭쉭 소리가 났다. 잡역부가 일어나 이가 빠진 찻주전자에 뜨거운 물을 붓고, 다시 자리에 앉았다. "공산주의자들이 그들의 생각을 말했다고 해서, 세인트폴 대성당을 불태울 거라고 볼 수는 없잖아요?"

"당연히 그렇게 볼 수 없지." 랭비가 계단을 내려오며 말했다. 랭비는 자리에 앉아 장화를 벗고 모직 양말을 신은 발을 쭉 폈다. "세인트폴 대성당에 불을 지르려는 놈들은 사방에 널려 있어."

"공산주의자들이 불을 지를 거야." 벤스 존스 노인이 랭비를 똑바로 노려보며 말했다. 나는 노인도 랭비를 의심하는 게 아닐까 하는 생각이 들었다.

랭비는 눈 하나 깜짝하지 않았다. "내가 당신이라면 공산주의자들에 대해서는 걱정하지 않을 거요." 랭비가 말했다. "오늘 밤 무슨 수를 쓰더라도 대성당에 불을 지르려는 놈들은 독일군 놈들이에요. 지금까지 소이탄이 여섯 개 떨어졌는데, 하나는 성가대석 위에 있는 커다란 구멍으로 들어갈 뻔했다고요." 랭비가 찻잔을 잡역부에게 내밀자, 잡역부가 차를 따라주었다.

나는 랭비를 죽이고 싶었다. 벤스 존스 노인과 잡역부가 넋을 놓고 놀라서 쳐다보는 동안 랭비를 지하 묘지 바닥의 돌무더기와 먼지가 되도록 두들겨 패고 싶었다. 그리고 그들과 다른 화재 감시원들에게 경고하고 싶었다. "공산주의자들이 무슨 짓을 했는지 아세요? 아느냐고요. 저놈을 막아야 해요!" 나는 그렇게 소리치고 싶었다. 나는 자리에서 일어나, 아직도 석면복을 어깨에 걸치고 두 발을 앞으로 쭉 뺀 채 앉아 있는 랭비를 향해 걸어가기까지 했다.

그때 문득 햇빛을 받아 금빛으로 물든 회랑과, 아무렇지 않게 겨드랑이에 꾸러미를 끼고 지하철역에서 나오는 공산주의자의 모습이 떠오르며, 그때와 똑같이 죄책감과 무력감의 현기증에 비틀거렸다. 그래서 나는 간이침대 모서리에 걸터앉아 어떻게 해야 할지 생각하려 애썼다.

이들은 위험을 인식하지 못하고 있다. 심지어 반역자라고 욕을 쏟았던 벤스 존스 노인조차도 공산주의자가 기껏해야 왕에게 욕을 하는 정도의 능력밖에 안 된다고 생각한다. 이들은 공산주의자들이 앞으로 어떤 존재가 될지 모르며 알 수도 없다. 스탈린은 동맹이며, 공산주의자는 러시아를 의미했다. 이들은 카린스키나 신러시아, 또는 '공산주의자'라는 단어가 '괴물'이라는 의미가 되도록 한 사건들에 대해 들어보지 못했다. 이들은 절대로 알 수 없을 것이다. 지금의 공산주의자가 미래의 그 공산주의자가 될 때는 대성당을 지킬 화재 감시원도 없을 것이다. 세인트폴 대성당에서 이들이 너무도 무심하게 내뱉는 '공산주의자'를 제대로 아는 사람은 나밖에 없었다.

공산주의자라니. 내가 알았어야 했다. 내가 알았어야 했다.

12월 22일 화재 감시원 근무가 다시 두 배로 늘었다. 나는 잠을 못 자서 발걸음이 점점 불안정해지고 있다. 오늘 아침에 나는 지붕에 난 구멍에 빠질 뻔했는데, 털썩 무릎을 꿇는 바람에 겨우 목숨을 구했다. 엔도르핀 농도가 심하게 오르락내리락하고 있다. 곧 조금이라도 잠을 자지 않으면 랭비가 예전에 말했던 '걸어 다니는 시체'가 될 것이다. 하지만 나는 지붕 위에 랭비를 혼자 놔두는 게 두렵다. 랭비와 그의 공산당 지도자를 대성당에 내버려두는 게 두렵다. 그들이 어디를 가든 두렵다. 나는 랭비가 잘 때도 감시했다.

내 상태가 좋지는 않지만, 인공 약물을 손에 넣을 수만 있으면, 최면 상태를 유도할 수 있을 것 같았다. 그러나 나는 술집으로 나가는 것조차 쉽지 않았다. 랭비는 기회를 기다리며 계속 지붕 위에서 떠나지 않았다. 에놀라가 또 오면 브랜디를 가져다달라고 확실하게 말해야겠다. 며칠밖에 남지 않았다.

12월 28일 오늘 아침에 내가 서쪽 현관에서 크리스마스트리를 정리하고 있을 때 에놀라가 왔다. 트리는 폭격의 충격 때문에 사흘 동안 쓰러져 있었다. 내가 나무를 똑바로 세우고, 흩어진 반짝이 장식들을 주우려고 허리를 굽혔을 때, 에놀라가 발랄한 성녀처럼 갑자기 안개 속에서 모습을 드러냈다. 그리고 재빨리 몸을 숙여 내 볼에 뽀뽀했다. 에놀라가 몸을 똑바로 세웠을 때, 떨어지지 않는 감기 때문에 발개진 코가 눈에 들어왔다. 그녀가 내게 색지로 포장한 상자를 내밀었다.

"메리 크리스마스. 열어 보세요. 선물이에요." 에놀라가 말했다.

내 반사 신경이 완전히 망가진 모양이다. 그 상자가 브랜디 병을 담기에는 너무 얇다는 사실을 알고 있었다. 그런데도 나는 내 부탁을 에놀라가 잊지 않았다고 믿고는, 구세주를 가져다준 거로 생각했다. "당신은 정말 다정한 사람이에요." 나는 그렇게 말하며 포장을 뜯고 상자를 열었다.

목도리였다. 회색 모직 목도리. 나는 30초 가까이 그게 뭔지 알아채지 못하고 멍하니 쳐다봤다. "브랜디는요?" 내가 물었다.

에놀라가 충격을 받은 모양이었다. 에놀라의 코가 더 빨개지고, 눈빛이 흐려지기 시작했다. "당신에게는 이게 더 필요해요. 당신은 옷가지 배급권도 없는데, 항상 밖에 나와 있어야 하잖아요. 날씨도 무시무시하게 추운데도."

"난 브랜디가 필요하다고요." 내가 화난 목소리로 대답했다.

"그저 당신에게 도움을 주려던 건데…." 에놀라가 말하기 시작했지만, 내가 그 말을 잘라버렸다.

"도움이요? 내가 당신에게 부탁한 건 브랜디였어요. 내가 목도리가 필요하다고 당신에게 말했던 적이 있나요?" 나는 목도리를 에놀라에게 내밀며, 크리스마스트리가 쓰러졌을 때 부서져서 엉킨 색등의 전선을 풀기 시작했다.

에놀라가 키브린이 정말로 잘하던 신성한 순교자 같은 표정을 똑같이 지었다. "당신이 내내 여기에 있는 게 걱정돼요." 에놀라가 허둥지둥 말했다. "당신도 알겠지만, 독일놈들이 세인트폴 대성당을 노리고 있잖아요. 그리고 여긴 강에 너무 가까워요. 당신은 술을 마시면 안 될 것 같아요. 저는… 놈들이 우리를 죽이려고 그렇게 난리를 떨고 있는데 스스로를 돌보지 않는 것은 범죄예요. 그건 놈들과 한통속이 되는 거나 마찬가지라고요. 언제가 제가 세인트폴 대성당에 왔을 때, 당신이 여기에 없을까 봐 두려워요."

"뭐, 그러면 내가 이 목도리로 뭘 해야 하는 건가요? 놈들이 폭탄을 떨어뜨릴 때 이 목도리를 머리 위로 들고 있을까요?"

에놀라가 몸을 돌려 달려갔다. 에놀라가 두 계단을 채 내려가기도 전에 회색 안개 속으로 사라졌다. 나는 망가진 색등 전선을 손에 쥔 상태로 에놀라를 쫓아가려다, 전선에 걸려 넘어져서 계단 바닥까지 굴러떨어졌다.

랭비가 나를 붙잡아 일으켰다. "화재 감시원 근무를 쉬어." 그가 험악한 목소리로 말했다.

"당신에게는 그런 권리가 없어." 내가 말했다.

"아, 있어. 할 수 있어. 난 지붕 위에서 걸어 다니는 시체와 함께 일하고 싶지 않아."

나는 랭비가 지하 묘지까지 나를 데리고 내려가 차를 타주고 침대에 눕히는 동안 그렇게 하도록 내버려두었다. 그는 매우 세심히 배려했다. 이런 상황을 기다렸다는 기미는 전혀 없었다. 나는 사이렌이 울릴 때까지 여기에 누워 있을 것이다. 일단 내가 지붕 위로 올라가면, 랭비는 사람들의 의심을 사지 않고는 내려보낼 수 없을 것이다. 석면복과 고무장화를 신은 헌신적인 화재 감시원이 나를 놔두고 떠나기 전에 뭐라 그랬는지 아는가? "좀 자는 게 좋겠어." 마치 내가 랭비를 지붕 위에 놔두고 잠들 수 있을 것처럼 말이다. 차라리 산 채로 불타버릴 것이다.

12월 30일 내가 사이렌 소리에 깨어나자 벤스 존스 노인이 말했다. "자네한테 조금 도움이 되었을 거야. 24시간 내내 잤어."

"오늘이 며칠이에요?" 내가 장화를 찾으며 물었다.

"29일이야." 노인이 말했다. 그리고 내가 문으로 달려나가자 이렇게 말했다. "서두를 필요 없어. 공습은 밤늦게 있을 거야. 어쩌면 안 할지도 몰라. 그러면 고마운 일이지, 그렇고말고. 썰물이니까 말이야."

나는 계단으로 가는 문 옆에서 차가운 돌을 붙잡고 멈춰 섰다. "세인트폴 대성당은 무사한가요?"

"아직 그대로 서 있어. 나쁜 꿈을 꿨나?" 노인이 물었다.

"네." 지난 몇 주 내내 꾸었던 나쁜 꿈들을 떠올리며 대답했다. 세인트존스우드에서 내 팔에 안긴 죽은 고양이, 겨드랑이에 꾸러미와 〈노동자〉를 끼운 랭비, 예수님이 든 등불의 빛을 받아 화려하게 빛나는 화재 감시원 기념 석판. 그때 꿈꾸지 않았던 다른 사실들이 떠올랐다. 내가 그토록 바라던 잠을 잔 것이었다. 내 기억을 복구하는 데에 도움이 되는 그런 잠.

기억이 났다. 세인트폴 대성당은 공산주의자들이 불을 지른 게 아니었다. 그리고 어느 일간지의 1면 머리기사가 떠올랐다. "마블 아치 역 폭격. 열여덟 명 폭사." 날짜는 뚜렷하게 기억나지 않았지만, 연도는 확실했다. 1940년. 1940년까지는 딱 이틀이 남아 있었다. 나는 외투와 목도리를 집어 들고, 계단을 올라가 대리석 바닥을 가로질러 뛰었다.

"대체 어디를 가려는 거야?" 랭비가 나에게 소리쳤다. 나는 그가 보이지 않았다.

"에놀라를 구해야 해요." 내가 대답하자 목소리가 어두운 성당 안에서 메아리쳤다. "놈들이 마블 아치 역을 폭격할 거예요."

"지금 나가면 안 돼." 랭비가 뒤에서 소리쳤다. 그는 나중에 화재 감시원 기념 석판이 놓일 자리에 서 있었다. "썰물이라고. 이 빌어먹을…."

그 뒤의 말은 들리지 않았다. 나는 계단 아래로 힘껏 몸을 날려 택시에 올라탔다. 내가 가진 돈을 거의 다 썼다. 세인트존스우드로 돌아가기 위해 소중하게 품어왔던 돈이었다. 아직 옥스퍼드 가를 지나고 있을 때 폭격이 시작되었다. 택시 운전사는 더 이상 가지 않으려 했다. 택시는 깜깜한 어둠 속에 나를 내려놓고 떠났다. 나는 제시간에 도착하지 못할 것 같았다.

폭발. 에놀라는 지하철로 내려가는 계단에 쓰러지고, 발에는 아직도 발가락이 드러나는 신발을 신고 있는데, 몸에는 아무런 상처가 없다. 그리고 내가 에놀라를 들어 올리자 축 늘어지는 몸. 너무 늦어버린 탓에, 나는 에놀라가 내게 주었던 그 목도리로 에놀라를 감싸게 될 것이다. 나는 백 년을 거슬러 왔지만, 에놀라를 구하기에는 너무 늦었다.

나는 마지막 블록을 뛰었다. 대공포가 배치된 것을 보니 하이드 파크가 분명했다. 그리고 계단을 미끄러지듯 내려가 마블 아치 역으로 들어갔다. 매표소에 있는 여자에게 세인트폴 대성당 역으로 가는 표를 사면서 마지막 남은 돈을 다 썼다. 나는 표를 주머니에 넣고 계단을 향해 뛰었다.

"뛰지 마세요." 매표소의 여자가 차분한 목소리로 말했다. "왼쪽으로 가세요." 오른쪽으로 가는 문은 나무 바리케이드로 막혔다. 바리케이드 뒤에 있는 쇠문은 닫힌 상태였고, 쇠사슬이 걸려 있었다. 행선지 역 이름이 적힌 게시판에는 테이프로 X 표시가 되어 있었는데, 바리케이드에 못으로 박아놓은 새 표지판에는 '모든 지하철'이라 적혀 있고 왼쪽을 가리켰다.

에놀라는 정지된 에스컬레이터에 없었으며, 복도의 벽에 기대앉아 있지도 않았다. 나는 첫 번째 계단으로 갔지만 지나갈 수 없었다. 내가 발을 디디려는 곳에는 한 가족이 차지하고 앉아 빵과 버터로 저녁 식사를 차렸는데, 왁스를 입힌 종이로 밀봉한 작은 잼병이 있고, 랭비와 내가 잔해더미에서 찾아냈던 것과 비슷한 풍로에 주전자를 올려놨다. 그 물건들이 모두 가장자리에 꽃무늬를 수놓은 천 위에 펼쳐져 있었다. 나는 계단을 따라 폭포처럼 겹겹이 펼쳐져 있는 저녁 식사를 내려다보며 서 있었다.

"저는… 마블 아치…." 내가 말했다. 파열된 타일 조각들에 맞아 추가로 스무 명 사망. "여기에 계시면 안 됩니다."

"우리도 다른 사람들처럼 권리가 있어요." 남자가 시비조로 말했다.

"당신은 누군데 우리한테 자리를 옮기라는 거요?"

종이 상자에서 접시를 꺼내던 여자가 겁먹은 얼굴로 나를 올려다봤다. 주전자에서 쉭쉭 소리가 나기 시작했다.

"댁이나 다른 데로 가시오." 남자가 말했다. "자, 가쇼." 남자가 한쪽으로 비켜서며 지나갈 수 있도록 해주었다. 나는 미안한 표정을 지으며 수가 놓인 천의 가장자리를 따라 조금씩 내려갔다.

"죄송합니다. 제가 찾는 사람이 있어서요. 플랫폼에 있을 겁니다."

"거기서는 그 여자를 절대로 못 찾을 거요." 남자가 엄지손가락으로 다른 방향을 가리키며 말했다. 나는 서둘러 남자를 지나 내려가다 식탁보를 밟을 뻔했다. 그리고 모퉁이를 돌아 지옥으로 들어갔다.

지옥은 아니었다. 여점원들이 외투를 접어 벽에 대고, 그 외투에 기대 앉아 있었다. 그들은 활기차거나 침울하거나 못마땅한 얼굴이긴 해도 확실히 지옥에 떨어진 모습은 아니었다. 남자아이 둘이 1실링을 차지하려고 싸우다 동전을 선로에 떨어뜨려 잃어버렸다. 둘이 동전을 찾으러 갈지 말지 툭탁거리며 플랫폼 가장자리에서 선로 쪽으로 몸을 굽히자, 지하철역 경비원이 뒤로 물러나라고 소리쳤다. 사람이 꽉 찬 지하철이 덜커덕거리며 지나갔다. 모기가 경비원의 손 위에 앉자, 경비원이 다른 손을 뻗어 내려쳤지만 놓쳐버렸다. 남자아이들이 웃었다. 아이들의 앞뒤로 타일이 깔린 터널의 곡선을 따라 모든 방향으로, 입구와 계단까지 사람들이 사상자들처럼 줄지어 있었다. 수백, 수천 명의 사람들이 그곳에 있었다.

나는 비틀거리며 계단으로 돌아가다 찻잔을 넘어뜨렸다. 천 위로 차가 홍수처럼 흘러내렸다.

"내가 말했잖소." 남자가 즐거운 듯 말했다. "거긴 지옥이라니까, 그렇지 않던가요? 아래는 더 심하죠."

"지옥." 내가 말했다. "그러네요." 나는 에놀라를 찾을 수 없을 것이다. 에놀라를 구할 수 없을 것이다. 흘러내리는 차를 닦아내는 여자를 바라봤다. 나는 이 여자도 구할 수 없을 거라는 생각이 들었다. 여기 끝없는 계단과 시간의 막다른 골목에서 에놀라와 고양이, 그리고 다른 사람들을 잃어버렸다. 그들은 이미 백 년 전에 죽었고 구할 수 없었다. 과거는 구조할 수 없다. 역사학부에서 그 교훈을 가르쳐주려고 나를 여기에 보낸 게 틀림없다. 뭐, 좋다. 그 교훈을 배웠다. 이제 집으로 돌아갈 수 있을까?

당연히 아니지, 이 사람아. 넌 멍청하게도 돈을 택시에 다 써버렸는데, 오늘 밤은 독일놈들이 런던 중심가를 불태우는 날이었어. (이제는 너무 늦었지만, 모든 사실이 기억났다. 오늘 대성당의 지붕에 소이탄 스물여덟 개가 떨어진다.) 랭비는 기회를 잡을 것이고, 너는 가장 힘든 교훈, 처음부터 알았어야 했던 교훈을 배울 것이다. 너는 세인트폴 대성당을 구할 수 없어.

나는 플랫폼으로 내려가 노란선 뒤에 섰다. 세인트폴 대성당 역에 도착할 때까지 지하철표를 꺼내 손에 들고 있었다. 역에 도착했을 때, 마치 분무기로 물을 뿌린 것처럼 연기가 나를 향해 몰아쳤다. 세인트폴 대성당이 보이지 않았다.

"썰물이야." 한 여자가 절망적인 목소리로 말했다. 나는 천으로 만든 호스들이 늘어져서 뱀처럼 얽혀 있는 곳으로 내려갔다. 내 손은 악취가 나는 진흙으로 뒤덮였고, 그제야 (너무도 늦게) 썰물 이야기가 무슨 뜻인지 깨달았다. 썰물로 물이 빠져나가 화재를 진압할 물이 없다는 의미였다.

경찰이 길을 막았다. 나는 뭐라고 말해야 할지 몰라서 경찰 앞에 무기력하게 서 있었다. "민간인은 여기로 오시면 안 됩니다. 세인트폴 대성당은 화재 진압 중입니다." 연기가 먹구름처럼 피어오르고, 활기차게 불꽃을 내뿜었다. 그 위로 금빛으로 물든 돔이 솟아 있었다.

"저는 화재 감시원입니다." 내가 그렇게 말하자, 경찰이 팔을 내렸다. 나는 대성당 지붕 위로 올라갔다.

내 엔도르핀 농도가 공습 사이렌처럼 오르락내리락했던 모양이다. 지붕 위로 올라간 시점부터 앞뒤가 맞지 않는 몇몇 순간들만 떠오를 뿐 단기기억으로 기억나는 게 전혀 없었다. 우리가 랭비를 데리고 내려왔을 때 대성당 구석에 모여 카드놀이를 하던 사람들, 돔 안에서 불타는 나무 조각들의 소용돌이, 에놀라처럼 발가락이 드러난 신발을 신은 구급차 운전사, 그리고 그 운전사가 화상을 입은 내 손에 연고를 발라주는 모습. 그중에 내가 랭비를 따라 밧줄을 타고 내려가 그의 생명을 구한 순간은 기억에 뚜렷하게 남아 있다.

나는 연기 때문에 눈을 깜박이며 돔 옆에 서 있었다. 런던 도심지가 불타고 있었다. 세인트폴 대성당도 그 열기로 불이 붙을 것 같았고, 도심에서 들려오는 소음만으로도 무너져내릴 것 같았다. 벤스 존스 노인은 북서쪽 탑 옆에서 삽으로 소이탄을 때리고 있었다. 랭비는 예전에 폭탄이 뚫고 들어가 판자를 대놓은 자리에서 너무 가까운 곳에 서서 나를 쳐다봤다. 소이탄 하나가 랭비 뒤쪽으로 덜커덕거리며 떨어졌다. 내가 몸을 돌려 삽을 움켜쥐고, 다시 몸을 돌렸더니 랭비가 보이지 않았다.

"랭비!" 내가 소리쳤지만, 너무 시끄러워서 내 목소리조차 들리지 않았다. 랭비가 구멍에 빠졌는데, 나 외에는 아무도 랭비와 소이탄을 보지 못했다. 내가 어떻게 지붕을 건너갔는지 기억나지 않는다. 내가 사람들에게 밧줄을 달라고 했던 것 같다. 밧줄을 받았다. 밧줄을 허리에 묶고, 밧줄의 다른 끝을 화재 감시원에게 주었다. 그리고 옆쪽으로 건너갔다. 내가 거의 바닥까지 내려가는 동안 불빛이 구멍의 벽을 환하게 비췄다. 아래쪽에 희끄무레한 파편 더미가 보였다. 랭비가 그 아래가 있을 것 같아서 벽을 박차고 바닥으로 뛰어내렸다. 공간이 너무 비좁아 파편들을 던져놓을 곳이 없었다. 나는 부주의하게 랭비의 몸뚱이 위에 돌을 쌓고 있을까 봐 걱정되었다. 그래서 판자와 회벽 조각을 어깨너머 뒤쪽으로 던지려 애썼지만, 몸을 돌릴 공간조차 빠듯했다. 문득 랭비가 여기에 없는 게 아닐까 하는 생각이 스치고 지나갔다. 지하 묘지에서 그랬듯이, 부서진 나무 조각들을 치우고 나면 그냥 맨바닥만 드러나는 게 아닐까.

문득 내가 랭비의 몸뚱이 위를 기어 다니며 무례를 저지르고 있다는 생각이 들어서 멍해졌다. 만일 랭비가 이미 사망한 상태라면, 내가 무력한 그의 몸뚱이를 밟고 다닌 수치스러움을 견디기 힘들 것이다. 그때 랭비의 손이 유령의 손처럼 올라와 내 발목을 움켜잡았다. 나는 곧바로 몸을 돌려 그의 머리를 파편 더미에서 빼냈다.

랭비는 시체처럼 창백했지만, 나는 더 이상 겁나지 않았다. "내가 소이탄을 껐어." 랭비가 말했다. 나는 밀려오는 안도감에 말이 나오지 않아서 그를 빤히 바라보기만 했다. 내가 병적으로 흥분해서 잠깐 소리 내서 웃었던 것 같기도 하다. 랭비를 보니 너무 기뻤다. 이윽고 내가 해야 할 말이 무엇인지 깨달았다.

"괜찮아요?" 내가 물었다.

"그래." 랭비가 한쪽 팔꿈치에 기대어 몸을 일으키려 애쓰며 말했다. "너한테는 아주 불행한 일이지."

랭비는 일어나지 못했다. 그는 체중을 오른쪽으로 실으려다 뒤로 드러누우며 고통스럽게 신음 소리를 냈다. 그가 깔고 누운 울퉁불퉁한 파편 더미가 우두둑 바스러지는 소리가 끔찍하게 들려왔다. 나는 랭비가 어디를 다쳤는지 보기 위해 조심스럽게 들어 올리려 했다. 그는 돌출된 물건 위로 떨어진 게 틀림없었다.

"소용없어." 랭비가 힘겹게 숨을 헐떡이며 말했다. "내가 껐다니까."

나는 랭비가 의식을 잃고 헛소리하는 게 아닐까 걱정돼서 놀란 눈빛을 감추고 뒤로 돌아가서 그를 옆으로 굴려 모로 눕혔다.

"네가 이 소이탄에 기대를 품고 있었다는 거 알아." 랭비는 저항하지 않고 내가 이끄는 대로 몸을 돌리며 계속 말했다. "어차피 조만간 이 지붕에서 일어날 일이었어. 다만, 그런 사실을 알아챈 내가 뒤쫓고 있었다는 게 문제였지. 네 친구들에게는 뭐라고 할 거야?"

랭비 석면복의 등 부분이 길게 찢어져 있었다. 찢어진 틈으로 드러난 살이 까맣게 타서 연기가 올라왔다. 랭비는 소이탄 위로 떨어졌던 것이었다. "아, 맙소사!" 나는 랭비를 건드리지 않으면서 그가 얼마나 심하게 화상을 입었는지 확인하려고 필사적으로 애쓰며 말했다. 화상이 얼마나 깊은지는 알 방법이 없었지만, 석면복이 찢어진 부위만 화상을 입은 것 같았다. 랭비의 밑에 있는 폭탄을 꺼내려고 했지만, 폭탄의 외피가 불을 켜놓은 풍로만큼이나 뜨거웠다. 하지만 외피가 녹아내리지는 않았다. 내가 예전에 이 구멍에 넣어둔 모래와 랭비의 몸이 소이탄을 끈 것이었다. 폭탄이 공기에 노출될 경우 다시 불이 붙을지는 알 수 없었다. 나는 고개를 휙휙 돌려 주변을 살펴보며 양동이와 수동 펌프를 찾았다. 랭비가 추락할 때 틀림없이 가지고 있었을 것이다.

"무기를 찾는 거야?" 랭비가 물었다. 목소리가 너무 또렷해서 그가 부상을 입었다는 사실이 믿기지 않을 정도였다. "왜 나를 그냥 여기에 내버려두지 않는 거지? 내가 열기에 조금만 과잉 노출되어도 내일 아침이면 죽어 있을 텐데 말이야. 아니면, 너는 사람들 몰래 더러운 짓 하는 걸 더 좋아하나?"

나는 일어나 지붕 위에 있는 사람들에게 소리쳤다. 한 명이 우리를 향해 손전등을 비췄지만, 불빛이 여기까지 닿지 않았다.

"그 사람은 죽었나요?" 누군가가 내게 소리쳐 물었다.

"구급차를 불러줘요. 화상을 입었어요." 내가 말했다.

나는 랭비가 일어서는 걸 도와주었다. 화상을 입은 부위를 건드리지 않고 그의 등을 받쳐주려 노력했다. 랭비는 약간 비틀거리더니 벽에 기대어 섰다. 그리고 내가 판자 조각을 삽처럼 이용해 소이탄을 묻으려고 애쓰는 모습을 지켜봤다. 밧줄이 내려와서 내가 랭비를 밧줄에 묶었다. 랭비는 내가 부축해 일으켜 세울 때부터 지금껏 한마디도 하지 않았다. 랭비는 아직도 나에게서 눈을 떼지 않고 지켜보면서, 내가 그의 허리에 밧줄을 감아 묶을 때도 잠자코 서 있었다. "네가 지하 묘지에서 질식해 죽도록 내버려뒀어야 했어." 랭비가 말했다.

랭비는 나무 지지대를 양손으로 붙잡고 편안하게 기대어 서 있었다. 나는 랭비의 양손을 느슨한 밧줄에 가져다 놓았지만, 그가 밧줄을 쥘 수 없을 것 같아서 양손을 밧줄로 한 바퀴 감았다. "나는 네가 회랑에서 문제를 일으킨 이후로 줄곧 지켜봤어. 네가 고소공포증이 없다는 건 알고 있었어. 내가 너의 소중한 계획을 망가뜨렸다는 생각이 드니까 높이를 전혀 겁내지 않고 여기까지 내려왔잖아. 그때는 왜 그랬지? 양심에 찔리던가? 회랑에서 아기처럼 무릎을 꿇고 흐느꼈잖아. '우리가 무슨 짓을 한 거지? 우리가 무슨 짓을 한 거야?' 나는 네가 역겨웠어. 하지만 내가 언제 처음 너의 정체를 알아챘는지 알아? 고양이 때문이었어. 고양이가 물을 싫어하는 건 모두 알아. 더러운 나치 간첩 빼고는 다 안다고."

밧줄이 한 번 당겨졌다. "끌어 올려요." 내가 말하자, 밧줄이 팽팽해졌다.

"그 여성의용대 타르트는? 그 여자도 간첩이었지? 마블 아치 역에서 너와 만나기로 되어 있었던 거 아니야? 나한테는 거기가 폭격당할 거라고 말하면서 말이지. 넌 멍청한 간첩이야, 바솔로뮤. 마블 아치 역은 네 친구들이 이미 9월에 날려버렸잖아. 그 역은 다시 연 거야."

밧줄이 갑자기 휙 움직이며 랭비를 들어 올리기 시작했다. 랭비가 밧줄을 더 잘 잡기 위해 양손으로 휘감았다. 랭비의 오른쪽 어깨가 벽에 긁혔다. 내가 손으로 랭비를 조심스럽게 밀어서 왼쪽이 벽을 향하도록 했다. "알겠지만, 넌 큰 실수를 하는 거야. 너는 나를 죽였어야 해. 내가 사람들에게 말할 거야."

나는 어둠 속에 서서 밧줄을 기다렸다. 랭비는 지붕에 도착했을 때 의식을 잃었다. 나는 화재 감시원들을 지나 돔으로 가서 지하 묘지로 내려갔다.

오늘 아침에 삼촌이 보내준 편지와 5파운드 지폐가 도착했다.

12월 31일 던워디 교수를 따르는 아첨꾼들이 세인트존스우드로 마중 나와서 내게 시험에 늦었다고 말했다. 나는 항의도 하지 않았다. 나는 걸어 다니는 시체에게 시험을 치도록 하는 게 얼마나 부당한지도 생각지 못한 채 발을 질질 끌며 순순히 그들을 따라갔다. 나는 잠을 자지 못했다. 얼마나 못 갔더라? 에놀라를 찾으러 갔던 어제부터 못 갔으니, 백 년 동안 잠들지 못한 것이다.

던워디 교수가 시험 건물에서 눈을 껌뻑거리며 나를 바라봤다. 아첨 꾼 한 명이 내게 시험지를 건네자, 다른 아첨꾼이 시각을 알려주었다. 시 험지를 뒤집었더니, 손의 화상에 바른 연고에서 배어난 기름얼룩이 묻었 다. 나는 그 화상이 이해되지 않아 손을 쳐다봤다. 랭비의 몸을 뒤집을 때 소이탄을 잡았었는데, 이 화상은 손바닥이 아니라 손등에 나 있었다. 갑자기 랭비의 고집 센 목소리로 대답이 들려왔다. "그건 밧줄에 쓸려서 화상을 입은 거야, 멍청아. 독일놈들이 너희 나치 간첩들에게 밧줄 타는 방법도 제대로 안 가르쳐줬어?"

나는 시험지를 내려다봤다. "세인트폴 대성당에 떨어진 소이탄의 개 수, 낙하산 투하 폭탄의 개수, 고성능 폭탄의 개수, 소이탄을 끌 때 가장 일반적으로 사용하는 방법, 낙하산 투하 폭탄을 제거할 때 가장 일반적 으로 사용하는 방법, 고성능 폭탄을 제거할 때 가장 일반적으로 사용하 는 방법, 처음 화재 감시원으로 근무를 한 자원봉사자의 수, 두 번째 화 재 감시원의 수, 사상자 수, 사망자 수." 전혀 말이 안 되는 문제들이었 다. 각 문제에는 숫자 하나를 쓰기에 적당한 길이의 좁은 공간밖에 없었 다. 소이탄을 끌 때 가장 일반적으로 사용하는 방법. 내가 아는 진화 방 법을 어떻게 이렇게 좁은 공간에 써넣으라는 거야? 에놀라와 랭비와 고 양이에 대한 질문은 어디에 있어?

나는 던워디 교수의 책상으로 갔다. "세인트폴 대성당이 어젯밤에 거 의 다 타버렸습니다. 이 문제들은 대체 뭔가요?" 내가 말했다.

"자네는 질문에 대답해야 해, 바솔로뮤 군. 질문을 할 게 아니라."

"여기엔 사람들에 대한 질문이 하나도 없네요." 내가 대꾸했다. 내 분 노를 감싸고 있던 바깥 외피가 녹기 시작했다.

"당연히 사람에 대한 문제도 있어." 던워디 교수가 말하며 시험지를 두 번째 페이지로 넘겼다. "1940년 사상자의 수. 폭격, 유산탄, 그 외."

"그 외요?" 내가 따졌다. 금방이라도 지붕이 머리 위로 무너져 내리며 회벽의 먼지와 분노가 쏟아질 것 같았다. "그 외라고요? 랭비는 자기 몸뚱이로 불을 껐어요. 에놀라의 감기는 점점 더 심해졌고요. 그 고양이 는…." 나는 던워디 교수에게서 시험지를 와락 잡아채서 '폭발' 옆에 있는 좁은 공간에 '고양이 한 마리'라고 휘갈겨 썼다. "교수님은 그 사람들에게 전혀 관심이 없나요?"

"그들은 통계학적 관점으로 볼 때 중요하지만, 개인으로서 그들은 역 사의 흐름에서 거의 의미가 없어." 던워디 교수가 말했다.

내 반사 신경이 한 방 맞았다. 나는 던워디 교수의 반사 신경이 그렇 게 느리다는 사실에 놀랐다. 내 주먹은 교수의 턱 옆을 스치며 교수의 안 경을 떨어뜨렸다. "당연히 의미가 있어." 내가 소리쳤다. "그 사람들이 바 로 역사라고. 이 빌어먹을 숫자가 아니라!"

아첨꾼들의 반사 신경은 매우 빨랐다. 놈들은 내가 교수에게 한 방 더 날리지 못하게 막더니, 내 양팔을 붙잡고 밖으로 끌어냈다.

"그 사람들은 구해줄 사람도 없이 과거의 뒤편에 놓여 있다고. 그 사 람들은 한 치 앞도 보지 못하는 상황인데, 머리 위로 폭탄이 쏟아지고 있 단 말이야. 그런데 당신은 나한테 그 사람들이 중요하지 않다는 거야? 당신한테는 역사가란 게 그런 거야?"

아첨꾼들이 나를 끌고 문밖으로 나와 복도를 따라갔다. "랭비가 세인 트폴 대성당을 구했어. 한 사람이 어떻게 그것보다 더 중요한 일을 해낼 수 있겠어? 당신은 역사가가 아니야! 당신은 기껏해야…." 나는 교수에 게 끔찍한 욕을 해주고 싶었지만, 랭비가 했던 욕밖에 떠오르지 않았다. "당신은 기껏해야 더러운 나치 간첩에 불과해!" 내가 고함쳤다. "기껏해 야 게을러터진 부르주아 타르트일 뿐이라고!"

아첨꾼들이 나를 문밖으로 던져버려서 양손과 발로 바닥을 짚었다. 그리고 내 눈앞에서 문을 쾅 닫았다. "당신이 나한테 돈을 싸 들고 와도 역사가는 안 해!" 내가 소리쳤다. 그리고 화재 감시원 기념 석판을 보러 갔다.

12월 31일 나는 이 글을 조금씩 찔끔찔끔 써왔다. 내 손의 상태가 몹시 안 좋은데, 던워디 교수의 아첨꾼들이 별로 도움이 되지 않았기 때문이었다. 키브린이 특유의 잔 다르크 같은 얼굴로 정기적으로 찾아와 내 손에 연고를 너무 많이 발라서 연필을 잡을 수가 없었다.

당연한 말이지만, 이제 세인트폴 대성당 역은 존재하지 않는다. 그래서 나는 홀번역에서 내려 도심이 불타버린 다음 날 아침 매튜스 주임 사제를 마지막으로 만났던 일을 생각하며 걸어갔다. 그게 오늘 아침이었다.

"당신이 랭비의 생명을 구했다는 사실을 알고 있습니다. 당신과 랭비의 사이에 있었던 일도 압니다. 어젯밤에 여러분이 세인트폴 대성당을 구했습니다." 매튜스 주임 사제가 말했다.

내가 삼촌에게서 온 편지를 보여주자, 매튜스 주임 사제는 그게 뭔지 모르겠다는 듯 편지를 응시했다. "영원한 존재는 없습니다." 주임 사제가 말했다. 잠시 나는 혹시라도 주임 사제가 내게 랭비가 사망했다고 이야기할까 봐 두려웠다. "히틀러가 대성당이 아니라 다른 뭔가를 폭격하겠다고 결정하기 전까지 우리는 세인트폴 대성당을 지켜야 합니다."

런던 대공습이 거의 끝나간다. 나는 그 사실을 주임 사제에게 말해주고 싶었다. 히틀러는 몇 주 내에 캔터베리, 바스 같은 시골 지역을 폭격하기 시작할 것이다. 목표물은 언제나 지역의 대성당이 될 것이다. 당신과 세인트폴 대성당은 전쟁에서 살아남아 화재 감시원 기념 석판을 헌정하게 될 것이다.

"그래도 저는 희망을 품고 있습니다. 최악의 순간은 지나간 것 같아요." 매튜스 주임 사제가 말했다.

"네, 신부님." 나는 기념 석판을 떠올렸다. 기념 석판에 새겨진 글자들은 그 오랜 시간이 지난 후에도 아직 읽을 수 있었다. 아니에요, 최악의 순간은 아직 끝나지 않았어요.

나는 루드게이트힐 꼭대기가 가까워질 때까지는 방향 감각을 그럭저럭 유지했다. 그러다 묘지에 있는 사람처럼 헤매다 완전히 길을 잃어버렸다. 나는 대성당의 잔해가, 랭비가 나를 파내려 했던 하얀 회벽의 먼지 더미와 몹시 비슷하다는 사실을 잊고 있었다. 기념 석판이 어디에 있는지 찾을 수가 없었다. 마침내 석판에 걸려 거의 넘어질 뻔했다. 나는 마치 시체라도 밟은 양 뒤로 펄쩍 뛰었다.

남은 것은 이게 다였다. 히로시마는 피폭 지점에 재해를 입지 않은 나무 몇 그루가 남았을 것이다. 덴버는 의사당 계단이 남았다. 그 도시 중 어디에도 이런 말은 없었다. "신의 은총으로 이 성당을 구해낸 세인트폴 대성당의 남녀 화재 감시원들을 기억하라." 신의 은총이라니.

기념 석판의 일부는 부러졌다. 역사학자들은 '영원히'라고 새겨진 줄이 하나 더 있었다고 주장하지만, 나는 그걸 믿지 않는다. 매튜스 주임 사제가 기념 석판을 헌정했는데, 그런 문구를 새겼을 리가 없다. 그리고 기념 석판을 헌정 받은 화재 감시원은 누구도 그런 말을 믿지 않았을 것이다. 우리는 소이탄을 끌 때마다 세인트폴 대성당을 구했지만, 기껏해야 다음 소이탄이 떨어지기 전까지였다. 항상 위험한 지점을 살펴보면서, 작은 불은 모래와 수동 펌프로 끄고, 큰불은 우리의 몸으로 막으며 그 거대하고 복잡한 구조물이 불타지 않도록 지켰다. 이런 소리는 마치 '역사 실습 401'을 위한 강좌 설명서처럼 들린다. 그들이 정밀 조준 폭탄을 투척한 것처럼 역사학자가 될 기회를 창밖으로 던져버리고는, 역사학자라는 게 무엇을 위해 존재하는지 알아보기에 참으로 좋은 때다. 아니에요, 최악의 순간은 아직 끝나지 않았어요.

기념 석판에는 섬광에 그을린 자국이 있었다. 전설에 따르면, 폭탄이 터질 때 세인트폴 대성당의 주임 사제가 무릎을 꿇고 있었다고 한다. 당연히 출처가 의심스러운 말이다. 대성당의 정문은 기도하기에는 적절하지 않은 장소였다. 윈드밀 극장이 어디에 있는지 물으러 온 관광객의 그림자나, 화재 감시원에게 목도리를 가져다준 소녀, 혹은 고양이의 흔적일 가능성이 더 클 것이다.

영원한 존재는 없습니다, 매튜스 주임 사제님. 나는 첫날 어둠 속에서 눈을 껌뻑거리며 서쪽 문으로 들어갈 때부터 그 사실을 알고 있었다. 그렇다고 할지라도 이건 너무 심했다. 나는 무릎 높이까지 쌓인 파편 더미에 서 있으면서도 접이식 의자나 친구들을 파낼 수 없었고, 랭비가 나를 나치 간첩이라고 믿으며 죽었다는 사실을 알고 있으며, 언젠가 에놀라가 대성당에 왔을 때 내가 그곳에 없으리라는 사실을 알고 있다. 이건 너무 심했다.

그러나 그게 최악은 아니다. 그들은 모두 죽었고, 매튜스 주임 사제도 죽었다. 그러나 그 사람들은 내가 줄곧 알고 있었던 사실들을 모른 채 죽었다. 내가 왜 속삭임의 회랑에서 무릎을 꿇고 슬픔과 죄책감으로 아파했는지 그들은 몰랐다. 결국 우리 중 누구도 세인트폴 대성당을 구하지 못했다는 사실을 그들은 몰랐다. 그리고 랭비는 놀라고 상심한 채 내게 기대어 이렇게 물어보지 못한다. "이건 누가 저지른 거야? 네 친구들 나치가 그랬나?" 그러면 나는 이렇게 말해줘야 할 것이다. "아뇨, 공산주의자들이 그랬어요." 그게 정말 최악이다.

나는 방으로 돌아왔다. 그리고 키브린이 내 손에 연고를 더 바르도록 놔뒀다. 키브린은 내게 좀 자라고 했다. 나는 이제 짐을 싸서 떠나야 한다는 걸 안다. 놈들이 와서 나를 쫓아내면 치욕적일 것이다. 하지만 나는 키브린과 다툴 힘이 없었다. 키브린은 에놀라와 너무 많이 닮았다.

1월 1일 나는 밤새 잤을 뿐 아니라 아침에 우편물이 올 때도 내처 잔 모양이었다. 내가 막 잠에서 깨어났을 때 키브린이 봉투를 들고 침대 발치에 앉아 있었다. "네 성적표가 왔어." 키브린이 말했다.

나는 팔로 눈을 덮었다. "놈들도 내킬 때는 엄청나게 효율적으로 일할 수 있는 모양이네."

"그렇지." 키브린이 말했다.

"좋아, 보자." 내가 일어나 앉으며 말했다. "그놈들이 와서 나를 내쫓을 때까지 시간이 얼마나 있어?"

키브린이 컴퓨터로 인쇄한 얇은 봉투를 내게 건넸다. 내가 절취선을 따라 봉투를 찢었다. "잠깐만," 키브린이 말했다. "봉투를 열기 전에 하고 싶은 말이 있어." 키브린이 내 화상 부위에 부드럽게 손을 올렸다. "넌 역사학부를 오해하고 있어. 정말로 훌륭한 사람들이야."

내가 키브린에게 기대했던 말과는 조금 차이가 있었다. "나는 '훌륭하다'는 단어를 던워디 같은 사람을 묘사할 때 사용하지 않아." 나는 그렇게 말하며 봉투 안에 든 종이를 획 꺼냈다.

키브린의 표정은 변하지 않았다. 내가 키브린이 확실히 볼 수 있도록 무릎 위에 인쇄물을 펼쳐놓아도 변하지 않았다.

"이런." 내가 말했다.

종이에는 존경하는 던워디 교수의 친필 서명이 있었다. 나는 1등급을 받았다. 우등으로.

1월 2일 오늘 우편물이 두 개 도착했다. 하나는 키브린에 대한 지시가 담겨 있었다. 역사학부는 모든 사항을 고려한다. 심지어 키브린에게 나를 간호하기에 충분한 시간 동안 여기에서 지내도록 했다. 또한 역사 전공자들을 보내기 위해 매서운 시련까지도 가짜로 만들어놓았다.

나는 그 사건들이 역사학부가 만들어놓은 가짜 시련이었다고, 에놀라와 랭비는 그저 고용된 배우들이었고, 고양이는 속에 기계 장치가 돌아가는 똑똑한 안드로이드였는데 결정적인 효과를 위해 제거되었다고 믿고 싶어 했던 것 같다. 이는 던워디 교수가 전혀 훌륭한 사람이 아니라 믿고 싶어서라기보다는, 그 사람들에게 무슨 일이 일어났는지 모르기 때문에 생기는 지속적인 아픔을 느끼고 싶지 않아서였다.

"네 실습 과정은 1400년대의 잉글랜드였다고 했지?" 나는 랭비를 쳐다볼 때처럼 의심스러운 눈초리로 키브린을 쳐다보며 물었다.

"1349년." 키브린이 기억을 떠올리느라 멍한 표정을 지으며 말했다. "흑사병이 유행하던 해였어."

"맙소사. 어떻게 그럴 수가 있어? 흑사병은 10등급이잖아."

"나는 자연 면역이 있어." 키브린은 그렇게 말하고는, 자기 손을 내려 다봤다.

나는 할 말이 생각나지 않아서 다른 우편물을 열었다. 에놀라에 대한 보고서였다. 사실과 날짜, 통계, 그리고 역사학부가 그토록 사랑하는 온 갖 숫자들이 컴퓨터로 인쇄되어 있었다. 내가 알지 못한 채 살아갈 수밖에 없을 거라 생각했던 정보들이 들어 있었다. 에놀라는 감기가 나았고, 런던 대공습에서 살아남았다. 동생 톰은 바스 지역에 대한 배데커 공습 과정에 사망했다. 하지만 에놀라는 세인트폴 대성당이 폭파되기 전해인 2006년까지 살았다.

내가 이 보고서를 믿는지 안 믿는지는 나 자신도 모르겠다. 하지만 그건 중요하지 않았다. 랭비가 노인을 위해 신문을 읽어주었던 것처럼, 이 보고서는 인간적인 호의에서 비롯된 소박한 행동이었다. 역사학부는 모든 사항을 고려한다.

그러나 완전하지는 않았다. 그들은 랭비에게 일어난 일에 대해서는 알려주지 않았다. 하지만 이 글을 쓰는 동안 이미 내가 알고 있다는 사실을 깨달았다. 나는 그의 목숨을 구했다. 다음 날 랭비가 병원에서 사망했는지는 별로 중요하지 않은 것 같다. 그리고 역사학부가 내게 가르치려던 온갖 쓰라린 교훈에도 불구하고, 나는 이 말을 전혀 믿을 수 없다는 사실을 깨달았다. '영원한 존재는 없습니다.' 랭비는 영원히 존재할 것 같다.

1월 3일 나는 오늘 던워디 교수를 만나러 갔다. 내가 무슨 말을 하려 했는지는 모르겠다. 아마도 인간의 마음에 떨어지는 소이탄을 조용하고 거룩하게 감시하는 역사의 화재 감시원으로 기꺼이 복무하겠다는 따위의 거만한 헛소리들이었던 것 같다.

그러나 던워디 교수는 책상 너머로 근시의 눈을 껌뻑이며 나를 바라봤다. 나에게는 교수가 세인트폴 대성당이 영원히 사라져버리기 전에 햇볕을 받은 마지막의 환한 모습을 보며 눈을 껌뻑이는 것처럼 보였고, 과거는 구할 수 없다는 사실을 그 어느 누구보다 잘 이해하는 것처럼 보였다. 나는 원래 하려던 말 대신 이렇게 말했다. "교수님의 안경을 깨뜨려서 죄송합니다."

"세인트폴 대성당은 좋았나?" 교수가 말했다. 나는 에놀라를 처음 만났을 때처럼 신호를 완전히 잘못 해석하고 있는 게 틀림없다는 느낌이 들었다. 교수는 상실감이 아니라 전혀 다른 뭔가를 느끼는 것 같았다.

"저는 대성당을 사랑했습니다, 교수님." 내가 말했다.

"그렇지." 교수가 말했다. "나도 그래."

매튜스 주임 사제가 틀렸다. 나는 실습 기간 내내 기억과 싸웠는데, 내가 싸워야 할 대상이 기억이 아니었다는 사실을 깨달았고, 또 역사가가 된다는 것이 어떤 신성한 의무를 지는 게 아니라는 사실도 알게 되었다. 던워디 교수가 눈을 깜빡이던 것은 마지막 날 아침의 치명적인 햇살 때문이 아니라, 첫날 오후 햇살이 쏟아지던 때, 랭비가 그랬듯이, 다른 모든 것처럼, 모든 순간이 우리 안에 영원히 남을 세인트폴 성당의 거대한 서쪽 문을 바라보고 있었기 때문이었다.

〈화재 감시원〉 저자 후기

존 바솔로뮤가 그랬던 것처럼, 세인트폴 대성당의 서쪽 문으로 들어가 햇살을 받아 황금빛으로 빛나는 높은 아치의 장관에 둘러싸인 예배당의 모습을 보자마자 나는 사랑에 빠져버렸다.

이전에 화재 감시원에 대해 들어본 적이 있었지만, 그리 많이 알지는 못했다. 내가 여행을 갔을 당시 가져갔던 수첩에 내가 적어놓은 메모는 간단했다. "런던 대공습 기간에 사제들은 불이 붙기 시작할 때 진압하기 위해 세인트폴 대성당의 지하 묘지에서 자곤 했다." 그 아래에는 이런 말이 적혀 있다. "여기 우리가 누웠다." 세인트폴 대성당에 뉘어있는 옛 영웅들, 즉 넬슨과 웰링턴, 고든 장군의 관점에서 현대 영웅들을 비평하는 시를 써보려고 적어둔 첫 줄이었다.

그러나 세인트폴 대성당을 실제로 보고, 이곳이 파괴될 뻔했었다는 사실을 알게 되자, 점차 〈화재 감시원〉을 쓸 수밖에 없겠다는 생각이 들었다.

"나가줘." 나는 영국에 함께 갔던 남편과 친구들에게 이렇게 말했다. "차나 뭐 그런 걸 마시러 가. 나는 이걸 다 써야 해." 그리고 나는 필요할 거라 짐작되는 모든 사항을 2시간 동안 미친 듯이 적었다. 지하 묘지의 배치 구조, '속삭임의 회랑'으로 올라가는 계단의 수, 예배당과 헌트의 '세상의 빛'과 넬슨 묘지의 위치 등. 그리고 집으로 돌아와 2차대전과 세인트폴 대성당, 화재 감시원에 대해 내가 찾을 수 있는 모든 자료를 조사했다.

나는 사람들에게 이때부터 런던 대공습에 빠졌다고 이야기하곤 했지만, 몇 년 전 우연히 어떤 책을 본 후 그게 착각이었다는 사실을 깨달았다. 내가 런던 대공습에 매혹된 것은 사실 그보다 훨씬 전이었다.

그 책은 루머 고든의 《참새 이야기(An Episode of Sparrows)》였는데, 중학교 2학년 때 워너 선생님이 매일 점심시간에 우리에게 읽어주셨다. 그 책은 사실 청소년용 책이라고 보긴 힘들었기 때문에, 나는 선생님이 그 책을 왜 우리에게 읽어주셨는지 몰랐다. 아마도 여러 이유가 있겠지만 무엇보다 선생님 본인이 그 책을 좋아하셨기 때문일 것이다. 반의 다른 아이들이 그 책에 대해 어떻게 반응했었는지는 기억나지 않는다. 하지만 나는 그 책을 몹시 좋아했다.

《참새 이야기》는 러브조이 메이슨이라는 어린 소녀가 런던 교회가 폭격당해 생긴 잔해에 정원을 만든다는 이야기였다. 나는 여러 해가 지난 후 다시 읽어보고는, 이 책이 프랜시스 호지슨 버넷의 《비밀의 정원》을 현대식으로 다시 쓴 이야기라는 사실을 깨달았다.

《참새 이야기》는 훌륭한 책이다. 하지만 앞서 말했듯 중학교 2학년 아이에게 딱 맞는 책은 아니다. 주인공 러브조이는 비행 청소년이다. 또한 그녀는 사생아였으며, 어머니는 모범적인 어머니상이라고 하긴 힘들었다. 이 책은 태만과 파산, 불행한 결혼, 암, 죽음 같은 어른들의 문제를 다룬다.

그래도 《참새 이야기》는 훌륭한 책이다. 거의 예측하지 못한 곳들에 모험과 상냥함이 가득하다. 그리고 희망이 있다. 하지만 이 책의 가장 좋은 점은 나에게 처음으로 런던 대공습을 얼핏 보여주며 최초의 씨앗을 심었다는 사실이다. 러브조이가 정원에 심었던 수레국화의 씨앗처럼 말이다. 다만, 그 씨앗은 내가 세인트폴 대성당의 햇살 속으로 걸어 들어갔던 그날까지 싹트지 못했다.

교훈: 선생님, 학생들에게 책을 읽어주세요. 부모님, 아이들에게 책을 읽어주세요. 그러나 아이들에게 읽혀야 한다고 판단되는 책이나, 모두가 읽는 책이나, 나이에 맞거나 주제가 적당하다고 생각하는 책은 피하세요. 부적당한 책이나 다른 사람들이 지루하게 생각할 것 같은 책을 읽어주세요. 당신이 좋아하는 책을 읽어주세요. 정말로 오랜 시간이 지난 후에야 싹트게 될 씨앗을 심게 될 겁니다. 그리고 그 씨앗이 20년 뒤에 활짝 필 거예요.

INSIDE JOB

내부 소행

◆

정준호 옮김

✦

2005년 〈Asimov's Science Fiction〉 발표
2006년 휴고상 수상
2006년 로커스상 노미네이트
2006년 〈아시모프스〉 독자상 노미네이트
2006년 스터전상 노미네이트
2007년 이그노투사상 노미네이트 (스페인)
2016년 아마지네르상 노미네이트 (프랑스)

*

미국인들의 지적능력을 과소평가하여 망한 사람은 없었다.

— H. L. 멩켄

"롭, 나야." 전화를 받자마자 킬디가 말했다. "토요일에 나랑 같이 누구 좀 봤으면 좋겠어."

보통 킬디는 전화로 자잘한 이야기들을 잔뜩 늘어놓곤 했다. "롭, 이 초능력 성형외과 의사는 꼭 봐야 해." 지난번에도 의기양양해 했다. "전문분야가 지방흡입술인데, 소매 끝자락에 튜브가 삐져나와 있는 게 다 보인다니까. 그뿐 아니라, 허벅지에서 흡입해냈다는 지방이란 게 그냥 맥도날드 밀크셰이크에 들어가는 점액질 덩어리였다고. 바닐라 냄새가 난다니까! 다섯 살짜리도 못 속일걸. 그런데도 할리우드의 여자 중 절반이 완전히 낚였어. 이건 기사로 꼭 내야 돼!"

평소에는, 그런 사기꾼이 어디서 활동을 하는지 물어보기라도 하려면 "킬디, 킬디, 킬디!" 하고 외쳐서 잠시라도 입을 다물도록 만들어야만 했다.

하지만 이번에 킬디가 한 말이라고는 "강령회는 베벌리 힐스의 힐튼 호텔에서 1시에 있을 거야. 주차장에서 만나."가 전부였고, 만나보라는 사람이 베다 기 치료사인지 혹은 반려동물 커뮤니케이터인지, 티켓 값은 얼마인지 물어보기도 전에 전화를 끊어버렸다.

내가 다시 전화를 걸었다.

"티켓은 내가 살게." 킬디가 말했다.

킬디의 제안에 따라 일을 할 때 티켓은 항상 킬디의 몫이었는데, 그 정도는 킬디에게 아무것도 아니었다. 킬디의 아버지는 드림웍스의 이사였고, 현재 양어머니는 영화제작사를 소유하고 있었으며, 친어머니는 아카데미상을 두 번이나 수상했다. 그리고 킬디 자신도 부자였다. 킬디가 영화계를 떠나 미신을 폭로하는 업계에 몸담기 전까지 영화 네 편만을 찍었을 뿐이지만, 그중 한 편이 그해의 최고 흥행작이었고 흥행 수입에 따라 출연료를 받는 계약을 했었다.

내가 줄 수 있는 월급은 킬디가 발톱 매니큐어 칠할 수준도 안 됐지만, 외관상으로는 어쨌든 내 직원이었다. 그러니 내가 할 수 있는 최소한은 비용이라도 내주는 것이었고, 거의 알려지지 않은 영매쯤이야 그렇게 비싸지 않을 것이다. 지금 할리우드에서 제일 잘 나가는 영매 찰스 프레드도 강령술 한 번에 200달러 정도밖에 부르지 않았다.

"강령회 티켓 값은 〈편협한 시선〉에서 낼게." 내가 우겼다. "얼마야?"

"집단 강령회는 1인당 750달러." 킬디가 말했다. "깨달음을 얻고 싶은 관객을 위한 비공개 강령회는 1,500달러."

"티켓은 당신이 사." 내가 말했다.

"좋아." 킬디가 말했다. "소니 캠코더 가져와."

"작은 하사카 캠코더 말고?" 내가 물었다. 대부분의 심령 행사는 촬영 기기 반입을 금지했다. 촬영기기가 진행자들이 착용한 이어폰이나 와이어를 너무 쉽게 찾아냈기 때문이다. 하지만 하사카 캠코더는 몰래 가지고 들어갈 수 있을 정도로 작았다.

"아니, 소니 캠코더로 가져오라고. 그럼 토요일에 봐, 안녕." 킬디가 말했다.

"잠깐, 뭘 하는 놈인지 말을 아직 안 해줬잖아." 내가 말했다.

"여자야. 영매고. 이시스(Isis)*라는 본체와 접신하고 있어." 킬디는 말을 마치자마자 다시 전화를 끊었다.

나는 깜짝 놀랐다. 보통 우리는 영매 따위에 시간을 낭비하지 않았다. 영매는 한물갔다. 찰스 프레드나 요기 마가푸트라 같은 강령술사와 아로마, 초음파, 오라 등을 위시한 온갖 감각 치료사가 넘쳐났다.

동시에 짜증 나는 작업이기도 했는데, 랜달 마스처럼 에이브러햄 링컨이나, 한나처럼 네페르티티**의 영혼을 불러낸다고 주장하지 않는 이상 실제로 강령술을 하는지 아닌지 증명해내기 어려웠다. 역사적인 인물을 불러낸 경우는 사실 확인을 통해 밝혀낼 수 있었는데, 네페르티티가 자기보다 천 년 뒤에야 태어난 알렉산더 대왕과 사랑에 빠질 수는 없고, 클레오파트라의 사촌일 가능성도 없으니 말이다. 하지만 대부분의 영매는 수십만 살의 현자나 레무리아***의 고위 성직자들과 접신하고 있었고 육체적인 현시도 보이지 않았다.

이들은 연달아 사기가 들통 난 빅토리아 시대 심령술사들에게서 교훈을 얻은 탓에, 심령체나 귀신 소리나 이중 노출된 사진 같은 건 더 이상 들고 나오지 않았다. 그저 오비완 케노비****와 배질 래스본*****을 섞어 놓은 듯한 저음의 공허한 목소리뿐이었다. 왜 강림한 '본체'들은 다들 영국식 억양으로 말하는 걸까? 게다가 왜 킹 제임스 성경에 나오는 구식 영어를 사용할까?

그리고 왜 킬디는 자그마치 1,500달러를 버리면서까지(아니, 2,250달러였다. 킬디는 강령회에 먼저 한 번 다녀왔으니까) 내게 이시스를 보게 하려

---

*　고대 이집트 풍요의 여신
**　기원전 14세기 이집트 여왕
***　인도양에 존재했다고 알려진 전설의 대륙
****　영화 〈스타워즈〉에 나오는 제다이 기사
*****　영국 영화배우

는 걸까? 영매가 새로운 속임수를 쓰는 게 틀림없었다. 두어 명이 지역의 싸구려 심령 잡지에 '천사 영매'라며 광고하는 것을 본 적이 있긴 했지만, 이시스는 천사 이름도 아니었다. 이집트 영매라니? 여신을 매개한단 말이야?

'이시스 영매'를 인터넷에 찾아봤다. 아무런 정보도 찾을 수 없었다. 심지어 구글에서도. 과학적 회의주의자 홈페이지도 확인해보고, 마지막으로는 심령술사들을 추적하는 웹사이트의 운영자 마티 룸볼트에게까지 연락해봤다.

"철자가 틀렸어, 롭." 마티에게 보낸 이메일에 답장이 왔다. "이수스(Isus)야."

그 정도는 생각해냈어야 했다. 나사리*나 코차이스**, 메를린***의 영매들처럼 이름을 약간 변형해 사용하고 있었다. 아마도 귀신들이 명예훼손 소송을 걸까 봐 두려웠기 때문일 것이다. 조이 와일드(Joye Wildde)나 엠메뉴얼(Emmanual)처럼 '창의적으로' 글자를 뒤섞은 영매도 여럿 있었다.

'이수스'를 검색했다. 이수스는 아리아우라 켈러라는 사람이 접신하고 있는 '영적인 본체'였다(이건 나쁜 징조였는데, 이 영매는 이시스가 여신이라는 것도 모르고 있다). 아리아우라 켈러는 매사추세츠주 살렘(심령술사를 길러내는 번식지 같은 곳이다)에서 시작해 세도나(여기도 마찬가지)로 옮겨갔고, 이후 서부로 넘어와 해안을 따라 내려오며 또 다른 살렘인 시애틀, 유진, 버클리를 거쳐서 이제 베벌리 힐스에 등장했다. LA에서는 오후 강령회 여섯 번과 일주일짜리 '영혼의 세례' 두 번이 잡혀 있었고, 이수스와 함께하는 비공개 '깨달음을 위한 개별 강령회'가 있었다. 《이수스의 목소리》와 《신의 목소리를 들으며》라는 책도 두 권 썼다. 인터넷 서점 '아마존'에 링크도 달려 있었다. 저자소개를 읽어 보니 '나는 어릴 적부터 진실을

---

* 본래 이름은 나사로. 요한복음에서 예수가 살려낸 인물
** 본래 이름은 코치스. 19세기 아파치 추장
*** 본래 이름은 멀린. 아서왕 시대의 전설의 마법사

접신하는 운명을 타고났다고 믿었다'고 적혀 있었고, 강연 발췌문을 보니 '지구는 모든 것을 변화시킬 영적인 사건을 목격하게 될 운명이다'라고 이야기했다. 지금껏 봤던 다른 영매와 다를 게 없었다.

나는 영매들을 쭉 지켜봐 왔다. 영매의 인기가 정점에 달했을 무렵(내가 세상 물정 모를 무렵이었다) 〈편협한 시선〉에서 영매에 대한 여섯 편의 연재물을 실었는데, M. Z. 로드부터 시작해서 조이 와일드, 토드 피닉스, 아틀란티스의 웃음 많은 네 살 꼬마라는 '본체'를 접신하던 타린 크림까지 다루었다. 내 인생에서 가장 지겨웠던 여섯 달이었다. 하지만 기사는 그 바닥에 아무런 영향도 끼치지 못했다. 강령술 유행을 끝장낸 건 내 강력한 폭로기사가 아니라 탈세와 우편사기에 대한 고발이었다.

아리아우라 켈러는 범죄 기록도 없었고(적어도 그 이름으로는), 디킨슨을 다룬 기사도 별로 보이지 않았다. 어떤 속임수를 쓰는지에 대한 이야기도 전혀 없었다. "충격적이고 놀라운 이수스가 영적인 지혜를 나누어 당신 내면의 자아와 영혼을 드러내 보여주는 데 도움을 줄 것입니다."가 전부였다. 진부했다.

뭐, 아리아우라의 어떤 점이 킬디의 흥미를 자극했는지 몰라도, 토요일이면 알게 될 것이었다. 그동안 12월호에 실을 찰스 프레드 관련 기사와 지적설계(학교 교과에서 진화론을 밀어내고 창조론을 집어넣으려는 최신 술책)를 다룬 책의 서평을 쓰고, 전생에 척추 지압사였다는 사람도 만나봐야 했다. 척추 지압사는 환자들의 요통이 피라미드나 스톤헨지의 돌덩어리에서 오는 기운 때문에 일어난다고 주장했다. 사실 피라미드는 써먹기 좀 힘들었지만, 그래도 그는 지난 3년간 이 일을 하면서 2천여 명의 환자들에게 그들 각자의 디스크가 스톤헨지의 제단에 돌을 놓다가 생긴 거라고 말해 왔다.

척추 지압사는 찰스 프레드에 비하면 오히려 신빙성이 있는 편이었다. 프레드는 아주 특정한 사자(死者)의 아주 구체적인 메시지를, 슬퍼하는 친척들에게 전달하는 일로 놀라운 성공을 거두었다. 나는 프레드가 일반적인 콜드리딩*이나 바람잡이뿐 아니라 다른 무언가를 이용해서 수백만 달러씩 벌고 있다고 확신했지만, 지금까지는 그가 어떤 수법을 이용하는지 밝혀내지 못했고 증거를 찾으려는 노력은 모두 허탕이었다.

토요일에 힐튼 호텔로 향하기 전까지는 '충격적이고 놀라운 이수스'에 대해 다시 생각할 겨를이 없었다. 그제야 지난번 통화 이후 킬디에게서 아무런 연락이 없었다는 데 생각이 닿았다. 보통은 매일 사무실에 들렀고, 우리가 어디 갈 때면 언제 어디서 만날지 재확인하기 위해 서너 번은 전화를 걸었다. 강령회가 아직도 열리고 있기는 한지, 아니면 킬디가 만날 약속을 완전히 잊어버린 건 아닌지 궁금해졌다. 그것도 아니면 갑자기 디벙커(Debunker)**라는 직업에 질려버려서 인기 영화배우로 돌아갔는지도 몰랐다.

나는 8개월쯤 전 험프리 보가트의 영화에 나오는 아름다운 여주인공처럼 생긴 킬디가 내 사무실에 걸어 들어와 일감이 있는지 물었던 그 날부터 언젠가 이런 일이 벌어질 것이라 예상했다.

과학적 회의주의자에게는 세 개의 기본원칙이 있다. 첫째는 '특별한 주장에는 특별한 증거가 필요하다', 둘째는 '너무 훌륭해서 진짜라고 믿기 힘들 정도라면, 진짜가 아닐 가능성이 크다'. 그런데 너무 훌륭해서 진짜라고 믿기 힘든 게 있다면, 그게 바로 킬디였다. 킬디는 부자일 뿐만 아니라 영화배우의 미모를 가지고 있었으며 똑똑했고, 무엇보다 할리우드의 다른 사람들과는 달리 완벽한 회의주의자였다. 비록 첫날부터 킬디가, 어릴 때 셜리 매클레인***이 자신을 무릎에 앉혀놓고 놀았으며, 자기 어머니가 무엇이나 믿는 사람이라는 이야기를 해주긴 했지만 말이다. "정말 어처구니가 없죠? 하지만 우리 엄마는 그 덕분에 아버지와의 결혼을 6년 가까이 버텼는지도 몰라요."

---

* 대화나 신체의 변화를 감지하여 상대의 정보를 읽어내는 기법
** 과학적 방법론을 통하여 심령 현상이나 초능력 등을 검증하는 과학적 회의주의자
*** 심령술 등을 믿는 것으로 유명한 미국 여배우

킬디는 네 번째 양어머니와 살고 있었는데, 양어머니는 킬디를 〈반지의 제왕〉과 맞먹는 최고의 흥행작에 출연시켜 일찌감치 킬디가 은퇴할수 있게 만들어주었다.

"은퇴요?" 내가 물었다. "왜 은퇴를 하고 싶어 하죠? 당신이라면…."

"〈헐크 4〉에 출연했겠죠." 킬디가 말했다. "그리고 벤 애플렉과 〈글로브〉 잡지 표지를 장식했을 거예요. 아니면 변호사와 함께 마약중독 재활원 앞에 서 있을 수도 있고요. 나도 알아요. 이 모든 걸 포기하는 게 쉽지는 않아요."

킬디의 말도 일리가 있긴 했지만, 그래도 왜 킬디가 근근이 먹고사는 〈편협한 시선〉 같은 잡지에서 일하고 싶어 하는지는 이해가 되지 않았다. 애초에 왜 일 따위를 하고 싶어 하는지도.

그래서 나는 그렇게 물었다.

킬디가 답했다. "마사지로 하루를 보내고, '아르다니 레스토랑'에서 점심을 먹고, 운동 강사와 섹스를 하는 일 같은 것들은 벌써 다 해봤어요. 〈헐크〉보다도 형편없었죠. 오히려 더 안 좋아요. 조명과 화장은 피부를 망친단 말이에요."

나는 그 말을 믿기 어려웠다. 킬디의 피부는 꿀 같았다.

"그리고 엄마가 나를 점쟁이에게 데려간 적이 있었어요. 엄마는 심령술, 전생 회귀, 심령 치료 같은 것들에 푹 빠져 있거든요. 독심술을 하는 남자도 하나 있었는데…."

"루시우스 윈드파이어 말인가요." 내가 말했다. 당시 나는 두 달간 그에 관한 폭로기사를 쓰고 있었다.

"맞아요, 루시우스 윈드파이어." 킬디가 말했다. "그 남자는 마음속에 있는 베다의 결들을 통해 마음을 읽는다고 주장했는데, 촛불로 상대방의 주변을 둘러싼 다음에 불꽃의 일렁임을 '읽는' 식이었어요. 사기꾼이 틀림없었지만(거기에 참가한 관중들에 관한 정보를 전달해주는 이어폰이 보였거든요) 사람들은 전부 그냥 믿어버리더라고요. 특히 우리 엄마는. 그 사람이 비공개 행사에 참석하도록 꼬드긴 탓에 엄마는 벌써 1만 달러나 뜯긴 후였죠. 그래서 누군가는 이런 자들을 몰아내야 한다는 생각이 들었어요. 그리고 그게 내 삶을 걸고 해볼 만한 일이라는 생각이 들어서 인터넷에서 '디벙커'를 검색해보니 당신 잡지가 나와서 여기로 찾아온 거죠."

내가 말했다. "나는 당신이 받았던 수준의 봉급을 주지는 못할 텐데요."

"기사당 원고료로 충분해요." 킬디가 그렇게 말하고 줄리아 로버츠 뺨치는 미소를 지어 보였다. "그냥 내 삶에서 유용하고 의미 있는 일을 해보고 싶었을 뿐이에요."

그래서 킬디는 그 뒤로 8개월간 나와 함께 이 잡지를 만들고 있다. 킬디는 최고였다. 할리우드에 모르는 사람이 없어서 초청장을 가진 사람만 들어갈 수 있는 행사에도 나를 들여보내줄 수 있었고, 심지어 새롭게 유행하는 심령술도 나보다 먼저 알아냈다. 그리고 최면에 빠져주거나 심령치료사에게서 닭 내장을 훔치는 것부터 최종 교정까지 무엇이든 할 준비가 되어 있었다. 즐거운 대화 상대였고 대단한 미인이었으며, 무엇보다 삼류 회의주의자라기에는 너무 훌륭했다.

그래서 나는 킬디가 디벙커 일과 내게 지루해지는 것은 시간문제이고, 곧 시사회에 가거나 재규어를 몰고 다니는 삶으로 돌아가리라 생각했지만, 킬디는 그러지 않았다. "벤 애플렉이랑 같이 일해본 적 없지?" 내가 킬디와 좀 친해진 다음, 영화계에서 벌써 은퇴해버리기에는 너무 아름답다고 말했을 때 킬디가 한 대답이었다. "돈을 퍼준다고 해도 돌아가기 싫어."

킬디는 주차장에 없었고 재규어도 보이지 않았다. 그래서 나는 매일 그러듯, 결국 오늘이 킬디가 이 일을 그만두기로 결정한 날인지 궁금해지기 시작했다. 그렇지 않았다. 킬디가 택시에서 내리고 있었다. 머리색과 맞춘 벌꿀색 정장에 고급 선글라스를 착용했는데, 언제나 그렇듯 킬디는 진짜라기에는 너무 훌륭했다. 나를 보더니 손을 흔들고 택시로 다시 돌아가서 커다란 방석 두 개를 꺼냈다.

젠장, 오늘도 바닥에 앉아야 한다는 의미였다. 이 작자들은 너무 쉽게 사람들을 등쳐먹어 떼돈을 벌었다. 그러면 의자 정도는 사도 되잖아.

킬디에게 다가갔다. "우리, 같이 들어가는 거지?" 은보라색 고급 비단으로 짰고 모서리에는 장식용 술이 달린 방석이 한 쌍인 것을 보며 내가 말했다.

"응." 킬디가 말했다. "소니 캠코더 가져왔어?"

"응." 내가 말했다. "난 아직도 하사카 캠코더를 가져왔어야 한다는 생각이 드는데."

킬디가 고개를 저었다. "몸수색도 할 거야. 우리를 내쫓을 구실을 주고 싶지 않아. 이름표 적을 때도 실명을 써."

"신분은 안 숨겨?" 내가 물었다. 심령술사들은 관중에 있는 과학적 회의주의자들을 실패의 변명거리로 삼곤 했다. 부정한 기운 때문에 영과의 접촉이 불가능했다는 둥 하면서 말이다. 몇몇은 불신자의 존재가 우주를 교란한다며 내가 공연에 들어가지 못하도록 막곤 했다. "그게 괜찮은 생각일까?"

"달리 방법이 없어." 킬디가 말했다. "지난주에 왔을 때 내 홍보 담당자와 같이 오는 바람에 실명을 쓸 수밖에 없었거든. 당시에는 별일 아니라고 생각했어. 우리는 영매를 다루지 않으니까. 그뿐만 아니라, 진행요원들이 날 알아봤다니까. 내가 아리아우라에게 깊은 감명을 받아서 '편집장님에게도 보러 오자고 설득한 것'으로 하자고."

"그건 거의 사실인 것 같은데." 내가 말했다. "아리아우라가 쓰는 속임수가 대체 뭐길래 나한테 꼭 보라고 한 거야?"

"선입견을 심어주고 싶지 않아." 킬디가 베라 왕 손목시계를 힐끗 보더니 방석 하나를 내게 건넸다. "가자."

우리는 로비를 지나 '아리아우라와 이수스의 지혜를 소개합니다', 그리고 그 밑에는 '믿으면 이루어집니다'라고 적힌 은보라색 현수막 아래에 있는 탁자로 향했다. 킬디는 탁자에 앉은 여자에게 우리 이름을 말해줬다.

"어머, 저 그 영화 팬이었어요, 로스 양." 여자가 말하며 은보라색 이름표를 건네주었고, 문 옆에 있는 다른 탁자를 가리켰다. 거기에는 옅은 자색 폴로 티셔츠를 입고 러셀 크로를 닮은 남자가 보안검사를 하고 있었다.

"사진기나 녹음기, 비디오카메라가 있으십니까?" 러셀 크로가 물었다.

킬디가 가방을 열어 올림푸스 사진기를 꺼냈다. "사진 딱 한 장만 찍으면 안 될까요?" 킬디가 간청했다. "플래시 같은 건 쓰지 않을게요. 아리아우라 사진을 꼭 가지고 싶어서요."

러셀 크로는 킬디의 손에서 사진기를 깔끔하게 낚아챘다. "8×10 크기에 서명이 된 사진을 관객 대기실에서 구매할 수 있습니다."

"아, 좋아요." 킬디가 말했다. 킬디는 연기가 체질이었다.

나는 캠코더를 순순히 내줬다. "오늘 공연 영상도 살 수 있나요?" 러셀 크로가 내 몸을 수색하기를 마쳤을 때 내가 물었다.

그러자 러셀 크로의 태도가 딱딱해졌다. "아리아우라와 이수스의 소통은 '공연'이 아닙니다. 더 높은 차원을 살짝 들여다볼 희귀한 기회죠. 오늘의 체험이 담긴 비디오를 관객 대기실에서 주문하실 수 있습니다." 양쪽으로 여닫는 문을 가리키며 말했다.

'관객 대기실'은 책과 비디오, 녹음테이프, 장식품, 치유의 돌, 크리스털 볼, 아마릴리스 뿌리, 오라 세정제, 피라미드, 그리고 은보라색 이수스 로고가 박힌 온갖 뉴에이지 쓰레기들이 탁자 위에 줄줄이 놓여 있는 기다란 복도였다.

과학적 회의주의자의 세 번째 기본원칙이자 어쩌면 가장 중요한 원칙일 수도 있는 것은 바로 '그들이 이를 통해 무엇을 얻을지 자문해보라'는 것, 혹은 (수많은 사기의 원천인) 성경에서 말하듯 '그들의 열매로 그들을 알지니'이다.

그리고 여기 달린 가격표들이 지표가 된다면, 아리아우라는 한몫 톡톡히 챙겨가고 있었다. 8×10 사진은 28.99달러, 아리아우라 서명이 첨가될 경우 35달러였다. "그리고 이수스의 서명을 원하신다면…" 탁자 뒤의 금발 청년이 말했다. "100달러입니다. 서명을 그다지 즐기지 않아서요."

그 이유는 훤히 보였다. 아리아우라의 사인은 A 뒤에 붙은 형태 없는 낙서에 불과했는데, 매직으로 쓴 이수스의 사인은 요정의 룬문자와 이집트 상형문자를 뒤섞은 복잡한 상징들의 문자열이었다.

지난 강령회의 녹화테이프는 개당 거금 60달러씩이나 했고(무려 20편까지 있었다), 아리아우라의 (홈쇼핑 채널에서나 팔 법한) '성스러운 부적'은 950달러였다(박스 가격 별도). 거기에 켈트식 오각별과 명상용 목걸이, 드림캐처 귀걸이, 염주, 각각의 별자리 문양이 그려진 발가락 반지까지 불티나게 팔려나가고 있었다.

킬디는 어처구니없이 비싼 사인 없는 사진 한 장과 비디오 세 개를 구매하며 "강령회가 너무 좋았어요." 따위의 감탄사를 판매대 직원에게 던져댔다. 그리고 우리는 강당으로 들어갔다.

안에는 장미색, 연보라색, 은색 시폰 현수막들이 바닥까지 늘어졌고, 최신식 조명 시스템이 갖춰져 있었다. 머리 위에서 별과 행성들이 회전했고, 가끔 혜성이 획획 지나갔다. 강당의 무대 쪽에는 금색 셀로판지 휘장이 걸렸고, 무대 중앙에는 피라미드 형태의 검은색 왕좌가 있었다. 아리아우라는 우리처럼 바닥에 앉을 생각이 없는 모양이었다.

입구에는 단추를 거의 풀어헤친 연보라색 실크 셔츠를 입고 몸에 짝 달라붙는 바지를 입은 진행요원들이 티켓을 받고 있었다. 다들 톰 크루즈를 닮았는데, 여기가 할리우드라서 그런 것만은 아니었다. 이런 행사에서는 늘 익숙한 일이었다.

성적 매력은 빅토리아 시대부터 초능력 업계를 지탱해주는 대들보였다. 탁자를 두드리던 초기 강령술에서 사람들을 끌어들이는 요소의 절반은, 강령회에 참석한 남성 단골들의 애간장을 태우고 돌아다니며 눈을 혼란스럽게 해서 제대로 생각할 수 없도록 만드는, 얇은 드레스 안에 아무것도 입지 않은 여자 영(靈)이었다. 영국의 저명한 화학자인 윌리엄 크룩스 경은 누가 봐도 가짜인 영매의 섹시한 딸에게 완전히 정신이 나가 버린 나머지 이 수상쩍은 영매가 진짜라는 데에 과학자로서의 평판까지 걸었을 정도였다. 오늘날 대부분의 영매가 루돌프 발렌티노* 스타일의 가운을 걸치고 가슴을 풀어헤친 남성이라는 사실은 결코 우연이 아니다. 영매가 여자인 경우에는 미남 진행요원들이 여자 관객의 시선을 빼앗는 완충재 역할을 해주었다. 그 사람들에게 군침을 흘리고 있다가는 와이어 나 닭 내장 따위를 놓치고, 그들이 하는 말이 헛소리라는 걸 알아채기 어려워진다. 고릿적부터 내려오던 수법이었다.

진행요원 중 한 명이 킬디에게 톰 크루즈의 미소를 날리며 아주 딱딱해 보이는 바닥에 책상다리를 하고 앉아 있는 관중 끝으로 데려갔다. 나는 킬디가 방석을 가져온 것에 감사했다.

나는 킬디 옆에 내 방석을 털썩 내려놓고 그 위에 앉았다. "별 볼 일 없으면 각오해." 내가 말했다.

"별 볼 일 있을 거예요." 신성한 부적과 내 주먹만 한 다이아몬드를 달고 있는 붉은 머리의 50대 여자가 내게 말했다. "나는 아리아우라를 몇 번 봤어요. 정말 놀라워요." 여자는 우리랑 자기 사이에 아무렇게나 놓여 있던 옅은 자색 쇼핑백 세 개 중 하나에 손을 넣어 '믿으면 이루어집니다'라고 쓰인 레이스 달린 연보라색 방석을 꺼냈다.

여자가 들고 있는 방석이 여자의 손가락에 달린 보석 크기밖에 되지 않았기 때문에, 자신이 앉을 수 있을 정도로 그 방석이 크다고 믿는 것에도 그 말이 해당하는지 궁금해졌다. 그런데 관객석이 정돈되자 진행요원들이 비닐 방석(축구장에서 빌려주는 형태로, 전부 연보라색이었다)을 한가득 들고 와서 개당 10달러에 대여했다.

내 옆에 앉은 여자는 세 개를 받았고, 우리 줄에서만 열 명, 우리 앞줄에서는 열한 명이 그들에게 거리낌 없이 돈을 지불했다. 아무리 적게

---

* 1920년대 섹스심벌이었던 이탈리아계 남자 배우

잡아도 80줄에 열 명씩이니, 그냥 앉는 데에만 8천 달러를 벌었으며, 저 연보라색 쇼핑백으로는 얼마나 더 큰 수입을 올리고 있는지 모를 일이었다. '그들의 열매로 그들을 알지니.'

주변을 둘러봤다. 한통속인 바람잡이나 무선장비는 보이지 않았지만, 심령술사나 강령술사와 달리 영매에게는 그런 게 필요 없었다. 이들은 뉴에이지식 표현으로 얼버무린 일반적인 조언이나 넌지시 건넬 뿐이니까.

"이수스는 정말로 놀라워요." 50대 여자가 다시 입을 열었다. "이수스는 너무도 현명해요! 롬타보다 훨씬 나아요. 이수스 덕분에 나는 랜들과 헤어지기로 결정할 수 있었어요. '그대의 내적 자아에 진실하라'고 이수스가 말했죠. 그리고 랜들이 지금껏 내 영적인 향상을 막았다는 사실을 깨달았는데…."

"지난주 토요일 강령회에도 계셨어요?" 킬디가 내 앞으로 몸을 기울이며 여자에게 물었다.

"아뇨, 그날 나는 칸쿤에 있었어요. 강령회를 놓친다고 생각하니 마음이 찢어질 것 같더군요. 티오에게 일찍 돌아오자고 졸라서 오늘은 올 수 있었죠. 랜들은 내가 내린 결정과 이수스는 아무런 연관이 없다면서 혼전 계약서 기한이 만료되었기 때문에 내가 떠난 것이라고 주장하고 있어요. 그리고 티오에게 전화를 걸겠다고 협박을…."

하지만 킬디는 흥미를 잃고 그 여자의 옆에 결가부좌 자세로 앉아 있는 삐삐 마른 여자에게 아리아우라를 본 적이 있느냐고 물었다. 마른 여자는 본 적이 없었지만, 그 오른쪽에 앉은 사람은 본 적이 있다고 했다.

"지난 토요일에요?" 킬디가 물었다.

아니었다. 6주 전, 유진에서 보았다고 했다.

나는 킬디 쪽으로 몸을 숙여 속삭였다 "지난 토요일에 무슨 일 있었어?"

"이제 시작하는 것 같아." 킬디가 무대를 가리켰지만, 거긴 아무 일도 일어나고 있지 않았다. 그때 킬디가 방석에서 몸을 일으켜 무릎을 꿇고 앉았다.

"뭐 하는 거야?" 내가 속삭였다.

킬디는 또 대답이 없었다. 킬디는 방석 안으로 손을 넣더니 '믿으면 이루어집니다' 방석 크기의 주황색 쿠션을 꺼내 내게 넘겨주고, 내 커다란 방석을 가져가 위에 우아하게 앉았다. 그리고 책상다리를 하고 앉자마자 주황색 쿠션마저 내게서 빼앗아 가부좌한 다리 위에 올려두었다.

"편해?" 내가 물었다.

"응, 고마워." 킬디가 영화배우급 미소를 내게 날리며 말했다.

내가 킬디 쪽으로 몸을 기울였다. "우리가 지금 여기서 뭘 하는 건지 정말 말 안 해줄 거야?"

"어머, 이제 시작하나 봐." 킬디가 말했고, 이번에는 진짜였다.

브래드 피트를 닮은 사내가 마이크를 들고 무대 위에 나와 일반적인 주의사항을 알려주었다. '사진 촬영 중 플래시는 금지입니다(이미 카메라는 다 빼앗아 갔음에도)', '박수는 삼가 주십시오(아리아우라의 집중력을 흐트러뜨릴 수 있으니)', '중간 휴식은 없습니다'. "이수스와의 조화로운 연결은 아주 깨지기 쉽습니다." 브래드 피트가 설명했다. "그리고 여러분의 움직임이나 문을 여닫는 행위가 연결을 끊어버릴 수도 있습니다."

그렇지. 어쩌면 아리아우라가 EST*에서 뭔가를 배웠을지도 몰랐다. 예를 들면, 자신의 방광에 정신이 팔린 사람들은 말도 안 되는 헛소리를 알아채기가 어렵다는 사실이라든가. 즉, 지금 브래드 피트가 청산유수로 뱉어내고 있는 말처럼.

"8만 년 전 이수스는 아틀란티스의 고위 성직자였습니다. 그는 아틀란티스에서 3백 년을 살다가 시대의 지혜를 구하기 위해 세속의 차원을 떠나…."

무슨 시대? 구석기, 신석기? 8만 년 전 인간은 아직 나무 위에 살고 있었다.

---

* 요가, 선 등을 활용한 자기계발 훈련

"그는 델포이에서 신탁을 구하는 사제와 대화를 나누고, 장미십자회의 성스러운 책을 깊이 연구하였으며….."

장미십자회?

"이제 아리아우라가 저 넓은 우주에서 그를 청해 여러분과 지혜를 나누는 모습을 지켜보십시오."

조명이 장밋빛으로 짙어졌고, 바람이 불어오듯 시폰 현수막들이 안쪽으로 휘날렸다. 정정한다. 이 공연에는 최신식 조명과 선풍기가 설치되어 있었다.

바람이 거세졌다. 잠깐이긴 했지만, 아리아우라가 와이어에 매달려 획 내려오는 건 아닌지 궁금해졌다. 하지만 금색 셀로판지 휘장이 갈라지며 곡선의 검은색 계단이 나타났다. 그리고 보라색 벨벳 카프탄*과 성스러운 부적을 착용한 아리아우라가 구스타브 홀스트의 관현악 〈행성〉의 선율에 맞춰 그 계단을 내려와 왕좌 앞에 극적으로 멈춰 섰다.

관객은 '박수 금지'라는 포고령에는 신경도 쓰지 않았고, 아리아우라 역시 예상했던 것 같았다. 아리아우라는 족히 2분 동안은 그 자리에 가만히 서서 위엄 있는 얼굴로 관객을 둘러봤다. 그러고는 축복의 기도라도 내리려는 듯 양손을 들어 올렸다가 내리며 관객을 조용히 시켰다. "환영합니다, 성스러운 진실을 찾는 이들이여!" 아리아우라가 오프라 윈프리처럼 기운차게 말하자 다시 한 번 박수가 터져 나왔다. "우리는 오늘 여기서 환상적인 영적 체험을 함께하며, 깨달음의 새로운 차원으로 나아갈 것입니다."

더 많은 박수.

"하지만 제게 박수는 치지 마세요. 저는 이수스가 지나가는 전달체일 뿐입니다. 그가 채우는 항아리에 불과하지요.

5년 전 이수스가 제게 처음 찾아왔을 때, 아니, 저를 통과했을 때라고

* 터키의 전통의상 상의

표현하는 게 맞겠네요. 저는 두려웠습니다. 믿고 싶지 않았던 거죠. 저 자신이 우리가 알고 있는 현실 너머에 있는 우주적 에너지의 중심이 되었다는 사실을 받아들이는 데까지 꼬박 1년이 걸렸습니다. 오늘 여러분은 제 말이 아니라 고도로 진화한 영이 주는 지혜를 듣게 될 것입니다. 혹시나…." 그는 극적인 효과를 위해 뜸을 들였다. "황송하게도 이수스께서 우리와 함께해주신다면 말입니다. 이수스는 현자이지 우리가 마음대로 불러낼 수 있는 하인이 아닙니다. 이수스는 자신의 의지가 내킬 때만 우리에게 오실 것입니다. 오늘 저녁 우리 중에 함께하실 수도 있고, 아닐 수도 있습니다."

어림 반푼어치도 없는 소리였다. 아무리 베벌리 힐스라고 해도 이곳에 있는 여자들이 쇼도 못 보고 750달러나 뿌려대러 오지는 않았다. 장담하건대 정해진 대본대로 이수스는 나타날 것이다.

"이수스는 세속의 차원이 우주와 정렬되었을 때만 오십니다." 아리아우라가 말했다. "영적인 기운이 맞아 떨어질 때만 오시죠." 아리아우라가 관중을 엄중한 눈으로 바라보았다. "만약 누군가가 부정한 기운을 품고 있다면, 접신은 이루어지지 않을 것입니다."

이런, 올 것이 왔다는 생각이 들었다. 아리아우라가 우리 둘을 똑바로 바라보며 나가달라고 이야기하기를 기다렸지만, 그러지 않았다. 그는 그저 이렇게 말했다. "모두 긍정적인 생각을 하며 긍정적인 감정을 느끼고 있나요? 모두 믿고 있나요?"

아무렴요.

"여러분 모두가 긍정적인 생각을 하고 있다는 게 느껴지네요." 아리아우라가 말했다. "좋아요. 이제 이수스를 모시기 위해 여러분의 도움이 꼭 필요합니다. 각자 내면의 자아를 평온하게 해주세요." 아리아우라가 눈을 감았다. "각자 자신 내면의 영혼에 집중해주세요."

나는 주변 관중을 힐끗 둘러봤다. 절반 이상의 여자들이 눈을 감았고, 많은 이들이 기도하는 자세로 손을 모았다. 몸을 앞뒤로 흔드는 사람들도 있었는데, 내 옆에 앉은 여자는 낮게 "옴" 소리를 냈다. 킬디는 주황색 베개를 가슴에 꼭 안은 채 눈을 감고 있었다.

"정렬하라… 정렬하라…." 아리아우라가 주문을 외웠다. 그리고 마침표를 찍듯 외쳤다. "정렬하라!" 그러고는 다시 극적인 효과를 위해 뜸을 들였다.

"이제 이수스께 접촉을 시도해보려 합니다." 아리아우라가 말했다. "영적 에너지에 집중하는 것은 위험하고도 어려운 작업입니다. 이제 제가 준비를 하는 동안 여러분은 완벽한 정숙을 유지해주시기 바랍니다."

내 옆에 앉은 여자는 낮게 중얼거리던 "옴" 소리를 고분고분 멈추었고, 다들 눈을 떴다. 눈을 감고 왕좌에 기대앉은 아리아우라가 반지가 주렁주렁 달린 손을 팔걸이에 축 늘어뜨렸다. 조명이 어두워지며 구스타브 홀스트의 〈화성〉 테마가 점차 크게 들려왔다. 킬디를 포함해 모두 숨을 죽인 채 지켜봤다.

갑자기 아리아우라가 감전된 것처럼 경련을 일으키며 의자의 팔걸이를 움켜쥐었다. 얼굴은 일그러지고 입은 뒤틀리고 머리는 뒤흔들렸다.

관객이 숨을 멈췄다.

아리아우라의 몸이 또다시 경련을 일으켰고, 의자에 등을 세게 부딪쳤다. 이어 계속해서 발작과 몸부림을 반복하며 흔들어댔다. 이 과정이 1분 가까이 지속되었고, 그동안 뒤로 구스타브 홀스트의 〈화성〉이 느리게 깔리면서 조명이 핑크색으로 바뀌었다. 음악이 갑자기 끊기더니, 아리아우라가 의자에 털썩 쓰러졌다.

아리아우라는 정확히 계산된 시간 동안 쓰러져 있다가 뻣뻣하게 몸을 일으켜 앞을 노려봤다. 팔은 팔걸이에 늘어뜨려 놓은 채였다. "나는 이수스다!" 아리아우라의 낮게 울리는 목소리는 영화 〈오즈의 마법사〉에서 들었던 "위대하고 강력한 오즈의 마법사에 다가오는 자는 누구인가?"와 똑같았다.

"나는 깨달은 자요, 기록과 최초의 원천을 섬기는 하인이니라. 나는 아홉 번째 차원의 영계에서 왔도다." 아리아우라가 우렁찬 목소리로 말했다. "당신들의 영적 여행을 도와주기 위함이니라."

여기까지는 핑크색 조명부터 차원의 숫자까지 롬타를 그대로 베끼고 있었다. 하지만 킬디는 뭔가를 기대하는 얼굴을 하고 몸을 앞으로 기울였다.

"나는 진실을 말하기 위해 왔도다." 이수스가 우렁차게 말했다. "그대가 한 단계 높은 자신을 보여주기 위함이라."

내가 킬디에게 기대며 속삭였다. "왜 영계에서는 '목적격'과 '주격'을 제대로 쓰는 법을 가르치지 않는 거야?"

"쉿!" 킬디가 이수스의 이야기에 집중하며 말했다.

"혼란스러운 시대에 시련 속에서 살아가는 그대들에게 오래전 잊힌 레무리아 왕국의 지혜와 안티누스의 예언을 전달하리라. 불안과 테러리스트의 공격과 어그러진 관계들로 점철된 현대 시대의 마지막 날이 되리라. 하지만 그대들에게 고하노니, 밖을 볼 것이 아니라 안을 보아야 하느니라. 그대들은 자신만이 행복을 책임질 수 있으니, 그것이 그릇된 관계에서 벗어나는 것이라면, 그리하라. 그대들은 내면의 현존을 찾아야만 한다. 그대들은 내면의 현실을 창조해야만 하느니라. 그대가 우주니라."

내가 무엇을 기대했는지 모르겠다. 적어도 무언가 있을 줄 알았지만, 이것은 그저 그렇고 그런 뉴에이지에 사이비 심리학 헛소리와 자기계발 조언, 짝퉁 경전,《영혼을 위한 닭고기 수프》를 추가한 것에 불과했다.

킬디를 슬쩍 쳐다봤다. 킬디는 입을 살짝 벌리고 집중한 얼굴로 베개를 품에 꼭 끌어안고 몸을 앞으로 기울이고 있었다. 킬디가 아리아우라에게 진짜로 빠져든 건 아닌지 궁금해졌다. 과학적 회의주의자에게도 언제나 일어날 수 있는 일이었다. 교묘하게 꾸며진 환영에 속아 넘어간 게 킬디가 처음은 아니었다.

하지만 이건 그 정도로 교묘하지 않았다. 심지어 독창성도 없었다. 레무리아 따위는 리처드 지퍼가 써먹었고, '그대가 우주니라'는 셜리 매클레인이 이용했고, 문장 구조는 〈스타워즈〉의 요다 그 자체였다.

그리고 여기 우리의 킬디가 있다. 킬디는 심지어 베다 공중부양술사에도 속아 넘어가는 법이 없던 사람이다. 여기에 2천 달러나 쏟아부은 데는 충분한 이유가 있을 것이다. 하지만 지금까지는 그저 난감할 뿐이었다. "내가 봤으면 하는 게 정확히 뭔데?" 내가 중얼거렸다.

"쉿!"

"하지만 두려워하지 말지어다." 아리아우라가 말했다. "다가오는 새로운 시대는 평화의 시대, 영적 깨달음의 시대로 그대들이…, 너희는 여기서 이런 빌어먹을 헛소리나 듣고 있을 거야?"

나는 황급히 고개를 쳐들었다. 아리아우라의 목소리는 문장 중간부터 이수스의 우렁찬 베이스에서 거슬리는 바리톤으로 바뀌었고, 자세도 함께 바뀌었다. 아리아우라는 앞으로 몸을 숙이며 손을 무릎에 짚고 험악한 표정으로 관객을 바라봤다. "이건 온통 지긋지긋한 허튼소리야!" 아리아우라가 쏘아붙였다.

나는 킬디를 흘끗 보았다. 킬디는 무대에 시선을 고정하고 있었다.

"이 잡소리는 쇼토쿼에서 들어봤던 가식적인 허풍보다도 악질이구먼." 아리아우라의 목소리가 갈라졌다.

쇼토쿼? 대체 그게 뭐지?

"너희들, 입을 헤 벌리고 거기 그렇게 앉아서 아칸소 캠프 모임에 온 시골뜨기처럼 뱀의 혓바닥을 가진 설교자의 말이나 듣고 앉아 있을 거야? 이 여자가 너희 연애 문제를 해결해주고 담석증 치료나 해줄까 싶어서…."

킬디 옆에 앉은 여자가 의아한 표정으로 우리를 쳐다보더니 다시 무대로 시선을 돌렸다. 가장자리에 서 있는 진행요원 두 명은 서로 언짢은 눈빛을 주고받았고, 관객 사이에서 수군대는 소리도 들려왔다.

"너희 멍청이들은 정말 이런 신비주의 미신 따위를 믿는 거야? 물론 그렇겠지. 여기는 미국이니까. 얼간이와 바보들의 본고장이지!" 그 목소리가 그렇게 말하자, 관객의 수군거림은 또렷한 웅성거림으로 바뀌었다.

"대체 이게 무슨…." 우리 뒤에 앉은 여자가 말했다. 내 옆에 앉은 여자는 '믿음' 방석이 들어 있는 가방들을 챙겨 일어나더니 문을 향해 사람들을 헤치고 나아갔다.

진행요원 한 명이 조정실에 신호를 보내자 조명이 들어오고 홀스트의 〈금성〉이 울려 퍼졌다. 사회자가 머뭇거리며 무대로 나아갔다.

"너희, 입만 떡 벌리고 있는 원숭이떼처럼 거기에 앉아서 닥치는 대로 돈 쓸 준비나…." 그러더니 갑자기 목소리가 이수스의 저음으로 되돌아왔다. "…하지만 영적 깨달음의 시대는 그대들 한 명 한 명이 자신만의 여정을 시작하기 전까지는 이루어질 수 없도다."

사회자가 걸음을 멈췄고, 웅성거림도 그쳤다. 그리고 내 옆에 앉아 있다가 문 근처까지 갔던 여자도 제자리에 섰다. 여자는 가방들을 들고 문 옆에 서서 이야기를 듣고 있었다.

"그리고 믿으라. 당신들 모두 불신과 회의라는 독을 내다 버리라. 믿으면 이루어질 것이라."

원래의 대본으로 돌아온 게 틀림없었다. 사회자는 안도의 한숨을 내쉬며 무대 옆으로 물러섰고, 내 옆에 앉아 있던 여자는 서 있던 자리에 가방과 방석을 내려놓고 그대로 주저앉았다. 음악 소리가 잦아들었고, 조명도 장미색으로 돌아왔다.

"그대 내면의 영혼을 믿으라." 아리아우라/이수스가 말했다. "믿으라. 그리고 그대의 영이 펼쳐지도록 하라." 아리아우라가 잠시 멈추자, 진행요원들이 초조하게 올려다보았다. 사회자도 금색 셀로판지 휘장 사이로 고개를 내밀었다.

"이제 피로해지는구나." 아리아우라가 말했다. "이제 내가 본래 속해 있는 더 높은 현실로 돌아가야만 한다. 두려워 말아라. 그대들과 속세의 차원을 함께하지는 않으나, 여전히 그대들 곁에 있을지니." 아리아우라는 축복하듯 나치 경례 모양으로 뻣뻣하게 팔을 들어 올리더니 격렬한 경련을 일으킨 뒤 글로리아 스완슨*의 연기를 따라 하듯 앞으로 꼬꾸라지며 기절했다. 홀스트의 〈금성〉이 다시 울려 퍼지자, 아리아우라는 일어나 앉아 눈을 깜빡이며 무대 위로 올라온 사회자에게 몸을 돌렸다.

"이수스께서 말씀하셨나요?" 아리아우라가 원래의 목소리로 물었다.

"그렇습니다. 말씀하셨습니다." 사회자가 말했다. 관객에게서 우렁찬 박수가 터져 나왔다. 그동안 사회자는 진행요원 두 명을 시켜 아리아우라가 일어설 수 있도록 도와주게 했다. 아리아우라는 진행요원들에게 몸을 완전히 기댄 채 검은 계단을 올라가 시야 밖으로 사라졌다.

아리아우라가 사라지자 사회자는 박수를 멈추게 한 다음 말했다. "아리아우라의 책과 비디오는 대기실에서 구하실 수 있습니다. 비공개 강령회를 원하시는 분들은 저나 다른 진행요원들을 찾아주시기 바랍니다." 모두 방석을 챙겨 출구로 향했다.

"정말 놀랍지 않아?" 우리 앞에 있는 여자가 대탈출의 행렬 속에서 친구에게 말했다. "완전 진짜잖아!"

＊

로스앤젤레스는 미국에서 최악이거나, 혹은 차악인 도시일까? 이 질문을 처음 던졌던 과학적 회의주의자들은 그렇다고 할 것이고, 신봉자들은 아니라고 할 것이다. 그런 것이다.

— H. L. 멩켄

킬디와 나는 주차장을 빠져나와 윌셔 가에 들어설 때까지 한마디도 나누지 않았다. 그러다 문득 킬디가 말을 꺼냈다.

"내가 왜 직접 봐야 한다고 했는지 이제 이해했어?"

"제법 흥미로웠어. 지난주에 당신이 갔던 강령회에서도 같은 걸 했던

---

* 무성영화 시대 여자 코미디언

거지?"

킬디가 고개를 끄덕였다. "지난주에는 중간에 관객 두 명이 나가버렸지."

"이번처럼 장광설이었어?"

"아니, 저번에는 이렇게 길지 않았어. 그때는 깜짝 놀라는 바람에 정확히 얼마나 길었는지 기억도 잘 안 나. 약간 다른 어휘들을 사용했지만, 내용은 비슷했어. 그리고 진행되는 방식도 똑같았어. 사전 경고도 없고 경련도 없이 말하는 중간에 목소리가 갑자기 바뀌더라고. 이게 뭔지 감이 잡혀?"

나는 라브레아 쪽으로 차 방향을 틀었다. "잘 모르겠어. 하지만 많은 영매가 하나 이상의 '본체'를 이용해. 조이 와일드는 두 개를 이용했고, 한스 라이트풋도 감옥에 가기 전까지 대여섯 개를 썼지."

킬디가 회의적인 눈길을 보냈다. "홍보물에 본체가 여럿이라는 이야기는 없었어."

"어쩌면 이수스에 질려서 다른 영으로 갈아타고 싶었는지도 모르지. 영매로서는 '개봉박두: 이수스 II' 식으로 광고할 수는 없는 거니까. 진짜처럼 보이게 만들어야지. 그래서 첫 주에는 몇 단어, 다음 주에는 몇 문장, 이런 식으로 한 거야."

"관객에게 얼간이에 멍청이라고 소리 질러대는 새로운 영을 도입한다고?" 킬디가 믿기지 않는다는 투로 말했다.

"영매들이 '암흑의 영'이라 부르는 존재일 거야. 타락하고 경솔한 자들을 이끄는 악한 본체로 불리지. 토드 피닉스도 겁쟁이 본체로 장광설을 떠들어대다가 중간에 불쾌한 목소리를 내며 야유를 퍼부어대곤 했어. 괜찮은 속임수야. 영매가 실제로 접신을 하고 있다는 생각을 강화시키는 동시에 영매의 이야기 중 앞뒤가 맞지 않거나 논란이 될 만한 내용은 악령에게 뒤집어씌울 수 있거든."

"하지만 아리아우라는 '악령이 있다'는 사실조차 알지 못하는 것 같았어. 그것까지 미리 짠 거라면 모르겠지만 말이야. 왜 관객에게 아리아우라 같은 사기꾼 약장수에게 돈 퍼주는 짓을 그만하고 집에 돌아가라고 말했을까?"

사기꾼 약장수? 이것도 어디서 들어본 듯한 말이었다. "지난주에 나온 단어야? 사기꾼 약장수?"

"응." 킬디가 말했다 "왜? 그 여자가 누구랑 접신한 건지 알겠어?"

"아니." 내가 눈살을 찌푸리며 말했다. "그런데 그 표현은 어디선가 들어봤어. 그리고 쇼토쿼에 대한 이야기도."

"그러면 분명 유명한 사람이겠네." 킬디가 말했다.

하지만 대부분의 영매가 사용하는 역사적 인물들은 바로 알아챌 수 있었다. 랜들 마스의 에이브러햄 링컨은 모든 문장을 '팔십하고도 칠 년 전'으로 시작했고, 다른 사람들도 그 수준의 뻔한 문장을 썼다. "아리아우라가 벌인 소동을 비디오에 담았으면 좋았을 텐데…." 내가 말했다.

"담았지." 킬디가 뒷좌석에 있는 주황색 쿠션을 끌어당기며 말했다. 쿠션을 열고 안쪽을 뒤져 초소형 카메라를 꺼냈다. "짜잔! 지난주는 녹화 못 해서 미안해. 몸수색까지 하는지는 몰랐거든."

킬디가 쿠션 속을 뒤져 종이뭉치를 꺼냈다. "대신 화장실에 뛰어가서 기억나는 건 다 적어놨어."

"화장실에 못 가게 하는 줄 알았는데."

킬디는 나에게 방긋 웃어 보였다. "내가 아까 마약중독 재활원에서 너무 일찍 퇴원한 여배우를 아카데미 급으로 연기해줬지."

다음 신호등에서 목록을 잠시 훑어봤다. 몇 문장만 적혀 있었다. 앞서 언급한 표현들과 '이렇게 파렴치한 쓰레기는 처음 보네'나 '이런 터무니없는 것을 믿다니 너희는 망상에 사로잡힌 반푼이들이 틀림없어' 같은 말들이 적혀 있었다.

"이게 다야?"

킬디가 고개를 끄덕였다. "말했잖아, 저번에는 이번처럼 길지 않았다고. 이런 걸 예상하지 못해서 앞부분은 거의 놓쳤어."

"강령회에서 녹화테이프를 살 수 있는지 물어봤던 게 그것 때문이었어?"

"응, 그 부분이 들어 있을지는 좀 의심스러웠지만. 앞서 했던 강령회의 비디오 세 개를 돌려봤지만, 두 번째 본체에 대한 징후는 없었어."

"그런데 네가 갔던 지난주 강령회에서도 일어났고 이번도 그랬잖아. 어쩌면 우리가 거기에 있었기 때문에 벌어진 일이라는 생각은 들지 않아?" 나는 〈편협한 시선〉의 사무실이 있는 건물 앞 주차장에 차를 세웠다.

"하지만…." 킬디가 말했다.

"검표원이 우리가 왔다고 아리아우라에게 말해줬을 수도 있지." 내가 말했다.

나는 내려서 조수석 문을 열어주었고 킬디와 같이 사무실로 향했다. "아니면 아리아우라가 관객 중에 있던 우리를 보았을 수도 있어. 너만 유명한 게 아니야. 서부해안 심령술사들의 수배 전단에 내 사진이 항상 걸려 있다고. 그래서 다른 본체를 추가해서 공연에 흥을 더해보리라 마음먹었을 수도 있어. 우리에게 깊은 인상을 주려고."

"그건 아닐 거야."

내가 문을 열었다. "왜 아닌데?"

"왜냐하면, 그전에도 최소한 두 번은 이런 일이 벌어졌으니까." 킬디는 사무실로 들어가서 유일하게 멀쩡한 의자에 앉으며 말했다. "버클리와 시애틀에서."

"어떻게 알아?"

"내 홍보 담당자의 전 남자친구의 여자친구가 버클리에서 아리아우라를 봤대. 그래서 내 홍보 담당자가 아리아우라를 알게 된 거지. 그래서 그 여자친구의 전화번호를 받아서 물어봤는데, 처음에는 이수스가 우주가 되라는 내용과 시련에 관해 이야기하다가 갑자기 다른 목소리가 등장해서 '얼간이들이 한 무더기네'라고 말했대. 그 여자친구의 말로는 아리아우라가 진짜 접신을 하고 있다는 걸 그때 알았다고 하더라고. 가짜였다면 관객에게 욕을 하지는 않았을 테니까."

"거기에 답이 있네. 관객에게 자신을 믿게 하려고 하는 거잖아." 내가 말했다.

"당신도 봤잖아. 사람들은 이미 아리아우라를 믿고 있어." 킬디가 말했다. "그리고 그런 이유 때문이라면, 왜 버클리 강령회 비디오에는 들어 있지 않을까?"

"안 들어 있어?" 내가 물었다.

킬디가 고개를 저었다. "여섯 번이나 봤어. 아무것도 없어."

"네 홍보 담당자의 전 남자친구의 여자친구가 그 상황을 진짜로 봤을 거라고 확신해? 그 친구에게 질문할 때 유도신문을 하지는 않았고?"

"확실해." 킬디가 화난 목소리로 말했다. "우리 엄마한테도 물어봤어."

"어머니도 거기 계셨어?"

"아니, 친구 두 분이 다녀오셨어. 그리고 그중 한 분은 시애틀 공연을 본 사람을 알고 있었지. 다들 거의 같은 이야기를 했어. 아리아우라를 믿게 되었다는 부분만 좀 달랐고. 한 명은 '대본이 잘못된 게 아닐까 싶더라'고 하면서, 나한테 돈 낭비하지 말고 안젤리나 블랙 페더를 보러 가라고 권했어."

킬디는 나에게 방긋 웃어준 다음 진지한 이야기를 시작했다. "만약 아리아우라가 의도적으로 한 일이라면, 왜 그 부분을 잘라냈을까? 그리고 사회자와 진행요원들은 왜 그렇게 불안해 보였을까?"

아리아우라도 알아챘던 것이다.

"어쩌면 다른 사람들에게는 무엇을 할지 미리 알려주지 않았는지도 몰라. 아니면 그 모든 게 사람들에게 진짜라고 믿게 하려는 연기였을 수도 있지." 내가 말했다.

킬디가 의심스러운 표정으로 고개를 저었다. "내 생각은 달라. 뭔가 다른 게 있어."

"뭐, 어떤 거? 아리아우라가 정말로 접신한다고 생각하는 건 아니겠지?"

"물론 아니지." 킬디가 경멸조로 말했다. "그냥 뭐랄까…, 당신은 더 많은 관객과 유명세를 얻기 위해서 한 거라지만, 예전에 그랬잖아, 심령술 업계에서 성공하기 위한 첫째 규칙은 사람들이 듣고 싶어 하는 이야기를 들려주는 것이라면서. 멍청이들이라 부르는 게 아니라고. 옆에 앉은 여자 봤어? 당장에라도 나가버릴 태세였다고. 그 뒤로 쭉 지켜봤더니 비공개 강령회에 등록도 하지 않더라고. 그리고 사회자가 누군가에게 다음 공연표가 한참 남았다고 이야기하는 것도 들었어. 지난주 공연은 한 달 전에 매진됐는데 말이야. 자기 사업에 해가 되는 짓을 왜 하는 걸까?"

"고객들이 계속 찾아오게 하려고 판돈을 올릴 필요가 있었나 보지. 새로운 영에 관한 소문이 앞으로 자자하게 퍼질 거야. 두고 봐. 다음 주면 '고대 본체들의 전투'라고 광고할걸. 킬디, 이건 속임수야."

"그러면 아리아우라를 다시 볼 필요는 없다고 생각하는 거야?"

"응. 다시 보러 가는 거야말로 우리가 할 수 있는 최악의 선택이지. 그 여자를 공짜로 홍보해줄 필요는 없잖아. 그리고 우리에게 깊은 인상을 주려고 벌인 일이라면, 물론 별로 그렇지는 못했지만, 아무튼 우리가 다시 찾아가는 게 그 여자의 손아귀에서 놀아나는 거야. 만약 그게 아니고 네 말대로 그 본체가 고객들을 실제로 쫓아내고 있다면, 버리고 다른 걸 가져다 쓰겠지. 아니면 아예 이 업계에서 은퇴해버릴 수도 있고. 어찌 됐든, 우리는 아무것도 할 필요가 없어. 이야깃거리도 안 되잖아. 아리아우라에 대해서는 그냥 다 잊어버…."

여기서 왜 난 절대로 심령술사가 될 수 없는지 명확하게 드러났다. 내가 말을 다 내뱉기도 전에 사무실 문이 벌컥 열리며 아리아우라가 뛰어들어와 내 멱살을 잡고 고함을 질러댔다.

"네가 무슨 짓을 하는지! 어떻게 하는지는 모르겠지만!" 아리아우라가 소리쳤다. "지금 당장 그만둬!"

＊

그는 도발적인 발언을 하는 데에 극도로 예외적이고 뛰어난 역량을 지니고
있었다.

— H. L. 멩켄

나는 그때까지 아리아우라의 연기력을 충분히 인정하지 않고 있었다.
아리아우라가 연기하는 이수스는 뻣뻣하고 짝퉁스러웠지만, 지금 길길
이 날뛰는 영매 역할은 제법 설득력 있게 표현해냈다.

"네가 감히!" 아리아우라가 새된 비명을 질렀다. "널 고소해서 빈털터
리로 만들어주겠어!"

아리아우라는 낙낙한 겉옷을 벗고 연보라색 정장을 입고 있었는데,
나중에 킬디가 그 옷이 패션 디자이너 잭 포즌의 작품이라고 말해줬다.
다이아몬드 박힌 목걸이와 귀걸이가 대그락거렸다. 아리아우라는 말 그
대로 분노로 몸을 떨고 있었는데, 공연에서 영을 불러오는 데 필요하다
고 했던 긍정적인 기운이라고 보긴 힘들었다.

"강령회를 녹화한 비디오를 방금 보고 왔어!" 아리아우라가 내 코앞
에 얼굴을 가져다 대고 소리를 질러댔다. "네가 감히 내게 최면을 걸어서
사람들 앞에서 바보로 만들어?"

"최면요?" 킬디가 말했다. 나는 멱살을 꽉 잡은 아리아우라의 주먹을
푸느라 말할 틈이 없었다. "롭이 최면을 걸었다고 생각해요?"

"내 앞에서 아무것도 모르는 척하지 마!" 아리아우라가 킬디에게 몸
을 돌리며 말했다. "오늘 관객 틈에 앉아 있는 너희를 봤어. 너희가 만드
는 그 비열한 싸구려 잡지 쪼가리도 다 알아. 너희처럼 믿음 없는 자들이
우리가 전파하는 '고귀한 진실'을 막기 위해 수단과 방법을 가리지 않는다
는 사실도 잘 알지. 하지만 이런 짓까지 할 줄은 몰랐어. 최면으로 내 의
지를 거슬러서 그런 말들을 하게 만들다니! 이수스께서는 너희가 참석할

경우 발생할 위험을 감지하고 관객석에 놔두면 안 된다고 하셨지만, '아니요, 믿음 없는 자들이 머물며 당신의 참된 모습을 체험하도록 해주세요. 존재의 너머에서 우리를 도와주기 위해 당신이 오셨음을, 높은 지혜의 말들을 전달해주기 위해 오셨음을 알게 해주세요.'라고 내가 말했지. 하지만 이수스께서 옳았어. 너희가 못된 짓을 꾸미고 있었던 거야."

아리아우라는 멱살을 잡은 손 하나를 풀어 연보라색 매니큐어가 칠해진 손가락을 내게 흔들어댔다. "이것 봐, 이제 너의 최면 장난질은 안 통할 거야. 여기까지 오기 위해 갖은 고생을 다 했는데, 이제 와서 너희같이 편협하고 믿음 없는 자들 따위가 방해하도록 놔두지 않겠어. 나는 절대로 그따위 음모를…, 높은 지혜라니 기가 막히는구먼!" 아리아우라가 코웃음을 쳤다. "나는 그걸 높은 사기술이라고 하지."

킬디가 깜짝 놀라 나를 쳐다보았다.

"옷차림이 더 번지르르해진 건 인정해주겠어." 아리아우라가 강령회에서 들었던 걸걸한 목소리로 말했다.

강령회 때처럼 말을 하던 도중에 갑자기 목소리가 바뀌었다. 조금 전까지 내 멱살을 잡고 있던 손을 놓더니 뒷짐을 지고 생각에 잠긴 듯 사무실을 서성거리며 중얼거렸다.

"그 강당은 아주 그럴듯했어. 법원 앞 잔디밭에 비하면 엄청난 발전이야. 게다가 족히 10도는 더 시원한 것 같더군." 아리아우라는 쩍 벌린 다리를 손으로 짚으며 소파에 앉았다. "이 여자가 걸친 누더기는 조로아스터 기사단의 최고 기사들도 한물간 강아지들처럼 보이게 만들겠더군. 대사들은 고리타분한 허튼 선동을 그대로 베꼈는데도, 여전히 고리타분한 부버스 아메리카누스*에게는 그런 소리가 먹힌단 말이지."

킬디는 조심스럽게 내 책상으로 다가가더니 그 위에 둔 자기 핸드백에 손을 뻗어 뭔가를 만졌다. 그리고 원래 있던 자리로 되돌아와 섰다.

---

* Boobus Americanus, H. L. 멩켄이 자주 사용하던 '멍청한 미국인'이라는 뜻의 라틴어식 조어

그동안 눈은 계속 강령회에 대해 장광설을 늘어놓는 아리아우라에게 꽂혀 있었다.

"원숭이들이 한 장소에 그렇게 잔뜩 모여서 입을 떡 벌리고 있는 장면은 내 평생 처음 봤어! 그 촌뜨기들이 웃돈까지 얹어줘가면서 바닥에 앉아야 했다는 점만 빼면 침례교 부흥회 텐트를 쏙 빼닮았어. 듣고 싶어 하는 말 좀 들려주고 마술 몇 개 보여준 다음 수금통을 돌리는 거지. 그런데 사람들이 아직도 거기에 속아 넘어간단 말이야!"

아리아우라는 일어나 다시 서성거렸다. "그때 더 머물러 있어야 했어. 데이턴 시절과 똑같잖아. 다 끝난 줄 알고 떠났더니, 무슨 일이 벌어졌나 보란 말이야! 현대판 에이미 셈플 맥퍼슨*에다가 돌팔이, 사기꾼들이 아직도 설치고 돌아다니잖아. 이 여자는 기껏해야 점쟁이 수준도 안 돼! 내가 해왔던 모든 일을 망치게 두지 않을 거야! 나는⋯." 아리아우라가 어리둥절한 눈으로 주위를 둘러봤다. "⋯뭐지? 나는⋯." 아리아우라가 더듬거리며 말을 멈췄다.

나는 인정할 수밖에 없었다. 아리아우라는 훌륭했다. 대사의 흐름을 놓치지 않고 순식간에 원래 목소리로 되돌아와서는 무슨 일이 벌어졌는지 전혀 인지하지 못하는 사람을 훌륭하게 연기해냈다.

아리아우라는 혼란스러운 얼굴로 나와 킬디를 번갈아 쳐다봤다. "또 그런 일이 일어난 거야, 그랬지?" 아리아우라가 떨리는 목소리로 물었다. 그리고 고개를 돌려 킬디에게 간청했다. "저놈이 다시 했지, 그랬지?" 그리고는 문가로 물러섰다. "그랬지?"

아리아우라가 비난하듯 내게 손가락질을 했다. "가까이 오지 마!" 아리아우라가 새된 비명을 질렀다. "내 강령회에도 오지 마! 내게 가까이 오려는 기미만 보여도 접근금지명령을 신청할 거야!" 아리아우라는 그렇게 고함치며 문을 쾅 닫고 나가버렸다.

* 신앙 치료 등으로 유명했던 복음 전도사

"흠." 잠시 뒤 킬디가 말을 꺼냈다. "이거 참 재미있네."

"그러게." 내가 문을 보며 말했다. "재밌네."

킬디가 책상으로 가서 핸드백 뒤에 있던 하사카 캠코더를 꺼냈다. "전부 녹화했어." 킬디가 캠코더에서 디스크를 꺼내 컴퓨터에 꽂고 모니터 앞에 앉았다. "이번에는 단서들이 아주 많아." 킬디가 키보드를 두드리기 시작했다. "저 본체가 누구인지 밝혀내기에 충분할 거야."

"누군지 알아." 내가 말했다.

킬디가 키보드 두드리던 손을 멈췄다. "누구야?"

"무례함의 대사제."

"누구라고?"

"볼티모어의 성스러운 공포, 상식의 사도, 그리고 사기꾼과 창조론자와 신앙 치료사와 무지한 자들의 골칫거리." 내가 말했다. "헨리 루이스 멩켄이지."

∗

간단히 말해서, 이건 사기다.

— H. L. 멩켄

"H. L. 멩켄?" 킬디가 말했다. "스콥스 재판*을 다뤘던 기자 말이야?" (내가 말했다시피 킬디는 진짜라고는 믿기 힘들 정도로 훌륭했다.)

"그런데 왜 아리아우라가 그 사람의 강령술을 하지?" 킬디가 멩켄의 글과 우리가 적어놓은 아리아우라의 말을 비교해본 후 물었다. '고리타분한 허튼 선동'부터 '입만 떡 벌리고 있는 원숭이떼', '얼간이와 바보들의 본고장'까지 모두 맞아 떨어졌다.

"데이턴을 너무 일찍 떠났다는 말의 의미는 뭐야? 오하이오주에서 무

---

* 1925년 공립학교에서 진화론을 가르치지 못하도록 했던 테네시주의 법률을 어긴 과학교사 존 스콥스에 대한 재판. 보통 '원숭이 재판'이라고 한다.

슨 일이 있었어?"

내가 고개를 저었다. "테네시주야. 테네시주에 있는 데이턴에서 스콥스 재판이 열렸어."

"그 재판에서 멩켄이 일찍 떠났어?"

"나도 몰라." 내가 말했다. 그리고 책장으로 가서 《세기의 원숭이 재판》을 찾아봤으나 책이 보이지 않았다. "내가 아는 건 재판 중간에 너무 더워져서 야외로 이동했다는 정도야."

"법원 앞 잔디밭보다 10도는 시원하겠다는 말이 그런 의미였구나." 킬디가 말했다.

내가 끄덕였다. "재판이 진행될 당시 기온이 40도에 습도가 90퍼센트였어. 멩켄이 틀림없어. '부버스 아메리카누스'라는 말을 만들어낸 것도 그 사람이었으니까."

"하지만 왜 아리아우라는 H. L. 멩켄과 접신하는 걸까? 멩켄은 아리아우라 같은 사람을 증오했잖아. 그렇지 않아?"

"물론 그랬지." 1920년대에 멩켄은 허풍선이와 돌팔이들을 파멸시키는 일에 몰두했다. 신앙 치료요법부터 지압치료와 창조론까지 온갖 종류의 사기를 통렬하게 공격하는 칼럼을 썼으며, 이성적인 사고와 과학의 편에 서서 온갖 형태의 '간교한 말장난'에 끊임없이 욕을 퍼부었다.

"그러면 왜 아리아우라는 그 사람의 강령회를 하려는 걸까?" 킬디가 물었다. "왜 심령술에 호의적인 에드가 케이시나 마담 블라바츠키 같은 사람들을 쓰지 않는 거지?"

"왜냐하면, 당연히 의심을 받을 테니까. 심령술의 적을 영매해서 더 믿을 만하게 보이는 거지."

"하지만 멩켄을 아는 사람이 없을 텐데."

"당신도 알잖아. 나도 알고."

"그래도 아리아우라의 관객 중에는 아는 사람이 절대 없을 거야."

"그렇겠지." 내가 계속 《세기의 원숭이 재판》을 찾으며 말했다.

"우리에게 강한 인상을 주려고 그걸 했다는 의미야?"

"당연하지." 책들의 제목을 쭉 훑어보며 내가 말했다. "잠깐 공연을 보여주겠다고 여기까지 온 이유가 그게 아니면 뭐겠어?"

"하지만…, 그러면 시애틀 강령회는 뭔데? 버클리에서는 또 어떻고?"

"사전 연습이지. 아니면 우리가 소문을 듣고 보러 가주기를 바랐는지도 모르고. 결국 우리가 갔잖아."

"난 소문을 듣고 간 게 아니었어." 킬디가 말했다. "홍보 담당자가 가자고 해서 갔지."

"하지만 당신은 강령술 행사에 자주 가기도 하고 아는 사람들도 많잖아. 당신 홍보 담당자가 그 강령회에 갔으니까, 당신이 가지 않았더라도 홍보 담당자가 당연히 당신한테 그 일을 말해주게 되어 있었어."

"그런데 대체 목적이 뭘까? 당신은 과학적 회의주의자야. 강령술을 믿지도 않지. 정말 아리아우라는 당신이 멩켄을 진짜라고 믿을 거라 생각했을까?"

"그럴지도 모르지." 내가 말했다. "멩켄처럼 보이는 영을 만들어내느라고 제법 고생을 했을 거야. 그리고 정말 기발하지 않아? '과학적 회의주의자가 강림한 영이 진짜라고 말하다.' 유리 겔라 들어봤지? 염력으로 숟가락을 구부릴 수 있다며 70년대에 선풍적인 인기를 끌었잖아. 스탠퍼드 연구소의 과학자들이 그게 속임수가 아니라 유리 겔라가 실제로 해낸 거라고 발표하는 바람에 온갖 주목을 받았지."

"진짜 초능력자였어?"

"아니, 물론 아니지. 결국은 사기꾼으로 드러났어. 자니 카슨 덕분이었지. 유리 겔라는 〈투나잇 쇼〉에 출연해 카슨 앞에서 직접 시연하는 실수를 저질렀지. 카슨이 젊었을 때 마술사로 활동했었다는 사실을 잊고 있었나 봐. 중요한 건 유리 겔라가 〈투나잇 쇼〉까지 출연했다는 거야. 저명한 과학자들의 보증이 바로 그 사람을 유명인사로 만들어줬던 거야."

"만일 당신이 아리아우라를 보증해주면, 그러니까 그 영이 진짜 멩켄이라고 말해주면, 아리아우라도 유명인사가 될 거라는 거야?"

"그렇지."

"그러면 우리가 뭘 어떻게 해야 하지?"

"아무것도."

"아무것도 안 해? 가짜라고 폭로하지 않을 거야?"

"강령술은 숟가락 구부리기와 달라. 독자적으로는 입증해낼 만한 증거를 제시할 수 없어." 내가 킬디를 바라보았다. "그럴 만한 가치도 없어. 게다가 우리한테는 더 중요한 거물이 있잖아. 찰스 프레드 같은 놈 말이야. 프레드는 공연당 250달러를 받는 것에 비해 너무 많은 돈을 만지고 있어. 그리고 콜드리딩을 하는 사람치고는 타율이 너무 높아. 그놈이 어떻게 하는지, 그리고 어디서 돈을 끌어오는지 밝혀야 해."

"적어도 아리아우라의 다음번 강령회라도 가서 똑같은 일이 벌어지는지 보는 게 좋지 않을까?" 킬디가 고집했다.

"그래서 때마침 등장한 〈LA타임스〉 기자에게 왜 우리가 아리아우라에 그렇게 관심이 있는지 설명이라도 해주게?" 내가 말했다. "그리고 당신은 왜 세 번이나 보러 왔는지도 이야기해주고?"

"그럴 수도 있겠네. 하지만 다른 회의주의자가 맹켄을 보증해주면 어쩌지? 아니면 영문학 교수라든지?"

그 부분은 생각하지 못했다. 아리아우라는 우리가 아는 것만 네 번이나 떡밥을 뿌려두었다. 어쩌면 그동안 더 많이 뿌렸을지도 몰랐다. 그리고 시애틀에는 〈스켑티컬 마인드〉가 있고, 샌프란시스코에는 칼라일 드류가 있었다. 심령술 행사를 쫓아다니는 아마추어 회의주의자들도 꽤 많았다.

그리고 이들은 맹켄이 누군지 잘 알았다. 맹켄은 비판적 사고를 하는 사람들에게 어메이징 랜디와 후디니 다음으로 인기가 많은 사람이었다. 맹켄은 미신과 사기에 맹렬한 공격을 퍼부었을 뿐 아니라 '지옥에서 튀어나온 박쥐처럼' 글을 써댔다. 그리고 우리 같은 회의주의자들과 달리, 사람들은 멩켄의 목소리에 진심으로 귀를 기울였다.

멩켄이 〈볼티모어 선〉에 있는 사무실에서 누군가와 이야기를 나누다 갑자기 창밖을 내다보고는 "썩을 연놈들에게 따라잡히겠어!"라고 내뱉더니 미친 듯이 타자를 두드렸다는 일화를 들었을 때부터 나는 멩켄을 좋아했다. 하루에 두 번씩은 그런 기분이 들었고, 하루에 한 번 이상은 "빌어먹을 멩켄은 꼭 필요한 때 대체 어디에 가 있는 거야?"라고 혼잣말을 중얼거렸다.

그리고 내가 느끼는 이 기분을 똑같이 느끼는 사람들이 많을 게 분명했다. 멩켄의 언어에 푹 빠져 있어서 아리아우라가 정확히 그들이 듣고 싶었던 말을 해주고 있다는 사실을 알아챌 사람들 말이다.

"당신 말이 맞아." 내가 말했다. "좀 더 살펴봐야겠어. 하지만 강령회에는 다른 사람을 보내는 게 좋겠지."

"내 홍보 담당자는 어때? 다시 가고 싶다고 했었어."

"아냐, 우리와 관련된 사람이 아니어야 해."

"적당한 사람을 알아." 킬디가 휴대폰을 집어 들며 말했다. "리애터 스타라는 배우야."

그런 이름이라면, 뭘 하는 사람인지 너무 뻔하지 않나?

"지금은 구직 중이야." 번호를 누르며 킬디가 말했다. "그리고 그 강령회에 배역 담당자가 올 거 같다고 이야기하면 우리 부탁을 들어줄 거야."

"그 배우가 영매 같은 걸 믿어?"

킬디가 나를 동정 어린 눈으로 쳐다보았다. "할리우드에 있는 사람이라면 누구나 영매를 믿어. 하지만 그건 별로 안 중요해." 킬디가 휴대폰을 귀에 댔다. "비디오 캠코더와 녹음기를 줘서 보낼게." 킬디가 작은 소리로 속삭였다. "그리고 나는 이런 첩보 활동을 연기 이력서에 넣으면 멋져 보일 거라고 말해줄 거야. 여보세요?" 킬디가 침착한 목소리로 말했다. "리애터 스타와 통화하려고 하는데요. 오, 아뇨, 메시지는 안 전해주셔도 돼요."

킬디가 '종료'를 눌렀다. "미라맥스에서 하는 오디션에 갔다네." 킬디는 휴대폰을 가방에 쑤셔 넣고 안에서 열쇠를 집어 들더니 어깨에 가방을 멨다. "내가 가서 직접 이야기해봐야겠어. 다녀올게." 킬디가 나갔다.

'정말로 진짜라기에는 너무 훌륭하다.' 밖으로 나가는 킬디를 보며 나는 생각했다. 경찰서에 있는 친구에게 전화를 걸어 아리아우라에 대해 아는 게 없는지 물었다.

나중에 전화해주겠다는 약속을 받고, 기다리는 동안《세기의 원숭이 재판》을 찾아냈다. 색인에서 멩켄을 찾아 참고문헌을 훑어보면서 멩켄이 데이턴에서 언제 떠났는지를 알아보았다. 재판이 끝나기 전에 멩켄이 떠났을 가능성은 작을 것이다. 멩켄은 당시 윌리엄 제닝스 브라이언*과 창조론자들을 조롱거리로 만들며 인생 최고의 시간을 보내고 있었기 때문이다. 어쩌면 언급된 내용은 브라이언의 사망 이전에 멩켄이 떠났다는 이야기일지도 모르겠다.

브라이언은 재판이 끝나고 닷새 뒤에 사망했는데, 심장마비 때문으로 추정되지만, 클라렌스 대로우**가 브라이언을 증언대에 세워 성경에 대해 질문을 퍼부어대며 입혔던 굴욕감 때문이었을 것이다. 대로우는 브라이언과 창조론을 우스개로 만들어버렸다. 더 정확히 말하자면 브라이언 자신이 스스로를 우스개로 만들어버린 꼴이 되었다. 반대 심문은 그 재판에서 가장 중요한 부분이었는데, 그 반대 심문이 브라이언을 죽였다.

멩켄은 브라이언의 죽음에 대해 신랄하고 험악한 부고를 적었다. 아마도 멩켄은 브라이언이 사망할 당시 거기에 있지 못했다는 사실을 무척 아쉬워했을 것이다. 아리아우라가 '부버스 아메리카누스'나 '순전한 허튼소리' 같은 문장을 찾고, 멩켄의 걸걸한 목소리와 격정적인 말투를 조사하는 수고를 들였을지는 몰라도, 이런 부분까지 알고 있으리라고는 생각하기 어려웠다.

---

* 미국 국무장관을 지냈던 유명 정치인. 진화론 반대 운동을 했으며 스콥스 재판에 참여했다.
** 표현의 자유 운동을 했던 미국 변호사, 당시 진화론 쪽의 변호를 맡았다.

물론 아리아우라가 읽어봤을 수는 있었다. 물론 이 책도 봤을 수 있었다. 나는 브라이언의 죽음에 대한 장을 읽으며 멩켄이 언급된 부분을 찾아보았지만, 아무것도 발견할 수 없었다. 나는 다시 되짚어 돌아갔는데, 바로 거기에 있었다. 내가 찾은 내용을 믿을 수가 없었다.

멩켄은 재판이 끝난 뒤에 떠난 게 아니었다. 대로우가 데려온 전문가 증인들이 한 명도 승인되지 않자, 멩켄은 온갖 법률적인 절차밖에 안 남았다고 판단하고 볼티모어로 돌아가버렸다. 멩켄은 대로우의 피 말리는 반대 심문도 보지 못했다. 멩켄은 브라이언이 '인간은 포유류가 아니다'라고 말하는 장면도 놓쳤고, '태양이 그 자리에 멈춰서도 지구가 궤도 밖으로 벗어나는 일은 없을 것'이라고 주장하는 것도 놓쳤다. 멩켄은 확실히 너무 일찍 떠났다. 그리고 나는 멩켄이 평생을 자책하며 살았을 거라고 확신할 수 있었다.

✳

나에게 과학적 관점은 충분한 만족을 준다. 기억하는 한 항상 그랬다. 지금껏 내가 살면서 다른 곳에서 도피처나 기댈 곳을 찾고 싶은 마음이 들었던 적은 한 번도 없었다.

— H. L. 멩켄

"그런데 아리아우라는 그걸 어떻게 알았을까?" 킬디가 오디션에서 돌아와 말했다.

"내가 알게 된 방법과 똑같겠지. 바로 이 책에서 읽었을 수도 있어. 당신 친구 리애터는 강령회에 가겠대?"

"응, 가겠대. 하사카 캠코더를 주고 왔어. 그런데 압수당할까 봐 걱정이야. 그래서 지난번 007 영화 시리즈에 참여했던 유니버설 스튜디오의 소품 담당과 약속을 잡아서 괜찮은 아이디어가 있는지 물어보려고."

"음, 킬디…. 제임스 본드가 쓰는 장비들은 진짜가 아니야. 영화잖아."

킬디는 줄리아 로버츠 뺨치는 미소를 내게 날렸다. "아이디어라고 했잖아. 아, 그리고 리애터 표도 샀어. 전화해서 표 다 팔렸느냐고 물어보니까, 전화 받은 사람이 '농담하세요?'라더니 보통 때의 반밖에 못 팔았다고 하더라고. 아리아우라에 대해서 더 알아낸 건 없어?"

"없어." 내가 말했다. "몇몇 단서들을 확인해보는 중이야."

하지만 경찰서에 있는 내 친구는 아리아우라에 대해선 아무런 정보도 없고, 그전에 사용했을 법한 다른 가명조차 모르겠다고 했다. "깨끗한데." 이튿날 아침 전화가 왔을 때 친구가 한 말이었다. "우편사기도 없고, 주차 딱지 하나 없어."

〈스켑티컬 마인드〉나 스캠와치 홈페이지에도 아리아우라에 대한 정보가 전혀 없었다. 아무래도 아리아우라는 지금껏 전통적인 미국 방식으로 돈을 벌었던 모양이다. 고객들에게 헛소리를 잔뜩 해준 다음 차크라 도표 따위를 파는 방식 말이다.

〈편협한 시선〉의 1년 치 예산에 맞먹는 캐주얼 셔츠와 청바지를 차려입은, 몹시도 아름다운 킬디가 돌아왔을 때 나는 아는 만큼 이야기해줬다.

"아리아우라가 당연히 본명은 아니겠지. 하지만 아직은 본명이 뭔지도 못 알아냈어." 내가 말했다. "당신 친구 Q에게 제임스 본드의 비밀 비디오카메라 받아왔어?"

"응." 킬디가 손가방을 내려놓으며 말했다. "그리고 아리아우라의 사기를 밝혀낼 방법이 생각났어." 킬디가 종이 다발 하나를 넘겨주었다. "지금까지 '멩켄'이 말했던 모든 내용이 들어 있는 녹취록이야. 이걸 멩켄의 저술과 비교해서…" 킬디가 말을 멈췄다. "왜?"

나는 고개를 젓고 있었다. "이건 영매야. 스와미 비슈누 자미가 5만 년 묵은 본체인 요가티와 접신할 때 '대박'이나 '오지네' 같은 요즘 유행어를 쓰고 휴대폰에 대해 언급했다는 사실을 폭로했더니, 그놈이 요가티의 생각을 자신의 언어로 '음역'해 오는 것이라고 변명하더라고."

"아…" 킬디가 입술을 깨물었다. "컴퓨터로 대조해보는 건 어떨까?

원고를 셰익스피어의 희곡과 대조해서 같은 사람이 썼는지 확인해보는 거 있잖아."

"너무 비싸." 내가 말했다. "게다가 그건 대학에서나 할 수 있는 일이야. 영매의 말을 대조해봤자 자기들의 신뢰도나 깎아 먹을 텐데, 그런 짓을 할 대학이 있겠어? 그리고 두 개가 일치한다고 판명이 나더라도, 멩켄이 했던 말과 일치한다는 것일 뿐이지, 그 사람이 진짜로 멩켄이라는 증거가 되지는 않아."

"아." 킬디는 내 책상 모서리에 앉아 긴 다리를 잠시 흔들거리다 일어섰다. 그리고 책장으로 걸어가 책을 꺼내기 시작했다.

"뭐 하는 거야?" 킬디가 무엇을 하는지 보려고 다가가며 내가 물었다. 킬디는 멩켄의《이교도의 날들》을 손에 들고 있었다. "내가 말했잖아." 내가 말했다. "멩켄의 말은 전혀…."

"멩켄이 했던 말을 찾고 있는 게 아니야."《멩켄의 편견집》과《멩켄 전기》를 건네주며 킬디가 말했다. "그에게 물어볼 질문들을 찾고 있어."

"그에게? 킬디, 그는 멩켄이 아니야. 아리아우라가 꾸며낸 존재라고."

"나도 알아." 킬디가《멩켄 선집》을 내게 넘겨주며 말했다. "그래서 우리가 그에게 질문을 던져야 하는 거야. 그러니까, 아리아우라 말이야. 멩켄에게, 음…, 아리아우라에게, '부인의 결혼 전 이름은 무엇인가?', '처음 일했던 신문사의 이름은?' 같은 질문들을 던져야 해. 맨 아래 칸에 있는 책들도 멩켄 저작이야?"

"아니, 대부분 추리소설이야. 챈들러, 해밋, 제임스 M. 케인 같은."

킬디가 눈길을 돌려 가운데 칸을 둘러보기 시작했다. "아버지는 어떤 일을 하셨나, 같은 질문은 어때?"

"담배를 만드셨지." 내가 말했다. "멩켄이 처음으로 일을 시작한 신문사는 〈볼티모어 선〉이 아니라 〈모닝 헤럴드〉였고, 부인의 처녀 때 이름은 사라 하트(Sara Haardt)였어. 하트에는 d가 하나, a가 두 개야. 하지만 그런 걸 알고 있다고 해서 내가 멩켄인 건 아니잖아."

"아니지." 킬디가 말했다. "하지만 그걸 모른다면, 멩켄이 아니라는 증거는 되잖아."

킬디가 《멩켄 명언집》을 내게 건넸다. "우리가 아리아우라에게 멩켄이 답을 알 만한 질문을 던졌는데 틀리게 답을 한다면, 가짜라는 사실을 증명할 수 있어."

킬디 말에 일리가 있었다. 아리아우라는 멩켄의 말투와 특징을 흉내 낼 수 있을 정도로 철저히 조사했을 게 틀림없었다. 그러니 멩켄의 삶에 관한 기본적인 질문에 대해서는 충분히 답을 할 수 있겠지만, 모든 세부 사항을 자세히 기억할 수는 없을 것이다. 멩켄에 관한 책만 수십 권이 있었고, 본인이 쓴 일기와 저작들도 있었다. 거기에 더해서 스콥스 재판에 대해서는 《침묵의 소리》와 여타 극작품, 책, 학술 논문들이 수없이 많았다. 〈볼티모어 선〉에 멩켄 자신이 쓴 글들을 포함하지 않더라도 멩켄과 관련된 출판물이 백 권 가까이 될 것이다.

그리고 멩켄이라면 알았을 텐데 아리아우라는 모르고 있는 무언가를 찾아낼 수 있다면, 아리아우라가 가짜라는 사실을 확실하고도 간단히 밝힐 수 있다. 그러고 나면 더 중요한 질문인 '왜'로 넘어갈 수 있다. 만약 아리아우라가 우리의 질문을 받아준다면 말이지만.

"아리아우라가 우리의 질문에 대답하게 만들 수 있을까?" 내가 말했다. "내 생각에 우리를 자기 강령회에 들여보내 주지도 않을 것 같은데."

"아리아우라가 거부한다면 그것도 증거지." 킬디가 차분히 말했다.

"좋아." 내가 말했다. "하지만 멩켄 아버지의 직업은 물어보지 마. 어떤 술을 좋아했는지 물어봐. 굳이 말해주자면, 라이 위스키였어."

킬디는 노트북을 잡고 적기 시작했다.

"〈볼티모어 선〉에서 처음에 함께 일했던 편집장의 이름을 물어봐." 내가 《세기의 원숭이 재판》을 집어 들며 말했다. "그리고 수 힉스가 누군지도 물어봐."

"그 여자는 누군데?" 킬디가 물었다.

"남자야. 스콥스 재판에서 피고인 측 변호사를 맡았던 사람이지."

"그에게… 아니 그녀에게 스콥스 재판이 무엇에 대한 것이었는지 물어볼까?"

"아니, 너무 쉬워. 뭘 물어보느냐면…." 좋은 질문거리를 고민하며 내가 말했다. "재판 기사를 쓰는 동안 뭘 먹었는지 물어봐. 그리고 재판정에서 어디에 앉았는지도."

"어디 앉아 있었는데?"

"이건 함정 질문이야. 구석에 있는 탁자 위에 서 있었어. 아, 그리고 어디서 태어났는지도 물어봐."

킬디가 당황한 표정을 지었다. "너무 쉬운 거 아닌가? 멩켄이 볼티모어 출신인 건 누구나 알잖아."

"그래도 직접 말하는 걸 듣고 싶어."

"아…." 킬디가 끄덕이며 말했다. "자식은 있었어?"

나는 고개를 저었다. "여동생 한 명과 남동생 두 명이 있었어. 거트루드, 찰스, 어거스트."

"아, 좋아. 그냥 어림짐작으로 맞추기에는 어려운 이름들이네. 취미는 없었어?"

"피아노를 쳤어. 토요일 나이트클럽에 관해서 물어봐. 멩켄과 친구들이 한데 모여 음악을 연주하곤 했지."

우리는 온종일, 그리고 다음 날 아침까지 질문을 작성하고 색인 카드에 옮겨 적어 차례대로 물어볼 수 있도록 준비했다.

"멩켄이 했던 명언들에 관해서 묻는 건 어때?" 킬디가 물었다.

"그러니까 '청교도주의는 어디선가 누군가는 행복할지도 모른다는 사실을 끊임없이 두려워한다' 같은 거? 하지 마. 그런 경구들은 기억하기 가장 쉬운 데다가, 현실에서 실제 사람은 그런 식으로 말하지 않잖아."

킬디는 고개를 끄덕이며 아름다운 얼굴을 숙여 책을 살펴보았다. 나는 멩켄의 의료기록을 살폈다. 멩켄은 궤양을 앓았고 목젖 제거 수술을 받은 적이 있었다. 나는 밖에 나가 점심으로 샌드위치를 사 오고, 《욕조의 역사》 사본을 만들어두었으며, 스콥스 재판 당시 멩켄이 만들어 뿌린 '치유와 악마 퇴치, 예언을 공개 시연한다'고 적혀 있는 가짜 선교사의 가짜 광고 전단도 복사해 두었다. 멩켄은 데이턴에서 그게 가짜라는 사실을 알아챈 사람이 한 명도 없었다며 의기양양해 했었다.

킬디가 책에서 고개를 들었다. "멩켄이 릴리안 기쉬*랑 사귄 거 알고 있어?" 놀란 목소리로 물었다.

"응. 여배우들이랑 많이 사귀었어. 아니타 루스와도 열애설이 있었고, 에일린 프링글과는 거의 결혼할 뻔했지. 왜?"

"상대가 영화계 스타들이라는 사실에, 멩켄이 위축되지 않았다는 게 인상적이어서."

그게 나를 향한 말인지 아닌지는 알 수 없었다.

"여배우 이야기가 나와서 말인데…." 내가 말했다. "아리아우라의 강령회는 몇 시지?"

"2시." 킬디가 시계를 보며 말했다. "15분 전이야. 4시나 되어야 끝날 걸. 리애터가 강령회 끝나는 대로 전화 주기로 했어."

우리는 다시 멩켄의 책과 전기들을 읽어보며 아리아우라가 기억하기 힘들 만한 세부사항들을 찾았다. 멩켄은 야구를 무척 좋아했다. 가끔은 호텔 방들에서 기드온 성서를 훔쳐서 '저자의 선물'이라 새겨 친구들에게 나눠주곤 했다. 그리고 시어도어 드라이저, F. 스콧 피츠제럴드 등 많은 작가와 친구였다. 피츠제럴드는 멩켄과 저녁을 먹다 심하게 취해서 저녁 식탁 위에 올라서서 바지를 내리기도 했다.

전화가 울렸다. 내가 전화를 받으려 손을 뻗었지만, 킬디의 휴대폰 소리였다. "리애터야." 휴대폰 화면을 보고 킬디가 말했다.

"리애터라고?" 난 손목시계를 힐끗 봤다. 이제 겨우 2시 반이었다.

---

* 1920년대 유명 여배우

"왜 강령회에 들어가지 않았대?"

킬디가 어깨를 으쓱하며 전화기를 귀에 가져다 댔다. "리애터? 무슨 일이야?… 진짜?… 녹화했어? 좋았어, 아니, 이야기했던 대로 스파고에서 만나. 30분 내로 거기로 갈게."

킬디는 한 번의 우아한 동작으로 휴대폰의 '종료'를 누르면서 열쇠를 꺼냈다. "아리아우라가 다시 그랬대. 이번에는 시작하자마자 멩켄이 등장해서, 진행요원들이 강령회를 중단시키고 아리아우라를 무대 밖으로 끌어냈나 봐. 그리고 다들 나가라고 했대. 리애터가 다 녹화했어. 가서 받아올게. 사무실에 계속 있을 거지?"

나는 멩켄의 독수리 타법에 대해 어떻게 물어볼지 생각하다가 멍하니 고개를 끄덕였다. 킬디가 손을 흔들며 밖으로 나섰다.

내가 아리아우라에게 "기사는 어떻게 쓰는가?"라고 묻는다면 글을 쓰는 과정에 대한 답을 얻을 것이다. 하지만 내가 "자판을 보지 않고 타자를 하는가?"라고 묻는다면 아리아우라가….

킬디가 다시 문을 열고 들어와 자리에 앉더니 노트북을 집어 들었다. "뭐 하는 거야?" 내가 물었다. "나는 나간 줄 알았는데…."

킬디가 입술에 손가락을 가져다 대었다. "그 여자가 왔어." 킬디가 입 모양으로 말했다. 그리고 아리아우라가 들어왔다.

아리아우라는 그때까지도 보라색 의상을 입고 무대용 화장을 하고 있었으니 강령회에서 곧바로 달려온 게 틀림없었다. 하지만 지난번처럼 분노에 찬 괴성을 질러대지는 않았다. 오히려 공포에 질린 얼굴이었다.

"나한테 무슨 짓을 하는 거야?" 아리아우라가 떨리는 목소리로 물었다. "아무것도 안 했다고 하지 마. 비디오를 봤어. 네가…, 내가 궁금한 게 바로 그거야." 걸걸한 목소리가 말했다. "무슨 썩을 짓을 하고 있었던 거야? 개소리하는 여사제가 이런 허튼소리들을 게워내지 못하게 막는 잡지를 내는 줄 알았는데 말이야. 오늘도 그딴 짓을 하고 있더군. 이 여자가 영혼을 불러내고 신비주의에 빠져서 흐리멍덩해진 멍청이들에게

248

야바위를 쳐 현금을 걷는 동안, 너희는 대체 뭘 하고 있었어? 거기서 안 보이던데, 이 대가리에 똥만 찬 놈들아!"

"우리가 가지 않았던 건 아리아우라를 부추기고 싶지 않아서였는데, 만약 아리아우라가…." 킬디가 머뭇거렸다. "우리는 정확히 뭔지…, 그러니까 그게, 우리가 누구와 상대하고 있는지를…." 킬디가 더듬거렸다.

"아리아우라!" 내가 단호하게 말했다. "당신은 영계에 있는 영들을 접신하는 척하는 거로 먹고살잖아. 당신이 H. L. 멩켄을 접신하는 척하는 게 아니라는 걸 우리가 어떻게 믿지?"

"그런 척한다고?" 아리아우라가 놀란 목소리로 말했다. "너희는 내가 정신 나간 이세벨*처럼 이야기를 꾸며내고 있다고 생각하는 거야?"

아리아우라가 내 책상 앞 의자에 털썩 주저앉아 내게 빈정대는 웃음을 보냈다. "네 말이 전적으로 맞아. 나라도 믿지 않을 거야. 내 마음에 쏙 드는 회의주의자일세."

"그렇지." 내가 말했다. "그리고 나는 회의주의자로서 당신이 말하는 사람이 멩켄이 맞는지 입증할 증거가 필요해."

"좋아. 어떤 증거가 필요한데?"

"당신에게 질문들을 좀 던지고 싶어요." 킬디가 말했다.

아리아우라가 무릎을 쳤다. "질문 한번 제대로 불태워봐."

"좋아." 내가 말했다. "불에 관한 이야기가 나와서 말인데, 볼티모어 대화재가 난 건 언제지?"

"영사 년." 아리아우라가 곧바로 답했다. "2월. 더럽게 추웠어." 아리아우라가 피식 웃었다. "정말 좋은 때였지."

킬디가 나를 흘끗 보았다. "아버지가 즐겨 마신 술은?" 킬디가 물었다.

"라이 위스키."

"당신이 즐겨 마신 술은?" 내가 말했다.

---

* 성경 열왕기에 나오는 여왕. 악독한 여자의 상징

"1919년 이후로는 구할 수 있는 건 뭐든지."

"고향이 어디죠?" 킬디가 물었다.

"세상에서 가장 아름다운 도시."

"거기가 어딘데?" 내가 말했다.

"거기가 어디냐고?" 아리아우라가 분에 차서 소리쳤다. "보울머*!"

킬디가 내게 시선을 던졌다.

"토요일 나이트클럽이 뭐지?" 내가 빠르게 되물었다.

"술모임이지." 아리아우라가 말했다. "음악을 안주로 삼아서."

"당신은 무슨 악기를 연주했지?"

"피아노."

"맨법(Mann Act)이 뭐지?"

"왜?" 아리아우라가 킬디에게 윙크를 하며 말했다. "주 경계 밖으로 저 여자를 데려갈 계획인가? 아직 미성년이야?"

나는 무시했다. "당신이 진짜 멩켄이라면 돌팔이들을 증오할 테지. 그렇다면 왜 아리아우라의 몸에 들어와 있는 거지?"

"사람들이 동물원에 왜 가겠어?"

훌륭했다. 그건 인정해야 했다. 그리고 빨랐다. 내가 〈볼티모어 선〉과 〈스마트 셋〉, 윌리엄 제닝스 브라이언에 대한 질문을 던지자 아리아우라는 거의 동시에 답변을 뱉어냈다.

"데이턴에는 왜 갔지?"

"재미있는 서커스를 보러 갔지. 짐승들을 들쑤실까 해서."

"거기 갈 때 뭘 가져갔지?"

"타자기와 스카치 위스키 네 병. 선풍기도 가져가야 했는데 말이야. 7층 지옥**보다도 뜨겁더라고. 뭐 들어 있는 인간은 똑같겠지만."

"거기 머무는 동안 뭘 먹었죠?" 킬디가 물었다.

* 볼티모어를 가리키는 사투리
** 단테의 《신곡》에서 폭력의 지옥

"치킨과 토마토. 끼니마다. 심지어 아침으로도."

나는 멩켄이 스콥스 재판 동안 나눠준 가짜 선교사의 광고 전단을 쥐여주었다. "이게 뭐야?"

아리아우라는 전단을 살펴보다 뒤집어서 반대쪽을 보았다. "무슨 유인물 같은데."

우리에게 필요한 증거가 이제 나왔다는 생각에 나는 자신감이 넘쳤다. 멩켄이었다면 바로 알아보았을 것이다. "누가 이 광고 전단을 썼는지 알고 있어?"라고 질문을 던지려다 더 나은 질문이 생각났다. 질문 자체가 답을 알려줄 수도 있었다. 그리고 '전단'이라는 말도 쓰지 않는 게 좋을 것 같았다.

"이 유인물이 설명하는 행사가 뭔지 알고 있어?" 내가 물었다.

"내가 답할 수는 없을 것 같은데." 아리아우라가 말했다.

'그렇다면 당신은 멩켄이 아니지.' 내가 생각했다. 나는 킬디에게 의기양양한 눈빛을 보냈다.

"하지만 얼마든지 대답해줄 수는 있어." 아리아우라가 말했다. "거기 적혀 있는 내용이 뭔지 내게 친절하게 읽어주기만 한다면 말이야."

아리아우라는 전단을 내게 돌려주었고, 나는 거기 서서 전단과 아리아우라를 번갈아 쳐다보았다.

"무슨 일이야?" 킬디가 말했다. "무슨 문제 있어?"

"아무것도 아니야." 내가 말했다. "유인물은 잊어버려. 당신이 신문에 처음 썼던 기사가 뭐였지?

"도난당한 말과 마차에 관한 이야기." 아리아우라가 말했다. 그리고 곧바로 이어서 기사의 전체 이야기를 들려주기 시작했지만, 나는 듣고 있지 않았다.

그는 광고 전단이 무엇에 대한 것인지 몰랐다. 읽을 수 없었기 때문이다. 멩켄은 1948년 실어증을 동반한 뇌졸중을 겪은 뒤 읽고 쓰는 능력을 상실했다.

＊

제가 머물 수 있는 아늑한 곳이 있었습니다만, 부인, 저는 그곳을 버리고 여기로 왔습니다.

— 영화 〈신의 법정〉＊ 중에서

"이건 아무것도 증명해주지 않아." 나는 아리아우라가 떠난 뒤 킬디에게 말했다. 아리아우라는 내가 볼티모어의 어느 거리에 살았는지 물었을 때 갑자기 멩켄 행세에서 빠져나왔고, 어리둥절한 눈으로 나와 킬디를 쳐다보다가 한마디 말도 없이 밖으로 뛰쳐나갔다. "아리아우라는 멩켄의 뇌졸중에 대해 나와 똑같은 방법으로 찾아냈을 수도 있어." 내가 말했다. "책에서 읽은 거야."

"그러면 아까는 왜 그렇게 얼굴이 하얗게 질렸어?" 킬디가 말했다. "당신이 기절하는 줄 알았어. 그리고 왜 그 질문에만 답하지 않았을까? 다른 질문들은 다 답을 알고 있었잖아."

"아마 그 질문에 대한 답을 몰라서 대답이 막힐 때 쓰는 대비책을 사용했을지도 모르지." 내가 말했다. "내가 방심한 틈에 당해서 그랬던 거야. 그게 다야. 아리아우라가 준비된 답변만 할 거라고 예상했지, 그럴 줄은…."

"바로 그거야." 킬디가 말을 끊었다. "가짜라면 직접적으로 질문을 던졌을 때 실어증을 동반한 뇌졸중 때문이라고 답했을 거야. 하지만 그렇게 하지 않았어. 그리고 그뿐이 아니야. 볼티모어 대화재에 대한 질문을 던졌을 때도 정말 좋은 때였다고 했지. 만약 가짜라면 어떤 건물이 불타고 얼마나 끔찍했는지를 말했을 거야."

그리고 그는 '천구백사 년'이나 '공사 년' 아니라 '영사 년'이라고 했다.

＊ 원제 Inherit the Wind, 1960

요즘 그렇게 말하는 사람은 없고, 멩켄의 저작에 등장하는 말도 아니었다. 그런 단어는 어디에 적혀 있는 것이 아니라 그저 그 시대 사람들이 사용하던 말일 가능성이 컸고, 아리아우라가 그걸 알고 있을 리가….

"그렇다고 그 남자가 멩켄이라는 걸 증명해주지는 않아!" 말을 뱉고 나서야 내가 '그 남자'라고 했다는 사실을 깨달았다. 그리고 내가 소리를 지르고 있다는 사실도.

나는 목소리를 낮췄다. "아주 영리한 속임수일 뿐이야. 그리고 우리가 어떻게 속임수가 벌어지고 있는지 모른다고 해서, 그게 속임수가 아니라는 의미는 아니지. 문서를 받게 되면 읽지 못하는 척하라는 부분까지 연기 지도를 받았을 수도 있어. 아니면 컴퓨터를 쓰고 있는 누군가와 연결되어 있을 수도 있고."

"나도 살펴봤어. 이어폰은 안 썼어. 게다가 누군가가 답을 찾아서 전달해주고 있었다면 답이 훨씬 느렸을 거야. 그렇지 않아?"

"꼭 그렇지는 않지. 아주 정확한 기억력을 가지고 있을 수도 있어."

"그러면 영매가 아니라 독심술 쪽으로 가지 않았을까?"

"독심술 활동을 했을 수도 있지. 살렘 이전에 아리아우라가 뭘 하고 다녔는지는 아는 게 없잖아." 내가 말했다. 하지만 킬디가 옳았다. 그 정도 기억력을 가진 사람이라면 점술 같은 거로 떼돈을 벌었을 테고, 아리아우라의 강령술에서 특출한 기억력이라고 할 만한 건 보이지 않았다. 추상적인 이야기만 했을 뿐이었다.

"어쩌면 다른 방법으로 답을 알아냈는지도 몰라." 내가 말했다.

"만약 아니라면? 정말로 아리아우라가 멩켄의 영혼을 접신하고 있다면?"

"킬디, 영매는 가짜야. 영혼도 없고, 영혼과의 공명도 없고, 영계도 없어."

"나도 알아." 킬디가 말했다. "하지만 그의 답변은 너무나…." 킬디가 머리를 흔들었다. "그에게는 뭔가가 있어. 그의 목소리나 몸짓…."

"그걸 연기라고 하는 거야."

"하지만 아리아우라는 형편없는 연기자야. 이수스 연기하는 걸 봤잖아."

"그랬지." 내가 말했다. "잠깐만 그게 정말 멩켄이라고 가정해보자. 그리고 루동 공원묘지의 가족묘에 있는 게 아니라 그의 영혼이 에테르 따위를 떠돌고 있다고 가정해보자고. 그렇다면 왜 지금 이 특정한 시기에 돌아온 걸까? 왜 유리 켈라가 세계를 돌아다니면서 숟가락을 구부리고 있을 때나, 셜리 매클레인이 전 세계의 토크쇼에 출연할 때 돌아오지 않고? 왜 버지니아 타이가 브라이디 머피 행세를 하고 있던 50년대에 돌아오지 않았던 걸까?"

"그건 나도 모르지." 킬디가 인정했다.

"그리고 왜 아리아우라 같은 엉터리 삼류 약장수의 '강령술'을 통해 돌아오기로 한 걸까? 멩켄은 아리아우라 같은 약장수들을 증오했어."

"어쩌면 바로 그래서 돌아온 건지도 몰라. 아리아우라 같은 사람들이 아직도 활보하고 있으니까. 멩켄이 시작했던 일을 마무리하지 못한 거잖아. 당신도 들었잖아. 너무 일찍 떠났다고 이야기하는 걸."

"스콥스 재판을 이야기하는 거였어."

"그게 아닐지도 몰라. 당신도 들었어. 그가 '돌팔이, 사기꾼들이 아직도 설치고 돌아다니잖아'라고 했잖아. 아니 어쩌면…." 킬디가 말을 멈추었다.

"어쩌면, 뭐?"

"어쩌면 당신을 도와주기 위해 돌아왔는지도 몰라. 당신이 찰스 프레드 때문에 너무 낙담해서 요즘 매일 '빌어먹을 멩켄은 꼭 필요한 때에 대체 어디에 가 있는 거야?'라고 했잖아. 어쩌면 그 사람도 그 소리를 들었을지도 모르지."

"그래서 존재하지도 않는 머나먼 영계에서 여기까지 되돌아와 전혀 유명하지도 않은 회의주의자를 도와주고 있다는 거야?"

"누군가가 당신에게 관심을 가진다는 게 그렇게 터무니없는 일은 아니야." 킬디가 말했다. "나는… 그러니까 내 말은, 당신이 하는 일이 정말 중요하니까, 멩켄도…."

"킬디, 나는 그거 안 믿어." 내가 말했다.

"나도 안 믿어. 그냥 뭐… 그래도 멩켄이 아주 그럴듯했다는 건 당신도 인정하잖아."

"맞아. 폭스 자매가 탁자를 몰래 두드리던 강령술도 그럴듯했고, 버지니아 타이가 전생에 1880년대 더블린에 살던 아일랜드인 세탁부였다는 이야기도 그럴듯했어. 하지만 그 두 이야기는 모두 논리적으로 해명됐고, 그렇게 복잡하지도 않았어. 전생이라던 브라이디 머피가 알던 시시콜콜한 이야기들은 전부 버지니아 타이가 아일랜드인 보모에게서 들은 것으로 밝혀졌지. 폭스 자매는 발가락으로 요란한 소리를 냈던 거고. 이런 젠장."

"그래, 당신 말이 맞아." 하지만 충분히 설득된 목소리는 아니었다. 그 부분이 걱정되었다. 만약 아리아우라의 멩켄 흉내가 킬디를 속일 정도라면, 누구든 속일 수 있었다. 그리고 "속임수라는 건 분명 알아. 하지만 어떻게 하는지는 몰라."라는 식의 답변은 방송사들과 인터뷰를 할 때 먹혀들어가지 않을 것이었다. 빨리 수법을 밝혀내야 했다.

"아리아우라는 멩켄에 관한 정보를 어디선가는 얻어야 했을 거야." 내가 말했다. "그게 어디인지를 찾아야 해. 일단 서점과 도서관을 확인해보자. 그리고 인터넷도." 하지만 아리아우라가 인터넷을 사용한 건 아니길 바랐다. 방문했던 사이트를 모조리 뒤지려면 한도 끝도 없을 것이다.

"내가 뭘 했으면 좋겠어?" 킬디가 물었다.

"당신이 이야기했던 것처럼 녹취록을 뒤져서 인용문이 어디서 왔는지를 확인해주면 우리가 정확히 어떤 자료들을 봐야 하는지 알 수 있을 거야." 내가 말했다. "그리고 홍보 담당자를 비롯해 강령회에 갔던 사람들을 모조리 만나서 아리아우라의 비공개 강령회에 참석했던 사람이 있는지 찾아봐. 그 안에서 무슨 일이 있었는지 알아야겠어. 우리가 모르는 다른 목적을 위해 멩켄을 쓰고 있는 걸까? 뭐가 있는지 한번 알아봐줘."

"리애터에게 비공개 강령회에 참석해달라고 부탁할 수 있을 거야." 킬디가 제안했다.

"좋은 생각이야." 내가 말했다.

"질문은 어때? 그에게, 아니 그녀에게 이미 질문했던 것들보다 더 어려운 질문들을 찾아볼까?"

나는 고개를 저었다. "더 어려운 질문을 해봐야 도움이 안 될 거야. 아리아우라가 그 정도로 기억력이 좋다면, 어떤 질문이라도 답할 수 있을 거야. 그리고 그게 아니라면 〈모닝 헤럴드〉에서 같이 일했던 기자에 대해 모호한 질문을 던지거나, 〈스마트 셋〉에 쓴 에세이에 관해 물어볼 수도 있겠지만, 아리아우라는 그저 기억이 안 난다고 대답할 수도 있어. 그런 건 아무것도 증명하지 못할 거야. 내게 〈편협한 시선〉에 5년 전에 쓴 기사에 관해 물어보면 나조차도 기억하지 못할걸."

"내가 이야기하는 건 정확한 사실과 수치들이 아니야." 킬디가 말했다. "사람들이 쉽게 잊지 못하는 부분에 관해 이야기를 하는 거지. 이를테면 멩켄과 사라가 처음 만났던 순간이라든가."

킬디와 내가 처음 만났던 순간을 떠올렸다. 내 책상에 앉아 금발의 머릿결과 영화배우의 미소를 날리며 서 있는 킬디를 보던 그 순간. '뇌리에 박히다'라는 표현이 딱 맞는 말이었다.

"아니면 어머니가 어떻게 돌아가셨는지." 킬디가 말했다. "아니면 볼티모어 대화재에 대해 어떻게 알게 되었는지. 신문사에서 전화를 걸어 곤히 자던 멩켄을 깨웠지. 그런 일을 잊기는 어려워. 혹은 어린 시절 키우던 개의 이름이나 학창시절 다른 아이들이 부르던 멩켄의 별명 같은 것도."

별명이라. 뭔가 떠올랐다. 아리아우라가 모를 만한 무언가가. 아기에 관한 이야기였는데, 멩켄이 아기일 때 별명이 있었던가? 아니, 없었던가….

"혹은 열 살 때 크리스마스에 무슨 선물을 받았는지." 킬디가 말했다. "우리는 멩켄이라면 분명히 답할 수 있는 질문을 찾아야 해. 만약 그가 모른다면, 그게 아리아우라라는 증거가 되는 거지."

"하지만 그가 답한다고 해도 그게 멩켄이라는 증거가 되는 건 아니야. 그렇지?"

"리애터에게 비공개 강령회에 들어갈 수 있는지 물어볼게." 킬디가 녹취록을 핸드백에 쑤셔 넣고 선글라스를 쓰며 말했다. "그리고 녹화테이프도 가져올게. 내일 아침에 봐."

"킬디, 그렇지?" 내가 다시 물었다.

"그렇지." 킬디가 문고리에 손을 얹고 말했다. "아마도."

✳

아무리 자신감이 가득한 순간이라도 약간의 의심은 남아 있는 법이다. 반은 본능적이고 반은 논리적인 어떤 느낌, 그러니까 아무래도 이 악당들이 결정적인 패를 숨기고 있으리라는 느낌 말이다.

— H. L. 멩켄

킬디가 가고 나서 문제를 해결해달라고 컴퓨터 해커 친구를 부르고, UCLA의 영문학과에 일하는 선배에게도 전화를 걸었다.

"멩켄에 관한 연구?" 선배가 말했다. "내가 아는 한은 없어, 톱. 언론학과에 알아보는 건 어때?"

'언론학과에 있는 사람은 누구냐'고 내가 물었고, 멩켄에 관해 설명하자 선배는 볼티모어에 있는 존스 홉킨스 대학에 전화해보는 게 어떻겠냐고 조언했다.

대체 내가 무슨 생각을 하고 있었던 거지? 킬디는 아리아우라가 시애틀에서부터 멩켄 행세를 시작했다고 말했다. 그곳부터 알아봐야 했다. 아니면 살렘 혹은… 그다음에 아리아우라가 어디로 갔지? 세도나. 나는 그

날 오후 내내 그리고 저녁까지 그 세 도시에 있는 서점과 도서관 사서들에게 전화를 걸었다. 그중 다섯 명은 "누구라고요?"라고 반응했고, 하나같이 '멩켄'의 철자가 어떻게 되는지 물어보았는데, 그런 이름을 최근에 들어본 적이 있을 수도 있고 없을 수도 있다는 의미였다. 그리고 서른 개 서점 중 일곱 군데만이 멩켄과 관련된 책을 보유하고 있었다. 그중 절반은 최근에 나온 멩켄의 전기여서(책 제목은《회의주의자와 선지자》였다) '왜 멩켄인가?'라는 질문에 답을 얻었다는 생각에 잠시 들떴지만, 이제 출간된 지 2주밖에 안 된 책이었다. 최근 주문이나 구매에 대한 세부 명세를 제공해주는 서점은 하나도 없었고, 공공 도서관 사서들에게서는 아무런 정보도 얻을 수 없었다.

나는 전자 카드식 장서목록도 확인해봤지만, 현재 대출 중인 책만 확인됐다. LA 공공 도서관에도 전화를 걸었다. 멩켄의 책 중 네 권이 대출 중이며, 전부 베벌리 힐스 지점에서 대출되었다고 확인해주었다.

"희망적이야." 다음 날 아침 킬디가 왔을 때 이 이야기를 해주었다.

"아니." 킬디가 말했다. "그건 내가 빌린 책들이야. 녹취록과 비교하려고 빌렸어." 킬디가 고급 핸드백에서 종이 뭉치를 꺼냈다. "녹취록에 관해서 이야기를 좀 하고 싶어. 흥미로운 점을 발견했어. 말 안 해도 알아." 내 반론을 예상했다는 듯 킬디가 말했다. "이걸로 밝혀지는 건 아리아우라가…."

"혹은 누군가가 아리아우라에게 이 자료들을 제공해주고 있다는 의미지."

킬디가 고개를 끄덕이며 동의했다. "이걸로 밝혀지는 건, 이런 일을 벌이고 있는 누군가가 멩켄을 읽었다는 사실뿐이지. 동의해. 그런데 그렇다면 멩켄의 글을 글자 그대로 인용할 것 같지 않아?"

"그렇지." 랜달 마스가 강령회에서 흉내 내던 링컨과 '팔십하고도 칠 년 전'을 떠올리며 내가 말했다.

"하지만 그렇지 않더라고. 봐, 우리가 윌리엄 제닝스 브라이언에 관

258

해 물었을 때 아리아우라가 한 말이야. '브라이언! 그 비열하고 짜증 나는 야바위꾼은 이름조차 듣고 싶지 않아. 그 악당 녀석은 과학과 상식에 악의에 찬 증오를 품고 있지.'"

"멩켄은 그런 말을 한 적이 없고?"

"반은 맞고 반은 틀려. 멩켄은 브라이언을 '걸어 다니는 악의'라고 불렀고, '비열하고 추레하다'거나 '모든 배움에 대한 병적인 증오에 차 있다'고도 표현했어. 다른 질문들이나 강령회에서 했던 이야기들도 다들 비슷해."

"멩켄의 표현을 이리저리 짜깁기해서 쓰고 있다는 거네." 내가 말했다. 하지만 킬디의 발견은 당황스러웠다. 다른 누군가를 흉내 내는 사람이라면 대본에 충실할 것이다, 만약 멩켄이 실제로 썼던 글과 어긋나는 부분이 있다면 그 사람이 아니라고 증명하는 꼴이 되기 때문이다.

킬디가 주석을 달아 건네준 목록은 다른 의미에서 골칫거리였다. 아리아우라가 썼던 멩켄의 표현들은 한두 개의 출처에서 인용한 것이 아니었다. 출처가 엄청나게 많았다. '완전 개소리'는 〈마이너리티 리포트〉에서, '허풍선이'는 〈뉴리퍼블릭〉에서, '리디아 핑크햄의 식물복합제만큼이나 진실된'이라는 표현은 〈볼티모어 선〉에 실린 교육학 기사에 등장했다.

"멩켄의 전기에 다 들어 있었던 걸까?"

킬디가 고개를 저었다. "확인해봤어. 문장 서너 개 정도가 들어 있는 책은 두어 권 찾았는데, 전부 다 들어 있는 책은 없었어."

"그렇다고 전혀 없다는 의미는 아니잖아." 나는 화제를 바꿨다. "친구는 아리아우라의 비공개 강령회에 참석했어?"

"응." 킬디가 시계를 보며 말했다. "조금 이따가 만나러 가야 해. 토요일 강령회 표도 구해놨대. 그 사람들이 공연을 취소할 줄 알았는데 그러지 않았더라고. 하지만 어젯밤에 잡혀 있던 지역 라디오 인터뷰와 다음 주 내내 잡혀 있던 영적 몰입 계획은 취소됐어."

"아리아우라의 지난번 강령회 녹화테이프는 받았어?"

"아니, 집에 두고 왔대. 비공개 강령회에 들어가기 전에 만나서 주기로 했어. 사회자를 잘 찍었다고 하더라고. 사회자는 아리아우라의 사기에 대해 아무것도 모르는 눈치였대. 그리고 뭔가 다른 게 또 있었나 봐. 주디 헤르츠버그에게도 전화해봤어. 심령술 행사라면 빼놓지 않고 다니는 사람이잖아. 기억나? 샤먼 점성술사에 관한 기사 쓸 때 인터뷰했었잖아. 아리아우라가 자기한테 전화를 해서 윌슨 앰보이의 전화번호를 물어봤대."

"윌슨 앰보이?"

"베벌리 힐스의 정신과 의사야."

"다 쇼야." 내가 말했다. 하지만 내 목소리는 나 자신에게도 약간 회의적으로 들렸다. 아리아우라 같은 삼류 영매치고는 너무 훌륭한 속임수였다.

다른 누군가가 있으리라는 생각이 들었다. 단지 질문에 대한 답을 알려주는 정도의 사람이 아니라, 파트너이자 배후 인물 말이다.

킬디가 나간 뒤 마티 룸볼트에게 전화를 걸어 살렘에서 아리아우라에게 파트너가 있는지 물었다. "내가 아는 한은 없는데." 마티가 말했다. "프렌티스가 살렘에서 흑마술에 관해 연구했었어. 물어보면 알 만한 사람이 있을지도 몰라. 잠깐 기다려봐. 여봐, 프렌티스!" 마티가 부르는 소리가 들렸다. "제이미!"

'제이미'는 제임스 M. 케인의 애칭이었다. 그리고 멩켄은 케인과 친했었다. 내가 그걸 어디서 읽었더라?

"마담 오리마에게 전화해보래." 다시 수화기로 돌아온 마티가 그렇게 말하며 전화번호를 불러줬다.

나는 전화번호를 누르다 잠시 멈추고 멩켄의 전기에서 '제임스 M. 케인'을 찾아봤다. 케인과 멩켄은 〈볼티모어 선〉에서 같이 일했고, 좋은 친구 관계였으며, 멩켄이 단편 모음집의 출판을 도왔다고 되어 있었다. 《얼음통 속의 아기》라는 제목이었다.

나는 책장으로 가 웅크리고 앉아 맨 아래 칸에 있는 책들을 살펴봤다. 챈들러, 해밋… 그 책이 붉은 표지에, 높은 의자 위에 앉은 아기 그림이 그려져 있었지… 챈들러, 케인….

　붉은색 책은 없었다. 나는 제목을 훑었다. 《이중배상》, 《포스트맨은 벨을 두 번 울린다》…. 여기 있었군. 그 책은 제임스 M. 케인의 《밀드레드 피어스》 뒤에 꽂혀 있었는데, 붉은색이 아니었다. 표지는 화려한 주황색과 노란색이었고, 어머니의 품에 안긴 아기와 주유소 앞에서 담배를 피우고 있는 사내가 그려져 있었다. 책의 안쪽을 바깥쪽보다는 더 잘 기억하고 있었기를 바랐다.

　다행히 잘 기억하고 있었다. 로이 홉스가 서문을 썼는데, 이 책은 당시 싸구려 보급판이었을 뿐 아니라 지난 20년간 절판된 상태였다. 아리아우라의 조사원이 케인을 찾아볼 만큼 수고로운 짓을 했더라도 이 판본은 못 봤을 가능성이 컸다.

　서문은 케인에 대한 내용으로 가득 차 있어 완벽했다. 모든 사람이 케인을 제이미로 불렀고, 한여름은 결핵 요양원에서 보냈으며, 멩켄이 가장 좋아하던 장소인 볼티모어를 케인은 정말 싫어했다는 내용까지.

　몇몇 정보들은 멩켄의 책에도 있던 것이었다. 멩켄이 케인을 알프레드 A. 크노프에게 소개해주었고, 크노프가 첫 번째 모음집을 출간해줬으며, 〈볼티모어 선〉에서의 관계와, 영화계 스타인 에일린 프링글을 사이에 둔 라이벌 관계였다는 이야기까지.

　하지만 서문에 등장하는 대부분의 사실은 다른 책에 전혀 언급되지 않았다. 하지만 이런 내용은 친구라면 당연히 알 법한 내용들이었다. 그래도 아리아우라는 이 내용들을 모를 것이다. 왜냐하면 이건 케인의 삶에 대한 것이지 멩켄에 대한 것이 아니었기 때문이다. 배후 인물조차도 케인의 삶이나 멩켄의 다른 유명인 친구들에 대해 속속들이 기억하고 있지는 못할 것이다. 만약 여기에 쓸 만한 내용이 없다면, 드라이저의 전기나, F. 스콧 피츠제럴드, 혹은 릴리안 기쉬의 전기를 이용하면 된다.

　하지만 여기에 나오는 내용으로도 충분했다. 가령 제임스 M. 케인의 동생인 보이디가 1차 대전 종전 직후 비극적인 사고로 사망했다거나,

보이디의 저작은 모두《이상한 나라의 앨리스》를 모델로 하고 있다는 내용도 있었다. 케인의 책만 읽어서는 짐작하기 힘든 사항이었는데, 보이드의 책들은 범죄와 살인으로 가득 차 있고, 아름답고 계산적인 여자가 영웅을 유혹해 속여 자신을 돕게 만들지만, 동시에 다른 쪽에서는 자신만의 계략을 짜고 있다는 게 밝혀지는 내용이었기 때문이다.

아리아우라가 읽을 만한 책은 아니었지만, 분명 멩켄은 읽었을 법한 책이었다. 멩켄이라면 〈아메리칸 머큐리〉에 기사를 실으려고《얼음통 속의 아기》를 산 뒤 케인에게 그가 쓴 글 중 최고라고 말했을 것이다. 말인즉슨 질문거리로는 최고의 출처가 되는 책이었다. 그리고 나는 질문할 게 무엇인지도 정확히 알고 있었다. 그 소설을 들어본 적이 없는 사람이라면 질문을 이해하지도 못할 것이다. 질문에 답할 수 있는 사람은 소설을 읽은 사람뿐이었다. 예를 들자면 멩켄 본인 말이다.

만약 아리아우라가 알고 있다면, 나는… 뭐? 아리아우라가 실제로 멩켄을 접신하고 있다고 믿어야 하는 건가?

뭐 그렇다면, 찰스 프레드는 실제로 죽은 이들과 대화를 하고 유리 겔라는 정말로 숟가락을 구부렸겠지. 그래 봤자 속임수일 뿐이다. 아리아우라가 정확한 기억력을 가지고 있거나, 누군가가 답을 알려주는 것뿐이야.

누군가가 답을 알려준다라….

갑자기 킬디가 나한테 아리아우라를 꼭 보러 가야 한다고 주장하며 "수 힉스가 누구야?"라고 물었던 것과, "하지만 왜 아리아우라는 관객을 혼내는 영을 영매하는 걸까?"라고 했던 것이 떠올랐다.

나는 손에 들고 있는 주황색 책을 내려다보았다. "아름답고 계산적인 여자가 영웅을 유혹해 속여 자신을 돕게 만든다…." 내가 중얼거렸다. 아리아우라의 영화배우 뺨치는 진행요원들과 몸을 가까스로 가린 빅토리아 시대의 영들, 그리고 윌리엄 크룩스 경을 떠올렸다.

'미인계….' 얼간이들의 마음을 뒤흔들어 놓으면 와이어 따위는 못 보게 된다. 누구나 아는 뻔한 속임수였다.

나는 아리아우라가 그렇게 복잡한 속임수를 쓸 수 있을 정도로 똑똑하지는 않다고 지적했는데, 그건 사실이었다. 하지만 킬디는 아니었다. 내게는 멩켄의 책이 가득 들어찬 책장이 있었고, 얼간이가 "빌어먹을 멩켄은 꼭 필요한 때에 대체 어디에 가있는 거야?"라고 중얼거리는 소리를 들을 수 있는 사무실로 킬디를 불러들였다. 얼간이가 킬디를 믿게 되고 킬디와 사랑에 빠지면 더할 나위 없겠지. 얼간이는 침착함을 잃고 의심도 하지 않게 될 테니까.

모든 것이 맞아 떨어졌다. 킬디가 주제를 물어 왔다. 나는 영매를 다룬 적이 없었고, 킬디도 그 사실을 알고 있었다. 강령회에 익명으로 들어갈 수 없다고 말한 것도 킬디였고, 압수당할 것을 뻔히 알면서 소니 캠코더를 가져가자고 말한 것도 킬디였고, 재규어를 몰고 오는 대신 택시를 타고 와서 아리아우라가 고함치며 사무실로 들어올 때 자신이 그 자리에 있도록 한 것도 킬디였다.

그러나 킬디는 모든 과정을 녹화해두었다. 그리고 킬디는 영이 누구인지도 감을 잡지 못했다. 멩켄이라는 걸 밝혀낸 사람은 바로 나였다.

하지만 그 전에 강령회에 다녀와서 단서를 제공해주던 것도 킬디였고, 그 당시 아리아우라가 멩켄을 접신했다는 사실도 킬디의 말 외에는 다른 정보가 없었다. 그리고 버클리와 시애틀에서도 같은 일이 벌어졌다는 것도. 그리고 녹화분이 편집되었다는 것도 마찬가지였다.

그게 진짜 멩켄이라고 계속 주장했던 사람도 킬디였다. 멩켄이라는 사실을 증명할 수 있는 질문을 던지자는 것도 킬디의 생각이었다. 나는 손쉽게도 질문에 대한 답을 모두 알려줬다. 킬디가 친구를 강령회에 보내서 녹화하자는 제안을 했지만 나는 녹화테이프를 본 적이 없었다. 나는 녹화테이프가, 아니 리애터라는 사람이 실제로 존재하기는 하는지 궁금해졌다.

처음부터 끝까지, 이 모든 것이 함정이었다.

나는 짐작조차 하지 못했다. 왜냐하면 킬디의 다리와 꿀빛 머릿결과 미소를 바라보느라 정신없었기 때문이다. 윌리엄 크룩스와 똑같았다.

믿기지 않았다. 내 옆에서 함께 1년 가까이 일하면서 닭 내장을 훔쳐다주고 가짜로 최면에도 빠져주며 장피에르가 오라를 정화하게 놔뒀던 킬디는 아니겠지. 무엇보다 아리아우라 같은 사기꾼들을 증오해서 나와 함께 일하기 시작했잖아.

그렇다. 영화 한 편당 5백만 달러씩 받고, 비고 모텐슨 같은 배우와 사귈 수 있는 사람이 왜 시시한 잡지에 와서 일한단 말인가. 어떤 사람이 나와 함께 일하려고 시사회와 타히티에서의 여름과 마사지를 포기한단 말인가. 회의주의자의 두 번째 규칙, '너무 훌륭해서 진짜라고 믿기 힘들 정도라면, 진짜가 아닐 가능성이 크다.' 그리고 킬디가 훌륭한 배우라고 나도 몇 번이나 말하지 않았던가?

아니야. 온몸의 구석구석에서 반발이 일어났다. 그게 사실일 리 없어.

그건 모든 얼간이가 하는 대사 아니던가. 증거를 눈앞에 들이밀어도. "나는 믿지 않아. 그녀가 나에게 그럴 리 없어."

그게 바로 핵심이었다. 내게 킬디를 믿도록 만드는 것, 킬디가 나의 편이라고 믿게 하는 것. 그러지 않았으면 나는 아리아우라 강령회 영상이 진짜로 편집되었는지 직접 확인하겠다고 고집했을 테고, 아리아우라가 실제로 공연을 취소했는지도 독자적으로 확인해볼 수 있는 증거를 요구하고, 정신과 의사에 대해서도 따져 물었겠지.

독자적으로 확인할 수 있는 증거. 그게 바로 내가 필요한 것이었고, 나는 정확히 어디서 그것을 찾아야 할지도 알고 있었다.

킬디는 어머니가 자기를 루시우스 윈드파이어의 독심술에 데려갔었다고 말했다. 그런데 내게는 행사 참석자 명단이 있었다. 법원 기록의 일부였는데, 윈드파이어의 체포에 관한 기사를 다루며 얻어 두었다. 킬디가 나를 만나러 온 것은 5월 10일이었고, 그달에는 독심술 세미나가 두 번밖에 열리지 않았다.

나는 그 두 번의 세미나와 그 이전에 열린 두 번의 세미나까지 명단을 열어 킬디의 이름을 검색해봤다.

아무것도 없었다.

어머니와 같이 갔다는 이야기가 떠올랐다. 어머니의 이름을 쳐봤다. 아무것도 없었다. 명단을 인쇄해서 직접 손으로 훑어가며 찾아봐도 없었고, 3월과 4월의 명단을 찾아보았을 때도 없었다. 6월도 마찬가지였다. 그리고 윈드파이어 주식회사의 회계 장부에 1만 달러 상당의 기부금도 없었다.

30분 뒤 킬디가 미소를 띠며 아름다운 자태로 이야깃거리를 잔뜩 안고 들어왔다. "아리아우라가 비공개 강령회 전부와 남은 순회공연 일정도 전부 취소했대." 킬디가 내 어깨 쪽으로 몸을 기울이며 무엇을 하고 있는지 살펴봤다. "멩켄에게 써먹을 확실한 질문은 준비했어?"

"아니." 나는 《얼음통 속의 아기》를 서류철에 끼워 서랍 안에 밀어 넣으며 말했다. "내가 지금 무슨 일이 벌어지고 있는지에 대해 이론을 하나 세웠는데 말이지."

"정말?" 킬디가 말했다.

"응, 정말이야. 알다시피 처음부터 가장 큰 수수께끼는 아리아우라였어. 이 모든 것을 짜기에 아리아우라는 별로 똑똑하지가 않아. '영사 년', 읽지 못한다는 사실, 정신과 의사를 찾아가는 것까지. 그렇다면 정말로 아리아우라가 멩켄을 접신하고 있거나, 다른 요소가 들어가 있다는 의미지. 그리고 그게 뭔지 알아낸 것 같아."

"그랬어?"

"응. 들어보고 어떤지 말해줘. 아리아우라는 크게 한탕 하고 싶었어. 그저 건당 750달러밖에 안 되는 강령회나 60달러짜리 비디오테이프가 아니라 〈오프라 윈프리 쇼〉, 〈투데이 쇼〉, 〈래리 킹 라이브〉 같은 데 나가고 싶었던 거지. 하지만 그렇게 하려면 자신을 믿어주는 관객만으로는 부족해. 신뢰받는 누군가가 진짜라고 해줄 필요가 있었지. 말하자면 과학자나 전문적인 회의주의자 같은 사람들 말이야."

"당신처럼." 킬디가 조심스레 말했다.

"그래, 나처럼. 다만 나는 영적 세계를 믿지 않지. 혹은 영매도. 그리고 아틀란티스 고대 사제의 영혼 따위에 속아 넘어갈 리도 없고. 그러니 사기꾼들이 강령술을 할 엄두도 내지 못할 누군가가 되어야 했어. 내가 듣고 싶어 할 말을 하는 누군가가. 그리고 내가 잘 아는 사람이라서, 단서들이 주어지면 누구인지 알아챌 수 있도록 내게 딱 맞춘 누군가가 말이야."

"H. L. 멩켄처럼." 킬디가 말했다. "하지만 당신이 멩켄의 팬인 걸 아리아우라가 어떻게 알 수 있었을까?"

"그럴 필요가 없었지." 내가 말했다. "그건 파트너의 역할이었으니까."

"아리아우라의 파트⋯."

"파트너, 조수, 한통속. 뭐든 원하는 대로 불러도 좋아. 그 영매를 꼭 보러 가야 한다고 내게 말했을 때 내가 믿을 수 있는 사람."

"그러니까 당신 말을 정리하자면⋯." 킬디가 말했다. "당신 생각에는 내가 아리아우라의 강령회에 가서 이수스 흉내에 깊이 감명을 받은 나머지 그 자리에서 신봉자가 되어 아리아우라의 흉악무도한 계략에 빠지는 바람에 어찌어찌 되었다, 뭐 그런 이야기야?"

"아니." 내가 말했다. "당신들 둘은 처음부터 같이 시작한 것 같아. 당신이 여기에 일하러 찾아온 첫 번째 날부터."

킬디는 정말 훌륭한 연기자였다. 아름다운 푸른 눈동자에 떠오른 것은 충격받은 상처의 감정이었다. "내가 당신을 함정에 빠뜨렸다고 믿는 거군." 킬디가 미심쩍은 얼굴로 말했다.

나는 고개를 저었다. "나는 회의주의자야, 기억하지? 나는 독자적으로 확인할 수 있는 증거들을 다뤄. 이것처럼." 내가 루시우스 윈드파이어의 참석자 명단을 킬디에게 건네며 말했다.

킬디는 조용히 명단을 바라봤다.

"당신이 나를 어떻게 찾아오게 됐는지 설명했던 그 모든 이야기가 거짓이었어, 그렇지? 인터넷에서 '디벙커'를 찾아본 적도 없어, 그렇지? 어머니와 함께 독심술사를 찾아간 적도 없지?"

"없어."

없었다.

킬디가 인정하기 전까지, 내가 얼마나 간절하게 킬디가 "착오가 있었을 거야, 거기에 갔었어."라고 말하며, 허풍이든 아니든 상관없이 이런저런 변명을 해주기를 기대했는지 몰랐다. "내가 14일이라고 했었나? 원래 20일이었어." 혹은 "내 홍보 담당자가 표를 구해줬어. 그 이름으로 되어 있을 거야." 뭐가 되었든. 혹은 드라마의 한 장면처럼 목록을 내게 내던지고 흐느끼면서 "나를 믿지 못할 줄 몰랐어."라든지.

하지만 킬디는 그냥 우두커니 서서 문제의 그 명단과 나를 번갈아 쳐다봤고, 화를 내지도 눈물을 보이지도 않았다.

"모두 꾸며낸 이야기지?" 마침내 내가 입을 열었다.

"응."

나는 킬디가 "이건 다 오해야. 설명해줄 수 있어."라고 말해주기를 기다렸다. 하지만 킬디는 그런 말도 하지 않았다. 킬디는 명단을 내게 다시 건네줬다. 그리고 휴대폰과 가방을 집어 들더니 열쇠를 챙겨서 달맞이 행사나 타로점을 취재하러 나가듯 어깨에 가방을 가볍게 걸치고 나가버렸다.

소설에서는 이야기가 이쯤 진행되면 사설탐정은 서랍 맨 아래에서 위스키 한 병을 꺼내서 독한 술을 한 잔 따라 마시며 아슬아슬한 탈출을 자축할 시점이겠지.

나는 거의 완벽한 얼간이가 될 뻔했고, 그랬다면 멩켄(진짜 멩켄 말이다. 킬디와 아리아우라가 가짜로 만들어낸 것 말고)은 나를 절대 용서하지 않았을 것이다.

그래서 후련했다. 이제 할 일은 다음 호에 다른 회의주의자들에 전하는 교훈으로 변변찮은 사기에 대한 기사를 쓰는 것이었다.

하지만 나는 그 자리에 족히 15분은 앉아서 킬디와 킬디의 퇴장에 대해 생각했다. 느닷없이 일어난 일이었지만, 앞으로 다시는 킬디를 보지 못하게 되리라는 것을 알았다.

✳

내게 필요한 것은 기적이다.

— 영화 〈신의 법정〉 중에서

내가 심령술에는 전혀 소질이 없다고 말하지 않았던가? 다음 날 아침 킬디가 종이뭉치와 서류철들을 한 아름 안고 들어왔다. 킬디는 책상 앞에 그것들을 펼쳐놓고 내 전화기를 들더니 번호를 누르기 시작했다.

"도대체 무슨 짓을 하는 거야? 그리고 이건 다 뭐야?" 내가 종이 더미를 가리키며 말했다.

"독자적으로 확인할 수 있는 증거." 킬디가 계속 번호를 누르며 말했다. 그리고 전화기를 귀에 가져다 댔다. "여보세요, 킬디 로스인데요. 아리아우라와 통화 가능할까요." 잠시 멈추었다. "전화를 받지 않으신다고요? 좋아요, 제가 〈편협한 시선〉 사무실에 있다고 전해주세요. 그리고 가능한 한 빨리 이야기를 나눠야 한다고도 전해주세요. 급한 용무라고 전해주시고요. 감사합니다." 킬디가 전화를 끊었다.

"도대체 무슨 짓을 하는 거냐니까. 아리아우라에게 내 전화기로 전화를 걸다니." 내가 말했다.

"아니야." 킬디가 말했다. "나는 멩켄에게 전화를 건 거야." 킬디는 종이 더미 중간에서 파일을 꺼냈다. "너무 오래 걸려서 미안해. 아리아우라의 통화기록을 얻어내는 게 생각보다 쉽지 않았어."

"아리아우라의 통화기록이라니?"

"응. 4년 전부터 통화한 기록이야." 킬디가 말했다. 그리고 종이 더미 중간에서 서류철을 하나 꺼내 내게 넘겨주었다.

내가 열어봤다. "통화기록은 어떻게 얻은 거야?"

"픽사에서 일하는 컴퓨터 전문가를 알아. 개인 정보를 얻어내는 게 얼마나 쉬운지, 그리고 영매들이 이 정보를 가지고 어떻게 죽은 가족들과 이야기를 나눈다고 믿게 만드는지에 대한 특집을 꼭 내야겠어." 킬디가 다른 종이 더미 속에서 또 다른 서류철을 낚아 올리며 말했다.

"그리고 이건 내 통화기록이야." 킬디가 내게 넘겨줬다. "휴대폰은 맨 위에, 그리고 집 전화도 있어. 그리고 우리 엄마 것도. 그리고 내 홍보 담당자 휴대폰 기록."

"홍보 담당자 휴대폰?"

킬디가 고개를 끄덕였다. "내가 홍보 담당자의 전화를 빌려 아리아우라에게 전화를 걸었다고 생각할까 봐서. 홍보 담당자는 일반전화는 없고 휴대폰만 있어. 그리고 우리 아빠와 양어머니 것도 있어. 다른 세 명의 양어머니들 기록도 받을 수는 있는데, 며칠 더 걸릴 거야. 그리고 아리아우라의 제일 큰 행사가 오늘 밤에 열려."

킬디가 내게 서류철을 더 건네주었다. "내 여행 기록 전부야. 항공권, 호텔 영수증, 차량 대여 기록. 신용카드 명세서에 설명도 달아놨어." 킬디가 말했다. 그러고는 핸드백에서 포스트잇이 옆에 잔뜩 붙어 있는 이탈리아제 가죽 장정을 한 두꺼운 공책 세 권을 꺼냈다. "내 일정표야. 약자들이 무엇을 의미하는지 설명도 달아놓았고, 내 홍보 담당자의 일지도 있어."

"그래서 이게 당신이 루시우스 윈드파이어의 독심술 행사에 어머니와 함께 갔었다는 걸 증명해준다는 거야?"

"아니, 말했잖아. 세미나에 갔다는 건 거짓말이었어." 킬디가 부지런히 종이 더미와 서류철을 뒤지며 말했다. "이 기록들은 내가 아리아우라에게 전화한 적이 없고, 아리아우라도 내게 전화한 적이 없고, 내가 시애틀이나 유진, 혹은 아리아우라가 있었던 다른 어떤 도시에도 갔던 적이 없으며, 살렘에는 가본 적도 없다는 증거야."

킬디는 종이 더미에서 서류철을 꺼내 내게 건네주기 시작했다. "5월 19일 요기 마가푸트라의 낮 공연 프로그램이야. 보관용 표는 찾을 수가 없었고, 내가 표를 사지도 않았어. 스튜디오가 사줬지. 하지만 쉬는 시간 동안 샴페인 칵테일을 마셨던 영수증이 남아 있어. 보이지? 날짜도 적혀 있고 루스벨트였다고도 나와. 그리고 마가푸트라 공연의 시간표를 보면 역시 같은 날 루스벨트에 있었어. 그리고 이건 우리가 나오면서 받았던 다음 시간 소개 광고야."

나도 영매에 관한 서류철에 같은 광고지를 가지고 있었고, 그 강령회에 다녀왔던 기억이 났다. 장례식장 기록을 통해 피해자들의 죽은 가족들 정보를 얻어낸다는 기사를 취재하며 세 번이나 다녀왔다. 결국 기사화하지는 못했다. 마가푸트라는 내가 기사를 끝내기 전에 탈세 혐의로 체포되었다. 나는 어리둥절한 눈으로 킬디를 바라봤다.

"나는 그때 출연할까 고민하던 영화 조사차 루스벨트에 갔었어." 킬디가 말했다. "영매에 대한 코미디 영화. 제목이 〈미디엄 레어〉였지. 대본 여기 있어."

킬디는 두껍게 철이 된 대본을 건네주었다. "나라면 다 읽어보지는 않을 거야. 형편없거든. 어쨌든, 거기서 모발 이식을 받은 누군가와 이야기를 나누는 당신을 봤어…."

그 사람은 마가푸트라의 개인 비서였다. 나는 비서가 관객 틈에서 정보를 몰래 전달해주고 있을 거라 추측하고 있었다. 나는 숨겨둔 마이크를 찾을 수 있지 않을까 해서 살펴보던 중이었다.

"그 사람이랑 말하고 있는 당신을 보고, 당신이 제법…."

"속이기 쉬워 보인다?"

킬디가 어금니를 꽉 깨물었다. "아니. 흥미롭다, 귀엽다, 요기의 강령술 모임에서 볼 거라 생각한 남자가 아니다. 난 당신이 뭐 하는 사람인지 사람들에게 물었고, 누군가가 당신이 과학적 회의주의자라고 말해줬어. 그래서 천만다행이네, 라고 생각했지. 마가푸트라는 누가 봐도 가짜였는데 모두 그런 것들을 믿어버렸으니까."

"당신 엄마까지 포함해서." 내가 말했다.

"아니, 그것도 지어낸 이야기야. 엄마는 나보다 더 회의주의적이야. 특히 아버지와 결혼한 뒤로는 더 심해졌지. 내가 당신에게 관심을 두게 된 데에는 엄마가 일조한 것도 있어. 항상 영화계 밖에서 남자를 만나라고 보채셨거든. 그래서 〈편협한 시선〉 한 권을 사서 주소를 얻은 다음 당신을 보러 왔지."

"그리고 거짓말을 했지."

"그래." 킬디가 말했다. "멍청한 짓이었어. 당신이, 뭐든 믿어보라고 말하는 사람은 절대 그대로 믿으면 안 되고, 독자적으로 확인할 수 있는 증거가 얼마나 중요한지를 이야기할 때부터 알았어. 하지만 영화 조사차 왔었다고 이야기하면 같이 다니지 못하게 할 줄 알았어. 그리고 당신에게 호감을 느꼈다고 말하면, 나를 믿지 않을 거라 생각했어. 당신이라면 무슨 리얼리티 쇼라던가, 혹은 옷가게를 열거나 뜨개질을 하거나 베티포드 마약중독치료센터에 들어가는 것처럼 할리우드에서 잠깐 도는 유행쯤이라고 생각했을지도 모르지."

"그래서 나에게 말해주려고 했다는 거지." 내가 말했다. "그냥 적당한 때를 기다리고 있었다는 거잖아. 사실 아리아우라가 왔을 때쯤에는 준비가…"

"비꼬는 말투는 그만둬." 킬디가 말했다. "당신과 같이 일하면서 나에 대해 알아가다 보면 영화배우로 생각하지 않고 데이트 신청을 해주리라…"

"그리고 우연히 영매 영화 연기에 쓸 만한 괜찮은 힌트도 얻어가고 말이지."

"그래." 킬디가 화난 목소리로 말했다. "정말 진실을 알고 싶어? 나도 계속해서 그 멍청한 전생 회귀나 마녀 회합이나 영혼 복원 모임 같은 데를 다니다 보면, 어쩌면 멍청하게 당신에게 한눈에 반해버린 것에서 벗어날 수 있지 않을까 싶었어. 그런데 당신에 대해 알아갈수록 더 심해지기만 했지."

킬디가 나를 바라봤다. "당신이 나를 믿지 않는다는 걸 알아. 하지만 당신을 속이려고 일을 꾸미지는 않았어. 나는 홍보 담당자와 첫 번째 강령회를 가기 전에는 아리아우라를 본 적도 없고, 같이 사기극을 꾸미고 있는 것도 아니야. 첫날 당신에게 해준 이야기가 내가 한 거짓말의 전부야. 내가 한 다른 모든 이야기들, 심령술사들과 벤 애플렉을 싫어하고, 영화계에서 벗어나고 싶어 하며, 당신을 도와 사기꾼들을 폭로하고 싶고, 〈헐크 4〉나 마약중독 재활치료소에 들어가는 건 질색이라는 이야기는 모두 진실이야."

킬디가 종이 더미를 휘저어 황록색 표지의 대본을 꺼냈다. "진짜 출연 제의가 들어왔었어."

"헐크로?"

"아니." 킬디가 대본을 내게 내밀며 말했다. "주인공 애인으로."

킬디가 그 푸른 눈을 들어 나를 바라봤다. 그리고 진짜라기에는 너무 훌륭한 게 있다면, 황록색 대본을 들고 금빛 머릿결 위로 사무실의 형광등 불빛을 받고 서 있는 킬디였다. 강령회 탁자 주변의 연보라색 방석에 웅크리고 앉은 얼간이들이 그런 뻔한 헛소리를 어떻게 믿게 되는지 항상 궁금했다. 흠, 이제는 알겠다.

왜냐하면, 그 순간 거기 서서, 이 모든 게 사기라는 걸 알고 있는 순간에도, 〈헐크 4〉 대본과 신용카드 명세서와 통화기록은 아무것도 증명하지 못하고 얼마든지 조작되었을 수 있으며, 나 자신은 그저 두 사기꾼의 피날레를 장식할 전리품에 불과하다는 사실을 알고 있으면서도, 나는 여전히 믿고 싶었다. 그저 영화 촬영차 조사 중이었다는 알리바이뿐 아니라 그 모든 것들을. H. L. 멩켄이 무덤에서 살아 돌아와 나를 도와서 사기꾼 박멸 운동에 나서고, 내가 대본을 쥐고 있는 저 손목을 붙잡고 킬디를 내 쪽으로 끌어당겨 키스한다면 우리가 오래오래 행복하게 살 수 있으리라는 것까지.

창조론자들과 카이로프랙틱과 메리 베이커 에디에게 욕을 퍼붓던 맹
켄이 별다른 성과를 보지 못했던 데는 그만한 이유가 있었다. 절실하게
뭐든 믿고 싶어 하는 사람들에게 진실과 이성이 설 자리가 어디 있단 말
인가?

맹켄이 돌아왔다는 게 유일한 문제였다. 삼류 영매가 맹켄의 행세를
하는 동안 킬디가 내가 듣고 싶어 했던 사랑을 외쳐대는 건 누구나 아는
구닥다리 수법이었다.

"좋은 시도였어." 내가 말했다.

"그래도 날 믿지는 않는군." 킬디가 암담한 얼굴로 말했다. 그리고 그
때 아리아우라가 사무실로 걸어 들어왔다.

"메시지 받았어." 아리아우라는 킬디에게 맹켄의 걸걸한 목소리로 말
했다.

"최대한 빨리 왔어." 아리아우라는 내 앞에 있는 의자에 털썩 주저앉
았다. "그 아리아우라의 조무래기들은…."

"목소리 흉내는 그만둬, 아리아우라." 내가 말했다. "맹켄 말대로, 춤
판은 끝났어."

아리아우라가 킬디를 미심쩍은 눈으로 쳐다봤다.

"롭은 아리아우라가 하는 게 가짜라고 생각해요." 킬디가 말했다.

아리아우라가 내게 눈을 돌렸다. "이제야 알았단 말이야? 당연히 그
여자는 가짜지. 남 등쳐먹는 엉터리 약장수에, 혓바닥만 번지르르한…."

"롭은 당신이 진짜가 아니라고 생각해요." 킬디가 말했다. "당신이 그
냥 이수스처럼 아리아우라가 흉내 내는 목소리 중 하나라고 생각하는 거
예요. 강령회를 망쳐놓은 건 롭에게 진짜 영매라는 걸 보여주기 위해서
였고, 내가 당신과 함께 계략을 꾸며 자기를 골탕먹이고 있는 거라고 생
각해요."

올 것이 왔구나, 하는 생각이 들었다. 충격적인 분노, 모욕적일 정도

의 순진함. 킬디는 이제 생판 남이다. 나는 킬디를 만난 적도 없다!

"네가 그랬다고 생각한다고?" 아리아우라는 야유를 보내며 신나서 의자 팔걸이를 두드려댔다. "이 불쌍한 녀석은 네가 자기한테 빠졌다는 것도 모르는 거야?"

"롭은 다 사기라고 생각해요." 킬디가 진심을 담아 말했다. "롭이 나를 그대로 믿게 만드는 유일한 방법은 사기 같은 건 없고, 당신이 진짜 멩켄이라는 걸 믿게 하는 방법뿐이에요."

"좋아, 그렇다면…." 아리아우라가 씩 웃었다. "이제 저놈을 납득시킬 차례구먼." 아리아우라는 무릎을 치고는 기대에 찬 얼굴로 나를 향해 몸을 돌렸다. "무엇을 알고 싶으신지요, 선생님? 저는 경찰이 열 개인가 스무 개쯤의 술집을 일제 단속하기 직전인, 1880년 저녁 9시에 태어났습죠. 그리고 꽃다운 열여덟에는 〈모닝 헤럴드〉에 일감을 구하러 가서…."

"거기서 맥스 웨이스 편집장 방에 4주 내내 진을 치고 앉아 결국 기사를 맡았지." 내가 말했다. "하지만 내가 그 사실을 알고 있다고 해서 헨리 로렌스 멩켄이 되는 건 아니듯이, 당신도 멩켄은 아니야."

"헨리 '루이스'야." 아리아우라가 말했다. "아기 때 돌아가신 내 삼촌의 이름을 받았지. 좋아, 질문은 네가 골라."

"그렇게 간단한 게 아니에요." 킬디가 말했다. 킬디는 아리아우라 앞에 의자를 가져다 아리아우라를 바라보며 앉았다. 킬디가 팔짱을 꼈다. "당신이 멩켄임을 증명하려면 질문에 답하는 것만으로는 부족해요. 회의주의자의 첫 번째 원칙, '특별한 주장에는 특별한 증거가 필요하다.' 뭔가 특별한 것을 보여줘야 하죠."

"그리고 독자적으로 확인할 수 있어야 하고." 내가 말했다.

"특별한 거라…." 아리아우라가 말하며 킬디를 쳐다봤다. "뱀 다루는 기술을 보여달라거나 방언을 해달라는 건 아닐 테고."

"아니야." 내가 말했다.

"그런데 문제가 있어요. 만약 당신이 멩켄이라는 사실을 증명하면…."

킬디가 진지하게 말했다. "아리아우라가 진짜 영계의 영들과 접신하고 있다는 걸 증명하는 게 되고, 그 말인즉슨 아리아우라는…."

"…여드름쟁이 사기꾼이 아니라는 게 되어버리지."

"그렇죠." 킬디가 말했다. "그리고 주가가 상한가를 칠 거예요."

"게다가 다른 모든 영매와 심령술사들도 마찬가지겠지." 내가 말했다.

"롭은 그런 사람들의 정체를 폭로하기 위해 인생을 걸었어요." 킬디가 말했다. "만약 당신이 아리아우라가 진짜 영매라는 걸 증명해버리면…."

"과학적 회의주의라는 숭고한 사명은 치명타를 입겠지." 아리아우라가 생각에 잠겨 말했다. "멩켄 같은 사람이 원하는 결말은 결코 아니겠지. 그러니 내가 나라는 걸 증명하기 위한 유일한 방법은 입 닥치고 원래 있던 곳으로 돌아가는 것뿐이로군."

킬디가 고개를 끄덕였다.

"하지만 나는 이 여자를 막으려고 왔어. 내가 에테르로 되돌아가버리면, 아리아우라는 영계의 고차원적 지혜 같은 해로운 개소리를 뿌리고 다니면서 무지몽매한 관객의 지갑을 계속 등쳐먹을 거야."

킬디가 다시 고개를 끄덕였다. "어쩌면 당신을 접신하는 흉내를 낼 수도 있겠죠."

"흉내를 내?" 아리아우라가 분에 겨워 말했다. "나는 절대로 허락 못 해! 내가…." 그러다 멈췄다. "하지만 내가 공개적으로 떠들면, 내가 거짓이라고 밝히려던 바로 그 문제를 증명하는 셈이 되어버리네. 그리고 하지 않으면…."

"롭은 나를 다시는 믿지 않을 거예요." 킬디가 말했다.

"그렇다면…." 아리아우라가 말했다. "이건…."

'캐치-22'* 상황이군. 내가 생각했다. 아리아우라가 이 단어를 꺼낸다면 속임수를 잡아낼 수 있을 것이다. '캐치-22'라는 말은 멩켄이 사망한

---

* 조지프 헬러의 소설 제목에서 나온 말로 진퇴양난이라는 의미

지 5년 뒤인 1961년에야 처음 쓰였다. 그리고 '캐치-22'는 '바이블 벨트'*
나 '얼간이들'**과 달리 이미 우리 언어에 깊숙이 파고들어 있어서 킬디조
차도 놓치기 쉬운 부분이었다. 나는 아리아우라가 그 용어를 꺼내기를
기다리며 귀를 기울였다.

"난문(conundrum)이네." 아리아우라가 말했다.

"뭐라고요?" 킬디가 말했다.

"답이 없는 수수께끼 말이야. 이길 만한 패가 없는 지독한 딜레마지."

"불가능하다는 이야기네요." 킬디가 힘없이 말했다.

아리아우라가 고개를 저었다. "이것보다 어려운 일도 맡아본 적 있어.
분명 뭔가 방법이…." 아리아우라가 내게 몸을 돌렸다. "조금 전 '회의주
의자의 첫 번째 규칙' 이야길 했지? 다른 것도 있어?"

"물론이지." 내가 말했다. "너무 훌륭해서 진짜라고 믿기 힘들 정도라
면, 진짜가 아닐 가능성이 크다."

"그리고 그들의 열매로 그들을 알지니." 킬디가 말했다. "성경에서 온
구절이죠."

"성경이라…." 아리아우라가 생각에 잠겨 눈을 가늘게 뜨며 말했다.
"성경…. 시간이 얼마나 있지? 아리아우라의 다음 공연이 언제야?"

"오늘 밤이에요." 킬디가 말했다. "그런데 지난번도 취소했어요. 만약
아리아우라가…."

"몇 시지?" 아리아우라가 말을 잘랐다.

"8시."

"8시라." 아리아우라가 되뇌었다. 그리고 꼭 회중시계를 찾는 듯한 자
세로 손을 윗옷 주머니 쪽으로 뻗었다. "너희 둘 다 거기에 와서 첫 번째
줄 가운데에 앉아."

"어떻게 할 건데요?" 킬디가 희망에 차서 물었다.

---

* 미국 남부의 기독교 신앙이 강한 지역
** booboisie, 멩켄이 자주 쓰던 단어이다.

"나도 몰라." 아리아우라가 말했다. "때로는 그냥 아무것도 하지 않아도 될 때가 있지. 그네들이 알아서 하니까. 허풍으로 대가리가 가득 찬 브라이언을 봐." 아리아우라가 웃음을 터뜨렸다. "밧줄을 구하려면 어디로 가야 하는지 아는 사람?"

아리아우라는 대답을 기다리지 않았다. "슬슬 시작하는 게 좋겠어. 마감까지 2시간 정도밖에 안 남았네…." 아리아우라가 무릎을 쳤다. "첫 번째 줄 가운데." 킬디에게 말했다. "8시."

"만약 아리아우라가 우리를 들여보내주지 않으면요?" 킬디가 물었다. "그 여자가 접근금지명령을 받을 거라고 했었는데…."

"들여보내줄 거야. 8시."

킬디가 끄덕였다. "저는 갈 거예요. 그런데 롭이 갈지는…."

"오, 하늘이 무너져도 놓칠 수 없지." 내가 말했다.

아리아우라가 내 말투를 못 들은 척했다. "공책 가져와." 아리아우라가 지시했다. "그리고 그동안, 사기꾼들 때려잡는 일이나 열심히 하고 있어. 썩을 연놈들에게 따라잡히겠어."

✳

지루한 시간을 버티고 있다…. 그리고 갑자기 유쾌하고 현란하며, 너무도 외설적이고 멜로 드라마 같으며, 상상할 수 없을 정도로 들뜨고 터무니없는 쇼가 찾아와 찬란한 1년을 1시간처럼 만들어버린다.

— H. L. 멩켄

1시간 뒤, 마닐라 봉투를 든 배달원이 찾아왔다. 그 안에는 모조 양피지로 만든 사각봉투가 핑크색 봉인용 왁스와 이수스의 상형문자로 봉인되어 있었다. 그 봉투 안에는 연보라색 카드에 은색 글씨로 '참석하시어 자리를 빛내주시기 바랍니다'라고 인쇄된 강령회 표 두 장이 들어 있었다.

"초대장에 사인 되어 있어?" 킬디가 물었다.

킬디는 계속 멩켄 행세를 하는 아리아우라가 떠난 뒤에도 사무실에서 나가지 않았다. "강령회 때까지 여기 이 자리 그대로 당신과 함께 있을 거야." 내 책상에 걸터앉으며 킬디가 말했다. "이게 아리아우라와 어딘가에서 속임수를 꾸미고 있지 않다는 걸 증명하는 유일한 방법이지. 그리고 여기 내 휴대폰." 킬디가 내게 휴대폰을 건네주었다. "그래야 내가 문자로 비밀 메시지나 그런 걸 주고받고 있지 않다는 사실을 알 수 있지. 도청장치라도 있는지 확인해볼래?"

"아니."

"뭘 도와줄까?" 증거물들을 들어 올리며 킬디가 물었다. "이것들 한번 확인해볼까, 아니면 나 잘린 거야?"

"강령회 끝나고 알려줄게."

킬디는 내게 줄리아 로버츠 뺨치는 미소를 날려준 다음, 사무실 반대편으로 증거물들을 들고 갔다. 나는 찰스 프레드 문서를 불러와 살펴보기 시작했다. 단서들을 찾는 동시에 아리아우라가 떠나며 쏘아붙였던 마지막 말을 떠올리지 않기 위해서였다.

나는 킬디에게 멩켄이 '썩을 연놈들에게 따라잡히겠어'라는 말을 했었다는 이야기를 해준 적이 없었다. 그리고 그 말은 다니엘이나 홉슨이 쓴 전기에도 들어 있지 않았다. 그 이야기를 본 것은 〈월간 애틀랜틱〉의 기사밖에 없었다. 바틀렛의 책에서도 찾아보았지만, 거기에도 없었다. 구글에 '멩켄 연놈들'을 검색해봤다. 아무것도 없었다.

이걸로는 아무것도 증명되지 않았다. 아리아우라, 혹은 킬디가 나처럼 〈월간 애틀랜틱〉에서 읽었을 수도 있었다. 그리고 대체 언제부터 H. L. 멩켄이 성경에서 영감을 찾았단 말인가? 그 부분만 보더라도 멩켄이 아니라는 것이 증명되지 않던가, 그렇지 않아?

반면에 그는 '캐치-22'라는 말을 쓰지 않았다. '난문'이라는 단어가 그렇게 정확한 것은 아니었지만. 그리고 윌리엄 제임스 브라이언이라고 부르지 않고 "대가리에 허풍만 가득 찬 브라이언"이라고 말했다. 내가 어디서도 읽은 적이 없는 표현이었지만, 브라이언의 부고로 쓴 통렬한 글에 들어갈 만한 표현처럼 들렸다.

그리고 아무 진전도 없었다. 지금까지 발견되지 않은 원고가 나타나든지, 릴리안 기쉬에게 모든 재산을 남긴다는 손으로 쓴 유언장이 등장하지 않는 이상, 어디에도 없었다. 그리고 이게 먹힐 리가 없었다. 실어증을 동반한 뇌졸중, 기억나? 그게 멩켄임을 증명해줄 수는 있겠지. 하지만 둘 다 조작이 가능했다.

그리고 킬디가 그 남자에게(정정한다, 그 여자, 아리아우라에게) 해야 한다고 말한 내용에 대해서도 손 쓸 방법이 없었다. 아리아우라가 진짜 영매라고 밝히지 않으면서 멩켄이 진짜라고 밝히는 것 말이다. 일단 아리아우라는 절대 진짜가 아니었다.

나는 아리아우라의 녹취록을 꺼내 내가 무엇을 찾고 있는지도 확실히 모르는 상태에서 강령회 표가 올 때까지 살펴봤다.

"카드에 사인 되어 있어?" 킬디가 다시 물었다.

"아니." 나는 답하며 킬디에게 카드를 건네주었다.

"'참석하시어 자리를 빛내주시기 바랍니다'는 인쇄되어 있네." 킬디가 말했다. 초청장을 돌려 반대편을 살펴봤다. "봉투에 적혀 있던 주소는?"

"없었어." 킬디가 대화를 어디로 이끌어 가는지를 살피며 내가 말했다. "하지만 손글씨로 쓰지 않았다고 해서 멩켄에게서 온 것이라는 증거가 될 수는 없어."

"나도 알아. '특별한 증거'가 필요하지. 하지만 적어도 일관되게 멩켄 역할을 하고 있어."

"마찬가지로 당신들 둘이 내게 이 사람이 멩켄이라고 설득시켜 오늘 밤 강령회에 가게 하려는 것도 일관되지."

"이게 함정이라고 생각해?" 킬디가 물었다.

"응." 내가 말했다. 하지만 거기 서서 표를 바라보고 있자니 뭐가 뭔지 알 수 없었다. 아리아우라가 어떤 이야기를 인용하든 간에, 내가 벌떡 일어나 '이런 세상에, 아리아우라는 진짜입니다! 아리아우라가 멩켄과 접신하고 있어요!'라고 외쳐주기를 아리아우라가 기대하리라고는 생각하기 어려웠다. 내가 걸어들어 가자마자 아리아우라의 변호사가 접근금지 명령이나 소환장을 먹이는 것이 아닐까 생각도 해보았지만, 그건 말이 안 되었다. 아리아우라는 내 주소도 알았다. 바로 오늘 오후만 해도 여기에 있었으니까. 그리고 나는 이틀 동안 줄곧 사무실에 있었다. 무엇보다 나를 체포되게 만든다면 언론에서 취재하러 달려들 텐데, 아리아우라도 내가 〈LA 타임스〉에 사기단에 관해 의심스러운 이야기들을 떠들어대는 걸 원하지는 않을 것이다.

1시간 반 뒤 강령회로 향했을 때까지도 나는 그럴듯한 가설을 세우지 못하고 있었다. 나가는 길에 열쇠를 잃어버린 척하며 잠시 킬디를 복도에 혼자 둔 채, 사무실로 돌아와 《얼음통 속 아기》를 테이프로 둘러싸 책장 뒤쪽에 숨겨두었다. 그리고 강령회가 열리는 샌타 모니카 힐튼 호텔도 아무런 단서를 제공해주지 못했다.

여기에도 '믿으면 이루어집니다' 현수막이 걸려 있었고, 톰 크루즈와 똑같이 생긴 경호원들이 똑같은 보안검사를 진행했다. 내 올림푸스와 디지털 녹음기를 압수했고, 킬디의 하사카 캠코더도 압수했다(그리고 킬디에게 사인을 요청했다). 우리는 똑같은 크리스털/피라미드/부적으로 가득 찬 대기실을 지나 똑같은 연보라색과 장밋빛 현수막이 늘어진 홀로 들어갔다. 똑같이 딱딱한 맨바닥이었다.

"이런, 방석 가져오는 걸 잊었어. 미안해." 킬디는 뒤쪽에 쌓여 있는 연보라색 플라스틱 방석을 가지러 가기 위해 진행요원들 쪽으로 다가갔다. 중간쯤 가다가 킬디가 뒤돌아 돌아왔다. "아리아우라에게 비밀 메시지를 전할 기회를 만들고 싶지 않아." 킬디가 말했다. "혹시 나랑 같이 가고 싶으면…"

나는 고개를 저었다. "맨바닥도 괜찮아." 나무 바닥에 앉으며 내가 말했다. "현실 감각을 유지하는 데 도움을 줄지도 모르지."

킬디는 내 옆에 사뿐히 앉아서 가방을 열고 손으로 더듬거리며 거울을 찾았다. 나는 주위를 둘러봤다. 관중이 그전보다 더 띄엄띄엄 있었는데, 우리 뒤쪽에서 어떤 여자가 말했다. "정말 이상했어. 롬타는 그런 건 전혀 안 했는데. 취해 있었던 게 아닐까."

조명이 핑크색으로 바뀌고 음악 소리가 커지며 지난번의 그 브래드 피트가 나와서 똑같은 주의사항과(사진 촬영 시 플래시 금지, 박수 금지, 중간 휴식 없음) 똑같은 소개(아틀란티스, 델포이의 신탁, 온 우주)를 읊었다. 그리고 아리아우라가 등장해 똑같은 검은색 계단 꼭대기에 서 있었다.

첫 번째 강령회와 똑같은 모습이었다. 호들갑스러울 정도로 호화로운 보라색 의상과 부적을 차고, 관객의 박수갈채에 차분히 답하고 있었다. 지난 며칠간 일어났던 일들, 내 사무실에서 소리 지르고 공포에 질려 "이게 무슨 일이지? 여기는 어디야?"라고 묻던 일, 그리고 무릎을 치며 호탕하게 웃던 일들은 일어나지도 않은 것 같았다.

'분명히 다 속임수였겠지.' 나는 냉정하게 생각했다. 킬디를 흘끗 보았다. 킬디는 무관심하게 계속 가방을 뒤지고 있었다.

"환영합니다, 성스러운 진실을 찾는 이들이여." 아리아우라가 말했다. "우리는 오늘 여기서 환상적인 영적 체험을 함께하며, 깨달음의 새로운 차원으로 나아갈 것입니다. 오늘은 아주 특별한 날입니다. '믿으면 이루어지리라'의 백 번째 강령회이기 때문이죠."

우레 같은 박수갈채가 터져 나왔다. 아리아우라가 잠시 뒤 멈춰달라는 손짓을 했다.

"오늘을 기념하기 위해, 이수스와 나는 약간 다른 것을 해보기로 했습니다."

더 많은 박수. 나는 진행요원들을 슬쩍 봤다. 그들은 멩켄스러움이 터져 나오리라 예상하듯 안절부절못하며 서로를 보았다. 하지만 목소리는 분명 아리아우라의 것이었고, 오프라 윈프리만큼이나 팔팔한 무대 매너도 마찬가지였다.

"내…, 아니 우리 강령회는 보통 꽉 짜인 편이죠. 그래야만 하니까요. 만약 오라의 기운이 사전에 정확히 맞춰지지 않는다면, 영이 올 수 없습니다. 그리고 제가 접신을 하고 나면 육체적으로나 정신적으로나 탈진해 버리고 말아요. 그래서 여러분과 이야기를 나눌 기회가 거의 없었습니다. 하지만 오늘은 특별한 날이니까요. 그러니 기술팀께서…." (아리아우라가 조정실을 올려다봤다) "조명을 밝게 해주셨으면 좋겠어요…."

기술팀이 지시를 들을지 말지 논쟁이라도 벌이는 듯 잠시 뜸을 들이다 조명이 밝아졌다.

"고마워요, 완벽하네요. 오늘 하루는 쉬셔도 좋아요." 아리아우라가 말했다. 그러고는 사회자에게 몸을 돌렸다. "켄, 당신도 마찬가지예요. 그리고 우리 멋진 진행요원들, 데릭, 제레드, 타드. 최고인 이들에게 박수 한번 보내주세요."

아리아우라는 그들에게 박수갈채를 보내준 뒤에도, 진행요원들이 문 옆에 계속 서서 자기들끼리 사회자의 눈치만 보고 있자 손짓으로 그들을 쫓아냈다. "가봐요. 어서. 이분들과는 따로 이야기하고 싶어요." 그래도 계속해서 그들이 머뭇대자 덧붙여 말했다. "이번 강령회 일당은 다 쳐줄게요. 가봐요."

그리고 아리아우라는 사회자에게 다가가 웃으며 무언가를 이야기했다. 그 말이 사회자를 안심시켰는지, 사회자는 진행요원들과 위쪽 조정실에 고갯짓해서 진행요원들이 밖으로 빠져나가게 했다.

나는 킬디를 바라봤다. 킬디는 평온하게 립스틱을 바르고 있었다. 나는 다시 무대로 시선을 옮겼다.

"정말로 괜찮겠어요…?" 사회자가 아리아우라에게 속삭이는 게 보였다.

"나는 괜찮아요." 아리아우라가가 사회자에게 입 모양으로 답했다.

사회자는 이마를 찡그리며 무대에서 내려와 옆문으로 향했다. 그리고 뒤쪽의 카메라맨도 삼각대에서 비디오카메라를 분리하고 있었다. "아니, 아냐. 어네스토, 당신은 있어요." 아리아우라가 말했다. "계속 찍어주세요."

아리아우라는 사회자가 나가며 마지막 문을 닫을 때까지 기다렸다. 그리고 무대 앞으로 걸어 나와 팔을 양옆에 뻣뻣하게 붙인 채 한마디 말도 없이 서 있었다.

킬디는 여전히 립스틱을 손에 든 상태로 내 쪽으로 몸을 기울였다. "〈캐리〉에 나오는 졸업 댄스파티 장면이 생각나지 않아?"

나는 비상구까지의 거리가 얼마나 되는지를 가늠해보며 고개를 끄덕였다. 머리 위쪽 멀리서 문이 닫히는 소리가 들렸다. 조정실이었다. 그리고 아리아우라가 손뼉을 쳤다. "마침내 우리만 남았네요." 아리아우라가 웃으며 말했다. "영원히 안 나가는 줄 알았지 뭐예요."

웃음소리.

"그리고 이제 저들이 갔으니, 이 말을 꼭 해야겠어요…." 극적인 뜸 들이기. "저 사람들 정말 섹시하지 않아요?"

웃음소리와 박수 소리, 그리고 휘파람소리도 들렸다. 아리아우라는 소음이 가라앉기를 기다렸다 물었다. "지난 토요일 제 강령회에 참석했던 분이 몇 분이나 계신가요?"

순식간에 분위기가 바뀌었다. 몇 명이 손을 들었지만 다들 머뭇거렸고, 커다란 귀걸이를 한 여자 두 명은 진행요원들이 자기들끼리 주고받던 그 불안한 눈빛으로 서로를 바라봤다.

"지지난 주에 오셨던 분들은?" 아리아우라가 물었다.

다른 몇 명이 손을 들었다.

"좋아요. 둘 다 참석하지 않으셨던 분들을 위해 설명하자면, 최근 제 강령회는 말하자면… 흥미로웠죠. 조심스럽게 말하자면요."

조심스러운 웃음소리가 군데군데 터졌다.

"영의 세계와 친숙한 분들이라면 아시겠지만, 우리 지상의 차원 너머에 있는 기운들과 접촉하려 시도하면 일어날 수 있는 일들이죠. 영계는 위험할 수도 있어요. 우리가 다룰 수 없는 영들도 있고, 우리를 깨달음에 다가가지 못하도록 막는 악한 영혼도 있죠."

'아주 악한 영혼이겠지.' 내가 생각했다.

"하지만 저는 그들을 두려워하지 않아요. 저에게는 진실이라는 무기가 있으니까요." 아리아우라는 '진실'이라는 부분에서 목소리를 높였다.

나는 킬디를 힐끗 쳐다봤다. 킬디는 첫 번째 강령회 때처럼 아리아우라의 말에 귀 기울이며 몸을 앞으로 기울이고 있었다. 그리고 여전히 거울과 립스틱을 손에 쥐고 있었다.

"저 여자 무슨 꿍꿍이야?" 내가 킬디에게 속삭였다.

킬디는 무대에 시선을 고정한 채 고개를 저었다. "아리아우라가 아니야."

"뭐?"

"접신하고 있어."

"접신…?" 나는 다시 무대로 고개를 돌렸다.

"어떤 영이라도, 얼마나 악하든지, 얼마나 부정하든지, 저와 고귀한 진실 사이를 가로막을 수는 없습니다." 아리아우라가 말했다.

더 열광적인 박수 소리.

"여러분께 진실을 전달해주는 것을 막지 못합니다." 아리아우라는 웃으며 팔을 펼쳤다. "저는 사기꾼이고 허풍선이고 가짜입니다." 아리아우라가 활기차게 말했다. "저는 살면서 우주의 영을 접신해본 적이 한 번도 없습니다. 이수스는 제가 오하이오 데이턴에서 피라미드 업체를 운영하던 1996년에 만들어냈죠. FBI에서 수사망을 좁혀오고 있었는데, 저는 1994년에 이미 우편사기 전과가 있었기 때문에 그냥 이름을 바꿨죠. 참고로 제 진짜 이름은 보니 프리엘이에요. 하지만 데이턴에서는 도린 메닝이라는 이름을 썼고, 고향인 버지니아주 치카모가에 있는 은행에 돈을 숨겨두었죠. 그리고 마이애미 해변으로 이사해서 점을 봐주면서 이수스의 목소리를 완벽하게 연습하는 데 집중했어요."

나는 더듬거리며 펜과 공책을 찾았다. 보니 프리엘, 치카모가, 마이애미 해변….

"점은 주로 저주에 관련된 것이었어요. '돈을 주면 당신에게 드리워진 저주를 없애주겠다.' 하는 거였죠. 이수스 흉내가 준비되자 베가스 시절부터 알고 지내던 사람에게 연락했어요….”

뒤쪽에서 엄청나게 요란한 소리가 났다. 어네스토가 어깨에 메고 있던 카메라를 떨어뜨리고 문으로 향했다. 이건 꼭 녹화할 필요가 있었다. 하지만 카메라를 어떻게 다루는지 알아내는 동안 이 광경을 놓치고 싶지 않았다.

나는 뭔가 받아 적고 있기를 기대하며 킬디를 슬쩍 봤다. 하지만 무대 위에서 벌어지는 일에 완전히 사로잡힌 듯했다. 손에 거울과 립스틱을 든 채로 멍하게 입을 벌리고 있었다. '몇 마디 놓칠 각오는 해야겠군.' 나는 서둘러 자리에서 일어났다.

“어디 가?” 킬디가 속삭였다.

“이거 꼭 녹화해야겠어.”

“하고 있어.” 킬디가 조용히 말했다. 그리고 립스틱과 거울을 고갯짓으로 살짝 가리켰다. “마이크와 비디오야.”

“사랑해.” 내가 말했다.

킬디가 고개를 끄덕였다. “이름은 받아 적는 게 좋을 거야. 혹시 경찰이 내 화장품을 증거품으로 압수해갈지도 모르니까.”

“그 사람 이름은 척 벤처였어요.” 아리아우라가 말했다. “우리는 행운의 편지 사기를 같이했었죠. 본명은 해럴드 보겔이에요. 하지만 여러분은 지금 여기서 쓰고 있는 이름으로 더 잘 알고 계시겠죠. 찰스 프레드.”

이럴 수가. 나는 이름을 적어 내려갔다. 해럴드 보겔, 척 벤처….

“우리는 행운의 편지 사기 두어 건을 같이 꾸몄어요.” 아리아우라가 말했다. “그래서 저를 살렘으로 데려가 강령술 업계에 넣어달라고 말했죠.”

어네스토가 문에 도착해 밖으로 나가면서 '철컥', '쿵' 소리가 났다. 문이 쾅 닫혔다.

“해럴드는 항상 모든 걸 적어두는 나쁜 습관이 있었어요.” 아리아우라가 수다스럽게 말했다. “저에게 '네가 나를 협박할 수는 없어, 도린.'이라고 말하더군요. 그래서 저는 '내기할까?'라고 말해줬어요. 그리고 '전부다 데이턴의 금고에 들어 있어. 그리고 내게 무슨 일이 생기면 열어보라는 지시도 남겨놨어.'라고 말해줬죠."

아리아우라가 이야기에 푹 빠져서 몸을 앞으로 기울였다. "당연히 그건 거짓말이었어요. 자료는 제 침실 이수스 초상화 뒤에 있는 금고에 들어 있어요. 비밀번호는 왼쪽으로 12, 오른쪽으로 6, 왼쪽으로 14예요." 아리아우라가 밝게 웃었다. "아무튼, 해럴드는 제게 어떻게 얼간이들을 강령회에서 말랑하게 만들어서 비공개 강령회 도중에 이수스에게 연애사를 털어놓게 하는지, 그리고 그 얼간이들에게 녹화테이프를 파는 방법까지 자세히 가르쳐주었고…."

내 뒤에서 놀라서 숨을 들이마시는 소리가 들려왔고, 웅성거림과 성난 목소리들이 나오기 시작했지만 아리아우라는 전혀 신경 쓰지 않았다.

"…해럴드는 제게 새출발 마약중독치료센터의 청소부와 윌로우세이지 스파의 안마사를 소개해줬어요. 그래서 그 사람들을 통해 '모든 것을 아시고, 모든 것을 보시는 이수스'라고 얼간이들을 납득시킬 만한 개인사를 수집할 수 있었죠…."

성난 목소리는 아우성으로 바뀌었지만, 밖에서 들려오는 고함과 잠긴 문을 두드리는 소리에 묻혀 거의 알아들을 수 없었다.

"…그리고 어떻게 목소리와 표정을 변조하고 어떻게 저 너머에서 온 영과 접신하는 것처럼 보이게 하는지도…."

들리는 소리로는 사회자와 진행요원들이 공성(攻城) 망치라도 들고 찾아온 것 같았다. 문 두드리는 소리가 오싹한 북소리처럼 변해갔다.

"…그렇지만 레무리아처럼 쓸데없는 것들은 배울 필요가 없었던 것 같아요." 아리아우라가 말했다. "제 말은, 당신들이야 무슨 이야기를 해도 그냥 믿잖아요."

아리아우라가 마치 박수갈채라도 기대하듯 관객에게 아름다운 미소를 날렸다. 하지만 들려오는 소리라고는 (쿵쾅거림을 제외하고) 휴대폰 버튼 누르는 소리와 여자들이 전화에 대고 고함치는 소리뿐이었다. 뒤쪽을 돌아보자 킬디를 제외한 모두가 귀에 휴대폰을 대고 누군가에게 소리를 지르고 있었다.

"질문 있으신가요?" 아리아우라가 밝게 물었다.

"네." 내가 말했다. "지금 당신은 그동안 이수스의 목소리를 흉내 냈을 뿐이라는 말씀인가요?"

아리아우라가 만족스러운 미소를 띠며 나를 내려다봤다. "물론이죠. 위대한 너머에서 영을 접신하는 것 따위는 없어요. 다른 질문은?" 아리아우라는 내 뒤쪽에서 열심히 흔들고 있는 손을 바라봤다. "네? 푸른 옷 입은 여자분?"

"당신이 어떻게 우리에게 거짓말을 할 수 있어, 당신이…?"

내가 노련하게 여자 앞을 가로막았다. "토드 피닉스도 마찬가지로 가짜라는 말씀이신가요?"

"오, 그렇죠." 아리아우라가 말했다. "그들은 다 가짜예요. 토드 피닉스, 조이 윌데, 랜들 마스. 다음 질문? 네, 킬디 양?"

킬디가 여전히 손거울과 립스틱을 든 채 앞으로 나섰다.

"저와 처음 만나신 게 언제죠?" 킬디가 물었다.

"이럴 필요까지는 없어." 내가 말했다.

"분명히 해야지." 빛나는 미소를 내게 날리며 킬디가 말했다. 그리고 다시 무대로 몸을 돌렸다. "아리아우라, 지난주 이전에 저를 만난 적이 있나요?"

"아니요." 아리아우라가 말했다. "당신을 아리… 내 강령회에서 봤지요. 하지만 〈편협한 시선〉 사무실에서 다시 만나기 전까지는 본 적이 없어요. 덧붙이자면 훌륭한 잡지죠. 여러분 모두 구독해 보세요."

"제가 당신의 바람잡이는 아니라는 거죠?" 킬디가 집요하게 물었다.

"아니에요. 물론 저한테도 바람잡이가 있긴 하지만요." 아리아우라가 말했다. "뒤쪽 여섯 번째 줄에 앉아 있는 녹색 옷의 여자분이 제 바람잡이예요." 그러고는 갈색 머리의 포동포동한 사람을 가리키며 말했다. "일어서주세요, 루시."

루시는 벌써 문으로 허둥지둥 달려가고 있었다. 그리고 무지개색 카프탄을 걸치고 마른 붉은 머리도, 아르마니 정장을 빈틈없이 차려입은 60대도 문으로 향하고 있었고, 많은 관객이 그들의 뒤를 따랐다.

"제닌도 제 바람잡이예요." 아리아우라가 붉은 머리를 가리키며 말했다. "그리고 도리스도. 이들은 모두 이수스가 쓸 수 있는 개인 정보를 모아오는 일을 하죠. 그래서 이수스가 '모든 것을 알고, 모든 것을 보는' 것처럼 만들 수 있죠." 아리아우라가 즐겁게 웃었다. "무대 위로 올라와서 인사하세요, 아가씨들."

'아가씨들'은 아리아우라를 무시했다. 구두를 신고 있는 나이 든 여자인 도리스가 가운데 문을 열어젖히며 소리쳤다. "저 여자 좀 막아!"

사회자와 진행요원들이 문으로 비집고 들어와 무대로 향하기 시작했다. 들어오려는 그들보다 밖으로 나가려는 관객들의 힘이 더 셌지만, 시간이 그렇게 얼마 남지 않았다. "당신이 언급한 다른 초능력자들도 당신처럼 협박했나요?" 내가 물었다.

"아리아우라!" 무대까지 반쯤 오다가 밀물처럼 몰려나가는 여자들에 사로잡힌 사회자가 소리쳤다. "그만 말해. 당신이 말하는 건 나중에 다 당신에게 불리하게 쓰일 거야."

"오, 안녕, 켄." 아리아우라가 말했다. "켄은 우리의 자금 세탁을 담당하고 있어요. 인사해요, 켄! 그리고, 데릭, 타드, 제레드, 여러분도 인사하세요." 진행요원들을 가리키며 말했다. "저 친구들이 관객 사이에서 정보를 캐내서 이걸로 내게 알려주죠." 아리아우라는 목에 건 부적을 들어올리며 말했다.

아리아우라가 다시 나를 돌아봤다. "당신 질문을 잊어버렸어요."

"당신이 언급한 다른 심령술사들도 당신처럼 협박하나요?"

"아뇨, 전부는 아니에요. 스와미 비슈누 자미는 최면 암시를 썼고, 나드릴렌은 갈취를 했죠."

"찰스 프레드는 어때요? 프레드는 무슨 사기를 쳤죠?"

"투자…." 아리아우라의 무선 마이크가 갑자기 끊어졌다. 나는 뒤쪽에서 일어난 소동을 돌아봤다. 진행요원 중 하나가 선을 뽑아 자랑스럽게 들고 있었다.

"투자 사기요." 아리아우라가 입에 손을 모아 소리쳤다.

"척은 징표를 읽어주며 사람들에게 돌아가신 친척이 특정 주식에 투자하기를 원한다고 사기를 쳤어요. 당신이 해줬으면 하는 건…."

진행요원 한 명이 무대에 도착했다. 진행요원은 아리아우라의 한쪽 팔을 붙잡고 다른 팔도 붙잡으려 했다.

"메트라콘을 확인해…." 아리아우라가 진행요원을 밀쳐내며 소리쳤다. "메트라콘, 스피릴링크…."

두 번째 진행요원이 나타났다. 둘은 아리아우라의 양팔을 간신히 붙잡았다. "크리스탈콤 주식회사." 아리아우라가 그들에게 발길질하며 말했다. "그리고 유니버시스. 찾아…." 아리아우라는 진행요원 한 명의 가랑이를 걷어찼는데 내가 다 움찔할 정도였다. "더러운 손 떼지 못해."

사회자가 아리아우라 앞을 막아섰다. "발표는 이것으로 마무리하겠습니다." 아리아우라의 발길질을 피하며 말을 이었다. "와주셔서 감사합니다. 비디오는…." 하고 말하다가 생각을 바꿔서 "직접 사인한 아리아우라의 책, 믿으면…."

"최대 주주가 누구인지 찾아." 아리아우라가 몸부림치며 비명을 질렀다. "그리고 척에게 졸리타가 르노에서 벌이고 있는 위조 사기에 대해 뭘 알고 있는지 물어봐."

"…이루어지리라를 판매하고…." 사회자가 말하다 포기해버렸다. 그러고는 아리아우라의 발을 잡았다. 셋은 몸싸움을 하며 아리아우라를 가장자리로 데려갔다.

"마지막 질문!" 내가 소리쳤다. 하지만 너무 늦었다. 그들은 벌써 아리아우라를 무대 밑으로 끌어내리고 있었다. "아기는 왜 얼음통에 들어 있었죠?"

✳

지금이 네가 나를 보는 마지막이 될 거야.

— H. L. 멩켄

"아직은 멩켄이라는 걸 증명해주지는 않아." 내가 킬디에게 말했다. "전부 다 아리아우라의…, 아니, 보니 프리엘의 죄책감이 끌어낸 무의식의 발현일 수도 있는 거잖아."

"아니면, 당신이 짐작했던 대로 사기를 치고 있었지만, 사기꾼 하나가 당신과 사랑에 빠져버리는 바람에 더 이상은 못하겠다고 결정했을지도 모르지." 킬디가 말했다.

"아니, 그건 아닐 거야." 내가 말했다. "보니 프리엘에게 사기를 그만두자고 설득할 수는 있겠지만, 범죄사실 전부를 자수하자고 설득할 수는 없으니까."

"진짜 아리아우라가 저질렀다면 말이지." 킬디가 말했다. "아직 아리아우라가 보니 프리엘이라는, 독자적으로 확인할 수 있는 증거는 없어."

하지만 오하이오 운전면허증에 있던 지문이 일치했고, 아리아우라가 준 단서는 모두 사실이었다.

우리는 이후 두 달 동안 단서들을 추적하며 '세기의 영매 사기극' 특별호를 만들었다. 우리는 아리아우라의 예비심문에도 출석해 증언할 예정이었는데, 약간 골치 아플 수도 있었다. 하지만 아리아우라가 '악하고 어두운 영혼에게 지배당했다'고 주장하는 바람에 아리아우라와 변호사는 정신이상을 주장할 것인지로 크게 싸웠다. 아리아우라는 결국 변호사들을 해고하고, 찰스 프레드, 조이 와일데, 그리고 아리아우라가 앞서 언급하지 않았던 다른 초능력자들에게까지 불리한 증언을 했다. 그러다 보니 더 이상 기삿거리로 쓸 사기꾼이 남아 있지 않아서 잡지가 문을 닫게 될 것 같았다.

바랄 걸 바라야지. 몇 주 지나지도 않아서 새로운 영매와 심령술사들과 '우주적 윤리의 복원자'라 광고하는 이들과 '당신이 믿을 수 있는 영적 존재'들이 빈자리를 메꾸러 들어왔고, 저탄수화물 영적 존재를 내건 새로운 명상 다이어트 프로그램들이 자리를 채워서, 킬디와 나는 다시 본업으로 돌아왔다.

"멩켄이 아무것도 못 바꿨네." 킬디가 입석밖에 없는 심령 보톡스 치료에 다녀와서 역겹다는 듯 말했다.

"바꾼 게 있지." 내가 말했다. "찰스 프레드는 내부자 거래 혐의를 받고 있고, 우주적 탐험의 전당에는 참석자가 줄었고, LA 심령술사의 절반은 도망 중이야. 그리고 사람들에게서 돈을 빼앗는 새로운 방법을 찾으려면 시간이 좀 걸릴 거야."

"나는 당신이 계속 그가 멩켄이 아니라고 이야기한 줄 알았는데."

"멩켄이라는 걸 증명하지 못했다고 했지. 첫 번째 원칙, 특별한 주장에는 특별한 증거가 필요하다."

"그렇다면 그 무대 위에서 일어난 일은 특별한 게 아니라고 생각하는 거야?"

특별하다는 건 인정해야 했다. "하지만 아리아우라 본인이었을 수도 있잖아. 아리아우라가 알 수 없을 만한 내용은 전혀 말하지 않았어."

"우리에게 금고 비밀번호를 말해준 건? 〈편협한 시선〉을 구독하라고 권한 건?"

"여전히 멩켄임을 증명하는 건 아니야. 브라이디 머피 현상의 일종일 수도 있지. 아리아우라가 갓난아기였을 때 〈볼티모어 선〉을 크게 읽어주던 보모가 있었을 수도 있고."

킬디가 웃었다. "그걸 믿는 건 아니지?"

"나는 증거 없이는 아무것도 믿지 않아." 내가 말했다. "나는 회의주의자야. 기억해? 그리고 그날 무대에서 논리적으로 설명될 수 없는 부분은 없었어."

"그 말 그대로야." 킬디가 말했다.

"무슨 의미야, 그대로라니?"

"그들의 열매로 그들을 알지니."

"뭐?"

"내 말은, 우리가 그에게 요구한 것을 그대로 해줬으니 멩켄일 수밖에 없다는 거야. 사기가 아니라는 것을 증명하는 동시에, 그가 가짜가 아니고 아리아우라가 가짜라는 걸 증명해야 한다. 그러는 동시에 그가 멩켄임을 증명해서는 안 되는데, 그러면 아리아우라가 진짜라는 걸 증명하는 셈이 되니까. 그러니까 멩켄이라는 게 증명된 거지."

그런 정신 나간 비논리적 전개에 적절하게 답변해줄 말이 없었기에 화제를 바꿔야 했다. 그래서 바꿨다. 킬디에게 키스를 해서.

그리고 아리아우라의 돌발행동을 담은 녹취록을 UCLA에 보내 멩켄의 글과 언어 패턴의 비교를 요청했다. 독자적으로 확인할 수 있는 증거. 그리고 킬디가 사무실을 비운 틈을 타서 테이프에 둘러 책장 바닥에 숨겨두었던 《얼음통 속의 아기》를 꺼내 집으로 가져와 알루미늄 포일로 두른 다음 빈 냉동 음식 상자에 밀어 넣고 얼음통에(아니면 어디겠어?) 숨겼다. 세 살 버릇 여든까지 가는 법이다.

UCLA는 녹취록을 되돌려주며 확정적인 결론을 내리기에는 샘플이 충분하지 않다고 말했다. 캘리포니아 공대도 마찬가지였다. 듀크대도. 그러니 그건 거기까지였다. 안타까운 일이었다. 멩켄이 아주 잠깐이라도 싸움판에 돌아올 수 있었다면 좋았을 텐데. 멩켄은 정말 너무 일찍 떠났다.

그래서 킬디와 나는 멩켄이 떠난 그 부분부터 다시 시작해야 했다. 말인즉슨 〈편협한 시선〉 발행인란에 '썩을 연놈들에게 따라잡히겠어'를 넣었으며, 페이지마다 멩켄의 영혼을 삽입하려 노력했다는 의미였다.

그리고 단순히 야바위꾼과 사기꾼을 폭로하는 데 그치지 않았다. 멩켄이 커다란 영향력을 미쳤던 것은 창조론과 신앙요법과 약장수들을 꾸짖었기 때문만이 아니라, 멩켄이 옹호했던 것, 즉 진실 때문이었다. 그것이 바로 무지와 미신, 사기를 그토록 증오했던 이유였다. 멩켄은 과학과 논리와 상식을 사랑했고, 그 사랑과 열정을 자신이 쓴 단어 하나하나를 통해 독자들과 소통했다.

그것이 우리가 〈편협한 시선〉을 통해 해야 할 일이었다. 아리아우라와 스와미 비슈누, 심령 치과의사들과 명상 다이어트들을 폭로하는 것으로는 충분치 않았다. 우리는 독자들이 롬타와 독심술에 관심을 가진 것만큼 과학과 상식에 열정을 가질 수 있도록 만들어야 했다. 우리는 진실을 말할 뿐 아니라, 우리 독자들이 그 진실을 믿고 싶도록 만들어야 했다.

그래서, 내가 말했듯 이후 몇 달 동안 상당히 바빴다. 잡지를 개정하고, 경찰에 협력하며 아리아우라가 준 모든 단서를 추적했다. 베가스에 가서 아리아우라와 척 벤처/찰스 프레드가 했던 행운의 우편사기에 대해 조사했다. 이어 나는 집으로 돌아와 잡지를 인쇄할 준비를 했고, 킬디는 아리아우라의 범죄 기록을 따라 데이턴을 거쳐 치카모가로 향했다.

킬디가 지난밤 전화를 걸었다. "롭, 나야." 킬디가 흥분된 목소리로 말했다. "지금 채터누가에 와 있어."

"채터누가, 테네시주? 거기서 뭐 하는 거야?"

"불법 피라미드 사건을 조사 중인 검사가 로어노크로 여행 중이라, 월요일까지는 못 만난다고 해서. 그런데 자이온 교육위원회가 공립학교에서 지적설계론*을 가르쳐야 한다는 법률을 통과시키려고 하고 있어. 자이온은 여기서 가까운 마을 이름이야. 자이온 사태는 주별로 지적설계론을 도입하려는 국가적인 계획의 일환이고. 일단 그러니까, 검사를 만날 수가 없어서 당신이 해볼까 이야기하던 '스콥스 재판, 그 후 80년' 기사에 쓸 만한 과학교사 인터뷰를 좀 얻어볼까 하고 그쪽으로 운전해갔지. 채

---

* 탐구 대상이 '의도적 존재'인지 '우연적 존재'인지를 규명하려는 사이비 과학 및 형이상학 탐구이다.

터누가에서 80킬로미터 정도밖에 안 되거든."

"그런데?" 내가 조심스레 물었다.

"그런데 화학교사 말에 따르면 교육위원회 모임 중 기묘한 일이 벌어졌다네. 별거 아닐 수도 있지만, 당신이 채터누가행 비행기 표를 알아볼 수 있도록 전화해주는 게 좋겠다는 생각이 들었어. 혹시 몰라서."

혹시 몰라서라….

"교육위원회 위원 중 한 명인…." 킬디는 노트를 들여다보느라 잠시 멈추었다. "호러스 디드롱이 다윈의 이론에는 과학적 근거가 부족하다는 이야기를 하고 있다가, 갑자기 사람들에게 소리를 치기 시작했대."

"화학교사는 디드롱이 한 말을 기억하고 있어?" 답변이 이미 짐작됐지만 어쩔 수 없었다.

"다는 기억하지 못했어." 킬디가 말했다. "그런데 농구 코치의 말에 따르면, 어떤 학생들이 모임을 녹화한 테이프를 미국 시민자유연합으로 보내려 한다는 이야기를 들었대. 그래서 그 교사에게 테이프의 복사본을 나한테 구해줄 수 있을지 알아보고 있어. 교사 말로는 '굉장히 이상한 돌발행동이었고 거의 귀신들린 것 같았다'고 하더라고."

"아니면 취했을 수도 있지." 내가 말했다. "그리고 둘 다 디드롱이 한 말은 기억하지 못하고?"

"아니, 둘 다 기억하긴 하는데 전부를 기억하지는 못해. 디드롱이 몇 분간 떠들었나 봐. 아직도 진화를 믿지 못하는 머리가 뒤죽박죽인 무식한 것들이 돌아다니다니 믿을 수가 없다고 했고, 대체 썩을 학교에서는 지금까지 뭘 가르치고 있었던 거냐고 했다는데, 화학교사 말로는 호통이 5분 정도 계속되다가 단어 중간에 갑자기 멈춰버렸대. 그리고 곧바로 디드롱은 뉴턴의 제2법칙이 진화를 물리적으로 불가능하게 만든다고 이야기를 계속했대."

"디드롱은 인터뷰했어?"

"아니, 이 통화 끝나고 나면 바로 그쪽에 가보려고. 그런데 화학교사 말로는 디드롱의 부인이 무슨 일이 벌어진 건지 물어봤을 때 디드롱은 전혀 모르는 눈치였다고 하더라고."

"그게 멩켄이라는 증거가 되지는 못해." 내가 말했다.

"나도 알아." 킬디가 말했다. "그런데 여기는 지금 테네시주잖아. 게다가 지금 진화 이야기를 하고 있다고. 정말로 멩켄이라면 멋지지 않겠어?"

멋지지. H. L. 멩켄이 테네시주 한복판에서 벌어지는 창조론 논쟁의 한가운데로 풀려난다면.

"응." 내가 씩 웃으며 말했다. "그렇겠지. 그래도 호러스 디드롱이 뒤뜰에서 기른 무언가를 피웠을 가능성이 더 커 보여. 아니면 십계명 비석을 세웠던 로이 무어 판사처럼 세간을 시끄럽게 만들어 유명세를 얻어보고 싶었거나. 그가 했던 다른 말 중에 기억하는 건 없어?"

"응, 아… 어디 있지?" 킬디가 말했다. "아, 여기 있다. 다른 위원들을 '덜떨어진 멍청이 떼거지들'이라고 불렀어. 그러고 나서 언제든 신학적 개소리를 너무 들어 소뇌가 완전히 마비된 위원들 대신 원숭이를 앉히는 게 낫겠다고. 그리고 화학교사 말로는, 이상한 말이 끊기기 직전에 '내가 앨리스와 닮은 면이 있다곤 한 번도 생각해본 적 없었는데'라고 했대."

"앨리스?" 내가 말했다. "어거스트가 아니라 앨리스라고 한 게 확실해?"

"맞아, 화학교사 이름이 앨리스거든. 그래서 자기 이야기를 하는 줄 알았대. 그리고 교육위원장도 같은 생각을 해서, 화학교사에게 '앨리스? 지적설계론이 앨리스와 대체 무슨 상관이라는 거야?'라고 했대. 그리고 디드롱이 '제이미 그 썩을 놈이 내 여자를 훔쳐가기는 했지만 글 하나는 죽이지. 내가 네 여자를 훔치지 않게 조심해야 할 거야.'라고 말했어. 이게 무슨 의미인지 알아?"

"응." 내가 말했다. "테네시주에서 결혼 허가증을 받는 데 얼마나 걸리지?"

"내가 알아볼게." 킬디가 만족스러운 목소리로 말했다. "그리고 교육위원장이 '그런 언행을 쓰시면 안 되죠.'라고 하자, 화학교사 말로는, 디드롱이… 잠깐만, 정확히 전달해주려면 보고 읽는 게 좋겠어. 전혀 앞뒤가 안 맞거든. 그가 말하길 '내가 무슨 짓까지 할 수 있는지 알면 놀랄걸. 동물들을 물에 빠뜨리는 것처럼 말이야. 이야기가 나왔으니 말인데, 그래서 아기가 얼음통에 들어 있었던 거야. 호랑이가 잡아먹지 못하도록 엄마가 얼음통에 넣었거든.'"

"지금 당장 그리로 갈게." 내가 말했다.

〈내부 소행〉 후기

나는 H. L. 멩켄이 정말 그립다. 지난 40년간 (닉슨과 워터게이트 때부터) 정치에 관심을 가지고 내 동료 인간들을 관찰하면서 "빌어먹을 멩켄은 꼭 필요할 때 대체 어디에 가 있는 거야?"라고 말하곤 했다. 그리고 그가 무덤에서 돌아와 지금 정말 필요한 말들을 던져주기를 필사적으로 기원했다.

이를테면,

"현실 정치의 단 한 가지 목적은, 대부분은 상상에 불과한 허깨비를 끊임없이 불러내 대중의 경각심을 유지(그리하여 안전한 쪽으로 이끌려 간다고 떠들도록)하는 것이다."

그리고,

"이 죄 많고 슬픔으로 가득한 세상에서도 언제나 감사할 일은 있다. 내게 있어서는, 내가 공화당원이 아니라는 사실에 정말 감사하다."

그리고,

"평범한 사람이 그가 유인원에서 유래했다는 사실을 믿기 어려울지도 모른다. 그럼에도 불구하고, 평범한 유인원이 인간에서 유래했다는 사실을 믿기는 더욱 어려울 것이다."

내가 멩켄을 그리워하는 또 하나의 이유는 그가 언어를 사랑했다는 점이다. 그의 저서인 《미국어》는 걸작이다. 마크 트웨인이 처음으로 이해했던 부분, 즉 '미국어'는 '영어'가 아니며 별개의 언어임을 기록한 사람이기도 하다.

무엇보다, 나는 여자와 음악과 질 좋은 독주를 사랑했던 멩켄이 그립다. 그는 이렇게 썼다. "삶은 꼭 유쾌하지 않을지도 모른다. 하지만 적어도 지루하지는 않다. 오늘 당장 당신 자신을 지옥에 밀어 넣을 수도 있겠지만, 그렇게 되면 내일이나 모레 즈음, 또 다른 원숭이 재판, 또 다른 전쟁을 끝내기 위한 전쟁, 혹은 첫째 남편의 옷가지를 다 가지고 있는 부유하고 몸매 좋은 미망인을 만날 기회를 놓칠지도 모른다. 하딩* 같은 부류는 계속 더 많이 태어나고 있다. 나는 가능한 한 길게 버텨볼 것을 지지하는 바다."

나는 그가 조금만 더 버텨주었기를 바라곤 한다.

하지만 적어도 그의 책들이 남아 있다. 그리고 아리아우라 같은 영매가 가끔 나타났으면 좋겠다는 생각을 해본다.

* 미국 29대 대통령

EVEN THE QUEEN

여왕마저도

◆

최세진 옮김

1992년 〈Isaac Asimov's Science Fiction Magazine〉 발표
1993년 휴고상 수상
1993년 네뷸러상 수상
1993년 로커스상 수상
1993년 SF 크로니클상 수상
1993년 〈아시모프스〉 독자상 수상
1993년 스터전상 노미네이트
1993년 프로메테우스상 노미네이트
1997년 이그노투스상 수상 (스페인)

내가 피고인의 재정신청을 기각시킬지 살펴보고 있을 때 전화벨이 울렸다. "익명 전화입니다." 재판연구원 비쉬가 전화로 손을 뻗으며 말했다. "아마 피고인일 겁니다. 교도소에서는 서명 전화를 사용할 수 없거든요."

"아냐. 우리 엄마야." 내가 말했다.

"아, 그런데 어머님께서는 왜 서명 전화를 사용하지 않으세요?" 비쉬가 수화기를 손으로 잡으며 물었다.

"엄마는 지금 내가 통화하기 싫어한다는 사실을 알고 있거든. 퍼디타가 저지른 짓을 알아채신 게 틀림없어."

"판사님의 따님 퍼디타 씨요?" 비쉬가 수화기를 가슴으로 막고 물었다. "어린 딸이 있는 그분 말씀인가요?"

"아니, 그 애는 비올라고 퍼디타는 작은 딸인데, 어린 딸도 없고 분별력도 없는 애지."

"작은 따님이 무슨 일을 했길래요?"

"사이클리스트에 가입했어."

비쉬가 무슨 말인지 모르겠다는 듯 멍한 얼굴로 날 쳐다봤지만 설명해줄 기분이 아니었다. 물론 엄마와 통화할 기분도 아니었다. "엄마가 무슨 말을 하실지는 뻔해. 엄마한테 왜 이야기를 안 해줬는지 따질 테고, 내가 어떻게 할 건지 물어보실 거야. 그런데 내가 할 수 있는 건 아무것도 없어. 할 수 있는 건 이미 다 해봤거든."

비쉬가 당황스러운 표정으로 말했다. "판사님이 법원에 가셨다고 전할까요?"

"아냐." 내가 수화기로 손을 뻗었다. "어차피 조만간 엄마랑 이야기를 나눠야 해." 수화기를 받았다. "안녕, 엄마."

"트레이시!" 엄마가 호들갑스럽게 말했다. "퍼디타가 사이클리스트가 됐단다."

"알아요."

"근데 왜 나한텐 얘기 안 해줬니?"

"퍼디타가 자기 입으로 직접 해야 한다고 생각했어요."

"퍼디타가?" 엄마가 콧방귀를 뀌었다. "걔는 나한테 이야기 안 해줄 거야. 내가 뭐라고 할지 뻔히 아니까. 사돈한테는 이야기했겠지?"

"시어머니는 지금 미국에 안 계세요. 이라크에 가셨어요." 지금 이라크가 세계 공동체의 일원으로서 책임감을 보여주려 열심이라는 사실은 이 총체적 난국에서 유일하게 좋은 일이었다. 이라크가 그전까지 보여줬던 자기 파괴적인 성향 덕분에 현재 시어머니는 지구상에서 유일하게 전화 서비스가 안 좋은 곳에 계셨다. 그러므로 내가 전화를 걸려고 아무리 노력해도 통화가 안 되더라고 우겨볼 만했다. 시어머니로서는 내 말을 믿으실 수밖에 없을 것이다.

'해방'은 사담 후세인을 비롯한 온갖 종류의 고난과 굴욕으로부터 우리를 자유롭게 해주었지만, 시어머니로부터 자유롭게 해주지는 못했다. 그래서 나는 퍼디타가 더할 나위 없이 좋은 시점에 일을 저질러줘서 행복할 지경이었다. 이때가 아니었더라면 퍼디타를 죽여버리고 싶었을지도 모른다.

"이라크에는 무슨 일로 갔다니?" 엄마가 물었다.

"팔레스타인 국가 수립 문제를 협상하러 가셨어요."

"손녀가 자기 인생 말아먹고 있는 와중에 말이냐." 엄마가 뜬금없이 물었다. "비올라한테는 얘기했니?"

"엄마, 얘기했잖아요. 저는 퍼디타가 자기 입으로 직접 말해야 한다고 생각한다니까요."

"이런, 걔는 비올라한테도 얘기 안 했을 거야. 오늘 아침에 캐럴이라는 환자가 전화해서 자기한테 숨기고 있는 사실을 털어놓으라고 나한테 따지더라. 난 처음에 그 여자가 무슨 이야기를 하는지도 몰랐어."

"그 사람은 어떻게 알았대요?"

"자기 딸한테 들었다더라. 그 사람 딸이 작년에 사이클리스트에 가입할 뻔했거든. 가족들이 탈퇴하도록 설득했지." 엄마가 나를 꾸짖는 말투로 이야기했다. "캐럴은 의사협회가 암메네롤의 치명적인 부작용을 발견하고도 감추고 있다고 확신하고 있어. 네가 나한테 얘기 안 해줬다는 사실을 믿을 수가 없구나, 트레이시."

그러자 나는 비쉬더러 내가 법원에 갔다고 엄마에게 말하도록 시키지 않았다는 사실을 믿을 수가 없었다. "엄마, 말했잖아요. 엄마한테 이야기할 사람은 퍼디타라고요. 어쨌든 그 애가 결정한 일이잖아요."

"오, 트레이시! 네가 그렇게 말하면 안 되지!" 엄마가 말했다.

해방 이후 자유가 처음으로 꽃피기 시작했을 무렵 나는 모든 것이 바뀌리라는 희망을 품었다. 즉, 불평등과 가부장제 그리고 '맨홀(manhole)'이라는 단어와 3인칭 단수 대명사를 없애려고 했던 유머감각 없는 여자들이 어떻게든 사라질 줄 알았다.

물론 그렇게 되지 않았다. 아직도 남성이 여성보다 돈을 많이 벌고 있으며, 아직도 언어학에서는 '허스토리(herstory)'가 의미론의 풍경을 망치고 있고, 아직도 엄마는 나를 어린애 다루는 말투로 "오, 트레이시!"라고 부른다.

"그 애의 결정이라니!" 엄마는 말했다. "너는 멍청하게 서서 네 딸이 인생을 망치는 꼴을 보고 있을 작정이라는 거냐?"

"제가 뭘 할 수 있겠어요? 걔도 이제 22살의 정신 멀쩡한 성인이라고요."

"정신이 멀쩡한 애라면 절대로 이런 짓은 안 했을 게다. 퍼디타한테 탈퇴하라는 이야기는 해봤니?"

"당연히 했죠, 엄마."

"그래서?"

"성공 못 했죠. 사이클리스트가 되려고 마음을 단단히 먹었더라고요."

"그래도 우리가 할 수 있는 게 뭔가 있을 게야. 법원에서 강제로 금지 명령을 내리거나 탈세뇌 전문가를 고용하거나 사이클리스트 단체를 세뇌 혐의로 고발하는 건 어떠니. 너는 판사잖아. 그러니까 법으로 할 수 있는 방법이 있을 거야."

"엄마, 법에서는 그걸 개인의 자기결정권이라고 해요. 그리고 애초에 자기결정권 덕분에 해방도 가능했던 거라서 법으로 퍼디타를 막기는 힘들어요. 그 애의 결정은 개인의 자기결정권에 관한 모든 기준에 부합한단 말이에요. 개인적인 결정이고, 자기결정권을 가진 성인의 결정이었고, 다른 사람에게 영향을 끼치지 않고…."

"내 진료에 끼친 영향은 어떡하니? 내 환자 캐럴은 회피장치가 암을 일으킨다고 믿고 있어."

"엄마의 진료에 미치는 영향은 간접 효과로 간주해요. 간접흡연처럼요. 그걸 적용하기는 힘들어요. 엄마, 우리가 좋아하든 말든 퍼디타에게는 이런 결정을 내릴 수 있는 완벽한 권리가 있고, 우리한테는 간섭할 권리가 전혀 없어요. 자유로운 사회는 타인의 의견을 존중하고 간섭하지 않는 것에서부터 출발한다고요. 우리는 퍼디타가 스스로 결정할 수 있는 권리를 존중해야 해요."

이 모든 이야기는 사실이다. 퍼디타가 내게 전화했을 때 이런 이야기를 한마디도 해주지 않았던 건 애석할 따름이다. 내가 퍼디타에게 한 말이라고는, 엄마가 내게 했던 바로 그 말투로 뱉은 "오, 퍼디타!"뿐이었다.

"이건 전부 다 네 잘못이야." 엄마가 말했다. "퍼디타에게 회피장치 위에 문신을 새기게 놔둬서는 안 된다고 내가 얘기했었잖니. 나한테 자유로운 사회 어쩌고저쩌고 그러지 마라. 내 손녀가 자기 인생을 말아먹게 놔둬야 한다면 도대체 자유로운 사회가 뭐가 좋다는 거냐?" 엄마가 전화를 끊었다.

나는 수화기를 비쉬에게 건넸다.

"저는 따님의 자기결정권을 존중해야 한다는 판사님 말씀이 아주 좋았어요." 비쉬가 판사복을 내밀며 말했다. "그리고 따님의 삶에 간섭해서는 안 된다는 말씀도요."

"탈세뇌에 관련된 판례를 찾아줘." 내가 소매에 팔을 집어넣으며 말했다. "그리고 사이클리스트 단체가 자유로운 선택을 침해한 혐의로 고발된 적이 있는지도 조사해줘. 세뇌, 협박, 강압 같은 것들 말이야."

전화가 다시 울렸는데 또 익명 전화였다. "여보세요, 전화 거신 분은 어떻게 되시나요?" 비쉬가 조심스럽게 묻더니 갑자기 친근한 말투로 바뀌었다. "잠시만요." 비쉬가 수화기를 손으로 막았다. "판사님, 따님 비올라 씨입니다."

내가 수화기를 받았다. "안녕, 비올라."

"방금 외할머니랑 통화했어요." 비올라가 말했다 "퍼디타가 무슨 짓을 했는지 못 믿으실 거예요. 글쎄, 사이클리스트에 가입했대요."

"안다." 내가 말했다.

"알고 있었어요? 근데 왜 나한테는 이야기 안 해줬어요? 말도 안 돼. 엄마는 항상 나한테 아무것도 이야기 안 해줘."

"퍼디타가 자기 스스로 얘기해야 한다고 생각했어." 나는 피곤한 목소리로 말했다.

"농담하세요? 걔도 나한테 절대로 얘기 안 해줘요. 눈썹 이식 수술을 했을 때도 나한테는 3주 뒤에나 말해줬고, 레이저 문신을 했을 때는 아예 말도 안 해줬어요. 트위지가 나한테 얘기해줬지. 엄마, 나한테 이야기 해줬어야죠. 할머니한테는 말씀드렸어요?"

"네 할머니는 바그다드에 가셨다." 내가 말했다.

"알아요." 비올라가 말했다 "제가 전화해봤어요."

"오, 비올라! 그러면 안 돼!"

"난 엄마하고 달라요. 엄마, 난 중요한 문제들은 가족들에게 알려야 한다고 생각해요."

"할머니가 뭐라 그러시든?" 나는 충격이 서서히 가라앉기 시작하면서 약간 멍한 상태가 되어 물었다.

"할머니하고는 통화 못 했어요. 전화 서비스가 엉망이더라고요. 영어를 못하는 사람이랑 연결됐다가 끊겼는데, 다시 전화했더니 시내 전체가 불통이라 그러더라고요."

감사합니다. 난 조용히 숨을 내쉬었다. 감사합니다. 감사합니다. 감사합니다.

"할머니도 알 권리가 있어요, 엄마. 트위지한테 미칠 영향을 생각해봐요. 트위지는 퍼디타가 세상에서 최고인 줄 안단 말이에요. 퍼디타가 눈썹 이식을 했을 때 트위지도 LED 전구를 눈썹에 붙여서 내가 얼마나 힘들게 떼어냈는지 몰라요. 트위지도 사이클리스트에 가입하겠다고 그러면 어쩌죠?"

"트위지는 이제 아홉 살밖에 안 됐잖니. 그 애가 회피장치를 해야 할 때가 되기 훨씬 전에 퍼디타가 사이클리스트를 그만둘 거야." 나는 제발 그러길 바란다고 속으로 빌었다. 하지만 퍼디타는 1년 반 전에 한 문신을 아직도 지겨워하지 않았다. "게다가 트위지는 퍼디타보다 훨씬 똑똑하잖니."

"그건 맞는 말이에요. 아, 엄마, 근데 퍼디타가 어떻게 이럴 수 있죠? 그게 얼마나 끔찍한 건지 얘기 안 해줬어요?"

"했어." 내가 말했다. "불편함과 불쾌감, 불안, 고통까지 다 얘기해줬다. 퍼디타는 꿈쩍도 안 하더라. 걔는 그게 재미있을 거 같대."

비쉬가 시계를 가리키며 입 모양으로 말했다. "법정에 가실 시간이에요."

"재미라고요?" 비올라가 말했다. "내가 그걸 겪는 모습을 퍼디타가 봤던가요? 솔직히 말해서, 엄마, 난 가끔 개가 완전히 뇌사상태에 빠진 게 아닐까 하는 생각이 들어요. 퍼디타를 금치산자로 판정하거나 어디에 가둬놓거나 뭐 그럴 수는 없나요?"

"안 돼." 나는 한 손으로 판사복의 지퍼를 올리려고 낑낑대며 말했다. "비올라, 나 지금 가봐야겠다. 법정에 늦었어. 나도 퍼디타를 그만두게 할 방법을 찾을 수 없어서 유감이야. 그 애도 이제 이성을 갖춘 성인이잖니."

"이성이라고요?" 비올라가 말했다 "엄마, 개는 눈썹은 번쩍거리고 팔에는 '커스터 장군의 마지막 공격'*이라고 레이저 문신을 새기고 다니는 애예요."

나는 전화를 비쉬에게 건넸다. "비올라한테 내가 내일 얘기하자 그랬다고 전해줘." 판사복의 지퍼를 채웠다. "그리고 바그다드에 전화해서 얼마나 오랫동안 전화가 불통일 것 같은지도 알아봐."

나는 법정으로 출발했다. "그리고 앞으로 익명 전화가 오면 받기 전에 먼저 국내 전화인지부터 반드시 확인해."

※

비쉬는 바그다드 당국과 통화를 하지 못했다. 나는 그걸 좋은 징조로 받아들였다. 시어머니의 전화도 없었다. 엄마는 오후에 전화해서 대뇌 전두엽 절제수술이 합법적인지 물었다.

엄마는 다음 날 또 전화했다. 내가 비대면 수업 시간에 '개인의 자기 결정권'에 대해 설명하다가, 자유로운 사회에서 시민으로서 부여받은 타고난 권리 때문에 완전히 멍청한 얼간이가 되기도 한다는 사실을 한창 이야기하고 있을 때였다. 학생들은 그 생각을 받아들이지 않았다.

* 커스터는 인디언 학살로 악명 높았던 미국 제7기병대장이다. 기병대는 1876년 수우족과의 전투에서 전멸당했는데, 그 전투를 '커스터 장군의 마지막 공격'이라고 한다.

"제 짐작엔 어머님이신 것 같습니다." 비쉬가 내게 전화기를 넘겨주며 속삭였다. "계속 익명 전화를 쓰시네요. 그래도 국내 전화예요. 확인했습니다."

"안녕, 엄마." 내가 말했다.

"식당을 예약해놨어." 엄마가 말했다. "맥그리거 식당에서 퍼디타하고 같이 점심을 먹을 거야. 식당은 12번가와 래리머 사거리에 있다."

"지금 수업 중이에요." 내가 말했다.

"안다. 오래 안 잡을게. 너한테 이제 걱정하지 말라고 이야기하고 싶었던 것뿐이야. 내가 다 처리했다."

나는 그런 소리를 별로 좋아하지 않는다. "뭘 어떻게 처리하셨는데요?"

"우리 점심 자리에 퍼디타를 초대했어. 방금 이야기한 맥그리거 식당으로 와."

"'우리'가 누구예요, 엄마?"

"그냥 가족이지." 엄마는 천진난만한 말투로 말했다. "너하고 비올라."

후유, 적어도 엄마가 탈세뇌 전문가를 부르지는 않은 모양이다, 아직은. "엄마, 뭘 하실 건데요?"

"퍼디타도 똑같이 묻더구나. 할미가 자기 손녀를 점심에 초대하면 안 되는 거니? 12시 반까지 오너라."

"비쉬랑 저는 3시에 공판일정 회의가 있어요."

"아, 그 전에 끝날 거야. 비쉬도 데리고 와. 그 사람은 남자의 관점에서 말해줄 수 있겠지." 엄마가 전화를 끊었다.

"비쉬, 오늘 점심은 나랑 같이 먹어야 할 거 같아. 미안해." 내가 말했다.

"왜요? 점심때 무슨 일이라도 있나요?"

"나도 모르겠어."

✳

맥그리거 식당으로 가는 길에 비쉬가 사이클리스트에 대해 조사한 내용을 말해줬다. "사이비 종교단체는 아니에요. 종교와는 전혀 관련이 없었습니다. 사이클리스트는 해방 이전의 여성운동에서 뻗어 나온 것 같아요." 비쉬가 노트를 보면서 이야기했다. "낙태 합법화 운동과 위스콘신 대학*, 그리고 현대미술관하고도 관계가 있는 것 같습니다."

"뭐라고?"

"사이클리스트는 자기네 지도자를 미술관 안내인처럼 '도슨트'라고 부르더라고요. 그 사람들의 철학은 해방 이전의 급진적 여성주의와 80년대의 환경주의적 원시복귀 운동을 섞은 것 같아요. 사이클리스트는 화식(花食)주의자에다가 신발도 안 신고 다녀요."

"회피장치도 안 하지." 내가 말했다. 우리는 맥그리거 식당 앞에 차를 세우고 내렸다. "세뇌 혐의로 처벌받은 적은 없어?" 나는 희망을 담아 물었다.

"없습니다. 회원들이 여러 차례 민사소송에 휘말리긴 했지만 모두 다 그 사람들이 이겼습니다."

"개인의 자기결정권 때문이겠지."

"네, 그렇습니다. 형사고발도 하나 있었는데, 가족들이 회원을 탈세뇌하려고 시도했던 경우였어요. 탈세뇌 전문가는 20년형을 받고 가족들은 12년형을 받았습니다."

"우리 엄마한테 그 이야기 꼭 해줘." 내가 맥그리거 식당의 문을 열면서 말했다.

맥그리거 식당의 지배인 책상은 나팔꽃 넝쿨로 휘감겨 있고 식탁 사이로는 텃밭이 있었다.

"퍼디타가 여기로 하자더라." 엄마가 비쉬와 나를 양파밭을 지나 식탁으로 안내하며 말했다. "퍼디타 말로는 사이클리스트 회원 중에 화식주의자들이 많대."

---

* 위스콘신 대학은 여성운동, 인권운동 등으로 유명하다.

"퍼디타 왔어요?" 오이 온상 옆을 지나면서 내가 물었다.

"아직 안 왔어." 엄마가 장미 덩굴 뒤쪽을 가리키며 말했다. "저기가 우리 자리다."

우리 자리는 뽕나무 아래에 있는 고리버들 식탁이었다. 비올라와 트 위지가 완두콩 덩굴시렁 너머에 앉아 메뉴판을 보고 있었다.

"트위지, 여기서 뭐 하고 있니?" 내가 물었다. "왜 학교에 안 갔어?"

"지금 수업 중이에요." 트위지가 태블릿을 보여주며 말했다. "오늘은 비대면 수업이에요."

"제 생각에는 트위지가 이 논의에 참여하는 게 좋을 거 같아서요. 어 쨌든 애도 곧 회피장치를 하게 될 테니까요." 비올라가 말했다.

"제 친구 켄지는 퍼디타 이모처럼 회피장치 안 할 거래요." 트위지가 말했다.

"켄지는 때가 되면 마음을 바꿀 거야. 퍼디타도 곧 생각을 바꿀 게다. 비쉬, 비올라 옆에 앉는 게 어때요?" 엄마가 말했다.

비쉬는 그 말에 복종이라도 하듯 완두콩 덩굴시렁을 지나 식탁 반대 편의 고리버들 의자에 가서 앉았다. 트위지가 비올라 너머로 비쉬에게 메뉴판을 건네줬다.

"이 식당 정말 끝내줘요." 트위지가 말했다. "여기서는 신발을 벗어도 돼요." 트위지가 벗은 발을 들어서 보여줬다. "기다리는 동안 배고프면 그냥 아무거나 뜯어먹어도 된대요." 트위지가 의자에 앉은 채로 옆으로 몸을 틀더니 콩깍지 두 개를 뜯어서 하나는 비쉬에게 주고 하나는 자기 가 깨물었다. "켄지는 절대로 생각을 안 바꿀 거예요. 개는 회피장치가 치아교정기보다 더 아프댔어요."

"안 하는 거보다는 훨씬 덜 아파." 비올라가 '퍼디타가 무슨 짓을 했는 지 보셨죠?' 하는 눈빛으로 나를 노려보며 말했다.

"트레이시, 비올라랑 마주 보고 앉을래?" 엄마가 나한테 말했다. "나 중에 퍼디타가 오면 네 옆에 앉힐 거야."

"오기나 할는지 모르겠네요." 비올라가 말했다.

"내가 1시까지 오라고 했어." 엄마가 내 자리에서 가까운 상석에 앉으면서 말했다. "그러니까 그 애가 오기 전에 우리 작전을 짜자. 내가 캐럴하고 이야기해봤는데…."

"그 사람 딸이 작년에 사이클리스트에 가입할 뻔했대." 내가 비쉬와 비올라에게 설명해줬다.

"캐럴이 이렇게 가족들을 다 모았다더라. 그리고 딸에게 명확하게 이야기했더니 사이클리스트에 가입 안 하겠다고 하더래." 엄마가 식탁을 쭉 둘러보며 말했다. "그래서 우리도 퍼디타한테 똑같이 할까 하는데, 내 생각에는 해방의 의미와 해방 이전 어두운 압제의 시절에 관해 설명해주는 것부터 시작하면 어떨까 해."

"제 생각에는요." 비올라가 끼어들었다. "그냥 회피장치를 제거하는 대신에 몇 달간 암메네롤을 끊고 살아보라고 이야기하는 게 좋을 거 같아요. 걔가 올지는 모르겠지만 말이에요. 아마 안 올 걸요."

"왜 안 와?"

"올 거 같으세요? 이건 꼭 무슨 죄인 심문하는 분위기잖아요. 퍼디타보고 우리가 '설명'해주는 내내 앉아 있으라고 하면 아마 미쳐버릴 걸요. 하지만 걔도 바보는 아니라고요."

"심문이라니, 무슨 말을 그렇게 하니." 엄마는 내 뒤의 문 쪽을 걱정스러운 눈초리로 바라보며 말했다. "나는 확실히 퍼디타가…." 엄마가 말을 멈추더니 벌떡 일어섰다. 그리고 갑자기 아스파라거스를 헤치며 앞으로 튀어나갔다.

나는 퍼디타가 번쩍거리는 입술이나 전신 문신 같은 것을 하고 왔을 거라 대충 짐작하면서 돌아봤지만, 나뭇잎에 가려 보이지 않아서 나뭇가지들을 밀쳐냈다.

"퍼디타예요?" 비올라가 앞으로 기대며 물었다.

나는 뽕나무 가지 사이로 힐끗 보았다. "아, 이럴 수가, 말도 안 돼!"

내가 말했다.

검은 아바야*를 입고 실크로 만든 야물커를 머리에 쓰고 눈을 부릅뜬 시어머니가 옷자락을 펄럭이고 호박 텃밭을 쓸어버리며 우리 쪽으로 다가오고 있었다. 엄마는 서둘러 뛰어가느라 무밭을 짓밟으면서 도끼눈으로 나를 노려봤다.

나는 엄마의 눈빛 그대로 비올라를 쏘아봤다. "너희 할머니가 오셨구나." 내가 꾸짖듯이 말했다. "너, 나한테는 할머니랑 통화 못 했다고 했잖아."

"통화 못 했어요." 비올라가 말했다. "트위지, 똑바로 앉고 태블릿 내려놔."

장미 넝쿨이 불길하게 바스락거리고 나뭇잎들이 공포에 젖어 쪼그라들더니, 시어머니가 도착했다.

"어머님!" 나는 반가운 목소리를 내려 애쓰며 말했다. "여기는 어쩐 일이세요? 저는 어머님이 바그다드에 계신 줄 알았어요."

"비올라의 메모를 받자마자 돌아왔다." 시어머니가 한 사람씩 차례차례 노려보면서 말했다. "이 사람은 누구지?" 시어머니가 비쉬를 가리키며 따지듯이 물었다. "비올라의 새 동거인인가?"

"아니요!" 비쉬가 겁에 질린 얼굴로 말했다.

"어머님, 이 사람은 저희 재판연구원 비쉬 아담스-하디예요."

"트위지, 너는 왜 학교에 안 갔니?"

"지금 수업 중이에요." 트위지가 말했다. "비대면 수업이요." 트위지가 태블릿을 들어서 보여줬다. "보이시죠? 수학 시간이에요."

"알겠다." 시어머니가 고개를 돌려 나를 노려봤다. "내 증손녀가 학교에 빠지고 법률 전문가를 고용할 정도로 중요한 일인데, 나한테 알려줄 생각은 안 한 모양이구나, 트레이시. 하긴, 넌 나한테 아무것도 이야기 안 해주지."

* 전신을 덮는 아랍 여성의 의상

312

시어머니는 나뭇잎과 스위트피 꽃송이들을 날려버리고 브로콜리를 꺾으며 휘휘 돌아 끝자리에 앉았다. "비올라가 도와달라고 울부짖는 메시지를 어제서야 들었다. 비올라, 하심한테는 절대로 메시지를 남기지 마라. 그 사람에게는 영어라는 건 사실상 존재하지 않는 언어야. 그래서 하는 수 없이 하심한테 네 전화를 흥얼거리며 흉내 내보라는 수밖에 없었다. 네 서명을 알아보긴 했다만 전화가 안 돼서 결국 이렇게 날아왔잖니. 내가 꼭 참가해야 하는 협상 와중에 말이다."

"할머니, 협상은 어떻게 돼가요?" 비올라가 물었다.

"아주 잘 돼가고 있다. 이스라엘은 팔레스타인 사람들한테 예루살렘의 절반을 주기로 했고, 골란 고원은 시간대별로 나눠서 사용하기로 했지." 시어머니가 그 순간 나를 째려보며 말했다. "그 사람들은 소통이 얼마나 중요한 건지 잘 알아." 시어머니가 다시 비올라를 돌아봤다. "그런데 비올라, 왜 이 사람들이 너를 못살게 구는 거니? 이 사람들이 네 새 동거인을 싫어하니?"

"저는 비올라 씨의 동거인이 아닙니다!" 비쉬가 항의했다.

난 가끔 도대체 시어머니가 어쩌다 협상 중재인이 되었으며, 세르비아와 천주교, 남한과 북한, 기독교와 크로아티아 사이에서 어떻게 협상을 중재했는지 궁금했다. 시어머니는 편파적이며, 마음대로 결론을 내려버리고, 모든 말을 오해하는 데다 듣는 것도 싫어했다. 그럼에도 불구하고, 시어머니는 남아공과 협상해서 만델라 정부를 출범시켰다. 어쩌면 언젠가는 팔레스타인 사람들에게 욤 키푸르*를 받아들이게 할 수 있을지도 모른다. 시어머니는 그 사람들을 괴롭혀서 복종시켰을 게 틀림없다. 아마도 그들은 살아남기 위해 하나로 뭉쳐서 시어머니에게 맞서 싸워야 했을 것이다.

비쉬는 아직도 항의 중이었다. "저는 비올라 씨를 오늘 처음 만났습

* 유대교 최대의 명절인 '속죄의 날'

니다. 통화만 몇 번 해봤을 뿐이에요."

"네가 무슨 짓을 저지른 게 틀림없어." 시어머니가 비올라에게 말했다. "그래서 이 사람들이 널 혼내주려고 모였을 거야."

"제가 아니라 퍼디타가 문제예요. 걔가 사이클리스트에 가입했거든요." 비올라가 말했다.

"사이클리스트? 그럼 퍼디타가 자전거 동아리에 들어가는 걸 막으려고 내가 요르단 서안 협상을 팽개치고 왔단 말이냐? 이걸 도대체 이라크 대통령한테 어떻게 설명해야 하니? 절대로 이해 못 해줄 거다. 나도 도저히 이해가 안 돼. 자전거 동아리라니!"

"사이클리스트는 자전거 타는 모임이 아니에요." 엄마가 말했다.

"그 사람들은 생리를 한대요." 트위지가 말했다.

잠시 죽음 같은 침묵이 흘렀다. 그러자 나는 살다 보니 이런 일도 생기는구나, 라는 생각이 들었다. 세상에, 가족회의에서 시어머니와 내가 한편이 되어가고 있었던 것이다.

"이 야단법석이 퍼디타가 회피장치를 떼어내는 것 때문에 일어난 거라고?" 마침내 시어머니가 다시 입을 열었다.

"그 애도 이제 성인이야. 그렇지 않니? 그리고 이건 확실히 개인의 자기결정권에 관한 문제야. 트레이시, 넌 그걸 이해해야지. 이러나저러나 너도 판사잖니."

나는 현실이라고 믿기지 않는 이 상황을 이해하고 싶었다.

"사돈은 퍼디타가 20년 전의 해방 이전으로 퇴보하는 걸 찬성한단 말이에요?" 엄마가 말했다.

"저는 이게 중요한 문제라고 생각하지 않아요." 시어머니가 말했다. "중동지역에도 회피장치를 반대하는 단체들이 있어요. 하지만 아무도 그걸 중요하게 생각 안 해요. 아직도 베일을 뒤집어쓰고 사는 이라크 사람들조차도요."

"사돈, 퍼디타는 그걸 진지하게 받아들이고 있어요."

시어머니는 검은 옷자락을 펄럭이며 퍼디타 문제를 처리해버리려 했다. "그건 다 일시적인 유행이나 변덕일 뿐이에요. 초미니스커트나 그 끔찍한 전자 눈썹처럼 말이에요. 소수의 멍청한 계집애들이 그런 바보 같은 유행을 잠깐 좋아한다고 해서, 여성 전체가 바지를 벗어 던지거나 다시 모자를 쓰는 시대로 돌아가지는 않잖아요."

"하지만 퍼디타는…." 비올라가 말했다.

"퍼디타가 생리를 하고 싶다면, 나는 하게 놔둘 게다. 여성들은 회피 장치 없이도 수천 년을 잘 살아왔어."

엄마가 주먹으로 식탁을 쾅 내리쳤다. "물론 여성들은 축첩제도나 콜레라, 코르셋 같은 것들과도 아주 잘 살았죠." 엄마는 한마디, 한마디 할 때마다 주먹으로 식탁을 쳤다. "그렇다고 해도 그런 것들을 자발적으로 할 이유는 전혀 없어요. 나는 퍼디타가 그걸 하게 놔둘 생각이 전혀…."

"퍼디타 이야기가 나와서 말인데, 이 불쌍한 애기는 어디 있어요?" 시어머니가 말했다.

"퍼디타는 곧 올 거요." 엄마가 말했다. "점심 식사에 초대했으니까 그 애와 이 문제를 이야기할 수 있을 겁니다."

"하!" 시어머니가 말했다. "그러니까 사돈은 퍼디타를 협박해서 마음을 돌려놓으려는 모양이군요. 나는 사돈한테 협조할 생각이 전혀 없어요. 난 관심과 열린 마음으로 그 애의 이야기를 들어줄 거예요. '존중', 그게 바로 핵심이에요. 사돈이 잊어버린 게 바로 그거라고요. 존중과 관용."

꽃무늬 옷을 걸치고 왼손에 빨간 스카프를 묶은 맨발의 젊은 여성이 분홍색 인쇄물을 한 다발 들고 식탁으로 다가왔다.

"이제야 온 모양이군." 시어머니가 그 여성에게서 인쇄물을 낚아채며 말했다. "여기 서비스는 완전히 엉망진창이야. 내가 여기 온 지 10분도 넘었는데 이제야 오다니." 시어머니가 인쇄물을 펼쳤다. "이 식당에서는 스카치를 팔지 않는 모양이네."

"저는 에반젤린이에요." 젊은 여성이 말했다. "퍼디타의 도슨트입니다."

에반젤린이 시어머니가 들고 있던 인쇄물을 빼앗았다. "퍼디타가 오늘 점심 약속에 오기 힘들다며 제게 대신 참석해 사이클리스트의 철학을 설명해달라고 부탁했어요."

그 젊은 여성이 내 옆의 고리버들 의자에 앉았다.

"사이클리스트는 자유를 추구합니다. 인공적인 것으로부터의 자유, 신체를 통제하는 약이나 호르몬으로부터의 자유, 우리를 구속하는 남성들의 가부장제로부터의 자유지요. 여러분도 아시다시피 저희는 회피장치를 착용하지 않습니다." 젊은 여성이 팔에 감은 빨간 스카프를 가리키며 말을 이었다. "대신 저희는 자유와 여성성의 상징으로 이 스카프를 착용합니다. 오늘 저에게 풍요의 시기가 왔다는 사실을 알리기 위해 이걸 착용했어요."

"우리도 똑같이 두르긴 했었어." 엄마가 말했다. "주로 치마 뒤쪽에 하긴 했지만 말이야."

내가 웃음을 터뜨렸다.

도슨트가 나를 노려봤다. "여성의 신체에 대한 남성의 지배는 소위 '해방'이 일어나기 훨씬 전부터 시작됐습니다. 낙태와 태아의 권리에 대한 정부의 규제, 출생률에 대한 과학적 통제, 그러다가 마침내 암메네롤까지 개발했죠. 암메네롤은 생식의 순환을 한꺼번에 없애버렸습니다. 이건 모두 남성의 가부장적인 통치체제가 여성의 신체, 나아가 여성의 정체성까지 지배하려고 치밀하게 계획한 음모예요."

"아주 흥미로운 관점이구만!" 시어머니가 들뜬 목소리로 말했다.

확실히 흥미로운 관점이었다. 사실대로 말하자면, 암메네롤은 생리를 없애려고 발명된 약이 아니었다. 본래 암메네롤은 악성 종양을 수축시키려는 용도로 개발됐는데 자궁 내벽을 흡수하는 특성이 우연히 발견됐다.

"당신이 우리한테 말하려는 게, 남자들이 여자들한테 회피장치를 채웠다는 거예요? 우리는 식품의약국 FDA의 승인을 받아내려고 모두가 함께 싸웠어!" 엄마가 말했다.

그건 사실이었다. 여성들은 대리모, 반낙태주의, 태아의 권리에 관한 문제들에 대해서는 단결하지 못했지만, 생리를 하지 않을 수 있다는 가능성이 보이자 단결했다. 여성들은 '해방'의 이름 아래 하나가 되어 집회와 시위, 청원을 조직하고 추방당하고 감옥에 가고 상원의원을 선출시키고 수정 법안을 통과시켰다.

"남자들은 암메네롤을 반대했어!" 엄마가 상기된 얼굴로 말했다. "게다가 종교적 우익들과 생리대 제조업자들, 가톨릭교회…."

"여성을 사제로 받아들여야 한다는 사실 때문에 그랬죠." 비올라가 말했다.

"결국, 받아들일 수밖에 없었지." 내가 말했다.

"해방은 여러분을 자유롭게 해주지 않았어요!" 도슨트가 목소리를 높였다. "해방은 여성성의 근원과 삶의 자연적인 리듬을 박탈해버렸을 뿐이라고요!"

도슨트가 몸을 숙이더니 식탁 아래쪽에 있는 데이지 꽃을 꺾었다. "우리 사이클리스트들은 생리가 시작되는 걸 축하하고, 우리의 몸에서 일어나는 일을 기쁘게 받아들입니다." 도슨트가 데이지 꽃을 치켜들며 말했다. "사이클리스트 회원의 꽃봉오리가 피어오르면(우리는 그렇게 표현하죠), 그 회원에게 꽃과 시와 노래를 선사합니다. 그리고 우리는 손에 손을 잡고 생리할 때 제일 좋았던 일에 대해 이야기를 나눠요."

"난 몸이 퉁퉁 붓는 게 제일 좋았어요." 내가 말했다.

"달마다 사흘씩 핫팩을 끌어안고 침대에 누워 있는 것도 좋았지." 엄마가 말했다.

"저는 불안발작이 제일 좋았던 것 같아요." 비올라가 말했다. "트위지를 가지려고 암메네롤을 끊었을 때 우주 정거장이 머리 위로 떨어지는 줄 알았다니까요."

비올라가 말하는 동안 작업복을 입고 밀짚모자를 쓴 중년 여자가 엄마의 자리 옆에 와서 섰다. "저는 감정의 기복이 심했어요. 기분이 아주 즐겁다가도 순식간에 리지 보든 같은 기분이 되곤 했지요." 여자가 말했다.

"리지 보든이 누구예요?" 트위지가 물었다.

"부모를 죽인 여자야." 비쉬가 말했다. "도끼로."

시어머니와 도슨트가 두 사람을 째려봤다. "트위지, 수학공부 계속해야 하는 거 아니니?" 시어머니가 트위지에게 물었다.

"저는 리지 보든이 PMS를 앓던 게 아니었을까 항상 궁금했어요." 비올라가 말했다. "그리고 그게 원인이 돼서…."

"아냐. 탐폰과 이부프로펜 소염진통제가 없던 시절에 살아야 했던 게 원인일 거야. 그렇다면 확실히 정당한 살인이라고 할 수 있지." 엄마가 말했다.

"이런 경거망동은 전혀 도움이 안 돼." 시어머니가 모두를 노려보며 말했다.

"혹시 종업원이신가요?" 내가 밀짚모자를 쓴 여자에게 허겁지겁 물었다.

"네." 여자가 작업복 주머니에서 태블릿을 꺼내며 말했다.

"와인도 파나요?" 내가 물었다.

"네. 민들레 와인, 양취란화 와인, 달맞이꽃 와인이 있습니다."

"그거 다 가져다주세요."

"각 한 병씩이요?"

"네. 일단 그렇게 가져다주세요. 큰 술통에 든 게 있다면 모르겠지만."

"오늘의 특별요리는 수박 샐러드와 꽃양배추 그라탕입니다." 종업원이 모든 사람에게 웃음을 지으며 말했다. 시어머니와 도슨트는 웃지 않았다. "앞의 텃밭에 있는 꽃양배추는 여러분이 직접 뜯어서 드셔도 됩니다. 화식주의자를 위한 특별 요리로는 금잔화 버터로 살짝 튀긴 백합 꽃눈이 있습니다."

모두 주문을 할 동안 잠시 휴전했다. "저는 스위트피로 할게요. 그리고 장미수도 한 잔 주세요." 도슨트가 말했다.

비쉬가 비올라 쪽으로 몸을 기울이고 말했다. "아까 할머님께서 저한테 비올라 씨의 동거인이냐고 물어보셨을 때 그렇게 겁에 질린 목소리로 대답했던 거 죄송해요."

"괜찮아요. 할머니는 엄청나게 무서운 분이시거든요." 비올라가 말했다.

"저는 단지 제가 비올라 씨를 싫어하는 거라고 생각하지 말아주셨으면 하는 거예요. 그러니까 제 말은, 제가 당신을 좋아한다는 뜻이에요."

"콩버거는 안 판대요?" 트위지가 물었다.

종업원이 떠나자마자 도슨트가 가져온 분홍색 인쇄물을 나눠주기 시작했다. "이 자료를 보시면 사이클리스트의 철학을 이해할 수 있을 거예요." 도슨트는 그렇게 말하며 내게 인쇄물을 줬다. "생리 주기에 대한 실용적인 정보도 있단다." 도슨트는 트위지에게도 인쇄물을 주며 말했다.

"우리가 중학교 때 보던 책이랑 똑같네." 엄마가 인쇄물을 보며 말했다. "생리를 '특별한 선물'이랬었지. 그리고 이것처럼 분홍색 리본을 맨 여자애들이 테니스를 치며 활짝 웃는 모습이 실려 있었어. 뻔뻔스러운 거짓말이야."

엄마 말이 맞았다. 인쇄물에는 심지어 내가 중학교 때 교육용 영화에서 봤던 나팔관과 똑같은 그림도 실려 있었다. 그 그림을 보면 나는 항상 영화 〈에이리언〉에 나온 외계인의 새끼 모습이 떠올랐다.

"우웩. 역겨워요." 트위지가 말했다.

"넌 수학이나 하라니까." 시어머니가 말했다.

비쉬도 메스꺼워하는 표정이었다. "여자들이 정말로 이런 걸 했었어요?"

와인이 도착해서 나는 모든 사람에게 큰 잔으로 한 잔씩 따라주었다. 도슨트는 못마땅한 얼굴로 입술을 꼭 다물고 고개를 저었다. "사이클리스트는 남성의 가부장제가 여성을 온순하고 순종적으로 만들기 위해 강요하는 인공적인 자극제나 호르몬을 사용하지 않습니다."

"생리는 얼마나 오래 해요?" 트위지가 물었다.

"영원히." 엄마가 말했다.

"4일에서 6일 정도야. 자료 안에 쓰여 있어." 도슨트가 말했다.

"아니, 그게 아니라 평생 하는 거예요?"

"여성은 평균적으로 12세 정도에 초경을 시작해서 55세 정도에 생리를 멈춰."

"저는 열한 살에 생리를 시작했어요." 종업원이 내 앞에 꽃다발을 내려놓으며 말했다. "학교에서 수업 중일 때 시작됐죠."

"나는 식품의약국이 암메네롤을 승인했던 날 마지막으로 생리를 했지." 엄마가 말했다.

"365를 28로 나눠서…." 트위지가 태블릿에 쓰면서 말했다. "곱하기 43년 하면…." 트위지가 고개를 들었다. "생리를 559번 하게 되네요."

"그럴 리가 없어." 엄마가 태블릿을 낚아채면서 말했다.

"적어도 5천 번은 넘을 거야."

"그리고 꼭 여행을 출발하는 날 시작되죠." 비올라가 말했다.

"아니면 결혼식 날이나." 종업원이 말했다.

엄마가 태블릿에 뭔가를 쓰기 시작했다. 휴전하는 틈을 이용해서 나는 모든 사람에게 민들레 와인을 조금씩 더 부어주었다.

엄마가 태블릿에서 고개를 들었다. "생리를 5일간 한다고 했을 때 거의 3,000일 동안 생리를 하는 거 아니? 8년을 꽉 채우고도 남네."

"그리고 그사이에는 PMS가 있지요." 종업원이 꽃들을 넘겨주면서 말했다.

"PMS가 뭐에요?" 트위지가 물었다.

"생리 전 증후군, PMS(Pre-menstrual syndrome)는 남성적인 의료체제가 생리의 시작을 알리는 호르몬의 자연스러운 변화를 악의적으로 꾸며서 지어낸 말이야." 도슨트가 말했다. "남자들은 온화하고 전적으로 정상적인 신체의 변화를 신경쇠약이라도 걸린 것처럼 과장해서 묘사했어." 도슨트는 확인해달라는 눈빛으로 시어머니를 쳐다봤다.

"나는 머리를 잘라버리곤 했지." 시어머니가 말했다.

도슨트가 불편한 표정을 지었다.

"한번은 한쪽 머리를 싹 밀어버렸어." 시어머니가 계속 이야기했다. "봅이 매달 가위를 숨길 수밖에 없었지. 자동차 열쇠도 숨겼어. 내가 빨간 신호등만 보이면 울음을 터뜨렸거든."

"붓지는 않았어요?" 엄마가 시어머니에게 민들레 와인을 한 잔 더 따라주며 물었다.

"저는 꼭 오손 웰스 같았어요." 시어머니가 고개를 끄덕이며 말했다.

"오손 웰스는 누구예요?" 트위지가 물었다.

"여러분의 말씀은 가부장제가 주입한 여성의 자기혐오를 그대로 보여주고 있어요." 도슨트가 말했다. "남성들이 여성들을 세뇌해서 생리를 추악하고 더럽게 생각하도록 만들었어요. 당시 여성들은 남성들의 시각을 그대로 받아들인 탓에 생리를 '저주'라고 부르기까지 했죠."

"저도 생리를 저주라고 했어요. 마녀가 저한테 저주를 내린 게 틀림없다고 생각했거든요." 비올라가 말했다. "〈잠자는 숲 속의 미녀〉처럼 말이에요."

모두 고개를 돌려 비올라를 쳐다봤다.

"뭐, 저는 그랬다는 이야기예요." 비올라가 말했다. "그렇게 지독한 일이 저한테 일어나는 건 저주 때문일 거라고밖에는 생각할 수가 없었거든요." 비올라가 인쇄물을 도슨트에게 돌려줬다. "지금도 그렇게 생각해요."

"비올라 씨는 정말로 용감했던 거 같아요." 비쉬가 비올라에게 말했다. "트위지를 갖기 위해 암메네롤을 끊으시다니 말이에요."

"진짜 지독했어요. 당신은 상상도 못 할 걸요." 비올라가 말했다.

엄마가 한숨을 뱉었다. "내가 생리를 하다가 어머니한테 아네트도 이런 걸 하냐고 물어본 적이 있었어."

"아네트가 누구예요?" 트위지가 말했다.

"생쥐 기사단이야." 트위지가 어리둥절한 표정으로 갸우뚱거리자 엄마가 덧붙였다. "TV에서 했지."

"아주 예뻤어(high-res)." 비올라가 말했다.

"미키 마우스 클럽." 엄마가 말했다.

"미키 마우스 클럽이라는 고해상도 TV(high-rezzer)가 있었어요?" 트위지가 믿기지 않는다는 듯 말했다.

"많은 면에서 어두운 압제의 시절이었지." 내가 말했다.

엄마가 날 노려봤다. "아네트는 당시 모든 여자애들의 이상이었단다." 엄마가 트위지에게 이야기했다. "아네트의 머리는 곱실거리고 가슴도 크고 주름치마도 항상 잘 다려 입었어. 그래서 난 아네트가 그렇게 지저분하고 품위 없는 짓을 하리라고는 도저히 상상할 수가 없었어. 디즈니 씨가 그런 짓은 절대로 용납하지 않았을 테니까 말이야. 그래서 아네트가 생리를 안 하면 나도 안 하려고 했지. 그래서 어머니께 여쭤봤는데…."

"뭐라고 하셨어요?" 트위지가 끼어들었다.

"어머니께서는 모든 여자가 생리를 한다고 하셨어. 그래서 내가 물었지. '영국 여왕도요?' 그러자 어머니는 '여왕마저도'라고 대답하셨어." 엄마가 말했다.

"정말요? 하지만 여왕은 너무 늙었잖아요!" 트위지가 말했다.

"지금은 안 하시지." 도슨트가 짜증스럽게 말했다. "내가 말했잖아, 55세에 폐경기가 온다고."

"폐경기가 되면 얼굴이 벌겋게 달아오르지. 그리고 골다공증도 생기고, 입술 위에 털이 너무 많이 나서 마크 트웨인처럼 보이게 된다니까." 시어머니가 말했다.

"마크 트웨인은 누…." 트위지가 말했다.

"여러분은 남성의 악선전을 되풀이하고 있어요." 얼굴이 빨갛게 된 도슨트가 끼어들었다.

"저기, 제가 늘 궁금한 게 있었는데요." 시어머니가 음모라도 꾸미듯 엄마한테 기대며 말했다. "혹시 포클랜드 전쟁이 마거릿 대처의 폐경기 때문에 일어난 게 아니었을까 하는 거예요."

"마거릿 대처는 누구예요?" 트위지가 물었다.

도슨트가 손목에 묶은 스카프만큼이나 빨개진 얼굴로 자리에서 일어섰다. "여러분과 더 이야기해봐야 소용이 없을 거 같네요. 여러분은 모두 남성의 가부장제에 철저하게 세뇌당했어요." 도슨트가 인쇄물들을 낚아채기 시작했다. "여러분은 눈이 멀었어요. 모두 다! 여러분은 심지어 당신들이 자신의 생물학적인 정체성과 여성성을 빼앗으려는 남성 음모의 희생자라는 사실도 보지 못하고 있어요. '해방'은 해방이 전혀 아니었다니까요. 그건 또 다른 노예제였을 뿐이라고요!"

"설령 그게 사실이라고 해도⋯." 내가 말했다. "설령 남성이 우리를 지배하려는 음모라고 하더라도 할 만한 가치가 있었어."

"며느리 말이 맞아요, 그죠?" 시어머니가 엄마에게 말했다. "트레이시의 말이 전적으로 옳아요. 모든 것을 포기해도, 심지어 자유를 포기하더라도, 생리를 없애버린 건 확실히 그럴 만한 가치가 있었어요."

"여러분은 희생자라고요!" 도슨트가 소리쳤다. "여러분은 여성성을 빼앗겼는데도 전혀 관심이 없어요!" 도슨트는 호박과 글라디올러스를 발로 짓이기면서 가버렸다.

"내가 해방 전에 제일 싫어했던 게 뭐였는지 알아?" 시어머니가 마지막 남은 민들레 와인을 잔에 부으면서 말했다.

"생리대였어."

"마분지로 만든 탐폰 삽입기도." 엄마가 말했다.

"저는 절대로 사이클리스트에 가입 안 할래요." 트위지가 말했다.

"잘 생각했다." 내가 말했다.

"디저트 먹어도 되나요?" 트위지가 말했다.

내가 종업원을 부르자 트위지가 설탕 절인 제비꽃을 주문했다.

"디저트 드실 분 더 계세요?" 종업원이 물었다. "아니면 앵초 와인 더 드실 분?"

"제 생각에 비올라 씨가 동생을 도우려고 시도한 방법은 정말로 좋았던 거 같아요." 비쉬가 비올라에게 기대며 말했다.

"그리고 난 마디스 광고도 싫었어. 기억날 거예요. 비단 이브닝드레스에 기다란 흰 장갑을 한 매력적인 여자가 나오고, 여자 사진 아래에는 '마디스, 왜냐하면…'이라고 쓰여 있던 생리대 광고요. 나는 마디스가 향수인 줄 알았다니까요." 엄마가 말했다.

시어머니가 킥킥거리며 말했다. "난 샴페인 이름인 줄 알았어요."

"제 생각에 와인은 더 필요 없을 거 같네요." 내가 말했다.

✳

다음 날, 내가 막 법정으로 나가려는데 전화가 울렸다. 익명 전화였다.

"시어머니는 이라크로 돌아가셨을 텐데, 그렇지 않나?" 내가 비쉬에게 물었다.

"네. 요르단 서안에 디즈니랜드를 설치하는 문제에 대한 협상이 난항에 빠졌다고 비올라 씨에게 들었어요." 비쉬가 대답했다.

"비올라가 전화했었어?"

비쉬가 수줍은 얼굴로 말했다. "오늘 아침 식사를 비올라 씨와 트위지랑 같이 먹었습니다."

"아." 내가 전화기를 집어 들었다. "아마 엄마가 퍼디타 납치 계획을 짜자고 전화하셨을 거야. 여보세요?"

"에반젤린이에요. 퍼디타의 도슨트요." 전화 속의 목소리가 말했다. "기쁘시겠네요. 퍼디타를 협박해서 가부장제의 노예로 넘겨줘버렸으니 말이에요."

"내가 뭘 했다고요?" 내가 물었다.

"여러분이 세뇌 전문가를 고용한 게 틀림없어요. 우리가 고발할 거라는 사실을 알아줬으면 좋겠네요." 도슨트가 전화를 끊자마자 전화가 곧바로 울렸다. 또 익명 전화였다.

"아무도 사용 안 할 거면 도대체 서명 전화는 어디다 쓰는 거야?" 나는 그렇게 말하며 전화기를 들었다.

"안녕, 엄마." 퍼디타가 말했다. "사이클리스트에 가입하려던 생각을 바꿨다는 걸 엄마가 알고 싶어 할 것 같아서 전화했어요."

"정말?" 나는 환호성을 지르고 싶은 욕구를 억누르며 말했다.

"그 사람들이 팔에 빨간 스카프를 두른다는 사실을 알게 됐어요. 그게 팔에 문신한 싯팅 불*의 말을 가리더라고요."

"그거 문제구나." 내가 말했다.

"근데, 그것만이 아니에요. 내 도슨트가 어제 점심때 일을 이야기해줬는데, 정말로 할머니가 엄마 말이 맞다고 했어요?"

"응."

"이럴 수가! 난 도슨트 이야기 중에서 그 부분을 도저히 못 믿겠더라고요. 아무튼, 도슨트는 생리가 얼마나 위대한 일인지 이야기해주려고 했지만, 아무도 이야기를 안 듣고 계속 부종, 생리통, 불쾌감 같은 부정적인 면에 관해서만 이야기를 했다고 그러더라고요. 그래서 내가 생리통이 뭐냐고 물었더니 도슨트가 생리 출혈은 자주 두통이나 우울증의 원인이 되기도 한다고 말해줬어요. 그래서 내가 '출혈이라뇨? 아무도 피가 난다는 이야기는 안 해줬는데!'라고 했어요. 엄마, 왜 나한테 피가 날 거라는 이야기는 안 해줬어요?"

난 퍼디타에게 이야기해줬었다. 하지만 지금은 조용히 있는 게 나을 것 같았다.

"게다가 엄마는 아플 거라는 이야기도 안 해줬잖아요. 호르몬이 불안정해진다는 이야기도 안 해주고! 미친 사람이 아니면 도대체 누가 이런 짓을 일부러 하겠어요! 엄마는 도대체 해방 이전에 이런 걸 어떻게 견뎠어요?"

"어두운 압제의 시절이었지." 내가 말했다.

"그랬을 것 같아요. 아무튼, 저는 탈퇴했어요. 지금 제 도슨트는 완전히

* 커스터 장군의 부대를 전멸시킨 인디언

돌아버렸어요. 하지만 내가 이건 개인의 자기결정권에 관한 문제라고 했더니, 제 결정을 존중해줄 수밖에 없었죠. 그래도 전 화식주의자로 계속 지낼래요. 엄마가 이것까지 그만두라고 하지는 말아줬으면 좋겠어요."

"그럴 생각은 꿈에도 없다." 내가 말했다.

"이 모든 일이 일어난 건 순전히 엄마 잘못이에요! 엄마가 애초에 아플 거라고 말해줬으면 전혀 일어나지 않았을 일이잖아요. 비올라 언니 말이 맞다니까! 엄마는 항상 우리한테 아무것도 이야기 안 해줘!"

〈여왕마저도〉 후기

여러 해 동안 많은 사람들(대체로 남자들)이 내게 물었다. "〈여왕마저도〉에 대한 발상은 어디서 얻었나요?" 그러면 난 보통 이런 식으로 대답했다. "농담이시죠?" 혹은 "소원 성취라고 할 수 있죠. 순전히 소원 성취예요."

하지만 사실대로 설명하자면 조금 더 복잡하다. 초기의 발상은 몇 군데에서 시작됐다. 처음은 〈여왕마저도〉에서 언급했던 '모디스, 왜냐하면…'이라는 광고였는데, 한 면 가득히 실린 사진에는 여성들이 스키아파렐리나 입생 로랑이 디자인한 하얗고 긴 장갑을 끼곤 매력적인 이브닝드레스를 입고 있었다.

나는 그 사진들을 잘라서 스크랩북에 모아두곤 했다. 그 광고는 내게 매력이라는 게 뭔지 보여주는 전형이었다. 소설에 나오는 여성들처럼 나도 '모디스'가 뭔지 전혀 몰랐다. 향수의 이름이거나 '티파니' 같은 보석 업체의 이름이라고 짐작했다. 나중에 그게 뭔지 알게 됐을 때 느꼈던 배신감과 충격을 아직도 잊지 못한다.

두 번째는 할머니가 내게 해준 이야기였다. 십 대 때 나는 《빨간 머리 앤》과 《작은 아씨들》처럼 주인공 소녀들이 긴 치마와 페티코트를 입는 옛날 소설들을 무척 좋아했다. 그러다 그 시대로 돌아가서 살면 정말로 재미있겠다는 생각에 점차 열광적으로 빠져들었다. 그때 할머니가 이런 말을 해주셨다. "너한테 두 가지만 이야기해줄게. 그 시대엔 클리넥스와 탐폰이 없었단다."

세 번째는 클래리언 웨스트 작가 워크숍에서 학생들과 엘리베이터를 탔을 때였다. 엘리베이터에 탄 사람들이 전부 여성이었는데, 누군가가 생리통 때문에 이부프로펜 소염진통제를 가진 사람을 찾았다. 그러자 남자가 생리를 했다면 이부프로펜을 발명한 사람이 노벨상을 받았을 게 틀림없다는 이야기가 나왔고, 그 이야기에 엘리베이터를 타고 있던 사람들이 모두 동의하면서 생기 넘치는 대화가 이어졌다.

하지만 진짜로 이 단편을 써야겠다는 생각이 떠올랐던 것은, 이름을 밝히지는 않겠지만 어떤 여성주의 SF 행사에서 열린 토론회에 참석했을 때였다(본인은 내가 누구 이야기를 하는지 알 것이다). 그 토론회의 주제가 무엇이었는지는 기억나지 않는다. 하지만 여성이 생리를 '저주'라고 생각하는 이유는 순전히 남성 지배적인 가부장제가 그렇게 가르쳤기 때문이므로, 여성들이 스스로 판단하도록 놔둔다면 생리를 환영하고 기꺼이 받아들일 것이라던 한 토론자의 이야기는 확실히 기억한다.

나는 당시 평생 그렇게 멍청한 이야기는 들어본 적이 없다고 생각했다(지금도 그렇게 생각한다). 첫째, 지금껏 내게 생리를 경멸하라고 이야기한 사람은 아무도 없었다. 둘째, 우리 세대의 여성 중에 생리를 '저주'라고 부르는 사람은 아무도 없었다. 하지만 나중에 그 말을 다시 접하게 되자(아마도 내가 항상 읽던 옛날 소설이었을 것이다) 그게 완벽한 표현이라는 생각이 들었다.

그 토론회 이후 조사를 좀 해봤더니, 이 이론이 한 미치광이의 헛소리가 아니라 여성주의 운동 내에서 아주 일반적으로 받아들여지는 이야기라는 사실을 알게 됐다. 그래서 난 젊은 여자애들을 만날 때마다 그 이야기를 해봤는데(혹시 사고방식이 변했을 수도 있기 때문에), 모든 여자애들이 어이없는 얼굴로 말을 잇지 못하거나 화를 벌컥 냈다. 그리고 예전에는 탐폰이 없었다는 이야기에 충격을 받았다.

거기에 더해서, 몇몇 동료 여성 SF 작가들이 내게 '여성 문제'에 대해서는 쓰지 않고 시간 여행, 옛날 영화, 세상의 종말에 대한 SF만 쓴다며 닦달했다.

그래서 나는 이 소설을 쓰기로 결심했다.

THE WINDS OF MARBLE ARCH

마블 아치에 부는 바람

✦

정준호 옮김

1999년 〈Asimov's Science Fiction〉 발표
2000년 휴고상 수상
2000년 월드판타지상 노미네이트
2000년 로커스상 노미네이트
2009년 이그노투사상 노미네이트 (스페인)

캐스는 튜브*를 타지 않겠다고 했다.

"지난번에 왔을 때는 무척 좋아했잖아." 내가 넥타이를 찾으려 여행 가방을 헤집으며 말했다.

"틀렸어. 무척 좋아했던 사람은 당신이었지." 캐스가 짧은 머리를 빗으며 말했다. "나는 튜브가 더럽고 냄새나고 위험하다고 생각했어."

"뉴욕 지하철하고 헷갈리는 거 아니야? 이건 런던 지하철이라고." 넥타이는 가방에 없었다. 나는 옆 주머니를 열어 손을 쑤셔 넣었다. "지난번에 왔을 때는 당신도 튜브를 탔잖아."

"그때 우리가 묵었던 그 형편없는 민박집에서 내가 여행 가방을 들고 계단을 다섯 층이나 올라가기도 했지. 그런 짓을 다시 하고 싶은 생각은 없어."

그럴 필요가 없었다. 코노트 호텔에는 엘리베이터뿐 아니라 벨보이도 있었다.

---

* Tube, 런던 지하철의 별칭

"나는 튜브가 정말 싫어. 당시 튜브를 탔던 건 택시 탈 돈이 없어서였어. 지금은 있잖아."

우리에게는 택시를 탈 돈이 있었다. 그리고 우리는 바닥에 카펫이 깔렸고, 복도 끝이 아니라 방 안에 화장실이 딸린 호텔에 묵을 수도 있었다. 이름도 잘 기억나지 않는 그 민박집과는 천지 차이였다. 그곳은 절대 맨발로는 걷고 싶지 않은 갈색 장판이 깔려 있었고, 따뜻한 물을 쓰려면 욕조 위에 달린 계량기에 동전을 넣어야 했다.

"우리가 묵었던 곳 이름이 뭐였지?" 캐스에게 물었다.

"그 기억은 묻어뒀어. 기억하는 거라곤 튜브 역에 공동묘지 이름이 붙어 있었다는 것뿐이야."

"마블 아치. 근데 마블 아치는 공동묘지 이름이 아니야. 로마 콘스탄티누스 개선문을 본떠 하이드 파크에 세워둔 개선문의 이름을 딴 거지."

"어쨌든, 공동묘지 이름 같이 들렸어."

"로열 헤르니아*!" 갑자기 떠올라 내가 외쳤다.

캐스가 씩 웃으며 말했다. "로열 헤리티지**야."

"그래, 마블 아치 로열 헤르니아 역. 아무튼 우리 거기에 가보자. 옛날 추억을 생각하면서 말이야."

"아직 남아 있을지가 의문이야." 캐스가 귀걸이를 걸며 말했다. "20년이나 흘렀잖아."

"물론 아직도 거기에 있을 거야. 말도 안 되는 샤워기랑 모두 다 그대로 있을 거야. 그 좁아터진 침대 기억나? 마치 관 같았잖아. 적어도 관은 양쪽에 칸막이가 있어서 굴러떨어지지 않기라도 하지."

넥타이는 옆 주머니에도 없었다. 나는 여행 가방에서 셔츠들을 꺼내 침대에 쌓기 시작했다. "이 침대도 별로 나은 건 아니야. 영국인들이 어떻게 지금까지 번식을 해왔는지 궁금하게 만들 정도라니까."

---

*   hernia, 탈장(脫腸)
** heritage, 유산(遺産)

"우리는 어찌어찌 해냈잖아." 캐스가 신발을 신으며 말했다. "학회는 몇 시에 시작해?"

"10시." 나는 양말과 속옷을 침대에 던지며 말했다. "사라는 몇 시에 만나기로 했어?"

"9시 반." 캐스가 시계를 보며 말했다. "공연표 끊으러 갈 시간이 있겠어?"

"물론이지. '늙다리'는 11시나 되어야 나타날 거야."

"좋아. 사라와 엘리엇은 토요일에만 갈 수 있어. 내일 밤에는 무슨 일이 있대. 금요일 밤에는 우리가 밀포드 휴즈의 미망인과 아들들이랑 저녁 식사를 하기로 했잖아. 아서는 공연에 같이 갈 거래? 아서한테 연락됐어?"

"아니, 그래도 늙다리는 가고 싶어 할 거야. 우리 뭐 볼 거야?" 나는 넥타이 찾기를 포기하고 물었다.

"표를 구할 수 있다면 〈래그타임〉이 좋아. 아델피 극장에서 하고 있어. 만약 표가 없으면 〈폭풍우〉나 〈선셋 대로〉가 있나 봐. 그리고 그것도 매진이면 〈엔드게임〉을 알아봐줘. 헤일리 밀스가 나오거든."

"〈키즈멧〉 공연은 없나?"

캐스가 다시 씩 웃었다. "〈키즈멧〉은 안 해."

"아델피 극장에 가려면 어느 역에서 내려야 하지?"

"차링 크로스 역." 캐스가 지도를 보고 말했다. "〈선셋 대로〉는 올드 빅 극장, 〈폭풍우〉는 듀크 오브 요크 극장이야. 샤프트버리 로에 있어. 티켓 대행사에서 표를 구할 수도 있는데, 극장에 직접 가는 것보다 훨씬 빠를 거야."

"튜브를 타면 달라. 눈 깜짝할 새 어디든 간다니까. 그리고 티켓 대행사는 관광객들이나 가는 거지."

캐스는 미심쩍은 눈치였다. "가능하면 세 번째 줄로 구하되 가장자리는 하지 마. 그리고 2층보다 더 뒤로는 안 돼."

"꼭대기 층은 안 돼?" 우리가 처음 여기에 왔을 때는 가장 멀고 높은 좌석이 우리가 구할 수 있는 최선이었다. 어찌나 높았던지 보이는 거라곤 배우의 머리 꼭대기뿐이었다. 늙다리는 〈키즈멧〉 공연을 함께 보러 갔을 때 빌린 쌍안경으로 아라비아 의상을 입은 풍만한 랄루메를 살펴보느라 내내 몸을 앞으로 숙이고 있었다.

"꼭대기 층은 안 돼." 안내책자를 가방에 밀어 넣으며 캐스가 말했다. "웬만하면 아메리칸 익스프레스로 결제해. 안 되면 비자카드로 하고."

"정말 세 번째 줄이 좋은 선택이라 생각해? 기억하지? 지난번에 늙다리 때문에 꼭대기 층에서 거의 쫓겨날 뻔했잖아. 그때는 옆자리에 아무도 없었는데 말이야."

캐스가 가방을 싸다가 멈췄다. "톰." 걱정스러운 얼굴로 말했다. "벌써 20년 전에 일어난 일이잖아. 당신이 아서를 본 것도 5년이 넘었고."

"그래서 당신 생각에는 늙다리가 그사이 어른이라도 되었을 것 같아? 어림도 없지. 5년 전에 우리가 그레이스랜드에서 쫓겨난 것도 그 인간 때문이잖아. 지금도 똑같을 거야."

캐스는 뭔가 아서에 대해 더 말하고 싶은 표정이었지만 다시 가방을 싸기 시작하며 물었다. "칵테일 파티는 오늘 밤 몇 시야?"

"셰리주 파티야. 여기서는 칵테일 파티가 아니라 셰리주 파티를 해. 파티는 6시야. 거기서 만나자. 괜찮지? 당신, 사라는 얼마 만에 만나는 거지? 사라와 같이 동네를 싹쓸이하고 3년 치 수다를 풀어놓기에 충분한 시간인가?"

나는 엘리엇과 사라를 작년에 애틀랜타에서 만났고 재작년에도 바르셀로나에서 만났지만, 캐스는 학회에 두 번 다 동행하지 않았었다. "쇼핑은 어디서 할 거야?"

"해로즈 백화점에 갈 거야. 우리 여기 처음 왔을 때 샀던 차 세트 기억해? 거기 어울리는 찻잔을 살 거야. 그리고 리버티 백화점에서 스카프와 캐시미어 카디건을 사고, 우리가 지난번에는 못 샀던 것들도 다 살 거야." 캐시가 다시 시계를 보았다. "이제 가보는 게 좋겠어. 비가 이렇게 오면 차가 많이 막힐 거야."

"튜브가 빠를 거야. 그리고 덜 눅눅할 테고. 피카딜리 노선을 타고 나이트브리지 역에 가면 바로 도착이야. 밖으로 나갈 필요도 없어. 역에서 해로즈 백화점으로 바로 이어지는 지하도가 있거든."

"쇼핑백을 들고 그 끔찍한 에스컬레이터들을 오르락내리락 비집고 다닐 생각은 없어. 그 에스컬레이터들 반은 망가져 있잖아. 더군다나 쥐도 있어."

"피카딜리 서커스 역에서 생쥐 한 마리를 딱 한 번 봤을 뿐이잖아. 게다가 선로 아래에 있었고."

"20년이 흘렀어." 캐스가 침대로 다가와 난리통에서 솜씨 좋게 내 넥타이를 찾아서 꺼내며 말했다. "이제는 그 아래에 수천 마리가 살고 있을 거야." 그러고는 내 볼에 입을 맞췄다. "논문 발표 잘해." 캐스가 우산을 집어 들었다. "당신은 튜브를 타." 캐스는 문을 나서며 말했다. "당신이야말로 튜브를 너무너무 좋아하는 사람이잖아."

"안 그래도 그럴 거야!" 나는 캐스의 등 뒤에 대고 소리쳤지만, 엘리베이터 문이 이미 닫힌 다음이었다.

✳

캐스의 불길한 예언에도 불구하고, 튜브는 20년 전과 완전히 똑같았다. 뭐, 어쩌면 완전히 똑같지는 않을지도 모르겠다. 이제는 지하철표 자동발매기도 있었고, 지하철표를 빨아들였다가 뱉어내는 회전식 개찰구도 있었다. 대부분의 에스컬레이터는 이제 나무가 아닌 금속으로 되어 있었다. 하지만 여전히 엄청나게 가팔랐고, 에스컬레이터 옆에 늘어선 뮤지컬과 연극 포스터도 거의 변하지 않았다. 그때는 〈키즈멧〉과 〈캣츠〉를 공연하고 있었는데, 지금은 〈쇼보트〉와 〈캣츠〉를 하고 있다.

캐스가 옳았다. 나는 튜브를 사랑한다. 튜브는 세계에서 가장 훌륭한 지하철망이다. 보스턴의 'T'는 오래되어 낡아빠졌고, 도쿄의 지하철망은 정어리 통조림 같으며, 워싱턴 지하철은 방공호로 디자인된 것처럼 생겼다. 파리 지하철은 나쁘지 않았지만, 파리 안에 있다는 게 바로 단점이었다. 샌프란시스코의 지하철을 타고서는 어디로도 제대로 갈 수 없다.

튜브는 히드로 공항과 햄프턴 코트 너머까지, 그리고 외진 교외 지역인 콕포스터스나 머드슈트까지 어디든 갈 수 있다. 모든 관광명소에 역이 있으니 길 잃을 염려도 전혀 없다.

물론 튜브를 런던탑에서 웨스트민스터 성당을 거쳐 버킹엄 궁전까지 가는 가장 효율적인 수단으로만 볼 수는 없다. 토끼굴 같은 환상적인 지하도와 계단, 복도들이 지하를 가득 메우고 있고, 승강장 벽마다 붙어 있는 다채로운 대형 극장 포스터들, 지하도 내 모든 기둥, 벽, 그리고 굽이마다 걸린 노선도는 그 자체로 충분한 볼거리였다.

노선도 앞에 멈춰 서서 종횡으로 얽혀 있는 초록색, 푸른색, 붉은색 선들을 살펴보았다. 차링 크로스 역. 회색 선을 타야 했다. 뭐였더라? 주빌리 노선이었다.

안내표시가 지시하는 대로 굽은 승강장을 따라 내려가 동쪽 방향 승강장에 올라갔다. 열차가 빠져나가고 있었다. 선로 위 LED 전광판에 '다음 열차 6분'이라 표시되었다. 열차가 좁은 터널 속으로 들어가기 시작했고, 나는 지하철이 사라지면 빈 공간을 채우러 그 뒤를 따르는 거센 바람을 기다렸다.

옅은 디젤유와 먼지 냄새를 담은 바람은 내 옆에 선 여자의 머리를 헝클어뜨리고 치마를 펄럭이게 만들었다. '다음 열차 3분'.

손을 맞잡은 신혼부부의 모습과 지하도 벽에 붙어 있는 〈선셋 대로〉, 〈슬라이딩 도어즈〉와 해롯즈 백화점의 광고 포스터를 읽으며 시간을 보냈다. 맨 끝에 있는 포스터에는 '옛 추억을 되살리며'라고 적혀 있었다. '왕립 전쟁 박물관에서 런던 대공습을 체험해보세요. 엘리펀트 앤 캐슬 역.'

"열차가 들어오고 있습니다." 허공에 목소리가 울려 노란 선으로 한발

다가섰다.

승강장 가장자리에는 지금도 '틈을 조심하세요'라는 표시가 적혀 있었다. 캐스는 절대 승강장 가장자리에 서지 않았다. 캐스는 기차가 선로에서 뛰쳐나와 우리에게 갑자기 달려들기라도 할 것처럼 타일 벽에 긴장한 채 붙어 있곤 했다.

정시에, 반짝이는 크롬 도금과 플라스틱에 덮인 열차가 들어왔다. 바닥에는 껌딱지 하나 없고 오렌지색 시트에는 정체불명의 무언가가 묻어 있지도 않았다.

"실례합니다." 옆자리의 여자가 쇼핑백을 치우며 내가 앉을 수 있도록 해주었다.

심지어 튜브를 타는 사람들은 다른 지하철을 타는 사람들보다 친절했다. 그리고 독서 취향도 좋았다. 맞은편에 앉은 남성은 찰스 디킨스의 《황폐한 집》을 읽고 있었다.

열차가 속도를 늦췄다. "이번에 내리실 역은 리젠트파크 역입니다." 감정 없는 목소리가 안내 방송을 했다.

리젠트파크. 지난번 우리가 여기 왔을 때 늙다리는 "앞으로 돌격!"을 외치며 바로 이 역에서 지하철 밖으로 뛰쳐나갔다.

늙다리는 우리를 토머스 모어 경의 몸을 찾기 위한 정신없는 관광에 끌어들였다. 런던탑에 왕실 보물을 보러 갔었는데, 캐스가 대기 줄에 서서 프로머스 출판사에서 나온 《영국에서 하루 40달러로 살아남기》를 보다가 "여기 교회에 토머스 모어 경이 묻혀 있대. 《사계절의 사나이》 쓴 사람 말이야." 하고 말한 덕택에 우리는 단체로 모어 경의 무덤을 보러 가야만 했다.

"나머지도 보고 싶어?" 늙다리가 말했다.

"나머지?" 사라가 물었다.

"여기에는 몸통만 묻혀 있어." 늙다리가 말했다. "머리도 봐야지!" 늙다리는 우리를 토머스 모어 경의 머리가 창대 끝에 매달렸던 런던교로 데려갔고, 모어의 딸 마거릿이 창대에서 머리를 내려 묻었던 첼시 가든도 거쳤으며, 마지막에는 캔터베리까지 가야 했는데, 늙다리는 토머스 모어의 머리가 지금 묻혀 있는 작은 교회로 우리를 데려가는 동안 운전 중에 계속 우리 쪽을 돌아보며 말을 걸었다.

"토머스 모어의 유해를 찾는 세계여행!" 돌아오는 길에 맹렬한 속도로 운전하며 늙다리가 말했다.

"하바수 호수가 빠졌어." 엘리엇이 말했다. "원래의 런던교를 거기에 옮겨놓지 않았나?" 그리고 샌디에이고에서 연례 학회가 열렸을 때, 늙다리는 렌터카에서 마구 소리를 질러대며 우리를 납치해 애리조나까지 밤새 달려가 그 다리를 보고 왔다.

늙다리가 정말 보고 싶었다. 이번에는 어떤 미친 관광을 머릿속에 준비하고 있을지 짐작조차 가지 않았다. 어쨌든 우리를 앨커트래즈에서 쫓겨나게 만든 인물이었으니까.

늙다리가 지난 네 번의 학회에 한 번은 네팔에 가 있느라, 다른 세 번은 책을 마무리하느라 참석하지 않았기 때문에 어떻게 지내는지 정말 궁금했다.

"…옥스퍼드 서커스 역입니다." 감정 없는 목소리가 말했다. 차링 크로스 역까지는 두 정거장 남았다.

멈춰선 역을 살펴보기 위해 고개를 내밀었다. 각각의 역은 서로 다른 디자인으로 꾸며졌고 저마다의 색이 있었다. 세인트 판크라스 역은 군청색 테두리를 한 녹색, 유스턴 스퀘어 역은 검은색과 오렌지색, 본드 스트리트 역은 붉은색이었다. 옥스퍼드 서커스 역은 지난번 우리가 방문한 이후 푸른색 체스판 형태의 디자인으로 바뀌어 있었다.

열차가 출발하더니 속도를 높였다. 앞으로 5분이면 도착할 테고, 역에서 아델피 극장까지는 10분 거리였다. 캐스가 탄 택시보다 훨씬 빨랐고, 적어도 택시만큼은 편안했다.

에스컬레이터를 타고 올라가 빗속으로 들어가는 데 8분, 그리고 스트랜드 가를 걸어 올라가 아델피 극장까지 가는 데 20분이 걸렸다. 원래는 15분이면 충분했지만, 스트랜드 가를 가로지르는 데 10분이 걸렸다. 비를 피하려 난간 아래 움츠리고 있다가 우산을 가져가라던 캐스의 말을 들었어야 했다고 후회했다. 검은 런던 택시와 이층 버스, 소형 승용차들이 꽁무니를 문 채 느릿느릿 움직이고 있었다.

〈래그타임〉은 매진이었다. 로비에서 극장 안내 지도를 선반에서 뽑아 들고 듀크 오브 요크 극장이 어디인지를 찾아봤다. 극장은 샤프트버리 쪽이었고 가장 가까운 역은 레스터 스퀘어였다. 차링 크로스 역으로 되돌아가 에스컬레이터를 타고 내려간 다음, 노던 노선으로 이어지는 지하도로 향했다. 아직 30분의 여유가 있었다. 시간이 촉박하긴 했지만 불가능하지는 않았다.

열차를 타기 위해 왼쪽 지하도로 내려가며 사람들과 보조를 맞추면서도, 웅성거림과 딸깍거리는 하이힐 소리 너머로 열차가 덜컹거리며 멈춰서는 소리를 듣기 위해 귀를 쫑긋 세웠다.

사람들이 빨리 걷기 시작했다. 하이힐들이 더 빠르게 또각거렸다. 뒷주머니에서 튜브 노선도를 꺼냈다. 피카딜리 노선을 타고 사우스 켄싱턴 역에 가서 디스트릭트 노선으로 갈아탄 다음….

그때 마치 폭발이라도 일어난 듯 광풍이 나를 때렸다. 뒤로 휘청거리다가 거의 균형을 잃을 뻔했다. 주먹으로 턱을 한 대 맞은 것처럼 머리가 갑자기 뒤로 젖혀졌다. 거칠게 타일 벽을 더듬었다.

'IRA*가 지하철을 터뜨렸다!' 순간 든 생각은 그랬다.

하지만 폭탄이 터질 때의 공기를 찢는 소리는 들리지 않았고 그저 눅눅하고 끔찍한 냄새만 날 뿐이었다.

사린가스라고 생각하며 반사적으로 손으로 코와 입을 가렸지만, 여전히 냄새가 났다. 유황과 젖은 흙냄새, 그리고 뭔가 다른 냄새가 있었다. 화

---

* Irish Republican Army, 영국령 북아일랜드와 아일랜드공화국의 통일을 요구하는 반군사조직

약일까? 다이너마이트? 공기를 쿵쿵거리며 무엇인지 확인해보려 했다.

하지만 그게 뭐였든 간에 벌써 끝난 상태였다. 바람은 나를 때렸을 때처럼 갑작스레 멈춰버렸고, 냄새도 마찬가지였다. 건조하고 답답한 공기 속에는 작은 흔적조차 남아 있지 않았다.

나 말고는 아무도 발걸음을 늦추지 않은 걸 보니 폭발이나 독가스일 가능성은 없었다. 하이힐 소리가 타일 바닥을 두드리며 여전히 경쾌한 소리를 내고 있었다. 배낭을 메고 낄낄대며 서둘러 지나가는 독일 청년 둘과 회색 외투를 입고 〈타임〉지를 팔에 끼고 있는 회사원, 슬리퍼를 신고 있는 젊은 여성 모두 바람과 냄새를 전혀 의식하지 못한 것 같았다.

아무도 느끼지 못했단 말인가? 아니면 차링 크로스에서는 흔히 있는 일이라 익숙해져 있는 것일까?

그런 돌풍에 익숙해질 수 있는 사람이 대체 어디 있단 말인가? 저 사람들은 전혀 느끼지 못했던 게 분명하다.

나는 진짜로 느낀 걸까?

마치 고향 캘리포니아의 지진처럼 격렬한 진동이 일었다가 알아채기도 전에 끝나버려 정말 일어나기는 했는지 확신하기 어려운 종류의 일인지도 몰랐다. 확인할 수 있는 유일한 방법은 캐스나 아이들에게 "너희도 느꼈어?"라고 물어보거나 벽에 걸린 그림들이 삐뚤어졌는지를 보는 방법뿐이었다.

이 아래에서의 그림이라고는 모조리 벽에 고정해서 붙어 있었고, 독일 학생들이나 회사원은 벌써 "너희도 느꼈어?"에 대한 답을 내게 주고 있었다.

하지만 나는 분명 그걸 느꼈으므로 그 순간을 다시 떠올려보려 노력했다.

열기와 유황의 톡 쏘는 냄새와 젖은 흙냄새. 하지만 이런 이유들 때문에 균형을 잃고 비틀거리며 벽을 짚고 서게 된 것이 아니었다. 그건 폭탄이 터졌을 때 일어나는 공포의 냄새와 사람들이 토해내는 비명의 냄새 때문이었다.

하지만 폭탄일 수는 없었다. IRA는 영국과 평화 협상을 진행 중이었기 때문에 1년 넘게 아무런 사건도 일어나지 않았다. 게다가 폭탄은 폭발하다 말거나 중간에 멈추지 않는다. 과거에 튜브에서 폭탄이 터진 적이 있긴 했지만, 폭탄이 터졌다면 기계음은 "에스컬레이터를 통해 신속하게 나가주시기 바랍니다."라고 하지 "틈을 조심하세요."라고 하지는 않았을 것이었다.

하지만 폭탄이 아니라면 대체 뭐였을까? 그리고 어디서 온 것일까? 지하도 천장을 바라보았지만, 천장을 따라 설치된 환풍구나 환풍기, 수도관에서 새는 곳은 보이지 않았다. 지하도를 따라 걸으며 냄새를 맡았지만, 먼지와 눅눅한 모직물과 담배 냄새 같은 흔한 냄새뿐이었다. 지하도를 따라 계단 몇 개를 올라가자 기름 냄새가 강하게 났다.

지하도 아래 어딘가에서 열차가 우르릉거렸다. 열차. 열차가 들어올 때 돌풍이 닥쳤을 거야. 그 열차가 바람을 일으킨 거겠지. 승강장으로 내려가서 터널 안을 바라보며 반은 희망에, 반은 공포심에 차서 다시 그 일이 일어나기를 기다렸다.

열차가 들어와 멈추었고, 몇몇 사람들이 내렸다. "틈을 조심하세요!" 기계음이 말했다. 문이 휙 닫히고 열차가 출발했다. 바람이 선로의 종잇조각들을 들어 올려 가장자리로 소용돌이치게 했을 때, 나는 다리를 벌리고 서서 몸을 단단히 고정했지만, 그냥 보통의 바람이었고 별달리 특이한 냄새도 나지 않았다.

다시 지하도로 나와 벽에 있는 문들을 살펴보고 타일 사이에서 외풍이 나오는지를 확인하며 아까와 같은 자리에 서서 다른 열차가 들어오기를 기다렸다.

하지만 아무 일도 일어나지 않았고, 다른 사람들의 통행만 방해했다. 사람들이 내 주변을 돌아 지나며 연신 "죄송합니다."라고 중얼거렸는데, 그것이 영국식으로는 그저 "실례합니다"라는 표현일 뿐임을 알고 있더라도 절대 익숙해지지 않았다. 내가 길을 막고 있는 사람임에도 불구하고 사람들이 내게 사과하는 것처럼 들렸기 때문이었다. 그리고 학회에도 가야만 했다.

돌풍의 원인이 무엇이든 간에, 우연히 일어난 일일 것이다. 서로 다른 노선과 층, 지하철 사이를 이어주는 지하도들은 토끼굴처럼 얽혀 있었다. 바람은 어디서든 왔을 수 있다. 어쩌면 주빌리 노선에 타고 있던 누군가가 썩은 달걀 한 상자를 옮기는 중이었는지도 모른다. 혈액 표본이나. 혹은 둘 다였을 수도 있고.

노던 노선으로 올라가 막 들어온 지하철에 올라타 학회의 11시 강연에 맞춰 들어갈 수 있었다. 하지만 그 사건은 생각했던 것보다 훨씬 나를 당황스럽게 만들었던 모양이었다. 로비에 서서 등록 배지를 옷핀으로 고정하고 있을 때 바깥문이 열리며 바람이 밀려들어 왔다.

나는 움찔하며 바람을 피해 물러서서 텅 빈 눈으로 문을 바라봤다. 그러자 등록처에 앉아 있던 여자가 내게 물었다. "괜찮으세요?"

나는 고개를 끄덕였다. "혹시 늙다리나 엘리엇 템플턴이 등록했나요?"

"노인이요?" 여자가 얼떨떨한 얼굴로 물었다.

"노인이 아니라 늙다리요." 내가 초조해 하며 말했다. "이름은 아서 버즈올이에요."

"오전 강연은 벌써 시작했어요." 여자는 늘어선 배지들을 뒤지며 말했다. "연회장도 찾아보셨나요?"

늙다리는 지금껏 강연 따위에 참석해본 적이 없었다.

"엘리엇 템플턴 씨는 여기 계시네요." 등록처 여자가 계속 찾으며 말했다. "아서 버즈올 씨는 아직 등록 안 하셨어요."

"다니엘 드레커는 왔어요." 마저리 오도넬이 내게 다가오며 말했다. "그분 따님 소식은 들으셨죠?"

"아니요." 엘리엇을 찾으러 연회장을 둘러보며 내가 말했다.

"시설에 들어갔대요. 조현병으로."

오도넬의 눈에 나도 불안정해 보여서 그런 이야기를 꺼낸 건 아닌지 의아했지만, 오도넬이 말을 이었다. "그러니까, 제발 그분께 딸에 대해서는 묻지 말아주세요. 그리고 피터 제이미슨에게는 레슬리와 같이 왔는지 묻지 말고요. 지금은 결별했어요."

"안 할게요." 나는 서둘러 답한 뒤 첫 번째 강연으로 도망쳤다. 청중에 엘리엇은 없었고 점심때도 찾을 수 없었다. 런던에 살고 있는 존 맥코드 옆에 앉아 거두절미하고 이야기를 꺼냈다. "오늘 아침 튜브를 탔어."

"한심하지, 그렇지 않아?" 맥코드가 말했다. "그리고 너무 비싸. 하루 이용권이 지금 얼마지? 2.5파운드?"

"내가 차링 크로스 역에 있었는데, 이상한 바람이 불었어."

맥코드가 알겠다는 듯 고개를 끄덕였다. "열차 때문이지. 역을 빠져나가면서 앞의 공기를 밀어내니까." 손으로 미는 시늉을 하며 말했다. "그리고 열차가 터널을 채우기 때문에 열차 바로 뒤쪽에 약간의 진공이 생기고, 진공을 채우기 위해 그 뒤로 공기가 빨려 들어가서 바람을 일으키는 거야. 열차가 역으로 진입할 때도 반대로 똑같은 일이 발생하지."

"나도 알아." 내가 조급하게 말했다. "그런데 이건 마치 폭발 같았단 말이야, 그리고 냄새가…."

"그 밑은 먼지투성이니까. 그리고 거지들도 많고. 거지들이 지하도에서 잠을 자잖아. 게다가 벽에다 오줌을 싸는 사람들도 있어. 불행히도 지난 몇 년 사이에 지하철이 눈에 띄게 나빠졌어."

"런던에 있는 게 다 그렇죠." 식탁 맞은편의 여성이 말했다. "리젠트 가에 디즈니 매장이 생긴 거 알고 있어요?"

"그리고 갭(Gap) 매장도 생겼죠." 맥코드가 말했다.

"틈(gap)을 조심하세요." 내가 말했다. 하지만 그들은 런던의 쇠퇴와 타락에 대한 주제로 넘어가버렸다. 나는 엘리엇을 찾으러 가봐야 한다고 말했다.

엘리엇은 어디에도 보이지 않았다. 오후 강연이 시작됐다. 나는 존 왓슨과 아이린 왓슨 옆에 앉았다.

"아서 버즈올이나 엘리엇 템플턴 못 봤어요?" 연회장을 살피며 내가 물었다.

"엘리엇은 오전 강연 시작 전에 왔어요." 존이 말했다. "스튜어트도 여기 있어요."

아이린이 존에게 몸을 기대며 말했다. "스튜어트 수술한 이야기 들었죠? 대장암이래요."

"의사 말로는 다 제거했다네요." 존이 말했다.

"여기 오는 것도 이제 질려요." 아이린이 존 쪽으로 몸을 바싹 숙이며 말했다. "모두 너무 늙었거나 아프거나 이혼했어요. 하리 스리니바사우 죽었다는 이야기 들었죠? 심장마비였대요."

"저쪽에 있는 분과 할 이야기가 있어서요. 금방 돌아올게요." 나는 복도로 나갔다.

그리고 바로 스튜어트와 맞닥뜨렸다.

"톰! 어떻게 지냈어?"

"너는 어떻게 지냈어? 몸이 안 좋다고 들었는데."

"괜찮아. 의사들 말로는 그래도 빨리 발견한 덕분에 다 제거했대. 암이 재발한다는 사실보다, 우리가 나이가 들어가면서 예정된 일이라는 걸 알게 되었다는 게 더 걱정스럽네. 폴 워먼 이야기 들었어?"

"아니." 내가 말했다. "잠깐만, 강연 시작 전에 전화 통화를 좀 해야 하거든." 스튜어트가 모두의 쇠퇴와 타락에 대해 전해주려 하기 전에 말이다.

나는 로비로 향했다. "어디 있었어?" 엘리엇이 내 어깨를 두드리며 말했다. "찾느라 사방을 돌아다녔잖아."

"내가 어디 있었느냐고?" 나는 난파되어 뗏목에 며칠이나 매달려 있던 사람처럼 말했다. "널 만나서 얼마나 기쁜지 모를 거야." 기쁜 눈으로 엘리엇을 쳐다보며 말했다. 엘리엇은 예전과 똑같이 키 크고 몸 좋고 머리숱도 벗겨지지 않았다. "다들 망가져가고 있어."

"너도 그래." 엘리엇이 씩 웃으며 말했다. "한잔 필요해 보이는데."

"늙다리도 같이 왔어?" 내가 주변을 둘러보며 물었다.

"아니." 엘리엇이 대답했다. "여기에 바가 어디 있는지 혹시 알아?"

"저 안쪽에 있어." 내가 가리켰다.

"앞장서. 네게 해줄 이야기가 정말 많아. 조금 전에 내가 에버스와 연구팀을 새로운 프로젝트에 끌어들였어. 맥주 두어 잔 하면서 얘기해줄게."

엘리엇은 프로젝트 이야기를 마치고 나서 지난 학회 이후 사라와 어떤 일들을 했는지도 이야기해주었다.

"오늘 늙다리가 여기 올 줄 알았어. 그래도 오늘 밤에는 오겠지?"

"그렇겠지." 엘리엇이 말했다. "아니면 내일 오겠지."

"늙다리는 잘 지내나?" 바 너머에서 이야기하고 있는 스튜어트 쪽을 바라보며 내가 물었다. "어디 아픈 건 아니겠지?"

"아픈 건 아닐 거야." 엘리엇이 짐짓 놀란 척 안심시키듯 말했다. "알다시피 늙다리가 요즘 케임브리지에 살잖아. 사라와 나는 녀석을 만나러 가지는 않을 거야. 에버스 연구진이 축하한다고 저녁을 대접하기로 했거든. 그래도 가는 길에 잠깐 들르긴 할 거야. 사라가 너를 보러 가고 싶다고 고집했어. 너희가 온다며 정말 좋아했거든. 지난 몇 주 동안 그 이야기만 했다니까. 캐스랑 같이 쇼핑을 갈 생각에 들떠 있었어." 엘리엇은 바에 가서 맥주 두 잔을 더 주문했다. "이야기가 나와서 말인데, 사라가 토요일 저녁에 공연이랑 저녁 식사에 나랑 같이 꼭 갈 거라고 전해달래. 그래서 뭐 보기로 했어? 제발 〈선셋 대로〉는 아니라고 말해줘."

"아, 맞다. 젠장. 아직 결정 못 했어. 표 사는 걸 깜빡했네." 황급히 시계를 보았다. 3시 45분. "매표소가 지금 열려 있을까?"

엘리엇이 고개를 끄덕였다.

"좋아." 나는 코트를 움켜쥐고 로비로 향했다.

"〈캣츠〉도 빼줘!" 엘리엇이 소리쳤다.

역까지 전력으로 질주해서 개찰구를 비집고 들어가면서 아무 표나 구할 수만 있다면 다행이라는 생각이 들었다. 이 시간엔 지하철을 잡아탈 수만 있어도 운이 좋은 것이다. 에스컬레이터가 너무 붐벼서 주머니에서 극장 목록을 꺼내는 것조차 힘들었다. 〈폭풍우〉는 레스터 스퀘어에 있는 듀크 오브 요크 극장에서 하고 있었다. 튜브 노선도를 꺼냈다. 피카딜리 노선이었다.

피카딜리 노선으로 가는 지하도는 에스컬레이터보다 더 붐비고 더 느렸다. 내 앞의 노파는 회색 스카프를 머리에 두르고 오래된 갈색 코트 차림에 푸른 혈관이 드러난 손으로 코트 깃을 단단히 여미며, 힘겹게 태풍을 뚫고 나가듯 머리를 숙이고 몸을 앞으로 구부린 채 달팽이처럼 느릿느릿 걸어가고 있었다.

노파를 비켜가려 했지만, 배낭을 메고 넷이 나란히 걸어가면서 런던 탑 구경에 관해 이야기하고 있는 스페인 청소년 무리에 다시 막혔다.

열차를 놓쳐 다음 차를 기다려야 했다. 뒤에 선 미국인 커플이 벌이는 심각한 말싸움을 들으면서 '다음 열차 4분'이라 적힌 전광판을 15초마다 확인했다.

"내가 4시에 시작한다고 말했잖아." 여자가 말했다. "벌써 늦었어."

"사진 한 장만 더 찍자고 했던 사람이 누군데?" 남자가 말했다. "벌써 5백 장은 넘게 찍었어. 그런데도 안 된다며 한 장만 더 찍어야 한다고 했잖아."

"우리 휴가에 추억할 만한 걸 남기고 싶었어." 여자가 씁쓸하게 말했다. "우리의 행복하고도 행복한 휴가를 남기고 싶었단 말이야."

지하철이 들어왔다. 사이를 비집고 들어가 손잡이를 잡고 서서 사람들에게 밀리며 극장 목록을 읽었다. 윈덤 극장도 레스터 스퀘어 근처에 있었다. 윈덤에서 뭘 했더라?

〈캣츠〉.

별로군. 하지만 〈세일즈맨의 죽음〉이 프린스 에드워드 극장에서 하고 있었고, 얼마 떨어져 있지도 않았다. 그리고 샤프트버리 로에 가면 극장이 줄지어 있었다.

"레스터 스퀘어 역입니다." 기계음이 말했고, 힘겹게 지하철에서 내려 지하도를 지나 에스컬레이터를 올라 레스터 스퀘어에 들어섰다.

올라가는 길은 더 붐벼서 듀크 오브 요크 극장까지 가는 데 거의 20분이나 걸렸지만, 매표소가 6시부터 영업한다는 사실만 확인했을 뿐이었다. 프린스 에드워드 극장은 열었지만 〈세일즈맨의 죽음〉은 열다섯 줄이나 떨어진 1인용 좌석 두 개만 남아 있었다. "다섯 자리를 한꺼번에 잡을 수 있는 제일 이른 날짜가⋯." 검은 립스틱을 바른 아가씨가 컴퓨터를 두드리며 말했다. "3월 15일이네요."

3월 15일이라. 얼마나 적절한가. 표를 사지 못한 채 숙소로 돌아가면 캐스가 나를 죽일 게 틀림없으니.*

"제일 가까운 티켓 대행사가 어디죠?" 여성에게 물었다.

"캐논 스트리트에 하나 있어요." 어물거리는 목소리였다.

캐논 스트리트. 튜브 역의 이름 중 하나였다. 노선도를 살폈다. 디스트릭트 서클 노선이었다. 노던 노선을 타고 엠뱅크먼트 역까지 내려가면 디스트릭트 서클 노선으로 갈아탈 수 있었다.

시계를 봤다. 벌써 4시 반이었다. 셰리주 파티에는 6시까지 가야 했다. 시간이 아슬아슬했다. 전력 질주해서 레스터 스퀘어 역으로 되돌아가 노던 노선의 승강장에서 지하철에 올라탔다. 아까보다 더 붐볐지만, 사람들은 여전히 친절했다. 그리고 사람들은 주변에 폐가 되지 않을 정도의 높이로 책을 들어 올려 붐비는 열차 안에서도 계속 책을 읽었다. 《보바리 부인》이나 조프 라이먼의 《253》, 찰스 윌리엄스의 《지옥에 내려가다》 등이었다.

"캐논 스트리트 역입니다." 기계음이 말했고, 나는 사람들을 비집고 내려 출구로 향했다.

---

* 3월 15일은 시저가 암살당한 날로 배반, 음모, 죽음 등을 은유한다.

지하도를 반쯤 갔을 때 지난번과 똑같은 돌풍과 냄새가 나를 후려쳤다. 아니, 똑같지는 않았다. 다시 균형을 잡고 무심한 통근자들을 보면서 그런 생각이 들었다. 마찬가지로 날카로운 유황과 폭발의 냄새가 있었지만 습하고 케케묵은 냄새는 없었다. 이번에는 연기 냄새가 났다.

하지만 화재경보는 울리지 않았고 스프링클러도 작동하지 않았다. 심지어 알아차린 사람조차 없었다.

어쩌면 너무 흔하게 발생하는 일이라 여기에 사는 사람들은 알아채지 못하고 그런 냄새조차 맡지 못하는 것인지도 모른다는 생각이 들었다. 마치 제재소나 화학 공장 근처에 사는 사람들처럼 말이다. 네브래스카에 사는 캐스의 삼촌을 만나러 갔다가 축사 냄새가 거슬리지 않느냐고 여쭤본 적이 있었다.

캐스의 삼촌은 "무슨 냄새?"라고 되물었다.

하지만 가축의 분변 냄새는 폭력이나 공포의 냄새와 다르다. 그리고 축사의 냄새는 어디서나 맡을 수 있다. 하지만 이게 지하철역에 널리 배어 있는 냄새라면, 왜 피카딜리 서커스나 레스터 스퀘어에서는 그 냄새를 맡지 못했던 걸까?

내가 아무 생각 없이 다시 지하도를 내려가 열차를 타고 일곱 정거장이나 갔다는 사실을 알아차렸을 때는 벌써 사우스 켄싱턴 역까지 와 있었다. 그리고 아직 공연표도 사지 않은 채였다.

열차에서 내렸다. 다시 돌아갈까 망설이며 마음을 정하지 못한 채 승강장에 서 있었다. 이건 썩은 달걀 한 판도 아니었고 혈액 표본도 아니었으며 차링 크로스 역에 국한된 현상도 아니었다. 대체 무엇일까?

여자 한 명이 열차에서 내려 짜증을 내며 시계를 봤다. 나도 시계를 봤다. 5시 반이었다. 티켓 대행사로 돌아가기에는 너무 늦었고, 호텔로 돌아가려면 어떤 노선을 타야 하는지 알아내는 것 외에는 다른 무엇을 하기에도 너무 늦은 시간이었다.

캐논 스트리트 역으로 돌아가지 않아도 되므로 다시 그 돌풍을 마주하지 않아도 된다는 사실을 깨닫자 안도감이 밀려왔다. 튜브 노선도를 꺼내 들며 그게 대체 무엇이기에 그렇게 공포스러운 감정을 느끼게 만들었는지 궁금해졌다.

호텔로 돌아오는 길에 캐스에게 말해야 할지 말지 계속 생각했다. 말해주면 캐스가 튜브에 대해 가지고 있던 편견만 확인시켜줄 뿐이고, 더군다나 내가 나타나기만 기다리고 있는 상황이 아니라고 해도 튜브에 몰아닥친 돌풍 같은 허황된 이야기를 들어줄 기분은 아닐 것이다. 캐스는 지각을 정말 싫어했는데 시간은 벌써 6시가 넘었다. 내가 호텔로 되돌아가면 거의 6시 반이 될 것이다.

6시 45분이었다. 5분 동안 엘리베이터 버튼을 부질없이 누르고 있다가 계단을 이용했다. 어쩌면 캐스도 늦었을지 모른다. 캐스와 사라는 함께 쇼핑을 나가면 시간 가는 줄 모르곤 했다. 바지 주머니에서 방 열쇠를 꺼냈다.

캐스가 문을 열었다.

"나도 알아, 늦었지." 이름표를 떼고 웃옷을 벗으며 내가 말했다. "5분만 기다려줘. 준비 다 했어?"

"응." 캐스는 침대에 걸터앉으며 나를 바라봤다.

"해로즈 백화점은 어땠어?" 내가 셔츠 단추를 풀며 물었다. "찾던 찻잔은 샀어?"

"아니." 캐스가 포갠 손을 바라보며 말했다.

나는 가방에서 깨끗한 셔츠를 꺼내어 걸쳤다. "사라와 재미있게 놀았던 거지?" 버튼을 채우며 캐스에게 물었다. "뭐 샀어? 엘리엇은 둘이서 해로즈 백화점을 텅텅 비우는 게 아닌가 걱정하던데." 말을 멈추고 캐스를 봤다. "무슨 일 있어? 애들 전화했어? 무슨 일 있었어?"

"아이들은 괜찮아." 캐스가 말했다.

"무슨 일 있었구나. 사라랑 같이 탔던 택시에서 사고라도 났어?"

캐스가 고개를 저었다. "아무 일도 없었어." 계속해서 손만 쳐다보며 말했다. "사라가 바람을 피워."

"뭐?" 내가 얼빠진 얼굴로 물었다.

"사라가 바람을 피운다고."

"사라가?" 나는 믿을 수 없어서 되물었다. 사라는 아닐 거야. 그 따뜻하고 성실한 사라가.

캐스가 계속 손을 쳐다보며 고개를 끄덕였다.

내가 침대에 앉았다. "사라가 자기 입으로 말했어?"

"아니, 물론 아니지." 캐스가 일어나 거울 앞으로 걸어가며 말했다.

"그러면 어떻게 알았어?" 그렇게 묻긴 했지만, 캐스가 어떻게 알게 되었을지는 이미 알고 있었다. 아이들이 수두에 걸릴 것이라는 사실이나 처제가 약혼하리라는 사실, 그리고 아버지가 사업에 대해 걱정하고 있다는 사실을 알아차린 방법과 같을 것이다. 캐스는 다른 누구보다 그런 일들을 빨리 알아차렸다. 캐스는 잠재의식적인 신호나 공기의 진동 같은 것들을 잡아낼 수 있는 일종의 초감각적 레이더를 장착하고 있었다. 그리고 캐스는 언제나 옳았다.

하지만 사라와 엘리엇은 우리만큼이나 오래전부터 결혼생활을 유지해왔다. 우리가 보기에 그 부부는 '결혼이 여전히 유효한 제도'임을 증명하는 목록의 제일 앞자리를 차지하고 있었다.

"확실해?"

"확실해."

어떻게 알게 된 것인지 묻고 싶었지만 별 의미는 없었다. 애슐리가 수두에 걸렸을 때 캐스는 "애슐리는 열이 나면 눈이 반짝거려. 무엇보다 린제이가 2주 전에 수두에 걸렸잖아."라고 말했다. 하지만 대체로는 짧은 금발 머리를 저으며 어떻게 그런 결론에 이르렀는지 정확히 설명해주지 못했다.

하지만 캐스는 언제나 옳았다. 언제나.

"오늘 엘리엇을 만났어. 괜찮아 보이던데. 그다지…." 엘리엇이 했던 이야기들을 돌이켜보며 행복하지 않거나 무슨 걱정거리가 있다는 암시가 있었는지 생각해보았다. 사라와 캐스가 돈을 펑펑 써댈 거라 이야기했지만, 항상 하는 말이었다. "괜찮아 보였어."

"넥타이 매." 캐스가 말했다.

"그런데 만약 사라가… 당신이 가고 싶지 않으면 안 가도 돼."

"아니야." 캐스가 고개를 저으며 말했다 "아냐, 아냐, 꼭 가야 해."

"당신이 잘못 생각했을 수도….'

"아니." 캐스는 그렇게 말하고는 화장실에 들어가 문을 닫아버렸다.

택시 잡기도 쉽지 않았다. 호텔의 문지기는 어디론가 사라져버렸고, 런던의 네모난 검정 택시들은 내가 미친 듯이 휘젓는 손을 무시했다. 마침내 한 대를 잡아탔지만, 파티까지 가는 데는 시간이 하염없이 걸렸다. "극장 관객들 때문이에요." 택시 기사는 그렇게 교통체증을 설명했다. "두 분은 여기 머무는 동안 공연 보러 가시나요?"

사라가 바람을 피우고 있다는 사실을 알고 있는 상태에서 캐스가 여전히 공연에 가고 싶어 할지 의문이었다. 하지만 사보이 극장을 지날 때 〈미스 사이공〉의 네온사인이 반짝거리자 캐스가 물었다. "공연표는 어떤 걸로 샀어?"

"못 샀어. 시간이 없었어." 내일 가서 사올 계획이라고 말해주려 했지만, 캐스는 듣지 않았다.

"해로즈 백화점에는 내가 찾던 찻잔이 없었어." 캐스의 목소리는 내게 사라에 대해 이야기해줄 때만큼이나 기운이 없었다.

"그런 형태의 찻잔 생산은 4년 전에 중단됐대."

우리는 파티에 거의 1시간 반이나 늦었다. 나는 엘리엇과 사라가 한참 전에 저녁 먹으러 나갔을 거라고 생각하며 속으로 안도했다.

"캐스!" 우리가 문을 들어서자마자 이름표를 단 마저리가 재빨리 다가왔다. "정말 좋아 보인다! 얘기해주고 싶은 게 정말 많아!"

"나는 가서 늙다리를 찾아볼게. 끝나고 저녁 같이 먹을 건지도 물어보고." 늙다리라면 우리를 소호나 햄스테드 히스로 끌고 갈 게 뻔했다. 늙다리는 장어 파이나 영국식 전통 흑맥주를 파는 외진 가게들을 잘 알고 있었다.

사람들 속으로 들어갔다. 보통 늙다리는 그를 에워싼 사람들이나 웃음소리로 찾을 수 있었다. 그리고 바에 가까운 곳에 있을 것이라는 생각이 들어 그쪽에 있는 사람들을 살폈다.

인파를 헤집고 들어가면서 쟁반에서 와인 한 잔을 낚아챘다. 하지만 그쪽에는 늙다리가 없었다. 점심시간에 봤던 무리가 있었다. 그들은 비틀즈부터 시작해 온갖 주제로 이야기를 나누고 있었는데, 적어도 쇠퇴와 타락에 대한 이야기는 아니었다.

"저 셋은 동창회 여행에 대해 이야기하고 있던데…." 맥코드가 말했다. "이제는 물 건너간 이야기겠지."

"늙다리를 따라서 비틀즈 관광을 간 적이 있었지. 누구 늙다리 본 사람 없어? 늙다리는 비틀즈의 앨범 재킷을 모두 재현하겠다고 우겨댔지. 애비 로드를 건너는 장면을 찍다가 죽을 뻔했어."

"내일까지는 케임브리지에서 내려오지 않을 거 같아. 운전하고 오기엔 먼 길이잖아."

늙다리는 런던교를 보겠다고 650킬로미터를 운전했던 사람이었다. 까치발을 하고 사람들 너머로 늙다리를 찾았다. 늙다리는 보이지 않았지만 에버스를 찾았다. 그 말인즉슨 사라와 엘리엇이 아직 여기 있다는 의미였다. 캐스는 마저리와 입구 근처에 있을 것이다.

"린다 매카트니 일은 정말 안됐어요." 디즈니 이야기를 했던 여자가 말했다.

나는 한 번에 술을 털어 넣고 나서야 와인이 아니라 독한 셰리주였다는 사실을 깨달았다.

"몇 살이었죠?" 맥코드가 물었다.

"쉰셋이요."

"유방암 진단을 받은 사람들을 세 명이나 알아요." 갭 이야기를 했던 여성이 말했다. "세 명이나. 끔찍하죠."

"다음에 누가 될지 모르겠네요." 다른 여성이 말했다.

"다음에는 대체 무슨 일이 일어날지…." 맥코드가 말했다. "스튜어트 이야기 들었죠?"

내가 셰리주 잔을 디즈니 여자에게 건네주자 여자가 짜증 섞인 눈으로 쳐다봤지만, 나는 캐스를 찾으러 인파 속으로 들어갔다. 그런데 이제는 캐스도 찾을 수가 없었다. 멈춰 서서 목을 길게 빼고 캐스를 찾아보았다.

"잘생긴 분이 여기 있었네!" 사라가 뒤에서 다가와 내 허리에 손을 감으며 말했다. "찾느라 한참 돌아다녔잖아요."

사라는 내 뺨에 입 맞췄다. "엘리엇은 당신이 〈캣츠〉 공연에 데리고 갈까 봐 안절부절못하고 있어요. 그이는 〈캣츠〉를 엄청 싫어하는데, 런던에 오는 사람마다 그 공연에 계속 끌고 갔거든요. 그리고 엘리엇이 안절부절못할 때 어떻게 되는지 잘 알잖아요. 안 샀죠, 그죠? 설마 〈캣츠〉 표 샀어요?"

"아뇨." 사라를 바라보며 말했다. 사라는 한결같아 보였다. 검은 머리를 귀 뒤로 넘기고 장난기 가득한 눈썹도 그대로였다. 함께 〈키즈멧〉을 보고, 하바수 호수와 애비 로드에 갔던 사라의 그 모습 그대로였다.

캐스가 틀렸다. 타인의 잠재의식적인 신호를 읽을 수 있을지는 몰라도 이번에는 틀렸다. 사라는 죄책감에 짓눌린 사람처럼 행동하거나 불편해하지도 않았고 내 눈을 피하지도 않았으며 캐스도 피하지 않았다.

"캐스는 어디 있어요?" 까치발로 서서 사람들을 둘러보며 사라가 물었다. "캐스에게 이야기해줄 게 있는데."

"뭔데요?"

"찻잔 때문에요. 오늘 못 찾았거든요. 캐스가 이야기 안 했어요? 어쨌든, 집에 돌아가니까 그런 생각이 들더라고요. '셀프리지 백화점에는 있다는 데 걸겠어.' 그 백화점은 항상 시대에 몇 년씩 뒤처지거든요. 아,

캐스 저기 있네요." 사라가 미친 듯이 손을 흔들었다. "우리가 가기 전에 이야기해주려고요." 사라는 그렇게 말하고는 사람들 사이로 걸어갔다. "엘리엇 찾으면 금방 온다고 말해줘요. 그리고 〈캣츠〉는 보러 가지 않을 거라는 이야기도 해줘요." 사라가 뒤돌아보며 내게 말했다. "밤새 안달복달하는 모습은 보고 싶지 않아서요. 엘리엇은 저쪽 어디쯤 있을 거예요." 사라는 문 쪽을 대충 가리켰다. 나는 정문 근처까지 사람들을 밀치고 나간 끝에야 엘리엇을 만날 수 있었다.

"사라 못 봤어?" 엘리엇이 말했다. "에버스가 차를 가져오기로 했어."

"캐스랑 이야기 중이야. 금방 올 거랬어."

"농담해? 그 둘은 만나기만 하면…." 엘리엇이 이해한다는 표정을 지으며 고개를 절레절레 흔들었다. "사라 말로는 오늘 정말 재미있었대."

"늙다리는 아직 안 왔어?"

"늙다리한테서 전화가 왔었는데 오늘 밤에는 힘들대. 너한테는 내일 만나자고 전해달래. 정말 기대된다. 우리는 아래쪽 윔블던에 사니까 늙다리가 케임브리지로 이사 간 뒤로 거의 못 봤거든."

"그동안 늙다리가 들이닥쳐서 디킨스의 팔꿈치 같은 것들을 보자면서 납치해가는 일은 없었고?"

"요즘은 없었어. 하, 이런, 사라가 아서 코난 도일을 언급했을 때 늙다리가 우리를 끌고 셜록 홈스의 사라진 집을 찾겠다며 베이커 가를 훑고 다녔던 일 기억나?"

늙다리가 대문들을 두드리며 "221B번지에 무슨 짓을 하신 겁니까, 여사님?"이라 캐묻고 다니다가 런던 경찰청에 신고해야겠다고 이야기하던 모습이 기억나서 웃었다.

"그리고 사람들이 그 집에다 무슨 짓을 했는지 알아내야 한다고 우겨댔지." 엘리엇이 웃으며 말했다.

"늙다리한테 토요일에 같이 공연 보러 가자고 말했어?"

"응. 〈캣츠〉 표를 산 건 아니지?"

"아무 표도 못 구했어. 시간이 없었거든."

"그렇군. 〈캣츠〉 표는 절대 사지마. 〈오페라의 유령〉도."

사라가 숨을 헐떡이며 상기된 채 나타났다. "미안해. 캐스랑 이야기 좀 하느라고." 사라가 내 입에 급하게 뽀뽀를 했다. "안녕, 귀여운 오빠. 토요일에 만나요."

"얼른 와." 엘리엇이 사라에게 말했다. "토요일에 마음껏 키스해줄 수 있잖아." 그리고 엘리엇은 서둘러 문을 빠져나갔다. "〈레미제라블〉도 안 돼!" 엘리엇이 내게 소리쳤다.

우두커니 서서 부부의 뒷모습을 보며 미소를 지었다. 캐스, 당신이 틀렸어. 저들을 봐. 사라가 바람을 피우고 있었다면 내게 그렇게 뽀뽀해주지도 않았을 뿐 아니라, 엘리엇도 저렇게 흐뭇한 얼굴을 하고 있을 리가 없고, 둘 다 〈캣츠〉나 찻잔 따위에 대해서는 이야기하지도 않았을 것이다.

캐스가 착각했다. 캐스의 레이더는 대개 틀리는 법이 없지만 이번에는 완전히 틀렸다. 사라와 엘리엇의 결혼 생활에는 문제가 없었다. 바람을 피우는 사람도 없었고, 토요일 밤에는 다 같이 즐거운 시간을 보낼 것이다.

그런 분위기는 저녁 내내 이어졌다. 비록 마저리가 내 옆에 달라붙어 곧 요양원에 보낼 자기 아버지의 쇠퇴와 타락에 대해 늘어놓고, 우리가 처음 여기 왔을 때 정말 훌륭한 피쉬앤칩스를 팔던 술집이 불에 타버렸다는 사실을 알게 됐지만 말이다.

"상관없어." 캐스가 술집이 있던 모퉁이에 서서 말했다.

"램 앤 크라운으로 가자. 내가 알기로 아직 거기 있어. 오늘 아침 해로즈 백화점 가는 길에 봤거든."

"윌턴 플레이스에 있지?" 내가 튜브 노선도를 꺼내며 말했다. "하이드 파크 코너 역 바로 맞은편에 있어. 우리가…."

"택시." 캐스가 말했다.

*

캐스는 사라가 바람을 피우고 있다는 이야기를 더 이상 꺼내지 않았고, 이튿날 쇼핑 간다는 이야기만 했다. "먼저 셀프리지 백화점에 간 뒤 리젝트 차이나에 가서⋯." 캐스가 파티에서 사라를 만난 뒤 자신이 착각했다는 사실을 깨달은 건지 궁금해졌다.

하지만 아침에 나갈 채비를 하자 캐스가 말했다. "당신이 샤워하는 동안 사라가 전화해서 약속 취소했어."

"토요일에 같이 공연 보러 못 간대?"

"응. 오늘 나와 같이 쇼핑하기로 한 것도 취소했어. 사라 말로는 두통이 있대."

"아마 그 형편없는 셰리주를 마셨나 보지. 그래서 뭐할 거야? 같이 점심 먹으러 올래?"

"학회에 온 사람 중 하나인 것 같아."

"누구?" 이야기의 갈피를 잡지 못한 채 내가 물었다.

"사라가 바람피우고 있는 상대 말이야." 캐스가 여행 안내책자를 집어들며 말했다. "만약 여기 사는 사람이었다면, 우리가 와 있는 동안 상대를 만나는 위험을 감수할 리가 없어."

"사라는 바람피우는 게 아니야. 나도 사라를 봤어. 엘리엇도 봤고. 엘리엇은⋯."

"엘리엇은 몰라." 캐스가 가방에 여행 책자를 거칠게 쑤셔 넣으며 말했다. "남자들은 언제나 아무것도 눈치채지 못해."

캐스는 가방에 선글라스와 우산 같은 물건들을 담기 시작했다. "오늘 저녁 7시에 휴즈네와 저녁 먹기로 했어. 여기서 5시 반에 다시 만나." 캐스가 우산을 집어 들었다.

"당신이 틀렸어. 그 부부는 우리보다 결혼한 지 오래됐어. 사라는 엘리엇에게 푹 빠져 있다고. 그토록 많은 것들을 잃을 위험을 무릅쓰고 왜

358

바람 같은 걸 피우겠어?"

캐스가 우산을 쥔 채 돌아서서 나를 바라봤다. "나도 몰라." 캐스가 서늘하게 말했다.

"그러지 말고." 갑자기 미안한 마음이 들어 말했다. "와서 늙다리랑 나랑 점심 같이 먹는 게 어때? 저번 그 인도 식당에서처럼 우리를 쫓겨나게 만들 거야. 재미있겠지."

캐스가 고개를 저었다. "당신과 아서는 나눌 이야기가 많을 테고, 나도 셀프리지 백화점에서 줄 서기 싫어." 캐스가 나를 쳐다보았다.

"당신 아서를 만나거든…." 캐스는 말을 잠시 멈추더니 사라에 대해 생각할 때의 표정을 지어 보였다.

"당신, 아서도 바람피우고 있다고 생각하는 거야? 오, 전지전능하신 여사님이시여."

"아니야. 아서는 우리보다 나이가 많잖아."

"그래서 우리가 늙다리라고 부르는 거잖아. 그래서 이제 지팡이를 짚고 흰 수염을 길게 길렀을 거라고 생각하는 거야?"

"아니." 캐스가 가방을 어깨에 둘러메며 말했다. "셀프리지에 찻잔이 있으면 풀 세트를 살 거야."

✳

캐스가 틀렸다. 그 사실을 증명해 보일 테다. 우리가 공연에서 즐거운 시간을 보내고 나면, 사라가 바람을 피우고 있을 리가 없다는 걸 알게 되겠지. 만약 표를 구할 수만 있다면 말이지만. 〈래그타임〉은 매진이었다. 그건 〈폭풍우〉도 매진일 가능성이 크다는 의미였다. 엘리엇이 〈선셋 대로〉는 안 된다고 했고, 〈캣츠〉도 싫다고 했으니 선택지가 많지 않았다. 에스컬레이터를 타고 내려가면서 공연 포스터들을 보며 생각했다. 〈레미제라블〉도 안 되고.

〈폭풍우〉와 헤일리 밀스가 나오는 〈엔드게임〉은 레스터 스퀘어에서 가까운 극장에서 하고 있었다. 만약 어느 쪽에서도 표를 구하지 못하면, 라일 가에 티켓 대행사가 있었다.

예상대로 〈폭풍우〉는 매진이었다. 나는 알버리 극장까지 걸어갔다. 〈엔드게임〉은 중앙 세 번째 줄에 다섯 자리가 남아 있었다. "좋네요." 아메리칸 익스프레스 카드를 긁으며 얼마나 많은 것들이 변했는지 생각했다.

옛날에는 꼭대기 구역에 자리가 없는지를 물어봤었다. 꼭대기 자리는 너무 가팔라서 죽음을 향해 곤두박질치지 않도록 좌석 팔걸이를 붙잡고 있어야 했고, 무대 모습이라도 보려면 쌍안경을 빌려야 했다.

옛날이라면 캐스가 내 옆에 붙어서 우리 예산에 맞춰 가장 싼 좌석이라도 구할 수 있을지 빠르게 계산해주었을 거라는 생각이 들어 기분이 우울해졌다. 지금 나는 중앙 세 번째 줄 자리표를 사면서 가격조차 물어보지 않았고, 캐스는 택시를 타고 셀프리지 백화점에 가고 있었다.

매표원이 표를 내밀었다. "여기서 제일 가까운 튜브 역이 어디죠?"

"토트넘 코트 로드 역이요."

튜브 노선도를 살펴보았다. 센트럴 노선을 타고 홀본 역으로 가서 바로 사우스 켄싱턴 역으로 가는 열차를 탈 수 있었다. "역까지 어떻게 가죠?"

매표원은 팔찌가 가득 달린 팔을 들어 대충 북쪽을 가리켜 보였다. "세인트 마틴스 가를 따라가시면 돼요."

세인트 마틴스 가를 따라 몬머스 가까지 올라갔고, 다시 머서 가를 거쳐 샤프트버리 로를 따라 뉴옥스퍼드 가까지 갔다. 분명 토트넘 코트 로드 역보다 더 가까운 역이 있을 것 같았지만, 이제 와서 마음을 바꾸기에는 너무 늦었다. 그리고 택시를 탈 생각은 없었다.

걸어 다니느라 30분을 헤맸는데, 지하철을 타고 홀본 역까지 10분이 걸렸다. 그동안 리릭 극장이 피카딜리 서커스 역에서 네 블록밖에 떨어져 있지 않다는 사실을 알게 됐다. 그 역이 얼마나 깊은지, 또 에스컬레이터는 얼마나 길었던지 잊고 있었다. 지하로 몇 킬로미터는 족히 내려간 기분이었다. 삐거덕거리는 나무 계단을 덜컥거리며 내려간 뒤 지하도를 따라 걸어가며 시계를 봤다.

9시 반. 학회까지 갈 시간은 충분했다. 늙다리는 언제쯤 도착할지 궁금했다. 트위드 재킷을 입은 남성 뒤를 따라 짧은 계단을 걸어가며 늙다리가 케임브리지에서 직접 운전해 와야 한다는 생각을 했다. 그러면 1시간….

이번에 바람이 몰아닥쳤을 때 나는 계단 아래쪽에 있었다. 돌풍이라기보다는 추운 방문을 열 때 느껴지는 정도의 바람이었다.

철제 난간을 부여잡으며, 지하실 같다는 생각이 들었다. 아니다. 더 추웠다. 죽을 듯 추웠다. 정육점 냉동고 같았다. 냉동식품 보관 창고. 날카롭고 기분 나쁜, 마치 소독약 같은 화학약품 냄새가 났다. 역겨운 냄새였다.

아니, 냉동 창고는 아니었다. 생물학 실험실 같았다. 포르말린 냄새가 느껴졌다. 그리고 무언가 더 있었다. 입을 닫고 숨을 참았지만 달큰하고 역겨운 악취는 벌써 코로 들어와 목구멍까지 들어왔다. 생물학 실험실도 아니었다. 공포감에 사로잡혀 생각했다. 시체안치소구나.

바람은 처음 시작되었을 때처럼 문이 닫히듯 급작스레 멈추었다. 하지만 얼음처럼 살을 엘 듯 차가운 공기는 여전히 내 콧속을 맴돌았고, 포르말린의 불쾌한 뒷맛이 입에 남아 있었다. 마치 오염과 죽음과 부패의 맛처럼.

사람들이 내 주변을 지나는 동안 숨을 헐떡이며 계단 아래쪽에 그대로 서 있었다. 트위드 재킷을 입은 남자가 앞쪽 지하도에서 모퉁이를 돌고 있는 모습이 보였다. 남자도 분명 느꼈으리라. 바로 내 앞에 있었으니까. 나는 아이들 한 쌍과 사리를 입은 인도 여자와 장바구니를 멘 주부를 지나 남자를 쫓았고, 마침내 붐비는 승강장에 들어설 무렵 남자를 따라잡았다.

"바람 부는 거 느끼셨어요?" 내가 남자의 소매를 붙잡으며 물었다.

"조금 전에 지하도에서요."

남자는 처음엔 놀란 얼굴이었지만, 내가 말을 꺼내자 점차 관대한 표정이 되었다. "미국에서 오셨죠, 그렇죠? 터널에 열차가 진입하면 항상 바람이 살짝 분답니다. 항상 일어나는 일이죠. 놀랄 필요는 전혀 없어요." 남자는 소매를 잡고 있는 내 손을 비난하듯 쳐다보았다.

"그런데 이건 얼음장 같았어요." 내가 집요하게 말했다. "그건…."

"아, 그렇죠. 보세요, 저희는 지금 강 가까이에 있어요." 관대하던 표정이 조금 굳어졌다. "실례가 되지 않는다면…." 남자가 팔을 뺐다. "즐거운 여행 되세요." 남자는 인파를 헤치며 승강장 반대편 끝으로 걸어갔다.

나는 남자를 그냥 보내주었다. 아무것도 느끼지 못한 게 틀림없었다. 그렇지만 느꼈어야 했다. 바로 내 앞에 있었으니까.

만약 실제로 일어난 일이 아니라면, 나는 기묘한 환각을 경험하고 있는 것일 터였다.

"드디어 오네." 한 여성이 선로를 내려다보며 말했고, 열차가 들어오는 모습이 보였다. 바람은 전단들을 휩쓸어 벽으로 날려버렸고, 가장자리 가까이 서 있던 여성의 금발 머리를 휘날렸다. 나는 무심하게 옆에 선 남자를 쳐다보며 무언가를 이야기했고 어깨의 가죽 가방끈을 고쳐 멨다.

냉기와 화학약품, 오염, 부패의 악취가 다시 한 번 덮쳤다.

저 사람도 승강장 아래를 바라보고 있었으니 느꼈을 게 틀림없었다. 하지만 그는 무심하게 지하철에 올라탔고, 옆에 있던 관광객들도 아무렇지 않게 열차와 노선도를 번갈아 바라보았다.

저들이 느끼지 못했을 리가 없다고 생각했다. 그때 흑인 노인이 눈에 들어왔다. 노인은 체크무늬 재킷을 입고 승강장 중간 즈음에 있었다. 바람이 몰아닥칠 때 노인은 몸서리를 쳤고, 거북이가 등껍질 속으로 머리를 숨기듯 반백의 머리를 어깨 사이로 움츠렸다.

노인은 느꼈다. 하지만 내가 노인에게 다가가는 동안 벌써 지하철에 올라타 문이 닫히기 시작했다. 뛰어간다 하더라도 붙잡지는 못할 것이었다.

문이 쉭 하고 닫히는 순간, 나는 가장 가까운 칸에 껑충 올라타고 문가에 서서 다음 역까지 기다렸다. 문이 열리는 동시에 밖으로 뛰어나가 문을 붙잡고 노인이 내리는지 살펴봤다. 노인은 내리지 않았고, 다음 역에서도 마찬가지였다. 본드 스트리트 역은 쉬웠다. 아무도 내리지 않았으니까.

"마블 아치 역입니다." 비현실적인 목소리가 들리더니 타일로 꾸며진 역에 열차가 멈춰 섰다.

망할 마블 아치에 대체 뭐가 있는 거지? 캐스와 내가 로열 헤르니아에 묵었을 때는 사람이 이렇게 많지 않았다.

지하철에 있는 사람들이 모두 내리고 있었다.

그런데 노인은? 문밖으로 몸을 내밀어 그가 내리는지 보려 했다.

인파 때문에 볼 수가 없었다. 앞으로 나가려 했지만 내린 사람들만큼이나 올라타려는 사람이 많아 금세 옆으로 밀려났다.

승강장을 따라 노인이 탔던 칸으로 가면서 목을 길게 빼고 체크무늬 재킷과 반백의 머리를 대이동 속에서 찾아보았다.

"출입문 닫습니다." 튜브에서 목소리가 울리고 막 지하철이 출발할 때 몸을 돌리자, 노인이 안에 앉아 나를 내다보는 모습을 볼 수 있었다.

이제 어쩌지? 졸지에 텅 빈 승강장에 서서 생각했다. 홀본 역으로 돌아가 다시 반복되는지 확인하고 다른 사람들도 느꼈는지 물어볼까? 열차에 타지 않는 사람으로.

여기서는 아무 일도 일어나지 않을 것이다. 여기는 우리 역이었다. 우리가 처음 런던에 왔을 때 매일 아침 출발해 매일 밤 숙소로 돌아오던 바로 그 역이었다. 당시에 이상한 바람 같은 것은 없었다. 로열 헤르니아는 세 블록밖에 떨어져 있지 않았다. 우리는 늙다리가 토머스 모어 경의 무덤을 보여주었을 때 캔터베리 성직자에게 했던 말을 떠올리고 웃음을 터뜨리며 손을 붙잡고 통풍이 잘되는 계단을 뛰어 올라갔었다.

늙다리. 그러면 돌풍의 원인이 무엇인지, 혹은 어떻게 알아낼 수 있는지 방법을 알 것이었다. 늙다리는 수수께끼를 사랑했다. 우리를 그리니치나 대영박물관, 세인트폴 대성당의 지하묘지로 끌고 다니며 넬슨 제독이 해전에서 잃은 한쪽 팔이 어떻게 되었을지 알아내려 했었다. 만약 그게 가능한 사람이 있다면, 그 돌풍의 원인이 무엇인지 알아낼 수 있는 자는 바로 늙다리이었다.

시계를 보고 지금쯤이라면 늙다리가 학회에 와 있을 것이라는 생각이 들었다. 야단났네. 거의 1시였다. 벽에 있는 튜브 노선도로 가서 학회로 가는 가장 빠른 길을 찾았다. 노팅힐 게이트 역으로 가서 디스트릭트 서클 노선을 타면 된다. 승강장 위에 걸린 전광판을 보며 다음 열차 도착까지 얼마나 걸리는지 확인하고 있던 바로 그때, 돌풍이 몰아닥쳤다. 노인처럼 몸을 움츠리거나 충격에서 몸을 돌릴 시간도 없었다. 마치 사형대의 목 받침대에 올려놓았던 토머스 모어 경의 목처럼 내 목이 죽 늘어났다.

그리고 돌풍은 살기 넘치는 힘으로 칼날처럼 승강장을 베며 들어왔다. 이번에는 시체안치소 냄새도 없고 열기도 없었다. 그저 돌풍과 소금 냄새와 쇠 냄새뿐이었다. 그리고 공포와 피와 돌연사의 냄새였다.

대체 이게 뭐지? 더듬더듬 타일 벽을 붙잡으며 생각했다. 이게 다 뭐야?

늙다리, 다시 생각이 났다. 늙다리를 찾아야 한다.

사우스 켄싱턴 역까지 튜브를 타고 가서 학회까지 쉬지 않고 뛰었다. 늙다리가 없을까 봐 살짝 겁이 나기도 했지만, 늙다리는 거기에 있었다. 학회에 들어서는 동시에 늙다리의 목소리를 들을 수 있었다. 언제나처럼 늙다리의 추종자 무리가 늙다리를 둘러싸고 있었다. 로비를 가로질러 다가갔다.

엘리엇이 무리에서 벗어나 내게 왔다.

"늙다리를 좀 봐야겠어."

엘리엇이 말리듯 내 팔을 잡았다. "톰⋯."

엘리엇은 침대에 앉아 사라가 바람을 피우고 있다는 이야기를 할 때의 캐스와 똑같은 표정을 지었다.

"무슨 문제 있어?" 무슨 말을 듣게 될지 불안해하며 내가 물었다.

"아무것도 아니야." 엘리엇이 로비를 돌아보며 말했다. "아서는… 아니야." 내 팔을 놔주었다. "아서는 널 봐서 정말 기쁠 거야. 어디 있는지 묻더라."

늙다리는 안락의자에 앉아 재미있는 이야기를 들려주고 있었다. 호리호리한 몸매에 사내아이처럼 이마로 흘러내린 밝은 금발 머릿결까지 20년 전 모습 그대로였다.

캐스, 봐. 기다란 흰 수염은 없어. 지팡이도 없고.

늙다리는 우리를 보자마자 이야기를 끊고 자리에서 일어났다. "톰, 이 돼먹지 않은 녀석 같으니." 언제나처럼 우렁찬 목소리로 말했다. "아침 내내 네가 오기만 기다렸잖아. 어디 갔었어?"

"튜브를 타고 있었어. 일이 좀 있었거든. 내가…."

"튜브를 탔어? 도대체 튜브에서 뭘 하고 있었던 거야?"

"난…."

"튜브는 절대 타지 마. 토니 블레어가 수상 자리를 꿰찬 이후로 완전히 개판이야. 다른 것들도 다 마찬가지야."

"나랑 같이 어디 좀 갔으면 좋겠어. 보여주고 싶은 게 있어."

"어딜 가? 튜브 타러? 내 눈에 흙이 들어가기 전에 그건 안 되지." 늙다리가 다시 자리에 앉았다. "나는 튜브가 끔찍하게 싫어. 냄새나고 더럽고…."

캐스가 하는 이야기와 똑같았다.

"있잖아." 나는 주변에 있는 사람들이 없으면 좋겠다고 생각하며 말했다. "어제 차링 크로스 역에서 내게 뭔가 묘한 일이 일어났어. 열차가 들어올 때 터널 안에 바람이 부는 거 알지?"

"알다마다. 끔찍하게도 바람이 불어대지…."

"그렇지. 그 바람을 네가 좀 봤으면 좋겠어. 느껴봐. 그게…."

"그래서 얼어 죽으라고? 미안하지만 됐네요."

"그게 아니야. 그냥 일반적인 외풍이 아니었어. 내가 노던 노선 승강장을 향해 걸어가고 있었는데…."

"점심 먹으면서 이야기해줘." 늙다리가 다른 사람들에게로 몸을 돌렸다. "어디로 갈까?"

늙다리는 내가 그를 알아온 세월 동안 단 한 번도 누군가에게 점심을 어디로 먹으러 갈지 묻는 사람이 아니었다. 나는 멍청하게 눈을 껌뻑이며 늙다리를 쳐다봤다.

"방콕 하우스는 어때?" 엘리엇이 말했다.

늙다리가 고개를 저었다. "거기 음식은 너무 매워. 먹고 나면 항상 더 부룩해."

"모퉁이 지나면 초밥집이 있어." 추종자들 중 하나가 제안했다.

"초밥!" 늙다리가 논의에 종지부를 찍는 말투로 말했다.

내가 다시 늙다리에게 말을 걸었다. "어제 차링 크로스 역에 있었는데, 바람, 그러니까 유황 냄새가 나는 돌풍이 나를 덮쳤어. 그건…."

"망할 스모그라니까. 차가 너무 많아서 그래. 사람도 너무 많고. 석탄을 때던 시대만큼이나 나빠져버렸어."

석탄이라. 분간하지 못했던 냄새가 석탄이었을까? 석탄에서는 유황 냄새가 난다.

"역전층 때문에 더 심해요." 초밥을 권했던 추종자가 말했다.

"역전층이요?"

"네." 주목을 끌었다는 사실에 즐거워하며 그가 말했다. "런던은 저지대에 위치해 있어서 역전층이 나타나요. 역전층이란 위쪽의 따뜻한 공기층이 아래의 공기를 붙잡아서 연기와 분진들을 모아두는…."

"우리 점심 먹으러 가는 거 아니었나?" 늙다리가 성마르게 말했다.

"셜록 홈스 주소에 무슨 일이 일어났는지 찾으러 다니던 일 기억나? 이건 그것보다 더 큰 수수께끼야." 내가 늙다리에게 물었다.

"그렇지. 베이커 가 221B. 잊어버리고 있었네. 내가 토머스 모어 경의 관광에 데려갔던 거 기억나? 엘리엇, 사라가 캔터베리에서 뭐라고 했는 지 말해줘."

엘리엇이 말해주자 늙다리를 포함해 사람들이 큰 소리로 웃음을 터뜨 렸다. 나는 누군가가 "좋은 시절이었지."라고 말해주기를 반쯤 기대하고 있었다.

"톰, 사람들에게 우리가 〈키즈멧〉 보러 갔을 때도 이야기해줘." 늙다 리가 말했다.

"내일 밤 우리 다섯이서 보러 갈 〈엔드게임〉 표를 구해놨어." 나는 무 슨 일이 벌어질지 알고 있으면서도 말을 꺼냈다.

늙다리는 벌써 머리를 젓고 있었다. "난 이제 공연에 가지 않아. 극장 도 다른 모든 것들처럼 엉망진창이 됐어. 모더니스트들의 개소리로 가득 찼지." 그러고선 안락의자의 팔걸이를 손으로 내려쳤다. "점심! 우리 어 디 갈지 정했나?"

"뉴델리 팰리스는 어때?" 엘리엇이 말했다.

"인도 음식은 힘들어." 한때 탄두리 치킨을 들고 춤을 추다가 뉴델리 팰리스에서 쫓겨나게 만든 장본인인 늙다리가 그렇게 말했다. "그냥 평 범하고 일반적인 음식을 파는 곳은 어디 없나?"

"어디로 가든 일단 마음은 정해야지요." 추종자가 말했다. "오후 강연 은 2시에 시작해요."

"그걸 놓칠 수는 없지." 늙다리가 말하고는 주변 사람들을 둘러봤다. "그래서 어디로 갈까? 톰, 우리랑 점심 같이 할 거지?"

"점심은 못할 것 같아." 내가 대답했다. "공연에 나랑 같이 갔으면 좋 겠어. 옛날처럼 말이야."

"옛날이야기가 나와서 말인데." 늙다리가 말하고는 무리에게 몸을 돌 렸다. "내가 아직 〈키즈멧〉에서 쫓겨났던 이야기를 안 해줬구나. 그 하렘 아가씨 이름이 뭐였지, 엘리엇?"

"랄루메." 늙다리 쪽으로 눈을 돌리며 엘리엇이 말했다. 그 틈을 타 나는 자리에서 빠져나왔다.

*

역전층은 공기가 빠져나가지 못하게 눌러서 연기와 분진, 냄새를 지하에 잡아두어 점점 응축시켜 짙어지게 만든다.

나는 튜브를 타고 홀본 역으로 돌아와 센트럴 노선으로 내려가 환기 시스템을 살펴보았다. 극장 전단지 크기 정도밖에 되지 않는 환풍구와 서부행 승강장의 3분의 2쯤 되는 지점에 있는 환기구를 하나를 찾았지만, 환풍기도 없었고 바람을 일으킬 만한 것도 없었고 외부와 연결된 부분도 없었다.

적어도 하나는 있어야 했다. 깊은 역들은 지하 수십 미터 아래에 있었다. 더군다나 길 위의 차량들이 내뿜는 디젤 매연과 일산화탄소 때문에 공기의 자연스러운 재순환에만 의존할 수는 없었다. 환기 장치는 꼭 있어야 했다. 하지만 일부 역들은 1880년대에 지어졌을 정도로 오래됐다. 홀본 역은 그때 이후로 한 번도 보수된 적이 없는 것처럼 보였다.

나는 에스컬레이터가 위치한 커다란 공간으로 나가 위를 쳐다보았다. 매표소가 있는 꼭대기까지 탁 트여 있었다. 그리고 역에서 외부와 곧바로 연결된 커다란 문들이 세 방향으로 활짝 열려 있었다.

환기 시설 없이도 공기는 결국 위로 올라가 런던의 거리로 흘러나갈 것이다. 외부에서 바람이나 비가 들어오고, 에스컬레이터를 오르거나 지하도를 내려가며 역을 바삐 오가는 사람들의 움직임으로도 순환된다. 하지만 만약 지상 가까이 공기를 잡아두는 역전층이 있다면, 새어나가지 못하도록 잡아둔다면….

탄광에는 일산화탄소와 치명적인 메탄가스가 고이곤 한다. 튜브는 복잡하게 얽히고설킨 터널들이 탄광과 많이 닮아 있다. 열차 터널에 고인 공기가 시간이 흐르며 점점 짙어지고, 점점 치명적이 되어가지는 않을까?

역전층은 왜 돌풍이 불었는지는 설명해줄 수 있지만, 최초의 원인이 무엇인지는 설명해주지 않는다. 처음 그 일을 겪었을 때는 내가 생각했던 것처럼 IRA의 폭탄이었을까? 그렇다면 돌풍과 화약 냄새는 설명되지만, 포르말린은 아니다. 차링 크로스에서 맡았던 흙냄새도.

터널 하나가 무너졌나? 아니면 열차사고?

다시 먼 길을 걸어 역을 올라오며 매표소 옆에 있는 보안요원에게 물었다. "터널이 무너진 적이 있었나요?"

"오 선생님, 그럴 리가요. 매우 안전하답니다." 보안요원은 안심시키듯 미소를 지어 보였다. "걱정하실 필요는 없습니다."

"하지만 가끔 사고가 나잖아요."

"제가 보증하죠, 선생님. 런던 지하철은 세계에서 가장 안전합니다."

"폭탄 테러는요? IRA가…."

"IRA는 평화 협정에 서명했습니다." 보안요원이 나를 수상하게 쳐다보며 말했다.

질문 몇 개를 더 던진 뒤에야 내가 IRA 테러범으로 체포될지도 모르겠다는 생각이 들었다. 늙다리, 아니 엘리엇에게 물어보는 게 나을 것 같았다. 그동안 돌풍이 모든 역에서 일어나는 것인지 아니면 일부에서만인지 알아보기로 했다.

"런던 탑에 어떻게 가는지 알려주실 수 있으신가요?" 나는 관광객처럼 튜브 노선도를 펼쳐 보이며 보안요원에게 물었다.

"물론이죠. 선생님. 센트럴 노선을 타고, 빨간색이요, 뱅크 역으로 가세요." 보안요원이 손가락으로 노선도의 선을 짚으며 말했다. "그리고 디스트릭트 서클 노선으로 갈아타세요. 걱정하지 마세요. 런던 지하철은 완벽하게 안전하답니다."

돌풍만 빼면 말이지, 에스컬레이터에 올라서며 생각했다. 내려가면서 펜을 꺼내 지금까지 거쳐 왔던 역에 엑스 표시를 했다. 마블 아치 역, 차링 크로스 역, 슬론 스퀘어 역.

러셀 스퀘어 역에는 아직 가보지 않았다. 열차를 타고 가서 지하도에서 기다려보고, 열차 두 대가 지나갈 동안 승강장에도 서 있어 보았다.

러셀 스퀘어 역에서는 아무 일도 없었다. 하지만 세인트 판크라스 역의 메트로폴리탄 노선에서는 차링 크로스 역과 똑같이 열기와 코를 찌르는 유황 냄새와 잔인한 파괴의 냄새가 담긴 돌풍이 몰아닥쳤다.

바비칸 역이나 알드게이트 역에서는 아무 일도 없었는데, 왜인지 알 것 같았다. 둘 다 선로가 지상에 있었고 승강장이 야외에 있었다. 돌풍이 집약되는 대신 자연스럽게 흩어지게 된다. 그렇다면 대부분의 교외 역들은 제외해도 된다.

하지만 세인트폴 역과 챈서리 레인 역은 둘 다 지하 깊숙이 위치하고 바람 많은 터널이 있었지만, 희미한 디젤 냄새와 곰팡내를 제외하면 아무것도 없었다. 다른 요인들이 작용하는 게 분명했다.

워렌 스트리트 역으로 이동하며 어떤 노선인지는 중요하지 않다는 생각이 들었다. 마블 아치 역과 홀본 역은 센트럴 노선에 있었지만, 차링 크로스 역은 아니었고 세인트 판크라스 역도 다른 노선이었다. 어쩌면 환승역이기 때문일지도 몰랐다. 챈서리 레인 역과 세인트폴 역, 러셀 스퀘어 역에는 노선이 하나밖에 없었다. 홀본 역은 두 개, 차링 크로스 역에는 세 개의 노선이 지났다. 세인트 판크라스 역은 노선이 다섯 개였다.

그런 역들을 확인해봐야겠다는 생각이 들었다. 여러 노선이 서로 만나면서 터널과 구부러진 지하도들이 개미굴처럼 모여 있는 역들. 모뉴먼트 역. 녹색과 보라색, 붉은색 선들이 모여 있는 동그라미를 보며 생각했다. 베이커 스트리트 역과 무어 게이트 역.

베이커 스트리트 역이 제일 가까웠지만 가기가 힘들었다. 두 정거장 밖에 떨어져 있지 않았지만, 유스턴에서 노던 노선으로 갈아타고 다시 세인트 판크라스 역까지 돌아가 베이컬루 노선을 타야 했다. "튜브로는 어디든지 쉽게 갈 수 있다고 했던 것 같은데?" 하고 지적할 캐스가 옆에 없다는 사실에 안도했다.

캐스! 호텔에서 캐스를 만나 휴즈네와 저녁을 먹기로 했던 약속을 까많게 잊고 있었다.

몇 시지? 겨우 5시네, 다행이었다. 황급히 노선도를 다시 봤다. 잘됐다. 노던 노선을 타고 레스터 스퀘어 역으로 가서 피카딜리 노선으로 갈아타면 된다. 튜브로 어디든 가기 어렵다고 한 사람이 누구더라? 코노트 호텔까지는 30분도 걸리지 않을 것이었다.

호텔에 도착하면 캐스에게 돌풍에 대해 모두 이야기해줄 참이었다. 캐스가 튜브를 끔찍하게 싫어하긴 하지만 말이다. 캐스에게 모든 것을, 그러니까 늙다리부터 시체안치소 냄새와 체크무늬 재킷을 입은 노인까지 모두 이야기할 생각이었다.

하지만 캐스는 호텔에 없었다. 대신 침대 베개에 쪽지를 남겨두었다. '그리말디 레스토랑에서 7시에 만나.'

아무런 설명이 없었다. 심지어 서명도 없었다. 쪽지는 급하게 쓴 것처럼 휘갈겨져 있었다. 사라가 전화했던 걸까? 그 생각을 떠올리자 마블 아치 역의 바람처럼 서늘한 기분이 들었다. 만약 캐스가 늙다리에 대해 옳았듯, 사라에 대해서도 옳았다면?

하지만 그리말디에 도착했을 때 캐스는 그저 쇼핑을 막 마치고 왔을 뿐이었다. "포트넘 앤드 메이슨 매장에서 다기를 팔던 직원이 본드 가에 있는 품절 제품 전문매장을 소개해줬어."

본드 가. 우리가 스쳐 지나지는 않았을지 궁금해졌다. 하지만 캐스는 튜브를 타지 않는다는 생각이 나자 조금 억울한 기분이 들었다. 캐스는 지상에서, 안전한 택시를 탔다.

"그런데 거기에도 없더라고. 하지만 점원이 켄싱턴 시장의 포트메리온 도자기 가게 옆에서 정리세일 중인 매장에 가보면 어떻겠냐고 추천해줬어. 그렇게 하루가 날아갔어. 학회는 어땠어? 아서도 왔어?"

당신은 늙다리가 온 걸 알고 있잖아, 라고 생각했다. 캐스는 늙다리가 늙었다는 사실을 예견했고, 첫날 아침 호텔에서 경고해주려 했지만 내가 듣지 않았다.

"잘 지낸대?" 캐스가 물었다.

당신은 그 사실도 알고 있잖아, 라는 생각이 들며 씁쓸한 기분이 들었다. 당신 안테나는 모든 사람의 기운을 감지하지, 당신 남편만 빼고.

그래도 캐스에게 말해주려 했지만, 이미 그 소중한 찻잔에 푹 빠져 있어서 내 말은 귓등으로도 듣지 않는 것 같았다.

"잘 지내고 있어. 같이 점심 먹고 오후 내내 같이 있었어. 늙다리는 옛날이랑 똑같더라."

"우리랑 공연 같이 가기로 했어?"

"아니." 말을 꺼내자마자 휴즈 가족이 들어왔다. 늙고 연약해 보이는 휴즈 부인과 건장해 보이는 아들 밀포드 주니어와 폴, 그리고 며느리들이었다.

서로 인사를 마치고 나자 밀포드 주니어와 함께 온 금발 여성은 아내가 아니라 약혼자라는 사실을 알게 되었다. "바바라와 저는 서로 말 섞는 것도 힘들어져버렸어요." 밀포드 주니어가 칵테일을 마시며 속내를 털어놓았다. "결혼 준비로 옷이나 보석, 가구 같은 물건들을 사는 데에만 푹 빠져 있거든요."

건너편의 캐스를 바라보며 나는 찻잔을 떠올렸다.

✳

저녁 식사 때 나는 폴과 밀포드 주니어 사이에 앉았는데, 둘은 밥을 먹으며 내내 대영제국의 쇠퇴와 타락에 관해서 이야기했다.

"그래서 이제 스코틀랜드가 독립을 원하고 있죠." 밀포드 주니어가 말했다. "다음에는 어디겠어요? 서섹스주? 런던시?"

"그렇게 되면 적어도 제대로 된 공공서비스를 보게 될지도 모르죠. 현재 도로나 교통 체계의 상태가…"

"오늘 튜브를 탔는데요." 내가 빈틈을 파고들어 말했다. "혹시 차링 크로스에서 지하철 사고가 났던 적이 있는지 들어본 사람 있어요?"

"당연히 사고가 났을 거예요." 밀포드 주니어가 대답했다. "튜브 체계 전체가 망신거리죠. 더럽고 위험하고. 제가 마지막으로 튜브를 탔을 때는 에스컬레이터에서 소매치기가 제 주머니를 털려고 했다니까요."

"저는 이제 튜브에 절대 내려가지 않아요." 테이블 끝에서 캐스와 첼시의 도자기 상점에 대해 깊은 토의를 벌이던 휴즈 부인이 한마디 보탰다. "밀포드가 죽은 이후로는 절대로."

"거지들 천지죠." 폴이 말했다. "승강장에서 잠을 자고 지하도에 보기 흉하게 드러누워 있죠. 런던 대공습 때만큼이나 형편없어요."

런던 대공습이라. 폭격과 소이탄과 화염들. 연기와 유황과 죽음.

"런던 대공습이요?"

"2차 세계대전 중 히틀러가 런던을 폭격했을 때, 수많은 사람이 튜브를 대피소로 썼어요." 밀포드 주니어가 말했다. "선로와 승강장, 심지어 에스컬레이터까지도."

"지상보다 그렇게 안전한 것도 아니었는데 말이에요." 폴이 말했다.

"당시 그 대피소들도 폭격을 받았나요?" 내가 급하게 물었다.

폴이 고개를 끄덕였다. "패딩턴 역이요. 그리고 마블 아치 역도. 마블 아치 역에서 40명이 사망했죠."

마블 아치 역. 돌풍과 피와 공포.

"차링 크로스 역은요?"

"모르겠는데요." 밀포드 주니어는 관심을 잃었다는 듯 말했다. "지하철에서 거지를 몰아내는 법을 만들어야 해요. 그리고 택시 기사들이 알아들을 수 있는 영어로 말하게 하는 법도."

런던 대공습이라. 당연하지. 대공습이라면 화약 냄새든 뭐든 설명할 수 있었다. 그리고 돌풍도. 고성능 폭탄이었을 테니까.

하지만 런던 대공습은 50년도 넘은 일이었다. 폭탄으로 일어난 돌풍이 그 오랜 세월 동안 흩어지지 않고 튜브에 남아 있다는 게 가능할까?

알아보려면 한 가지 방법뿐이었다. 다음 날 아침 튜브를 타고 길 전체가 서점으로 들어찬 토트넘 코트 로드로 가서 런던 대공습 당시 지하철의 역사에 대한 책이 있는지 물어봤다.

"지하철요?" 세 번째로 들른 포일스 서점의 점원이 어물거렸다. "튜브 박물관에는 뭔가 있을지도 모르겠네요."

"그 박물관이 어디에 있나요?"

점원은 몰랐다. 역에 있는 매표원도 몰랐다. 하지만 어제 돌아다니던 중 옥스퍼드 서커스 역의 승강장에 붙어 있던 포스터가 떠올랐다. 튜브 노선도를 살펴보고 빅토리아 역에서 갈아타고 옥스퍼드 서커스 역까지 갔다. 승강장 다섯 개를 살펴본 뒤에야 포스터를 발견했다.

코벤트 가든 역에 있었다. 런던 교통 박물관. 노선도를 다시 봤다. 센트럴 노선을 타고 홀본 역으로 가서 피카딜리 노선으로 갈아타고 코벤트 가든 역으로 갔다.

지하도를 3분의 1쯤 내려갔을 때 얼굴이 익어버릴 정도의 열기를 담은 돌풍이 나를 후려친 걸 보니 여기도 폭격을 받았던 모양이었다. 화약 냄새는 없었고, 유황이나 먼지 냄새도 없었다. 그저 재와 불, 그리고 모든 것이 불타 무너져 내리는 절망감만이 있었다.

황급히 위로 올라가서 시장으로 나와 티셔츠와 엽서, 장난감 이층버스를 파는 노점들을 지났지만 교통 박물관에 가는 길 내내 그 냄새가 떠나지 않았다.

박물관 역시 지하철 로고를 새긴 티셔츠와 엽서, 튜브 노선도 모형 천지였다. "런던 대공습 당시의 튜브에 대한 책이 필요합니다." '틈을 조심하세요'가 새겨진 접시받침과 카드가 잔뜩 쌓인 계산대 뒤의 청년에게 물었다.

"런던 대공습이요?" 청년이 우물거렸다.

"2차 대전이요." 내가 말했음에도 알아들었다는 표정은 아니었다.

청년은 손으로 대충 왼쪽을 가리켜 보였다. "책은 저쪽입니다."

아니었다. 책들은 20~30년대 튜브 광고 포스터 판매대를 지나 멀리 끝에 있는 벽에 있었다. 책들은 대부분 열차에 대한 내용이었다. 하지만 마침내 튜브의 역사에 대한 책 두 권과 《전시(戰時)의 런던》이라는 책 한 권을 찾아냈다. 그 책들과 튜브 노선도가 표지에 그려진 수첩 하나를 샀다.

교통 박물관에는 매점이 있었다. 플라스틱 탁자에 앉아 메모를 적기 시작했다. 거의 모든 역이 대피소로 이용되었고, 많은 역이 폭격을 받았다. 유스턴 스테이션, 알드위치, 모뉴먼트. "폭격의 영향으로 코를 찌르는 벽돌 먼지와 코르다이트 화약 냄새가 사방에 있었다." 책에 그렇게 실려 있었다. 코르다이트 화약. 그게 내가 맡은 냄새였다.

마블 아치 역은 직격을 당했다. 지하도에서 폭탄이 폭발하며 벽에 붙어 있던 타일 파편이 대피한 사람들에게 흩뿌려져서 마치 수류탄처럼 작용했다. 그렇다면 피 냄새가 설명된다. 그리고 열기가 없었던 것도. 순수한 돌풍이었으니까.

홀본 역을 찾아보았다. 홀본도 대피소로 사용되었다는 기록은 많이 남아 있었지만, 어떤 책에서도 폭격을 받았다는 이야기는 없었다.

차링 크로스 역은 폭격을 받았다, 두 번이나. 고폭탄으로 폭격을 당하고, 다음에는 V-2 로켓에 맞았다. 폭탄은 수도관을 파괴해 에스컬레이터가 있던 공간으로 흙더미를 쓸어내렸다. 내가 맡은 젖은 흙냄새가 그것이었을 것이다. 천장이 무너지며 쏟아진 진흙.

1941년 5월 10일 밤, 열 개가 넘는 역들이 폭격을 당했다. 캐논 스트리트, 패딩턴, 블랙프라이어스, 리버풀 스트리트….

코벤트 가든 역은 목록에 없었다. 다른 책을 살펴보았다. 역은 폭격을 당하지 않았지만, 코벤트 가든 전역에 소이탄이 떨어져서 지역 전체가 불길에 휩싸였다. 즉, 홀본 역도 직격탄을 맞지 않았을 수 있다는 의미였다. 역 근처가 폭격을 당해 많은 사람이 죽었기 때문에 홀본 역에서는 시체안치소 냄새가 났을 것이다. 그리고 코벤트 가든 전역에서 불길이 일었다는 의미는 유황 냄새와 충격파가 없었다는 사실에도 맞아들어갔다.

전부 다 맞아 떨어졌다. 차링 크로스 역의 진흙과 코르다이트 화약 냄새, 캐논 스트리트 역의 연기 냄새, 마블 아치 역의 돌풍과 피 냄새. 내가 느꼈던 돌풍은 역전층 아래 갇혀 지하에서 빠져나갈 길을 찾지 못한 채 아무 곳에도 가지 못하고 그 오랜 세월 동안 미로처럼 얽힌 튜브의 터널과 지하도와 빈 공간들에 잡혀 점점 짙어져 온 런던 대공습 당시의 돌풍이었다. 모든 것이 맞아 떨어졌다.

확인해볼 방법도 있었다. 가보지 못했지만 폭격을 당했던 역들의 목록을 만들었다. 블랙프라이어스, 모뉴먼트, 패딩턴, 리버풀 스트리트. 프레이드 스트리트, 바운즈 그린, 트라팔가 스퀘어와 발햄은 직격을 당했었다. 이론이 맞는다면 그 역들에는 바람이 반드시 있을 것이다.

수첩 표지에 있는 튜브 노선도로 위치를 확인했다. 바운즈 그린 역은 전설적인 콕포스터스 근처인 피카딜리 노선 북쪽 끝에 있었고, 발햄 역은 노던 노선의 거의 남쪽 끝에 있었다. 프레이드 스트리트 역과 트라팔가 스퀘어 역은 찾을 수 없었다. 이 역들은 폐쇄되거나 이름이 바뀌었을 수도 있었다. 런던 대공습은 어쨌든 50년 전의 일이었으니까.

모뉴먼트 역이 가장 가까웠다. 센트럴 노선을 타고 한 번에 갈 수 있었고, 거기서 다시 서클 노선을 따라 리버풀 스트리트 역에 가서 바운즈 그린 역으로 올라갈 수 있었다. 모뉴먼트 역은 부두 근처에 있었으니 역시 연기 냄새가 많이 날 테고 불 위에 끼었었던 강물 냄새, 그리고 불타는 면화와 고무, 향신료 냄새도 날 것이었다. 후추가 가득하던 창고도 불탔다. 그 냄새는 착각하기 힘들다.

하지만 아무 냄새도 맡지 못했다. 센트럴, 노던, 디스트릭트 노선의 지하도를 위아래로 돌아다니고 각각의 승강장에 서 있어도 보고 계단참 모퉁이에 1시간 가까이 서 있어봤지만 아무 일도 없었다.

항상 일어나는 일은 아닌가 보다 생각하며 서클 노선을 타고 리버풀 스트리트 역으로 향했다. 다른 요인들, 즉 특정 시간이나 온도, 날씨의 영향일 수도 있다. 어쩌면 바람은 런던이 역전층의 영향을 받을 때만 일어날 수도 있었다. 오늘 아침에 날씨를 확인하고 나왔어야 했다는 생각이 들었다.

요인이 무엇이든 간에 리버풀 스트리트 역에서도 아무 일이 없었지만, 유스턴 역에서는 지하철에서 내리는 순간 바람이 온 힘을 다해 내게 몰아쳤다. 이제는 무슨 일이 닥칠지 알고 있었음에도 불구하고, 쿵쾅거리는 심장이 잦아들고 쌉쌀한 공포의 맛이 입에서 가실 때까지 차가운 타일 벽에 기대어 있어야 했다.

다음, 그리고 그다음 열차까지 기다렸지만 돌풍은 다시 오지 않았다. 그리고 빅토리아 노선으로 향하는 길에 잠시 생각을 하다가 다시 지상으로 올라가 매표원에게 바운즈 그린 역은 선로가 지상에 있는지 물어봤다.

"그런 것으로 알고 있습니다, 선생님." 매표원이 진한 스코틀랜드 사투리로 말했다.

"발햄 역은 어떻죠?"

놀란 눈치였다. "발햄은 반대 방향인데요. 같은 노선에 있지도 않고요."

"알고 있어요. 맞아요? 지상인가요?"

매표원은 고개를 저었다. "죄송하지만 잘 모르겠습니다. 발햄 역으로 가시는 길이라면, 노던 노선으로 내려가서 투팅 백 역과 몰든 역 방향의 열차를 타시면 됩니다. 엘리펀트 앤 캐슬 역으로 가는 열차 말고요."

내가 고개를 끄덕였다. 발햄 역은 바운즈 그린 역보다 더 먼 교외 쪽에 위치해 있었다. 선로들은 지상에 있을 게 거의 틀림없었지만, 그래도 한번 시도해볼 만한 가치는 있었다.

발햄 역은 가장 심한 피해를 본 역이었다. 폭탄은 역 바로 옆에 떨어졌지만, 떨어진 곳이 최악의 장소였다. 폭탄은 역을 어둠에 빠뜨렸고, 수도관과 하수관, 가스관을 강타했다. 더러운 물이 급류처럼 역 안으로 밀려들었고, 한 치 앞도 보이지 않는 지하도로 쇄도해서 터널과 계단으로 쏟아져 내렸다. 3백 명이 익사했다. 그러니 혹여 발햄 역이 지상에 있더라도 어찌 아직까지 냄새가 남아 있지 않을 수 있단 말인가? 그리고 만약 아직도 남아 있다면, 하수도와 가스와 어둠의 냄새는 착각하기 어려울 것이었다.

나는 매표원의 안내를 따르지 않았다. 가는 길 근처에 있었던 블랙프라이어스 역으로 돌아가는 길을 택했다. 노란색 타일이 붙어 있는 승강장에 30분쯤 서 있어봤지만, 발햄 역까지 가는 동안 아무 일도 일어나지 않았다.

긴 지하철 여행 중 열차는 거의 비어 있었다. 런던 브리지 역에서는 내가 탄 칸에 책을 읽고 있는 중년 여자와 구석 끝자리에서 울고 있는 젊은 여자밖에 없었다.

삐죽삐죽한 머리에 눈썹 피어싱을 한 젊은 여자는 하염없이 울고 있었다. 당연한 일이지만, 뺨에 흘러내린 마스카라 자국을 닦아내거나 창가 쪽으로 고개를 돌리지도 않았다.

무슨 문제가 있는지 물어봐야 할지, 혹은 그렇게 할 경우 책을 읽고 있는 중년 여자가 내가 치근대고 있는 것이라 생각할지 고민했다. 그쪽으로 다가가더라도 젊은 여자가 나라는 존재를 알아채기나 할지 의문이었다. 자신의 슬픔에 완전히 빠져 들어 있는 모습은 찻잔을 찾는 일에 몰두하고 있던 캐스를 떠올리게 했다. 도대체 무슨 일이 젊은 여자의 마음을 그토록 아프게 했을까. 혹시 찾던 찻잔이 없었을까? 아니면 여자의 친구들이 늙은이가 된 데다, 바람을 피우며 여자를 실망시킨 것일까?

"버러 역입니다." 기계음이 말하자, 젊은 여자는 갑자기 문득 자신으로 돌아온 듯, 뺨을 닦고 배낭을 움켜쥐고 내려버렸다.

중년 여자는 발햄 역까지 계속 남아 있었는데, 한 번도 책에서 눈을 떼지 않았다. 지하철이 역에 도착할 때 그토록 흥미진진한 문학작품이 무엇인지 보고 싶어 여자 바로 옆에 있는 문에 서서 기다렸다. 《바람과 함께 사라지다》였다.

하지만 바람은 사라지지 않았지. 나는 생각했다. 발햄 역의 승강장 벽에 기대어 간간이 들어오는 지하철 소리를 들으며 헛되이 하수구와 메탄가스와 어둠의 돌풍이 불어오기만을 기다렸다. 런던 대공습의 바람은 여전히 여기 있었다. 튜브의 터널과 지하도들을 유령처럼 영원히 돌아다니면서 불과 물과 파괴를 되뇌며 방황하고 있다.

내 이론이 맞는다면 말이다. 왜냐하면 발햄 역에는 썩은 물 냄새도 없고, 그런 일이 있었다는 흔적조차 없었다. 지하도의 바람은 먼지투성이에 건조했다. 약간의 곰팡내조차 없었다.

내 이론이 맞았다고 하더라도, 홀본 역은 설명이 되지 않았다. 양쪽 승강장에서 열차를 세 대씩 더 기다렸다가 엘리펀트 앤 캐슬 역과 왕립 전쟁 박물관으로 가는 지하철을 탔다.

포스터에 '런던 대공습을 경험해보세요'라고 적혀 있었지만, 막상 전시(展示)에는 어떤 역이 공습을 당했는지에 대한 내용이 없었다. 그래도 기념품 상점에서 책 세 권을 더 구할 수 있었다. 첫 장부터 끝까지 샅샅이 훑었지만 홀본 역이나 근처에 폭격이 있었다는 어떤 언급도 찾을 수 없었다.

만약 그 돌풍이 런던 대공습 당시 소동의 잔재라면, 왜 내가 처음 왔을 때는 느끼지 못했을까? 우리가 학회에 가고, 공연에 가고, 늦다리의 정신없는 여행에 나섰을 때 언제나 튜브를 이용했지만, 그때는 연기나 유황 냄새라고는 전혀 맡지 못했다.

그때는 무엇이 달랐을까? 날씨? 처음 왔을 때는 거의 쉬지 않고 비가 내렸다. 날씨가 역전층에 영향을 주었을까? 아니면 그때 이후로 무슨 일이 일어났던 것일까? 열차의 노선이나 역 사이의 연결에 변화가 있었을까?

보슬비를 맞으며 엘리펀트 앤 캐슬 역까지 걸어서 돌아왔다. 사제복을 입은 남자와 흰색 예복을 팔에 걸친 사내아이 두 명이 역을 빠져나오고 있었다. 성당이 근처에 있다고 생각하는 순간, 그게 홀본 역의 해답일지도 모른다는 생각이 떠올랐다.

성당의 지하묘지도 대공습 당시 대피소로 쓰였다. 어쩌면 임시 시체 안치소로 쓰였을지도 몰랐다.

'시체안치소'를 찾아봤지만 별 소득이 없어서 '시체 처리'로 찾아보았다.

내 생각이 맞았다. 최악의 공습이 지나간 이후 사람들은 교회나 창고, 심지어 수영장까지 시체를 보관하는 데 사용했다.

홀본 역 근처에 수영장이 있을 것 같지는 않았지만, 성당은 있을지도 모른다.

알아볼 방법은 하나뿐이었다. 홀본 역으로 돌아가 찾아보는 것이다. 튜브 노선도를 살펴보았다. 좋아. 여기서 한 번에 홀본 역으로 가는 열차를 탈 수 있었다. 베이컬루 노선으로 내려가 북쪽 방향 열차를 탔다. 타고 왔던 열차처럼 텅 비어 있었지만, 워털루 역에서 문이 열리자 한 무더기의 사람들이 열차로 쏟아져 들어왔다.

아직 러시아워일 리는 없다고 생각하며 시계를 힐끗 보았다. 6시 15분. 이런 세상에. 7시에 캐스와 극장 앞에서 만나기로 했다. 그런데 극장까지는 몇 정거장이나 되지?

손잡이를 붙잡고 튜브 노선도를 꺼내 역의 수를 헤아려보았다. 엠뱅크먼트, 다음이 차링 크로스, 그리고 피카딜리 서커스였다. 역 사이 각 5분씩, 이렇게 붐비고 있으니 역에서 나가는 데 다시 5분이 걸릴 것이다. 할 수 있다. 아슬아슬하게.

"베이컬루 노선 운행이 엠뱅크먼트 역 이후로 지연되고 있습니다." 열차가 역에 들어설 때 기계음이 말했다. "다른 노선을 이용해주시기 바랍니다."

지금은 안 돼! 노선도를 움켜잡으며 생각했다. 다른 노선이라니.

노던 노선을 타고 레스터 스퀘어 역까지 가면 피카딜리 서커스로 가는 지하철을 갈아탈 수 있다. 아니, 레스터 스퀘어 역에 내려서 몇 블록 더 뛰어가는 게 훨씬 빠르겠다.

문이 열리자마자 서둘러 열차에서 내려 노던 노선으로 향하는 지하도를 내려갔다. 7시 5분 전. 아직 레스터 스퀘어 역까지 두 정거장, 그리고 극장까지 네 블록이 남아 있었다. 열차가 들어오고 있었다. 지하도가 우르릉거렸다. 나는 "죄송합니다, 죄송합니다, 죄송합니다."라고 소리치며 사람들 사이를 헤쳐나가서 사람으로 가득 찬 북쪽 방향 승강장에 들어섰다.

조금 전 우르릉 소리를 냈던 열차는 남쪽 방향이었던 모양이다. '다음 열차 4분'이라고 머리 위 전광판에 쓰여 있었다.

멋지군. 열차가 움직이며 앞의 공기를 밀어내고 뒤쪽으로 진공을 만들어내는 소리를 들으며 생각했다. 엠뱅크먼트 역도 폭격을 당했었다. 그리고 내가 필요한 것은 그게 전부였다. 런던 대공습 당시의 돌풍.

말을 꺼내자마자 바람이 몰아닥쳐 내 머리카락과 코트 자락을 뒤로 세차게 넘겼고, 제대로 붙지 않은 〈쇼보트〉 포스터의 끝자락이 나풀댔다. 엠뱅크먼트 역은 강가에 있었고 화재가 가장 심각했던 곳임에도 불구하고, 돌풍이나 열기는 없었다. 다만 차갑디 차가울 뿐이었고, 포르말린 냄새나 부패의 악취도 없었다. 단지 얼음장처럼 차갑고 숨 막힐 듯한 건조함과 먼지 냄새뿐이었다.

다른 역보다 나을 법했지만, 전혀 그렇지 않았다. 오히려 더 심했다. 열차에 다시 올라탈 수 있을 때까지 승강장의 벽을 지지대 삼아 기댄 채 눈을 감고 있어야 했다.

이건 대체 뭐지? 엠뱅크먼트 역은 공습을 당했으니, 이게 런던 대공습의 잔재임을 증명해주었다 하더라도 말이다.

사람들이 죽었을 것이다. 내가 맡은 냄새는 죽음의 악취였기 때문이다. 죽음과 공포와 절망.

비틀대며 열차에 올라탔다. 열차는 사람들이 빽빽이 들어차 있어서, 어떤 바람도, 어떤 공기도 이 많은 사람을 뚫고 들어오지는 못할 거라는 생각이 들자 다시 기운이 돌아오고 침착해졌다. 레스터 스퀘어 역에 내릴 무렵이 되자 완전히 회복해서 약속에 얼마나 늦었는지만 생각할 수 있었다.

7시 10분이었다. 아직 맞춰 갈 수 있었지만 아주 아슬아슬했다. 어쨌든 캐스가 표를 가지고 있었고, 그사이 엘리엇과 사라가 도착했다면 인사하느라 정신없을 것이다.

어쩌면 늙다리가 마음을 바꿔서 오기로 했을지도 모른다. 어쩌면 어제는 그저 기분이 좋지 않았을 뿐이고, 오늘 밤에는 예전의 모습으로 돌아와 있을지도 모른다.

지하철에 도착했다. 지하도를 질주해 에스컬레이터를 타고 올라가 샤프트버리 가로 나왔다. 비가 오고 있었지만, 그걸 걱정할 겨를은 없었다.

"톰! 톰!" 뒤에서 숨 가쁘게 소리치는 목소리가 들렸다.

내가 고개를 돌렸다. 사라가 반 블록 뒤에서 내게 열심히 손을 흔들고 있는 게 보였다.

"내가 부르는 소리 못 들었어요?" 사라가 쫓아와 헐떡이며 말했다. "튜브 안에서부터 계속 불렀어요."

뛰어온 게 틀림없었다. 머리는 엉망이었고 스카프 한쪽이 거의 바닥에 닿을 듯 대롱거렸다.

"우리 늦었어요." 사라가 내 팔을 잡아끌며 말했다. "그래도 제발 숨 좀 골라야겠어요. 당신도 노년에 마라톤 같은 걸 시작한 그런 지독한 남자는 아니겠죠?"

"네. 아니에요." 사람들이 지나는 길에서 벗어나 가게 앞으로 자리를 옮기며 말했다.

"엘리엇은 항상 러닝머신을 사겠다고 입버릇처럼 말해요." 사라는 덜렁거리는 스카프를 벗어 목에 대충 감으며 말했다. "저는 몸매 가꾸고 싶은 생각이 전혀 없고요."

캐스는 틀렸다. 그게 전부였다. 레이더가 잘못 작동했고, 이 모든 상황을 잘못 해석했다.

너무 빤히 보고 있었던 모양이었다. 사라가 방어적으로 머리에 손을 올렸다. "저도 지금 엉망인 거 알아요." 그리고는 우산을 집어 들며 말했다. "뭐, 괜찮아요. 우리 얼마나 늦었죠?"

"시간에 맞춰 갈 수 있어요." 사라와 팔짱을 끼고 극장을 향해 걸어가며 말했다. "엘리엇은 어디 있어요?"

"극장에서 만나기로 했어요. 캐스는 찻잔 구했어요?"

"저도 몰라요. 오늘 아침 이후로 아직 못 봤어요."

"아, 저기 봐요. 캐스예요." 사라가 손을 흔들며 말했다.

캐스는 극장 앞쪽에 빗방울이 튄 '오늘 공연은 매진입니다' 표시 앞에 추위에 얼어붙은 듯 서 있었다.

"왜 안에서 비라도 피하면서 기다리지 않고?" 내가 두 사람을 로비 안으로 이끌며 말했다.

"우리는 튜브에서 나오다가 만났어." 사라가 스카프를 벗으며 말했다. "아니, 그거보다는 내가 톰을 봤다고 하는 게 더 맞겠지. 나 좀 보게 하려고 소리까지 질러야 했다니까. 엘리엇은 아직 안 왔어?"

"응." 캐스가 말했다.

"엘리엇이랑 에버스 씨는 점심을 먹고 왔어. 오늘은 별로 성과가 좋지 못했으니까 그 주제는 꺼내지 마. 에버스 부인은 기념품 상점에 있는 물품을 다 사야겠다고 우겨댔고, 택시도 안 잡히더라고. 보니까 큐 가든 쪽에는 택시가 없나 봐. 튜브를 타야 했는데, 역까지 몇 블록이나 떨어져 있더라고." 사라가 머리에 손을 올렸다. "완전히 녹초가 된 거 같아."

"엠뱅크먼트 역에서 갈아탔어요?" 큐 가든으로 가는 노선이 무엇이었는지 기억해내려 노력하며 내가 물었다. 사라도 바람을 느꼈을지도 몰랐다. "베이컬루 노선 승강장에 있었어요?"

"기억 안 나요." 사라가 조바심을 내며 말했다. "그게 큐 가든을 지나는 노선인가요? 당신이 튜브 전문가잖아요."

"제가 코트 맡겨줄까요?" 내가 서둘러 말했다.

사라는 스카프를 코트 한쪽 팔에 쑤셔 넣어 내게 건네주었지만, 캐스는 고개를 저었다. "나는 추워."

"로비 안에서 기다렸어야지."

"그랬어야 했어?" 캐스가 그렇게 말해서 나는 놀란 눈으로 캐스를 쳐다보았다. 늦어서 화가 난 걸까? 왜지? 아직 공연 시작까지는 15분이 남아 있었고 엘리엇은 아직 도착하지도 않았다.

"무슨 일 있어?" 내가 말을 꺼냈지만, 사라가 벌써 물어보고 있었다. "찻잔 구했어?"

"아니." 캐스는 여전히 화가 나 날이 선 목소리로 말했다. "아무 데도 없어."

"셀프리지 백화점 가봤어?" 사라가 캐스에게 물었고, 나는 사라의 코트를 맡기러 다녀왔다. 내가 돌아왔을 때는 엘리엇도 와 있었다.

"늦어서 미안해." 엘리엇이 내 쪽으로 몸을 돌렸다. "너는 무슨 일이 있었던⋯."

"다들 늦었어. 다행히 표를 가진 캐스만 빼고. 표 가지고 있지?"

캐스가 고개를 끄덕이고 핸드백에서 표를 꺼냈다. 캐스가 표를 건네주었고 우리는 안으로 들어갔다. "오른쪽 지하도로 내려가 오른편입니다." 안내원이 말했다. "세 번째 줄이에요."

"계단으로 안 올라가?" 엘리엇이 말했다. "사다리도 없고?"

"피켈이나 하켄도 필요 없어. 쌍안경도 필요 없고."

"농담이겠지. 몸 둘 바를 모르겠네."

나는 안내인에게 안내책자를 사려고 잠시 멈췄다. 우리가 3열에 도착했을 때 캐스와 사라는 벌써 자리에 앉아 있었다. "이런 세상에." 엘리엇이 통로에 있는 사람들을 옆걸음으로 통과하며 말했다. "여기서는 제대로 볼 수 있겠네."

"사라 옆에 앉을 거야?" 내가 말했다.

"이런 세상에, 아니." 엘리엇이 농담처럼 말했다. "합창단 아가씨에게 추파를 던질 때 사라에게 책자로 두들겨 맞고 싶지는 않아."

"그런 공연은 아닐걸." 내가 말했다.

"캐스, 공연 내용이 뭐에요?" 엘리엇이 물었다.

캐스가 사라 너머로 몸을 기울였다. "헤일리 밀스가 나와요."

"헤일리 밀스라⋯." 엘리엇이 머리 뒤로 손을 얹고 몸을 기대며 추억에 잠겨 말했다. "내가 열 살일 때는 정말 섹시하다고 생각했었는데. 특히 〈바이 바이 버디〉에서 춤을 출 때 말이지."

"앤 마그렛 이야기하는 거 아냐? 바보." 사라가 내 너머로 팔을 뻗어 안내책자로 엘리엇을 때리며 말했다. "헤일리 밀스가 언제나 긍정적인 측면만 보는 소녀로 나오는 영화가 있었는데. 제목이 뭐였지?"

나는 캐스가 아직도 끼어들어 답을 이야기하지 않았다는 사실에 놀라며 캐스 쪽을 바라보았다. 캐스는 헤일리 밀스 팬이었다. 캐스는 코트를 어깨에 걸친 채 앉아 있었는데, 얼굴이 추위에 질려 초췌해 보였다.

"헤일리 밀스 알잖아." 사라가 엘리엇에게 말했다. "〈티카의 불꽃 나무들〉에서 나오는 거 같이 봤잖아."

엘리엇이 고개를 끄덕였다. "언제나 가슴이 훌륭하다고 생각했지. 아니면 아네트랑 헷갈리는 건가?"

"그런 공연은 아닐걸." 사라가 말했다.

그런 공연이 아니었다. 헤일리 밀스를 포함해 모든 배우가 목깃이 높은 의상을 입었고, 밀스는 두꺼운 코트로 몸을 감싼 채 들어왔다. "늦어서 정말 미안해요, 내 사랑." 그렇게 말하고 코트를 벗어 터틀넥 스웨터를 드러낸 채 무대의 중앙에 가서 섰다. "밖은 정말 추워요. 그리고 공기도 정말 이상하답니다."

남편 역이 누구인지는 모르지만 "내 마음속으로 죽음의 바람이 저 먼 나라에서 불어옵니다."라는 대사를 하자, 엘리엇이 몸을 기울이며 속삭였다. "오, 젠장. 문학적인 연극이라니."

남편의 나머지 대사를 놓쳤지만, 헤일리 밀스에게 왜 늦었는지를 물어보았던 게 틀림없다. 헤일리 밀스가 이렇게 말했기 때문이었다. "내 조수가 손을 베였답니다. 꿰매는 데 정말 오래 걸렸어요."

병원이라. 그건 생각하지 못했었다. 병원 시체안치소는 대공습 동안 가득 차 있었을 것이다. 홀본 역에서 가까운 곳에 병원이 있었나? 막간에 엘리엇에게 물어봐야 했다.

갑자기 터져 나온 박수 소리 때문에 나는 생각에서 빠져나왔다.

무대는 어두워졌다. 1장을 놓쳤다. 다시 조명이 켜졌을 때는 공연에 집중하려 했다. 적어도 절반은 알아야 막간에 이야기할 수 있을 테니까 말이다.

"바람이 거세어지네요." 헤일리 밀스가 가상의 창문을 내다보며 말했다.

"폭풍이 오고 있군요." 남편이 아닌 다른 남자가 말했다.

"그것이 제가 두려워하는 것이에요." 헤일리 밀스가 자신의 팔을 문질러 따뜻하게 하며 말했다. "오, 데릭. 남편이 우리 사이를 알아내면 어쩌죠?"

사라 건너에 있는 캐스를 옆으로 힐끗 보았으나 극장이 어두워서 얼굴이 보이지 않았다. 캐스는 연극이 무엇에 관한 것인지 몰랐던 게 분명하다. 알았다면 절대 고르지 않았을 것이다.

하지만 헤일리 밀스는 사라와 전혀 다르게 행동했다. 헤일리 밀스는 줄담배를 피웠고 안절부절못했으며, 남편이 방에 들어올 때는 서둘러 전화를 끊는 등 너무 뻔하게 켕겨 보여서 남편뿐만 아니라 누구라도 알아채지 못할 수가 없었다.

엘리엇도 마찬가지였다. "저 남편은 완전 멍청이인 게 틀림없어." 휴식시간을 위해 커튼이 내려오자마자 말했다. "저 여자가 바람을 피우고 있다는 건 개도 알아볼 수 있겠다. 왜 연극에 나오는 배우들 연기는 실제 삶과 조금도 닮은 구석이 없는 거야?"

"실제 삶에 있는 사람들은 헤일리 밀스처럼 생기지 않아서겠죠." 캐스가 말했다. "헤일리 밀스는 정말 예뻐, 그렇지 않아 사라? 전혀 늙지 않았어."

"농담이죠?" 엘리엇이 말했다. "좋아요, 자기 배우자가 바람피우고 있다고 농담처럼 말하는 사람들을 알아요. 하지만…."

"화장실에 다녀와야겠어." 캐스가 말했다. "아마 끔찍하게 긴 줄이 있을 거야. 사라, 같이 가자. 내 찻잔에 얽힌 일대기를 이야기해줄게." 사라와 캐스가 옆걸음으로 우리 자리를 지나갔다.

"백포도주 한잔 가져다줘." 사라가 통로에서 우리에게 말했고, 엘리엇과 나는 사람들을 헤치고 바로 향했다. 가는 데 10분이 걸렸고, 음료 받는 데 5분이 더 걸렸다. 사라와 캐스는 아직도 돌아오지 않았다.

"그래서 오늘 하루 종일 어디 있었어?" 엘리엇이 사라의 포도주를 홀짝거리며 물었다. "점심때 계속 찾았는데."

"연구를 좀 하고 있었어. 홀본 역이 블룸즈버리 가에 있지?"

"그럴걸. 난 튜브를 거의 안 타거든."

"역 근처에 혹시 병원이 있나?"

"병원?" 엘리엇이 어리둥절해 하며 말했다. "몰라. 아마 없을 거야."

"아니면 성당은?"

"몰라. 그게 뭔 이야기야?"

"혹시 역전층이라는 말을 들어본 적 있어? 공기가 갇혀 있을 때…."

"여자 화장실 문제에 대해서 뭔가 조처를 해야 해." 사라가 포도주를 받아 한 모금 마시며 말했다. "3막 내내 거기에 있는 줄 알았다니까."

"훌륭한 생각 같은데." 엘리엇이 말했다. "늙다리처럼 말하려는 건 아니지만, 지금까지의 정황으로 봐서 연극은 완전히 망했어! 내 말은, 헤일리 밀스의 남편이 완전히 꽉 막혀서 부인이 다른 남자와 사랑에 빠졌다는 걸 모른다는 사실을 우리보고 믿으라잖아. 그 다른 남자 이름이 뭐였지?"

"폴리아나예요." 캐스가 말했다. "앞서 두 막 동안 계속 기억을 더듬고 있었어요. 언제나 긍정적인 면만 보는 소녀의 이름 말이에요."

"사라." 내가 말했다. "홀본 역 근처에 혹시 병원이 있나요?"

"그레이트 오몬드 스트리트 아동 병원이 있어요. 제임스 베리가 전 재산을 기부한 곳이기도 하죠. 왜요?"

그레이트 오몬드 스트리트 병원이라. 그게 틀림없었다. 병원은 옛날 임시 시체안치소로 쓰였고, 그래서 공기가….

"너무 뻔하잖아." 엘리엇이 계속 불륜에 대해 말하고 있었다. "헤일리 밀스의 배역이 자기가 어디에 있었는지 변명하는…."

"정말 예쁘죠, 그렇지 않아요?" 캐스가 말했다. "몇 살쯤일 것 같아요? 진짜 동안이에요!"

휴식시간 종료를 알리는 종소리가 울렸다.

"가자." 캐스가 포도주를 내려놓으며 말했다. "또다시 그 많은 사람을 기어 넘어가기는 싫어."

사라가 포도주를 한입에 넘겼고, 우리는 통로를 걸어갔다. 우리가 너무 늦었다. 끝에 앉아 있던 사람들이 우리가 지나갈 수 있도록 일어나주어야 했다.

"그런데 너도 동의하지." 엘리엇이 자리에 앉으며 말했다. "정상적인 사람이라면…."

"쉿." 캐스가 사라와 내 쪽으로 몸을 완전히 기울인 채 엘리엇의 입을 닫았다. "조명 꺼지잖아요."

조명이 꺼지자 묘한 안도감이 느껴졌는데, 마치 뭔가 끔찍한 일을 비껴간 느낌이었다. 커튼이 올라가기 시작했다.

"이 말은 해야겠어." 엘리엇이 속삭이며 말했다. "그렇게 많은 단서가 주어졌는데도 부인이 바람을 피우고 있다는 사실을 모를 사람은 없어."

"왜 없어?" 사라가 말했다. "당신도 몰랐잖아." 그리고 헤일리 밀스가 무대로 올라왔다.

어둠 속에서 내 옆의 엘리엇은 마치 아무 일도 없다는 듯 다른 사람들과 함께 박수를 치고 있었다. 튜브의 바람처럼 너무 빠르게 지나가서 진짜 현실이었는지 구분하지 못하고 잘못 들었다고 생각하거나 그게 진짜가 아니었다고 엘리엇은 결론 내릴 것이다. 그리고 내 쪽으로 몸을 숙이고 이렇게 말할 것이다 "무슨 말이야? 바람피우고 있는 거 아니지, 그렇지?" 그러면 사라는 이렇게 속삭일 것이다. "당연히 아니지, 바보. 나는 그냥 당신이 항상 눈치가 없다는 의미였어." 그리고 아무 일도 없을 것이다, 아무….

"누구야?" 엘리엇이 말했다.

목소리가 헤일리 밀스와 남편의 대사 사이에 울려 퍼졌고, 앞에 앉은 남자가 몸을 돌려 우리를 째려보았다.

"누구야?" 엘리엇이 더 큰 목소리로 다시 말했다. "누구랑 바람피우고 있어?"

캐스가 억눌린 목소리로 말했다. "그러지 마⋯."

"아냐, 당신이 맞아." 엘리엇이 일어서며 말했다. "이런다고 염병할 뭐가 바뀌겠어?" 그러고는 통로의 사람들을 밀치고 나가버렸다.

사라는 잠시 꼼짝도 않고 앉아 있다가 마찬가지로 우리를 지나 빠져나갔는데, 내 발을 밟고 거의 넘어질 뻔했다.

사라를 쫓아가야 할지 말지 몰라서 캐스를 쳐다봤다. 내 주머니에 사라의 코트와 스카프를 맡겨둔 표가 들어 있었다. 캐스는 굳은 얼굴로 무대를 바라보며 코트를 바짝 여미고 있었다.

"이렇게 계속할 수는 없어요." 헤일리 밀스가 말했다. 이제는 나이에 걸맞게 보였지만, 여전히 과감하게 대사를 계속하고 있었다. "이혼을 원해요." 그러자 캐스가 일어나 나를 밀치고 지나갔고, 나는 엉거주춤 캐스를 따라나서며 "죄송합니다, 죄송합니다."라고 같은 줄에 있는 사람들에게 계속해서 속삭였다.

"이제 끝이에요." 헤일리 밀스가 무대에서 말했다. "모르겠어요?"

✳

캐스가 로비를 반쯤 지날 때까지도 따라잡지 못했다.

"잠깐만." 캐스의 팔을 잡으며 말했다. "캐스."

캐스의 얼굴이 창백하게 굳어 있었다. 캐스는 앞을 보지도 않고 유리문을 밀고 나가 인도에 우두커니 선 채 혼란스러운 표정을 하고 있었다.

"택시 잡을게." 나는 어찌 됐든 연극이 끝나고 난 뒤 사람들과 경쟁할 필요가 없어졌다는 생각이 들었다.

틀렸다. 사람들이 아폴로 극장에서 쏟아져 나오고 있었고, 길 아래쪽의 〈미스 사이공〉 공연에서도 마찬가지였다. 그리고 뭔지도 모를 공연에서도. 인도와 모퉁이에 많은 사람이 택시를 잡으려고 소리치고 휘파람을 불어대고 있었다.

"여기 있어봐." 나는 캐스를 극장의 현관 쪽에 세워두고 혼돈 속으로 밀고 들어가 손을 쭉 뻗었다. 택시가 인도 쪽으로 다가왔지만, 신문지를 머리 위에 쓰고 거리에서 비를 피해 다니는 사람들 무리를 피하기 위한 것이었다.

운전사는 손을 들어 택시 위에 달린 '탑승 중' 표시를 가리키는 시늉을 했다.

나는 인도에서 내려가 택시 중 불이 들어와 있지 않은 차를 찾아보려다가 물을 튀기며 달려드는 오토바이를 피해 황급히 다시 인도로 올라왔다.

캐스가 재킷의 허리춤을 잡아끌었다. "소용없어. 〈오페라의 유령〉이 방금 끝났어. 택시는 절대 못 잡을 거야."

"호텔에 가볼게." 내가 길가를 손짓으로 가리키며 말했다. "도어맨에게 잡아 달라고 하면 돼. 당신은 여기 있어."

"아니야, 괜찮아. 튜브 타면 되지. 피카딜리 서커스 역이 가깝지?"

"바로 저쪽이야." 내가 가리키며 말했다.

캐스가 고개를 끄덕이고는 별로 소용은 없지만 핸드백을 머리 위로 올려 비를 막았다. 그리고 우리는 사람들을 헤치고 달려서 피카딜리 서커스 역으로 내려가는 계단으로 들어갔다.

"적어도 튜브에서 비는 안 맞으니까." 표를 살 잔돈을 찾으며 내가 말했다.

캐스가 코트 자락을 털며 고개를 끄덕였다.

매표기에도 사람들이 엄청나게 몰려 있었고, 개찰구에는 더 많은 사람이 있었다. 캐스에게 표를 건네주자 캐스는 조심스럽게 투입구에 집어넣더니 기계가 표를 빨아들이기 전에 손을 잽싸게 빼냈다.

내려가는 에스컬레이터는 전부 고장이었다. 사람들은 엉거주춤한 자세로 쿵쾅거리며 걸어 내려갔다. 빡빡머리에 험상궂은 펑크족 두 명이 욕지거리를 내뱉으며 사람들을 밀치고 지나갔다.

다 내려가자 튜브 노선도 아래 지저분한 웅덩이가 있었다. "우리는 피카딜리 노선을 타야 해…." 나는 그렇게 말한 후 캐스의 팔을 잡고 지하도를 내려가 붐비는 승강장으로 나갔다.

머리 위의 LED 전광판에는 '다음 열차 2분'이라고 적혀 있었다. 반대편 선로에 열차가 굉음을 내며 들어와 우리 뒤쪽으로 사람들을 쏟아내서 우리를 앞으로 밀었다. 캐스는 굳은 얼굴로 '틈을 조심하세요' 표시를 내려다보고 있었다. 이제 우리에게 필요한 건 쥐로군. 아니면 칼부림이나.

열차가 들어왔다. 우리는 밀려들어가 정어리 통조림처럼 쑤셔 넣어졌다. "몇 정거장만 지나면 사람들이 적어질 거야." 캐스가 고개를 끄덕였다. 충격을 받은 듯 멍한 얼굴이었다.

마치 엘리엇의 모습 같았다. 텅 빈 눈으로 무대를 바라보다 맥 빠진 목소리로 "누구랑 바람피우고 있어?"라고 말한 뒤 눈이 먼 듯 사람들의 발과 무릎에 걸려 비틀거리며 좌석을 빠져나가려던 엘리엇은 유황의 돌풍과 치명적인 바람에 강타당한 모습이었다. 포도주를 홀짝거리며 헤일리 밀스에 대해 이야기하던 그 순간까지는 모든 게 괜찮았지만, 곧바로 포탄이 세상을 부숴놓고 모든 것을 폐허로 만들었다.

"그린 파크 역입니다." 스피커가 말했다. 문이 열리며 더 많은 사람이 밀려들었다. "좀 보고 다녀!" 헝클어진 머리의 여자가 캐스의 얼굴 앞에 손가락을 들이밀며 말했다. 여자의 손가락 끝은 군청색으로 물들어 있었다. "똑바로 해! 진짜야!"

"못 참겠다." 내가 캐스를 내 뒤쪽으로 밀며 말했다. "다음 역에서 우리 내리자." 캐스의 등에 손을 올리고 이리저리 조종하며 사람들의 무리를 헤치고 문으로 다가갔다.

"하이드 파크 코너 역입니다." 스피커가 말했다.

우리가 내리자 문이 쏵 닫히고 열차가 출발했다.

"위로 올라가서 택시 타자." 내가 단호하게 말했다. "당신이 옳았어. 튜브는 이제 엉망이야."

뒤에 있는 캐스와 텅 빈 터널을 바라보며 이제 모든 게 엉망이라고 씁쓸하게 생각했다. 사라와 엘리엇과 런던과 헤일리 밀스. 모든 게 엉망이었다. 늙다리와 리젠트 가와 우리도.

바람이 내 얼굴을 강타했다. 우리가 방금 내린 열차에서 온 바람이 아니라, 우리 앞 어딘가 터널 깊숙한 곳에서 온 바람이었다. 그리고 지난번보다 더욱, 더욱, 더욱 심했다. 나는 휘청거리며 벽에 기댔고 배에 주먹이라도 맞은 듯 몸을 수그렸다. 재앙과 죽음과 폐허.

여전히 가쁜 숨을 쉬며 배를 움켜잡고 몸을 일으켜 터널을 바라보았다. 내가 기댄 쪽과 반대편의 벽에 몸을 맡기고 서 있는 캐스는 손을 타일에 꼭 붙인 채였으며 얼굴이 창백하게 일그러져 있었다.

"당신도 느꼈지." 나는 커다란 안도감을 느끼며 말했다.

"응."

당연히 느꼈을 것이다. 이게 캐스였다. 누구도 알아채지 못하는 것을 느끼며, 사라가 바람을 피우고 있다는 것을 알아채고, 늙다리가 진짜 노인이 되어버렸음을 알아차린 사람이다. 처음 이 일이 일어났을 때 캐스에게 가서 여기에 끌고 내려와 나와 함께 터널에 서 있게 했어야 했다.

"다른 사람들은 느끼지 못하더라고. 내가 미친 줄 알았어."

"아니야." 캐스의 목소리에 무언가 더 있었다. 녹색 타일 벽에 몸을 움츠리고 있는 모양새나 그동안 내게 말했던 이야기들로 볼 때….

"당신은 우리가 런던에 처음 왔을 때 느꼈구나." 내가 놀란 목소리로 말했다. "그래서 튜브를 싫어한 거였어. 바람 때문에."

캐스가 고개를 끄덕였다.

"그래서 해로즈 백화점에 택시를 타고 가고 싶었던 거였구나. 왜 처음부터 말해주지 않았어?"

"당시에는 택시 타기에는 돈이 충분치 않았잖아. 그리고 당신은 느끼지 못하는 것 같았어."

당시에 나는 아무것도 느끼지 못했다. 뻔히 역에 들어가기 싫어하는 캐스의 모습이나, 지하철이 들어올 때마다 몸을 뒤로 움찔하는 것도 제대로 인식하지 못했었다. 지금은 캐스가 터널을 불안하게 쳐다보는 모습을 보고 다음 바람을 경계하고 있다는 사실을 알 수 있었다. 캐스는 몰아닥칠 바람을 예상하고 있었다.

"나에게 말해줬어야지. 당신이 말해주었다면, 그게 뭔지 알아내서 더 이상 당신을 위협하지 않도록 했을 텐데."

캐스가 나를 보았다. "그게 뭔지 알아낸다고?" 캐스가 멍하니 물었다.

"응. 왜 그런 일이 일어나는지 알아냈어. 그건 역전층 때문이야. 공기가 여기에 갇히면 나갈 길이 없어. 광산에 가스가 고이는 것과 같아. 그래서 몇 년이 흘러도 여기에 계속 남아 있는 거지." 캐스에게 이야기해줄 수 있다는 사실에 진심으로 감사하며 내가 말했다.

"런던 대공습 당시 사람들이 지하철역을 대피소로 사용했어." 나는 열심히 말했다. "발햄 역도 폭격을 당했고, 차링 크로스 역도 그랬지. 그래서 연기와 코르다이트 화약 냄새가 나는 거야. 고폭탄 때문이지. 그리고 마블 아치 역에서는 사람들이 타일 파편에 맞아서 죽었어. 그걸 우리가 느끼는 거야. 그 사건이 일어났을 때의 바람이야. 과거에서 온 바람이지. 이 바람의 원인은 잘 모르겠어. 아마 터널이 무너졌거나 V-2일지도…." 내가 멈췄다.

캐스는 호텔방의 좁은 침대에 앉아서 사라가 바람을 피우고 있다는 이야기를 해주기 직전의 시선으로 나를 보고 있었다.

나도 캐스를 바라봤다.

"당신은 바람이 왜 부는지 알고 있었구나." 결국 내가 말을 꺼냈다. 당연히 알았겠지. 그것이 바로 캐스였다. 모든 것을 알고 있는 캐스. 캐스는 이 사건에 대해 생각할 시간이 20년이나 있었다.

"이 바람의 원인이 뭐야, 캐스?"

"하지 마…." 캐스는 그렇게 말하고 지하도를 바라봤다. 마치 열차를 타기 위해 갑자기 몰려드는 사람들이 우리 사이로 밀고 들어와 캐스가 대답하기 전에 말을 끊어주기를 바라는 듯했다. 하지만 터널은 여전히 텅 빈 채였고 공기조차 움직이지 않았다.

"캐스."

캐스가 숨을 깊게 들이마시고 말을 이었다. "앞으로 일어날 일이야."

"일어날 일?" 나는 멍하게 되물었다.

"우리를 기다리고 있는 것들." 캐스가 쓸쓸하게 말을 이었다. "이혼과 죽음과 부패. 모든 것들의 끝."

"그럴 리가 없어. 마블 아치 역은 직격탄을 맞았어. 그리고 차링 크로스 역은…."

하지만 캐스였다. 언제나 옳았다. 그리고 냄새가 연기가 아니라 공포였다면, 먼지가 아니라 절망이었다면?

만약 포르말린이 임시 영안실로 쓰인 시체안치소의 냄새가 아니라 영구적인 것, 즉 죽음 그 자체가 마블 아치 역에서 우리를 기다려 온 것이라면? 마블 아치 역이 캐스에게 공동묘지를 떠올리게 한 것도 이해가 갔다.

파편들을 사방에 날려 보내고 청춘과 결혼과 행복을 갈가리 찢고 들어오는 직격탄이 V-2가 아니라 죽음과 쇠퇴와 타락이었다면?

바람에서는 모두 죽음의 냄새가 났다. 하지만 런던 대공습만이 원인일 수는 없었다. 심장마비로 죽은 하리 스리니바사우를 봐. 그리고 훌륭한 피쉬앤칩스를 팔던 불타버린 술집도.

"하지만 바람이 불었던 역들은 폭격을 당한 곳이었어. 차링 크로스 역에서는 물과 흙냄새가 났어. 런던 대공습이 틀림없어."

캐스가 고개를 저었다. "샌프란시스코 지하철에서도 느꼈어."

"그건 샌프란시스코잖아. 지진이었을지도 몰라. 아니면 산불이나."

"그리고 워싱턴 지하철에서도. 한 번은 집 앞, 메인 가의 한복판에서도." 캐스가 말하며 바닥을 보았다. "당신이 이야기한 역전층이 맞을지도 몰라. 역전층 때문에 여기에 밀집되어 더 강하고 더…."

캐스가 말을 멈추었을 때 나는 "치명적"이라고 말할 줄 알았다.

"더 알아채기 쉽게." 캐스가 말했다.

하지만 나는 알아채지 못했었다. 모든 것을 알아채는 캐스를 제외하고는 아무도 알아채지 못했다.

노인들도 알아챘다. 사우스 켄싱턴 역에서 푸른 혈관이 튀어나온 손으로 옷깃을 꼭 여미고 있던 백발의 여성과 홀본의 승강장에서 몸을 웅크리던 흑인 노인. 노인들을 항상 느낀다. 그들은 항상 불어오는 바람에 몸을 두 배는 더 웅크린다.

혹은 튜브를 피하거나. 늙다리는 "나는 튜브가 끔찍하게 싫어."라고 말했다. 늙다리는 튜브를 타고 우리를 런던 이곳저곳으로, 베이커 스트리트에서 타워힐로, 에스컬레이터를 올라갔다 계단을 내려갔었다. 우리의 어깨너머로 내내 큰 소리로 이야기를 들려주며 정신없이 끌고 다니는 모험을 했었다. 그런데 어제는 "끔찍한 장소"라고 했다. "더럽고 냄새나고 바람 불고." 바람 불고.

늙다리도 바람을 느꼈고, 휴즈 부인도 그랬다. "저는 이제 튜브에 절대 내려가지 않아요." 부인이 저녁을 먹으며 말했었다. "저는 튜브를 타지 않아요."가 아니라, 튜브에 절대 내려가지 않는다고 했다. 단지 계단을 내려가거나 먼 거리를 걸어야 해서가 아니다. 바람 때문이었다. 이별과 상실과 슬픔의 냄새가 진동하는 바람.

캐스가 옳을 수밖에 없었다. 그건 죽음의 바람이었다. 다른 사람이 아니라 노인들에게만 그토록 끊임없이, 가차 없이 부는 게 또 있단 말인가?

하지만 왜 나도 느끼게 된 걸까? 학회가 내게 일종의 역전층이 되어 옛 친구들과 옛 장소들을 직면하도록 했을지도 모른다. 암과 갭, 유행하는 공연과 매운 음식에 욕을 퍼붓는 늙다리. 내가 죽음과 노년과 변화에 대해 일찌감치 마주하도록 만들었다.

에스컬레이터에서 사람들을 밀치며 내려가고 지하도를 달려 지나가고 열차가 떠나기 전에 타려고 허둥지둥하도록 만드는, 시간이 얼마 남지 않았다는 느낌도 있었다. 공포의 느낌, 그게 마지막이었을 수 있다.

"출입문 닫습니다."

사라를 떠올렸다. 레스터 스퀘어 역을 뛰어 올라오며 머리는 엉클어지고 뺨은 이상하게 상기되어 있는 모습과 극장에서 내 무릎을 밀치고 절망적으로 쫓기듯 나가던 모습을.

"사라도 느꼈어."

"그랬어?" 캐스가 건조한 목소리로 말했다.

반대쪽 벽에 기대어서 다음 바람이 몰아닥치기를 기다리며 몸을 웅크리고 있는 캐스를 바라봤다.

우스웠다. 바로 이 지하도와 이 역은 런던 대공습 당시 대피소로 쓰였다. 하지만 이런 종류의 공습에서 우리를 보호해줄 수 있는 대피소는 없었다.

그리고 어떤 지하철을 잡아타든, 어떤 노선을 타든 결국은 같은 역으로 향했다. 마블 아치. 종점.

"그래서 우리 이제 어쩌지?"

캐스는 대답이 없었다. 캐스는 우리 사이에 있는 바닥에 '틈을 조심하세요'라고 적혀있는 듯 바닥만을 바라보았다. 틈을 조심하세요.

"나도 몰라." 마침내 캐스가 입을 열었다.

캐스가 무슨 말을 할 거라 생각했던 걸까? 우리에게 서로가 있다면 그렇게 나쁘지는 않을 거다? 사랑이 모든 것을 정복하리라?

그렇지 않다는 게 핵심이었다, 그렇지 않은가? 그런 것들은 이혼과 파괴와 죽음에 비하면 아무것도 아니라는 게 핵심일까? 밀포드 휴즈 시니어를 봐. 시설에 들어간 다니엘 드레커의 딸을 봐.

"첼시에 있는 상점들에도 찾던 찻잔이 없었어." 캐스가 스산하게 말했다. "생산이 중단되었을 거라고는 생각도 못 해봤어. 그 오랜 시간 동안,

나는 그게 이제 여기 없을 거라는 건 생각조차 해보지 않았단 말이야." 목소리가 갈라졌다.

"정말 예쁜 모양이었는데."

늙다리는 정말 재미있고 생기 넘치는 사람이었고, 술집은 언제나 사람들로 넘쳐났으며, 사라와 엘리엇은 훌륭한 결혼 생활을 했었지.

하지만 그것들도 그들을 구해주지 못했다. 이혼과 파괴와 타락에서.

무엇이 그걸 막을 수 있단 말인가? 잘 잠근 코트 단추? 지상에만 머무르는 것?

지상에만 머무르는 것, 그게 문제였다. 어떻게든 하루를 보내더라도, 문은 닫히고 있으며 모든 것들이 부서져 내릴 것을 알고 있다. 당신이 사랑했던 것들, 좋아했던 것들, 혹은 예쁘다고 생각했던 것들마저 모두 부서져 내리고, 불타 없어지고, 바람에 날아가버릴 것을 알고 있다. "바람과 함께 사라지다." 지하철을 타고 그 책을 읽고 있던 중년 여자를 떠올리며 내가 말했다.

"뭐?" 캐스가 여전히 멍하고 무기력한 목소리로 말했다.

"소설 말이야." 내가 슬픈 목소리로 말했다. "《바람과 함께 사라지다》. 발햄 역으로 가는 지하철 안에서 어떤 여자가 읽고 있었어. 어떤 역에 바람이 부는지 찾아다니면서 그 역들이 런던 대공습에 폭격을 당했는지 알아보고 있었거든."

"발햄 역에 갔었어?" 캐스가 따지듯 물었다. "오늘?"

"그리고 블랙프라이어스. 엠뱅크먼트. 엘리펀트 앤 캐슬 역에도 갔어. 어떤 역들이 폭격을 당했는지 찾아보려고 교통 박물관에도 갔었고, 그다음에 모뉴먼트와 발햄 역에도 바람이 부는지 확인하러 갔었어." 내가 고개를 저었다. "어떤 규칙이 있는지 확인하고 싶어서 오늘 온종일… 왜?"

캐스는 어디 아픈 것처럼 입에 손을 가져다 대고 있었다.

"왜 그래?"

"사라가 오늘도 약속을 취소했어. 당신 나가고 나서. 그래서 당신이랑 점심이라도 같이 먹을까 했지." 캐스가 나를 보았다. "그런데 당신이 어디 있는지 아무도 몰랐어."

"다른 사람들은 느끼지도 못하는 바람을 뒤쫓아 런던을 뛰어다니고 있다는 걸 사람들에게 알리고 싶지는 않았으니까."

"엘리엇은 어제도 당신이 사라졌다고 했어." 아직도 내가 정확히 이해하지 못한 무언가가 있었다. "엘리엇은 아서랑 같이 당신에게 점심을 먹자고 했는데, 당신이 그냥 떠났다고 했어."

"무엇 때문에 바람이 부는지 알아보려고 홀본 역에 다시 갔거든. 그리고 마블 아치 역에도."

"사라는 나한테 엘리엇이랑 같이 에버스와 부인을 관광시켜준다고 했었어. 그 부부가 큐 가든 식물원을 보러 가고 싶다고 했다면서."

"엘리엇? 당신이 엘리엇은 학회에 갔었다고 이야기한 것 같은데?"

"엘리엇이 그렇게 이야기했어. 엘리엇은 사라가 잊어버리고 있던 병원 예약이 있다고 했지. 당신이 어디 있는지는 아무도 몰랐어. 그리고 극장에서 당신과 사라가…."

같이 나타났다. 늦어서 숨을 헐떡이며, 사라의 뺨은 완전히 상기되어 있었고. 그리고 어제 나는 점심 약속에 대해서 거짓말을 했고, 오후 일정에 대해서도 그랬다. 사람들이 거짓말하는 것을 느낄 수 있고, 뭔가 잘못되어 가고 있다는 것을 느낄 수 있는 캐스에게.

"사라와 바람을 피우고 있는 사람이 나라고 생각했던 거구나."

캐스가 멍하게 고개를 끄덕였다.

"내가 사라와 바람을 피우고 있다고 생각했어? 어떻게 그런 생각을 할 수 있어? 나는 당신을 사랑해."

"그리고 사라도 엘리엇을 사랑하지. 사람들은 배우자를 배신하고 떠나. 모든 건…."

"…깨지기 마련이지." 내가 중얼거렸다.

그리고 튜브의 공기는 그 모든 것들을 새긴 채 지하에 붙잡혀 죽음과 파괴와 부패의 정수로 정제되고 있었다.

캐스가 틀렸다. 결국 대공습이었다. 발햄 역으로 가는 열차에서 울고 있던 젊은 여자와, 말싸움을 벌이던 미국인 커플도.

불화와 재앙과 절망. 캐스의 공포와 우리의 불행도 여기에 새겨져, 튜브의 터널과 선로와 지하도를 떠돌다가 다음 주 혹은 지금으로부터 50년이 흐른 뒤에 어떤 불운한 여행자의 얼굴을 강타하게 될지 궁금해졌다.

여전히 반대쪽 벽에 서 있지만, 말도 안 되게 멀어 보이는 캐스를 바라보았다.

"사라와 바람을 피우는 게 아니야." 내가 말하자 캐스는 기운 없이 타일 벽에 기댄 채 눈물을 흘리기 시작했다.

"당신을 사랑해." 내가 말하고는 한걸음에 통로를 가로질러 캐스를 안아주었고, 잠시 동안 모든 것이 괜찮았다. 우리는 함께 있었고 안전했다. 사랑이 모든 것을 정복한다.

하지만 그건 다음 바람이 불어 닥칠 때까지뿐이었다. 엑스레이 결과나, 한밤중의 호출이나, 멍하니 자기 손을 내려다보며 나쁜 소식을 전하고 싶지 않아 하는 의사처럼. 그리고 우리는 아직도 튜브 지하도에 있었으며 바람이 직통으로 불어오는 곳에 있었다.

"이리 와." 나는 캐스의 팔을 잡으며 말했다. 바람에서 지켜줄 수는 없었지만, 튜브에서 벗어나게는 해줄 수 있었다. 역전층에서 벗어나게 해줄 수 있었다. 몇 년간은. 혹은 몇 달은. 혹은 몇 분은.

"우리 어디가?" 내가 지하도를 따라 서둘러 데리고 가자 캐스가 물었다.

"위로. 밖으로."

"호텔까지는 한참 멀어."

"택시를 탈 거야." 계단 위로 캐스를 이끄는데, 우리가 모퉁이를 돌아갈 때 지하철이 우르릉거리며 들어오는 소리와 먼 곳에서 "틈을 조심하세요."라고 말하는 목소리가 들렸다.

"지금부터 우리는 택시만 탈 거야."

또 다른 지하도를 지나 계단 하나를 더 내려가는 동안 서두르면 또다시 바람이 닥칠까 봐 서두르지 않으려 노력했다. 아치형 통로를 지나 에스컬레이터로 향했다. 거의 다 왔다.

1분 뒤면 캐스와 나는 에스컬레이터를 타고 위로 올라가 역전층에서 벗어날 것이다. 바람에서 벗어난다. 잠시 동안은 안전할 것이다.

갑자기 서클 노선 쪽의 반대쪽 지하도에서 한 무더기의 사람들이 나타나 에스컬레이터 앞을 막고 프랑스어로 떠들기 시작했다. 여행 온 청소년들이 에스컬레이터를 타기에는 너무 거대한 배낭을 메고 튜브 노선도를 보느라 에스컬레이터 발치를 정신 사납게 막고 있었다.

"실례합니다." 내가 말했다. "빠흐도네 무아."* 아이들이 나를 쳐다보긴 했지만 옆으로 비켜주는 대신 너무 부피가 큰 짐들을 고무 손잡이 사이에 밀어 넣으며 에스컬레이터에 타려는 바람에 에스컬레이터 입구를 꽉 채워 누구도 지나갈 수 없게 만들어버렸다.

우리 뒤쪽 피카딜리 노선 쪽 터널에서 열차 들어오는 소리가 멀리 들려왔다. 프랑스 아이들은 드디어, 마침내 에스컬레이터에 짐을 올렸다. 캐스를 에스컬레이터에 태우고 그 바로 아래 칸에 올라탔다.

어서. 올라가, 올라가. 〈남아 있는 나날〉과 〈팻시 클라인이여, 영원히〉와 〈세일즈맨의 죽음〉 포스터를 지났다. 우리 아래쪽으로 열차의 우르릉거리는 소리가 커지며 다가왔다.

"호텔로 돌아가지 않으면 어떨까? 지금 마블 아치에서 그리 멀지 않아." 내가 그 소리를 묻어버리려 말을 꺼냈다. "로열 헤르니아에 전화해서 방이 남아 있는지 한번 물어볼까?"

제발, 어서. 올라가. 〈리어왕〉. 〈쥐덫〉.

"만약 없어졌으면 어떡해?" 캐스가 아래쪽을 쳐다보며 말했다. 우리는 거의 세 개 층을 올라왔다. 열차 소리는 희미해져 낄낄대는 학생들과

---

* 프랑스어로 '죄송합니다'

위쪽 역대합실에서 웅성거리는 소리에 묻혀갔다.

"아직 거기 있을 거야." 내가 긍정적으로 말했다.

어서, 올라가, 올라가.

"그때 그대로일 거야. 가파른 계단에 곰팡내와 썩은 양배추 냄새들. 아주 건강한 냄새들이지."

"아, 안 돼." 캐스가 말하며 에스컬레이터 위쪽을 가리켰다. 잘 차려입은 털코트와 극장 안내책자에서 비를 털어내는 사람들이 갑자기 들어찼다. "〈캣츠〉가 방금 끝났나 봐. 택시 절대 못 잡을 거야."

"그러면 걷지."

"비 오잖아."

바람보다는 비가 낫지. 어서, 올라가.

꼭대기에 거의 다 왔다. 학생들은 벌써 어깨에 배낭을 메고 있었다. 우리는 공중전화로 가서 택시를 부를 것이다. 그러고는? 머리를 숙이고 있어야지. 바람을 피해야지. 마치 늙다리처럼.

소용없을 것이다. 씁쓸하게 생각했다. 바람은 어디에나 있었다. 하지만 캐스를 바람으로부터 지키기 위해 무엇이든 해야겠다. 지난 20년간 보호해주지 못했으니, 그 잔혹한 길에서 벗어나게 해주어야 했다.

꼭대기까지는 세 계단 남았다. 프랑스 학생들은 꽉 낀 배낭을 잡아 뽑으며 외쳤다. "알롱! 알롱! 비트!"*

나는 고개를 뒤로 돌려 목소리 너머로 지하철 소리를 들어보려 귀를 기울였다. 내려가는 에스컬레이터 바로 앞에서 반백의 노부인이 바람을 맞는 모습이 보였다. 노부인은 위에서 아래쪽으로 바람이 몰아닥친 듯 고개를 숙이고 몸을 웅크렸다. 위쪽에서! 바람은 우리 위쪽 프랑스 학생들의 머리카락을 젖혀 눈에 띄게 앳된 얼굴을 드러냈고, 옷깃과 셔츠 끝자락을 펄럭였다.

* 프랑스어로 '어서, 어서, 빨리'

"캐스!" 나는 소리치며 한쪽 손을 캐스에게 뻗었고, 반대쪽 손으로는 바람 앞으로 우리를 가차 없이 밀어 넣고 있는 에스컬레이터를 멈출 수 있기라도 한 듯 고무 손잡이를 움켜쥐었다.

내가 움켜쥐는 바람에 캐스가 균형을 잃었다. 발판에서 반쯤 미끄러져 내 쪽으로 쓰러졌다. 캐스를 내 쪽으로 돌려세우고 가슴팍으로 끌어당겨 팔로 감싸 안았지만, 이미 너무 늦었다.

"사랑해." 마치 마지막이기라도 한 듯 캐스가 말했다.

"그러지 마…." 하지만 바람은 벌써 우리를 덮쳤고, 캐스를 보호할 수도 바람을 멈출 수도 없었다. 바람은 우리에게 거침없이 몰아닥쳐 캐스의 머리카락을 뺨 위로 날렸고, 우리를 발판 뒤로 거의 떨어뜨릴 뻔했으며, 냄새와 함께 내 얼굴을 강타했다. 깜짝 놀라 숨을 멈추었다.

노부인은 여전히 에스컬레이터 앞에 머리를 뒤로 젖히고 눈을 감은 채 엉거주춤 서 있었다. 그 뒤에 줄을 선 사람들이 짜증 섞인 목소리로 "죄송합니다!", "실례지만 좀 지나갈게요!"라고 외쳐댔다. 하지만 노부인은 사람들의 말을 듣지 않고 있었다. 노부인은 머리를 뒤로 젖힌 채 공기를 깊이 들이마셨다.

"오." 캐스가 말하고는 역시 머리를 뒤로 젖혔다.

나도 깊이 숨을 들이마셨다. 라일락과 비와 기대의 냄새였다. 오랜 세월 동안《영국에서 하루 40달러로 살아남기》를 보던 관광객들과 승강장에서 손을 맞잡고 있는 신혼부부들의 냄새였다. 엘리엇과 사라와 캐스와 내가 밝게 웃으며 늙다리의 뒤를 쫓아 내려가고, 지하철에서 내려 디스트릭트 노선으로 통하는 매혹적인 지하도를 지나 런던탑으로 향하던 냄새였다. 봄의 향기와 안전함과 다가올 세상.

절망과 공포와 슬픔에 잠긴 구불구불한 터널에 잡혀 있었던 냄새, 미로 같은 지하도와 계단과 승강장들에 잡혀 있었던 냄새, 역전층에 갇힌 채 계속해서 커져 왔던 냄새였다.

우리는 꼭대기에 있었다. "실례지만 지나가도 되겠습니까?" 뒤에 있던 남자가 말했다.

"함께 찻잔을 찾을 거야, 캐스. 포토벨로 시장에 중고 상점들이 있는데, 태양 아래 모든 것들이 거기에 있어."

"튜브로 갈 수 있어?"

"실례하겠습니다." 남자가 말했다. "죄송해요."

"라드브로크 그로브 역. 해머스미스 시티 노선이야." 나는 그렇게 말하고 몸을 숙여 캐스에게 키스했다.

"길을 막고 계신데요. 사람들 지나가야죠."

"공기 정화를 좀 하고 있습니다." 내가 말하고는 다시 캐스에게 키스했다.

우리는 잠시 거기 서서 숨을 들이마셨다. 잎사귀와 라일락과 사랑을.

그리고 우리는 손을 맞잡고 다시 에스컬레이터를 타고 내려가, 동쪽 방향 승강장에서 마블 아치 역으로 가는 튜브를 탔다.

〈마블 아치에 부는 바람〉 후기

런던에서 내가 가장 좋아하는 장소는 당연히 세인트폴 대성당이지만, 두 번째로 좋아하는 장소는 엄밀히 말하면 특정한 장소가 아니다. 바로 광대한 런던 지하철망이기 때문이다. 지구 중심부까지 내려가는 나무 덧판의 멋진 에스컬레이터와 세라믹 타일이 붙어 있는 승강장, 그리고 기둥과 지주의 모든 공간에 붙어 있는 튜브 노선도. 그 노선도는 세상에서 가장 잘 그려진 지도다.

그리고 튜브가 정확히는 특정 장소가 아닌 것처럼, 튜브 노선도도 엄밀히는 지도가 아니다. 차라리 회로도(혹은 덤블도어 교장 무릎에 있는 흉터*)에 가까우며, 믿거나 말거나 지하철 직원인 헤리 벡이 여가시간을 이용해 디자인했다고 한다. 노선도는 천재의 작품이다. 우스울 정도로 쉽게 읽고 이해할 수 있으며, 사랑스러운 파란색, 자주색, 초록색 선들은 그 자체만으로도 아름답다. 노선도는 테이트 갤러리**에 걸려야 한다. 그리

---

* 해리포터 시리즈에 등장하는 덤블도어 교장의 왼쪽 무릎에는 런던 지하철 노선도와 똑같이 생긴 흉터가 있다.

** 런던에 있는 국립 미술관

고 지하철은 역사 문화재 보존을 위한 국가 유산에 등록되어야 마땅하다. 차링 크로스 역은 찰스 디킨스가 어린 시절 일했던 시커먼 공장 부지에 서 있다. 페툴라 클락은 런던 대공습 당시 튜브에서 노래를 부르기 시작해 가수가 되었다. 로렌스 올리비에, 알렉 기네스, 에디스 에반스 같은 배우들은 모두 폭탄이 떨어지던 레스터 스퀘어 역에서 즉흥극을 벌였고, 대영박물관에 있던 수백 점의 보물들이 챈서리 레인 역의 폐쇄된 터널에 보관되었다. 두 명이 보물을 지키도록 임명되었는데, 이들은 파라오와 제왕과 그리스 시대 유골 항아리로 가득한 나무 상자에 둘러싸여 살면서 먹고 잤다.

나는 런던의 첫 번째 여행에서 지하철의 매력을 발견했고 그때부터 죽 좋아해 왔다. 어느 정도로 좋아했느냐 하면 내 소설 《블랙아웃》, 《올 클리어》와 〈마블 아치에 부는 바람〉 때문에 튜브를 몇 시간씩 돌아다니며 메모를 할 수 있다는 사실 그 자체에 정말로 기뻤고, 〈닥터 후〉와 〈셜록〉의 새 에피소드나 영화에서 튜브가 나오면 바보같이 행복해질 정도다. TV 시리즈인 〈프라이미블〉은 에피소드 중 하나에서 알드위치 역 아래쪽 대공습 시대 벙커로 개조된 텅 빈 터널들을 등장시킨다(터널들은 석탄기의 대형 곤충들로 들끓었다). 그리고 튜브는 〈하노버 스트리트〉에서부터 〈러브 액츄얼리〉와 〈빌리 엘리어트〉까지 훌륭한 영화들에도 자주 등장한다.

그렇지만 내가 가장 좋아하는 영화는 〈슬라이딩 도어즈〉인데, 영화 속에서는 지하철을 타거나(혹은 타지 못하는) 것이 무한한 중요성을 지니고 있다.

응당 그래야 할 것이다. 이러니저러니 해도 결국, 튜브니까.

ALL SEATED ON THE GROUND

모두가 땅에 앉아 있었는데

◆

김세경 옮김

2007년 《All Seated on the Ground》 소책자 발간
2008년 휴고상 수상
2008년 로커스상 노미네이트

나는 외계인이 지구에 실제로 착륙하면 실망스러울 거라고 항상 말해왔다. 외계인으로서는 영화 〈우주 전쟁〉과 〈미지와의 조우〉, 〈E.T.〉 이후로 대중의 머릿속에 박힌 외계인 이미지에 부응할 방법이 없다는 의미다. 그게 좋은 이미지든, 나쁜 이미지든 간에.

또한 나는 실제 외계인은 영화에 나오는 외계인과 전혀 다를 것이라고 말해왔다. 외계인은 A) 우리를 죽이려거나 B) 우리가 사는 행성을 차지해 우리를 노예로 삼으려거나 C) 영화 〈지구가 멈추는 날〉에서처럼 우리를 우리 자신으로부터 구하려거나 D) 지구 여성과 섹스하려고 오지는 않을 것이다. 괜찮은 사람을 찾기가 아무리 힘들다고 해도 설마 데이트나 하려고 외계인이 수천 광년을 여행해서 오겠는가? 더구나 그들은 지구 여성이 아니라 멧돼지나 실난초, 심지어 에어컨에 오히려 더 매력을 느낄 수 있다.

항상 난 A)와 B)는 거의 가능성이 없다고 생각했다. 제국주의적 침략자들은 근처에 있는 행성을 침략하거나 다른 침략자에게 침략당하느라 바빠서 지구처럼 오지에 있는 행성까지 욕심낼 경황이 없을 것이기 때문이다. 하긴 그거야 모르는 일이다. 이라크를 보라. 그리고 C)로 말하자면, 나는 트레셔 목사처럼 우리를 구하러 왔다는 사람이나 외계인을 경계한다. 그리고 수천 광년 거리의 우주여행을 하는 데 필요한 우주선을 만들 만한 외계인이라면 복잡한 문명을 가지고 있을 게 분명하므로, 워싱턴을 불사르거나 가정집에 전화하는 일보다는 복잡한 동기를 가지고 왔을 것이다.

하지만 나는 외계인이 지구에 착륙할 거라고는 한 번도 생각해보지도 못했다. 게다가 9개월이나 그들에게 말을 걸고도 무슨 동기로 왔는지 알아내지 못하리라고는 결코 생각하지 못했다.

지금 내가 이야기하고 있는 착륙은 UFO가 인적 없는 남서부 외딴곳을 덮쳐 소 몇 마리를 난도질하고 한두 개의 크롭 서클을 만든 다음, 전혀 믿을 수도 없고 멍청한 소리나 늘어놓는 사람을 유괴해 황당한 장소에서 조사하고는 다시 이륙해버리는, 그런 착륙이 아니었다. 나는 외계인이 그런 짓을 할 거라고 믿어본 적도 없고, 외계인들은 그런 짓을 한 적도 없다. 뭐, 미국 남서부에 착륙 비슷한 걸 하기는 했지만 말이다.

외계인은 우주선을 덴버에, 그것도 덴버대학교 캠퍼스 한가운데에 착륙시킨 후 "우리를 당신들의 지도자에게로 데려가라"는 듯한 전형적인 태도로 곧장 대학본부 정문 앞까지 행군했다. 사실 '행군했다'는 틀린 표현이다. 알타이르인들은 미끄덩거리기와 뒤뚱거리기의 중간쯤 되는 방식으로 움직였기 때문이다.

그리고 그게 다였다. 그들은(여섯이었다) 아무 말도 하지 않았다. "우리를 당신들의 지도자에게로 데려가라!"라든지 "외계인(人)에게는 하나의 작은 발걸음이나, 외계종(種)에게는 하나의 위대한 도약이다"라든가 "지구인들이여, 너희 여성들을 우리에게 넘겨라"라는 말도, 지구를 넘기라는 말도 없었다. 그들은 그저 대학본부 정문 앞에 서 있기만 했다.

외계인들은 계속 그곳에 서 있었다. 경찰차들이 그들을 포위하고 조명을 비췄다. TV 뉴스팀과 기자들은 그들을 향해 카메라를 겨눴다. F-16

전투기들이 굉음과 함께 머리 위를 날아다니며 우주선 사진을 찍고 A) 우주선을 둘러싼 역장(力場)이 있는지 B) 무기를 탑재하고 있는지 C) 외계인이 대학본부를 폭파할 수 있는지(그들은 폭파할 수 없었다) 알아내려고 애썼다. 시민 절반이 공포에 질려 산으로 도망가는 바람에 I-70번 고속도로에 엄청난 교통 체증이 발생했고, 나머지 절반은 무슨 일이 일어나고 있는지 보려고 대학 캠퍼스로 차를 몰고 가는 바람에 에번스 가에 엄청난 교통 체증이 발생했다.

덴버대학의 천문학과 교수가 "그 외계인들이 독수리자리에 있는 알타이르에서 왔다"고 발표하는 바람에(나중에 사실과 다른 것으로 밝혀졌다), 모두가 그들을 알타이르인이라고 불렀다. 알타이르인들은 이 모든 일에 아무런 반응도 보이지 않았기 때문에 덴버대학 총장은 그들이 영화 〈인디펜던스 데이〉에 나오듯 대학을 폭파하지는 않을 거라고 확신하게 된 모양이었다. 총장은 밖으로 나와서 알타이르인이 지구와 덴버대학에 온 것을 환영했다.

알타이르인들은 계속 대학본부 정문 앞에 서 있었다. 덴버 시장이 와서 그들이 지구와 덴버에 온 것을 환영했고, 콜로라도 주지사도 와서 그들이 지구와 콜로라도에 온 것을 환영했다. 주지사는 사람들에게 콜로라도 방문이 매우 안전하다고 장담하며, 알타이르인들은 장엄한 로키산맥을 보기 위해 각지에서 몰려든 수많은 관광객 중 가장 최근에 온 관광객일 뿐이라고 넌지시 내비쳤다. 하지만 그런 것 같지 않았다. 알타이르인들은 로키산맥 반대쪽을 향해 서 있었고, 주지사가 그들 곁을 지나며 파이크스피크산을 가리킬 때조차 돌아보지 않았다. 그들은 대학본부를 마주 보며 그 자리에 서 있기만 했다.

과학자와 국무부 관리, 외국 고위 인사, 교회와 경제계 지도자들이 끝도 없는 환영 연설을 하고, 나뭇가지를 부러뜨리고 전깃줄을 끊어버린 4월 말의 눈보라를 포함한 온갖 날씨가 지나가는 동안, 알타이르인들은 착륙 후 3주 내내 그 자리에 서 있었다. 표정만 아니었다면 사람들은 알타이르인들을 식물이라고 생각했을 것이다.

하지만 식물들은 그런 식으로 노려보지 않는다. 사람을 기죽이는, 철저하게 못마땅한 표정이었다. 내가 처음으로 그런 표정을 직접 봤던 것은, 맙소사, 주디스 고모의 얼굴에서였다.

주디스 고모는 사실 아버지의 고모였다. 고모는 한 달에 한 번꼴로 정장을 입고 모자를 쓰고 흰 장갑을 낀 모습으로 우리 집에 들러 의자 끝에 걸터앉아 우리를 노려봤다. 그 눈빛 때문에 엄마는 주디스 고모가 온다는 것을 알게 될 때마다 발작적으로 청소하고 빵을 구웠다. 주디스 고모가 엄마의 살림 실력이나 요리 솜씨를 비난했다는 말이 아니다. 고모는 비난하지 않았다. 고모는 엄마가 대접한 커피를 한 모금 마실 때도, 먼지가 있는지 보려고 흰 장갑을 낀 손가락으로 벽난로 위 선반을 쓱 만질 때도 얼굴을 찌푸리는 법이 없었다. 그럴 필요도 없었다. 엄마가 고모와 대화하기 위해 필사적으로 노력하는 중에도 고모는 냉랭한 침묵을 지키며 앉아서 못마땅한 감정을 온몸으로 드러냈다. 그 노려보는 눈빛을 보고 있자면, 고모가 우리를 깔끔하지도 않고 예의도 없고 무식하며 경멸할 가치조차 없는 사람들로 여기고 있다는 사실이 분명하게 느껴졌다.

고모는 절대로 무엇 때문에 불쾌한지 말하지 않았기 때문에(가끔 "가정교육을 제대로 받은 아이들은 말하라고 할 때까지는 함부로 말하지 않아!"라고 이야기했던 걸 빼고는), 엄마는 미친 듯이 은 식기를 닦아서 윤내고 쿠키를 굽고, 트레이시 언니와 나에게 풀 먹인 긴 앞치마를 억지로 입히고 에나멜 구두를 신기고, 주디스 고모가 우리에게 생일 선물로 1달러짜리 지폐가 들어 있는 카드를 주시면 예의 바르게 감사 인사를 하라고 명령했고, 집 안 구석구석을 문질러 닦고 먼지를 털었다. 엄마는 심지어 거실 전체를 다시 꾸미기까지 했다. 하지만 그 어느 것도 별 도움이 되지 않았다. 주디스 고모는 여전히 경멸감을 발산했다.

아무리 강한 사람이라도 그런 태도가 계속되면 진이 빠지기 마련이다. 엄마는 주디스 고모가 다녀가고 나면 이마에 차가운 수건을 얹고 드러눕는 일이 잦았는데, 알타이르인들은 그들을 보러 왔던 고위 인사와 과학자, 정치인들에게 똑같은 효과를 일으켰다. 그들을 처음 만난 다음, 주지사는 다시는 외계인을 만나지 않겠다고 했고, 지지율이 이미 20퍼센트 초반까지 내려가서 격분한 시민들의 모습에 지친 대통령도 알타이르인들을 절대로 만나지 않겠다고 했다.

그 대신 대통령은 알타이르인에 관해 연구하고 그들과 의사소통할 방법을 찾기 위해 국방부와 국무부, 국토안보부, 하원, 상원, 그리고 연방 재난관리청 대표들로 구성된 초당파적인 위원회를 설립했는데, 그 위원회가 실패하자 천문학과 인류학, 우주 생물학, 소통 전문가들로 이루어진 두 번째 위원회를 만들었다. 하지만 그것도 실패하자 세 번째로 누구든 그들이 끌어모을 수 있는 사람들과 알타이르인에 대한 이론이나 그들과의 의사소통 방법에 대한 이론 비슷한 것들을 만든 사람들로 구성된 위원회를 꾸렸다. 그곳이 바로 내가 속하게 된 위원회였다. 나는 알타이르인의 착륙 전후로 외계인에 대한 칼럼을 신문에 연재했었다(나는 그 외에도 관광객 문제, 운전 중 휴대폰 사용 문제, I-70의 교통 체증 문제, 데이트할 좋은 남자 구하기가 힘들다는 문제, 그리고 주디스 고모에 대해서도 칼럼을 썼다).

나는 "가족들과 더 많은 시간을 보내고 싶다"며 위원회를 그만둔 언어 전문가를 대체하기 위해 11월 말에 채용되었다. 나를 채용한 사람은 위원장이었던 모스맨 박사였지만(박사는 내 칼럼이 익살스러운 농담이었다는 사실을 이해하지 못한 게 분명했다), 그 사실은 그다지 중요하지 않았다. 어차피 모스맨 박사는 내 말이건 다른 위원들의 말이건 귀 기울여 들을 생각이 없었기 때문이다. 그 당시 위원회에는 언어학자 세 명, 인류학자 두 명, 우주론자 한 명, 기상학자 한 명, (그들이 정말 식물일 경우를 대비해) 식물학자 한 명, (그들이 영장류나 조류나 곤충일 경우를 대비해) 영장류와 조류 및 곤충 행동학 전문가들, (그들이 피라미드를 지었던 것으로 밝혀질 경우를 대비해) 이집트 학자 한 명, 동물 심령술사 한 명, 공군 대령 한 명, 군 법무참모 한 명, 외국 관습 전문가 한 명, 비언어 의사소통 전문가

한 명, 무기 전문가 한 명, (내가 보기에는 어느 분야의 전문가도 아닌) 모스맨 박사, 그리고 콜로라도 스프링스가 덴버와 가깝다는 이유로 참가한 '유일한 진리의 길 대교회'의 수장인 트레셔 목사가 있었다. 트레셔 목사는 알타이르인의 착륙이 종말의 전조라고 확신했으며, "신이 그들을 덴버에 착륙하게 하신 데에는 이유가 있다"고 떠들어댔다. "그렇다면 왜 알타이르인은 콜로라도 스프링스에 착륙하지 않았을까요?"라고 트레셔 목사에게 묻고 싶었지만 목사 역시 남의 말을 듣는 사람이 아니었다.

내가 위원회에 참가하기 전에 이 사람들과 전임자들이 이룬 유일한 진전은 알타이르인들이 온갖 장소로 위원들을 따라다니도록 만든 것뿐이었다. 외계인들은 그들을 연구하기 위해 대학본부에 만든 온갖 연구실로 위원들을 졸졸 따라다녔다. 하지만 내가 비디오테이프로 봤을 때는 알타이르인이 위원들의 말이나 행동에 반응하는 것인지 분명하지 않았다. 내가 보기에는 오히려 알타이르인 스스로 모스맨 박사와 다른 위원들을 따라다니기로 한 것 같았다. 그들이 매일 밤 9시가 되면 몸을 돌려 미끄덩/뒤뚱뒤뚱 대학본부 밖으로 나와 자기네 우주선 안으로 사라져버렸기 때문이다.

처음 알타이르인들이 그런 행동을 했을 때, 사람들은 외계인들이 떠난다고 생각해서 크게 당황했다. 그 날 저녁 뉴스 헤드라인은 '외계인, 떠나다! 지구에 질렸나?'였다. 하지만 나는 사람들이 무슨 명확한 증거가 있어서라기보다는 순전히 알타이르인에게서 받은 느낌 때문에 그런 결론을 내린 거라고 생각했다. 알타이르인들은 그저 〈데일리 쇼〉에 출연하는 존 스튜어트를 보기 위해 우주선으로 돌아간 것일 수도 있었다. 그러나 일종의 마감 시한 같은 것이 있어서 기한 내에 알타이르인들과 의사소통하지 못한다면 지구가 잿더미가 될 거라는 주장은 다음 날 그들이 다시 나타난 후에도 사라지지 않았다. 주디스 고모도 늘 내게 정확하게 똑같은 느낌, 고모의 기대에 미치지 못하면 난 끝장날 것이라는 느낌을 줬다.

나는 고모의 기대에 전혀 미치지 못했지만, 고모가 내게 1달러짜리 지폐가 든 생일카드를 더 이상 보내지 않는다는 사실을 제외하면 특별한 일은 일어나지 않았다. 알타이르인들이 트레셔 목사와 몇 번 대화를 나누긴 했지만(목사는 끊임없이 성경 구절들을 읽으며 그들을 개종시키려고 했다), 아직 우리를 없애버리지 않았고 앞으로도 그럴 기미는 보이지 않았다.

하지만 자기들이 여기에서 무엇을 하고 있는지 우리에게 말해줄 것 같지도 않았다. 위원회는 페르시아어와 나바호 암호*와 런던 토박이 속어 등 거의 모든 언어를 이용해 알타이르인에게 말을 걸어보려 했다. 음악을 들려주고 드럼을 치고 연하장을 적어 보내기도 했으며, 파워포인트 프레젠테이션을 하고 문자를 보내고 로제타 스톤도 보여줬다. 알타이르인이 들을 수 있다는 건 분명했으나 어쨌든 수화와 팬터마임도 사용해봤다. 하지만 누군가가 알타이르인에게 말을 걸거나 선물을 줄 때마다(혹은 그들을 위해 기도할 때마다), 오히려 그들의 못마땅한 표정은 경멸감으로 깊어져만 갔다. 주디스 고모가 그랬던 것처럼.

내가 위원회에 합류했을 무렵 위원들은 우리 엄마가 거실을 완전히 다시 꾸몄을 때처럼 필사적인 상태가 되어, 알타이르인들이 호의적인 반응을 보일 수도 있다는 기대를 품고 덴버와 콜로라도 관광을 통해 그들을 감동시켜보기로 했다.

"소용없을 거예요." 내가 말했다. "저희 어머니는 커튼을 새로 달고 벽지까지 새로 바꿨지만 전혀 소용이 없었어요." 하지만 모스맨 박사는 내 말을 듣지 않았다.

우리는 알타이르인들을 덴버 미술관과 로키산 국립공원과 '신들의 정원'과 브롱코스 미식축구 경기에 데려갔다. 그들은 못마땅함의 파장을 내뿜으며 그저 그 자리에 서 있기만 했다.

모스맨 박사는 단념하지 않았다. "우리는 내일 저들을 덴버 동물원으로 데려갈 거네."

---

* 2차 세계대전 때 미 해병대가 나바호족 지원병을 통신병으로 양성하면서 개발한 암호

"과연 좋은 생각일까요?" 내가 물었다. "제 말은, 그들에게 잘못된 생각을 불어넣어 주고 싶지 않다는 거예요." 그러나 모스맨 박사는 내 말을 듣지 않았다.

다행히 알타이르인들은 동물원에 있는 어느 것에도, 시민회관의 크리스마스 조명에도, 발레 〈호두까기 인형〉에도 반응하지 않았다. 그리고 우리는 쇼핑몰로 향했다.

✳

그 무렵 위원회는 언어학자 두 명과 동물 심령술사가 그만둔 바람에 열일곱 명으로 줄어들긴 했어도, 여전히 관찰자 수가 너무 많아서 알타이르인들이 사람들 틈에 짓밟힐 위험이 항상 있었다. 하지만 위원들 대부분은 직접적인 관찰이 요구되지 않는 "대체 연구 방식을 추구하고 있다"며 현장 조사 나가는 걸 그만두었는데, 이는 사실 현장에 있을 때나 승합차를 타고 돌아오는 내내 알타이르인들이 자신들을 노려보는 것을 견딜 수 없다는 의미였다.

그래서 우리가 쇼핑몰에 갔던 그날도 일행이라고는 모스맨 박사와 아로마 전문가인 와카무라 박사, 트레셔 목사, 그리고 나뿐이었다. 언론매체 하나 동행하지 않았다. 알타이르인이 처음 착륙했던 날에는 모든 TV 방송국과 CNN이 그들을 다뤘지만, 외계인들이 몇 주가 지나도록 아무런 행동도 하지 않자 방송국들은 〈에이리언〉과 〈우주의 침입자〉와 〈맨 인 블랙 2〉에 나오는 훨씬 흥미진진한 장면들을 보여주기로 방향을 틀었다가 나중에는 외계인에 완전히 흥미를 잃어 패리스 힐튼과 좌초된 고래 이야기로 돌아갔다. 유일하게 우리와 함께했던 카메라맨 레오는, 모스맨 박사가 우리의 나들이를 촬영하기 위해 채용한 십 대 소년이었는데 쇼핑몰에 들어서자마자 내게 말했다. "멕, 촬영 시작하기 전에 살짝 빠져나가서 여자친구에게 줄 크리스마스 선물을 사와도 될까요? 뭐, 솔직히 말해서 쟤네 어차피 저 자리에 가만히 서 있기만 할 거잖아요."

레오의 말이 맞았다. 알타이르인들은 매장 몇 개를 미끄덩미끄덩 뒤뚱뒤뚱 지나치더니 그 자리에 멈춰 서서 '샤퍼 이미지'와 '갭' 매장 진열창에 전시된 물건들과, 가던 길을 멈추고 그들 여섯을 멍하니 쳐다보는 사람들을 동일한 방식으로 노려봤다. 사람들은 곧 알타이르인들의 표정에 질겁해서 황급히 눈을 돌리고는 가던 길을 갔다.

쇼핑몰은 유모차를 미는 부모들과 아이들, 쇼핑백을 잔뜩 든 연인들, 그리고 노래 부를 차례를 기다리는 초록색 성가복의 여중생 무리로 가득 차 있었다. 연말이 되면 쇼핑몰은 학교 합창단과 교회 성가대를 초대해 식당가에서 공연을 열었다. 성가대 여자아이들이 키득대며 재잘거렸고, 한 어린아이는 "하기 싫어!"라고 소리를 질렀고, 쇼핑몰에서 틀어놓은 뮤잭*에서는 줄리 앤드루스가 부르는 〈기쁘다 구주 오셨네〉가 흘러나왔고, 트레셔 목사는 팬티와 브래지어를 입고 날개가 달린 마네킹들이 전시된 '빅토리아 시크릿' 진열창을 가리키며 고함을 질렀다. "저것 봐. 사악한 것들!"

"이쪽으로!" 모스맨 박사는 마차 행렬을 지휘하는 사람처럼 팔을 휘두르며 알타이르인들을 이끌었다. "저들에게 산타클로스를 보여주고 싶네." 나는 알타이르인들과 나 사이를 막고 나란히 걷고 있던 십 대 남자애 세 명을 돌아서 지나가기 위해 옆으로 걸음을 옮겼다.

그때 갑자기 헉 하는 소리와 함께 쇼핑몰이 일제히 조용해졌다. 들리는 건 뮤잭 소리뿐이었다. "이게 도대체…?" 모스맨 박사가 큰 소리로 말했다. 나는 무슨 일이 일어났는지 보기 위해 남자애들을 밀치고 나아갔다.

알타이르인들이 매장들 사이에 있는 널찍한 공간 한복판에 조용히 앉아서 노려보고 있었다. 이 광경에 매료된 쇼핑객들이 둥그렇게 그들을 에워쌌고, 쇼핑몰 관리자인 듯 보이는 정장 차림의 남자가 허겁지겁 달려와 따져 물었다. "도대체 무슨 일이에요?"

"굉장해." 모스맨 박사가 말했다. "여기저기로 데리고 다니면 언젠가

---

* 백화점 등 공공장소에서 배경음악으로 방송하는 음악

반응할 줄 알았어." 박사가 나를 돌아봤다. "멕은 알타이르인들 뒤쪽에 있었지? 저들이 무엇 때문에 앉은 거야?"

"잘 모르겠어요." 내가 말했다. "제가 있던 자리에서는 알타이르인들이 보이지 않았어요. 혹시…?"

"가서 레오를 찾아오게." 모스맨 박사가 명령했다. "그 애가 녹화했을 거야."

레오가 그 장면을 찍었을 것 같지는 않았지만 나는 그 애를 찾으러 갔다. 레오는 선명한 핑크색의 작은 쇼핑백을 들고 '빅토리아 시크릿'에서 막 나오던 참이었다. "멕, 무슨 일 있었어요?" 레오가 물었다.

"알타이르인들이 앉았어." 내가 말했다.

"왜요?"

"우리가 알아내려는 게 바로 그거야. 너, 촬영 안 하고 있었지?"

"안 했죠. 말했잖아요. 여자친구한테 줄…. 제기랄, 모스맨 박사가 날 죽여버리려고 하겠네." 레오는 핑크색 쇼핑백을 청바지 호주머니에 쑤셔 넣었다. "그럴 거라고는…."

"그럼 지금이라도 녹화 시작해." 내가 말했다. "나는 가서 혹시 휴대폰 카메라로 촬영한 사람이 있는지 알아볼게." 산타클로스를 보여주려 아이들을 데리고 온 이 많은 사람 중에는 카메라를 가지고 있는 사람이 분명 있을 것이다. 나는 둥글게 모여서 알타이르인들을 쳐다보고 있는 구경꾼들부터 둘러보기 시작했다. 나는 모스맨 박사로부터 멀찍이 떨어져 있었는데, 박사는 쇼핑몰 관리자에게 쇼핑몰 이쪽 끝을 차단하고 이 안에 있는 모든 사람을 격리해야 한다고 말하고 있었다.

"이 안에 있는 사람들을 전부 다요?" 관리자가 화를 누르며 말했다.

"당연하지. 반드시 그래야 해. 알타이르인들이 반응하게 된 원인은 분명히 저들이 보거나 듣거나…."

"냄새로 맡은 것 때문이겠죠." 아로마 전문가 와카무라 박사가 끼어들었다.

"그래서 그게 무엇인지 우리가 알아내기 전까지는 아무도 이곳을 떠날 수 없습니다." 모스맨 박사가 말했다. "그게 뭔지 알아내야 우리가 알타이르인들과 의사소통을 할 수 있을 테니까."

"하지만 크리스마스까지 2주밖에 안 남았어요." 쇼핑몰 관리자가 말했다. "그렇게 간단히 쇼핑몰을 봉쇄할 수 있는 상황이…."

"지구의 운명이 위기에 처했다는 걸 모르는 모양이군." 모스맨 박사가 말했다.

나는 그 말이 사실이 아니기를 바랐다. 지금은 알타이르인들이 노려보든 말든 사람들 모두 휴대폰을 꺼내 그들을 찍고 있지만, 당시 상황을 녹화한 사람은 아무도 없는 듯했기 때문이다. 나는 빙 둘러서 있는 쇼핑객들을 훑어보며 행여 어느 부모나 할머니, 할아버지가….

성가대. 그 여자애들의 부모 중에는 비디오카메라를 가져온 사람이 있을 게 틀림없었다. 나는 서둘러 초록색 성가복을 입은 소녀들에게 다가갔다.

"얘들아, 있잖아." 내가 아이들에게 말했다. "난 알타이르인들이랑 같이 온 사람인데…."

실수였다. 아이들은 곧장 나에게 질문 공세를 퍼붓기 시작했다.

"왜 외계인들이 앉아 있어요?"

"왜 말을 안 해요?"

"왜 계속 화를 내고 있어요?"

"저희 노래하나요? 아직 노래 못 불렀어요."

"저분들이 우리더러 계속 여기에 있어야 한대요. 얼마나 있어야 해요? 저흰 6시에 플랫아이언 몰에 가서 노래해야 해요."

"저 외계인들이 우리 몸속으로 들어가서 배를 뚫고 나오나요?"

"혹시 너희 부모님 중에 비디오카메라 가지고 오신 분 계시니?" 나는 쏟아지는 질문들 사이로 목소리를 높여 보았지만, 소용이 없었다. "너희 지휘자 선생님이랑 이야기해야겠다."

"레드베터 선생님이요?"

"언니가 선생님 여자친구예요?"

"아니." 나는 성가대 지휘자처럼 생긴 사람을 찾으려고 애를 쓰며 말했다. "어디 계셔?"

"저기 계세요." 한 아이가 캐주얼한 바지와 상의를 입은 키가 크고 마른 남자를 가리키며 말했다. "저희 레드베터 선생님이랑 사귈 거예요?"

"아니." 나는 남자가 있는 쪽으로 가려고 발길을 돌리며 말했다.

"왜요? 정말 괜찮은 분이에요."

"언니는 남자친구 있어요?"

"아니." 나는 지휘자에게 다가가면서 말했다. "레드베터 씬가요? 저는 멕 예이츠라고 합니다. 알타이르인에 관해 연구하는 위원회에서 일하고 있는데…."

"바로 제가 이야기하려고 찾던 사람이군요." 지휘자가 말했다.

"죄송하지만 저도 이 상황이 언제까지 계속될지는 잘 모르겠어요." 내가 말했다. "6시에 다른 곳에서 공연이 있다는 이야기를 아이들에게 들었어요."

"맞습니다. 저는 오늘 밤에 리허설도 해야 하고요. 하지만 제가 이야기하려는 건 그게 아닙니다."

그때 한 여자애가 말했다. "레드베터 선생님, 이 언니는 남자친구가 없대요."

나는 그 아이가 우리의 대화를 방해한 틈을 타 말했다. "혹시 성가대와 함께 온 사람 중에 방금 일어났던 일을 비디오카메라로 촬영한 사람이 있을…."

"아마 있을 거예요. 벨린다?" 지휘자는 나에게 남자친구가 없다고 말했던 바로 그 아이를 불러서 말했다. "가서 엄마 좀 모시고 와라." 아이가 사람들 틈으로 사라졌다. "저 아이의 어머니는 저희가 교회를 떠날 때부터 녹화를 시작하셨어요. 그분이 못 찍었다면 아마 캐니샤의 어머니가 하셨을 거예요. 아니면 첼시 아버지가 하셨을 수도 있고."

"아, 정말 다행이네요." 내가 말했다. "저희 카메라맨이 미처 그 상황을 못 찍었거든요. 무엇이 그들에게 행동을 일으키도록 했는지 알아내려면 녹화된 영상이 필요해요."

"무엇이 알타이르인들을 앉게 했느냐, 그 말이죠?" 지휘자가 말했다. "비디오테이프는 필요 없습니다. 그게 뭐였는지는 제가 알아요. 노래였어요."

"노래라뇨?" 내가 물었다. "저희가 쇼핑몰에 들어왔을 때 공연 중인 합창단은 없었어요. 게다가 알타이르인들은 이전에도 음악에 노출된 적이 있었는데 전혀 반응이 없었어요."

"어떤 종류의 음악이었죠? 혹시 영화 〈미지와의 조우〉에 나오는 그런 멜로디였나요?"

"네." 내가 방어적인 태도로 말했다. "그리고 베토벤과 드뷔시, 찰스 아이브스 음악도요. 온갖 작곡가들의 음악을 다 들려줬죠."

"하지만 그 곡들은 연주 음악이었지 노래는 아니잖아요. 맞죠? 저는 지금 노래 이야기를 하는 겁니다. 뮤잭에서 흘러나오던 크리스마스 캐럴 중 하나였어요. 저는 알타이르인들이 앉는 모습을 봤어요. 저들은 분명…."

"레드베터 선생님, 저희 엄마 찾으셨죠?" 벨린다가 비디오카메라를 든 몸집 큰 여자를 끌고 오면서 말했다.

"그래." 지휘자가 말했다. "칼슨 부인, 오늘 찍으신 성가대 비디오를 제가 좀 봐도 될까요? 저희가 쇼핑몰에 도착했을 때부터요."

칼슨 부인은 레드베터의 요구대로 비디오카메라에서 그 부분을 찾아 지휘자에게 건네줬다. 지휘자는 잠시 테이프를 빨리 감으며 영상을 훑어봤다. "좋았어. 여기 있네요." 지휘자는 테이프를 되감은 다음 내가 작은 화면을 볼 수 있도록 손으로 받쳐줬다. "자, 보세요."

화면에는 옆면에 '제일장로교회'라고 적힌 버스와 버스에서 내리는 여자애들, 그리고 여자애들이 쇼핑몰로 우르르 몰려 들어가는 모습과 그

애들이 인테리어 전문점인 '크레이트 앤드 배럴' 앞에 모여 키득키득 수다 떠는 모습이 나왔지만, 소리가 너무 작아 그들이 뭐라고 하는지 통 알아들을 수가 없었다. "볼륨을 좀 높여 주시겠어요?" 레드베터가 칼슨 부인에게 말하자, 부인이 버튼을 눌렀다.

여자애들의 목소리가 들렸다. "레드베터 선생님, 공연 끝나고 프레첼 먹으러 식당가에 가도 되나요?"

"레드베터 선생님, 하이디 옆에 서기 싫어요."

"레드베터 선생님, 버스에 립글로스를 놓고 내렸어요."

"레드베터 선생님…."

'여기에 알타이르인들이 찍혀 있을 리가 없지.' 나는 생각했다. 잠깐… 거기, 초록색 성가복을 입은 여자애들 뒤쪽으로 모스맨 박사와 비디오카메라를 든 레오와 알타이르인들이 보였다. 하지만 언뜻언뜻 지나갔기 때문에 확실하게 보이지 않았다. "죄송하지만…." 내가 말했다.

"쉿!" 지휘자가 볼륨 버튼을 다시 누르며 말했다. "들어보세요."

지휘자가 볼륨을 끝까지 높였다. 트레셔 목사의 목소리가 들렸다. "저 것 봐. 사악한 것들! 정말 구역질이 난다니까!"

"비디오에서 뮤잭 소리가 들리세요?" 지휘자가 내게 물었다.

"어렴풋이 들려요." 내가 말했다. "무슨 곡이죠?"

"〈기쁘다 구주 오셨네〉입니다." 내가 볼 수 있게 비디오카메라를 손에 든 채로 지휘자가 말했다. 비디오에서 모스맨 박사를 따라가는 알타이르인들의 모습을 가리는 사람들이 없는 거로 볼 때 칼슨 부인은 알타이르인들을 좀 더 잘 찍기 위해서 장소를 이동했던 게 틀림없었다. 나는 알타이르인들이 유모차나 크리스마스 장식, '빅토리아 시크릿' 마네킹, 아니면 화장실 안내표시 같은 특정한 사물을 노려보고 있었는지 알아내려 애썼다. 하지만 설령 외계인들이 특정한 사물을 노려보고 있다고 할지라도 나로서는 그게 뭔지 알 수 없었다.

"이쪽으로!" 모스맨 박사가 비디오 속에서 말했다. "저들에게 산타클로스를 보여주고 싶네."

"좋아요. 바로 여기예요." 지휘자가 말했다. "들어보세요."

"목자들이 한밤중에 자기 양 떼를 지키고 있을 때…" 뮤잭 속 합창단이 가냘픈 목소리로 노래했다.

트레셔 목사가 "이건 신성모독이야!"라고 말하는 소리와 한 여자애가 "레드베터 선생님, 노래하고 나서 맥도날드 가도 되나요?"라고 묻는 소리가 들려오는 중 알타이르인들이 느닷없이 주저앉았다. 마치 영화 〈바람과 함께 사라지다〉에서 스칼렛 오하라가 크리놀린이 받쳐진 드레스를 입은 채 마룻바닥에 털썩 주저앉는 모습 같았다. "뮤잭에서 나오는 노래 들었나요?" 지휘자가 물었다.

"아니요…"

"'모두가 땅에 앉아 있었는데' 부분이에요. 여기요." 지휘자가 테이프를 되감으면서 말했다. "잘 들어봐요."

지휘자가 그 부분을 다시 틀었다. 나는 소음들 사이에서 뮤잭 소리를 집어내기 위해 집중하면서 알타이르인들을 지켜봤다. "목자들이 한밤중에 자기 양 떼를 지키고 있을 때 모두가 땅에 앉아 있었는데…" 합창단이 노래했다.

지휘자의 말이 맞았다. 알타이르인들은 '앉아'라는 단어가 끝나자마자 그 자리에 주저앉았다. 나는 지휘자를 쳐다봤다.

"봤죠?" 지휘자가 기쁜 목소리로 말했다. "노래에서 앉으라는 말이 나오자마자 알타이르인들이 앉았어요. 제가 뮤잭을 따라 부르고 있었기 때문에 우연히 알아챘지요. 제 나쁜 습관이에요. 이것 때문에 여자애들이 절 항상 놀린답니다."

하지만 9개월이 넘는 시간 동안 우리가 했던 그 어떤 말에도 반응하지 않았던 알타이르인들이 크리스마스 캐럴에 들어 있는 단어에는 왜 반응한 걸까? "이 비디오테이프를 빌릴 수 있을까요?" 내가 부탁했다. "이것을 다른 위원들에게도 보여줘야겠어요."

"그럼요." 지휘자는 그렇게 대답하더니 칼슨 부인에게 물었다.

"글쎄요." 칼슨 부인이 주저하며 말했다. "저는 벨린다의 공연 테이프를 하나도 빠짐없이 다 보관하거든요."

"이분이 테이프를 복사한 다음 원본을 돌려드릴 거예요." 지휘자가 칼슨 부인에게 말했다. "그럴 거죠?"

"네." 내가 말했다.

"좋아요." 지휘자가 말했다. "멕, 당신은 저한테 테이프를 보내줘요. 그럼 제가 책임지고 벨린다에게 돌려주겠습니다. 그렇게 하면 될까요?" 그가 칼슨 부인에게 물었다.

칼슨 부인은 고개를 끄덕이더니 비디오카메라에서 테이프를 꺼내어 나에게 건네줬다. "감사합니다." 나는 인사를 하고 서둘러 모스맨 박사에게 돌아갔다. 모스맨 박사는 아직도 쇼핑몰 관리자와 언쟁 중이었다.

"쇼핑몰 전체를 닫는다는 게 그리 간단한 일이 아닙니다." 쇼핑몰 관리자가 말하고 있었다. "지금은 1년 중 수익이 가장 많은 시기이고…."

"모스맨 박사님." 내가 말했다. "알타이르인들이 앉는 장면이 담긴 테이프를 가져왔어요. 이 장면을 녹화한 사람은…."

"나중에." 모스맨 박사가 말했다. "레오에게 가서 알타이르인들이 쳐다봤을 만한 것들을 모조리 찍으라고 하게."

"하지만 레오는 지금 알타이르인들을 찍고 있어요." 내가 말했다. "만일 알타이르인들이 또 다른 행동을 하면 어쩌죠?" 하지만 모스맨 박사는 내가 하는 말을 듣고 있지 않았다.

"레오더러 알타이르인들이 반응했을지 모르는 것들을 죄다 찍으라고 해. 매장, 쇼핑객, 크리스마스 장식, 전부 다. 그리고 경찰서에 전화해서 주차장을 봉쇄하라고 하게. 아무도 이곳을 떠나게 해서는 안 된다고 경찰에게 전해."

"봉쇄라뇨!" 쇼핑몰 관리자가 말했다. "이 많은 사람을 모두 여기에 붙잡아 둘 수는 없어요!"

"이 사람들 전부 다 쇼핑몰 여기에서 데려가 조사받을 수 있는 곳으로 이동시켜야 해." 모스맨 박사가 말했다.

"조사를 받아요?" 쇼핑몰 관리자는 거의 졸도하기 직전이었다.

"그렇지. 이 사람들 중 누군가는 무엇이 알타이르인들의 행동을 유발했는지 봤을 수도 있고…."

"본 사람이 있어요." 내가 말했다. "제가 방금 이야기하고 왔는데…."

모스맨 박사는 듣고 있지 않았다. "이 사람들 전부 다 이름과 연락처, 진술서가 필요하겠군." 박사가 쇼핑몰 관리자에게 말했다. "그리고 여기 이 사람들 모두 전염병 검사도 받아야 하겠소. 알타이르인들이 앉은 게 몸이 좋지 않아서인지도 모르니까."

"모스맨 박사님, 알타이르인들은 아픈 게 아니에요." 내가 말했다. "저들은…."

"나중에! 레오에게 말은 전했나?" 모스맨 박사가 말했다.

나는 포기했다. "지금 가서 말할게요." 나는 레오가 알타이르인들을 촬영하고 있는 곳으로 가서 모스맨 박사의 지시사항을 전달했다.

"알타이르인들이 뭔가 다른 행동이라도 하면 어쩌죠?" 레오가 자리에 앉아 노려보고 있는 알타이르인들을 보며 말했다. 그리고 한숨을 쉬었다. "모스맨 박사 말이 맞는 것 같네요. 당분간 움직일 것 같진 않아요." 레오는 카메라를 휙 돌려 '빅토리아 시크릿' 매장의 진열창을 찍기 시작했다. "여기에 얼마나 오래 잡혀 있을 거 같아요?"

나는 모스맨 박사가 했던 말들을 그 애에게 해줬다.

"젠장, 이 사람들을 다 조사하겠다고요?" 레오가 '윌리엄스 소노마' 매장의 진열창으로 자리를 옮기며 말했다. "저는 오늘 밤에 갈 데가 있어요."

나는 아기를 유모차에 태운 엄마, 어린아이, 노부부, 십 대 청소년, 그리고 지금으로부터 1시간 후 다른 곳에서 공연하기로 되어 있는 50명의 여중생을 바라보며 생각했다. '이 사람들 모두 오늘 밤에 갈 데가 있어.' 모스맨 박사가 좀처럼 내 말을 들으려 하지 않는 것이 성가대 지휘자의 책임은 아니다.

"모든 사람을 수용할 만한 큰 방이 하나 있어야겠소." 모스맨 박사가 말했다. "큰 방 옆에 이들을 조사하는 데 쓸 방들도 필요하고."

쇼핑몰 관리자가 소리를 질렀다. "여기는 쇼핑몰입니다. 관타나모가 아니라고요!"

나는 조심스럽게 모스맨 박사와 쇼핑몰 관리자에게서 물러나 사람들을 헤치며 여학생들에 둘러싸여 있는 성가대 지휘자에게 갔다. "그래도, 레드베터 선생님…." 한 여학생이 말했다. "저희, 금방 돌아올게요. 프레첼 가게는 바로 저기에 있잖아요."

"레드베터 씨, 잠깐 이야기할 수 있을까요?" 내가 물었다.

"물론이죠. 애들아 쉿." 지휘자가 여자애들에게 말했다.

"그래도, 레드베터 선생님…."

레드베터는 아이들을 무시했다. "크리스마스 캐럴 이론에 대해 위원회는 어떻게 생각하던가요?" 레드베터가 나에게 물었다.

"의견을 물어볼 기회가 없었어요. 저기요, 5분 내로 쇼핑몰 전체가 봉쇄될 거예요."

"하지만 전…."

"알아요. 다른 공연이 있죠. 그러니 떠나려면 지금 바로 떠나세요. 저라면 저쪽으로 가겠어요." 내가 동쪽 문을 가리키면서 말했다.

"정말 감사합니다." 레드베터가 진심으로 말했다. "하지만 곤란해지지 않겠어요?"

"성가대의 진술이 필요하게 되면 제가 전화할게요." 내가 말했다. "전화번호가 어떻게 되세요?"

"벨린다, 펜이랑 적을 종이 같은 것 좀 주겠니?" 레드베터가 말했다. 벨린다는 레드베터에게 펜을 건네준 후 자기의 백팩을 뒤지기 시작했다.

"놔둬라." 레드베터가 말했다. "시간이 없네요." 레드베터는 내 손을 잡더니 손바닥 위에 자기 전화번호를 적었다.

"선생님이 우리한테는 몸에 뭘 적지 말라고 하셨잖아요." 벨린다가 말했다.

"넌 안 돼." 레드베터가 말했다. "정말 감사합니다, 멕."

"어서 가세요." 나는 초조하게 모스맨 박사가 있는 쪽을 바라보며 말했다. 앞으로 30초 안에 출발하지 못하면 그들은 절대로 다음 공연시간에 맞추지 못할 것이다. 하지만 레드베터가 그렇게 짧은 시간에 50명이나 되는 여중생들을 모을 수 있을 것 같지 않았다. 하다못해 아이들이 그의 말을 듣기나 할는지….

"아가씨들…." 레드베터는 이렇게 말하며 성가대를 지휘하듯 두 손을 들어 올렸다. "줄 서!" 그러자 놀랍게도 여자애들이 즉시 지휘자의 말에 따라 조용히 한 줄로 서더니 동쪽 문을 향해 빠르게 걸어갔다. 키득대거나 "레드베터 선생님?" 하고 부르는 아이도 없었다. 레드베터에 대한 내 호감도가 급상승했다.

나는 곧장 사람들을 헤치며 아직도 모스맨 박사와 쇼핑몰 관리자가 입씨름하는 곳으로 갔다. 레오는 '버라이즌 와이어리스' 매장을 찍으러 동쪽 문에서 멀리 떨어진 쇼핑몰 안으로 멀리 들어가 있었다. 잘됐다. 나는 모스맨 박사가 고개를 돌려 나를 쳐다보더라도 동쪽 문은 볼 수 없도록 박사의 오른쪽으로 가서 섰다.

"하지만 화장실은 어떻게 할 건데요?" 쇼핑몰 관리자가 고래고래 소리를 질렀다. "쇼핑몰 화장실은 이 사람들이 다 사용할 수 있을 만큼 많지가 않다고요."

성가대가 동쪽 문을 거의 빠져나갔다. 나는 마지막 한 명이 시야에서 사라지고, 지휘자가 그 뒤를 따라 나갈 때까지 지켜봤다.

"이동식 화장실을 들여올 거요. 멕, 이동식 화장실 설치 문제를 처리하게." 모스맨 박사가 나를 쳐다보며 말했다. 박사는 내가 자리를 비웠었다는 사실을 전혀 몰랐던 게 분명했다. "그리고 국토안보부에 전화를 연결해주게."

"국토안보부라뇨!" 쇼핑몰 관리자가 울부짖었다. "언론에서 떠들어대면 영업에 어떤 영향을 미칠지 아세…?" 관리자가 말을 멈추더니 알타이르인들 주위에 몰려 있던 사람들을 건너봤다.

사람들이 갑자기 "헉!" 하는 소리를 내더니 조용해졌다. 어느 시점에 누군가가 뮤잭을 꺼버렸는지 아무런 소리도 들리지 않았다. "뭐야…? 좀 지나갑시다." 모스맨 박사가 정적을 깨고 말했다. 박사는 무슨 일이 일어나고 있는지 보기 위해 둥글게 모여서 있는 쇼핑객들을 밀치고 안쪽으로 들어갔다.

나도 모스맨 박사를 뒤따라갔다. 알타이르인들이 팽팽히 당겨지는 현(絃)처럼 천천히 일어서고 있었다.

"오, 감사합니다." 쇼핑몰 관리자가 대단히 안도하는 목소리로 말했다. "자, 이제 다 끝났으니 쇼핑몰을 다시 개방해도 되죠?"

모스맨 박사는 고개를 가로저었다. "이것은 또 다른 행동으로 이어지는 시작에 불과할지도 몰라. 또 다른 자극에 대한 반응일 수도 있고. 레오, 저들이 일어서기 바로 직전에 무슨 일이 있었는지 비디오를 보여줘."

"촬영 못 했는데요." 레오가 말했다.

"못 했다고?"

"박사님께서 쇼핑몰에 있는 것들을 촬영하라고 하셨잖아요." 레오가 말했지만, 모스맨 박사는 그 애가 하는 말을 듣고 있지 않았다. 박사는 알타이르인들을 쳐다보고 있었고, 그들은 몸을 돌려서 미끄덩미끄덩/뒤뚱뒤뚱 천천히 동쪽 문으로 돌아가는 중이었다.

"저들을 따라가." 모스맨 박사가 레오에게 명령했다. "눈에서 놓치면 절대 안 돼. 이번에는 꼭 테이프에 담아." 박사가 나에게 고개를 돌렸다. "자네는 여기 남아서 쇼핑몰에 감시카메라 테이프들이 있는지 찾아보게. 그리고 여기 있는 모든 사람의 이름과 연락처를 받아. 조사해야 할지도 모르니까."

"가시기 전에 아셔야 할 게 있는데…"

"나중에! 알타이르인들이 떠나고 있잖아. 저들이 다음에 어디로 갈지는 아무도 몰라." 모스맨 박사는 그렇게 말하더니 알타이르인들을 따라 자리를 떴다. "혹시라도 그 상황을 비디오카메라에 담은 사람이 있는지 알아보게."

✳

나중에 알게 된 일이지만, 알타이르인들은 우리가 그들을 쇼핑몰로 데려올 때 타고 왔던 승합차까지밖에 가지 않았고, 거기에서 덴버대학으로 다시 데려다주기를 기다리며 노려보고 있었다. 내가 대학으로 돌아갔을 때, 알타이르인들은 와카무라 박사와 주 실험실에 있었다. 나는 대학으로 돌아가기 전까지 4시간 가까이 쇼핑몰에 머무르며 "어린애 두 명을 데리고 쇼핑몰에 6시간이나 있었어요. 6시간이나!"라든가 "우리 손자가 나오는 크리스마스 공연을 놓쳤다고요. 아시겠어요?" 같은 말들을 퍼붓는 크리스마스 쇼핑객들로부터 이름과 전화번호를 받아 적었다. 레드베터와 그가 맡은 중학교 1학년짜리 여자애들을 몰래 내보낸 것은 정말로 잘한 일이었다. 그러지 않았다면 그들은 절대로 공연시간에 맞춰 다른 쇼핑몰에 도착하지 못했을 것이다.

이름 받아적기와 욕 얻어먹기를 모두 끝낸 뒤 쇼핑몰 감시카메라 테이프들에 관해 물어보기 위해서 쇼핑몰 관리자를 찾아갔다. 욕을 더 얻어먹을 각오를 했지만, 관리자는 쇼핑몰을 다시 열게 되었다는 사실 덕분에 무척 기분이 좋은 상태여서 곧바로 테이프들을 넘겨줬다. "이 테이프에 소리도 녹음되어 있나요?" 내가 묻자 관리자는 아니라고 대답했다. "방송으로 내보내셨던 그 크리스마스 음악은 테이프가 없죠?" 내가 물었다.

나는 테이프가 없을 것이라고 거의 확신하고 있었다. 뮤잭은 보통 전송받아서 틀기 때문이다. 하지만 놀랍게도 쇼핑몰 관리자는 있다고 하더니 CD 한 장을 건네줬다. 나는 CD와 테이프들을 가방 속에 찔러 넣은 뒤 덴버대학으로 돌아가서 모스맨 박사를 찾기 위해 주 실험실로 갔다.

모스맨 박사는 주 실험실에 없었고, 대신 와카무라 박사가 알타이르인들에게 콘도그, 팝콘, 초밥 등 온갖 식당의 냄새를 뿜어대고 있었다. 혹시라도 그 냄새 중 하나가 알타이르인들을 앓게 한 것은 아닌지 알아보려는 것이었다. "저는 저들이 쇼핑몰에서 나는 냄새에 반응했다고 확신합니다." 와카무라 박사가 말했다.

"제 생각에 이들은 아마⋯." 내가 말했다.

"정확히 무슨 냄새였는지만 찾으면 됩니다." 와카무라 박사가 알타이르인들에게 피자 냄새를 뿌려 대며 말했다. 알타이르인들이 우리를 노려봤다.

"모스맨 박사는 어디 계세요?"

"옆방에요." 와카무라 박사가 퍼널 케이크 추출액을 알타이르인들에게 뿌리면서 말했다. "다른 위원들과 회의 중이에요."

나는 주춤거리다 옆방으로 갔다. "쇼핑몰 바닥재를 살펴볼 필요가 있습니다." 쇼트 박사가 말하고 있었다. "알타이르인들은 목재와 석재의 차이에 반응했을지도 모릅니다."

"그리고 공기 표본도 채취해야 합니다." 자비스 박사가 말했다. "지구의 대기를 구성하는 물질 중에 그들에게 독이 되는 무언가에 반응했을 수도 있습니다."

"독이요?" 트레셔 목사가 말했다. "신성모독적인 것을 말씀하시는 거겠지. 음란한 속옷을 입은 천사라니! 알타이르인들은 그 악의 소굴에 들어가지 않겠다고 거부한 게 틀림없소. 그래서 연좌시위를 한 것이고. 심지어 외계인도 죄악은 알아볼 수 있단 말이오."

"저는 동의하지 않습니다, 자비스 박사님." 쇼트 박사가 트레셔 목사의 말을 무시하고 말했다. "쇼핑몰 안의 공기가 박물관이나 체육관 안의 공기와 다르게 구성되었을 리가 없잖아요. 저희가 지금 찾고 있는 것은 변수예요. 소리는 어떨까요? 소리가 요인이 될 수 있을까요?"

"네. 될 수 있습니다." 내가 대답했다. "알타이르인들은⋯."

"멕, 감시카메라 테이프들은 확보했나?" 모스맨 박사가 끼어들었다. "다 훑어보고 알타이르인들이 앉기 바로 직전부터 틀어볼 수 있도록 맞춰 오게. 저들이 무엇을 보고 있었는지 내가 봐야겠어."

"알타이르인들은 무엇을 보고 앉은 게 아닙니다." 내가 말했다. "그들은…."

"그리고 쇼핑몰에 전화해서 바닥재 표본들을 받아오게." 모스맨 박사가 말했다. "쇼트 박사, 방금 뭐라고 했죠?"

✱

나는 감시카메라 테이프들과 쇼핑객 명단을 모스맨 박사의 책상 위에 올려놓고 음향실로 가서 CD 플레이어를 찾아 CD에 수록된 노래들을 들어봤다. 〈산타클로스가 왔어요〉, 〈화이트 크리스마스〉, 〈기쁘다 구주 오셨네〉….

여기 있다. "목자들이 한밤중에 자기 양 떼를 지키고 있을 때, 모두가 땅에 앉아 있었는데, 주의 천사가 내려와, 영광이 저희를 두루 비추었네." 알타이르인들은 이 노래가 자기들의 우주선이 하강하는 모습을 이야기한다고 생각한 건 아닐까? 그들은 전혀 다른 것에 반응했는데 그저 우연히 시점이 맞아 떨어졌던 건 아닐까?

알아낼 방법은 한 가지뿐이었다. 나는 주 실험실로 돌아갔다. 그곳에서는 와카무라 박사가 불이 붙은 초들을 알타이르인들의 코앞에 꽂고 있었다. "맙소사, 이건 뭐죠?" 내가 코를 찡그리면서 물었다.

"월계수-목련 향초예요." 와카무라 박사가 말했다.

"냄새가 지독하네요."

"백단-제비꽃 향을 맡고 나면 그런 소리 안 할 걸요. 알타이르인들이 앉았던 곳은 '바람 앞의 촛불' 매장 바로 옆이었어요. 향초 매장에서 나온 향에 반응했을 가능성이 있지요."

"무슨 반응이 있었나요?" 나는 알타이르인들이 이번만큼은 아주 적절한 표정을 짓고 있다고 생각하면서 물었다.

"아무 반응이 없었어요. 가문비나무-수박 향에조차 반응이 없었어요. 정말로 외계스러운 향인데도 말이에요. 모스맨 박사는 감시카메라 테이프에서 무슨 단서라도 찾았대요?" 와카무라 박사가 기대에 찬 목소리로 물었다.

"아직 보지도 않으셨어요." 내가 말했다. "박사님 실험이 끝나면 알타이르인들은 제가 우주선까지 데려다줄게요."

"그렇게 해줄래요?" 와카무라 박사가 고마운 표정을 지으며 말했다. "그렇게 해주면 정말 감사하죠. 저들은 제 장모랑 정말 똑같이 생겼어요. 지금 데리고 갈래요?"

"그러죠." 나는 그렇게 말한 뒤 알타이르인들에게 가서 나를 따라오라고 손짓했다. 9시가 거의 다 되었기 때문에 나는 그들이 방향을 틀어 우주선으로 돌아가지 않기만 바랐다. 알타이르인들은 우주선으로 가지 않았다. 그들은 나를 따라서 복도를 지나 음향실로 들어왔다. "해보고 싶은 것이 있어서요." 나는 알타이르인들에게 말한 다음 〈목자들이 한밤중에〉를 틀어줬다.

"목자들이 한밤중에 자기 양 떼를 지키고 있을 때…." 합창단이 노래를 불렀다. 알타이르인들의 표정에는 아무런 변화가 없었다. 레드베터가 틀렸다는 생각이 들었다. 저들은 다른 것에 반응했던 게 분명해. 노래를 듣지도 않잖아. "…모두가 땅에 앉아…."

알타이르인들이 앉았다.

레드베터에게 전화해야 해. 나는 CD를 멈추고, 레드베터가 내 손에 적어주었던 전화번호를 눌렀다. "안녕하세요, 캘빈 레드베터입니다." 자동응답기에 녹음된 목소리였다. "죄송하지만 지금은 전화를 받을 수 없습니다." 그제야 레드베터가 리허설이 있다고 말했던 게 기억났다. "혹시 리허설에 관해 전화하셨다면 리허설 일정은 다음과 같습니다. 마일하이 여성 합창단 리허설은 목요일 오후 8시, 몬트뷰 감리교회 성가대의 금요일 오전 11시 리허설은 취소, 삼위일체 성공회 덴버 심포니 리허설은 오후 3시…." 레드베터는 집에 없는 게 분명했다. 게다가 레드베터는 알타이르인들에 대해 걱정하기에는 너무도 바빴다.

나는 전화를 끊고 알타이르인들을 건너다봤다. 그들은 여전히 앉아 있었다. 그 노래를 들려주지 말았어야 했다는 생각이 들었다. 무엇이 그들을 다시 일으켜 세웠는지 내가 전혀 알지 못했기 때문이다. 그들을 다시 일으켜 세웠던 것은 뮤잭이 아니었다. 뮤잭은 그때 이미 꺼져 있었다. 그들을 일으켜 세웠던 자극물이 쇼핑몰에 있던 것이라면 우리는 음향실에 밤새 있어야 할지도 모른다. 하지만 몇 분이 지나자 알타이르인들은 현이 당겨지는 것 같은 그 기괴한 움직임으로 자리에서 일어나 나를 노려봤다. "목자들이 한밤중에 자기 양 떼를 지키고 있을 때…." 내가 그들에게 말했다. "모두가 땅에 앉아 있었는데."

알타이르인들은 계속 서 있었다.

"땅에 앉아 있었는데…." 내가 반복해서 말했다. "앉아 있었는데! 앉아!"

전혀 반응이 없었다.

나는 같은 노래를 다시 틀었고 알타이르인들은 정확히 같은 부분에서 자리에 앉았다. 그렇더라도 그들이 노래 가사가 시키는 대로 하고 있다는 증거는 되지 못한다. 그들은 그저 노랫소리에 반응하는 것일 수도 있었다. 알타이르인들이 쇼핑몰에 들어섰을 때는 주변이 무척 시끄러웠다. 어쩌면 〈목자들이 한밤중에〉가 그들이 들을 수 있었던 첫 노래여서 그다음부터 노래가 들릴 때마다 앉은 것일 수도 있다. 나는 알타이르인들이 다시 일어설 때까지 기다렸다가 그 노래 앞에 수록된 노래 두 곡을 틀어줬다. 그들은 빙 크로스비가 부르는 〈화이트 크리스마스〉에도, 줄리 앤드루스가 부르는 〈기쁘다 구주 오셨네〉에도, 그리고 노래와 노래 사이의 짧은 막간에도 전혀 반응하지 않았다. 그들이 누군가 노래 부르고 있다는 사실을 인식하고 있다는 기미조차 없었다.

"목자들이 한밤중에 자기 양 떼를 지키고 있을 때…." 합창이 시작됐다. 나는 혹시라도 내가 주는 비언어적 신호에 알타이르인들이 반응하게 될지도 몰라서 꼼짝도 하지 않고 무표정한 얼굴로 있으려고 노력했다. "…모두가 땅에 앉아 있었는데…."

알타이르인들은 정확히 같은 부분에서 앉았다. 그렇다면 이 특정한 가사가 원인인 게 분명했다. 아니면 그 부분을 노래하는 목소리거나, 그 부분의 특정한 음정 배열이거나, 리듬이거나, 그 단어들에 해당하는 음정의 주파수거나.

그게 무엇이든 내가 하룻밤에 알아낼 수는 없었다. 벌써 10시가 다 되어 가고 있었으므로, 나는 알타이르인들을 우주선으로 돌려보내야 했다. 나는 그들이 일어서기를 기다렸다가, 노려보는 그들을 데리고 우주선으로 갔다. 그러고는 내 아파트로 돌아왔다.

자동응답기의 메시지 알림등이 반짝이고 있었다. 내가 쇼핑몰로 돌아가 공기 표본을 채취하기를 바라는 모스맨 박사일지도 몰랐다. 나는 재생 버튼을 눌렀다. "안녕하세요. 레드베터입니다." 성가대 지휘자의 목소리였다. "쇼핑몰에서 만났었는데, 기억하세요? 당신께 말씀드릴 게 있습니다." 레드베터가 자신의 휴대폰 번호를 알려주었고, 집 전화번호도 다시 알려줬다. "손에 적어드렸던 번호가 지워졌을까 봐 다시 알려드리는 겁니다. 11시까지는 집으로 돌아갈 거예요. 그때까지 당신이 무엇을 하든 그 외계인 녀석들에게 크리스마스 캐럴은 절대로 들려주지 마세요."

✳

두 번호 모두 응답이 없었다. 리허설 중에는 휴대폰을 꺼놓는 모양이었다. 시계를 보니 10시 15분이었다. 나는 전화번호부 책을 펴서 몬트뷰 감리교회의 주소를 찾은 뒤 교회를 향해 출발했고, 가는 길에 알타이르인들의 우주선이 있는 쪽으로 우회해서 아직도 우주선이 그 자리에 있는지, 그리고 혹시 포문을 열고 발포하기 시작했거나 불길한 불빛들을 번쩍이고 있는 건 아닌지 확인했다. 그런 일들은 일어나지 않았다. 우주선은 평소와 다름없이 스핑크스 같은 모습 그대로 있었다. 나는 안심이 됐다. 살짝.

교회까지 가는 데 20분이 걸렸다. 리허설이 끝나버려서 지휘자를 놓친 게 아니길 바랐는데, 다행히 주차장에 차들이 많았고 아직도 스테인드글라스 창문을 통해 불빛이 비쳐 나오고 있었다. 하지만 교회 앞문은 잠긴 채였다.

나는 건물을 돌아서 옆문으로 갔다. 옆문이 열려 있었는데 안쪽 어딘가에서 노랫소리가 들렸다. 나는 노랫소리를 따라 어두워진 복도를 걸어갔다.

노래가 가사 중간에 갑자기 멈췄다. 나는 잠깐 기다리며 귀를 기울여봤지만 노래는 다시 시작되지 않았다. 나는 문을 하나씩 열어봤다. 처음문 세 개는 잠겨 있었지만 네 번째 문이 열리며 예배당이 나왔다. 여성성가대가 맨 앞쪽에 서 있었고 그들과 마주 보고 서 있는 레드베터는 나를 등진 자세였다. "10페이지 맨 위." 레드베터가 이야기하고 있었다.

아직 교회에 있다니 정말 다행이었다. 나는 슬쩍 안으로 들어갔다.

"'오, 천사의 목소리를 들으라'부터입니다." 레드베터는 그렇게 말하고 오르간 연주자를 향해 고개를 끄덕이더니 지휘봉을 들어 올렸다.

"잠깐만요. 숨을 어디에서 쉬어야 하나요?" 한 여자가 물었다. "'목소리를' 다음인가요?"

"아니요, '신성한' 다음에서 쉬세요." 레드베터가 앞에 있는 보면대 위에 놓인 악보를 보면서 말했다. "그다음에는 13페이지 맨 아래에서 쉬면 됩니다."

또 다른 여자가 말했다. "알토 파트 한 번만 연주해 주시겠어요? '무릎을 꿇어라'부터요."

리허설은 분명 꽤 오래 걸릴 것 같았고 나에겐 기다릴 여유가 없었다. 내가 성가대를 향해 통로를 따라 걸어가자 성가대원 모두가 악보에서 고개를 들어 나를 노려봤다.

고개를 돌린 레드베터의 얼굴이 환해졌다. 레드베터가 여자들에게로 다시 고개를 돌리고 말했다. "바로 돌아올게요." 그러고는 전속력으로 나에게 달려왔다. "안녕하세요, 멕. 그런데 무슨…?" 레드베터가 내게로 와서 물었다.

"방해해서 죄송해요. 남기신 메시지를 받았는데…."

"방해는 아니에요. 정말이에요. 어차피 거의 다 끝났어요."

"크리스마스 캐럴을 들려주면 안 된다는 게 무슨 뜻인가요? 쇼핑몰에서 가져온 CD에서 캐럴 몇 개를 틀어준 뒤에야 메시지를 확인했어요."

"그리고 무슨 일이 있었죠?"

"아무 일도 없었어요. 하지만 메시지에서…."

"무슨 노래들이었어요?"

"〈기쁘다 구주 오셨네〉랑…."

"4절까지 모두 다요?"

"아니요, 두 개 절만요. CD에 녹음된 건 그게 전부였어요. 1절이랑 '놀라운 그의 사랑'이 들어 있는 절이었어요."

"1절과 4절이군요." 레드베터가 다른 곳을 응시하며 말했고, 레드베터의 입술이 가사를 읊는 듯 빠르게 움직였다. "그 부분은 괜찮을 거예요…."

"무슨 의미죠? 왜 그런 메시지를 남겼어요?"

"알타이르인들이 〈목자들이 한밤중에〉의 가사에 문자 그대로 반응하고 있는 거라면 위험한 크리스마스 캐럴이 많아서요…."

"위험하다고요?"

"네. 〈동방박사 세 사람〉을 예로 들어보죠. 설마 그 노래를 들려주지는 않으셨죠?"

"아니요. 〈기쁘다 구주 오셨네〉랑 〈화이트 크리스마스〉만 들려줬어요."

"레드베터 선생님." 한 여자가 교회 앞쪽에서 소리쳤다. "얼마나 걸리세요?"

"곧 가겠습니다." 레드베터가 여자에게 대답한 뒤 내게로 다시 고개를 돌렸다. "〈목자들이 한밤중에〉는 어디까지 들려주셨나요?"

"'모두가 땅에 앉아 있었는데'가 나오는 부분까지만요."

"다른 절은 안 들려주셨고요?"

"네. 그런데 도대체…?"

"레드베터 씨." 같은 여자가 조급한 목소리로 말했다. "저희 중에 가야 할 사람이 있어요."

"곧 가겠습니다." 레드베터가 여자에게 큰 소리로 외친 뒤 내게 말했다. "5분만 기다려주세요." 그러고는 통로를 전속력으로 달려 성가대에게 돌아갔다.

나는 신도석 뒷자리에 앉아 찬송가 책을 집어서 〈동방박사 세 사람〉을 찾으려 했으나 말처럼 쉽지 않았다. 찬송가에 번호가 매겨져 있었지만 특정한 순서로 되어 있는 것 같지는 않았다. 나는 목차를 찾기 위해 책 뒤쪽을 펼쳤다.

"하지만 저희는 아직 〈이방인들의 구주여, 오소서〉도 못 해봤어요." 빨간 머리의 젊고 귀여운 여자가 말했다.

"그 곡은 토요일 밤에 하도록 하죠." 레드베터가 말했다.

목차를 봐도 〈동방박사 세 사람〉이 어디에 있는지 찾을 수 없었다. 목차에는 일련의 번호들(5.6.6.5와 8.8.7.D)이 있었고, 번호 밑에는 라반, 허슬리, 올리브즈 브라우, 아리조나와 같은 이상한 단어들이 암호처럼 적혀 있었다. 알타이르인들은 《다빈치 코드》처럼 캐럴 속에 숨겨진 일종의 암호 같은 것들에 반응하고 있었던 건 아닐까? 제발 그런 것이 아니기를 바랐다.

"저희가 거기로 몇 시까지 가면 될까요?" 여자들이 물었다.

"7시요." 레드베터가 말했다.

"그럼 〈이방인들의 구주여, 오소서〉를 다시 해볼 시간이 부족할 텐데, 그렇지 않을까요?"

"게다가 〈울면 안 돼〉는 어쩌죠?" 아까 그 빨간 머리 여자가 물었다.

"제2소프라노 파트가 한 명도 없어요."

나는 목차를 포기하고 찬송가들을 훑어보기 시작했다. 간단한 찬송가 책 하나 이해하지 못하고서, 어떻게 우리와 전혀 다른 외계 종족의 의사소통 방식을 이해하길 바라겠는가? 그들이 소통하고 싶은 건지는 모르겠지만 말이다. 어쩌면 알타이르인들은 우리가 꽃을 보려고 걸음을 멈추듯이 음악을 듣기 위해 앉았던 것인지도 모른다. 아니면 그저 발이 아팠든지.

"어떤 신발을 신어야 하나요?" 성가대가 물었다.

"편한 신발로 신으세요." 레드베터가 말했다. "아주 오래 서 있게 될 거예요."

나는 계속해서 찬송가 책을 샅샅이 뒤졌다. 〈저 아기 잠들었네〉, 내가 제대로 찾고 있는 것이 틀림없었다. 〈횃불을 가져오거라, 쟈넷, 이사벨라〉, 거기 어디쯤 있어야 했다. 〈크리스마스 날 밤, 모든 이들이 노래를 부르네〉.

마침내 여자들이 자기 물건들을 챙겨 교회를 떠나고 있었다. "토요일에 만나요." 레드베터가 그들을 문밖으로 이끌면서 말했다. 귀엽게 생긴 빨간 머리 여자만이 문에서 레드베터를 붙잡고 이런저런 소리를 늘어놓았다. "저랑 남아서 제2소프라노 파트 한 번 다시 해보는 건 어떠세요? 몇 분 걸리지 않을 거예요."

"오늘 밤에는 안 되겠습니다." 레드베터가 말했다. 빨간 머리 여자가 고개를 돌려 나를 노려보았는데, 나는 그 눈빛이 무엇을 의미하는지 정확히 알고 있었다.

"토요일 밤에 다시 말씀해 주시겠어요? 그때 해보지요." 레드베터가 말했다. 그리고 문을 닫아서 여자를 내보내고 내 옆에 와서 앉았다. "죄송합니다. 토요일에 큰 공연이 있어서요. 자, 이제 외계인 이야기를 해보죠. 어디까지 이야기했었죠?"

"〈동방박사 세 사람〉이요. 당신이 그 가사가 위험하다는 이야길 했어요."

"아, 맞아요." 레드베터는 내게서 찬송가 책을 가져가더니 전문가다운 솜씨로 정확한 페이지를 펼친 다음 손가락으로 가리켰다. "4절. '슬퍼하며, 탄식하며, 피 흘리며, 죽어가며.' 알타이르인들이 돌처럼 차가운 무덤에 스스로 가둬버리길 원하지는 않으시겠죠?"

"당연하죠." 내가 열띤 목소리로 말했다. "〈기쁘다 구주 오셨네〉도 마찬가지로 위험하다고 하셨는데, 그 곡에는 어떤 내용이 들어 있나요?"

"고통과 죄악, 땅을 뒤덮는 가시덤불이 나와요."

"알타이르인들이 찬송가에서 하라는 대로 뭐든지 하고 있다고 생각하는 건가요? 그들이 찬송가를 따라야 할 명령처럼 대하고 있다고요?"

"잘 모르겠어요. 하지만 알타이르인들이 그러는 거라면, 그들이 하지 않았으면 좋겠다고 당신이 생각할 만한 온갖 행동들이 크리스마스 캐럴에 들어 있어요. 지붕 위를 뛰어다니고, 횃불을 가져오고, 아기들을 죽이고…."

"아기들을 죽인다고요?" 내가 말했다. "그건 어느 캐럴에 들어 있죠?"

"〈코번트리 캐럴〉이에요." 레드베터가 또 다른 페이지를 펼치며 말했다. "헤롯왕에 관한 대목이죠. 보이세요?" 레드베터가 가사를 가리켰다. "이날 그가 심히 노하여… 모든 어린 아기들을 죽였으니."

"맙소사. 그 곡이 쇼핑몰에서 가져온 캐럴에 들어 있었어요. CD로 받아왔거든요." 내가 말했다. "당신을 보러 오길 정말 잘했네요."

"저도 그렇게 생각합니다." 레드베터가 나를 보며 활짝 웃었다.

"저에게 〈목자들이 한밤중에〉를 얼마만큼 틀어주었는지 물어보셨는데…." 내가 말했다. "그 캐럴에도 유아 학살 장면이 나오나요?"

"아니에요. 하지만 2절에 '두려움'과 '엄청난 공포'라는 가사가 있죠. '그들의 불안한 마음을 점령하라'도 있고요."

"절대로 알타이르인들이 그런 짓을 하게 해서는 안 돼요." 내가 말했다. "하지만 지금 저는 무엇을 해야 할지 모르겠어요. 알타이르인들과 의사소통할 방법을 구축하려고 9개월 동안이나 노력했는데, 그들이 처음으로 반응한 게 바로 그 노래였어요. 그런데 크리스마스 캐럴을 틀어줄 수 없다면….”

“틀어줄 수 없다는 말이 아닙니다. 알타이르인들에게 들려주는 캐럴에 살인이라든가 폭력 같은 게 들어 있는지 확인할 필요가 있다는 거죠. 쇼핑몰에서 틀어줬던 음악 CD를 가지고 있다고 하셨죠?”

“네. 제가 그들에게 틀어준 게 그 CD예요.”

“레드베터 씨?” 망설이는 목소리가 들려왔다. 성직복을 입고 머리가 벗겨진 남자가 문에 기대어 있었다. “얼마나 더 계실 건가요? 문단속을 해야 해서요.”

“아, 죄송합니다, 맥킨타이어 목사님.” 레드베터가 자리에서 일어났다. “지금 나가겠습니다.” 레드베터는 통로를 뛰어가 악보를 움켜쥐고 다시 돌아왔다. “고통에 참가하시죠, 그렇죠?” 레드베터가 맥킨타이어 목사에게 말했다.

‘고통이라고? 내가 잘못 들은 것이 분명해.’

“글쎄요.” 맥킨타이어 목사가 말했다. “제 핸들이 꽤 녹슬었거든요.”

‘핸들이라고? 이 사람들이 도대체 무슨 이야기를 하는 거지?’

“특히나 〈할렐루야 합창〉은 몇 년 만에 불러보는 거라서요.”

‘아, 핸들이 아니라 헨델 이야기였구나.’

“내일 11시에 삼위일체 성공회 성가대와 그 곡 리허설을 하는데, 오셔서 저희와 함께 연습해보실래요?”

“그래야겠네요.”

“아주 좋습니다.” 레드베터가 말했다. “그럼, 안녕히 주무세요.” 레드베터가 나를 예배당 밖으로 안내했다. “주차는 어디에 하셨어요?”

“앞쪽에요.”

“잘됐네요. 제 차도 거기에 있거든요.” 그가 교회 옆문을 열었다. “제 아파트까지 뒤따라오시면 됩니다.”

갑자기 눈앞에 주디스 고모의 얼굴이 환영처럼 눈부시게 어른거렸다.

고모는 나를 못마땅하다는 눈초리로 노려보면서 이렇게 말했다. "숙녀는 절대 남자가 사는 아파트에 혼자 들어가지 않아."

"쇼핑몰에서 받아온 CD를 가지고 오셨다고 하셨죠?"

나는 레드베터의 아파트로 가면서 혹시라도 레드베터가 빨간 머리 제2소프라노와 사귀는 것은 아닌지 궁금하던 참이었는데, 이래서 별 근거도 없이 지레짐작하면 안 된다.

"제가 오는 길에 생각해봤는데요…." 아파트 건물에 도착했을 때 레드베터가 말했다. "우리가 첫 번째로 해야 할 일은, 알타이르인들이 '모두가 땅에 앉아 있었는데' 부분에서 정확히 어떤 요소에 반응했는지 알아내는 것입니다. 음정에 반응한 건지, 단어들에 반응한 건지…. 물론 이전에도 알타이르인들이 음악에 노출됐었다고 말씀하셨던 거 아닙니다. 하지만 그 음들이 이루는 특정한 배열에 반응했을 수도 있어요."

나는 알타이르인들에게 그 캐럴의 가사를 읊어주었던 일을 레드베터에게 말해줬다.

"좋아요, 그렇다면 다음으로 우리가 해야 할 일은 혹시 반주 음악에 반응하는지 알아보는 일입니다." 레드베터가 문을 열면서 말했다. "아니면 박자나 키에."

"키요?" 내가 레드베터의 손에 들려 있는 열쇠들을 내려다보며 말했다.

"네. 영화 〈위기의 암호명〉 보셨어요?"

"아니요."

"대단한 영화예요. 우피 골드버그가 출연했지요. 그 영화에서 음조의 키가 정보 요원의 암호였어요. 문자 그대로 B플랫이 암호였죠. 〈목자들이 한밤중에〉의 키는 C지만, 〈기쁘다 구주 오셨네〉의 키는 D예요. 그래서 〈기쁘다 구주 오셨네〉에는 반응하지 않았는지도 몰라요. 아니면 특정 악기 소리에만 반응하는 것일 수도 있고요. 알타이르인들에게 베토벤의 어떤 음악을 들려줬죠?"

"9번 교향곡이었어요."

레드베터가 눈살을 찌푸렸다. "그렇다면 그랬을 가능성은 없군요. 하지만 〈목자들이 한밤중에〉의 반주에 기타나 마림바 같은 악기가 사용되었을 수도 있어요. 한번 들어보죠. 들어오세요." 레드베터가 그렇게 말하면서 문을 열더니 곧장 침실 안으로 사라져버렸다. "냉장고에 탄산음료가 있어요." 레드베터는 침실에서 밖을 향해 큰 소리로 내게 말했다. "쭉 들어가서 앉아 있으세요."

말처럼 쉽지는 않았다. 소파와 의자, 커피 탁자가 온통 CD와 악보와 옷가지들로 뒤덮여 있었다. "미안해요." 레드베터가 노트북 컴퓨터를 가지고 돌아오며 말했다. 레드베터는 노트북을 책더미 위에 놓고, 내가 의자에 앉을 수 있도록 수북이 쌓인 빨랫감을 치웠다. "12월은 고약한 달이에요. 게다가 올해는 늘 해왔던 콘서트 5천 개와 교회 예배들과 칸타타 공연들에다 고통(aches)까지 지휘하고 있거든요."

그렇다면 내가 아까 잘못 들었던 것이 아니었다. "고통이라뇨?"

"아, A-C-H-E-S, '명절맞이 전국 초교파 합창제(All City Holiday Ecumenical Sing)'요. 우리 중학교 1학년 여자애들은 '고통과 고난'이라고 부르긴 하죠. 아주 거대한 콘서트예요. 뭐, 관객들까지 다 함께 노래를 부르니, 정확히 말하자면 콘서트는 아니에요. 하지만 전국의 모든 시립 합창단들과 교회 성가대들이 합창제에 참가합니다." 레드베터는 소파에 쌓여 있던 레코드판들을 바닥에 내려놓고 내 맞은편에 앉았다. "매년 덴버에서 열려요. 컨벤션센터에서요. 합창제에 가 보신 적 있으세요?" 레드베터가 물었다. 난 고개를 가로저었다. "꽤 감동적입니다. 작년에는 44개 합창단에 3천 명이 참가했어요."

"당신이 그것을 지휘한다고요?"

"네. 사실 교회 성가대들을 지휘하기보다 훨씬 쉽지요. 중학교 1학년 여학생 합창단 지휘보다는요. 게다가 재밌기도 해요. 본래는 참가한 사람들이 모두 함께 모여서 헨델의 〈메시아〉를 부르는 '전국 메시아 합창제'였어요. 그런데 유니테리언 교파*에서 솔스티스** 노래를 넣어달라고 요

442

구한 뒤 일이 눈덩이처럼 커져버렸죠. 지금은 하누카*** 노래들과 〈즐거운 크리스마스 보내세요〉와 〈콴자****의 일곱 밤〉도 부르죠. 크리스마스 캐럴과 〈메시아〉 중에서 선정한 곡들도 물론 부르고요. 아 참, 그 노래들도 알타이르인들이 들으면 안 돼요."

"거기에도 유아 학살 장면이 들어 있나요?"

"머리를 박살 내죠. '당신이 그들을 쇠몽둥이로 부수고'와 '그들을 내동댕이쳐서'라는 가사가 있어요. 상처를 입히고, 두들겨 패고, 칼로 베고, 조롱하고, 경멸하며 비웃기도 하죠."

"사실 알타이르인들은 경멸에 관해서는 이미 잘 알고 있어요." 내가 말했다.

"나라들을 뒤흔드는 것에 관해서는 모르길 바랍니다. 어둠으로 땅을 뒤덮는 것에 관해서도 말이죠." 그가 노트북을 열었다. "좋아요. 제가 첫 번째로 하려는 일은 그 캐럴을 살펴보는 일입니다. 그러고 나서는 보컬 부분만 틀어줄 수 있도록 반주 부분을 없앨 거예요."

"저는 무엇을 하면 되죠?"

"당신은…." 지휘자가 다시 다른 방 안으로 사라지더니 높이가 족히 30센티미터쯤 되는 낱장 악보와 악보집 더미를 가지고 돌아와서 내 무릎 위에 내려놓았다. "알타이르인들이 듣지 않았으면 하는 노래들을 모두 목록으로 만들어주세요."

나는 고개를 끄덕이고 《거룩하고 즐거운 크리스마스 노래집》을 훑어보기 시작했다. 캐럴은 평화와 온정에 대한 노래라고 늘 생각했었는데, 폭력적인 가사가 담긴 캐럴이 그렇게 많다니 놀라울 따름이었다. 유아 학살 장면은 〈코번트리 캐럴〉에만 있는 게 아니라 〈크리스마스 날이 왔

---

*   삼위일체론을 반대하고 예수의 신성을 부정하는 교파
**   하지와 동지. 유니테리언 교파는 하지와 동지를 기념한다.
***   히브리력에 따라 겨울에 열리는 유대교 축제
****   12월 26일에서 1월 1일까지 이어지는 일부 아프리카계 미국인들의 축제

어요〉에도 있었다. 게다가 거기에는 죄악과 전투와 군사들에 대한 언급
도 있었다. 〈곧 오소서, 임마누엘〉에는 전투는 물론 질투와 다툼이 나왔
고 〈호랑가시나무와 담쟁이덩굴〉에는 가시덤불과 피와 곰이 나왔다. 〈선
한 왕 웬체슬라스〉는 사람들에게 살코기를 가져다주고 피를 얼리고 심장
을 멈추는 잔인함에 관해 이야기하고 있었다.

"크리스마스 캐럴들이 이렇게 잔인할 줄은 꿈에도 몰랐어요." 내가
말했다.

"부활절 노래들을 들어보세요." 레드베터가 말했다. "보다가 '앉아
(seated)'라는 가사가 들어 있는 노래가 있는지 찾아보세요. 그러면 알타
이르인들이 바로 그 단어에 반응하고 있는 것인지 알 수 있겠죠."

나는 고개를 끄덕이고 다시 가사들을 읽기 시작했다. 〈주님 앞에 떨
며 서서〉에 나오는 사람들은 앉아 있는 게 아니라 서 있었고, 가사에는
'공포', '전율하는'이란 단어들과 함께 자기 자신을 거룩한 음식으로 바치
는 구절도 있었다. 〈저 들 밖에 한밤중에〉에는 '피'라는 단어가 있었고, 목
자들은 앉지 않고 누워 있었다.

어떤 크리스마스 노래에 '앉아'가 들어 있지? 나는 기억해내려고 애를
썼다. 〈징글벨〉 가사에 미스 누군가가 어떤 사람 옆에 앉아 있다는, 뭐
그런 내용이 있었던 것 같은데?

그래, 〈징글벨〉에 '앉아'라는 단어가 있었다. 〈건배, 건배〉의 가사에는
불 옆에 '앉아 있는(sitting)'이란 구절은 있었지만 '앉아'는 없었다.

나는 계속 찾아봤다. 비종교적인 크리스마스 노래들도 캐럴만큼 끔찍
했다. 심지어 〈크리스마스에 아무것도 못 받아요〉 같은 동요도 야구 방망
이로 사람 머리를 아작 내는 이야기를 신나게 해댔고, 〈할머니가 순록에
게 치었어요〉 같은 유형의 노래들은 장르 하나를 완전히 새로 이루고 있
는 것 같았다. 〈할머니의 죽여주는 과일 케이크〉, 〈길에서 치어 죽은 순
록을 봤어요〉, 〈할아버지가 산타를 고소할 거래요〉.

가사가 폭력적이지 않을 때도 '온 땅을 지배하라'든가 '우리를 다스릴

지니' 같은 구절들이 들어 있어서, 알타이르인들이 듣는다면 우리가 지구 정복을 요청한다고 생각하게 될지도 몰랐다.

해롭지 않은 캐럴이 몇 개쯤은 있을 거라고 생각하면서 나는 〈그 어린 주 예수〉를 목차에서 찾아봤다. 찬송가 책에는 없었지만 《거룩하고 즐거운 크리스마스 노래집》에는 분명히 수록되어 있었다. '…그의 사랑스러운 머리를 눕히고… 하늘의 별들….' 폭력은 없군. 그 노래는 목록에 확실히 넣을 수 있었다. '사랑… 축복….'

'그리고 저희를 당신과 함께 그곳 천국으로 데려가소서.' 해로운 구절은 아니어도 알타이르인들에게는 전혀 다른 의미가 될 수 있다. 나는 독수리자리로 돌아가는 우주선에 타고 싶지 않았다. 아니 그들이 어디에서 왔든 그곳으로 가고 싶지 않았다.

레드베터와 나는 거의 새벽 3시까지 일했다. 그 결과 우리는 '모두가 땅에 앉아 있었는데' 부분의 보컬과 반주, 그리고 레드베터가 피아노와 기타와 플루트를 연주하고 내가 녹음한 선율들과, 비록 좀 짧기는 하지만 알타이르인들이 안전하게 들을 수 있는 노래들의 목록과, '앉아(seated)'와 '앉다(sit)'와 '앉아 있는(sitting)'이 들어간 노래들의 더욱더 짧은 목록을 갖게 되었다.

"정말 감사드려요, 레드베터 씨." 내가 코트를 입으며 말했다.

"캘빈이라고 불러요."

"캘빈. 어쨌든 고마워요. 어떻게 감사해야 할지 모르겠네요. 알타이르인들에게 이 노래들을 들려준 다음에 결과를 알려줄게요."

"멕, 지금 농담하시는 거죠?" 캘빈이 말했다. "노래를 들려줄 때 저도 함께 있고 싶습니다."

"하지만 제 생각에는… 당신은 그 고통인가 뭐가 때문에 합창단들과 리허설을 하셔야 되지 않나요?" 나는 캘빈이 자동응답기에 남겨 놓았던 빽빽한 일정을 떠올리며 말했다.

"네. 교향악단과도 리허설이 있고, 교회 성가대와 유치원 합창단과 크리스마스이브 예배를 위해 핸드벨 합창단과도 리허설을 해야 하지요…."

"어머, 제가 너무 늦은 시간까지 붙잡아두고 있었군요." 내가 말했다. "정말 죄송해요."

"지휘자들은 12월에 잠을 안 자요." 캘빈이 유쾌한 목소리로 말했다. "제가 하려고 했던 말은, 리허설 중간중간과 내일 오전 11시까지는 제가 한가하다는 거였어요. 얼마나 일찍 알타이르인들을 데려오실 수 있으세요?"

"알타이르인들은 우주선에서 보통 아침 7시쯤 나오지만, 그들과 일하고 싶은 위원이 있을 수도 있어요."

"모닝커피도 마시기 전에 그 번쩍거리는 얼굴들을 보고 싶어 하는 사람이 있을 거라고요? 제가 장담하는데, 당신이 알타이르인들을 독차지할 수 있을 거예요."

캘빈의 말이 아마도 맞을 것이다. 나는 알타이르인들을 만나려면 온종일 마음의 준비를 해야 한다던 자비스 박사의 말이 떠올랐다. "저들은 제가 중학교 1학년 때 담임선생님과 정말 똑같이 생겼어요."

"정말로 아침에 눈 뜨자마자 알타이르인들을 마주하고 싶으세요?" 내가 물었다. "알타이르인이 노려보는 눈빛은…."

"하고 싶었던 솔로를 못 맡게 된 제1소프라노의 눈빛에 비하면 아무것도 아니죠. 걱정하지 말아요. 알타이르인쯤은 다룰 수 있어요." 캘빈이 말했다. "그들이 무엇에 반응하는지 빨리 알아내고 싶어서 견딜 수가 없네요."

＊

우리가 알아낸 것은 정말이지 아무것도 아니었다.

캘빈의 말이 맞았다. 알타이르인들이 모습을 드러냈을 때, 대학본부 밖에서 그들을 기다리는 사람은 우리밖에 없었다. 나는 그들을 떠밀어 음향실 안으로 들어간 뒤 문을 잠그고 캘빈에게 전화했다. 캘빈은 곧장 스타벅스 커피와 한 아름의 CD를 안고 음향실로 왔다.

"어이쿠!" 캘빈이 스피커 옆에 서 있는 알타이르인들을 보더니 말했다. "제1소프라노와는 비교할 게 아니군요. 이건 제가 '안 돼. 합창단 공연 도중에 문자 보내는 거 아니야'라든가 '얼굴에 반짝이 파우더 바르지마'라고 중학교 1학년짜리에게 말했을 때 저를 쏘아보는 눈빛에 더 가깝네요."

내가 고개를 가로저었다. "주디스 고모가 노려보는 눈빛이에요."

"사람들 머리를 산산조각으로 때려 부수는 부분을 들려주지 않기로 한 건 정말 잘했군요." 캘빈이 말했다. "저들이 인간들을 몽땅 죽여버리려고 지구에 온 게 아니라는 건 확실한가요?"

"잘 모르겠어요." 내가 말했다. "그래서 저들과의 의사소통 방법을 찾아야 해요."

"그렇죠." 캘빈이 전날 밤 우리가 녹음했던 반주를 틀었다. 아무 일도 일어나지 않았다. 피아노와 기타와 플루트로 이루어진 선율을 틀었을 때도 마찬가지였다. 하지만 보컬 부분만 따로 틀어주자 알타이르인들은 바로 그 자리에 앉았다.

"확실히 가사가 원인이네요." 캘빈이 말했다. 우리가 〈징글벨〉을 들려주자 그들은 '내 옆에 앉아(seated)'에서 다시 앉았다. 그로써 캘빈의 이론이 확인되는가 싶었다. 하지만 뮤지컬 〈아가씨와 건달들〉의 첫머리에 나오는 〈앉아요(Sit down), 배가 흔들리잖아요〉를 틀었을 때나 〈바닷가 부두에 앉아서(sittin')〉를 틀었을 때, 알타이르인들은 앉지 않았다.

"'앉아(seated)'라는 단어 때문이군요." 내가 말했다.

"아니면 크리스마스 노래에만 반응하거나." 캘빈이 말했다. "알타이르인들에게 틀어줄 수 있는 캐럴이 더 남았나요?"

"있기는 한데 '앉아(seated)'가 들어 있지는 않아요." 내가 말했다. "〈크리스마스에 내가 원하는 건 앞니 두 개뿐〉에 나오는 가사는 '앉아 있는(sitting)'이거든요."

우리는 알타이르인들에게 〈크리스마스에 내가 원하는 건 앞니 두 개뿐〉을 틀어줬다. 아무런 반응이 없었다. 하지만 뮤지컬 〈메임〉에 나오는 〈우리에게는 약간의 크리스마스가 필요해요〉를 틀어주자, 알타이르인들 은 '앉아 있는(sitting)'이라는 단어가 나오자마자 그 자리에 앉았다.

캘빈은 그 캐럴에서 '내 어깨에 앉아 있는 한 명의 천사가 필요해요'라 는 가사 중 '앉아 있는'이 나오는 구절 외의 나머지를 잘라냈다. 우리가 원 하는 것은 우리 어깨에 앉아 있는 알타이르인들이 아니었기 때문이었다. 그리고서 캘빈은 나를 쳐다봤다. "도대체 왜 〈우리에게는 약간의 크리스 마스가 필요해요〉에 나오는 '앉아 있는'에는 반응하면서, 〈크리스마스에 내가 원하는 건 앞니 두 개뿐〉에 나오는 '앉아 있는'에는 반응하지 않는 걸까?" 캘빈이 혼잣말했다.

나는 "그거야 〈크리스마스에 내가 원하는 건 앞니 두 개뿐〉이 정말 형 편없는 노래라서 그렇죠."라고 말하고 싶었지만 참았다. "목소리 때문일 까요?" 내가 넌지시 말했다.

"그럴 수도 있겠네요." 캘빈이 CD들을 뒤져서 스태틀러 브라더스가 노래한 〈우리에게는 약간의 크리스마스가 필요해요〉를 찾아냈다. 알타이 르인들은 정확히 같은 부분에서 그 자리에 앉았다.

그러니 목소리 때문이 아니었다. 크리스마스 노래에만 반응하는 것도 아니었다. 캘빈이 뮤지컬 〈1776〉의 첫 곡을 틀어주었을 때, 대륙회의 의 원들이 노래로 존 애덤스에게 앉으라고 명령하자, 알타이르인들이 다시 자리에 앉았다. 더욱이 '앉다(to sit)'라는 의미가 들어간 가사 때문도 아니 었다. 우리가 〈하누카 송〉을 틀어주자 그들은 진지하게 제자리에서 빙빙 돌았다.*

"좋아요. 교파를 뛰어넘는다는 사실은 알아냈군요." 캘빈이 말했다.

"정말 다행이에요." 나는 트레셔 목사가 떠올랐다. 알타이르인들이 크리스마스 캐럴에 반응했다는 것을 트레셔 목사가 알아낸다면 그는 뭐

---

* 〈하누라 송〉에는 '돌리다(spin)'라는 가사가 들어 있다.

라고 말할까. 하지만 '지구는 다시 공전하네'라는 구절이 있는 유니테리언 교파의 솔스티스 노래를 틀어주자 그들은 서서 노려보기만 했다.

"혹시 s로 시작되는 단어 때문이 아닐까요?" 내가 말했다.

"그럴지도 모르죠." 캘빈이 잇달아 〈눈이 내렸어요(The Snow Lay on the Ground)〉와 〈울면 안 돼(Santa Claus Is Coming to Town)〉와 〈수지 스노우플레이크(Suzy Snowflake)〉를 틀어줬다. 하지만 아무 일도 일어나지 않았다.

10시 45분이 되자 캘빈은 성가대 리허설에 가기 위해 떠났다. "리허설은 삼위일체 성공회 성당에서 있어요. 저를 만나시려면 정오에 그곳으로 오시면 됩니다." 캘빈이 말했다. "그러면 성공회 성당에서 제 아파트로 곧바로 갈 수 있어요. 저들이 반응했던 구절들의 주파수 형태를 분석해보고 싶네요."

"좋아요." 나는 대답했다. 그리고 알타이르인들을 와카무라 박사에게 데려다줬다. 와카무라 박사는 '크랩트리 앤 에블린' 매장에서 파는 향수들을 알타이르인들에게 뿌려보고 싶어 했다. 나는 알타이르인들이 와카무라 박사를 노려보도록 내버려둔 채 모스맨 박사의 사무실로 갔다. 모스맨 박사는 사무실에 없었다. "페인트 표본들을 모으러 쇼핑몰로 가셨어요." 자비스 박사가 말했다.

모스맨 박사의 휴대폰으로 전화했다. "박사님, 제가 몇 가지 실험을 해봤는데…." 내가 말했다. "알타이르인들이…."

"나중에. 지금 미국화학학회에서 올 중요한 전화를 기다리는 중일세." 모스맨 박사는 그렇게 말하고 전화를 끊어버렸다.

나는 음향실로 돌아갔다. 그리고 케임브리지 소년 합창단과 바브라 스트라이샌드와 베어네이키드 레이디스의 크리스마스 앨범들을 들으며, 동사 '앉다(sit)'와 '돌리다(spin)'의 변화형을 포함하면서도 유혈 사태가 나오지 않는 노래들을 찾으려고 애썼다. 동사 '돌다(turn)'가 나오는 경우들도 찾아봤다. 알타이르인들은 솔스티스 노래들에 나오는 '돌다'에 반응하지 않았지만, 그렇다고 해서 그것이 뭔가를 입증한다는 확신은 없었다. 그들은 〈크리스마스에 내가 원하는 건 앞니 두 개뿐〉에 나오는 '앉아 있는'에도 반응하지 않았었다.

정오에 나는 캘빈을 만나기 위해 삼위일체 성공회 성당에 갔다. 리허설은 아직 끝나지 않았고, 곧 끝날 것 같지도 않았다. 캘빈이 합창을 시작했다 멈추기를 반복하며 말했다. "베이스, 두 박자 빨리 들어오고 있어요. 알토, '노래하면서'는 A플랫이라니까요. 다시 해보죠. 8페이지 위쪽부터."

성가대는 같은 악절을 네 번이나 다시 불렀지만 별다른 진전이 없었다. 결국 캘빈이 말했다. "자, 이제 그만 하죠. 모두 토요일 밤에 만나요."

"우리는 도입부를 절대로 못 마칠 거예요." 몇몇 성가대원들이 악보를 챙기며 투덜거렸고, 어제저녁에 보았던 대머리 성직자 맥킨타이어 목사는 완전히 의기소침한 모습이었다.

"아무래도 저는 노래 부르지 말아야겠어요." 맥킨타이어 목사가 캘빈에게 말했다.

"아니요, 하셔야 해요." 캘빈이 맥킨타이어 목사 어깨 위에 손을 올렸다. "걱정하지 마세요. 결국엔 다 돼요. 두고 보시면 알 겁니다."

"정말 그렇게 믿으세요?" 맥킨타이어 목사가 나간 뒤 내가 캘빈에게 물었다.

캘빈은 웃었다. "지금 저 사람들의 노래를 들어서는 믿기 힘드시겠죠. 저도 늘 사람들이 할 수 있을 거라고 생각하지는 않았어요. 하지만 아무리 리허설이 엉망진창이더라도 막상 무대에 올라가면 어떻게든 해내고 말지요. 인간에 대한 믿음을 회복하기에 충분할 정도로요." 그러고는 캘빈이 얼굴을 찌푸렸다. "당신이 오면 함께 주파수 형태들을 살펴보려고 했는데…."

"그렇게 해요." 내가 말했다. "왜요?"

캘빈이 내 뒤쪽을 가리켰다. 그곳에는 알타이르인들이 맥킨타이어 목사와 함께 서 있었다. "이들이 밖에 있더군요." 맥킨타이어 목사가 미소를 지으며 말했다. "길을 잃은 게 아닌가 걱정돼서요."

"아, 맙소사. 저를 따라왔나 봐요. 정말 죄송합니다." 내가 말했다. 딱히 맥킨타이어 목사가 그들에게 겁먹은 것 같지는 않았지만, 그렇게 말할 수밖에 없었다.

"저는 괜찮아요." 맥킨타이어 목사가 말했다. "제 설교가 맘에 들지 않을 때 신도들의 짜증스러워하는 표정에 비하면 아무것도 아니에요."

"제가 저들을 다시 데려갈게요." 내가 캘빈에게 말했다.

"아닙니다. 기왕 저들이 여기에 왔으니 차라리 제 아파트로 데리고 가서 노래를 좀 더 들려주는 편이 낫겠어요. 우리에게는 더 많은 자료가 필요해요."

나는 어찌어찌 그들 여섯 모두를 내 차 안에 쑤셔 넣어 캘빈의 아파트로 데려갔다. 그리고 내가 그들에게 노래를 몇 곡 더 틀어주는 동안 캘빈이 주파수 형태를 분석했다. 그들이 노래의 질적인 차이나 가수가 누구냐에 따라 반응하는 게 아니라는 것만은 분명했다. 알타이르인들은 윌리 넬슨의 〈예쁜 포장지〉에는 앉으려 하지 않았지만, 1940년대에 아이들이 소름 끼치는 가성으로 녹음한 〈꼬마 아가씨 머펫〉을 듣고는 그 자리에 앉았다.

단어의 의미 때문도 아니었다. 내가 알타이르인들에게 라틴어로 된 〈참 반가운 성도여〉를 틀어주었을 때, 합창단이 "당신께 영광이 있나이다(tibi sit gloria)"라는 구절을 부르자 알타이르인들이 앉았다.

"저들이 소리를 있는 그대로 받아들이고 있다는 증거예요." 그들이 우리의 대화를 들을 수 없는 부엌으로 내가 캘빈을 데려가자 캘빈이 말했다.

"네. 알타이르인들이 동음이의어를 듣지 않게 확인해야 한다는 의미죠." 내가 말했다. 〈아름답게 장식하세(Deck the Halls)〉도 들려주면 안 돼요. 누굴 때려눕히기라도 할까 봐 겁나네요."*

---

* deck은 '장식하다'라는 뜻 외에 '때려눕히다'라는 뜻도 있다.

"'구유에 눕혀진(laid in a manger)'이라는 구절도 절대로 들려주면 안 되죠." 캘빈이 씩 웃으면서 말했다.*

"재미없어요." 내가 말했다. "이런 식으로 가다가는 아무것도 못 틀어주겠어요."

"분명 문제없는 노래들이 있을 거예요…."

"도대체 무슨 노래들이요?" 나는 절망감에 빠졌다. "〈나에게는 나를 따뜻하게 감싸줄 연인이 있어요〉는 불타는 심장에 관해 이야기하고 있고, 저들이 〈크리스마스 타이드〉를 들었다가는 쓰나미를 일으킬지도 모르고, 〈오늘 저희 안에서 태어나소서〉는 영화 〈에이리언〉의 한 장면 같잖아요."

"그러게요." 캘빈이 말했다. "걱정하지 마세요. 무언가 찾아낼 거예요. 이리 와 봐요. 제가 도와줄게요." 캘빈은 부엌 식탁을 치우더니, 낱장으로 된 악보 더미와 앨범과 CD들을 가져와서 나를 맞은편에 앉혔다. "제가 노래를 찾을 테니 당신이 가사를 확인해주세요."

우리는 그 곡들을 훑어보기 시작했다. "안 되고…, 안 되고…, 〈크리스마스에 벨 소리를 들었어요〉는 어떨까요?"

"안 돼요." 내가 가사를 살펴보고 말했다. "가사에 '미워하다', '잘못된', '죽은', '절망'이 들어 있어요."

"재밌군요." 캘빈이 말했다. 우리가 더 많은 노래를 살펴보는 동안 잠시 침묵이 흘렀다. "존 레넌의 〈해피 크리스마스〉는요?"

나는 고개를 저었다. "'전쟁', '싸움', '공포'."

다시 침묵이 흘렀다. 그러다 캘빈이 입을 열었다. "크리스마스에 제가 원하는 건 당신뿐이에요."

나는 화들짝 놀라서 고개를 들고 캘빈을 바라봤다. "뭐라고 하셨어요?"

"〈크리스마스에 제가 원하는 건 당신뿐이에요(All I Want for Christmas is You)〉." 캘빈이 되풀이해서 말했다. "노래 제목이에요. 머라이어 캐리."

---

* lay의 과거분사인 laid는 '눕혀진'이라는 뜻 외에 '술이나 마약에 취해 있는', '섹스하는'이라는 뜻도 있다.

"아." 내가 가사를 찾아봤다. "제 생각에는 괜찮을 것 같아요. 살인이라든가 폭력 따위는 보이지 않네요." 하지만 캘빈은 고개를 저었다.

"다시 생각해보니 들려주지 않는 게 낫겠어요. 사랑이 전쟁보다 훨씬 더 위험할 수 있죠."

나는 거실 쪽을 바라봤다. 거실에는 알타이르인들이 문이 열린 틈으로 나를 노려보며 서 있었다. "저들이 지구 여자들을 훔쳐 가기 위해 왔다고는 생각하지 않아요."

"하지만 저들이 그런 생각을 하게 해서도 안 되겠죠."

"그럼요." 내가 말했다. "절대로 그러면 안 되죠."

우리는 다시 노래 찾는 일로 돌아갔다. "〈크리스마스엔 집에 있을 거예요〉는 어때요?" 캘빈이 패티 페이지의 앨범을 들어 보이며 말했다.

〈크리스마스엔 집에 있을 거예요〉는 심사를 통과했어도 알타이르인들은 그 노래에 반응하지 않았고, 에드 에임스가 부르는 〈크리스마스 당나귀의 발라드〉에도, 미스 피기가 부르는 〈산타 베이비〉에도 반응하지 않았다.

그들의 반응에 무슨 규칙이나 이유가 있는 것 같지는 않았다. 키, 음정, 악기 모두 달랐다. 앤드루스 시스터스에는 반응했지만 랜디 트래비스에는 반응하지 않았고, 줄리 앤드루스의 〈깨어나라, 깨어나라, 졸고 있는 영혼들아〉에 반응하는 것으로 보아 목소리 때문도 아니었다. 우리는 줄리 앤드루스가 부른 〈실버벨〉도 틀어줬다. 그들은 웃지 않았고(별로 놀랍진 않았다) 분주히 움직이지도 않았지만, 신호등 불빛들이 빨간색과 초록색으로 깜빡이는 대목에 이르러서는 그들 여섯 모두 눈을 깜빡였다. 우리는 같은 앨범에서 〈일어나라, 목자여, 그리고 따르라〉를 틀어줬다. 하지만 그들은 그냥 앉아 있었다.

"〈크리스마스 왈츠〉는 어떨까요?" 내가 앨범 표지를 보며 말했다.

캘빈이 고개를 저었다. "그 노래에도 사랑이 들어 있어요. 분명히 남자친구 없다고 하셨죠, 맞죠?"

"맞아요." 내가 말했다. "알타이르인이랑 데이트할 생각도 없고요."

"좋네요." 캘빈이 말했다. "'깜빡이다'가 들어간 노래가 뭐 또 없을까요?"

✳

캘빈이 교향악단과 리허설을 하러 떠날 때까지도 우리는 별다른 진전이 없었다. 나는 알타이르인들을 다시 와카무라 박사에게 데려다주었는데, 박사는 그들을 보는 게 그다지 달갑지 않은 모양이었다. 나는 '깜빡이다'가 들어간 노래를 찾으려 애를 썼지만 소용없었고, 저녁을 먹은 후에 다시 캘빈의 아파트로 갔다.

캘빈은 벌써 아파트로 돌아와 일하는 중이었다. 나는 낱장으로 된 악보들을 살펴보기 시작했다. "〈기뻐하라 온 세상 만민들아〉는 어떨까요?" 내가 말했다. "가사에 '고개를 숙이다'라는 부분이 있네요." 그때 전화벨이 울렸다.

캘빈이 전화를 받았다. "무슨 일이니, 벨린다?" 캘빈은 잠시 귀를 기울여 듣더니 "멕, TV 좀 켜봐요."라고 말하면서 리모컨을 내게 건네줬다.

텔레비전을 켰다. 화성인 마빈이 벅스 버니에게 지구를 불태워버릴 계획이라고 말하고 있었다. "CNN이요." 캘빈이 말했다. "40번 채널요."

채널 번호를 누른 게 후회스러웠다. 트레셔 목사가 기자들이 떼거리로 몰려 있는 음향실 앞에 서서 이렇게 말하고 있었다. "…어제 알타이르인들이 쇼핑몰에서 보였던 행동에 대한 해답을 발견했다는 발표를 하게 되어 매우 기쁩니다. 그때 쇼핑몰의 음향 시스템을 통해 크리스마스 캐럴이 방송되고 있었는데…."

"아, 안 돼." 내가 말했다.

"감시카메라 테이프에 소리는 녹음 안 됐잖아요?" 캘빈이 말했다.

"안 됐어요. 쇼핑몰에 비디오카메라를 가지고 있던 사람이 또 있었겠죠."

"…알타이르인들은 그 거룩한 노래들을 듣자…." 트레셔 목사가 말하고 있었다. "그 메시지 속에 담긴 진리와 하나님의 복된 말씀이 지닌 능력에 압도되어…."

"맙소사." 캘빈이 말했다.

"…자신들의 죄를 회개하며 땅바닥에 주저앉았습니다."

"말도 안 돼." 내가 말했다. "그냥 앉았던 거잖아."

"지난 9개월 동안 과학자들은 왜 알타이르인들이 우리 행성으로 왔는지 알아내고자 노력해 왔습니다. 하지만 진작에 그 대신 성스러운 우리 구세주께로 고개를 돌려야 했습니다. 모든 해답이 그분 안에 있기 때문입니다. 알타이르인이 왜 이곳으로 왔을까요? 바로 구원받기 위해서입니다. 그들은 거듭나기 위해서 왔습니다. 여러분에게 보여드리겠습니다." 트레셔 목사가 크리스마스 캐럴 CD 한 장을 들어 보였다.

"아! 안 돼!" 캘빈과 내가 동시에 소리쳤다. 나는 휴대폰을 집어 들었다.

"알타이르인들은 과거의 동방박사들처럼 그리스도를 찾아 이곳으로 왔습니다. 이는 기독교만이 유일하게 참된 종교임을 증명하고 있습니다." 트레셔 목사가 말했다.

한참을 기다려도 모스맨 박사는 전화를 받지 않았다. 마침내 박사가 전화를 받았다. "모스맨 박사님, 알타이르인들에게 크리스마스 캐럴을 들려주면 절대로…."

"지금은 이야기할 수 없네." 모스맨 박사가 말했다. "우리는 지금 기자 회견 중이야." 그리고 박사가 전화를 끊어버렸다.

"모스맨 박사…." 나는 재다이얼 버튼을 눌렀다.

"그럴 시간이 없어요." 캘빈이 자기 열쇠들과 내 코트를 낚아챘다. "어서요. 제 차를 타죠." 우리가 요란스럽게 아래층으로 내려가는 동안 캘빈이 말했다. "기자들이 엄청나게 많이 있었어요. 그런데 트레셔 목사는 지구에 사는 모든 유대교도와 이슬람교도, 불교도, 주술사, 비복음주의 기독교인들까지 열 받게 만들 말을 해버린 거예요. 재수 좋으면 우리가 그곳에 도착할 때까지 기자들의 질문에 답하고 있을 거예요."

"재수가 없으면요?"

"알타이르인들이 불안한 마음들을 점령하러 나올 테니 우리는 성전을 치러야겠죠."

✳

우리는 가까스로 늦지 않게 도착했다. 캘빈의 예상대로 엄청나게 많은 질문이 쏟아지고 있었는데, 트레셔 목사가 낙태 문제와 동성애자 결혼 문제 그리고 다음 선거에서 모든 행정직에 공화당원들을 선출해야만 할 필요성에 관해 알타이르인들이 자기와 뜻을 같이했다고 말한 뒤에는 더 많은 질문이 쏟아졌다.

하지만 아우성치는 기자들이 계단과 문과 복도까지 막고 있어서 그들을 뚫고 지나간다는 것은 불가능에 가까웠다. 우리가 음향실에 도착했을 때 트레셔 목사는 반투명 거울 너머에서 무릎을 꿇고 앉아 있는 알타이르인들을 자랑스럽게 가리키며 기자들에게 말하고 있었다. "보시다시피, 크리스마스 메시지를 들은 알타이르인들이 존경심에 무릎을 꿇었고…."

"아, 안 돼요. 〈오, 거룩한 밤〉을 듣고 있는 게 분명해요." 내가 말했다. "아니면 〈구주 탄생하실 때〉를 듣고 있거나."*

"저들에게 무엇을 틀어줬죠?" 캘빈이 무릎을 꿇고 있는 알타이르인들을 가리키며 소리쳐 물었다.

"유일한 진리의 길 대교회 크리스마스 CD죠." 트레셔 목사가 CD 케이스를 높이 들며 자랑스럽다는 듯 말하자, 기자들은 기다렸다는 듯이 케이스를 낚아채서 촬영한 후 자기들의 아이팟에서 다운로드했다. 〈참된 기독교인들을 위한 크리스마스 캐럴〉.

"아니, 제 말은 대체 무슨 노래냐고요."

"각각의 캐럴이 저들에게 특별한 의미가 있나요?" 기자들이 소리쳤다.

---

* 두 곡에는 모두 '무릎을 꿇고'라는 구절이 나온다.

"외계인들이 쇼핑몰에서 무슨 캐럴을 듣고 있었죠?", "알타이르인들이 침례를 받았나요, 트레셔 목사님?" 그사이 나는 모스맨 박사에게 간신히 말했다. "박사님, 음악을 끄셔야 해요."

"음악을 끄라고?" 모스맨 박사가 믿을 수 없다는 투로 기자들의 목소리보다 더 크게 외쳤다. "드디어 알타이르인들과의 의사소통이 진전을 보이는 바로 지금 말인가?"

"어떤 노래들을 틀었는지 말하세요!" 캘빈이 소리쳤다.

"도대체 당신은 누구요?" 트레셔 목사가 따졌다.

"저랑 함께 온 사람이에요." 나는 이렇게 대답한 뒤, 모스맨 박사에게 덧붙였다. "지금 당장 음악을 끄셔야 해요. 캐럴 중에 위험한 곡들이 있어요."

"위험하다고?" 모스맨 박사가 고함을 지르자 기자들의 시선이 우리에게 쏠렸다.

"위험하다니, 그게 무슨 뜻이죠?" 기자들이 물었다.

"말 그대로 위험하다는 의미입니다." 캘빈이 말했다. "알타이르인들은 회개하고 있는 것이 아니에요. 저들은….'

"어떻게 감히 알타이르인들이 거듭나지 않았다는 말을 할 수 있소?" 트레셔 목사가 말했다. "찬송가의 감동 어린 가사에 저들이 반응하는 모습을 내 두 눈으로 똑똑히 봤단 말이오. 저들이 무릎 꿇는 광경을….'

"알타이르인들은 〈실버벨〉에도 반응했어요." 내가 말했다. "〈하누카 송〉에도요."

"〈하누카 송〉이라고요?" 기자들이 다시 질문을 퍼붓기 시작했다. "외계인들이 유대교도란 말인가요?", "정통파 유대교도인가요, 아니면 개혁파 유대교도인가요?", "힌두교 챈트에는 어떤 반응을 보였나요?", "모르몬교 성가대 노래는 어떤가요? 그 노래에도 반응했나요?"

"종교와는 아무 상관이 없습니다." 캘빈이 말했다. "알타이르인들은 노래에 나오는 특정한 가사에 문자 그대로 반응하고 있습니다. 지금 저들이 듣고 있는 가사 중 일부는 매우 위험해서 그들에게…."

"신성모독이오!" 트레셔 목사가 소리쳤다. "신성한 크리스마스 메시지가 어떻게 위험할 수 있단 말이오?"

"〈크리스마스 날이 왔어요〉는 저들에게 어린 아기들을 죽이라고 말하죠." 내가 말했다. "다른 캐럴들의 가사에는 피와 전쟁과 불덩어리를 빗줄기처럼 쏟아붓는 별들이 나오고요. 그래서 지금 당장 음악을 꺼야 하는 겁니다."

"너무 늦었어요." 캘빈이 거울 너머를 가리켰다.

알타이르인들이 사라졌다. "외계인들이 어디 갔죠?" 기자들이 소리치기 시작했다. "어디로 간 거죠?" 트레셔 목사와 모스맨 박사가 동시에 나를 쳐다보더니 그들에게 무슨 짓을 한 거냐며 따져 물었다.

"멕을 내버려둬요. 멕도 당신들처럼 알타이르인이 어디에 있는지 모릅니다." 캘빈이 성가대 지휘자 목소리로 말했다.

그 목소리는 중학교 1학년짜리들에게나 그 방에 있는 사람들에게나 똑같이 효과가 있었다. 모스맨 박사는 나를 놓아주었고 기자들은 입을 다물었다. "자, 무슨 노래를 틀어주고 계셨습니까?" 캘빈이 트레셔 목사에게 말했다.

"〈만백성 기뻐하여라〉." 트레셔 목사가 말했다. "하지만 그 곡은 가장 유래 깊고 가장 사랑받는 크리스마스 캐럴이오. 그걸 듣는다고 누군가가 위험에 빠질 수 있다는 건 말도 안 되는…."

"〈만백성 기뻐하여라〉라는 노래 때문에 알타이르인들이 떠난 건가요?" 기자들이 소리쳤다. "가사가 어떻게 되죠? 전쟁에 대한 언급이 있나요? 유아 학살은요?"

"주께서 너희를 편히 쉬게 하리니…." 나는 가사를 기억해내려 애쓰며 낮은 목소리로 중얼거렸다. "그 어떤 일에도 실망하지 말라…."

"그들이 어디로 갔나요?" 기자들이 아우성쳤다.

"…오, 밀려오는 위안과 기쁨…." 내가 중얼거렸다. 힐끗 캘빈을 건너다봤다. 그도 나와 똑같이 하고 있었다. "…우리 모두를 구원하시기 위해… 우리가 길을…."

"그들이 어디로 갔을 거로 생각하시나요?" 기자 한 명이 소리쳤다.

캘빈이 나를 바라보며 불길하게 말했다. "…길을 잃고 헤맬 때…."

✳

알타이르인들은 다른 실험실이나 캠퍼스 내 다른 건물에도 없었고, 자기네 우주선에도 없었다. 최소한 우주선으로 올라가는 경사로가 내려오거나 외계인들이 안으로 들어가는 걸 본 사람은 없었다. 그들이 캠퍼스를 돌아다니거나 주변 도로를 걷는 모습을 본 사람도 없었다.

"이건 전적으로 자네 탓일세, 멕." 모스맨 박사가 나에게 말했다. "전국에 지명수배령을 내리세요." 박사가 경찰에게 말했다. "그리고 앰버 경보를 내보내요."

"그건 어린아이가 납치되었을 때나 하는 거잖아요." 내가 말했다. "알타이르인들이 납치를 당한 건 아니…."

"그야 알 수 없지." 모스맨 박사는 날카롭게 쏘아붙이고 경찰관에게 돌아갔다. "FBI에도 연락하세요."

경찰관이 캘빈에게로 고개를 돌렸다. "모스맨 박사님 말씀에 의하면, 알타이르인들이 '길을 잃고 헤매다'라는 말에 반응했다고 당신이 말했다던데, 이 노래에 위험한 단어가 또 있나요?"

"사…." 내가 말하기 시작했다.

"없습니다." 캘빈이 대답했다. 그리고 모스맨 박사가 그 경찰관에게 국토안보부에 전화해서 적색경보 발령을 요청하라고 말하고 있는 사이, 캘빈은 인도까지 나를 떠밀고 내려가더니 알타이르인의 우주선 뒤로 데려갔다.

"왜 그렇게 말했죠?" 내가 물었다. "'사탄의 힘'은 어떡하고요? '경멸'은요?"

"쉿!" 캘빈이 낮은 소리로 말했다. "경찰관이 벌써 국토안보부에 전화하고 있어요. 공군에까지 연락하게 할 수는 없잖아요. 핵무기라도 동원하면 어떡해요." 캘빈은 말을 이었다. "저 사람들에게 설명해줄 시간이 없어요. 우리가 알타이르인들을 찾아야만 해요."

"혹시 그들이 어디로 갔을지 짐작되는 곳 있으세요?"

"아니요. 적어도 우주선은 아직 여기 있네요." 캘빈이 우주선을 보며 말했다.

하지만 알타이르인들이 문이 잠긴 음향실을 빠져나갈 수 있는 능력을 보여준 이 마당에 그건 아무 의미도 없었다. 내가 캘빈에게 그 이야기를 하자 캘빈도 동의했다. "애초에 그들이 '길을 잃고 헤맬 때'에 반응한 게 아니었을 수도 있어요. 구유나 목동들을 찾으러 떠났을 수도 있죠. 게다가 그 노래는 여러 번 개작됐어요. 〈참된 기독교인들을 위한 크리스마스 캐럴〉에는 더 오래된 판이 들어 있었을지도 몰라요."

"그렇다면 음향실로 돌아가 그들이 들었던 게 정확히 무엇이었는지 알아내야겠군요." 내가 말했다. 심장이 쪼그라드는 기분이었다. 모스맨 박사가 나를 체포하라고 할 가능성도 있었다.

캘빈도 같은 결론에 도달한 모양이었다. "돌아가면 안 돼요. 그건 너무 위험한 데다, 트레셔 목사가 알타이르인들을 찾기 전에 우리가 먼저 찾아야 해요. 그 인간이 알타이르인들에게 다음엔 무엇을 틀어줄지 모르잖아요."

"하지만 어떻게…?"

"그들이 정말로 길을 잃고 헤매고 있다면, 아직 이 근처에 있을 거예요. 당신은 차를 몰고 캠퍼스 북쪽에 있는 거리들을 확인해주세요. 저는 남쪽을 확인해볼게요. 휴대폰 가지고 있죠?"

"있어요. 그런데 차가 없어요. 제 차는 당신 아파트에 있어요. 당신 차를 타고 왔잖아요."

"알타이르인들을 태우고 왔을 때 사용했던 그 승합차는 어떨까요?"

"너무 눈에 띄지 않을까요?"

"그들이 찾고 있는 건 걸어 다니는 알타이르인 여섯이에요. 승합차에 탄 알타이르인이 아니라." 캘빈이 말했다. "게다가 만일 알타이르인들을 찾게 되면 그들을 태울 게 필요할 겁니다."

"당신 말이 맞네요." 나는 모스맨 박사도 똑같이 생각하지는 않았길 바라며 교직원 주차장을 향해 출발했다.

모스맨 박사는 주차장에 없었다. 주차장에는 아무런 인기척이 없었다. 나는 승합차의 뒷문을 열며 알타이르인들에게 '길을 잃고 헤매다'가 '승합차에 있다'를 의미하면 좋겠다는 기대도 살짝 해보았지만, 그들은 승합차에 없었고 덴버대학 북쪽 3킬로미터 내의 그 어느 도로에서도 보이지 않았다. 나는 유니버시티 대로를 따라 북쪽으로 올라간 다음 골목길들을 위아래로 천천히 오가며 살펴봤다. 차에 치여 도로 위에 으깨진 모습이 된 그들을 발견하게 될까 봐 겁이 났다.

날이 벌써 어두워졌다. 캘빈에게 전화했다. "흔적도 없네요. 쇼핑몰로 되돌아갔을지도 몰라요. 제가 그리로 가서…."

"안 돼요. 가지 마세요." 캘빈이 말했다. "모스맨 박사와 FBI가 쇼핑몰에 있어요. CNN을 보고 있는데 그 사람들이 지금 '빅토리아 시크릿'을 수색하고 있어요. 그리고 알타이르인들은 쇼핑몰에 없어요."

"그걸 어떻게 아세요?"

"그들이 지금 여기 제 아파트에 있으니까요."

"정말이요?" 안도감에 맥이 풀렸다. "어디에서 찾았어요?"

캘빈은 대답하지 않았다. "여기로 올 때 절대로 큰길로는 오지 마세요." 캘빈이 말했다. "그리고 주차는 골목에 해요."

"왜요? 그들이 무슨 짓을 저질렀나요?" 내가 물었지만 캘빈은 이미 전화를 끊은 후였다.

＊

내가 도착했을 때 알타이르인들은 캘빈의 거실 한가운데에 서 있었다. "〈만백성 기뻐하여라〉의 다른 가사 판본들을 확인하러 아파트로 돌아왔다가 저를 기다리고 있는 이들을 발견했어요." 캘빈이 설명해줬다. "주차는 골목에 했죠?"

"네. 이 구역 반대편 끝이에요. 저들이 무슨 짓을 저질렀나요?" 묻는 것조차 두려웠지만 나는 거듭해서 물었다.

"아무 짓도 안 했어요. 적어도 CNN에 나올 만한 일은 하지 않았어요." 캘빈이 TV를 가리키며 말했다. 경찰들이 향초 매장을 수색하는 모습이 방영되고 있었다. TV 소리를 줄여놓긴 했지만 화면 하단을 가로질러 자막이 떠 있었다. "외계인, 무단이탈!"

"그런데 왜 이렇게 비밀스럽게 조심하세요?"

"알타이르인들이 왜 저런 행동을 하는지 우리가 밝혀내기 전까지는 저 사람들이 알타이르인을 찾아선 안 되기 때문이에요. 길을 잃고 헤매는 거야 해로울 게 없지만, 다음에도 그럴 거란 보장이 없어요. 그래서 당신 아파트로 갈 수도 없어요. 그들이 당신이 사는 곳을 알고 있잖아요. 이곳에 몸을 숨겨야만 해요. 저와 함께 일하고 있다는 이야기를 누구에게 한 적 있나요?"

곰곰이 생각해봤다. 쇼핑몰에서 돌아왔을 때 모스맨 박사에게 캘빈에 대해 말하려고 했지만, 캘빈의 이름은 꺼내지도 못했다. 그리고 트레셔 목사가 "도대체 당신은 누구요?"라고 물었을 때 나는 "저랑 함께 온 사람이에요."라고만 했다.

"아무에게도 당신 이름은 말 안 했어요." 내가 말했다.

"좋아요." 캘빈이 말했다. "알타이르인들이 여기로 오는 것도 아무도 못 본 게 틀림없어요."

"하지만 어떻게 그걸 장담하죠? 이 동네 사람들이…."

"알타이르인들은 아파트 안에서 저를 기다리고 있었어요." 캘빈이 말했다. "지금 있는 바로 저 자리에서요. 즉, 자물쇠를 열 수 있거나 벽을 통과할 수 있거나, 아니면 순간이동을 할 수 있는 거죠. 저는 순간이동을 한 거라고 확신해요. 위원회도 이들이 어디에 있는지 전혀 모르고 있군요." 캘빈이 TV를 가리켰다. 범죄자 수배 사진처럼 생긴 알타이르인들 사진이 '이런 외계인들을 보셨습니까?'라는 자막과 함께 화면에 떠 있었고, 사진 중간에 걸쳐 제보 전화번호가 적혀 있었다. "다행히 지난번에 식료품 가게에 갔을 때 먹을 걸 좀 사뒀어요. 그러면 공연들 사이에 장보러 갈 필요가 없거든요."

"맞다. 공연이랑 전국 합창제가 있었죠! 저는 까맣게 잊고 있었어요." 나는 죄책감에 사로잡혔다. "오늘 밤에 리허설에 가셔야 하는 거 아니에요?"

"취소했어요." 캘빈이 말했다. "필요하다면 내일 아침 리허설도 취소할 수 있어요. 합창제는 내일 밤에 있고요. 알아낼 시간은 충분해요."

나는 TV를 보며 생각했다. '저들이 먼저 우리를 찾아내지만 않는다면 말이지.' 그들은 쇼핑몰 식당가를 수색하고 있었다. 결국 그들이 어디서도 알타이르인들을 찾아내지 못하면 나도 보이지 않는다는 걸 알아차리고 우리를 찾기 시작할 것이다. 그리고 기자들은 레오와는 달리 그날 있었던 모든 일을 비디오테이프에 담았다. 만약 그들이 캘빈의 사진을 제보 전화번호와 함께 TV에 방송한다면 성가대 단원들이나 중학교 1학년짜리들 중 한 명이 전화해 그가 누군지 알려줄 게 뻔했다.

그것은 우리가 신속히 일해야 한다는 걸 의미했다. 나는 우리가 수집한 노래와 행동 목록을 집어 들고 캘빈에게 물었다. "어디부터 시작할까요?" 캘빈은 쌓여 있는 레코드판들을 살펴보던 중이었다.

"〈눈사람 프로스티〉는 빼죠." 캘빈이 말했다. "여기저기 쫓아다니는 건 못 참을 것 같아요."

"〈방황하며 생각했죠〉는 어때요?"

"무척이나 재밌군요." 캘빈이 말했다. "'무릎을 꿇다'에 반응했다니 거기부터 시작해보죠."

"좋아요." 우리는 알타이르인들에게 '너희 무릎을 꿇으라'와, '와서 무릎 꿇고 숭배하라', '몸을 낮추고'라는 구절들을 틀어줬는데, 그들은 어떤 구절에는 반응하면서도 또 어떤 구절에는 반응하지 않았다. 왜 그러는지는 알 수 없었다.

"〈저 들 밖에 한밤중에〉의 가사에 '매우 경건하게 무릎을 꿇었네'라는 부분이 있어요." 내가 말하자 캘빈이 노래를 찾기 위해 침실 쪽으로 갔다.

캘빈이 TV 앞을 지나다 걸음을 멈췄다. "와서 이것 좀 보시는 게 좋겠어요." 그리고 TV 볼륨을 높였다.

"기대했던 바와 달리, 알타이르인들은 쇼핑몰에 없었습니다." 모스맨 박사가 말하고 있었다. "그리고 위원회 일원인 멕 예이츠 또한 보이지 않는다는 것을 알게 됐습니다." 모스맨 박사와 기자 뒤로 음향실에서의 상황을 담은 비디오가 방송되고 있었고, 내가 모스맨 박사에게 음악을 끄라고 소리치는 모습이 보였다. 이제 곧 어떤 캐럴을 틀었냐고 따지는 캘빈의 모습이 화면에 나타날 것이다.

나는 휴대폰을 집어 들고 모스맨 박사에게 전화를 걸었다. 그들이 휴대폰 번호를 추적하지 못하기를, 그리고 TV에 나오는 중이기는 하지만 박사가 전화를 받기를 빌었다.

모스맨 박사가 전화를 받았다. 다행히 카메라가 박사를 클로즈업 한 덕에 비디오는 극히 일부분만 화면에 보였다. "지금 어디에서 전화하고 있는 건가?" 박사가 다그쳤다. "알타이르인들은 찾았나?"

"아니요." 내가 말했다. "하지만 그들이 어디에 있는지 알 것 같아요."

"어디지?" 모스맨 박사가 물었다.

"알타이르인들이 길을 잃고 헤매고 있을 것 같지는 않아요. 그 노래의 다른 가사에 반응하고 있다는 생각이 드네요. '쉬어라'나 어쩌면…"

"그럴 줄 알았어." 트레셔 목사가 모스맨 박사를 밀치고 앞으로 나오며 말했다. "알타이르인들은 '우리 구세주 그리스도께서 크리스마스에 태어나셨음을 기억하세요'에 반응하고 있었던 겁니다. 그래 맞아, 그들은 교회로 갔어요. 그들은 바로 지금 '유일한 진리의 길 대교회'에 있을 겁니다."

내가 생각했던 건 이게 아니었지만 TV에 캘빈의 사진이 나오는 것보다야 '유일한 진리의 길 대교회' 사진이 나오는 편이 훨씬 나았다. "적어도 2시간은 벌었네요. 그 교회는 저 아래쪽 콜로라도 스프링스에 있거든요." 나는 볼륨을 다시 줄이고 알타이르인들에게 노래를 틀어주며 그들의 반응과 무반응을 기록하는 일로 돌아갔다. 그런데 30분 후 캘빈이 루이 암스트롱 CD를 찾으러 침실로 들어가다가 TV 앞에서 다시 걸음을 멈추고 눈살을 찌푸렸다.

"무슨 일이에요?" 나는 무릎 위에 있던 악보 더미를 옆에 있는 소파 위에 내려놓고, 캘빈에게 가기 위해 알타이르인들의 곁을 옆걸음으로 지나갔다. "그들이 미끼를 물었나요?"

"네, 제대로 물었네요." 캘빈이 TV 볼륨을 높였다.

"저희는 알타이르인들이 베들레헴에 있다고 믿습니다." 모스맨 박사가 말하고 있었다. 박사는 덴버 국제공항의 출발 안내판 앞에 서 있었다.

"베들레헴?" 내가 말했다.

"가사에 '베들레헴'이 두 번이나 나와요." 캘빈이 말했다. "그들이 이스라엘로 가면 우리에게 시간 여유가 더 많아지겠네요."

"국제적 사건이 터지는 셈이기도 하죠." 내가 말했다. "그것도 중동에서요. 모스맨 박사에게 전화해야겠어요." 하지만 모스맨 박사는 휴대폰을 꺼놓은 모양이었다. 위원회 연구실도 연락되지 않았다.

"트레셔 목사에게 전화해봐요." TV 화면을 가리키며 캘빈이 말했다.

트레셔 목사는 기자들에 둘러싸여 자신의 렉서스에 올라타고 있었다. "저는 지금 알타이르인들에게 가는 길입니다. 그리고 오늘 밤 저희는 기도 예배를 열 것입니다. 여러분은 그들이 그리스도인으로서 신앙 간증을 하는 이야기와 처음 그들을 주님께 인도했던 크리스마스 캐럴을 부르는 걸 들으실 수…."

캘빈이 TV를 껐다. "베들레헴까지는 비행기로 16시간이나 걸려요." 캘빈은 격려하는 목소리로 말했다. "우리는 그 전에 분명 알아낼 겁니다."

전화벨이 울렸다. 캘빈이 나를 힐끗 쳐다보더니 전화를 받았다. "안녕하세요, 스타인버그 씨." 캘빈이 말했다. "제 메시지 못 받으셨어요? 오늘 밤 리허설은 취소했어요." 캘빈은 한참을 들었다. "12페이지 도입부가 걱정이시라면, 합창제 전에 다시 한 번 해볼게요." 이번에는 좀 더 오래 들었다. "잘 될 거예요. 늘 그렇잖아요."

나는 알타이르인의 퍼즐을 푸는 일도 그러길 바랐다. 그렇지 않는다면 우리는 납치 죄목으로 기소되거나 종교 전쟁을 불러일으키게 될 거다. 하지만 그 두 가지 모두, 트레셔 목사가 저들에게 '천천히 죽어가는'이나 '가시덤불이 땅을 뒤덮고'를 들려주는 것보단 나았다. 결국 우리가, 그것도 빨리, 알타이르인들이 무엇에 반응하고 있는지 알아내야 한다는 의미였다. 우리는 그들에게 돌리 파튼과 맨해튼 트랜스퍼와 톨레도의 바버샵 합창단과 딘 마틴의 노래들을 틀어줬다.

좋은 생각이 아니었다. 나는 지난 이틀 동안 거의 잠을 못 잔 탓에 처음 몇 마디가 시작되자마자 꾸벅꾸벅 졸기 시작했다. 똑바로 앉아서 알타이르인들에게 집중하려고 애써봤지만 소용없었다. 정신을 차려보니 내가 캘빈의 어깨에 머리를 기대고 있었고, 캘빈이 내게 묻고 있었다. "멕? 멕? 알타이르인들도 잠을 자나요?"

"잠이요?" 나는 자세를 바로 하고 눈을 비비며 말했다. "죄송해요. 깜빡 잠이 들었나 봐요. 지금이 몇 시죠?"

"4시 조금 지났어요."

"새벽이요?"

"네. 알타이르인들도 잠을 자나요?"

"적어도 위원회는 그렇다고 생각해요. 뇌파의 형태가 변하고 자극에 반응하지 않거든요. 그런데 문제는 그러고 나면 전혀 반응하지 않는다는 거예요."

"잠들었다는 사실을 알려주는 시각적 표시 같은 게 있나요? 눈을 감는다거나 자리에 눕지는 않나요?"

"아니요. 조금 처지긴 해요. 한동안 물을 주지 않은 꽃처럼요. 그리고 눈빛이 약간 약해지죠. 왜요?"

"시도해보고 싶은 게 있어서요. 다시 주무세요."

"아니에요, 괜찮아요." 나는 하품을 억지로 참으며 말했다. "자야 할 사람이 있다면 그건 바로 당신이죠. 지난 이틀간 저 때문에 한숨도 못 주무셨잖아요. 게다가 오늘 밤 그 합창제 지휘도 하셔야 하고요. 제가 할 테니 당신은 가서…."

캘빈이 고개를 가로저었다. "저는 아무렇지도 않아요. 말씀드렸잖아요. 저는 연말에는 잠을 안 자요."

"그럼, 당신이 시도해보고 싶은 계획이 뭔가요?"

"〈고요한 밤, 거룩한 밤〉 1절을 틀어보고 싶어요."

"'아기 잘도 잔다.'"

"맞아요. 다른 행위 동사가 없는 데다, 저에게 최소한 50가지의 〈고요한 밤, 거룩한 밤〉이 있거든요. 조니 캐시, 케이트 스미스, 브리트니 스피어스…."

"50가지를 다 틀어줄 만한 시간이 있을까요?" 내가 TV를 건너다보며 물었다. 둘로 나뉜 화면에는 이스라엘 지도와 유일한 진리의 길 대교회의 바깥 풍경이 나오고 있었다. 볼륨을 높이자 기자의 목소리가 들렸다. "안쪽에서는 수천 명의 신도가 알타이르인들이 나타나기를 기다리고 있습니다. 트레셔 목사는 그들이 이제 곧 언제라도 모습을 드러내리라 예상하고 있고, 뜨거운 열기 속에 계속되고 있는 24시간 철야 기도회는…."

나는 볼륨을 다시 줄였다. "시간은 충분하겠네요. 뭐라고 하셨죠?"

"〈고요한 밤, 거룩한 밤〉은 진 오트리, 마돈나, 벌 아이브스 등 모든 가수가 다 녹음했던 곡이에요. 다른 목소리, 다른 반주, 다른 키로요. 어떤 판에 저들이 반응하는지…."

"그리고 어떤 판에 반응하지 않는지 보면, 저들의 반응에 대한 단서를 얻게 될 수도 있겠네요." 내가 말했다.

"바로 그거예요." 캘빈이 CD 케이스를 열며 말했다. 그리고 CD를 플레이어에 넣은 뒤 4번 트랙을 틀었다. "자, 갑니다."

"고요한 밤, 거룩한 밤…." 엘비스 프레슬리의 목소리가 방 안을 가득 채웠다. 캘빈이 소파로 돌아와 내 곁에 앉았다. 엘비스의 노래가 '감사기도 드릴 때'란 대목에 이르렀을 때, 우리 둘 다 기대를 품고 알타이르인들을 쳐다보며 몸을 앞으로 기울였다. "아기 잘도 잔다…." 엘비스가 낮은 목소리로 부드럽게 노래했지만 알타이르인들은 여전히 뻣뻣하게 똑바로 서 있었다. '아기 잘도 잔다'가 반복되는 내내 그들은 줄곧 그렇게 있었다. 칩멍크 엘빈의 솔로에도. 셀린 디온에도.

"노려보는 눈초리가 약해지는 것 같진 않군요." 캘빈이 말했다. "굳이 변화를 찾으라면, 오히려 눈빛이 점점 더 무서워지는 것 같아요."

정말이었다. "차라리 주디 갈랜드를 틀어주시는 게 낫겠어요." 내가 말했다.

캘빈은 주디 갈랜드는 물론, 돌리 파튼과 해리 벨라폰테도 틀어줬다. "이 노래들에 전혀 반응하지 않으면 어쩌죠?" 내가 물었다.

"그럼 다른 걸 시도해봐야겠죠. 〈할머니가 순록에게 치었어요〉를 스물여섯 곡 가지고 있어요." 캘빈이 씩 웃어 보였다. "농담이에요. 하지만 〈내 사랑, 밖은 추워요〉는 아홉 곡 가지고 있지요."

"제2소프라노인 빨간 머리에게 쓰려던 거 아닌가요?"

"아니에요." 캘빈이 말했다. "헛. 제가 좋아하는 판이에요. 냇 킹 콜."

나는 입을 다물고 음악을 들으며 알타이르인들이 어떻게 잠을 참을 수 있는지 궁금해졌다. 냇 킹 콜의 목소리는 딘 마틴의 목소리보다 훨씬 더 나른했다. 나는 소파에 등을 기댔다. "고요한 밤 거룩한…."

또 잠이 들었나 보다. 정신을 차려보니 음악은 이미 멈췄고 밖은 대낮이었다. 시계를 봤다. 오후 2시. 알타이르인들은 그 자리에 그대로 서서 노려보고 있었고, 캘빈은 부엌 의자에 웅크리고 앉아서 턱을 손으로 받친 채 걱정스러운 표정으로 그들을 쳐다보고 있었다.

"무슨 일이 있었나요?" 나는 TV를 슬쩍 쳐다봤다. 트레셔 목사가 말하고 있었는데 '트레셔 목사, 은하 차원의 기독교 십자군 전쟁 개시'라는 자막이 떠 있었다. '중동 공습 시작'이라고 적혀 있지 않은 게 다행이었다.

캘빈이 천천히 고개를 흔들었다.

"〈고요한 밤, 거룩한 밤〉에는 전혀 반응이 없었나요?" 내가 물었다.

"있었지요." 캘빈이 말했다. "당신이 냇 킹 콜 노래에 반응했어요."

"알아요." 내가 말했다. "죄송해요. 알타이르인들은요? 〈고요한 밤, 거룩한 밤〉 노래들 중에 저들이 반응한 건 없었나요?"

"있었어요." 캘빈이 말했다. "딱 한 곡에 반응했어요."

"하지만 잘된 거 아니에요?" 내가 물었다. "이제 우리는 저들이 반응한 곡이 다른 곡들과 어떻게 다른지 분석할 수 있잖아요. 어떤 판이었어요?"

캘빈은 대답 대신 CD 플레이어로 걸어가 재생 버튼을 눌렀다. 콧소리를 잔뜩 내는 여성 합창단이 요란스러운 목소리로 힘차게 노래를 시작했다. "고요한 밤! 거룩한 밤!" 외치듯 노래하는 그들의 목소리가 쨍그랑거리고 달그락거리는 불협화음 위로 겹쳐 들렸다. "도대체 이게 뭐죠?" 내가 물었다.

"뮤지컬 〈42번가〉에 출연한 브로드웨이 합창단이 〈고요한 밤, 거룩한 밤〉을 부르면서 노래에 맞춰 탭댄스 하는 소리예요. 브로드웨이 크리스마스 자선사업을 위해 특별히 녹음했던 곡이죠."

나는 캘빈이 틀렸고 알타이르인들이 정말 잠이 든 건 아닐 거라 생각하면서 그들을 돌아봤는데, 그런 소음 속에서도 그들은 축 늘어진 채 머리가 거의 땅에 닿을 지경이었고 심지어 평화로워 보이기까지 했다. 노려보던 눈초리도 흐릿해져서, 주디스 고모가 완전히 경멸스러워 할 때의 눈빛에서 살짝 못마땅해할 때의 눈빛으로 약해져 있었다.

나는 〈42번가〉의 여성 합창단이 〈고요한 밤, 거룩한 밤〉을 힘차게 부르며 거기에 맞춰 탭댄스 하는 소리를 좀 더 들어봤다. "약간 끌리는데요?" 내가 말했다. "특히 '주의 부모 앉아서' 대목을 소리 질러 부를 때요."

"그렇죠?" 캘빈이 말했다. "우리 결혼식에서 틀면 좋겠네요. 알타이르인들이 취향 하나는 확실히 우리랑 비슷하군요. 하지만 그것 말고는, 이게 도대체 무슨 의미인지 모르겠어요."

"알타이르인들이 쇼에 나오는 곡들을 좋아한다는 것?"

"맙소사. 만약 그렇다면 트레서 목사가 무슨 짓을 할지 생각해보세요." 캘빈이 말했다. "그런데 저들은 〈앉아요, 배가 흔들리잖아요〉에는 반응하지 않았어요."

"맞아요. 하지만 〈메임〉에 나오는 노래에는 반응했죠."

"그리고 〈1776〉에 나오는 노래에는 반응했지만, 〈뮤직맨〉이나 〈렌트〉에는 반응하지 않았고요." 캘빈이 낙담한 목소리로 말했다. "결국 원점으로 돌아왔군요. 저들이 무엇에 반응하고 있는지 전혀 모르겠어요!"

"그러게요." 내가 말했다. "정말 죄송해요. 처음부터 당신을 이 일에 끌어들이는 게 아니었어요. 고통인지 뭔지를 지휘하셔야 하잖아요."

"합창제는 7시에 시작해요." 캘빈이 무더기로 쌓여 있는 레코드판들을 뒤지면서 말했다. "4시간은 더 일할 수 있다는 뜻이에요. 알타이르인들이 반응하는 〈고요한 밤, 거룩한 밤〉을 하나만 더 찾아낼 수 있다면 대관절 저들이 뭘 하고 있는지 밝혀낼 수 있을 텐데 말이죠. 제기랄, 〈스타워즈 크리스마스〉 앨범은 어디로 간 거지?"

"그만 해요." 내가 말했다. "이건 말도 안 돼요." 난 캘빈에게서 앨범들을 빼앗았다. "당신은 너무 지친 데다 큰일을 앞두고 있어요. 잠 한숨 자지 않고 그 많은 사람을 모두 지휘할 수 없다고요. 이건 천천히 해도 돼요."

"하지만…."

"한숨 자고 나면 머리가 더 잘 돌아가는 법이에요." 내가 단호하게 말했다. "자고 일어나면 해답이 분명하게 보일 거예요."

"그러지 않으면 어쩌죠?"

"그럼 당신은 가서 합창제를 지휘하고…."

"합창…." 캘빈이 생각에 잠겨 말했다.

"전국 합창제인지 고통과 고난인지 뭔지, 저는 여기 남아서 당신이 돌아올 때까지 알타이르인들에게 〈고요한 밤, 거룩한 밤〉을 더 들려줄게요. 그리고…."

"〈앉아라, 요한아〉는 합창단이 불렀어요." 캘빈이 축 늘어져 있는 알타이르인들을 바라보며 말했다. "〈목자들이 한밤중에〉도 그렇죠. 그리고 〈고요한 밤, 거룩한 밤〉 중에서 〈42번가〉에 나오는 곡만 솔로가 아니었어요." 캘빈이 두 손으로 내 어깨를 붙잡았다. "그 곡들 모두 합창이에요. 그래서 저들이 줄리 앤드루스가 부른 〈일어나라, 목자여, 그리고 따르라〉나, 스터비 케이가 부른 〈앉아요, 배가 흔들리잖아요〉에는 반응하지 않았던 거예요. 저들은 합창에만 반응하고 있어요."

내가 고개를 저었다. "〈깨어나라, 깨어나라. 졸고 있는 영혼들아〉를 잊으셨군요."

"아." 그가 고개를 떨구었다. "당신 말이 맞아요. 잠깐만요!" 그가 달려가 줄리 앤드루스의 CD를 가져오더니 플레이어 안에 집어넣었다. "제 기억으로 줄리 앤드루스가 노래를 시작한 다음 합창단이 들어갔어요. 들어보세요."

캘빈의 말이 맞았다. 합창단이 노래했다. "깨어나라, 깨어나라."

"당신이 쇼핑몰에서 가져온 CD에서 〈기쁘다 구주 오셨네〉는 누가 불렀죠?" 캘빈이 물었다.

"줄리 앤드루스 혼자 불렀어요." 내가 말했다. "그리고 브렌다 리가 〈크리스마스 트리에서 춤을 춰요〉를 불렀고요."

"조니 마티스가 〈영광 나라 천사들아〉를 불렀죠." 캘빈은 기쁜 목소리로 말했다. "하지만 〈하누카 송〉은요? 저들이 분명히 반응했잖아요. 그 노래는…." 캘빈이 CD 케이스를 보고 읽었다. "샬롬 싱어즈가 불렀네요. 이게 답인 게 확실해요." 캘빈은 다시 레코드판들을 훑어보기 시작했다.

"뭘 찾으세요?" 내가 물었다.

"모르몬교 성가대요." 캘빈이 말했다. "그들도 틀림없이 〈고요한 밤, 거룩한 밤〉을 녹음했을 거예요. 그걸 알타이르인들에게 틀어보죠. 만일 저들이 잠든다면 우리가 제대로 가고 있는지 알게 될 겁니다."

"하지만 이미 잠들었는걸요." 나는 일주일 지난 꽃꽂이용 꽃처럼 축 늘어진 그들을 가리켰다. "어떻게…?"

캘빈은 벌써 앨범들을 다시 뒤지고 있었다. 그러다 케임브리지 소년 합창단 앨범을 찾아 레코드판을 꺼낸 다음 혼잣말로 제목을 읽었다. "여기에 있었는데…. 그래, 여기 있군요." 캘빈이 레코드판을 틀자 감미로운 목소리의 소년 합창단이 노래를 시작했다. "믿는 자들아, 깨어나, 행복한 아침에 인사를 건네자."

알타이르인들이 즉시 곧게 일어서더니 우리를 노려봤다. "당신이 맞았어요." 내가 부드러운 목소리로 말했지만, 캘빈은 내 말을 듣고 있지 않았다. 캘빈은 레코드판을 턴테이블에서 들어 올리고는 또 중얼거리며 제목을 읽고 있었다. "자, 너희도 분명 〈고요한 밤, 거룩한 밤〉을 불렀을 거야. 〈고요한 밤, 거룩한 밤〉은 누구나 부른다고." 캘빈이 레코드판을 뒤집어 보더니 "그럼 그렇지." 캘빈은 레코드판을 턴테이블 위에 다시 올려놓았다. 그러고는 전문가다운 솜씨로 바늘을 내려놓았다. "감사기도 드릴 때…" 소년들이 천사와 같은 목소리로 노래를 불렀다. "…잘도 잔다."

알타이르인들은 '잔다'라는 단어가 끝나기도 전에 축 늘어졌다. "이거예요!" 내가 말했다. "이게 바로 공통분모였어요."

캘빈이 고개를 흔들었다. "우리에겐 더 많은 자료가 필요해요. 단순한 우연일 수도 있어요. 합창단이 부른 〈일어나라, 목자여, 그리고 따르라〉가 필요해요. 〈앉아요, 배가 흔들리잖아요〉도요. 〈아가씨와 건달들〉은 어디에 두셨어요?"

"하지만 그것은 솔로 곡이었잖아요."

"우리가 틀어주었던 첫 부분은 솔로였죠. 하지만 나중에 도박꾼 모두가 함께 노래를 불러요. 노래 전체를 틀어줘야 해요."

"하지만 틀어줄 수 없어요, 기억나세요?" 내가 CD를 넘겨주며 말했다. "너를 끌어내릴 거라는 구절이랑 물에 빠져 죽는 구절이 있다는 걸기억하세요. 도박과 음주는 말할 것도 없고요."

"아, 그렇죠." 캘빈이 말했다. 캘빈은 헤드폰을 쓰고 노래를 듣다가 헤드폰 플러그를 뽑았다. "앉으라고…." 남성 합창단이 힘찬 목소리로 노래를 부르자 알타이르인들이 앉았다.

우리는 합창으로 부르는 〈크리스마스에 내가 원하는 건 앞니 두 개뿐〉과 〈일어나라, 목자여, 그리고 따르라〉를 틀어줬다. 알타이르인들이 그 자리에 앉았다가 다시 일어섰다. 그들은 플레터스가 부르는 〈저 들 밖에 한밤중에〉에 무릎을 꿇었다. "당신 말이 맞았어요." 캘빈이 말했다. "이것이 바로 공통분모네요. 좋아요. 하지만 왜 이러는 걸까요?"

"저도 모르겠어요." 내가 인정했다. "어쩌면 합창단보다 적은 수가 부르는 것은 이해하지 못하는 걸 수도 있어요. 그렇다면 저들이 왜 여섯인지도 설명되겠네요. 어쩌면 저들 각자가 특정 주파수들만 듣는 건지도 모르죠. 개별적으로는 의미가 없지만 여섯이 모이면…."

캘빈은 고개를 가로저었다. "3인조 앤드루스 시스터즈를 잊고 있군요. 4인조 베어네이키드 레이디즈도요. 그리고 설령 저들이 합창이라는 측면에 반응하고 있다 해도, 그것으로는 저들이 지구에서 도대체 뭘 하는 건지 여전히 알 수가 없어요."

"그래도 이제 우리에게 말하도록 하는 방법은 알잖아요." 내가 《거룩하고 즐거운 크리스마스 노래집》을 손에 쥐며 말했다. "영어로 된 〈참 반가운 성도여〉 합창곡을 찾아주실 수 있으세요?"

"찾을 수 있을 거예요." 캘빈이 대답했다. "왜죠?"

"왜냐면 가사 중에 '우리는 그대를 환영합니다'라는 구절이 있거든요." 나는 〈기뻐하라 온 세상 만민들아〉의 가사를 손가락으로 훑어 내려가면서 말했다.

"〈파수꾼이여, 그날 밤에 대해 말해주오〉라는 노래도 있어요." 캘빈이 말했다. "〈큰 기쁨의 좋은 소식〉이라는 노래도 있고요. 그 노래 중 한 곡 정도엔 반응할 거예요."

하지만 알타이르인들은 반응하지 않았다. 피터, 폴 앤 메리가 그들에게 '가서 말하라'고 명령했지만(우리는 '산에서'라는 부분을 지워버렸다), 그들이 포크 음악을 좋아하지 않았거나 앤드루스 시스터즈의 경우가 요행이었던 모양이다.

아니면 우리가 너무 성급하게 결론을 내렸을 수도 있었다. 앤드루스 시스터즈가 불렀던 노래를 보스턴 코먼즈 합창단 곡으로 다시 시도해보았을 때 아무 반응이 없었다. '내가 말하는 동안'이 들어 있는 〈아름답게 장식하세〉와 '아무에게도 말해주지 마세요'가 들어 있는 〈명랑한 성 니콜라스 할아버지〉를 '마세요'를 뺀 나머지 부분만 틀어주었을 때도 마찬가지였다. 심지어 〈다정한 동물들〉에도 반응이 없었다. 1절부터 6절까지 가사 모두에 '말한다'가 들어 있는데도 말이다.

캘빈은 시제가 문제일지도 모른다며 '이야기'와 '이야기했다'가 들어 있는 〈꼬마 성 닉〉과 '이야기하고 있는'이 들어 있는 〈벨의 캐럴〉을 들려주었지만, 소용이 없었다. "어쩌면 단어가 문제인지도 몰라요." 내가 말했다. "저들이 '이야기하다'라는 단어를 모를 수도 있잖아요." 하지만 그들은 '말하다', '말하고 있다', '말했다', '메시지'나 '선언하다'에도 반응하지 않았다.

"우리가 세웠던 합창 이론이 틀린 게 분명해요." 캘빈은 그렇게 말했지만, 딱히 그런 것도 아니었다. 캘빈이 합창제를 위해 침실에서 턱시도를 입는 동안, 내가 베어네이키드 레이디스 CD에서 〈저 들 밖에 한밤중에〉와 〈지붕 위에서〉의 일부를 틀어주었는데, 그들은 정확한 대목에 이르러 무릎을 꿇거나 폴짝 뛰었다.

"어쩌면 저들이 지구가 체육관이고 지금은 체육 시간이라고 생각할지도 모르죠." 알타이르인들이 세인트폴 대성당 성가대의 〈12일간의 크리스마스)에 맞춰 껑충껑충 뛰고 있을 때, 캘빈이 거실로 들어오며 말했다. "'부르는'이라는 단어도 아무런 효과가 없나 보네요."

"네." 내가 캘빈의 나비넥타이를 매어주면서 말했다. "'나는 당신에게 아주 간단한 말을 하고 있는 거예요'도 효과가 없었어요. 음악이 아무런 영향도 주지 못한다는 생각은 안 해보셨어요? 그 가사들이 나올 때 저들이 그저 우연히 앉고 뛰고 무릎 꿇는 걸 수도 있잖아요."

"아니요." 캘빈이 말했다. "분명 연관이 있어요. 그렇지 않다면 우리가 아직도 알아내지 못했다는 사실에 저렇게까지 화를 내고 있지는 않겠죠."

캘빈의 말이 맞았다. 알타이르인들이 노려보는 눈빛은 한층 사나워졌고, 자세만 보아도 그들이 내뿜는 불만을 느낄 수 있었다.

"우리에겐 더 많은 자료가 필요해요. 그 방법밖에 없어요." 캘빈이 검은색 구두를 가지러 가며 말했다. "제가 돌아오자마자 함께…." 캘빈이 말을 멈췄다.

"무슨 일이에요?"

"이거 보시는 게 좋겠어요." 캘빈이 TV를 가리키며 말했다. 화면은 우주선의 모습을 보여주고 있었다. 모든 조명이 켜져 있고 측면 분사구들을 통해 분사 가스가 뿜어져 나오고 있었다. 캘빈이 리모컨을 들고 볼륨을 높였다.

"이제 알타이르인들은 우주선으로 돌아가 출발 준비를 하는 것으로 보입니다." 뉴스 진행자가 말했다. 나는 힐끗 알타이르인들을 쳐다봤다. 그들은 아직 거실에 서 있었다. "점화 장치 회전을 분석한 바에 의하면, 우주선은 6시간 안에 이륙할 것으로 보입니다."

"이제 어떡하죠?" 내가 캘빈에게 물었다.

"우리가 알아낼 거예요. 들으셨죠? 발사까지 6시간 남았어요."

"하지만 합창제는…."

캘빈이 나에게 코트를 건넸다. "이제 합창과 관련 있다는 사실을 알잖아요. 당신이 원하는 모든 종류의 합창곡이 저한테 다 있어요. 일단은 알

타이르인들을 컨벤션센터로 데려가면서 가는 길에 좋은 생각이 떠오르
길 바랍시다."

✳

가는 길에 좋은 생각 따위는 떠오르지 않았다. "아무래도 저들을 다시
우주선으로 데려다줘야 할까 봐요." 컨벤션센터 주차장으로 들어서며 내
가 말했다. "저 때문에 알타이르인들이 지구에 남겨지기라도 하면 어떡
해요."

그러자 캘빈이 말했다. "알타이르인들은 E.T.가 아니에요."

나는 직원용 출입구에 주차한 뒤, 차에서 내려 승합차의 뒷문을 밀어
서 열기 시작했다. "아니요, 일단 승합차에 남겨두죠." 캘빈이 말했다.
"데리고 들어가기 전에 먼저 저들을 놔둘 만한 곳을 찾아야 해요. 차 문
을 잠가요."

그게 무슨 소용일지 의문스럽긴 했지만, 나는 차 문을 잠그고 캘빈을
따라 '합창단 전용'이라고 적힌 옆문을 통해 '성 베드로 소년 합창단',
'빨간 모자 합창단', '덴버 게이 남성 합창단', '스윗 아델린즈 쇼 합창단',
'마일하이 재즈 싱어즈'라고 적힌 문들이 줄줄이 있는 미로 같은 통로를
걸어갔다. 건물 앞쪽은 왁자지껄했다. 중앙 복도를 지나자 금색과 초록
색과 검은색 합창복을 입은 사람들이 서로 이야기하며 서성거리는 게 보
였다.

캘빈은 몇 개의 문들을 하나씩 열어보고, 방 안에 슬쩍 들어가 문을
닫았다가 고개를 가로저으며 다시 모습을 드러냈다. "알타이르인들이
〈메시아〉를 들으면 안 되는데, 여기서는 객석의 소음까지 다 들려요." 캘
빈이 말했다. "방음 장치가 된 곳이 필요해요."

"아니면 더 멀리 있거나요." 나는 그렇게 말하고 통로를 따라 내려가
옆으로 난 복도 쪽으로 방향을 틀었다. 그때 회의실에서 나오던 캘빈의
중학교 1학년짜리들과 정면으로 마주쳤다. 칼슨 부인이 여자애들을 녹화

하고 있었고 다른 엄마는 여자애들을 입장시키기 위해 줄 세우려 애쓰는 중이었는데, 아이들은 보자마자 캘빈을 둘러싸고 떠들었다. "레드베터 선생님, 어디 계셨어요? 안 오시는 줄 알았어요.", "레드베터 선생님, 칼슨 부인이 저희더러 휴대폰 끄라고 하셨는데 그냥 진동으로 해 놓으면 안 될까요?", "레드베터 선생님, 셸비랑 저랑 같이 입장해야 하는데, 셸비는 대니카랑 같이 가고 싶대요."

캘빈은 아이들의 말을 무시했다. "캐니샤, 안에서 의상 입을 때 다른 합창단 리허설 소리 들렸니?"

"왜요?" 벨린다가 물었다. "우리가 입장 순서를 놓쳤나요?"

"들렸니, 캐니샤?" 캘빈이 재차 물었다.

"조금이요." 캐니샤가 말했다.

"그럼 안 되겠네요." 캘빈이 내게 말했다. "제가 맨 끝에 있는 방을 확인해볼게요. 여기서 기다려요." 그리고는 전속력으로 복도를 달려갔다.

"그날 쇼핑몰에 있던 언니 맞죠?" 벨린다가 나에게 따지듯 물었다. "레드베터 선생님이랑 같이 사라지신 거 맞죠?"

알타이르인들이 지구에서 뭘 하고 있는지 알아내지 못하면, 우리 모두 다 같이 펑 소리와 함께 사라질지도 모른다. "아니야." 내가 대답했다.

"둘이 잤어요?" 첼시가 물었다.

"첼시!" 칼슨 부인이 충격을 받은 듯 소리쳤다.

"그런 거예요?"

"너희, 줄 서야 하는 거 아니니?" 내가 물었다.

캘빈이 전력 질주해서 돌아왔다. "괜찮을 것 같아요." 캘빈이 내게 말했다. "방음이 꽤 잘 되는 것 같네요."

"왜 방음이 되어야 해요?" 첼시가 물었다.

"그래야 섹스할 때 아무도 못 듣지." 벨린다가 말하자 첼시가 키스 소리를 흉내 냈다.

"아가씨들, 입장할 시간이야." 캘빈이 그 합창단 지휘자 톤으로 말했다.

"줄 서!" 캘빈은 정말 대단했다. 아이들이 즉시 두 명씩 짝을 지어 한 줄로 서기 시작했다.

"모두 강당으로 들어갈 때까지 기다리세요." 캘빈이 나를 옆으로 잡아당기며 말했다. "그 뒤 알타이르인들을 데려와 방 안에 집어넣으세요. 그들이 방으로 들어갈 동안 음악을 듣지 못하도록 제가 오케스트라와 조직위원회를 소개하고 있을게요. 방 안에 아무도 들어오지 못하게 문을 막을 만한 탁자가 있어요."

"하지만 알타이르인들이 떠나려고 하면 어쩌죠?" 내가 물었다. "탁자로는 그들을 막을 수 없어요. 아시잖아요."

"제 휴대폰으로 전화해요. 관객들에게는 소방훈련이나, 뭐 그런 게 있다고 말할게요. 아시겠죠? 최대한 빨리 끝낼게요." 캘빈이 씩 웃었다. "〈12일간의 크리스마스〉만큼 오래 걸리진 않을 거예요. 걱정하지 말아요, 멕. 우리가 밝혀낼 거예요."

"내가 말했잖아. 레드베터 선생님 여자친구라니까."

"정말이에요, 선생님?"

"갑시다, 아가씨들." 캘빈은 여자애들을 데리고 복도를 따라 걸어가 강당 안으로 들어갔다. 마지막으로 꾸물거리며 들어간 아이들 뒤로 강당 문이 닫히자마자 휴대폰이 울려대기 시작했다. 모스맨 박사였다. "수색을 중단하게. 알타이르인들은 우주선 안에 있어." 박사가 말했다.

"어떻게 아세요? 그들을 보셨어요?" '알타이르인들을 차에 남겨두는 게 아니었어.' 나는 그렇게 생각하며 물었다.

"아니네. 하지만 우주선이 점화 과정을 시작했는데, NASA가 앞서 예측했던 것보다 훨씬 빨리 움직이고 있어. 이제 이륙까지는 4시간도 채 남지 않았다고 하는군. 자네는 어디 있나?"

"돌아가는 중이에요." 나는 휴대폰 너머로 내가 주차장으로 뛰어가 승합차를 여는 소리가 들리지 않게 하려고 무척 조심했다. 다행히 승합차는 아직 그 자리에 그대로 있었다.

"그럼 어서 서두르게." 모스맨 박사가 날카롭게 말했다. "여기 보도진들이 있네. 정확히 어떻게 알타이르인들을 탈출시켰는지 자네가 설명해야 할 거야." 나는 승합차의 문을 열었다.

알타이르인들이 안에 없었다.

아, 안 돼. "이 사태에 대한 모든 책임을 자네에게 물을 걸세." 모스맨 박사가 말했다. "만일 국제적인 파문이라도 일게 된다면…."

"최대한 빨리 그쪽으로 가겠습니다." 나는 전화를 끊고, 운전석 쪽으로 달려가려 몸을 돌렸다.

그리고는 알타이르인들과 충돌했다. 보아하니 그들은 그동안 계속 내 뒤에 서 있었던 모양이었다. "이런 식으로 사람 놀라게 하지 마요." 내가 말했다. "이제 이쪽으로 오세요." 난 그들을 이끌고 컨벤션센터로 재빨리 들어가서 닫혀 있는 강당 문을 지나 긴 복도를 따라서 캘빈이 알려주었던 방으로 들어갔다. 강당을 지날 때 말소리가 들리긴 했지만, 천만다행으로 노랫소리는 들리지 않았다.

방은 캘빈이 말해줬던 탁자를 제외하곤 텅 비어 있었다. 나는 알타이르인들을 방 안쪽으로 몰아넣은 뒤, 탁자를 옆으로 눕혀 문 쪽으로 밀어서 손잡이 밑에 억지로 끼워 넣었다. 그리고는 문에 귀를 대고 강당에서 무슨 소리가 나는지 들어봤다. 캘빈의 말이 맞았다. 지금쯤이면 분명 합창제가 시작되었을 텐데 아무 소리도 들리지 않았다.

자, 이제 어떡하지? 우주선이 이륙하기까지 4시간밖에 남지 않은 상황에서, 일분일초도 낭비할 수 없었다. 하지만 방 안에는 내가 사용할 수 있는 거라곤 아무것도 없었다. 피아노도, CD 플레이어도, 레코드판들도 없었다. 중학교 1학년 아이들의 분장실을 이용하는 게 좋았을 거라는 생각이 들었다. 아이들에겐 적어도 아이팟이나 뭐 그런 비슷한 것들이 있었을 것이다.

하지만, 설령 내가 알타이르인들에게 합창단이 부른 크리스마스 캐럴을 수백 곡 틀어주고 그들이 그 모든 합창곡에 반응한다 해도(절을 하고,

아름답게 장식하고, 한 마리의 말이 끄는 썰매를 타고 눈 속을 달리고, 저 멀리 있는 별을 쫓는다 해도) 왜 그들이 지구에 왔는지, 왜 떠나기로 했는지 여전히 알 수 없을 것이다. 알타이르인들이 〈42번가〉의 합창단이 시끄러운 탭댄스를 추면서 부른 '천상의 평화 속에 잠자네'를 왜 지시로 받아들였는지도, 그들이 '자다', '앉아', '빙빙 돌다', '깜빡이다'와 같은 단어들의 의미를 알긴 했는지도, 우리는 알아내지 못할 것이다.

캘빈은 알타이르인들이 두 명 이상이 부르는 노래의 가사만 이해할 수 있을 거로 추측했지만, 그럴 리가 없었다. 누구든 어떤 단어를 처음 들으면 그게 무슨 뜻인지 알 수 없다. 알타이르인들은 '모두가 땅에 앉아 있었는데'라는 말을 쇼핑몰에 갔던 그 날 처음으로 들었다. 그 단어들이 무슨 뜻인지 알고 있었으려면 그 전에 그 단어를 들어봤다는 의미인데, 그렇다면 그 단어를 노래가 아닌 말로 들을 수밖에 없다. 그 말은, 즉 그들이 노래로 나온 단어는 물론 말로 들은 단어도 이해할 수 있다는 것을 의미한다.

나는 쇼트 박사가 알타이르인들에게 준 로제타 스톤과 사전이 떠올라서, 그들이 단어들을 그 전에 읽어봤을 수도 있겠다는 생각이 들었다. 하지만 저들이 어찌어찌 독학으로 영어를 읽을 수 있게 됐다 하더라도, 발음하는 법을 알 수는 없다. 그러니 단어를 말로 들어도 그게 무슨 단어인지 알지 못했을 것이다. 저들이 어떤 단어인지 알아들을 수 있으려면 말로 하는 단어를 들어보는 방법밖에 없다. 그 말은, 알타이르인들이 지난 9개월 동안 우리가 했던 모든 말을 듣고 이해했다는 걸 의미했다. 캘빈과 내가, 저들이 아기들을 살해하고 이 행성을 파괴할지도 모른다고 이야기 했던 것까지 포함해서 말이다. 그러니 알타이르인들이 떠나려고 할만도 했다.

하지만 그들이 우리의 말을 이해했다면, 그것은 둘 중 하나를 의미했다. 그들은 우리와 말하고 싶지 않거나, 말을 할 수 없는 거다. 그들이 자리에 앉는 등 여러 반응을 보였던 건 몸짓으로 대화하려는 시도가 아니었을까?

아니, 그럴 리도 없었다. 그랬다면 벌써 수개월 전에 '앉다'라는 단어를 들었을 때 알타이르인들은 그 말에 반응해 행동을 보였을 것이다. 그리고 그들이 소통하기 위해 노력하고 있다면, 그저 거기 가만히 서서 '우리는 지금 기분이 좋지 않다'는 식으로 노려보는 대신, 캘빈과 내가 맞는 길로 (혹은 틀린 길로) 가고 있는지 암시라도 주지 않았을까? 게다가 나는 단 한 순간도 그 표정이 그들이 지닌 우연한 특성이라고는 믿지 않았다. 못마땅한 표정인지 아닌지는 보면 알 수 있다. 너무나도 여러 해 동안 주디스 고모를 봐온 탓에 모를 수가….

주디스 고모. 나는 호주머니에서 휴대폰을 꺼내 트레이시 언니에게 전화했다. 언니가 전화를 받자 내가 말했다. "언니, 주디스 고모에 대해 기억나는 대로 다 말해 줘."

"고모에게 무슨 일이라도 생겼어?" 언니가 놀란 목소리로 말했다. "지난주에 내가 고모랑 이야기했을 때만 해도…."

"지난주?" 내가 말했다. "주디스 고모가 아직 살아 계신단 말이야?"

"글쎄, 지난주에 점심 같이 먹었을 땐 살아 계셨지."

"점심? 주디스 고모랑? 지금 같은 사람 이야기하고 있는 거 맞아? 아빠의 주디스 고모? 고르곤가의?"

"맞긴 한데, 성이 고르곤은 아니야. 고모도 알고 보면 무척 좋은 사람이지."

"주디스 고모가?" 내가 말했다. "항상 모두를 못마땅하단 눈초리로 노려봤던 그 고모가?"

"맞아, 지난 몇 년 동안 나를 노려본 적은 없지만 말이야. 내가 말했잖니, 고모도 막상 알고 보면…."

"언니가 정확히 어떻게 했길래 고모랑 가까워질 수 있었어?"

"생일 선물을 보내주시길래 감사하다고 했지."

"그리고…?" 내가 말했다. "그게 전부일 리가 없어. 엄만 늘 우리 둘에게 고모한테 선물에 대한 감사의 말을 상냥히 하라고 시켰었잖아."

"알아. 하지만 그건 예법에 맞지 않아. '곧장 감사의 손편지를 쓰는 것만이 예절에 맞는 감사의 형태지.'" 트레이시 언니가 말했다. 고모의 말을 인용한 게 확실했다. "내가 고등학생 때 수업 시간에 감사 편지 쓰기를 했었어. 그때 마침 고모가 내게 1달러가 든 생일카드를 보내셨길래 고모에게 감사 편지를 썼어. 그런데 다음 날 고모가 내게 전화를 걸어 일장연설을 하시는 거야. 바른 예절이 얼마나 중요한지, 더 이상 아무도 가장 기본적인 예절 규범조차 지키지 않는다는 게 얼마나 충격적인지, 그리고 적어도 어린애 하나는 제대로 처신하는 법을 안다는 걸 보게 되어서 얼마나 기쁜지, 그런 이야기들이었지. 그리고 나서 나한테 〈레미제라블〉을 같이 보러 가고 싶냐고 물어보시는 거야. 그래서 난 고모께 에밀리 포스트*가 쓴 책 한 권을 사드렸어. 그때 이후로 우리는 정말 사이좋게 지냈어. 에반과 내가 결혼할 땐 고모가 순은으로 된 생선 뒤집개도 보내주셨어."

"언니가 고모에게 감사의 손편지를 보내서 그랬다고?" 내가 멍하니 말했다. 주디스 고모가 노려봤었던 이유는 우리가 천박하고 예의가 없었기 때문이었다. 그래서 알타이르인들이 저렇게 못마땅해 보이는 걸까? 우리가 감사의 손편지 같은 거라도 보내길 기다리고 있는 건가?

만일 그게 이유라면 우리는 망했다. 예절 규범은 비논리적이고 문화적인 특성이 강하기로 악명이 높은데, 우리가 상담할 수 있는 은하계 차원의 에밀리 포스트는 존재하지 않기 때문이었다. 그리고 맙소사, 이륙까지는 이제 2시간도 채 남지 않았다.

"고모가 언니한테 전화했던 그 날 고모가 정확하게 무슨 이야길 했는지 말해줘." 나는 어쩌면 고모가 실마리가 될 수 있을지도 모른다는 생각을 버리고 싶지 않았다.

"8년 전 일이라…."

---

* 에티켓에 관한 책들로 유명한 미국 작가

"나도 알아. 그래도 기억을 좀 해봐."

"그러지 뭐…. 고모는 많은 이야기를 하셨어. 장갑이며, 노동절 다음 날 흰 구두를 신어선 안 된다는 거며, 앉을 때 다리를 꼬면 안 된다는 이야기들이었지. '가정교육을 제대로 받은 숙녀들은 양 발목이 겹치게 앉는 법이야.'"

알타이르인들이 쇼핑몰에서 앉았던 게, 혹시 바르게 앉는 방법을 보여주려는 예절 수업이었을까? 그랬을 리가 없다. 하지만 주디스 고모는 특정 날짜에 잘못된 색의 신발을 신었다는 이유로 사람들과 말하길 거부했었다.

"…그리고 고모는, 내가 결혼할 때 돋을새김으로 인쇄된 초대장을 보내드려야 한다고 말씀하셨어." 트레이시 언니가 말했다. "그래서 그렇게 했지. 내 생각엔 그래서 고모가 우리에게 생선 뒤집개를 주신 것 같아."

"생선 뒤집개 따위엔 관심 없어. 고모는 언니가 보낸 감사 편지에 대해 뭐라고 하셨어?"

"고모는 '이제야 제대로 하는구나, 트레이시. 나는 너희 집안사람 중에 문명인다운 태도를 보여줄 사람이 과연 있을지 거의 희망을 접을 뻔했단다'라고 하셨어."

문명인다운 태도. 바로 그거였다. 알타이르인들은, 우리 집 거실에 앉아 우리를 노려봤던 주디스 고모처럼, 우리가 문명인이라는 표시를 보이길 기다리고 있었던 것이다. 그리고 노래가(정확히 말해서 합창이) 바로 그 표시였다. 그런데 합창은 흰색 구두나 돋을새김으로 인쇄된 초대장처럼 임의적인 예절 규범일까, 아니면 다른 무언가를 상징하는 걸까? 나는 캘빈이 수다 떠는 중학교 1학년 아이들에게 줄을 서라고 하자, 떼 지어 키득거리며 무질서하게 우왕좌왕했던 여자애들이 질서정연하고 근사한 태도로 문명인답게 줄 섰던 일을 떠올렸다.

이제야 알 것 같았다. 알타이르인들이 지금껏 기다린 것은 문명화된 태도를 나타내는 징후였다. 그리고 그들은 지구에서 지낸 9개월 동안 그런 징후를 거의 보지 못했다. 위원회는 비조직적이었고 위원들은 계속해서 일을 그만뒀으며, 그나마 남은 위원들은 남의 말을 전혀 듣지 않았다. 그 끔찍했던 성가대 리허설에서 베이스는 도입부조차 제대로 해내지 못했고, 쇼핑몰 안의 쇼핑객들은 소리 지르는 아이들을 끌고 다니며 어쩔 줄 몰라 했다. 알타이르인들은 뮤직에서 합창단이 부르는 〈목자들이 한밤중에〉를 들었을 때, 우리가 결국에는 서로 어울려 살아갈 수 있으리라는 가능성을 처음으로 보았을지(정확히 말해서 들었을지도) 모른다.

알타이르인들이 쇼핑몰 한가운데에서 그 자리에 앉아버린 것도 놀랄 일이 아니었다. 주디스 고모처럼 그들도 "이제야 제대로 하는구나!"라고 생각한 게 분명했다. 하지만 그렇다면 왜 그들은 우리에게 전화를 한다거나, 함께 〈레미제라블〉을 보러 가자고 하는 것 같은 행동을 하지 않았던 걸까?

어쩌면 자기들이 본 것이(정확히 말해서 들은 것이) 자기들이 생각한 바로 그 징후라는 확신이 들지 않았을지도 모른다. 그들은 사람들이 노래하는 모습을 본 적이 없었다. 캘빈과 그 한심한 베이스 단원들은 빼고 말이다. 그들은 우리가 조화를 이루며 아름답게 노래할 수 있다는 징후를 본 적이 없었다.

하지만 〈목자들이 한밤중에〉가 그들에게 어쩌면 그것이 가능할지도 모른다는 생각을 하게 하였고, 바로 그런 이유에서 우리를 졸졸 따라다니며 우리가 그들에게 합창을 들려줄 때마다 앉고 잠들고 길을 잃었다. 우리가 그 단서를 알아채길 바라며. 그리고 더 많은 증거를 볼 수 있길 바라며.

그렇다면 우리는 이 방음실에 있을 게 아니라 강당에 가서 합창제를 들어야 했다. 특히 우주선이 이륙 준비를 하고 있다는 사실은, 그들이 포기하고 결국 자신들이 오해했던 거라고 결정했다는 의미이기 때문이다. "이쪽으로 와요." 내가 알타이르인들에게 말하며 자리에서 일어섰다. "당신들에게 보여줄 것이 있어요." 나는 탁자를 밀치고 문을 열었다.

문 앞에 캘빈이 있었다. "아, 잘됐네요. 여기 있었군요." 내가 말했다. "제가…. 그런데 지금 지휘하고 있어야 하는 거 아니에요?"

"당신에게 해야 할 말이 있어서 휴식 시간을 공지했어요. 제가 알아낸 것 같아요. 알타이르인들이 무엇에 반응해왔는지." 캘빈이 내 팔을 붙들고 말했다. "저들이 왜 크리스마스 노래들에 반응했는지 말이에요. 〈난롯불에 알밤을 구우며〉를 지휘하는 동안 생각해봤어요. 거의 모든 크리스마스 노래들에 공통으로 나오는 게 뭔지 아세요?"

"모르겠네요." 내가 말했다. "알밤? 산타클로스? 종소리?"

"비슷해요." 캘빈이 말했다. "합창이에요."

합창이라고? "저들이 합창단이 부르는 노래에 반응한다는 건 이미 알고 있잖아요." 나는 혼란스러웠다.

"단지 합창단이 부른 노래가 아니었어요. 합창에 대한 노래들이었어요. 천사 합창단과 어린이 합창단, 크리스마스에 집집마다 돌아다니며 찬송가를 부르는 사람들이 하프를 뜯으며 합창을 한다는 노래들이었다고요!" 캘빈이 말했다. "〈천사들의 노래가〉에 나오는 천사들은 들판 위에서 달콤하게 노래를 해요. 〈그 맑고 환한 밤중에〉에서는 온 세상이 그들의 노래에 화답하고 있고요. 그것들 모두 노래에 관한 노래였어요." 캘빈이 흥분하며 말했다. "'저 영광된 옛 노래가', '천사들이 달콤한 성가로 인사하는'. 자, 보세요." 캘빈은 구절들을 가리키며 악보를 휙휙 넘겼다. "'오, 천사들의 목소리를 들으라', '옛사람들이 노래했던 것처럼', '목자들이 지켜주고 천사들이 노래해주던', '사람들로 하여금 힘껏 노래하게 하라.' 랜디 트래비스, 퍼너츠 키즈, 폴 매카트니가 부른 노래들과 영화 〈그린치〉에 나오는 노래들에도 합창에 대한 언급이 있어요. 〈목자들이 한밤중에〉가 합창이었기 때문만은 아니었던 거죠. 그 노래가 합창단이 노래하는 것에 대한 노래였기 때문이었어요. 합창하는 것만 중요한 게 아니었어요. 무엇을 노래하는지도 중요했어요." 캘빈은 마지막 절을 가리키며 내 앞으로 악보를 내밀었다. "'이제 하늘로부터 인간에게 온정이 있을

지니.' 이것이 바로 저들이 우리에게 전하려고 했던 것입니다."

내가 고개를 가로저었다. "아니에요. 저들은 이것을 우리가 자기들에게 전해주길 기다려왔어요. 주디스 고모가 그랬듯이요."

"주디스 고모요?"

"나중에 설명해드릴게요. 지금 당장은 저들에게 우리가 문명인이라는 사실을 증명해야 해요. 알타이르인들이 떠나버리기 전에요."

"그걸 어떻게 하죠?"

"우리가 노래를 불러주는 거예요. 아니, 차라리, '전국 초교파 합창단'이 불러주는 편이 낫겠네요."

"무슨 노래를 불러야 하죠?"

그게 중요한 것 같진 않았다. 그들이 찾고 있는 것은, 우리가 서로 협력해서 함께 조화롭게 일할 수 있는 존재라는 증거였고, 그렇다면 〈멜레 칼리키마카〉*도 〈평화의 캐럴〉만큼이나 효과가 있을 거라고 나는 확신했다. 하지만 할 수 있는 한 상황을 확실히 처리한다고 해서 나쁠 건 없었다. 트레셔 목사가 은하계 십자군 전쟁을 위한 무기로 사용할 수 없는 노래라면 더더욱 좋을 것이다.

"알타이르인들에게 우리가 문명화된 종족이라는 확신을 심어줄 그런 노래를 불러야 해요." 내가 말했다. "온정과 평화를 전하는 노래요. 특히 평화. 그리고 되도록 종교적인 노래는 빼죠."

"곡을 쓸 수 있는 시간이 얼마나 있죠?" 캘빈이 물었다. "복사도 해야 할 텐데…."

그때 내 휴대폰이 울렸다. 휴대폰 액정을 보니 모스맨 박사에게서 온 전화였다. "잠깐만요. 잠깐이면 될 거예요." 나는 통화 버튼을 눌렀다. "여보세요?"

"도대체 어디 있는 건가?" 모스맨 박사가 소리쳤다. "우주선이 최종

---

* 하와이풍의 크리스마스 캐럴. 하와이어로 메리 크리스마스를 뜻한다.

점화 회전을 시작하고 있단 말일세."

나는 몸을 돌려 알타이르인들이 아직 그 자리에 있는지 확인했다. 고 맙게도 그들은 아직 그곳에서 나를 노려보고 있었다. "최종 점화 회전은 얼마나 걸리죠?" 내가 물었다.

"그야 아무도 모르지." 모스맨 박사가 말했다. "길어봐야 10분일 걸 세. 자네, 지금 당장 여기로 오지 않으면…."

나는 전화를 끊었다.

"자, 그래서요?" 캘빈이 말했다. "시간이 얼마나 있죠?"

"없어요." 내가 말했다.

"그렇다면 이미 가지고 있는 곡을 사용해야겠군요." 캘빈이 낱장으로 된 악보들을 휙휙 넘기며 말했다. "그리고 사람들이 화음을 알고 있는 노 래여야 해요. 문명화된… 문명화된… 제 생각에는…." 그가 찾던 곡을 발 견하고 훑어봤다. "…그래요, 단어 몇 개만 바꾸면 이 노래가 좋을 것 같 네요. 알타이르인들이 라틴어를 이해할까요?"

"저는 충분히 가능하다고 봐요."

"그럼 첫 번째 두 줄만 하지요. 5분만 기다려주시면…."

"5분이나…?"

"그래야 제가 무엇이 바뀌었는지 모두에게 간단히 설명해줄 수 있어 요. 그 뒤에 알타이르인들을 데리고 들어오세요."

"좋아요." 내가 말했다. 그가 강당으로 달려갔다.

✳

알타이르인들과 내가 양쪽으로 여는 문을 통해 강당으로 들어가자 관 객들이 기대에 차 웅성거렸다. 무대를 빙 둘러 배치된 합창단들의 대열, 그 적갈색과 금색과 초록색과 보라색 합창복들의 바다가 음악 소리 너머 로 서로 속삭이기 시작했다.

캘빈이 이제 막 설명을 마친 모양이었다. 합창단들과 관객들 일부가 분주히 악보에 적고, 연필을 건네고, 서로에게 질문하는 중이었다. 무대 한쪽에서는 오케스트라가 끽끽거리는 소리와 뚜뚜거리는 소리, 떠들썩하게 지껄이는 소리들로 어수선한 불협화음 속에서 연주 준비를 하고 있었다.

다른 한쪽에서는 마일하이 여성 코러스의 소프라노 단원들이 알토 단원들에게 전날 밤 내가 리허설을 방해했던 일을 들려주고 있는 눈치였다. 그들이 일제히 고개를 돌려 나를 노려보았다. "우리가 알고 있는 가사로 노래할 수 없다니 어처구니가 없네." 장갑을 끼고 베일이 달린 모자를 쓴 나이 든 여성이 동료 단원에게 말했다.

동료가 고개를 끄덕였다. "그러게나 말이에요. 이 초교파인지 뭔지가 도를 넘어선 것 같아요. 인간들이야 그렇다 치고, 외계인이라니!"

나는 다른 아이들의 의자 너머로 몸을 기대어 깔깔대고 껌을 씹고 있는 캘빈의 중학교 1학년짜리 여자애들을 보면서 생각했다. '이건 절대로 성공하지 못할 거야.' 벨린다는 휴대폰으로 누군가에게 문자를 보내는 중이었고, 캐니샤는 아이팟으로 음악을 듣고 있었다. 첼시가 손을 번쩍 들어 큰 소리로 외쳤다. "레드베터 선생님! 선생님! 셸비가 제 악보를 뺏어갔어요."

오케스트라 쪽에서는 타악기 연주자가 요란한 소리를 내며 심벌즈 연습을 하고 있었다. '가망이 없어.' 나는 노려보고 있는 알타이르인들을 건너다보며 그렇게 생각했다. 문명화는 고사하고, 우리가 지각이 있는 종족이라는 확신조차 심어줄 수 없을 것이다.

내 휴대폰이 울렸다. 망했군. 휴대폰 벨 소리가 최후의 한 방을 날렸다. 더듬더듬 휴대폰을 꺼내 들었다. 이제는 모든 사람이, 하다못해 심벌즈 연주자까지도 나를 노려봤다. "저렇게 예의가 없을 수가!" 흰 장갑을 낀 나이 든 여성이 말했다.

"우주선이 방금 카운트다운을 시작했어!" 모스맨 박사가 내 귀에 대고 소리소리 질렀다.

나는 '종료' 버튼을 누르고 휴대폰을 꺼버렸다. "서둘러요." 내가 캘빈에게 소리 없이 입 모양으로 말하자, 캘빈이 고개를 끄덕이고 연단 위로 올라갔다.

캘빈이 지휘봉으로 보면대를 두드리자 강당 전체가 조용해졌다. "〈참 반가운 성도여〉." 모두가 자기의 악보를 펼쳤다.

"〈참 반가운 성도여〉라니?" 저 사람이 도대체 뭘 하는 거지? 우리에게 필요한 건 '믿음이 충만한 자여, 다 이리 오라'가 아니라고. 나는 머릿속으로 가사를 훑어 내려갔다. '베들레헴으로 오라… 가서 우리가 그를 경배케 하라….' 안 돼, 안 돼, 종교적인 것은 안 된다고!

하지만 너무 늦었다. 캘빈이 손바닥이 위로 향하게 손을 펼쳐서 양손을 들어 올리자 모두 자리에서 일어났다. 그리고 캘빈이 오케스트라를 향해 고개를 끄덕이자 오케스트라가 〈참 반가운 성도여〉의 도입부를 연주하기 시작했다.

나는 고개를 돌려 알타이르인들을 바라봤다. 그들은 평소보다도 훨씬 더 비난하는 눈초리로 노려보고 있었다. 나는 그들과 문 사이로 자리를 옮겼다.

오케스트라의 연주가 도입부 끝부분에 다다르고 있었다. 캘빈이 나를 힐끗 쳐다봤다. 나는 격려의 뜻으로 보이길 바라며, 미소를 짓고 손가락으로 행운의 표시를 해 보였다. 캘빈은 고개를 끄덕이더니, 다시 지휘봉을 들어 올렸다가 아래로 내렸다.

"합창제에 가보신 적 있으세요?" 캘빈이 물었었다. "꽤 감동적입니다."

사실이었다. 강당에는 족히 4천 명가량의 사람이 있었는데, 그들 모두 완벽한 화음을 이루며 노래를 불렀다. 설령 그들이 〈칩멍크 송〉을 부르더라도 여전히 장엄했을 것이다. 하지만 캘빈과 내가 알타이르인들에게 지시할 가사를 써서 사람들이 바로 그 가사를 불렀다면 그보다 더 완벽할 수는 없었으리라. "노래하라, 지상의 합창단들이여." 사람들이 떤꾸밈음으로 노래했다. "기쁘게 노래하라, 천상의 시민들에게." 그러자 알타이르인들이 통로를 따라 미끄덩미끄덩/뒤뚱뒤뚱 무대 쪽으로 가더니 캘빈의 발아래 앉았다.

나는 살그머니 복도로 빠져나가서 모스맨 박사에게 전화했다. "우주선 상황은 어때요?" 내가 박사에게 물었다.

"지금 어디야?" 모스맨 박사가 다그쳐 물었다. "이쪽으로 오는 중이라고 했잖나."

"도로가 많이 막혀요." 내가 말했다. "우주선 상황은 어때요?"

"점화 과정을 중단하고 조명들도 다 꺼졌네." 모스맨 박사가 말했다.

다행이다. 우리가 하는 일이 효과가 있다는 뜻이었다.

"그냥 땅 위에 앉아 있네."

"적절하군요." 내가 중얼거렸다.

"도대체 그건 또 무슨 소리지?" 모스맨 박사가 비난조로 말했다. "스펙트럼 분석에 따르면 알타이르인들은 우주선 안에 없다더군. 자네가 그들을 데리고 있지, 그렇지 않나? 자네 지금 어디에 있고 대체 지금껏 그들에게 무슨 짓을 한 건가? 만일…."

나는 전화를 끊고 휴대폰을 끈 다음 강당 안으로 들어갔다. 사람들이 〈참 반가운 성도여〉를 마치고 〈천사 찬송하기를〉을 부르고 있었다. 알타이르인들은 여전히 캘빈의 발밑에 앉아 있었다. "…조화하니…." 강당 안에 있는 사람들이 모두 노래했다. "기쁘도다, 너희 만국의 백성들이여 일어나." 그러자 알타이르인들이 일어섰다.

그리고 날아올랐다. 통로 위로 족히 60센티미터 높이까지. 헉 소리가 동시에 들렸고, 모든 사람이 노래를 멈추고 둥둥 떠다니는 알타이르인들을 뚫어지게 쳐다봤다.

'안 돼, 멈추면 안 돼.' 나는 마음속으로 외치며 서둘러 앞쪽으로 향했다. 다행히 캘빈은 상황을 잘 통제했다. 캘빈이 주디스 고모에 버금갈 만한 눈빛으로 중학교 1학년 여자애들을 노려보자, 아이들이 마른침을 꿀꺽 삼키고 다시 노래하기 시작했다. 그리고 잠시 후 다른 사람들도 모두 마음을 진정하고 마저 노래를 불렀다.

노래가 끝나자 캘빈이 고개를 돌려 입 모양으로 내게 말했다. "다음엔 뭘 하죠?"

"계속 노래해요." 나도 입 모양으로 답했다.

"무슨 노래요?"

나는 '저도 몰라요'라는 뜻으로 어깨를 한 번 으쓱해 보이고는, 입 모양으로 "이건 어때요?" 하고 말한 뒤, 프로그램 안내 책자에 있는 노래 중 네 번째 노래를 가리켰다.

캘빈이 활짝 웃더니 합창단 쪽으로 고개를 돌려 이렇게 말했다. "이제 〈공중에는 노래〉를 부르겠습니다."

바스락바스락 악보 넘기는 소리가 들리더니 합창단이 노래 부르기 시작했다. 나는 알타이르인들이 하강하지는 않는지 주의 깊게 관찰했지만, 그들은 계속 공중을 맴돌고 있었다. 합창이 "그리고 아름다운 노래가"에 이르자 노려보던 눈빛이 약간 부드러워진 듯했다.

강당 안에 있는 사람들이 노래했다. "그리고 저 멀리 들리는 노랫소리가 땅 위를 휩쓸었도다." 그때 강당 문들이 쾅하고 열리더니 모스맨 박사와 트레셔 목사, 그리고 FBI 요원 수십 명과 경찰, 기자, 카메라맨들이 쏟아져 들어왔다. "꼼짝 마!" FBI 요원이 소리쳤다.

"이건 신성모독이야!" 트레셔 목사가 고함을 질렀다. "이것 좀 봐! 마녀들에, 동성애자들에, 자유주의자들이라니!"

"저 젊은 여자를 체포하세요." 모스맨 박사가 나를 가리키며 말했다. "그리고 지휘하고 있는 저 젊은 남자도…." 박사는 말을 멈추고 입을 떡 벌린 채 무대 위를 맴돌며 날아다니는 알타이르인들을 바라봤다. 카메라 플래시들이 터지기 시작했고, 기자들은 마이크에 대고 떠들기 시작했으며, 트레셔 목사는 카메라 앞에 정면으로 자리 잡더니 두 손을 움켜쥐었다. "오, 주여." 목사가 소리쳤다. "알타이르인들로부터 사탄의 마귀들을 몰아내소서!"

"안 돼!" 내가 중학교 1학년 아이들에게 소리쳤다. "노래를 멈추면 안 돼." 하지만 그들은 이미 노래를 멈춘 상황이었다. 나는 절망적으로 캘빈을 바라봤다. "지휘를 계속해요!" 하지만 경찰들이 벌써 캘빈의 손에 수갑을 채우기 위해 앞쪽으로 나아가며 알타이르인들 주위를 조심스레 걷고 있었다. 알타이르인들이 조금씩 바람이 빠져나가는 풍선처럼 천천히 아래로 내려왔다.

"또한 여기 있는 이 죄인들에게 그들의 과오를 가르치소서." 트레셔 목사가 읊조렸다.

"이러시면 안 돼요, 모스맨 박사님." 나는 간절히 말했다. "알타이르인들은…."

모스맨 박사가 내 팔을 붙잡아서 경찰관에게 끌고 갔다. "이 두 사람을 납치 죄목으로 고발하고 싶습니다." 박사가 말했다. "그리고 이 여자에게는 범죄 모의죄도 추가하겠습니다. 이 모든 일이 이 여자 책임…." 모스맨 박사가 말을 멈추더니 내 등 뒤를 뚫어지게 쳐다봤다.

나는 몸을 돌렸다. 알타이르인들이 바로 내 뒤에 서서 노려보고 있었다. 막 내 손에 수갑을 채우려던 경찰관도 내 손목을 놓고 뒤로 물러섰다. 기자들과 FBI 요원들도 마찬가지였다.

"친애하는 알타이르인 여러분…." 모스맨 박사가 몇 발짝 뒤로 물러서며 말했다. "저희 위원회는 이 일과 아무 상관이 없다는 사실을 알아주셨으면 합니다. 저희는 아무것도 몰랐습니다. 순전히 이 젊은 여자 잘못입니다. 이 여자가…."

"환영해주셔서 감사합니다." 중앙에 있는 알타이르인이 나에게 고개 숙여 인사하며 말했다. "저희 또한 당신을 만나 반갑습니다."

놀라움에 웅성거리는 소리가 강당 전체를 울렸고, 모스맨 박사는 말까지 더듬었다. "다, 당신들, 영어를 할 줄 아는 거요?"

"물론이죠." 나는 그렇게 말한 뒤 알타이르인들에게 고개 숙여 인사했다. "마침내 대화할 수 있게 되어 정말 좋네요."

"저희는 당신을 천상 시민의 일원으로 받아들입니다." 맨 끝에 있는 알타이르인이 말했다. "당신이 준 온정과 땅 위의 평화와 알밤들에 대한 응답입니다."

"또한 저희가 선물을 가지고 왔음을 알려드립니다." 반대쪽에 있는 알타이르인이 말했다.

"기적입니다!" 트레셔 목사가 외쳤다. "주께서 저들을 고치셨습니다! 주님이 저들의 입술을 열었습니다!" 목사는 무릎을 꿇고 기도하기 시작했다. "오, 주여, 저희는 이러한 기적을 일으킨 것이 바로 저희의 기도였음을 알며…."

모스맨 박사가 앞으로 튀어나왔다. "친애하는 알타이르인 여러분, 이 누추한 행성에 와주신 여러분을 제가 첫 번째로 환영해드리고자 합니다." 박사가 손을 내밀며 말했다. "저희 정부를 대신해…."

알타이르인들은 모스맨 박사를 무시했다. "당신들의 세상에 대한 저희의 평가가 잘못됐던 거라는 생각이 들기 시작하고 있었습니다." 아까 이야기했던 그 알타이르인이 나에게 말했다. 그리고 또 그녀의? 그의? 옆에 서 있는 알타이르인이 말했다. "당신들이 충분히 지각 있는 종족인지 의심스러웠습니다."

"알아요." 내가 말했다. "저도 가끔 그게 의심스럽답니다."

"또한 저희는 당신들이 조화라는 개념을 이해하고 있는지 확신할 수가 없었습니다." 반대쪽에 서 있는 알타이르인이 말했다. 그러고는 몸을 돌려 캘빈의 손목을 날카롭게 노려봤다.

"레드베터 씨의 수갑을 풀어주시는 게 좋을 것 같아요." 내가 모스맨 박사에게 말했다.

"그래야지, 그래야지." 박사가 경찰관에게 몸짓으로 신호했다. "이게 모두 사소한 오해 때문이었다고 저분들에게 설명해주게나." 모스맨 박사가 내게 귓속말로 속삭이자 알타이르인들이 몸을 돌려 박사와 경찰관을 차례로 노려봤다.

캘빈이 수갑에서 풀려나자 맨 끝에 있는 알타이르인이 말했다. "옛사람들과 마찬가지로 저희가 틀렸다는 것이 증명되어 기쁩니다."

'우리도 마찬가지예요.' 나는 마음속으로 생각했다. "저희 행성에 오신 것을 기쁜 마음으로 환영합니다." 내가 말했다.

"이제 저희와 함께 덴버대학으로 돌아가시면…." 모스맨 박사가 끼어들었다. "워싱턴으로 가셔서 대통령을 만나실 수 있도록 조치하겠습니다. 그리고…."

알타이르인들이 다시 노려보기 시작했다. '아, 안 돼.' 나는 캘빈을 절박한 눈으로 바라봤다. "저희가 사절단을 위한 환영 인사를 모두 마치지 못했습니다, 모스맨 박사님." 캘빈은 이렇게 말하고 알타이르인들을 향해 몸을 돌렸다. "여러분께 저희가 준비한 환영 노래들을 마저 불러드려도 될까요?"

"듣고 싶군요." 중앙에 있는 알타이르인이 말하자, 그들 여섯 모두 즉시 몸을 돌려 통로를 따라 되돌아가더니 자리에 앉았다.

"제 생각엔 여러분도 자리에 앉으시는 게 좋겠어요." 내가 모스맨 박사와 FBI 요원들에게 말했다.

"악보를 저분들에게도 나눠주시겠습니까?" 캘빈이 맨 마지막 줄에 앉아 있는 사람들에게 말했다. "그리고 악보를 찾는 일도 도와주시겠어요?"

"마녀들이랑 동성애자들과 함께 노래를 부를 생각은 추호도…." 트레셔 목사가 분개하기 시작하자 알타이르인들이 일제히 고개를 돌려 목사를 노려봤다. 결국 목사도 자리에 앉았고, 야물커를 쓴 나이 든 유대인 남자가 목사에게 자기 악보를 건네줬다.

"〈할렐루야 합창〉의 가사는 어떻게 할까요?" 캘빈이 내게 귓속말로 속삭였는데, 알타이르인들이 자리에서 일어나더니 통로를 따라 우리에게 걸어왔다.

"당신들의 즐거운 노래를 바꿀 필요는 없습니다. 원래 가사대로 들었으면 합니다." 중앙에 있는 알타이르인이 말했다.

"저희는 당신들 행성의 신화와 미신들에 관심이 아주 많습니다." 맨 끝에 있는 알타이르인이 말했다. "구유 속 아기, 콴자 메노라에 불붙이기, 어린이들에게 장난감과 이빨을 가져다주는 일 등등 더 많은 것에 대해 배우고 싶습니다."

"궁금한 게 많습니다." 그 옆에 서 있던 알타이르인이 말했다. "그 아이는 사막에서 태어났는데, 어떻게 헤롯왕이 아이들을 썰매에 태울 수 있었죠?"

"썰매라고요?" 모스맨 박사가 물었고, 캘빈도 의문에 찬 눈빛으로 나를 쳐다봤다.

"모든 어린이들아, 썰매를 타자." 내가 속삭였다.

"게다가, 신성한 것이 즐거운 것이라면, 왜 그것은 짖어대지요?" 반대쪽 끝에 있는 알타이르인이 물었다. "그리고 레드베터 씨, 맥이 당신의 여자친구입니까?"

"환영 인사가 끝나고 나면 질문과 협상과 선물을 위한 시간이 따로 있을 것입니다." 이제까지 한마디도 하지 않았던 왼쪽으로부터 두 번째 알타이르인이 말했다. 나는 분명 그가 리더일 거로 생각했다. 아니면 합창단 지휘자거나. 그가 말하자, 알타이르인들은 즉시 짝을 지어 대열을 갖추고 통로를 다시 올라가 자리에 앉았다.

나는 지휘봉을 집어 캘빈에게 건네줬다. "무슨 노래를 먼저 불러야 할까요?" 캘빈이 내게 물었다.

"크리스마스에 제가 원하는 건 당신뿐이에요." 내가 말했다.

"정말요? 제 생각엔 먼저 〈천사들의 노래가〉나 아니면⋯."

"노래 제목이 아니에요." 내가 말했다.

"아." 그리고 캘빈은 알타이르인들을 향해 돌아섰다. "여러분의 질문에 대한 제 대답은 '네, 맞습니다'입니다."

"이거야말로 크고 기쁜 소식이군요." 중앙에 있는 알타이르인이 말했다.

모두가 땅에 앉아 있었는데   495

"키스하려면, 겨우살이 줄기들이 많이 있어야겠군요." 맨 끝에 있는 알타이르인이 덧붙였다.

왼쪽에서 두 번째 있는 알타이르인이 그들을 노려봤다. "이제 노래를 하는 게 좋을 것 같네요." 나는 그렇게 말한 뒤, 첫 번째 줄에 앉아 있는 맥킨타이어 목사와 터번을 두르고 꽃무늬 셔츠를 입은 아프리카계 미국인 여성 사이로 비집고 들어갔다.

캘빈이 지휘대 위로 올라섰다. "〈할렐루야 합창〉입니다." 캘빈이 말하자 사람들이 악보를 찾느라 페이지를 뒤졌다. 내 옆에 있던 여자가 악보를 함께 볼 수 있도록 내 쪽으로 내밀더니 귓속말을 했다. "저는 이 곡을 들을 때는 자리에서 일어서는 게 예절에 맞는다고 생각해요. 조지 2세께 경의를. 그분이라면 이걸 처음 듣자마자 자리에서 일어나셨을 거예요."

"사실을 말하자면…." 맥킨타이어 목사가 속삭였다. "조지 2세 그 양반은 깊이 잠들어 있다가 놀라서 벌떡 일어났을 겁니다. 하지만 존경과 찬양을 표하는 의미에서 일어서는 일은 여전히 적절한 화답이겠지요."

나는 고개를 끄덕였다. 캘빈이 지휘봉을 들어 올리자 알타이르인들을 제외한 강당 안의 모든 사람이 일제히 일어나 노래하기 시작했다. 〈참 반가운 성도여〉도 놀랍도록 아름다웠지만 〈할렐루야 합창〉은 정말 숨 막히게 아름다웠고, 나는 갑자기 영광스러운 옛 노래와 달콤한 찬송과 널리 울려 퍼지는 기쁨을 거듭 노래하는 것에 관한 모든 가사가 이해되기 시작했다. "그리고 온 세상이 노래로 화답하노라." 나는 생각했다. "이제 천사들이 노래를 부르니."

알타이르인들도 나만큼이나 음악에 감동한 것 같았다. '할-렐-루-야!'가 다섯 번째 나온 뒤에 아까처럼 그들이 공중으로 떠올랐다. 오르고, 또 올라, 높은 돔 천장 바로 아래를 미끄러지듯 떠다녔다.

그들이 어떤 기분일지, 나는 알았다.

분명 그것은 의사소통에서의 대전환점이었다. 이전보다 특별히 더 친해졌다고 보긴 어려웠지만, 전국 합창제 이후 알타이르인들은 말하기를 멈추지 않았다. 그들은 대답하기보다는 질문하기에 훨씬 능숙했다. 자기들이 어디에서 왔는지도 마침내 우리에게 알려주었는데, 용자리에 있는 알사피라는 별이었다. 하지만 알타이르가 '날아다니는 자'를 뜻하기 때문에(알사피는 '요리용 삼각대'라는 뜻이다), 여전히 사람들은 그들을 알타이르인이라고 부른다.

또한 알타이르인들은 자기들이 왜 캘빈의 아파트에 나타났으며 계속해서 나를 따라다녔는지도 말해주었다. "저희는 당신과 레드베터 씨 사이에 조화가 일어날 흥미로운 가능성을 어렴풋이 엿보았습니다." 자신들의 우주선이 어떻게 작동하는지도 대충 말해줬는데, 공군은 이 부분에 큰 관심을 보였다. 하지만 아직도 우리는 왜 그들이 이곳에 왔는지, 그들이 무엇을 원하고 있는지 모른다. 알타이르인들이 우리에게 분명하게 말해준 유일한 요구사항은, 모스맨 박사와 트레셔 목사를 위원회에서 제명해달라는 것과 와카무라 박사를 위원장으로 임명해달라는 것이었다. 위원회가 한 일 중 그나마 그들의 맘에 들었던 게 향수 뿌리기였던 것으로 밝혀졌다. 알타이르인들은 아직도 빤히 노려본다.

주디스 고모도 마찬가지다. 고모는 전국 합창제 다음 날 나에게 전화를 걸어, 나를 CNN에서 봤다며 내가 지구를 구하는 훌륭한 일을 했다고 생각한다고 했다. 하지만 도대체 내가 무슨 옷을 입고 있었던 거냐며, 합창제에 가려면 정장을 입어야 한다는 것쯤은 알고 있어야 하는 거 아니냐고 말했다. 내가 고모에게 모든 일이 잘될 수 있었던 게 고모 덕분이라고 말하자, 고모는 나를 노려보다가(심지어 수화기 너머로도 느낄 수 있었다) 전화를 끊었다.

하지만 화가 아주 많이 나시진 않았던 모양이다. 고모는 내가 약혼했다는 소식을 듣곤, 트레이시 언니에게 전화를 걸어 웨딩 샤워*에 초대되 길 기대한다는 이야길 전했다. 엄마는 지금 미친 사람처럼 청소하는 중 이다.

나는 알타이르인들이 우리에게 생선 뒤집개를 주는 건 아닐지 궁금하 다. 아니면 1달러가 들어 있는 생일카드거나, 혹은 초광속 여행일지도.

---

* 결혼식을 앞둔 신부에게 신혼살림 용품을 선물하는 파티

〈모두가 땅에 앉아 있었는데〉 후기

이 이야기는 내가 30년 동안 교회 성가대에서 노래했던 경험에 의존해 쓴 것이다. 그 기간 동안 나는 이제까지 쓰인 크리스마스 캐럴이란 캐럴은 다 불러봤고, 내가 알고 싶었던 이상으로 캐럴에 대해 알게 되었다. 그리고 그 밖의 다른 모든 것들에 대해서도.

내가 종종 말했듯, 우리가 세상에 대해 알아야 할 모든 것들은 교회 성가대에서 노래하는 일을 통해 배울 수 있다. 코미디와 드라마, 음모, 복수, 자부심, 욕망, 질투, 탐욕, 허영심⋯. 그것이 무엇이든 성가대에는 다 있다. 거기에 더해, 인생을 살아가는 데 유용한 다른 것들 또한 꽤 많이 발견하게 된다. 예를 들면,

1. 당신 옆에서 노래하는 사람이 반음 낮을 때는 음정을 유지하는 게 상당히 쉽다. 만일 그 사람이 반음 높다면 당신은 망한 셈이다.

2. 어느 찬송가건 정말로 끔찍한 가사는 3절에(6절까지 있는 곡에는 5절에) 있는데, 그게 바로 많은 성직자가 1, 2, 4절을 택하는 이유다. "애통, 한숨, 피흘림, 죽음"과 "오 신비로운 우월감! 오 버림의 숭고함!" 같은 보석들을 찾을 수 있는 곳이 바로 3절이다.

3. 다른 한편으로, 믿기 어려울 정도로 지루한 최근의 찬양가와 달리 고약한 가사가 들어 있는 찬송가는 흥미롭기까지 하다. 난 언제라도 '오, 주님, 멋져요!' 대신 '땅을 뒤덮는 가시덤불'을 택할 것이다.

4. 거룩한 영감에 의한 거라고 해서 반드시 좋은 것은 아니다. 사람들에게 사랑받는 많은 찬송가와 크리스마스 캐럴들이 사실은 무척이나 끔찍한데, 누구든 매년 그것들을 불러야 하는 상황이 되면 알게 될 것이다.

나는 특히 〈오 작은 마을 베들레헴〉을 몹시 싫어한다. 어느 크리스마스이브 예배에서 그 캐럴의 역사에 대해 이야기해준 후 성가대가 (그 캐럴의 역사가 아니라 그 캐럴을) 노래했는데, 목사님이 〈오 작은 마을 베들레헴〉이 써진 배경에 대해 자세히 설명해줬다.

목사의 이야기에 따르면, 그 캐럴의 저자는 필립스 브룩스라는 성공회 신부였는데, 말을 타고 베들레헴의 성지까지 방문했다. 그리고 그곳에 도착하자마자 5시간짜리 예배에 끝까지 참석했고, 그 모든 경험에 너무나도 큰 감명을 받아 곧바로 그 자리에 앉아 (진짜로? 이 이야기는 온통 의문투성이다) 그 캐럴을 만들었다고 한다.

설명이 끝난 후 같은 성가대원으로 내 옆에 앉아 있었던 딸이 내게로 몸을 숙이고 귓속말을 했다. "아, 뭐, 마음이 중요한 거니까. 그렇지, 엄마?" 꾹 참아 왔던 웃음이 터졌고, 그 후로 우리는 더 이상 나란히 앉을 수 없게 됐다.

THE LAST OF THE WINNE-BAGOS

마지막 위네바고

✦

정준호 옮김

✦

1988년 〈Isaac Asimov's Science Fiction Magazine〉 발표
1989년 휴고상 수상
1989년 네뷸러상 수상
1989년 SF 크로니클상 수상
1989년 〈아시모프스〉 독자상 수상
1989년 로커스상 노미네이트

템피로 가던 중 길 위에 죽어 있는 자칼을 봤다. 나는 밴뷰런 로의 맨 왼쪽 차선에 있었는데, 열 차선이나 떨어진 곳에 누워 있는 자칼의 긴 다리들은 내 반대쪽에 펼쳐져 있고 길에 납작하게 달라붙은 각진 주둥이 때문에 실제보다 더 작아 보여서 처음에는 개인 줄 알았다.

지난 15년간 길에서 동물을 한 번도 보지 못했다. 동물들은 당연히 간선도로로 올라갈 수 없었고, 대부분의 다중도로에는 울타리가 있었다. 그리고 사람들도 동물들을 더 잘 간수하고 있었다.

자칼은 누군가의 애완동물이었을 것이다. 피닉스 이쪽 지역은 대부분 주거지역이었고, 세월이 흘렀음에도 불구하고 여전히 사람들은 사납고 썩은 고기를 좋아하는 이 동물을 애완동물로 삼을 수 있으리라 생각했다. 그렇다고 해도 차로 치어 죽인 것도 모자라 그대로 방치해둘 수 있는 이유가 되지는 않는다. 동물을 차로 치는 행위와 이에 대해 신고하지 않는 건 중범죄였지만, 차로 친 사람은 벌써 오래전에 사라지고 없었다.

히토리를 도로 중간의 갓길에 세우고 잠시 앉아 텅 빈 다중도로를 응시했다. 누가 쳤을지, 또 치고 나서 차를 멈추고 죽었는지 확인해보기는 했을지 궁금했다.

캐서린은 멈췄었다. 브레이크를 너무 세게 밟는 바람에 차가 미끄러져 배수로에 부딪히며 멈추자, 캐서린이 지프에서 뛰어내렸다. 나는 그 때까지도 눈을 헤치며 달려가고 있었다. 우리는 거의 동시에 도착했다. 나는 깨져 덜렁거리는 케이스에 담긴 카메라를 목에 매단 채 애버팬 옆에 무릎을 꿇고 앉았다.

'제가 쳤어요.' 캐서린이 말했다. '제가 지프로 쳤어요.'

나는 백미러를 봤다. 뒷좌석에 잔뜩 쌓인 카메라 장비와 그 위에 아슬아슬하게 올려놓은 아이젠슈타트 때문에 아무것도 보이지 않았다. 차에서 내렸다. 거의 2킬로미터나 더 달려왔다. 돌아보니 자칼은 시야에서 사라진 상태였지만, 이제야 무슨 일인지 감이 잡혔다.

"맥콤 데이비드! 아직 도착 안 했어?" 차 안에서 라미레즈의 목소리가 들렸다.

나는 차 안으로 몸을 숙였다. "응." 전화 수화기 쪽으로 대충 소리쳤다. "아직 다중도로에 있어."

"하느님 맙소사. 왜 이렇게 오래 걸리는 거야? 주지사 회견은 12시에 있고, 그다음에는 스코츠데일로 가서 탈리어센 웨스트 폐쇄를 좀 담아줬으면 좋겠어. 약속은 10시로 잡아놨어. 맥콤, 들어봐. 엠블러 부부에게 구린 소문이 있어. '백 퍼센트 진품'이라고 광고하지만, 사실이 아니라는 거야. 그 사람들의 캠핑카는 진짜 '위네바고'가 아니라 '오픈 로드'라는 거지.

고속도로 순찰대에 따르면 그 차가 현재 운행 중인 마지막 캠핑카인 건 맞대. 3월까지 엘드리지라는 이름의 사내도 캠핑카를 타고 다녔었는데, 역시 위네바고는 아니었어. 샤스타였지. 그러다 오클라호마에서 급수차 차선을 이용하는 바람에 면허가 취소됐지. 그러니까 이 차가 그 차라는 소문이야. 캠핑카는 네 개 주를 제외하고는 전부 금지됐어. 텍사스는 위원회에서 법령을 다투고 있지만, 유타에서는 다음 달에 최대분리 법안이 나올 거야. 애리조나가 다음일 테고. 그러니까 사진 많이 찍어둬.

504

찌라시 기자님. 마지막 기회일지도 모르니까. 그리고 동물원 사진도."

"앰블러 부부는 어쩌고?" 내가 말했다.

"믿거나 말거나 진짜 이름이 앰블러래.* 내가 일생기록부를 살펴봤어. 남편은 용접공이었대. 부인은 은행 출납원이었고. 자식은 없어. 남편이 은퇴한 89년부터 그러고 살았나 봐. 19년 동안이나. 맥콤, 아이젠슈타트 쓸 거야?"

지난 세 번의 촬영 내내 나온 이야기였다. "아직은 아니야."

"좋아, 주지사 회견에는 썼으면 좋겠어. 가능하면 주지사 책상 위에 올려둬."

물론 나도 책상 위에 설치할 작정이었다. 뒤쪽에 있는 책상 중 하나에 설치해두고 공간을 차지하기 위해 거칠게 경쟁하는 기자들의 뒤통수를 멋지게 찍어볼 생각이었다. 어떤 기자들은 아예 주지사를 볼 수 없는 상황이라 그저 비디오카메라를 든 팔을 위로 쭉 뻗어 제대로 된 방향으로 찍고 있기만을 기원하곤 했다. 그게 아니라면 책상에 얼굴을 처박고 있는 기자의 팔 사진이 곱게 찍힐 수도 있고.

"최신 모델이야. 조종 장치도 있어. 얼굴과 전신, 차량을 자동으로 찍도록 설정할 수도 있고."

아주 훌륭하군. 삼륜차와 지나가는 사람들의 사진 백 장이 담긴 필름통을 가지고 집에 돌아오겠지. 8백 명이 참여하는 기자회견인데 그 장치가 누가 주지사인 줄을 알고, 언제 어떻게 셔터를 누르고, 전신이나 얼굴 사진을 찍는단 말인가? 그 기계에 온갖 첨단 광학기술과 컴퓨터 제어 기술이 들어가 있다고 하지만, 하는 짓이라고는 고속도로 과속단속 카메라처럼 아무 생각 없이 멍청하게 렌즈 앞을 지나가는 모든 것을 찍어대는 것뿐이다.

아마도 과속단속 카메라를 도로 위에 다는 대신 길 옆에 달기로 한 정

---

* ambler는 느림보라는 뜻도 있다.

부 관료와 똑같은 사람이 디자인했겠지. 자동차 옆에 새로 부착하도록 한 번호판을 희미하게 보이게 만들려면 약간만 속도를 높이는 것으로도 충분했다. 그래서 사람들은 예전보다 더 빨리 달린다. 아이젠슈타트, 훌륭한 카메라지. 써보고 싶어 안달이 나네.

"〈선코〉지도 아이젠슈타트에 관심이 많은가 봐." 라미레즈는 끊는다는 인사를 하는 법이 없었다. 한 번도 없었다. 그저 말을 멈췄다가 나중에 다시 시작하는 식이었다. 나는 자칼이 있던 방향을 돌아봤다.

다중도로는 완전히 황량했다. 새로 나온 승용차와 1인승 차들은 출퇴근 시간에도 분리대가 없는 다중도로를 별로 이용하지 않았다. 작은 차들이 걸핏하면 급수차에 깔렸기 때문이었다. 평소 같으면 순찰대가 간선도로에 있다는 사실을 알고, 다중도로를 이용하는 구식 대형 화물차들이 종종 있었지만, 오늘은 그마저 없었다.

나는 차로 돌아가서 자칼이 있던 곳까지 후진시켰다. 시동은 껐지만, 차에서 내리지는 않았다. 여기서도 입 밖으로 흘러나온 피가 보였다. 갑자기 급수차가 우르릉대며 나타나더니 과속단속 카메라를 속이려 가운데 차선 세 개를 가로지르며 달려가다가 자칼의 몸뚱이 뒷부분을 짓이겨서 핏덩이 곤죽으로 만들었다. 차도를 건너가려 시도하지 않기를 잘했다. 운전사는 나를 보지도 못했을 것이다.

시동을 걸고 전화를 찾기 위해 가장 가까운 진출로로 빠져나갔다. 맥도웰 가의 세븐일레븐에 전화가 있었다.

"길에서 죽은 동물을 신고하려고 전화했습니다." 협회에서 전화를 받은 여자에게 말했다.

"이름과 번호는요?"

"자칼이고요. 밴뷰런 로의 30번에서 32번 사이에 있어요. 맨 오른쪽 차선이에요."

"응급조치를 취하셨나요?"

"취할 수 있는 조치가 없었어요. 이미 죽은 상태였으니까요."

"동물을 도로 가장자리로 옮기셨나요?"

"아니요."

"왜죠?" 갑자기 여자가 날카롭게 경계하는 목소리로 물었다.

나는 그 동물이 개인 줄 알았으니까. "저한테는 삽이 없었어요." 그렇게 말하고 전화를 끊었다.

✳

템피에는 8시 반에 도착했다. 갑자기 주 전체의 급수차들이 밴뷰런 로를 지나가기로 결정한 듯 보였지만, 갓길로 용케 빠져 내려왔다.

위네바고는 피닉스와 템피 사이에 자리한 오래된 동물원 옆 박람회장에 전시되어 있었다. 전단에는 오전 9시에서 오후 9시까지 운영한다고 적혀 있었다. 나는 개장 전에 촬영을 끝내고 싶었지만, 벌써 8시 45분이었다. 먼지투성이 주차장에 다른 차는 없었지만 그래도 너무 늦었을 것이다.

사진기자는 까다로운 직업이다. 대부분의 사람은 카메라를 보는 순간 밝은 빛에 노출된 셔터처럼 순식간에 진짜 얼굴을 닫아버린다. 남는 것은 대중용 얼굴, 촬영용 얼굴뿐이다. 사우디아라비아의 테러리스트나 상원의원들을 제외하면 모두 웃는 표정이다. 하지만 웃든 안 웃든 진짜 감정은 보여주지 않는다. 배우나 정치인들처럼 항상 사진에 찍히는 사람들이 최악이다. 대중의 눈에 오랫동안 노출됐던 사람일수록 비디오 영상은 더 얻기 쉬웠지만, 진짜 사진을 담기는 더 힘들었다. 앰블러 부부는 이 일을 거의 20년 동안 해왔다. 8시 45분이면 벌써 카메라용 얼굴을 뒤집어썼을 시간이었다.

나는 오코티요*와 실난초가 잔뜩 자라고 있는 언덕 아래쪽 동물원 간판 옆에 차를 세우고, 뒷좌석에 뒤죽박죽으로 얽혀 있는 물건들 사이에서 망원렌즈를 꺼내 그들이 다중도로에 세워둔 광고판을 몇 장 찍었다.

---

* 멕시코와 미국 남서부 건조지대에 자라는 가시 많은 관목

'진품 위네바고를 감상하세요. 백 퍼센트 진품.'

진품 위네바고는 동물원 앞쪽, 선인장과 야자수가 늘어선 석벽 옆에 서 있었다. 라미레즈는 진짜 위네바고가 아니라고 했지만, 캠핑카에는 위네바고를 나타내는 W가 새겨져 있었고, 차체를 따라 줄무늬가 그려져 있었다. 보기에는 진짜 같았다. 지난 10년간은 위네바고를 한 번도 본 적이 없었지만 말이다.

나는 이 기삿거리를 다루기에 적합한 사람이 아닐 것이다. 나는 단 한 번도 캠핑카에 깊은 애정을 가져본 적이 없었다. 그리고 라미레즈가 전화로 일감을 줬을 때, 세상에는 모기나 차선 분리대처럼 멸종해도 좋을 것들이 있는데 캠핑카가 그 목록 최상위에 위치하고 있다는 생각이 가장 먼저 떠올랐다. 내가 콜로라도에 살 때는 산속 어디에나 캠핑카가 있었는데, 항상 왼쪽 차선을 따라 기어 다녔다. 도로 폭이 4.5미터밖에 되지 않던 시절에 캠핑카들은 차선을 두 개나 차지했고 그 뒤로 욕설을 내뱉는 차들이 줄줄이 따라가곤 했다.

인디펜던스 고개에서 열 살 꼬마가 똑딱이 카메라로 풍경 사진을 찍으러 내리는 통에 퍼져버린 캠핑카 뒤에 서 있던 적도 있었고, 한번은 우리 집 앞 커브를 돌던 캠핑카가 우리 집 도랑에 처박혔던 적도 있었는데, 마치 해변에 밀려 올라온 고래 같아 보였다. 그 길이 그렇게 심한 커브 길은 아니었는데 말이다.

잘 다림질된 반소매 셔츠를 입은 노인이 옆문에서 나와 위네바고 앞쪽으로 가더니 양동이와 스펀지를 들고 차를 닦기 시작했다. 나는 노인이 물을 어디서 구했는지 궁금했다. 라미레즈가 모뎀으로 보내준 위네바고에 대한 사전조사 자료에 따르면, 최대 190리터 용량의 물탱크가 지붕에 달려 있다고 했다. 그 정도면 마실 물과 샤워, 그리고 그릇 한두 개 정도 씻는 데나 간신히 쓸 정도였다. 동물원에는 상수도관도 없을 텐데, 노인은 물이 남아돈다는 듯 앞쪽 범퍼뿐 아니라 타이어에도 마구 뿌려댔다.

나는 주차장을 넓게 차지하고 서 있는 캠핑카를 몇 장 찍고, 범퍼를 닦고 있는 노인의 모습을 담기 위해 망원렌즈로 몇 장을 담았다. 노인의 팔과 벗겨진 머리 위로 커다란 적갈색 주근깨들이 보였다. 노인은 복수라도 하듯 범퍼를 북북 문질렀다.

잠시 뒤 노인은 세차를 그만두고 뒷걸음을 치더니 부인을 불렀다. 노인은 뭔가 걱정스러워 보였는데, 어쩌면 그저 심통이 난 건지도 몰랐다. 나는 너무 멀리 있어서 노인이 부인의 이름을 급하게 부른 것인지, 아니면 그저 와서 보라고 부른 건지 정확히 알 수 없었다. 노인의 얼굴도 제대로 보이지 않았다. 부인은 작은 유리창이 달린 철제문을 열고 철제 계단을 내려왔다.

노인이 부인에게 무언가를 물어보자, 부인은 계단에 선 채 다중도로를 쳐다보고 고개를 젓더니 행주에 손을 닦으면서 차 앞으로 가서는 노인이 일한 솜씨를 살펴봤다.

위네바고는 가짜일지 몰라도 저 사람들은 백 퍼센트 진짜였다. 마찬가지로 꽃무늬 블라우스부터 합성섬유 바지와 수탉을 수놓은 행주도 백 퍼센트 진짜일 것이다. 부인의 갈색 가죽 실내화는 우리 할머니가 신던 신발을 떠올리게 했다. 시간이 갈수록 숱이 적어지는 흰머리도 머리핀으로 고정하고 있겠지.

인생기록부에 따르면 저 부부는 80대였다. 하지만 내게는 90대로 보였다. 저들도 너무 완벽해 보여서 가짜가 아닐까 하는 생각이 들었다. 위네바고처럼 말이다. 하지만 부인은 우리 할머니가 화가 났을 때처럼 계속해서 행주에 손을 문질렀다. 물론 얼굴에 어떤 감정이 드러나 있는지는 여기서 보이지 않았지만, 그 행동만은 진짜처럼 보였다.

노인이 물 뚝뚝 떨어지는 스펀지를 양동이에 넣고 위네바고 뒤쪽으로 돌아간 걸 보니, 부인이 범퍼가 괜찮아 보인다고 말해준 모양이었다. 벌써 바깥 온도는 섭씨 43도를 넘어섰지만, 부인은 다시 차 안으로 들어가 철제문을 닫았다. 게다가 부부는 야자수 아래 생긴 한 뙈기 그늘에 주차할 생각조차 하지 않았다.

나는 망원렌즈를 차에 다시 집어넣었다.

노인은 다시 앞으로 돌아가 커다란 합판으로 만든 간판을 꺼내 차 옆에 세웠다.

'마지막 위네바고.'

간판은 누군가가 인디언의 글처럼 읽히게 하려는 생각으로 만든 모양이었다.

'사라져가는 혈통을 만나보자. 입장료. 어른 8달러. 열두 살 미만 어린이 5달러. 오전 9시부터 일몰까지 개장.'

노인은 빨간색과 노란색 깃발들을 내다 걸고는 양동이를 들고 문으로 향했다. 그런데 가다 말고 멈춰 서더니 주차장으로 돌아가서 도로가 가장 잘 보일 만한 자리에 섰다. 그리고 다시 노인의 걸음걸이로 돌아가 범퍼를 스펀지로 한 번 더 닦았다.

"맥콤, 캠핑카는 끝났어?" 라미레즈가 카폰으로 말했다.

나는 카메라를 뒤로 맸다. "방금 왔어. 오늘 아침에 애리조나에 있는 급수차들이 다 밴뷰런으로 모여들었나 봐. 급수차들의 다중도로 남용에 대한 기사 좀 쓰게 해달라니까 대체 왜 안 해주는 거야?"

"나는 네가 템피까지 살아서 가쳤으면 하거든. 주지사의 기자회견은 1시로 미뤄졌어. 그러니까 괜찮아. 아이젠슈타트 써봤어?"

"말했잖아, 방금 도착했다니까. 아직 그 썩을 것에 전원도 못 켜봤어."

"전원은 네가 켜는 게 아니야. 평평한 바닥에 올려놓으면 자동으로 활성화돼."

훌륭하네. 여기 오는 길에 벌써 백 장짜리 필름통을 사진으로 꽉 채웠겠군.

"좋아, 위네바고에서 아이젠슈타트를 쓸 게 아니라면 주지사 기자회견에는 꼭 써야 해. 그나저나, 탐사보도 쪽으로 옮기는 건 생각해봤어?"

〈선코〉가 아이젠슈타트에 그토록 관심을 보이는 것도 그 때문이었다. 기사까지 쓸 줄 아는 사진기자를 보내는 편이 사진사와 기자를 태워 보내는 것보다 편했다. 특히 신문사가 근래 소형 1인승 히토리를 주문하고 있다. 그 때문에 나도 기사를 쓰는 사진기자가 된 것이었다.

그게 잘 먹히다 보니, 사진기자까지 보낼 필요가 있느냐는 생각마저도 하고 있다. 이제 아이젠슈타트와 디지털 녹음 데크를 보내면 히토리도 필요 없고 통행요금에 돈을 쓸 필요도 없어진다. 우편으로도 보낼 수 있으니까. 늙은 주지사의 책상 위에 상자째로 올려다 놓았다가, 사진작가나 기자가 아니라도 아무나 1인승 차에 태워 보내서 거기와 여러 군데에 놔둔 카메라들을 슬쩍 회수해오면 될 일이었다.

"아니." 나는 언덕을 흘끗 보며 대답했다. 노인은 마지막으로 범퍼를 한 번 더 훔친 뒤, 돌을 두른 동물원의 화단으로 걸어가서 선인장이 얽혀 있는 곳에 물을 버렸다. 선인장은 봄에 내리는 소나기라 생각하며 내가 언덕을 다 오르기도 전에 꽃을 피울지도 몰랐다. "이봐. 관광객들 오기 전에 사진 찍으려면 가봐야 할 것 같아."

"탐사보도로 가는 거 생각 좀 해. 그리고 이번에는 아이젠슈타트 꼭 써. 한번 써보면 너도 좋아할 거야. 너조차도 이게 카메라라는 사실을 잊어버릴 거라고."

"그렇겠지." 내가 다중도로를 내려다보며 말했다. 오고 있는 사람은 아무도 없었다. 저 부부가 걱정하는 것도 그 때문일 것이다. 이들의 하루 평균 방문객이 얼마나 되는지, 오래되고 낡아빠진 캠핑카를 보기 위해 돈을 써가며 이렇게 멀리까지 오는 사람들이 어떤 사람들인지 라미레즈에게 물어봤어야 했다. 템피로 꺾어지는 길까지만 해도 5킬로미터가 넘었다. 어쩌면 방문객이 없을지도 모른다. 그렇다면 괜찮은 사진을 건질 가능성이 약간은 있었다. 나는 히토리에 올라타 가파른 경사를 올랐다.

"안녕하쇼." 노인이 함박웃음을 지으며 적갈색 주근깨가 있는 손으로 악수를 청했다. "나는 제이크 앰블러요. 그리고 이쪽은 위니." 캠핑카의 철제 부분을 두드리며 말했다. "마지막 위네바고라오. 혼자 왔수?"

"저는 데이비드 맥콤입니다." 나는 기자증을 들어 보이며 말했다. "사진기자입니다. 〈선코〉랑 〈피닉스 선〉, 〈템피-메사 트리뷴〉, 〈글렌데일 스타〉, 그리고 계열사들과도 일하죠. 선생님 차량 사진을 좀 찍고 싶은데 괜찮을까요?" 그러면서 주머니에 손을 넣어 녹음기를 켰다.

"그러쇼. 마누라랑 나아 항상 언론에 협조적이지. 위니를 막 청소하고 있던 참이었다오. 글로브에서 여기까지 오는 길에 먼지가 잔뜩 쌓였거든." 부인이 대화를 다 듣고 있었을 텐데도 부인에게 내가 왔다고 알려주려는 시늉조차 하지 않았다. 부인도 철문을 열지 않았다. "우리는 위니와 함께 20년간 도로를 달려왔다오. 위니는 1989년에 생산지인 아이오와주의 포레스트에서 샀지. 처음에 마누라는 여행을 좋아할지 모르겠다며 이 차를 사지 말자더니, 이제는 당최 내리려고 하질 않는구려."

노인은 이제 개방적이고 친근한 얼굴을 하고 '감출 게 없다는' 식으로 장광설을 늘어놓고 있었지만, 그 얼굴은 모든 걸 감추고 있었다. 이 상태로 사진을 찍는 것은 아무 의미도 없었기 때문에 노인이 캠핑카 주변을 안내하는 동안 나는 비디오카메라를 꺼내 TV용 영상을 찍었다.

"여기는….." 노인이 엉성한 철제 사다리에 한 발을 올리고 지붕을 두른 쇠막대를 두드리며 말했다. "짐칸이요. 그리고 이건 오수조. 110리터를 저장할 수 있는데 어떤 폐기물 처리기라도 연결할 수 있는 자동 전기 펌프가 달렸지. 5분이면 비울 수 있어서 손을 더럽힐 필요도 없다오." 그러고는 내게 바라보라고 말하는 듯 두툼한 손을 들어서 손바닥을 펼쳤다. "이건 물통." 옆에 있는 은색 철제 탱크를 두드리며 말했다. "150리터가 들어가서 둘이 쓰는 데는 충분하지요. 내부 공간은 너비 14평방미터에 높이 2미터라 당신처럼 키 큰 사람에게도 넉넉할 게요."

노인은 내게 구석구석을 구경시켜줬다. 노인은 느긋하고 다정한 태도로 이야기하며 곧 친한 친구라도 될 것처럼 굴었지만, 낡은 폭스바겐이 쿨럭거리며 주차장을 가로질러 들어오자 안도하는 눈빛을 보였다. 손님이 하나도 없을까 봐 걱정하고 있었던 모양이었다.

일본인 관광객 가족이 쏟아져 나왔다. 짧은 흑발 여인과 반바지를 입은 남자, 아이들 둘이었다. 한 아이가 목줄을 맨 흰담비를 데리고 있었다.

"돈 되는 손님들 관람하시는 동안 저는 둘러보고 있을게요." 내가 노인에게 말했다.

나는 차에 비디오카메라를 넣고 망원렌즈를 꺼내 동물원으로 향했다. 라미레즈에게 줄 동물원 표지판을 광각으로 찍었다. 라미레즈가 사진에 어떤 설명을 달지 훤히 보였다. "오래된 동물원은 이제 텅 비었다. 사자가 포효하는 소리나 코끼리가 울부짖는 소리, 아이들의 웃음소리는 더 이상 들리지 않는다. 낡은 피닉스 동물원, 마지막 남은 동물원 앞에는 마지막 정문이 서 있다. 자세한 기사는 10페이지에." 아이젠슈타트와 컴퓨터가 기자들의 자리를 대체하는 게 차라리 나을지도 모르겠다.

나는 동물원 안으로 들어갔다. 여기에 와본 지도 몇 년이 흘렀다. 80년대 후반, 동물원 정책에 대한 논란이 크게 일어났었고, 또 큰 변화가 있었다. 그때도 사진을 찍기는 했지만, 당시는 기자라는 게 아직 남아 있던 시절이라 내가 기사를 쓰지는 않았다. 나는 논란의 초점이었던 동물 우리를 찍은 뒤, 동물원 수리 계획을 중단시키고 예산을 모두 야생동물 보호단체에 넘겨 논란을 일으켰던 신임 동물원장의 사진을 찍었다.

"저는 몇 년 지나면 넣을 동물도 없을 우리에 돈을 쓰는 걸 반대한 겁니다. 얼룩이리나 캘리포니아 콘도르, 회색곰은 멸종이 코앞입니다. 우리의 의무는 동물들을 보호하는 것이지 최후의 동물들을 위해 편안한 감옥을 지어주는 게 아닙니다."

협회는 당시 그 사람이 괜한 기우로 소란을 일으킨다고 비난했었는데, 이는 상황이 얼마나 많이 바뀔 수 있는지 보여준다.

뭐, 그 사람은 확실히 괜한 걱정거리를 사서 했던 사람이긴 했다. 그렇지 않은가? 회색곰은 야생에서 멸종되지 않았고 현재 콜로라도의 가장 큰 관광 상품 중 하나다. 텍사스에는 미국흰두루미가 너무 많아서 제한적인 사냥을 허용하는 문제에 관한 논의가 진행되고 있다.

그 소동 속에서 동물원은 더 이상 존재하지 않게 되었고, 동물들은 선시티 지역의 더 아늑한 감옥으로 옮겨졌다. 그 동물원은 6만5천 평방 미터에 달하는 사바나에 얼룩말과 사자가 살고, 북극곰을 위해 매일 인공 눈을 만드는 곳이었다.

동물원 책임자의 말과 달리 당시 동물원에 있는 우리는 감옥이 아니었다. 문을 지나자마자 자리한 카피바라* 구역은 낮은 돌담으로 둘린 작은 목초지였는데, 프레리도그** 가족이 가운데에 둥지를 틀고 있었다.

나는 정문으로 돌아가 위네바고를 내려다보았다. 일본인 가족은 위네바고 주변을 돌았고, 남자는 몸을 숙여 차체 아래쪽을 살피고 있었다. 한 아이는 캠핑카 뒤편의 사다리에 매달려 있었다. 흰담비는 제이크 앰블러가 정성 들여 닦아둔 앞바퀴 냄새를 열심히 맡고 있었다. 흰담비는 다리를 들어 오줌이라도 쌀 것 같았다.

아이가 흰담비의 목줄을 당겨서 다시 팔에 안았다. 엄마가 아이에게 뭔가 이야기를 했다. 엄마의 코가 햇볕에 많이 타 있었다.

당시 캐서린의 코도 햇볕에 많이 탄 상태였다. 캐서린은 스키 타는 사람들이 쓰는 흰색 크림을 코에 바르고 있었다. 캐서린은 파카와 청바지에, 뛰어다니기 힘든 커다란 핑크빛 방한 부츠를 신고 있었지만, 그래도 나보다 애버팬에게 먼저 도착했다. 나는 캐서린을 밀치고 애버팬 앞에 무릎을 꿇었다.

'제가 쳤어요.' 캐서린이 혼란스러워하며 말했다. '제가 개를 쳤어요.'

'지프로 돌아가, 젠장!' 내가 캐서린에게 소리쳤다.

나는 스웨터를 벗어 애버팬을 감쌌다. '수의사에게 데려가야겠어요.'

'죽었어요?' 캐서린이 코에 바른 크림만큼이나 창백한 얼굴로 말했다.

'아니!' 내가 소리쳤다. '아니야, 안 죽었어!'

아이 엄마는 고개를 돌리고 손으로 햇볕을 가리며 동물원 쪽을 올려

---

* 중남미의 대형 설치류
** 개와 비슷한 소리를 내는 설치류

다봤다. 카메라를 발견하고는 손을 내리더니 얼굴 한가득 웃음을 지었다. 이가 다 보일 만큼의, 믿기지 않을 정도로 환한 웃음이었다. 대중의 주목을 받는 사람들이 최악이었지만 평범한 사람들도 사진을 찍을 때 어떻게든 얼굴을 숨겨버린다. 여자의 웃음은 그저 가짜 웃음 정도가 아니었다. 카메라가 영혼을 훔쳐간다는 오랜 미신이 마치 사실인 것처럼 느껴지게 했다.

나는 사진을 찍는 척하고 카메라를 내렸다. 동물원장은 문 앞에 묘비처럼 생긴 안내판들을 줄줄이 세워두었는데, 각각 멸종 위기종에 대한 것들이었다. 안내판은 플라스틱으로 덮여 있었지만, 그게 큰 도움은 되지 않았다.

내 앞에 있는 안내판에 덮인 끈적이는 먼지를 닦았다. '카니스 라트란스'라고 적혀 있고, 옆에는 초록색 별 두 개가 붙었다. '코요테. 북아메리카 야생 개과. 소와 양에 위협을 끼친다고 생각한 목장주들이 무차별적으로 독살하여, 코요테는 야생에서 거의 멸종당한 상태다.' 아래쪽에는 털이 덥수룩한 코요테가 엉덩이를 깔고 앉은 사진이 있었고, 별의 의미가 설명되어 있었다. 푸른색은 멸종 위기종. 노란색은 서식지 위협. 붉은색은 야생에서 멸종.

나는 미샤가 죽은 뒤에 여기로 딩고*나 코요테, 늑대의 사진을 찍으러 나왔었지만, 그 당시 이미 다른 동물원으로 옮겨지는 중이라 찍을 게 없었다. 그리고 별 도움도 되지 못했을 것이다. 사진 속 코요테는 녹황색으로 희미해진 상태였고, 노란색 눈은 거의 흰색에 가까워졌지만 여전히 제이크 앰블러처럼 촬영용 얼굴을 걸친 채 사진 밖을 기운차고 무심한 눈으로 쳐다보고 있었다.

일본인 엄마는 폭스바겐으로 돌아가 아이들을 챙겼다. 노인은 아빠를 차로 데려다주며 반짝이는 대머리를 가로저었다. 남자는 열린 문에 몸을

---

* 호주산 들개

기대고 뭔가 더 이야기하다가, 차에 타고 떠나버렸다. 나는 다시 걸어 내려갔다.

가족들은 겨우 10분밖에 머무르지 않았다. 그리고 내가 보기로는 돈이 건네진 적도 없었던 것 같았지만, 그런 사실 때문에 노인이 짜증 났을지는 얼굴만 봐서는 알 수 없었다. 노인은 캠핑카 옆으로 나를 데리고 가서 페인트칠을 한 W의 선을 따라 붙여놓은, 긁히고 빛바랜 스티커들을 가리켰다. "우리가 지금까지 다녔던 주들이지." 제일 앞에 있는 것을 가리키며 노인이 말했다. "미국의 모든 주에 더해 캐나다와 멕시코까지 갔었다오. 우리가 마지막으로 갔었던 데가 네바다주였수."

이렇게 가까이서 보니 원래 캠핑카의 이름을 페인트로 가리고 붉은 선으로 덧칠해놓은 게 쉽게 눈에 띄었다. 가짜 페인트는 칙칙해 보였다. 그리고 '오픈 로드'라고 적힌 부분을, 그을린 나무판에 '앰블린의 앰블러'라고 쓴 이름판으로 가려놓았다.

노인이 문 옆에 붙은 범퍼 스티커를 가리켰다. '베가스의 시저스 팰리스에서는 운이 좋아요'라고 쓰인 스티커에는 나체의 쇼걸 사진도 있었다. "네바다 스티커는 못 구했수. 이제는 만들지 않는 모양입디다. 그리고 또 뭐가 없는지 아슈? 핸들 덮개. 그거 알잖소. 더울 때 손에 화상 입지 않게 해주는 거 말이요."

"계속 혼자 차를 모셨나요?"

노인이 대답을 머뭇거리기에, 둘 중 한 명은 면허가 없는 게 아닌지 궁금해졌다. 나중에 인생기록부에서 확인해봐야겠다는 생각이 들었다.

"마누라가 가끔 교대해주기는 하지만, 대부분은 내가 하우. 마누라는 지도를 봐준다오. 요즘 나오는 염병할 지도들은 읽기가 힘들잖수. 반절은 무슨 길인지 알아볼 수도 없어. 옛날처럼 만들질 않는단 말이야."

우리는 한동안 제대로 된 물건을 구할 수 없게 된 상황과 현실이 얼마나 암울해졌는지에 대해 이야기를 나누었다. 그 뒤 나는 부인과 이야기를 나누어보고 싶다고 말하고, 비디오카메라와 아이젠슈타트를 차에서 꺼내 위네바고 안으로 들어갔다.

작은 캠핑카 안에 닦을 그릇이 그렇게 많을 것 같지 않았지만 앰블러 부인은 여태 행주를 손에 들고 있었다. 캠핑카 내부는 생각했던 것보다도 훨씬 좁았으며, 내가 몸을 숙여야 할 정도로 낮았다. 너무 좁은 탓에 렌즈가 보조석에 부딪히지 않도록 니콘 카메라를 몸에 바싹 붙여야 했다. 겨우 아침 9시밖에 되지 않았지만 내부는 마치 오븐 속 같았다.

나는 아이젠슈타트를 부엌 조리대 위에 올려두고 숨겨진 렌즈가 막히지 않았는지 확인했다. 어디서나 작동하는 기계라면 여기서도 잘 될 것이다. 카메라 촬영 범위 밖으로 부인이 움직일 수 있는 공간이 없었다. 나도 움직일 공간이 없었다. 미안해 라미레즈, 세상에는 사전에 프로그램된 기계보다 살아 있는 사진기자가 더 잘하는 게 있어. 바로 카메라 촬영 범위 밖에 머무는 거지.

"여기가 조리실이에요." 앰블러 부인이 행주를 접어 개수대 아래 찬장의 플라스틱 고리에 자수 모양이 잘 보이도록 걸며 말했다.

자수는 수탉이 아니라 챙 넓은 모자를 쓰고 바구니를 든 푸들이었다. 아래쪽에 '수요일에는 쇼핑을'이라는 문구가 적혀 있었다.

"보시다시피 개수대가 두 개 있고 수동펌프 수도꼭지가 있어요. 냉장고는 저압전기로 돌아가고 110리터짜리예요. 뒤쪽은 소형 식당이에요. 탁자를 뒤쪽 벽으로 접어서 넣으면 침대가 돼요. 그리고 여기가 우리 화장실이에요."

부인은 남편만큼이나 사진 찍기에 좋지 않았다. "위네바고를 산 지 얼마나 되셨죠?" 나는 부인의 장광설을 멈추기 위해 물었다. 때로 사람들이 본래 하려던 이야기에서 벗어나도록 하면 그들을 무장해제시켜서 자연스러운 얼굴을 드러나게 할 수도 있다.

"19년 됐어요." 부인이 화학식 화장실 뚜껑을 열며 말했다. "1989년에 샀죠. 저는 별로 사고 싶지 않았어요. 집을 팔고 히피 부부처럼 빈둥거리며 돌아다닌다는 생각이 마음에 들지 않았거든요. 하지만 남편이 밀어붙여서 사버렸어요. 이제는 무엇과도 바꿀 생각이 없어요. 샤워는 150리터의 고압 수도 시설로 작동해요."

너무 비좁아서 비누 떨어뜨릴 걱정할 필요도 없는 샤워장의 사진을 찍을 수 있도록 부인이 뒤로 비켜줬다. 나는 의무감에 비디오카메라로 잠깐 촬영을 했다.

"그럼 내내 이 차에서 사시는 건가요?" 목소리에 그게 불가능한 일이라는 느낌이 묻어나오지 않도록 주의하며 내가 물었다. 라미레즈 말로는 부부가 미네소타에서 왔다고 했다. 나는 이들의 집이 그쪽에 있고 1년 중 일부만 여행하는 것이라 짐작했다.

"남편은 저 넓은 야외가 다 우리 집이래요." 부인의 사진을 찍는 걸 포기하고 지면에 실을 고화질 사진만 몇 장 찍었다. 계기판에 '비행사 조종석'이라는 표지를 붙여놓은 운전석과 불편해 보이는 소파 위에 놓인 코바늘로 뜬 털실 담요, 뒤쪽 창가에 늘어져 있는 소금과 후추통과 인디언 인형들, 검은 스코티시 테리어 모형과 말린 옥수수들.

"때로는 대평원에서 지내기도 하고, 때로는 해변에서 지내기도 하죠." 부인이 말했다.

부인은 개수대로 가서 수동 펌프로 두 컵 정도의 물을 작은 냄비에 받은 다음 불판이 두 개 달린 스토브에 올렸다. 그리고 멜라민 수지로 만든 청록색 컵과 받침, 냉동 건조된 커피를 꺼내서 컵에 커피를 약간 타 넣었다.

"작년에는 콜로라도 로키산맥에 있었어요. 우리는 호수나 사막을 집 삼아 지낼 수도 있죠. 질리면 떠나면 그만이고요. 하, 우리가 봤던 그 풍경들."

나는 그 말을 믿지 않았다. 콜로라도는 석유 위기가 닥치고 다중도로가 생기기도 전에 캠핑카를 금지한 첫 번째 주였다. 먼저 산길 통행을 금지한 다음 국립공원 숲에서 캠핑카를 모두 내쫓았고, 내가 콜로라도를 떠날 무렵에는 주 경계를 넘는 것도 금지했다.

라미레즈는 캠핑카가 46개 주에서 완전히 금지되었다고 했다. 뉴멕시코도 그중 하나다. 유타는 강력한 제한을 걸어두었으며, 서부지역의 모든 주에서 주간 주행이 금지되었다. 부부가 어떤 풍경을 봤건 간에, 그게 콜로라도일 가능성은 전혀 없었다. 혹시 뭔가를 봤더라도 어둠 속에서나 순찰이 없는 다중도로에서 카메라를 피하려고 백 킬로미터가 넘는 속도로 달리며 본 풍경이겠지. 이들이 꾸며 내려는 이야기처럼 내키는 대로 떠나는 자유로운 삶을 사는 건 결코 아닐 것이다.

물이 끓었다. 부인이 컵에 물을 따르다가 청록색 받침에 살짝 흘렸다. 행주로 물을 닦았다. "눈 때문에 이쪽으로 내려왔어요. 콜로라도의 겨울은 빨리 오더라고요."

"알아요." 내가 말했다.

당시도 눈이 60센티미터나 왔었다. 그것도 겨우 9월 중순에. 그러다 보니 눈길용 타이어를 장착한 사람은 아무도 없었다. 심지어 사시나무 잎의 색깔도 아직 변하기 전이었는데, 나뭇가지들이 눈의 무게 때문에 부러져 내렸다. 캐서린의 코에도 여름에 탄 흔적이 그대로 남아 있었다.

"직전에는 어디에 계셨어요?" 내가 부인에게 물었다.

"글로브에 있었어요." 부인이 말하고는 문을 열어 남편에게 소리쳤다. "여보! 커피 마셔!" 부인은 침대로 변하는 탁자로 컵을 가져갔다. "이 탁자에는 접힌 덧판이 있어서 펼치면 여섯 명까지 앉을 수 있어요."

나는 아이젠슈타트에 부인이 잡히도록 자리를 잡고 앉았다. 손잡이를 돌려 여는 뒤쪽 창으로 햇살이 들어와 벌써 더웠다. 부인이 격자무늬 방석에 무릎을 짚고 올라가서 소금과 후추통을 넘어뜨리지 않도록 조심하며 천으로 짠 차양을 조심스레 내렸다.

도자기로 만든 옥수수 모형들 사이로 사진 몇 장이 보였다. 나는 하나를 집어 들었다. 인화된 사진을 벗겨 딱딱한 종이에 풀로 붙이던 시절의 폴라로이드 사진이었다. 지금과 똑같아 보이는 부부가 난공불락의 친근한 촬영용 미소를 지으며 흐릿한 주황색 돌 앞에 서 있었다. 그랜드 캐니언? 지온 공원? 모뉴먼트 밸리? 폴라로이드는 항상 해상도보다 색을 우선했다. 부인은 팔에 노란색의 흐릿한 작은 무언가를 들고 있었는데, 고양이 같아 보였지만 아니었다.

강아지였다.

"남편하고 데빌스타워에서 찍은 거예요." 부인이 사진을 내게서 가져가며 말했다. "이름은 타코예요. 사진에서는 잘 안 보이지만 정말 작고 귀여운 아이였죠. 치와와였어요."

부인은 사진을 다시 건네주고 소금과 후추통 뒤를 뒤지기 시작했다. "세상에서 가장 귀여운 강아지였어요. 이걸로 보면 좀 더 잘 알 수 있을 거예요."

부인이 내게 건네준 사진은 훨씬 나았는데, 괜찮은 카메라로 찍어 무광택 인화지로 뽑은 사진이었다. 이 사진에서도 부인이 치와와를 안고 위네바고 앞에 서 있었다.

"그 아이는 남편이 운전하는 동안 운전석 팔걸이에 앉아 있곤 했어요. 빨간 신호등을 만나면 쳐다보고 있다가 녹색으로 변할 때 남편에게 짖어서 가라고 알려주곤 했죠. 정말 똑똑한 아이였어요."

나는 그 개의 뾰족하게 불쑥 솟아오른 귀와 튀어나온 눈, 쥐처럼 생긴 주둥이를 쳐다봤다.

개들은 절대 사진에 제대로 나오지 않았다. 나는 예전에 달력에 써도 좋을 사진들을 수도 없이 찍었다. 하지만 어느 것도 진짜 개와 닮지 않았다. 나는 얼굴에 근육이 별로 없어서라고 결론지었다. 주인들이 뭐라고 주장하든 개들은 웃을 수가 없었다.

사람들의 얼굴 근육은 사진 속에서 세월을 뛰어넘을 수 있도록 해준다. 개의 얼굴에 나타나는 표정은 교배를 통해 선택되었다. 우울해 보이는 블러드하운드, 경계하는 듯한 콜리, 날렵하게 생긴 잡종견. 나머지는 사랑에 빠진 개 주인의 간절한 바람일 뿐이었다. 이 개 주인도 뇌 크기는 멕시코 콩알만 한데다 색맹인 치와와가 신호등이 바뀌는 걸 알아볼 수 있다고 믿지 않는가.

물론 얼굴 근육에 대한 내 이론이 완벽하지는 않았다. 고양이도 웃을 수 없기는 마찬가지였지만 사진에는 잘 나온다. 자부심과 교활함, 경멸의 감정이 사진에 아름답게 찍히지만, 고양이도 얼굴 근육은 거의 없었다. 어쩌면 사진으로는 사랑을 담을 수 없는지도 모른다. 개들이 표현할 수 있는 유일한 감정이 사랑이기 때문이다.

나는 계속 사진을 들여다봤다. "귀여운 강아지네요." 부인에게 사진을 건넸다. "별로 크지는 않았네요, 그렇죠?"

"타코는 웃옷 주머니에 넣어 다닐 수 있을 정도였어요. 타코라는 이름은 우리가 지어준 게 아니에요. 캘리포니아의 한 남자에게서 개를 받았는데 그 사람이 이름을 그렇게 지었더라고요." 부인은 사진으로는 그 개의 모습을 제대로 담을 수 없다는 걸 알고 있다는 듯이, 그리고 자신이 이름을 직접 지었다면 다른 이름을 지었을 것이고, 그러면 타코보다는 현실감 있는 이름이 되었을 테니 타코도 자연스레 더 진짜 같아졌을 거란 듯인, 이름이 사진으로 전달되지 않는 무언가를(작은 개가 했던 모든 일과 그 개가 부인에게 어떤 의미가 있었는지까지) 전해주기라도 했을 것처럼 말했다.

물론 이름은 그런 의미를 전달해주지 않는다. 나는 애버팬의 이름을 직접 지었다. 수의사 조수가 이름을 듣더니 에이브러햄이라고 적어 넣었다.

'나이는 어떻게 되나요?' 조수가 차분하게 물었다. 조수는 지금 컴퓨터에 이런 것들을 입력해 넣고 있을 때가 아니라 수의사와 함께 수술실에 있어야 했다.

'젠장, 이미 적어 넣었잖아요!' 내가 소리쳤다.

조수는 살짝 어리둥절한 표정이었다. '에이브러햄은 아무런 정보도….'

'애버팬이라고, 젠장. 애버팬!'

'여기 있습니다.' 조수가 차분하게 말했다.

카운터 반대쪽에 있던 캐서린이 모니터에서 시선을 들었다. '그 개가 뉴파보에 걸리고도 살아남았어요?' 캐서린은 놀란 얼굴이었다.

'뉴파보에 걸리고도 살아남았지. 네가 나타나기 전까지는.' 나는 캐서린에게 그렇게 말했었다.

"저는 오스트레일리안 셰퍼드를 키웠어요." 나는 부인에게 말했다.

노인이 플라스틱 양동이를 들고 위네바고 안으로 들어왔다. "아, 좀 일찍 오지." 부인이 말했다. "당신 커피 식잖아."

"위니를 마저 닦아주고 있었지." 노인은 양동이를 작은 개수대에 밀어 넣더니 손바닥으로 힘차게 펌프질을 하기 시작했다. "모래구덩이를 지나오느라 먼지투성이가 되었더라고."

"맥콤 씨에게 타코 이야기를 해주고 있었어." 부인이 잔과 받침을 가져다주며 말했다. "여기, 커피 식기 전에 마셔."

"잠깐만 기다려줘." 노인이 펌프를 멈추고 양동이를 개수대에서 꺼내올렸다.

"맥콤 씨도 개를 길렀었대." 여전히 남편에게 잔을 내민 채로 부인이 말했다. "맥콤 씨가 기르던 개는 오스트레일리안 셰퍼드였대. 나는 타코 이야기를 해주고 있었어."

"맥콤 씨는 그 이야기에 관심 없을 거야." 노인이 말했다. 둘은 결혼한 부부끼리 흔히 나눌 법한 경고의 눈빛을 서로 교환했다. "위네바고에 대해 이야기해줘. 그것 때문에 왔잖아."

노인이 다시 밖으로 나갔다. 나는 망원렌즈에 뚜껑을 씌우고 비디오카메라를 가방에 넣었다. 부인은 스토브에서 작은 냄비를 가져와서 커피를 거기에 다시 부었다. "필요한 촬영은 다 한 것 같습니다." 내가 부인의 등에 대고 말했다.

부인은 몸을 돌리지 않았다. "남편은 타코를 전혀 좋아하지 않았어요. 심지어 우리와 같이 침대에서 자도록 해주지도 않았죠. 다리에 쥐가 난다면서요. 그 작은 강아지가 무거우면 얼마나 무거울 거라고."

나는 망원렌즈에서 뚜껑을 다시 벗겼다.

"타코가 죽던 날 우리가 뭘 하고 있었는지 알아요?" 부인이 씁쓸하게 말했다. "밖에서 쇼핑을 하고 있었어요. 저는 타코를 혼자 놔두기 싫었지만, 남편은 괜찮을 거라고 했죠. 그날은 섭씨 32도나 됐는데, 남편은 가게란 가게는 다 들어가더라고요. 우리가 돌아왔을 때 타코는 벌써 죽은 상태였어요."

부인은 냄비를 스토브에 올리고 불을 켰다. "수의사는 뉴파보에 걸린 거라고 했지만, 아니에요. 타코는 더위 때문에 죽은 거예요, 불쌍한 것."

카메라를 포마이카 탁자에 살짝 내려두고 설정을 조절했다.

"타코는 언제 죽었나요?" 내가 묻자 부인이 뒤로 돌았다.

"32도라니…." 부인이 내 쪽으로 몸을 돌렸을 때, 나는 거의 소리가 나지 않을 정도로 살짝 버튼을 눌렀다. 하지만 여전히 부인의 얼굴에는 죄책감과 미소와 살짝 부끄러워하는 카메라용 표정이 남아 있었다. "그게 그러니까, 아주 오래전이었어요."

나는 일어나 카메라들을 챙겼다. "필요한 촬영은 다 한 것 같습니다." 내가 다시 말했다. "부족한 게 있으면 다시 찾아오겠습니다."

"카메라 가방 잊지 마세요." 부인이 아이젠슈타트를 건네주었다. "당신 개도 뉴파보로 죽었나요?"

"저희 개는 15년 전에 죽었어요. 93년에요."

부인이 알겠다는 듯 고개를 끄덕였다. "3차 파동 때였군요."

나는 밖으로 나왔다. 노인은 위네바고 뒤쪽 창 아래에 양동이를 들고 서 있었다. 노인은 양동이를 왼손으로 바꿔 들고 오른손을 내밀었다. "필요한 사진은 다 찍으셨수?"

"네. 부인분께서 다 보여주신 것 같아요." 나는 노인의 손을 잡고 악수했다.

"사진이 더 필요하면 돌아오슈." 노인은 아까보다 더 쾌활하고 너그럽고 친근한 목소리로 말했다. "마누라랑 나야 항상 언론에 협조적이니까."

"부인께서 치와와에 대해 말씀해주셨는데요." 나는 노인의 반응을 떠보기 위해 말을 꺼냈다.

"그러게, 그렇게 시간이 흘렀는데도 마누라는 아직 그 조그만 개를 그리워한다오." 그리고 부인과 마찬가지로 약간의 죄책감이 섞인 웃음을 지어 보였다. "뉴파보로 죽었지. 내가 백신을 접종해야 한다고 이야기했지만, 마누라가 계속 미뤘어."

노인이 고개를 저었다. "물론, 마누라의 잘못은 아니지. 뉴파보가 진짜 누구의 잘못 때문인지는 잘 알지 않수?"

물론, 나는 알고 있다. 공산주의자들의 잘못이라고 하겠지. 그들의 개들도 다 죽었다는 사실은 별로 중요하지 않았다. 노인은 공산주의자들의 화학전이 통제를 벗어났다거나, 빨갱이들이 개들을 싫어한다는 건 누구나 아는 사실이라고 이야기할 것이기 때문이다. 아니면 일본인들의 잘못이라고 할지도 모르겠다. 나는 그런 이야기들을 믿지 않았다. 어쨌든 노인은 관광산업에 종사하는 사람이니까, 어쩌면 민주당이나 무신론자들, 혹은 그들을 몽땅 다 합친 무언가의 잘못이라고 할지도 모르겠다. 심지어 위네바고를 모는 남성상을 대변하는 그가 그런 이야기들을 백 퍼센트 진짜라고 장담하더라도, 나는 별로 듣고 싶지 않았다. 나는 히토리로 걸어가 뒷자리에 아이젠슈타트를 던져 넣었다.

"당신도 누가 개들을 죽였는지 알지 않소?" 노인이 내게 외쳤다.

"알죠." 나는 그렇게 말하고 차에 올라탔다.

＊

나는 과속단속 카메라를 피할 생각도 하지 않는, 붉게 칠한 급수차 무리 사이를 비집고 달리며 집에 오면서 타코를 떠올렸다. 우리 할머니도 치와와를 키웠다. 퍼디타. 녀석은 역사상 가장 사악한 개였다. 문 뒤에 숨어서 기다리다가 래브라도 크기만 한 살점을 내 다리에서 뜯어내곤 했다. 그리고 할머니도 물었다. 나중에는 치와와가 잘 걸리는 무슨 병에 걸려서 똥오줌을 가리지 못하게 되었다. 그리고 그게 가능할 줄 몰랐지만, 더 심술궂어졌다.

끝에 가서는 할머니조차 가까이 다가가지 못하게 했지만, 할머니는 녀석을 안락사시키는 것을 거부했다. 그 개는 할머니에 대한 구제할 길 없는 분노를 드러낼 뿐이었지만, 할머니는 끝까지 개를 다정하게 돌봐줬다. 뉴파보 사태가 터지지 않았다면, 그 개는 여전히 살아서 할머니를 비참하게 만들고 있었을 것이다.

나는 교차로에서 빨간불과 녹색불을 구분할 수 있는 놀라운 능력을 가졌던 타코가 실제로 어떤 개였을지, 그리고 정말 열사병으로 죽었을지 궁금해졌다. 그리고 그 긴 시간 동안 14평방미터의 차 안에서 함께 살며 서로를 탓했을 앰블러 부부에게 그 사건은 어떤 의미였을지도 궁금해졌다.

집에 도착하자마자 라미레즈에게 전화를 걸어서, 라미레즈가 내게 항상 그러듯이 나도 누가 걸었는지 인사도 하지 않고 내가 할 말부터 했다. "인생기록부가 필요해."

"전화 고마워. 협회에서 너한테 전화가 왔었어. 그리고 기사 집필 방향으로 이건 어때? '위네바고와 위네바고들.' 위네바고는 인디언 부족 이름이야. 아마 미네소타에 살 거야. 대체 주지사 기자회견에는 왜 안 갔어?"

"그냥 집에 왔어. 협회가 원하는 건 뭔데?"

"말 안 했어. 네 일정을 물어보더라고. 템피에 주지사와 함께 있다고 했어. 기사에 관한 거야?"

"응."

"좋아, 기사 쓰기 전에 기획안부터 넘겨줘. 신문사로서는 협회의 심기를 거스르는 건 무조건 피하고 싶으니까."

"캐서린 파웰에 대한 인생기록부를 줘." 나는 철자를 불러주었다.

라미레즈가 다시 철자를 불러 확인했다. "협회에 대한 기사와 관련 있어?"

"아니."

"그럼 무슨 일이랑 관련된 여자야? 정보 요청서에 뭔가 적어야 해."

"배경 조사라고 적어줘."

"위네바고 기사 때문이라고 할까?"

"응. 위네바고 기사 때문이라고 해. 얼마나 걸릴까?"

"상황에 따라 다르지. 주지사 기자회견에 안 간 이유는 언제 이야기해 줄 거야? 그리고 탈리어센 웨스트 건도. 이런 젠장. 〈리퍼블릭〉에 전화해서 자료 영상 맞바꿀 수 있느냐고 물어봐야겠다. 멸종된 캠핑카 영상에는 지대한 관심을 보일 게 틀림없으니까. 물론 네가 한 장이라도 찍었다는 가정하에 하는 말이긴 하지만. 동물원에는 다녀왔지?"

"응. 비디오 동영상이랑 사진 전부 다 찍었어. 심지어 아이젠슈타트도 썼어."

"네 여자 친구 뒷조사를 할 동안 나한테 영상 좀 보내줄 수 있어? 지나친 요구인가? 얼마나 오래 걸릴지 모르겠어. 앰블러 부부에 대해서도 허가받는 데 이틀 걸렸어. 전부 다 필요해? 사진과 서류까지?"

"아니. 이력이면 충분해. 그리고 전화번호도."

라미레즈는 이번에도 작별 인사 없이 전화를 끊었다. 만약 아직 전화에 수화기가 달려 있던 시절이었다면, 라미레즈는 통화 중에 수화기를 내려놓는 일에 꽤 소질을 보였을 것이다. 나는 비디오카메라의 영상을 전송하고, 아이젠슈타트 사진을 신문사에 보내기 위해 필름통을 인화기에 넣었다. 그 기계가 내 직업을 빼앗아가려 한다는 사실을 알고 있었지만, 어떤 사진들이 찍혔을지 굉장히 궁금했다. 적어도 빌어먹을 20만 화소짜리 TV 대용물이 아닌 고화질 필름을 쓰고 있었으니 말이다. 나는 아이젠슈타트가 구도를 잡을 수 있을 거라 생각하지 않았고, 전경과 배경도 인식하지 못할 것으로 생각했지만, 어쩌면 특정 상황에서는 내가 찍을 수 없는 사진을 찍을 수 있을지도 몰랐다.

초인종이 울렸다. 나는 손님을 맞으러 문으로 나갔다. 헐렁한 반바지에 꽃무늬 셔츠를 입은 호리호리한 젊은 남자가 문 앞에 서 있었고, 진입로에는 협회의 제복을 입은 사람이 서 있었다.

"맥콤 씨?" 젊은 남자가 손을 내밀며 말했다. "저는 짐 헌터입니다. 동물애호협회에서 나왔습니다." 내가 무엇을 예상했었는지 모르겠다. 전화 추적까지는 하지 않을 거라고 기대했었나? 길에 죽은 동물을 방치한 사람을 그냥 놔둘 거라고 기대했었나?

"저는 협회를 대표해 자칼에 대해 신고해주신 것에 감사를 표하기 위해 잠시 들렀습니다. 들어가도 될까요?"

짐 헌터는 관대하면서 친근하고 점잖은 체하는 웃음을 지어 보였는데, 마치 내가 "무슨 말씀을 하시는지 모르겠네요." 같은 멍청한 말을 하면서 헌터가 손을 짚고 있는 안전문을 쾅 닫아버리기를 기다리는 사람 같았다.

"제 의무를 다한 것뿐입니다." 내가 웃음으로 답했다.

"좋습니다. 저희는 선생님처럼 책임감 있는 시민들에게 진심으로 감사드리고 있습니다. 저희가 하는 일을 쉽게 만들어주시니까요." 헌터가 셔츠 주머니에서 접혀 있던 정보기기를 꺼냈다. "제가 몇 가지만 확인하겠습니다. 〈선코〉에서 일하는 기자분이시죠?"

"사진기자입니다."

"운전하시는 히토리는 신문사 소유인가요?"

내가 고개를 끄덕였다.

"히토리에 전화가 달려 있지요. 왜 그걸로 전화를 걸지 않으셨나요?"

제복을 입은 사내가 히토리를 살피고 있었다.

"전화가 있는지 몰랐습니다. 신문사가 히토리를 산 지 얼마 안 됐거든요. 이번에 몰고 나간 게 겨우 두 번째입니다."

협회는 신문사가 히토리에 전화를 달아놓은 걸 알고 있었으니, 내가 방금 이야기한 사항도 이미 알고 있었을 것이다. 어디서 그런 정보를 얻었는지 궁금해졌다. 공중전화는 도청에서 안전한 것으로 알려져 있었고, 카메라로 자동차 번호판을 판독했더라도 라미레즈와 이야기하지 않은 이상 차의 소유주가 누구인지는 알 방법이 없었다. 협회가 미리 라미레즈에게 이야기를 했다면, 아까 라미레즈가 협회의 심기를 거스르기는 싫다는 이야기를 그렇게 쾌활하게 하지는 않았을 것이다.

"차에 전화가 있는 걸 모르셨다는 말이죠. 그래서 차를 몰고…"

헌터가 정보기기를 살펴보며 뭔가 받아 적고 있다는 인상을 주려 하고 있었다. 셔츠 주머니에 녹음기가 있는 게 틀림없었다. "맥도웰 가와 40번 가의 교차로에 있는 세븐일레븐으로 가서, 거기에서 전화를 거셨죠. 협회 직원에게 왜 당신의 이름과 주소를 남기지 않으셨나요?"

"제가 좀 급한 상황이었거든요. 점심 전에 취재해야 할 기사가 두 개나 있었어요. 두 번째는 스코츠데일이었고요."

"그래서 동물에게 응급조치를 시행하지 않으셨던 거군요. 급하셨기 때문에요."

이 개자식.

"아니요. 취해줄 수 있는 응급조치가 전혀 없었기 때문에 응급조치를 하지 않았습니다. 그러니까 그건 이미 죽어 있었어요."

"그걸 어떻게 아셨죠, 맥콤 씨?"

"입에서 피가 나오고 있었습니다." 내가 말했다.

나는 좋은 징조라고 생각했었다. 다른 데서는 피를 흘리고 있지 않았으니까. 애버팬이 고개를 들어 올리려 하자 입에서 피가 아주 조금 흘러나와 두껍게 쌓인 눈으로 스며들었다. 출혈은 우리가 차까지 데려가기도 전에 멈췄다. '괜찮아. 애야, 금방 갈 거야.' 내가 애버팬에게 말했다.

캐서린이 시동을 걸다가 꺼뜨려버렸다. 다시 시동을 걸더니 차를 돌릴 수 있는 곳까지 후진했다.

애버팬은 내 무릎 위에 힘없이 늘어져 있었고, 꼬리는 변속 기어에 닿아 있었다. '가만히 누워 있어.' 내가 애버팬의 목을 토닥였다. 축축했다. 그래서 나는 그게 피일까 두려워하며 손을 들어 손바닥을 봤다. 그냥 눈이 녹은 물이었다. 나는 애버팬의 목과 머리 위쪽을 스웨터 소매로 닦아주었다.

'거기까지 얼마나 멀어요?' 캐서린이 물었다. 핸들을 양손으로 꽉 움 켜쥔 채 좌석 앞쪽에 엉덩이만 간신히 걸친 채 뻣뻣한 자세로 앉아 있었 다. 와이퍼가 오락가락 움직이며 눈을 치우려고 애썼다.

'8킬로미터 정도.' 캐서린이 가속 페달을 밟더니 차가 미끄러지기 시 작하자 다시 발을 뗐다. '고속도로 오른쪽이야.'

무릎에 누운 애버팬이 고개를 들어 나를 쳐다보았다. 잇몸은 회색이 었고 가쁜 숨을 몰아쉬고 있었지만, 더 이상 피는 보이지 않았다. 애버팬 은 내 손을 핥으려 했다. '괜찮을 거야, 애버팬. 전에도 이겨냈잖아. 기억 나지?'

"그런데 차에서 내려 죽은 게 확실한지 확인해보지는 않으셨죠?" 헌 터가 말했다.

"네."

"누가 자칼을 쳤는지는 전혀 모르시고요?" 헌터가 추궁하듯 말했다.

"네."

헌터가 히토리의 반대편을 살피고 있는 제복 입은 사내를 흘끗 돌아 봤다. "후유." 헌터가 꽃무늬 셔츠 칼라를 흔들며 말했다. "밖은 찜통 같 네요. 들어가도 괜찮을까요?" 제복 입은 사내가 혼자서 살펴볼 시간이 필요하다는 의미였다. 뭐, 그렇다면 개인적인 시간을 드려야지. 범퍼와 타이어에 고정액을 뿌려서 있지도 않은 자칼 혈액으로 죄를 입증할 만한 증거를 채취해 제복 주머니에 가지고 다니는 증거물 봉지에 담게 해줘야 만 떠날 것이다.

내가 안전문을 활짝 열었다.

"아, 정말 좋네요." 헌터가 계속 옷깃으로 부채를 부치며 말했다. "이 전통 벽돌로 만들어진 집들은 정말 시원하단 말이죠." 그러고는 인화기 와 확대기, 소파, 인화 건조 중인 사진들이 벽에 걸린 방을 흘끗 둘러봤 다. "누가 자칼을 쳤을지 짐작도 안 되시나요?"

"급수차가 아닐까 싶은데요. 아침 시간에 밴뷰런 로에 달리 뭐가 있겠습니까?"

나는 승용차나 작은 트럭일 거라 확신하고 있었다. 급수차였다면 자갈은 도로 위에 얼룩 정도밖에 남기지 않았을 것이다. 급수차가 범인이라면 면허정지 처분에 2주 정도 피닉스 대신 산타페로 식수 배달을 보내는 게 전부일 것이다. 아니면 그 정도 처벌조차 없을지도 모른다. 협회가 식수 위원회의 손아귀에 있다는 소문이 신문사에 돌았다. 만약 반대로 승용차가 범인이라면, 협회가 차를 압수하고 운전자는 징역형을 선고받을 것이다.

"급수차는 항상 카메라를 피하려고 하잖아요. 급수차는 아마 자기가 자칼을 쳤는지도 몰랐을 거예요."

"뭐라고요?" 헌터가 말했다.

"제 말은, 급수차일 수밖에 없다는 겁니다. 출근 시간 때 밴뷰런 로에는 다른 차가 다니질 않아요."

나는 헌터가 "당신을 제외하면 말이죠."라고 말할 거라 예상했지만, 그러지 않았다. 심지어 내 말을 듣고 있지도 않았다. "당신 개인가요?"

헌터는 퍼디타의 사진을 보고 있었다. "아니요. 제 할머니 개였어요."

"무슨 종이죠?"

작고 고약한 짐승이었지. 퍼디타가 뉴파보로 죽었을 때 할머니는 아이처럼 울었다. "치와와요."

헌터가 다른 벽을 돌아보았다. "이 개들 사진은 전부 당신이 찍으신 건가요?" 헌터의 태도가 싹 변했다. 태도가 공손해지자 처음에 얼마나 건방진 척했던 건지 알 수 있었다. 길 위에 죽어 있던 자칼이 근처에 남은 마지막 자칼도 아니었을 텐데.

"일부는요." 내가 말했다. 헌터가 옆에 있는 사진을 보길래 나는 말을 보탰다. "그건 제가 찍은 게 아니에요."

"이건 뭔지 알아요." 헌터가 가리키며 말했다. "복서죠?"

"잉글리시 불독이요."

"아, 맞아요. 몰살된 종 아니던가요? 너무 사나워서?"

"아니요."

헌터는 마치 박물관에 온 관광객처럼 인화기 쪽에 있는 사진들로 옮겨갔다. "이 사진도 다른 사람이 찍은 게 틀림없군요." 굽 높은 신발에 구식 모자를 쓰고 팔에 개들을 안고 있는 뚱뚱한 노파의 사진을 가리키며 말했다.

"영국의 아동 도서 작가 베아트릭스 포터예요. 《피터 래빗》을 썼죠."

헌터는 별 관심이 없었다. "이 개들은 어떤 종인가요?"

"페키니즈요."

"잘 찍힌 사진이네요."

사실은 형편없는 사진이었다. 한 마리는 카메라에서 고개를 돌리고 있었고, 다른 한 마리는 도망갈 기회만 엿보며 주인의 손에 잡혀 침울하게 앉아 있었다. 개들의 표정을 읽을 수는 없지만, 누가 봐도 저 개들은 사진 찍히기를 싫어하고 있었다. 개들의 작고 납작한 얼굴과 작고 검은 눈에서는 아무런 감정도 보이지 않았다.

반면에 베아트릭스 포터는 아름답게 다가왔다. 페키니즈를 잡고 있느라 사력을 다하고 있는 와중에도 카메라를 향해 미소를 지으려 노력하고 있었다. 어쩌면 그 때문일지도 몰랐다. 베아트릭스가 강아지들에게 느끼는 격렬하고도 우스꽝스러운 사랑이 얼굴에 고스란히 드러나 있었다. 베아트릭스는 《피터 래빗》과 그에 따른 유명세에도 불구하고 대중용 얼굴을 띠지 않았다. 베아트릭스가 느끼는 모든 것들이 거기에 그대로, 가려지지도 깨지지도 않은 채 있었다. 캐서린처럼.

"이 중에 당신 개는 없나요?" 헌터가 물었다. 헌터는 소파 위에 걸린 미샤의 사진을 바라보고 있었다.

"없어요." 내가 말했다.

"어떻게 당신 개의 사진은 한 장도 없을 수가 있죠?" 헌터가 물었을 때, 내가 개를 키웠었다는 사실은 어떻게 알았으며, 또 그 외에 무엇을 더 알고 있는지 궁금해졌다.

"사진 찍히는 걸 싫어했어요."

헌터는 정보기기를 접어 주머니에 다시 넣고는 몸을 돌려 퍼디타의 사진을 다시 보았다. "진짜 순하고 착해 보이는 강아지네요."

제복을 입은 사내가 문간에서 기다리고 있었다. 차에 해야 할 일을 다 마친 게 분명했다. "누가 저질렀는지 알게 되면 당신께 알려드리겠습니다." 헌터가 그렇게 말하고 떠났다. 도로로 나가는 길에 제복을 입은 사내가 무엇을 찾았는지 이야기해주려 했지만, 헌터가 말을 가로막았다. 저 용의자는 집 안 가득 개들의 사진을 가지고 있는 걸 보니, 오늘 아침에 밴뷰런 로에서 개와 판박이처럼 닮은 불쌍한 녀석을 치었을 리 없어. 사건 종료.

나는 인화기로 돌아가 아이젠슈타트의 필름을 집어넣었다. "양화 필름. 순서대로 5초씩." 나는 인화기 모니터에 떠오른 사진들을 지켜봤다.

라미레즈는 아이젠슈타트를 평평한 곳에 똑바로 세워두면 자동으로 사진을 찍는다고 했었다. 그 말이 맞았다. 템피로 가는 길에 예닐곱 장이 찍혔다. 내가 아이젠슈타트를 차에 실을 때 찍힌 것으로 보이는 히토리안의 사진 두 장, 문을 열었을 때 찍힌 선인장 전경, 자동차 전용 도로에서 찍힌 차량들이 작고 선명하게 나오고 야자수 나무와 건물들이 흐릿하게 나온 사진이 있었다. 차와 사람들. 자칼을 짓이기고 지나갔던 붉은 급수차가 잘 나온 사진과 내가 차를 세워둔 언덕 옆에 있던 실난초 사진들이 10여 장 있었다.

위네바고의 부엌에 앉았을 때 내 팔뚝 사진 두 장이 멋있게 찍혔고, 아름다운 구도의 멜라민 수지 그릇과 숟가락 정물화가 있었다. 차와 사람들. 나머지 사진들은 죄다 쓸모가 없었다. 내 등, 화장실의 열린 문, 노인의 등, 부인의 대중용 얼굴.

마지막 한 장은 달랐다. 부인이 아이젠슈타트 바로 앞에 서서 렌즈를 거의 똑바로 바라보고 있었다. 당시 부인이 했던 말은 "그 불쌍한 것이 혼자 있었을 걸 생각하면"이었다. 그리고 몸을 돌릴 때 즈음에는 이미 대중용 얼굴을 두르고 있었다. 하지만 가방이라 생각하고 아이젠슈타트를 쳐다보며 과거를 떠올리던 바로 그 순간, 부인의 진짜 얼굴이 거기 있었다. 내가 아침 내내 찍으려던 사람의 사진이었다.

나는 그 사진을 거실로 가져가서 자리에 앉아 한참을 들여다봤다.

"그러니까 넌 콜로라도에 사는 캐서린 파웰 씨를 알고 있었던 거네." 라미레즈가 단도직입적으로 말했다. 그리고 하이와이어가 조용히 움직이며 인생기록부를 인쇄하기 시작했다. "난 항상 네 과거에 뭔가 어두운 비밀이 있을 거라고 의심했었어. 피닉스로 옮겨온 게 이 여자 때문이야?"

나는 하이와이어가 인쇄한 부분을 바라봤다. 캐서린 파웰. 아파치 정션, 더치맨 가 4628번지. 여기서 65킬로미터 정도 떨어진 곳이다.

"맙소사. 너 진짜 애를 건드린 거야? 내가 계산해보니까 네가 거기 살 때 이 여자는 겨우 열일곱 살이었어."

열여섯이었다.

'네가 이 개의 주인이니?' 수의사가 캐서린에게 물었다. 캐서린이 얼마나 어린지 알아본 수의사의 얼굴에 동정심이 비쳤다.

'아니요. 제가 그 개를 쳤어요.'

'맙소사. 몇 살이니?'

'열여섯이요. 캐서린이 천진난만한 얼굴로 말했다. '이제 막 면허를 땄어요.'

라미레즈가 말했다. "이게 위네바고와 무슨 상관이 있는 건지는 말 안 해줄 거야?"

"난 눈(snow)이 싫어서 여기로 이사 왔어." 나는 작별 인사 없이 전화를 끊었다.

인생기록부는 아직도 조용히 출력되고 있었다. 휴렛 패커드에 고용되었던 해커. 아마도 노동조합 조직 중 99년 해고됨. 이혼. 자녀 두 명. 내가 애리조나로 이사한 5년 뒤 캐서린도 이사했다. 도시바의 관리 프로그래머. 애리조나주 운전면허증.

나는 인화기로 돌아가 앰블러 부인의 사진을 봤다. 난 개들이 절대 제대로 찍히지 않는다고 말했었다. 사실이 아니었다. 타코는 부인이 내게 그토록 보여주고 싶어 했던 희미한 폴라로이드에 있는 것이 아니었다. 부인이 그토록 들려주고 싶어 하던 이야기에 있는 것도 아니었다. 타코는 고통과 애정과 상실감이 드러난 앰블러 부인의 얼굴에 담긴 이 사진에 있었다. 운전석 팔걸이에 자리 잡고 앉아서 녹색불로 바뀔 때마다 조바심을 내며 짖어대는 타코가 내 눈앞에 선명하게 떠올랐다.

아이젠슈타트에 새 필름통을 끼우고 캐서린을 보러 나갔다.

*

나는 다시 밴뷰런 로를 지나가야 했다. 4시가 다 되어 가고 있어, 간선도로가 밀리기 시작할 시간이었다. 하지만 자칼은 사라졌다. 협회는 효율적이었다. 마치 히틀러와 나치처럼.

'어떻게 당신 개의 사진은 한 장도 없을 수가 있죠?' 헌터가 물었었다.

거실을 개 사진으로 가득 채울 만한 사람이라면 본인이 키우던 개의 사진도 당연히 있을 거라는 가정을 바탕으로 한 질문이었을 수도 있지만, 그렇지도 않았다. 헌터는 이미 애버팬에 대해 알고 있었다. 그 말은 내 인생기록부를 열람했다는 의미였고, 이는 많은 것을 의미했다. 내 인생기록부에는 사생활 보호를 걸어두었기 때문에 누구든 열람하려면 먼저 내게 알려주게 되어 있었다. 그런데 협회는 예외인 모양이었다.

신문사에서 알고 지내던 기자 돌로레스 치웨어는 옛날에 협회가 인생기록부 보관소와 불법적인 연계를 맺고 있다는 기사를 쓰려 했지만, 편집장을 설득할 만한 증거를 모으지 못했다. 이게 증거가 될 수 있을지 궁금했다.

인생기록부는 애버팬에 대해서는 알려줄 수 있지만, 어떻게 죽었는지는 알려주지 않는다. 당시 개를 죽이는 것은 범죄가 아니었다. 나는 캐서린의 조심성 없는 운전에 대해 고소를 하거나 경찰을 부르지도 않았다.

'경찰을 불러야 할 것 같아요.' 수의사 조수가 말했다. '이제 개는 백 마리도 남지 않았어요. 사람들이 개를 죽이고 다니게 내버려둬선 안 돼요.'

'맙소사, 이봐, 눈이 와서 미끄러웠잖아.' 수의사가 성난 목소리로 말했다. '그리고 얘는 그냥 어린애야.'

'면허를 딸 정도로는 나이를 먹었죠.' 내가 캐서린을 보며 말했다. 캐서린은 운전면허증을 찾으려고 지갑을 만지작거리고 있었다. '길에 차를 몰고 나올 정도로 나이를 먹기도 했고요.'

캐서린은 면허증을 찾아서 내게 건네줬다. 아직도 반짝거리는 새 면허증이었다. 캐서린 파월. 2주 전에 열여섯 살이 되었다.

'그런다고 개가 살아서 돌아오는 건 아니잖아요.' 수의사가 면허증을 내 손에서 낚아채 캐서린에게 돌려줬다. '집에 돌아가려무나.'

'기록을 위해 이름을 받아둬야 합니다. 조수가 말했다.

캐서린이 앞으로 나섰다. '캐서린 파월이에요.'

'서류 작업은 나중에 해.' 수의사가 매섭게 말했다.

결국 서류 작업은 진행되지 않았다. 일주일 뒤 3차 파동이 닥쳤으니, 아마도 별 의미가 없었을 것이다.

나는 동물원 입구에서 속도를 줄이고 주차장을 바라봤다. 앰블러 부부는 호황을 맞고 있었다. 적어도 승용차 다섯 대와 10여 명은 되는 아이들이 위네바고 주변에 몰려 있었다.

"대체 어디에 있는 거야?" 라미레즈가 말했다. "그리고 망할 사진들은 어디 있어? 〈리퍼블릭〉이랑 거래하기로 했는데, 녀석들이 특종 독점권을 요구했어. 사진이 지금 당장 필요하단 말이야!"

"집에 돌아가는 대로 바로 보내줄게. 지금 취재 중이야."

"아무렴 그러시겠지! 옛 여자 친구를 보러 가는 길인 거 알아. 뭐, 신문사 비용으론 안 돼. 안 된다고!"

"위네바고 인디언에 대한 자료 받았어?" 내가 라미레즈에게 물었다.

"응. 위네바고족은 예전에 위스콘신에 살았었는데 지금은 아니야. 70년대 중반에는 보호구역에 1,600명 정도가 있었고, 다 합쳐서 4,500명 정도였는데, 1990년까지 인구가 500명으로 줄었다가 지금은 아무도 남지 않은 것 같대. 그들에게 무슨 일이 있었는지는 아무도 몰라."

그들에게 무슨 일이 있었는지는 내가 알려주지. 대부분은 1차 파동 때 죽었어. 사람들은 정부나 일본, 오존층을 탓했지. 2차 파동이 닥치자 협회가 생존자를 보호하기 위해 온갖 법률들을 제정했지만 이미 너무 늦었어. 그들은 생존에 필요한 최소 인구 한계점보다 낮아졌고, 3차 파동이 나머지를 깨끗이 해치우고 마지막 위네바고는 어딘가의 우리에 갇혔지. 만약 내가 거기에 있었더라면 그 사람의 사진을 찍으러 갔을 거야.

"인디언 사무국에 전화해봤어." 라미레즈가 말했다. "내게 다시 전화를 주기로 했어. 그런데 너는 위네바고족에는 관심도 없잖아. 그냥 내 관심을 돌리고 싶었던 거지. 넌 지금 무슨 기사를 쓰고 있는 거야?"

나는 계기판에서 둘러보며 통화중단 버튼을 찾았다.

"맬콤, 대체 무슨 일이야? 처음에는 큰 기삿거리 두 개를 팽개치더니, 이제는 사진도 제대로 못 보내고 있잖아. 젠장, 문제가 있으면 나한테 이야기해. 도와주고 싶어서 그래. 콜로라도와 관련 있는 거지, 그렇지?"

나는 버튼을 찾아서 전화를 끊어버렸다.

밴뷰런 로는 오후에 간선도로에서 몰려드는 차량들이 늘어나서 붐볐다. 밴뷰런 로에서 아파치 대로로 들어가는 곡선 차선을 빠져나가자 신규 도로 공사가 진행되고 있었다. 동쪽 차로에는 벌써 시멘트 거푸집을 만들었고, 내가 있는 서쪽 차로에도 여섯 개 차선 중 두 개에 나무로 거푸집을 만들고 있었다.

앰블러 부부는 인부들이 일을 시작하기 직전에 온 게 틀림없었다. 찌는 듯한 더위와 오후의 태양에 지친 인부들이 삽에 기댄 모습으로 봐서는 이쪽 길을 포장하는 데 꼬박 6주는 걸릴 것 같았다.

메사는 아직 다중도로가 막히지 않았지만, 번화가를 통과하자마자 다시 공사가 시작되었다. 이쪽 길은 거의 마무리되어가고 있었다. 양쪽 차로 모두 거푸집을 올려 시멘트를 부어 놓은 상태였다.

앰블러 부부가 글로브에서 올 때 이쪽 길로 오지는 못했을 것이다. 길은 1인승 히토리가 간신히 지나갈 정도로 좁았고, 급수차용 차로는 출입이 금지된 상태였다. 슈퍼스티션 쪽 길은 차선이 완전히 분리되어 있었고, 루스벨트에서 내려오는 옛 고속도로도 마찬가지였다. 즉, 그들이 글로브에서 왔을 리가 없다는 의미였다. 나는 그들이 어떻게 왔는지 궁금해졌다. 아마도 다중도로의 급수차용 차선을 썼을 것이다.

'하, 우리가 봤던 그 풍경들.' 부인은 그렇게 말했다. 단속 카메라를 피하기 위해 한 쌍의 캥거루쥐처럼 어두운 사막을 내달리며 무엇을 얼마나 보았을지 의문이었다.

도로 인부들이 아직 새로운 출구 표지를 설치하지 않아서, 아파치 정션으로 나가는 출구를 놓쳤다. 슈페리어까지 반쯤 내려가 시멘트 공사 중인 좁은 차선에서 옴짝달싹 못 하다가 차선을 변경할 수 있는 지점에 도착해서야 겨우 좀 나아졌다.

캐서린의 주소는 슈퍼스티션 주택단지로 되어 있었다. 개발의 물결은 슈퍼스티션산의 바로 밑자락까지 밀어닥쳤다. 도착했을 때 캐서린에게 무슨 말을 할지 생각해봤다. 당시 캐서린과 2시간을 함께 있는 동안 내가 캐서린에게 했던 말이라고는 다 합쳐봐야 열 마디에 불과할 것이다. 그나마 대부분은 방향을 지시하느라 내지른 소리였다. 수의사에게로 향하는 차 안에서 나는 애버팬에게 말을 걸고 있었고, 도착한 뒤에는 대기실에 앉아 서로 아무 말도 하지 않았다.

문득 내가 캐서린을 알아보지 못할 수도 있다는 생각이 들었다. 캐서린이 어떻게 생겼는지 거의 기억나지 않았다. 햇볕에 탄 코와 몹시 솔직한 아이였다는 건 기억났지만, 15년이 흐른 지금까지 그런 모습이 남아 있을 가능성은 거의 없었다. 애리조나의 태양은 코의 탄 자국을 지워버렸을 것이다. 캐서린은 결혼했다 이혼하고 해고당했다. 그 외에도 지난 15년간 일어났을 숱한 일들이 캐서린의 얼굴에서 솔직함을 앗아갔을 것이다. 그렇다면 여기까지 운전을 해서 온 것도 의미가 없었다.

하지만 앰블러 부인이 거의 난공불락의 가짜 표정을 짓고 있었어도, 부인이 경계를 푸는 순간을 잡아낼 수 있었다. 혹시 캐서린에게 개 이야기를 하도록 만들 수 있다면, 사진 찍히고 있다는 사실을 모르게 할 수 있다면….

캐서린의 집은 구형 수동식 태양광 시설을 쓰고 있어 지붕에 납작하고 시커먼 판이 붙어 있었다. 보기 흉한 정도는 아니었지만 그렇다고 깔끔하지도 않았다. 풀은 하나도 없었다. 급수차는 아까운 통행료를 써가며 이렇게 먼 곳까지 나오지도 않을 테고, 아파치 정션은 피닉스나 템피가 제공하는 뇌물과 보너스를 줄 수 있을 정도로 큰 지역이 아니었다. 하지만 앞마당에는 선인장과 검은 화산석이 교대로 놓여 있었다. 옆마당에는 바싹 마른 팔로베르데* 나무가 있었고, 고양이가 묶여 있었다. 꼬마 여자아이가 나무 아래서 장난감 차를 가지고 놀았다.

나는 뒷좌석에서 아이젠슈타트를 꺼낸 뒤 현관으로 올라가 벨을 울렸다. 마지막 순간에, 캐서린이 이미 안전문을 열고 있었기 때문에 돌아갈까 하는 마음을 돌리기에는 너무 늦어버린 순간에, 캐서린도 나를 알아보지 못할 수 있으며 내가 누구인지 말해줘야 할지도 모른다는 생각이 들었다.

캐서린의 콧등은 타지 않았고, 열여섯 살에서 서른 살이 될 만큼의 나잇살이 붙기는 했지만, 그 부분만 제외하면 우리 집 앞에서 봤던 모습과 똑같았다. 그리고 솔직함이 드러나던 얼굴이 완전히 사라진 것도 아니었다. 캐서린의 얼굴을 보자, 캐서린이 나를 알아봤으며 내가 오리라는 것을 미리 알고 있었다는 사실을 깨달았다. 내가 인생기록부에서 캐

* 가시가 있는 콩과의 관목

서린의 소재를 확인하면 미리 알림이 가도록 해놓았던 게 틀림없다. 나는 그게 무슨 의미일지 생각했다.

내가 동물애호협회 사람들에게 그랬듯 캐서린이 안전문을 살짝 열었다. "원하는 게 뭔가요?"

나는 캐서린이 화내는 모습을 본 적이 없었다. 심지어 수의사 앞에서 내가 캐서린을 몰아 세웠을 때도 화난 모습을 보이지 않았었다. "당신을 만나고 싶었어요."

나는 취재 중에 '캐서린'이라는 이름을 보게 되어 같은 사람인지 궁금해서 와보았다고 할지, 아니면 마지막 남은 수동식 태양광 시설을 취재하는 중이라고 이야기하는 게 나을지 고민했었다. "오늘 아침에 길에서 죽은 자칼을 봤어요." 내가 말했다.

"제가 자칼을 죽였다고 생각하시는 건가요?" 캐서린이 안전문을 닫으려 했다.

난 생각할 틈도 없이 손을 내밀며 말했다. "아니요."

나는 문에서 손을 떼었다. "아니요, 당연히 그렇게 생각하지 않았습니다. 잠시 들어가도 될까요? 당신과 이야기를 좀 하고 싶어요."

꼬마아이가 장난감 차들을 핑크색 티셔츠에 담고 다가와 옆에 서서 호기심 어린 눈으로 쳐다봤다.

"제나, 이리 들어와." 캐서린이 안전문을 살짝 열며 말했다. 꼬마아이가 서둘러 들어갔다. "부엌에 가 있어. 쿨에이드 타줄게." 캐서린이 나를 쳐다봤다. "당신이 찾아오는 악몽을 꾸곤 했어요. 내가 문으로 가면 당신이 서 있는 꿈이었죠."

"여기 정말 덥네요." 말을 뱉고서야 내가 꼭 헌터처럼 말했다는 생각이 들었다. "들어가도 될까요?"

캐서린이 안전문을 활짝 열어주었다. "딸에게 마실 걸 만들어줘야 해요." 캐서린이 이끄는 대로 부엌으로 들어가자, 앞에서 아이가 깡충깡충 뛰고 있었다.

"어떤 쿨에이드로 타줄까?" 캐서린이 묻자 아이가 외쳤다. "빨간색!"

탁자와 책상이 있는 벽감으로 이어진 좁은 통로에 스토브와 냉장고, 식수 냉각기가 있었고, 그 맞은편에 부엌 조리대가 있었다. 나는 아이젠슈타트를 탁자에 내려두고, 캐서린이 다른 방으로 가자는 제안을 하지 못하도록 일찌감치 자리에 앉아버렸다.

캐서린은 선반에서 플라스틱 물병을 내리더니 물통 아래에 집어넣어 물을 채웠다. 제나는 조리대에 장난감 차들을 던져놓고 그 옆으로 기어올라가 찬장 문을 열기 시작했다.

"아이는 몇 살인가요?" 내가 물었다.

캐서린은 스토브 옆에 있는 서랍에서 나무 숟가락을 꺼내 물병과 함께 탁자로 가져왔다. "네 살이에요." 캐서린이 말했다. "쿨에이드 찾았니?" 캐서린이 딸에게 물었다.

"응." 아이가 대답했지만, 쿨에이드는 아니었다. 그건 핑크색 각설탕처럼 생긴 물건이었는데, 아이가 비닐 껍질을 벗겼다. 그걸 물병에 떨어뜨리자 쉭 거품이 일며 연한 빨간색으로 변했다. 쿨에이드도 위네바고와 수동식 태양광 시설처럼 멸종해버린 게 틀림없었다. 혹은 알아볼 수 없을 정도로 변해버렸거나. 동물애호협회처럼 말이다.

캐서린은 고래 그림이 그려진 잔에 빨간 액체를 따라주었다.

"아이는 하나뿐인가요?"

"아니요, 남자애도 하나 있어요." 캐서린은 말해줘야 좋을지 확신하지 못하는 듯 경계하는 목소리로 말했다. 나는 인생기록부를 요청했으므로 이런 정보들은 이미 다 알고 있었는데도 말이다. 제나가 쿠키를 먹어도 되느냐고 물어보더니, 쿠키와 쿨에이드를 들고 거실을 지나 밖으로 나갔다. 안전문이 쾅 닫히는 소리가 들렸다.

캐서린은 물병을 냉장고에 넣고 부엌 조리대에 기대며 팔짱을 끼었다. "원하는 게 뭔가요?"

캐서린은 아이젠슈타트 촬영 범위 바로 밖에 있었고, 얼굴은 좁은 통로의 그늘에 있었다.

"오늘 아침에 죽은 자칼이 길 위에 있었어요." 캐서린이 내 이야기를 듣기 위해 밝은 쪽으로 몸을 숙이게 하려고, 나는 계속 목소리를 낮춰서 말했다. "차에 치였더군요. 그리고 이상한 각도로 누워 있었어요. 꼭 개처럼 보이더군요. 그래서 애버팬을 기억하는 누군가와 이야기를 나누고 싶었어요. 그 개를 알던 누군가와."

"저는 애버팬을 몰라요. 그냥 죽였을 뿐이죠. 기억해요? 그래서 당신이 이러는 거 아닌가요? 내가 애버팬을 죽였기 때문에?"

캐서린은 아이젠슈타트를 보지 않았다. 내가 탁자에 올려둘 때도 눈길조차 주지 않았다. 내가 무슨 수작을 부리고 있는지 캐서린이 알고 있는 게 아닌가 하는 의심이 문득 들었다. 캐서린은 여전히 신중하게 촬영 범위 밖에 서 있었다.

내가 이렇게 말한다면 어떻게 될까. "맞아요. 그래서 내가 이러는 거예요. 당신이 애버팬을 죽였으니까요. 그리고 내가 애버팬의 사진 한 장 가지고 있지 못해서요. 당신은 내게 빚진 게 있어요. 내가 애버팬 사진을 가질 수 없다면, 그 개를 기억하는 당신의 사진 한 장 정도는 받아도 되잖아요."

캐서린은 애버팬을 기억하지 못했다. 수의사에게 가는 동안 내 무릎 위에 누워 나를 바라보며 죽어가던 애버팬의 모습을 본 것 말고는 아무것도 알지 못했다. 여기에 와서 과거를 다시 헤집어놓을 권리가 내겐 없었다. 내게는 그럴 권리가 없었다.

"처음에는 저를 경찰에 신고할 줄 알았어요." 캐서린이 말했다. "그리고 모든 개가 죽은 뒤에는, 당신이 저를 죽일 줄 알았어요."

안전문에서 쾅 소리가 났다. "내 차를 까먹었어." 아이가 티셔츠 자락으로 장난감 차들을 그러모았다. 캐서린은 아이가 앞을 지나갈 때 머리를 쓰다듬어 주고는 다시 팔짱을 끼었다.

"'제 잘못이 아니었어요.' 당신이 절 죽이러 오면 그 말을 하려고 했어

요. '눈이 왔잖아요. 개가 바로 제 앞으로 뛰어들었어요. 저는 개를 보지
도 못했어요.' 뉴파보에 대해 찾을 수 있는 건 뭐든 다 찾아봤어요. 변명
거리를 위해서요. 그 병이 파보바이러스와 고양이 디스템퍼에서 변이됐
다는 이야기. 또 그 바이러스가 계속 변이하는 바람에 사람들이 백신을
개발할 수 없었다는 이야기. 3차 파동이 있기도 전에 이미 개들의 수는
생존에 필요한 최소 개체수 한계점보다 낮아졌다는 이야기. 최후에 살아
남은 개들의 주인들이 다른 개들과 번식시키려다 위험에 노출되는 것을
피하려던 탓이라는 이야기. 그리고 과학자들이 자칼만이 살아남을 때까
지도 백신을 개발하지 못했다는 이야기까지요. '당신이 틀렸어요.' 저는
그 말을 하려고 했어요. '개들이 전부 죽은 건 개 사육장 주인들의 잘못이
었어요. 그토록 비위생적인 환경에 개들을 사육하지 않았더라면, 애초에
통제 불능의 사태가 일어나지도 않았을 거예요.' 변명거리를 다 준비해두
었죠. 하지만 당신은 그냥 떠나버렸어요."

　제나가 다시 쾅 소리를 내며 고래가 그려진 빈 잔을 들고 왔다. 아이
는 얼굴 아래쪽에 빨간색 얼룩을 잔뜩 묻히고 있었다. "좀 더 줘." 제나가
'좀 더'를 한 단어처럼 발음하며 말했다. 아이는 캐서린이 냉장고를 열고
한 잔 가득 따라줄 동안 두 손으로 컵을 받치고 있었다.

　"잠깐만, 아가야. 쿨에이드가 여기저기 다 묻었네." 캐서린은 몸을 숙
여 제나의 얼굴을 종이 수건으로 닦아주었다.

　캐서린은 동물병원에서 기다리는 동안 '눈이 왔잖아요.' '개가 바로 제
앞으로 뛰어들었어요.' 혹은 '저는 개를 보지도 못했어요.' 같은 변명을 한
마디도 하지 않았었다. 수의사가 애버팬이 죽었다는 말을 전할 때까지,
그저 내 옆에 조용히 앉아 무릎 위에 놓인 손모아장갑만 만지작거리고
있었다. 그 후에야 이렇게 말했다. '콜로라도에 아직 개들이 남아 있는 줄
몰랐어요. 저는 개들이 다 죽은 줄 알았어요.'

　나는 아직 열여섯 살밖에 되지 않아 어떻게 얼굴을 감춰야 하는지도
모르는 캐서린에게 몸을 돌려 말했다. '이제 다 죽었어. 네 덕분이야.'

542

'말이 좀 지나치시네요.' 수의사가 경고하듯 말했다.

나는 수의사가 내 어깨 위에 올리려는 손을 떼어냈다. '세상에 남은 마지막 개들 중 한 마리를 죽인 기분이 어때?' 나는 캐서린에게 소리쳤다. '한 종 전체를 멸종시킨 기분이 어떠냐고!'

안전문에서 다시 쾅 소리가 났다. 캐서린은 붉게 물든 종이 수건을 든 채 나를 바라봤다.

"당신은 떠나버렸어요. 그래서 저는 어쩌면 그게 용서했다는 의미일지도 모르겠다고 생각했어요. 하지만 아니었죠. 그렇죠?" 캐서린이 탁자로 걸어와 컵이 남긴 빨긴 동그라미를 닦았다. "왜 그러셨어요? 저를 벌주려고 그랬나요? 아니면 지난 15년 동안 제가 내내 차를 요란하게 몰고 다니면서 도로 위의 동물들을 죽인다고 생각했나요?"

"네?"

"협회가 벌써 왔다 갔어요."

"협회요?" 나는 이해가 되지 않아 되물었다.

"그래요." 캐서린이 붉게 물든 휴지를 바라보며 말했다. "협회는 당신이 밴뷰런 로에서 죽은 동물을 신고했다고 하더군요. 그 사람들은 오늘 아침 8시에서 9시 사이에 제가 뭘 하고 있었는지 알고 싶어 했어요."

✳

피닉스로 돌아가는 길에 하마터면 도로에서 일하는 인부를 칠 뻔했다. 그 인부는 온종일 기대고 있던 삽을 떨어뜨리며 아직 마르지 않은 시멘트벽으로 뛰어올랐고, 나는 그대로 삽을 밟고 지나갔다.

협회가 그 집에 벌써 다녀갔다. 우리 집을 나서자마자 캐서린의 집으로 갔던 것이다. 나는 캐서린과 통화조차 한 적이 없으니 그것도 불가능해 보였다. 심지어 앰블러 부인의 사진을 보기도 전이었다. 이건 협회가 우리 집에서 떠나자마자 라미레즈를 만나러 갔다는 의미였다. 신문사와 라미레즈 입장에서는 협회의 심기를 거스르고 싶지 않았을 것이다.

"저는 맥콤이 주지사 기자회견에 가지 않았을 때부터 수상하다고 생각했어요." 라미레즈는 그렇게 말했을 것이다. "그리고 방금 전화해서 어떤 사람에 대한 인생기록부를 요청했어요. 캐서린 파웰. 더치맨 가 4628번지. 맥콤은 그 여자를 콜로라도에서 알았다고 하더군요."

"라미레즈!" 나는 카폰에 대고 소리쳤다. "당장 이야기 좀 해야겠어!" 아무 대답이 없었다.

나는 족히 15킬로미터를 달리는 동안 계속 라미레즈 욕을 해대다가 내가 통화중단 버튼을 눌러뒀다는 사실이 떠올랐다. 중단 버튼을 껐다. "라미레즈, 대체 어디 있는 거야?"

"나도 똑같은 질문을 하고 싶은데." 라미레즈는 캐서린보다 더 화가 난 목소리였지만, 화는 내가 더 많이 나 있었다. "전화는 그냥 끊어버렸지, 무슨 일이 있는지 말해주지도 않지."

"그래서 무슨 일인지 네 멋대로 생각해버리고는, 그 유치한 생각을 협회에 말해줬겠지."

"뭐?" 라미레즈가 말했다. 나는 그 말투의 의미를 알아차렸다. 캐서린이 내게 협회가 다녀갔다고 말해줬을 때 되물어보던 내 말투가 그랬다.

라미레즈는 누구에게도 아무 말도 하지 않았고, 내가 무슨 이야기를 하고 있는지도 몰랐지만, 내 말이 너무 앞서 나가고 있어서 멈출 수가 없었다. "협회에 내가 캐서린의 인생기록부를 요청했다고 말해줬지, 그렇지?" 내가 소리쳤다.

"아니야. 안 했어. 이제 무슨 일이 벌어지고 있는지 말해줄 때가 된 거 같지 않아?" 라미레즈가 말했다.

"오늘 오후에 협회에서 너 만나러 가지 않았어?"

"아니, 내가 말했잖아. 협회에서 아침에 전화해서 너하고 이야기하고 싶다고 했다고. 그래서 난 네가 주지사 기자회견에 갔다고 말해줬다고 했잖아."

"그 뒤에 다시 전화가 오지는 않았고?"

"안 왔어. 무슨 문제 있어?"

나는 통화중단 버튼을 눌렀다. "그래. 그래, 문제가 있지."

라미레즈는 협회에 아무 말도 하지 않았다. 어쩌면 신문사의 다른 사람이 이야기했을 수도 있지만, 그렇지는 않은 것 같았다. 어쨌든 협회가 인생기록부에 불법적으로 접속하고 있다는 돌로레스 치웨어의 기사도 있었으니까. '어떻게 당신 개의 사진은 한 장도 없을 수가 있죠?' 헌터가 내게 물었다. 그건 그들도 내 인생기록부를 읽었다는 의미였다. 그러니 협회는 애버팬이 죽었을 때 우리 둘 다 콜로라도의 같은 마을에 살았다는 사실도 알고 있었을 것이다.

"그 사람들에게 뭐라고 말했어요?" 나는 캐서린에게 따져 물었다. 캐서린은 계속 쿨에이드가 묻은 종이 수건을 만지작거리며 부엌에 서 있었다. 나는 종이 수건을 캐서린의 손에서 잡아채 나를 쳐다보게 만들고 싶었다. "협회에 뭐라고 말했어요?"

캐서린이 나를 쳐다봤다. "회사에서 이번 달 프로그래밍 일거리를 받아오느라 차를 타고 인디언스쿨 가를 지나고 있었다고 했죠. 운이 나쁘게도 밴뷰런 로로 쉽게 갈 수 있는 길이었어요."

"애버팬에 대해서 말이에요!" 내가 소리쳤다. "그 사람들에게 애버팬에 대해서 뭐라고 이야기했죠?"

캐서린이 침착하게 나를 바라보았다. "아무 이야기도 안 했어요. 저는 당신이 이미 협회에 이야기해줬을 거라 짐작했거든요."

내가 캐서린의 양쪽 어깨를 움켜잡았다. "협회가 다시 오면, 아무 이야기도 하지 말아요. 당신을 체포하더라도 이야기하지 말아요. 이 문제는 내가 처리할게요. 내가…."

하지만 어떻게 할 것인지 말해주지는 않았다. 나도 어떻게 해야 할지 몰랐기 때문이었다. 나는 캐서린의 집을 뛰쳐나오다 다시 음료수를 받으러 가는 제나와 거실에서 부딪쳤다. 집에 가더라도 무엇부터 해야 할지 하나도 생각나지 않았지만 일단 나는 집으로 차를 몰았다.

협회에 전화해서 캐서린은 이 문제와 아무 상관도 없으니 그냥 놔두라고 말해볼까? 그러면 지금까지 내가 했던 어떤 일들보다 수상해 보일 것이다. 그것보다 더 수상해 보일 만한 짓도 없었다.

나는 죽은 자칼을 길에서 보았고(적어도 내가 그렇게 이야기했고), 내 차에서 바로 전화를 걸어 신고하지 않고 3킬로미터 떨어진 편의점까지 갔다. 협회에 전화를 걸긴 했지만 이름과 번호를 남기지 않았다. 그리고 상사에게 말하지도 않은 채 촬영 두 개를 취소했고, 15년 전에 알았던 캐서린 파웰이라는 사람의 인생기록부를 요청했는데, 그 사람은 사고 발생 시각에 밴뷰런 로에 있었을지도 모른다.

연결고리가 명확했다. 협회 사람들이, 15년 전이면 애버팬이 죽었을 때라는 사실까지 유추하는 데 얼마나 걸렸을까?

아파치는 퇴근 시간에 밀려든 차들과 한 무리의 급수차들로 들어차기 시작했다. 밀려든 차들은 내내 간선도로에서 지금껏 시간을 다 보냈을 것이다. 사람들은 차선을 변경할 때 방향지시등을 켜는 수고를 하지 않았다. 심지어 차선이라는 게 뭔지 알고 있다는 기미조차 보이지 않았다. 템피에서 곡선도로를 돌아서 밴뷰런 로로 올라가자 온통 그런 차들이었다. 나는 급수차용 차선으로 끼어들었다.

내 인생기록부에는 수의사의 이름이 들어 있지 않았다. 당시는 인생기록부의 도입 초기여서 사생활 침해에 대한 우려가 컸다. 당사자의 허가 없이는 어떤 것도 온라인에 올라가지 않았다. 특히 의료와 금융 기록은 더욱 까다로웠다. 덕분에 인생기록부는 가족과 직업, 취미, 애완동물만 들어가 있어서 약력을 부풀린 정도에 불과했다. 인생기록부에 애버팬이라는 이름 옆에 올라가 있던 것은 사망 날짜와 당시 내 주소뿐이었지만, 그것으로도 충분했을 것이다. 그 마을에는 수의사가 두 명뿐이었다.

수의사는 애버팬의 기록에 캐서린의 이름을 남기지 않았다. 수의사는 캐서린의 운전면허증을 보지도 않은 채 되돌려주었지만, 캐서린이 조수에게 자기 이름을 이야기해줬다. 조수가 어딘가에 적어두었을지도 모른다. 내가 알아낼 방법은 없었다. 수의사의 인생기록부를 요청할 수는 없었다. 협회가 수의사의 인생기록부에 접속할 수 있기 때문이다. 내가 가기도 전에 협회가 먼저 수의사를 찾아갈 것이다. 신문사에 부탁해 수의사의 기록을 받아달라고 할 수 있지만, 그러려면 라미레즈에게 무슨 일이 진행되고 있는 건지 이야기해줘야 했다. 전화기도 도청당하고 있을 게 뻔했다. 내가 신문사에 모습을 드러내면 라미레즈가 차를 압수할 것이다. 신문사에는 갈 수 없었다.

내가 어디로 가고 있든, 너무 빨리 달리고 있었다. 내 앞에 달리고 있던 급수차가 시속 145킬로미터까지 속도를 줄였을 때는 거의 뒤범퍼를 타고 올라갈 뻔했다. 나는 자칼이 차에 치인 장소도 눈길 한 번 주지 않고 지나쳤다.

오가는 차가 없었더라도 보이는 건 없었을 것이다. 협회가 어떻게 처리하는지는 몰라도, 몰려드는 차량들이 처리해버렸을 것이다. 애초에 증거 자체가 없었을 수도 있었다. 만약 증거가 있었다면, 그리고 단속 카메라가 사고를 낸 차량을 찍었다면 내 뒤를 쫓지는 않았을 것이다. 그리고 캐서린도.

협회가 애버팬의 죽음으로 캐서린을 기소할 수는 없었다. 당시에는 동물을 죽이는 게 범죄가 아니었다. 하지만 협회가 애버팬에 대해 알게 된다면, 자칼의 죽음도 캐서린에게 뒤집어씌울 수 있다. 그렇게 되면 캐서린이 인디언스쿨 가를 지나고 있는 모습이 백 명에게 목격되고, 백 개의 고속도로 카메라에 찍혔더라도 소용없을 것이다. 차에서 채취한 증거물에서 아무것도 나오지 않아도 소용없을 것이다. 캐서린은 마지막 남은 개를 죽이지 않았던가? 협회는 캐서린을 십자가에 매달 것이다.

캐서린을 내버려두고 떠나는 게 아니었다. 내가 캐서린에게 아무 이야기도 하지 말라고 당부하긴 했지만, 캐서린은 죄를 인정하는 것을 두려워하지 않았다. 동물병원 안내원이 무슨 일이 있었느냐고 묻자, 캐서린은 '내가 개를 쳤어요'라고 그냥 그렇게 말했다. 평계를 대지도 않고,

도망치지도 않고, 다른 사람에게 뒤집어씌우려는 시도도 하지 않았다.

나는 캐서린이 애버팬을 쳤다는 사실을 협회가 알아채지 못하게 하려고 빠져나온 것이었지만, 그사이 협회는 캐서린의 집으로 돌아가 콜로라도에서 나를 어떻게 알았는지, 애버팬이 어떻게 죽었는지 물어볼 것이다.

협회에 대해서는 내가 틀렸다. 그들은 캐서린의 집에 가지 않았다. 우리 집에 와 있었다. 현관에 서서 들여보내 주기만을 기다리고 있었다.

"찾기 힘든 분이로군요." 헌터가 말했다.

협회 제복을 입은 사내가 씩 웃었다. "어딜 다녀오셨나요?"

"죄송합니다." 나는 주머니에서 열쇠를 찾으며 말했다. "저와는 볼 일이 다 끝나신 줄 알았어요. 그 사고에 대해 제가 아는 내용은 다 말씀드렸습니다."

헌터는 내가 안전문을 열고 자물쇠에 열쇠를 넣을 수 있을 정도로만 옆으로 살짝 비켜주었다. "세구라 간사와 제가 물어보고 싶은 게 몇 가지 더 있어서요."

"오늘 오후에는 어디 계셨습니까?" 세구라가 물었다.

"옛날 친구를 만나러 갔었어요."

"누구죠?"

"이봐, 이봐." 헌터가 말했다. "질문 공세로 난처하게 만들기 전에 자기 집 현관에는 들어가게 해줘."

내가 문을 열었다. "단속 카메라에 자칼을 친 급수차 사진이 찍혔나요?" 내가 물었다.

"급수차요?" 세구라가 말했다.

"제가 말했잖아요. 급수차일 수밖에 없을 것 같다고요. 자칼은 급수차 차선에 누워 있었어요." 그들을 거실로 데려갔다. 그리고 내가 이야기를 하는 사이에 컴퓨터 위에 열쇠를 올려두면서 전화기 스위치를 껐다. 라미레즈가 "어떻게 돼가는 거야? 무슨 문제 있어?"라고 외치는 것은 피하고 싶었다.

"변절자가 쳤겠죠. 차량을 멈추지 않았던 이유도 설명되고요." 내가 그들에게 앉으라고 손짓했다.

헌터가 자리에 앉았다. 세구라는 소파로 가다 멈춰서 소파 위의 벽에 걸린 사진들을 쳐다보았다. "세상에, 이 개들 좀 봐요! 전부 직접 찍은 사진인가요?"

"일부만 제가 찍었어요. 가운데 있는 게 미샤예요."

"마지막 개죠, 그렇죠?"

"맞아요."

"진짜요? 바로 그 최후의 개라니."

진짜다. 내가 미샤를 봤을 때 그 개는 세인트루이스에 있는 협회의 연구 시설에 격리되어 있었다. 나는 미샤를 찍을 수 있게 해달라고 협회를 설득해봤지만, 격리구역 밖에서 찍어야만 했다. 문에 달린, 철망이 보강된 유리창을 통해 찍느라 사진의 초점이 맞지 않았다. 하지만 협회가 나를 들여보내 줬더라도 더 나은 사진은 찍지 못했을 것이다. 미샤는 사진에 전혀 무관심했다. 당시 일주일째 아무것도 먹지 않은 상태였다. 내가 있던 내내 미샤는 앞발에 머리를 누인 채 문만 바라보았다.

"협회에 이 사진을 팔 생각은 없으신가요?"

"네. 없습니다."

세구라는 이해한다는 듯 고개를 끄덕였다. "미샤가 죽었을 때 사람들이 많이 속상했을 것 같아요."

많이 속상했지. 협회는 약간의 관련이라도 있던 모든 사람을 공격했다. 개 사육장 주인들과 백신을 개발하지 못한 과학자들, 미샤의 수의사, 그리고 관련이 없는 많은 사람까지 공격했다. 그리고 모든 사람이 너무도 죄책감에 빠진 나머지 자신들의 시민권을 한 무리의 자칼에게 넘겨줘버렸고, 그들은 그 기회를 움켜잡았다. 많이 속상했지.

"이건 뭐죠?" 세구라가 물었다. 벌써 다음 사진으로 넘어가 있었다.

"패튼 장군의 불테리어인 윌리예요."

협회 사람들은 핵발전소에서 사용하는 로봇팔로 미샤를 먹이고 씻겼다. 미샤의 보호자인 여자는 지쳐 보였다. 보호자는 철망이 보강된 유리창 너머로 미샤를 볼 수 있도록 허락받았지만, 미샤가 보호자만 보면 문을 향해 내달리며 짖어댔기 때문에 옆으로 비켜서 있어야 했다.

'저 사람들에게 들어가게 해달라고 해야죠.' 내가 미샤의 보호자에게 말했다. '저렇게 가둬두는 건 잔인해요. 협회에 미샤를 집에 다시 데려가겠다고 하세요.'

'그래서 뉴파보에 걸리도록 놔두라고요?'

미샤에게 뉴파보를 전염시킬 수 있는 개는 더 이상 남아 있지 않았지만, 나는 그 말을 하지 않았다. 나는 카메라의 조도를 맞추고 미샤의 시야 안에 들어가지 않도록 노력했다.

'당신은 무엇이 개들을 죽게 했는지 알고 있죠, 안 그런가요? 오존층이에요. 오존층에 난 그 많은 구멍. 방사선이 들어온 게 이 사태의 원인이에요.' 보호자가 말했다.

원인은 공산주의자들이었고, 멕시코인들이었고, 정부였다. 그리고 자신의 죄를 인정하는 사람들은 죄가 없는 이들뿐이었다.

"이건 자칼이랑 좀 닮았는데요." 세구라가 말했다. 세구라는 애버팬이 죽은 뒤 내가 찍었던 저먼 셰퍼드의 사진을 보고 있었다. "개들은 자칼이랑 아주 비슷했죠. 그렇지 않아요?"

"안 비슷했어요." 내가 말했다. 그리고 헌터의 맞은편에 있는 인화기 모니터 앞의 선반에 앉았다. "저는 자칼에 대해 아는 내용은 모두 말씀드렸어요. 도로에 누워 있는 걸 보고, 당신들에게 전화했지요."

"당신이 자칼을 봤을 때 맨 오른쪽 차선에 있었다고 하셨는데요." 헌터가 말했다.

"맞습니다."

"당신은 맨 왼쪽 차선에 있었나요?"

"저는 맨 왼쪽 차선에 있었습니다."

저들은 내 이야기를 하나하나 짚고 넘어갈 것이다. 그러다 내가 전에 말한 것 중에 기억하지 못하는 게 나오면 이렇게 말할 것이다. "맥콤 씨, 그게 당신이 본 게 확실한가요? 자칼이 차에 치이는 모습을 봤던 게 아니라고 확신하시나요? 캐서린 파웰이 자칼을 쳤지요, 그렇죠?"

"당신은 오늘 아침 차를 멈추었을 때 자칼이 이미 죽은 상태였다고 했지요. 맞습니까?" 헌터가 물었다.

"아니요."

세구라가 고개를 들었다. 헌터는 녹음기를 켜기 위해 손으로 슬쩍 주머니를 만진 뒤 다시 손을 무릎 위에 올렸다.

"저는 멈추지 않고 2킬로미터 정도를 더 갔어요. 그러다 차를 돌려 확인했더니 죽어 있었습니다. 입에서 피가 나오고 있었어요."

헌터는 아무 말도 하지 않고, 무릎 위에 손을 올려둔 채 기다렸다. 오랜 기자의 요령 같은 건데, 충분히 오래 기다리다 보면 사람들은 침묵을 깨기 위해 의도하지 않았던 말을 하게 된다.

"자칼의 몸이 이상한 각도로 누워 있었어요." 나는 적절한 시점이 되었을 때 말했다. "누워 있는 모습이 자칼 같지 않았어요. 저는 개인 줄 알았어요."

나는 다시 침묵이 어색해질 때까지 기다렸다가 말했다. "끔찍한 기억들이 되살아났어요. 아무 생각도 들지 않았습니다. 그저 그곳을 벗어나고 싶었죠. 몇 분이 지난 뒤에야 협회에 전화를 걸어야 한다는 사실을 깨닫고 세븐일레븐에 멈췄습니다."

나는 세구라가 헌터에게 어색한 시선을 보낼 때까지 또 기다렸다가 이야기를 다시 시작했다. "저는 괜찮을 줄 알았어요. 그저 계속 가던 길을 가서 일을 할 수 있을 거라고 생각했죠. 하지만 첫 번째 촬영을 마친 뒤에야 괜찮아지지 않을 거란 걸 깨닫고 집으로 돌아왔습니다." 솔직함. 정직. 앰블러 부부가 할 수 있다면 너도 할 수 있다. "아마도 쇼크 상태나 뭐 그런 거였던 모양이에요. 상사에게 전화를 걸어 주지사 회견을 대신 취재할 사람을 구해달라는 이야기도 못 했죠. 제 머릿속에 떠오른 것이라고는…."

나는 말을 멈추고 손으로 얼굴을 문질렀다. "누군가와 이야기를 하고 싶었어요. 신문사에 옛 친구를 찾아달라고 했죠. 캐서린 파월이요."

나는 말을 멈추고 이번이 끝이기를 바랐다. 나는 거짓말을 했다는 사실을 털어놓았고, 두 건의 범죄를 시인했다. 사고 현장을 떠난 것과 개인적인 목적으로 언론의 권한을 이용해 인생기록부에 접속한 것. 그 정도면 저들이 충분히 만족했을 것이다. 캐서린을 보기 위해 나갔던 이야기는 하고 싶지 않았다. 저들은 캐서린이 내게 협회의 방문을 알려줬다는 사실을 알고 있을 수도 있다. 내가 캐서린을 벗어나게 하려고 이런 자백을 하는 것이라고 결론 내렸을 수도 있다. 어쩌면 캐서린의 집을 계속 감시하고 있어서 그런 사실을 다 알고 있을 수도 있다. 이게 모두 헛된 노력일 수도 있다.

침묵이 계속되었다. 헌터가 손으로 무릎을 두 번 두드리더니 다시 잠잠해졌다. 내 이야기에서는 콜로라도에서 알고 지낸 뒤 15년 동안이나 만나지 않았던 캐서린을 왜 보러 갔는지는 설명이 되지 않았다. 어쩌면, 어쩌면 저들이 연관성을 찾아내지 못했을 수도 있다.

"캐서린 파월이라는 분이요." 헌터가 말했다. "콜로라도에서 알았다고 하셨죠. 맞습니까?"

"우리는 같은 작은 마을에 살았죠."

우리는 기다렸다.

"당신 개가 죽었을 때 아닌가요?" 세구라가 갑자기 말했다. 헌터는 화가 잔뜩 난 눈으로 세구라를 째려봤다. 그 순간 헌터의 주머니에 들어 있는 게 녹음기가 아니라는 생각이 들었다. 수의사의 기록이었다. 그리고 거기에 캐서린의 이름이 적혀 있을 것이다.

"맞습니다. 93년 9월에 죽었죠." 내가 말했다.

세구라가 말을 꺼내려 했다.

"3차 파동 때 죽었나요?" 세구라가 뭔가 말하기 전에 헌터가 먼저 물었다.

"아니요. 차에 치였어요."

그들은 진심으로 놀란 척했다. 앰블러 부부가 이들에게 강습을 받아도 좋을 것 같았다. "누가 쳤죠?" 세구라가 물었고 헌터는 몸을 앞으로 숙였다. 헌터의 손이 반사적으로 주머니로 향했다.

"저도 몰라요. 뺑소니였어요. 그게 누구였든 간에 개를 길에서 죽게 내버려둔 거죠. 그래서 자칼을 보았을 때… 그렇게 해서 캐서린 파웰을 만나게 된 겁니다. 캐서린이 차를 멈추고 도와줬어요. 캐서린의 도움으로 차에 개를 옮겨 싣고, 수의사에게 같이 데려갔지만 이미 너무 늦은 상태였어요."

헌터의 대중용 얼굴은 난공불락이었지만, 세구라는 아니었다. 놀란 표정과 뭔가 깨달은 표정과 실망한 표정이 한꺼번에 떠올랐다.

"그래서 캐서린이 보고 싶었던 거예요." 내가 불필요하게 말을 덧붙였다.

"당신 개가 차에 치인 날이 며칠이었죠?" 헌터가 물었다.

"9월 13일이요."

"수의사의 이름은요?"

헌터는 질문을 던지는 방식을 바꾸지 않았지만, 더 이상 내 대답에는 관심이 없었다. 처음에는 연관성과 은폐 시도를 발각했다고 생각했던 것이다. 그런데 이제 와서 보니 우리 두 명은 개 애호가에, 두 명의 좋은 사마리아인이었으니, 자신의 가설이 무너지고 있었다. 헌터는 면담을 마쳤고 그저 마무리하는 중이었다. 나는 너무 일찍 긴장을 풀지 않도록 조심하기만 하면 되었다.

내가 미간을 찌푸렸다. "이름이 잘 기억나지 않네요. 아마 쿠퍼였던 것 같아요."

"당신의 개를 친 차가 어떤 종류라고 했죠?"

"저도 몰라요." 지프는 안 된다는 생각을 하며 말했다. 지프 빼고 다른 걸 만들어내야 한다. "개가 치이는 모습은 못 봤어요. 수의사 말로는 픽업트럭 같은 꽤 큰 차일지도 모른다고 했어요. 아니면 위네바고일지도 모르고요."

그제야 나는 누가 자칼을 쳤는지 깨달았다. 답은 바로 코앞에 있었다. 공급량이 150리터밖에 되지 않는 물로 범퍼를 닦던 노인과 글로브에서 왔다는 거짓말. 나는 협회가 캐서린에 대해 알아내지 못하도록 막고 애버팬의 모습에 너무 집중하느라 보지 못했던 것이다. 마치 염병할 파보바이러스 같았다. 한 군데를 처리하고 나면 또 다른 곳에서 사고가 터졌다.

"식별 가능한 타이어 자국은 없었습니까?" 헌터가 말했다.

"네? 아니요. 그날은 눈이 왔어요."

내 얼굴에 무언가 드러난 모양이었다. 헌터는 아직 아무것도 놓치지 않고 있었다. 나는 눈가로 손을 올렸다. "죄송합니다. 질문들 때문에 옛 기억이 떠오르네요."

"죄송합니다." 헌터가 말했다.

"저희가 이 내용을 경찰 기록에서 찾아볼 수는 없을까요?" 세구라가 물었다.

"경찰에는 신고하지 않았어요. 애버팬이 죽었을 당시 개를 죽이는 건 범죄가 아니었거든요."

그건 괜찮은 대답이었다. 이번에 그들의 얼굴에 비친 충격은 진짜였다. 그들은 나를 보는 대신 서로 믿기지 않는다는 눈빛을 주고받았다. 그들은 질문 몇 개를 더 던지더니 일어나 떠났다. 나는 문까지 바래다주었다.

"협조에 감사드립니다, 맥콤 씨." 헌터가 말했다. "당신께는 쉽지 않은 경험이셨을 줄 압니다."

나는 안전문을 닫았다. 앰블러 부부는 너무 빨리 달리고 있었던 것이다. 그들은 밴뷰런 로에 있어서는 안 되었기 때문에 카메라를 피하려 했을 것이다. 통행량이 늘어날 시간이 가까워지고 있었고 급수차 차선에 있었으니, 그들은 자칼을 칠 때까지 녀석을 보지도 못했을 것이다. 그리고 차로 친 이후에는 이미 때가 너무 늦었다. 그들은 동물을 치게 될 경우 받을 형벌이 징역형과 차량 압수라는 사실을 알고 있었을 것이다. 그리고 당시 길 위에는 아무도 없었다.

"아, 한 가지 질문이 더 있습니다." 헌터가 인도로 내려가다 말고 말했다. "오늘 아침에 첫 번째 취재를 하러 갔다고 하셨죠. 어떤 일이었나요?"

솔직. 정직. "오래된 동물원에 갔어요. 중요한 일은 아니었습니다."

✳

나는 그들이 차로 간 다음 차를 타고 도로로 나가는 모습까지 쭉 지켜봤다. 그러고는 안전문에 걸쇠를 걸고, 안쪽 문도 닫은 뒤 잠갔다. 바로 내 코앞에 있었다. 바퀴 냄새를 맡던 흰담비와 범퍼, 길을 초조하게 바라보던 노인.

나는 노인이 손님을 기다리는 거라고 짐작했었지만, 아니었다. 협회가 차를 타고 오는 모습을 기다리고 있었던 것이다. '맥콤 씨는 그 이야기에 관심 없을 거야.' 부인이 타코에 대해 이야기하고 있을 때 노인은 그렇게 말했다.

노인은 죄 많은 양동이를 들고 뒤쪽 창문 아래에 서서, 부인이 너무 많은 이야기를 흘리면 끊고 들어올 준비를 하며 우리의 대화를 듣고 있었겠지. 하지만 난 전혀 눈치채지 못했다. 나는 애버팬에 너무 집중하고 있던 나머지 렌즈를 통해 직접 보면서도 알아채지 못했다.

그게 대체 무슨 변명이 된단 말인가. 운전을 배우고 있던 캐서린도 그런 변명은 하지 않았다.

나는 니콘 카메라를 집어 들고 필름을 꺼냈다. 아이젠슈타트 사진이나 비디오카메라 영상으로 뭔가 하기에는 너무 늦기도 했지만, 그 안에는 건질 게 없을 거라 생각했다. 내가 범퍼 사진을 찍었을 때는 이미 노인이 닦은 뒤였다.

망원렌즈로 찍었던 필름을 인화기에 넣었다. "양화 필름. 순서대로, 15초씩." 모니터에 영상이 떠오르기를 기다렸다.

나는 누가 차를 몰고 있었을지 궁금해졌다. 아마도 노인이었겠지. '남편은 타코를 전혀 좋아하지 않았어요.' 부인의 목소리에 묻어나는 씁쓸함은 착각할 수 없었다. '저는 이 차를 별로 사고 싶지 않았죠.'

누가 운전을 하고 있었든 둘 다 면허를 잃고 협회가 위네바고를 압류할 것이다. 80대 미국인 노인의 표본 같은 앰블러 부부를 감옥에 보내지는 않을 것이다. 그들은 감옥에 가지 않아도 될 것이다. 재판에는 6개월이 걸릴 것이고, 텍사스에서는 벌써 위원회에서 법률이 논의 중이었다.

첫 번째 사진이 올라왔다. 조도 설정용으로 찍은 오코티요 사진이었다.

혹시 그들이 들키지 않더라도, 혹은 허가받지 않고 급수차 차선을 이용했다거나 취득세 납부증이 없다는 이유로 위네바고를 빼앗기지 않더라도, 앰블러 부부에게 밖에서의 생활은 6개월밖에 남지 않았다. 유타는 벌써 도로 분리 법안을 통과시켰고, 애리조나가 다음이었다. 도로 인부들이 아무리 느릿하게 일한다 하더라도, 조사를 마칠 때쯤에는 피닉스도 완전 분리 상태일 것이며, 그들은 완전히 갇힌 신세가 될 것이다. 동물원의 영구 거주자가 되는 것이다. 마치 코요테처럼.

선인장에 반쯤 가려진 동물원 간판. 앰블러 부부의 깃발 달린 표지판의 클로즈업. 주차장에 있는 위네바고.

"정지. 자르기." 손가락으로 구역을 지정했다. "전체 화면으로 확대."

망원렌즈는 뚜렷한 명암과 뛰어난 세밀함을 갖춘 훌륭한 사진을 찍었다. 인화기에는 50만 화소짜리 모니터밖에 없었지만, 범퍼에 있는 검은 얼룩은 쉽게 눈에 띄었다. 인화된 사진에서는 훨씬 잘 보일 것이다. 핏자국 하나하나와 황회색 털들 하나하나까지 볼 수 있을 것이다. 협회의 컴퓨터라면 어디서 나온 피인지 알아볼지도 몰랐다.

"계속." 다음 사진이 화면에 떠올랐다. 위네바고와 동물원 입구가 찍힌 예술적인 사진. 범퍼를 닦고 있는 제이크 앰블러.

딱 걸렸다.

헌터가 내 이야기를 받아들였을지도 모른다. 하지만 다른 용의자가 없으니 캐서린에게 질문 몇 개를 더하기로 결정할 때까지 시간이 얼마나 남았을까? 앰블러 부부가 범인이라는 생각이 들면 캐서린은 내버려두겠지.

오수조 근처에 모여 있는 일본인 가족. 차 옆에 있던 스티커들 근접 사진. 차량 내부. 조리실에 있는 앰블러 부인, 세워놓은 관 같은 샤워실, 커피를 만들고 있는 앰블러 부인.

아이젠슈타트가 찍은 사진에서 회한과 슬픔과 상실을 가득 담은 그런 표정을 지을 만했다. 어쩌면 그들이 자칼을 치기 직전 부인의 눈에도 개처럼 보였는지도 모른다.

남은 일은 헌터에게 앰블러 부부에 관해 이야기해주고, 캐서린의 누명을 벗겨주는 것뿐이었다. 간단할 것이다. 나는 전에도 해봤으니까.

"정지." 나는 소금과 후추통들의 사진을 보며 말했다. 검고 흰 스코티시 테리어들이 빨간 격자무늬 나비넥타이를 매고 빨간 혀를 내밀고 있었다.

"노출. 1에서 24까지."

모니터에 물음표가 떠오르며 경고음이 울렸다. 이럴 줄 알았다. 인화기는 많은 명령을 처리할 수 있었지만, 완벽하게 좋은 필름에 노출을 주는 명령은 처리 용량 전체를 잡아먹는 일이었다. 하지만 내가 말했던 사항을 한 단계씩 진행하기에는 시간이 없었다.

"추출." 스코티시 테리어가 화면에서 사라졌다. 인화기가 필름을 뱉어내자 보호 케이스 안으로 다시 말려 들어갔다.

초인종이 울렸다. 나는 천장등을 켜고 필름을 펼쳐 불빛 바로 아래에 두었다.

나는 헌터에게 캠핑카가 애버팬을 쳤다고 말해줬다. 그러자 헌터는 밖으로 나가면서 뒤늦게 생각나서 덧붙이듯 이렇게 말했다. "당신의 첫 번째 촬영 말이죠? 어떤 일이었나요?"

헌터는 아까 나간 뒤, 내가 말했던 중요한 일이 아닌 게 무엇인지 확인하러 가서 앰블러 부인에게 속내를 다 털어놓게 했을까? 그 일을 하고 돌아올 만한 시간은 없었다. 아마도 헌터는 라미레즈에게 전화를 해본 게 틀림없었다. 문을 잠가놓기를 잘했다는 생각이 들었다.

나는 천장등을 껐다. 필름을 다시 말아 인화기에 넣었고, 기계가 처리할 수 있는 지시를 내렸다. "과망간산염 처리, 최대 강도, 1에서 24까지. 감광액 백 퍼센트 제거. 알림 끔."

모니터가 꺼졌다. 인화기가 필름에 표백 처리를 마치려면 적어도 15분은 걸린다. 협회의 컴퓨터가 작은 은 조각 두 개와 공기만을 가지고도 사진을 인화해낼 수 있을지 몰라도, 세부적인 내용은 사라지고 없을 것이다. 나는 문을 열었다.

캐서린이었다.

캐서린은 아이젠슈타트를 들고 있었다. "가방을 두고 가셨더군요." 캐서린이 말했다.

나는 멍하니 아이젠슈타트를 쳐다봤다. 놓고 왔다는 사실조차 모르고 있었다. 캐서린이 관련되는 걸 막기 위해 급히 뛰어나오면서 꼬마아이와 부딪히고 찌는 듯한 도로 위의 인부들을 깔아뭉갤 뻔했던 와중에 부엌 탁자 위에 남겨둔 게 틀림없었다. 그리고 캐서린이 여기 있었다. 헌터는 당장에라도 돌아와 "오늘 아침에 나가신 촬영 말인데요, 사진 찍으신 게 있나요?"라고 물어볼지도 몰랐다.

"그건 가방이 아니에요." 내가 말했다.

"하고 싶은 이야기가 있었어요." 캐서린이 말하다가 멈추었다. "협회에 내가 자칼을 죽였다고 일렀느냐는 식의 비난을 당신에게 해서는 안 되는 거였어요. 왜 오늘 나를 보러왔는지 모르겠지만, 저도 당신이 그럴 사람이 아니라는 건⋯."

"내가 어떤 사람인지 당신은 모를 거예요." 나는 아이젠슈타트에 손이 닿을 정도로만 문을 열었다. "가져다줘서 고마워요. 신문사에 교통비를 정산해달라고 할게요."

집에 가. 집에 가. 만약 당신이 여기 있을 때 협회가 돌아온다면, 당신에게 우리가 어떻게 만났는지 물어볼 거야. 게다가 나는 앰블러에게 책임을 물을 수 있는 증거를 막 파괴한 참이란 말이야.

나는 아이젠슈타트의 손잡이를 잡고 문을 닫기 시작했다.

캐서린이 손으로 문을 잡았다. 안전문과 희미한 불빛 때문에 캐서린의 모습이 초점이 맞지 않은 것처럼 흐릿하게 보였다. 마치 미샤처럼. "무슨 문제가 있어요?"

"아니요. 이봐요, 저는 지금 무척 바빠요."

"왜 절 보러 오셨었죠? 당신이 자칼을 죽였나요?" 캐서린이 물었다.

"아니요." 나는 그렇게 말했지만, 문을 열어 캐서린을 집 안으로 들였다.

인화기로 가서 진행 상태를 보여달라고 지시했다. 겨우 여섯 장째 진행 중이었다. "저는 증거를 파괴하고 있어요." 내가 캐서린에게 말했다. "오늘 아침에 자칼을 친 차의 사진을 찍었는데, 30분 전까지는 그들이 범인이라는 걸 몰랐어요."

나는 캐서린에게 소파에 앉으라고 손짓했다. "80대 부부죠. 그들은 가서는 안 되는 길로 구식 캠핑카를 몰고 가면서 단속 카메라와 급수차를 걱정하고 있었죠. 자칼을 봤을 때는 이미 차를 제시간에 멈출 방법이 없었을 거예요. 협회는 그렇게 보지 않겠지만요. 협회는 누군가에게, 누가 되었건 간에 책임을 뒤집어씌울 작정을 하고 있죠. 그런다고 다시 살려낼 수는 있는 것도 아닌데."

캐서린은 자신의 캔버스 가방과 아이젠슈타트를 소파 옆 탁자에 놓았다.

"제가 집에 왔더니 협회 사람들이 와있더군요. 그들은 애버팬이 죽었을 때 우리가 콜로라도에 같이 있었다는 걸 알아냈어요. 나는 그 사고는 뺑소니였다고, 당신은 도와주기 위해 멈췄을 뿐이라고 했죠. 그들은 수의사의 기록도 가지고 있고, 당신 이름도 거기 있어요."

나는 캐서린의 표정을 읽을 수가 없었다. "만약 그들이 돌아오면, 당신은 동물병원까지 저를 태워준 거라고 하면 돼요."

나는 인화기로 돌아갔다. 필름 처리가 끝났다. "추출." 인화기가 내 손에 필름을 뱉어냈다. 나는 필름을 재활용통에 집어넣었다.

"맥콤! 대체 어디 처박혀 있는 거야?" 라미레즈의 목소리가 방에 울려 퍼졌다. 나는 문으로 달려갔지만, 라미레즈는 거기 없었다.

전화가 반짝이고 있었다. "맥콤! 중요한 일이야!"

있는지도 몰랐던 우회 기능을 이용해서, 라미레즈가 전화했다. 나는 전화로 가서 잠금 상태를 풀었다. 반짝이는 불빛이 멈추었다. "여기 있어."

"무슨 일이 있었는지 넌 들어도 못 믿을 거야!" 라미레즈가 성난 목소리로 말했다. "협회에서 테러리스트처럼 생긴 두 놈이 여기로 쳐들어와서 네가 보낸 것들을 압수해갔어!"

내가 보낸 것이라고는 비디오카메라 영상과 아이젠슈타트 사진뿐이었다. 거기에는 아무것도 없었다. 노인이 범퍼를 닦아버린 후였다. "어떤 것들?"

"아이젠슈타트로 찍은 사진들!" 라미레즈가 계속 소리쳤다. "네가 사진을 보냈을 때 나는 주지사 기자회견 자료를 넘겨받느라 바빠서 아직 보지도 못했어. 너를 찾느라 바빴던 건 말할 필요도 없고! 내가 복사본을 만들고 비디오카메라 영상 원본이랑 편집실로 바로 보냈거든. 결국 내가 30분 전에야 받아서 좀 분류해보려고 하니까 이 음침한 협회 녀석들이 다 빼앗아 가버렸어. 영장도 없고, '실례해도 될까요?'도 없고, 아무것도 없었어. 바로 내 손에서 빼앗아 갔다니까. 한 떼거리의…."

"자칼들이지." 내가 말했다. "비디오카메라 영상은 아니었던 게 확실해?" 아이젠슈타트의 사진에는 앰블러 부인과 타코를 제외하면 아무것도 없었기 때문에 아무리 헌터라도 그걸로 뭘 알아내기는 어려울 것이었다. 그렇겠지?

"물론 확실하지." 라미레즈가 말했다. 라미레즈의 목소리가 벽에 울렸다. "아이젠슈타트에서 나온 사진이었어. 난 비디오카메라 영상은 아직 보지도 못했어. 편집부로 바로 보냈거든. 내가 말했잖아."

인화기로 가서 아이젠슈타트 필름통을 넣었다. 처음 10여 장은 아무 것도 아니었는데, 아이젠슈타트가 차 뒷자리에서 찍은 사진들이었다. "10번째 사진부터 시작. 양화 필름. 순서대로. 5초씩."

"뭐라고 했어?" 라미레즈가 따지듯 물었다.

"그 사람들에게 뭘 찾고 있는지 물어봤느냐고 했어."

"장난해? 그놈들 눈에 나는 보이지도 않았어. 파일을 다 풀어서 내 책 상에 올려놓고 봤다니까."

언덕 아래쪽에 있는 실난초. 더 많은 실난초. 선반에 아이젠슈타트를 설치하는 내 팔. 내 등.

"놈들이 뭘 찾고 있었든 간에, 찾아냈어." 라미레즈가 말했다.

나는 캐서린을 흘끗 보았다. 캐서린은 두려움 한 점 없이 내 눈을 차 분히 쳐다봤다. 캐서린은 겁에 질리는 법이 없었다. 심지어 내가 캐서린 에게 모든 개를 죽였다고 비난했을 때조차, 심지어 15년이나 지난 뒤에 내가 캐서린의 문 앞에 나타났을 때조차.

"제복을 입은 사람이 다른 사람에게 그걸 보여줬어. 그리고 '여자가 저질렀다던 네 이야기는 틀렸어. 이걸 봐'라고 했어."

"너도 그 사진 봤어?"

컵과 숟가락의 정물화. 앰블러 부인의 팔. 앰블러의 등.

"겨우 봤어. 무슨 트럭 같았어."

"트럭이라고? 확실해? 위네바고가 아니라?"

"트럭이야. 거기서 도대체 무슨 일이 벌어지고 있는 거야?"

나는 대답하지 않았다. 노인의 등. 열린 샤워실 문. 생커 커피 정물화. 타코를 떠올리는 부인.

"그자들이 말하는 여자가 누구야?" 라미레즈가 말했다. "네가 인생기 록부 요청했던 여자야?"

"아니." 앰블러 부인의 사진이 마지막 장이었다. 인화기는 다시 처음으로 돌아갔다. 히토리 아래쪽 반. 열린 차 문. 선인장. "그 사람들이 다른 이야기는 안 했어?"

"제복 입은 남자가 사진에서 뭔가를 가리키며 '봐, 옆에 번호판이 있잖아. 알아볼 수 있겠어?'라고 했어."

뭉개진 야자수와 고속도로. 자칼을 치는 급수차.

"중지."

이미지가 멈췄다.

"뭐야?" 라미레즈가 말했다.

트럭의 뒷바퀴가 엉망진창인 자칼의 뒷다리 위를 지나가고 있는 아주 역동적인 사진이었다. 물론 자칼은 벌써 죽어 있던 상황이었지만, 자칼이 죽은 모습이나 입에 벌써 말라붙어 가고 있는 피는 각도 때문에 보이지 않았다. 급수차의 속도 때문에 트럭의 번호판도 잘 보이지 않았지만, 번호가 있기는 있었다. 그 번호는 이제 협회 컴퓨터의 분석을 기다리는 신세겠지. 사진은 급수차가 자칼을 막 치고 지나가는 것처럼 보였다.

"그 사람들이 사진을 어떻게 했어?" 내가 물었다.

"편집장에게 가져갔어. 편집부에서 원본을 요청했지만, 편집장이 벌써 그들에게 보내버렸고. 네 비디오카메라 영상도 같이 보내버렸어. 그래서 너한테 연락을 하려고 했지만, 네 망할 전화차단을 우회할 수가 없었지."

"그 사람들은 아직도 편집장이랑 같이 있어?"

"방금 나갔어. 그 사람들은 너희 집에 간대. 편집장은 너한테 '완벽한 협조'를 기대한다고 전해 달래. 원본 필름이랑 오늘 아침에 찍은 다른 필름들을 다 넘겨달라는 말이지. 내게 손 떼라고 하더라. 기사는 안 된대. 사건 종결."

"그 사람들이 나간 지 얼마나 됐는데?"

"5분. 네가 나한테 사진 뽑아줄 시간은 충분해. 하이와이어는 쓰지 마. 내가 받으러 갈게."

"'협회의 심기를 거스르는 건 신문 입장에서 무조건 피하고 싶다'며?"

"그놈들이 너희 집까지 가는 데 20분은 걸릴 거야. 협회가 찾을 수 없는 곳에 숨겨놔."

"그럴 순 없어." 내가 그렇게 말하자, 성난 침묵이 들려왔다. "인화기가 고장 나서 망원렌즈로 찍은 필름을 방금 먹어버렸어." 내가 그렇게 말하고 차단 버튼을 다시 눌렀다.

"누가 자칼을 쳤는지 보고 싶어요?" 캐서린에게 말하고는 인화기로 오라고 손짓했다. "피닉스의 명물이죠."

캐서린이 모니터 앞에 서서 사진을 바라봤다. 협회의 컴퓨터가 정말 뛰어나다면 자칼이 벌써 죽었다는 것을 밝혀낼 수도 있겠지만, 협회가 그럴 수 있을 정도로 필름을 오래 잡고 있을 리가 없었다. 헌터와 세구라는 이미 하이와이어 사본을 파괴했을 것이다.

어쩌면 그들이 집에 도착 때를 대비해 필름통에 과망간산염 처리라도 해줘야 할지도 몰랐다. 시간을 벌 수 있을 것이다.

나는 캐서린을 쳐다봤다. "완전히 유죄처럼 보이죠? 하지만 아니에요."

캐서린은 아무 말도 하지 않고 움직이지도 않았다.

"만약 그게 자칼을 쳤다면 분명 죽였겠죠. 적어도 시속 140킬로미터로 달리고 있었으니까. 하지만 자칼은 벌써 죽어 있었어요."

캐서린이 나를 바라보았다.

"협회는 앰블러 부부를 감옥에 보낼 거예요. 누구의 잘못도 아닌 사고로 20년 가까이 살아온 집도 압류하겠죠. 부부는 그런 일이 일어날 줄도 몰랐어요. 자칼이 바로 앞에 달려들었을 테니까요."

캐서린은 손을 들어 모니터에 있는 자칼의 영상을 만졌다.

"그들은 이미 충분히 고통받았어요." 내가 캐서린을 보며 말했다.

날이 어두워지고 있었다. 불을 하나도 켜두지 않았기 때문에, 붉은 급수차의 영상이 비친 캐서린의 코는 햇볕에 탄 것 같았다.

"그 오랜 세월 동안 앰블러 부인은 남편이 개를 죽였다고 비난해왔죠.

남편이 죽인 게 아니었는데도요. 위네바고는 안이 9평방미터밖에 되지 않아요. 이 인화기 크기 정도밖에 안 되죠. 그들은 그 안에서 15년을 살았어요. 차선은 점점 좁아지고 고속도로는 폐쇄될 동안, 숨 쉴 공간도 없고 혼자 살기도 부족한 곳에서, 부인은 저지르지도 않은 일로 남편을 비난하며 살았어요."

화면의 불그레한 빛이 캐서린을 열여섯 살처럼 보이게 했다.

"협회에서는 매일 수만 리터의 물을 피닉스로 운반하는 급수차나 기사에게는 아무 짓도 안 할 거예요. 제아무리 협회라도 파업의 위험을 감수할 수는 없으니까요. 그들은 원본 필름을 없애버리고 사건을 종결지을 거예요. 그리고 협회는 앰블러 부부를 쫓지 않겠죠. 혹은 당신도."

나는 인화기로 몸을 돌렸다. "진행." 이미지가 바뀌었다. 실난초. 실난초. 내 팔. 내 등. 컵과 숟가락.

"게다가 저는 책임을 전가하는 일에는 노련해요." 내가 말했다. 앰블러 부인의 팔. 앰블러 부인의 등. 열린 샤워실 문. "제가 애버팬에 대해 이야기해준 적 있나요?"

캐서린은 아직도 모니터를 보고 있었는데, 캐서린의 얼굴은 백 퍼센트 진품 포마이커 샤워실 사진에서 나오는 푸른빛으로 창백해 보였다.

"협회는 벌써 급수차가 사고를 저질렀다고 생각하고 있어요. 저는 편집자만 설득하면 돼요." 나는 전화로 손을 뻗어서 차단을 해제했다. "라미레즈. 협회 뒤를 캐고 싶어?"

노인의 등. 컵과 숟가락. 커피.

"그랬지." 라미레즈가 솔트강이라도 얼려버릴 듯한 목소리로 말했다 "그런데 인화기가 부서졌으니 너한테는 나한테 줄 수 있는 사진이 없잖아."

앰블러 부인과 타코.

나는 다시 차단 버튼을 누르고 그대로 손을 올려 두었다. "정지. 인쇄." 화면이 꺼지고 사진이 받침대로 출력됐다.

"프레임 축소. 과망간산염 처리 1퍼센트. 화면 진행." 내가 버튼에서 손을 뗐다. "돌로레스 치웨어는 요즘 뭐해, 라미레즈?"

"탐사보도 쪽에서 일하고 있어. 왜?"

나는 대답하지 않았다. 앰블러 부인의 사진은 약간, 아주 약간 색이 바랬다.

"협회가 인생기록부랑 관련되어 있구나!" 라미레즈가 말했다. 헌터만큼 빠르지는 않지만 거의 비슷했다. "그래서 네가 옛 여자 친구의 인생기록부를 요청했던 거지? 함정수사 하고 있구나."

나는 라미레즈를 어떻게 해야 캐서린에게서 떼어낼 수 있을지 궁리 중이었는데, 협회처럼 마음대로 결론을 내려버리면서 라미레즈 스스로 떨어져 나갔다. 나는 별 힘을 들이지 않고 캐서린도 설득할 수 있었다. 오늘 당신을 만나러 간 진짜 이유가 뭔지 알아요? 협회를 잡기 위해서였어요. 협회가 내 인생기록부만 봐서는 도저히 알 수 없는 누군가를 골라야 했죠. 알려진 어떤 연결고리도 없는 누군가를.

캐서린은 화면을 보고 있었는데, 이미 반쯤 믿고 있는 눈치였다. 앰블러 부인의 사진이 좀 더 희미해졌다. 어떤 연결고리도 없이.

"정지."

"트럭은 어떻게 된 거야?" 라미레즈가 캐물었다. "네 함정수사와 트럭은 무슨 상관이 있는데?"

"아무 상관도 없어. 그리고 협회보다 더 큰 악당들인 식수 위원회와도 상관없고. 그러니까 편집장이 말하는 대로 해. 완벽한 협조. 사건 종결. 인생기록부 도청으로 잡아내자."

라미레즈는 내 이야기를 곱씹고 있거나, 벌써 전화를 끊고 돌로레스 치웨어에게 전화를 걸고 있을지도 몰랐다. 나는 모니터에 뜬 앰블러 부인의 사진을 봤다. 사진은 살짝 과다노출 된 것처럼 희미해졌지만, 조작으로 보일 정도는 아니었다. 그리고 타코도 사라졌다.

나는 캐서린을 쳐다봤다. "협회는 15분 후면 도착할 거예요. 애버팬에 대해 당신에게 이야기해주기엔 충분한 시간이네요." 나는 소파를 손짓으로 가리켰다. "앉아요."

캐서린이 와서 앉았다. "애버팬은 훌륭한 개였어요. 눈을 아주 좋아했죠. 눈에 파고 들어가서 주둥이로 눈송이를 날리고, 그걸 잡겠다며 덥석 물곤 했어요."

라미레즈는 전화를 끊은 게 분명했지만, 치웨어를 찾지 못하면 내게 다시 걸어올 것이었다. 나는 다시 차단 버튼을 누르고 인화기로 갔다. 앰블러 부인의 사진이 여전히 화면에 있었다. 처리는 세부적인 부분에는 큰 영향을 주지 않았다. 여전히 주름과 가느다란 흰머리를 볼 수 있었지만, 죄책감이나 비난, 상실감과 사랑의 느낌들은 사라졌다. 부인은 평온해 보였고, 거의 행복해 보일 정도였다.

"개의 사진이 잘 나오는 경우는 거의 없죠. 개에게는 좋은 사진을 찍는 데 필요한 근육이 없어요. 그리고 애버팬은 카메라를 보는 순간 내 쪽으로 달려오곤 했죠."

나는 인화기를 껐다. 모니터의 불빛이 없으니 방이 거의 깜깜해졌다. 천장등을 켰다.

"미국에는 백 마리도 안 되는 개들이 남아 있었고, 애버팬은 이미 뉴파보에 한 번 걸려서 죽을 뻔했어요. 제가 가진 유일한 사진은 자는 동안에 찍은 것뿐이었죠. 애버팬이 눈에서 뛰어노는 모습을 찍고 싶었어요."

나는 인화기 모니터 앞에 있는 좁은 선반에 기댔다. 캐서린은 내가 뭔가 끔찍한 일을 말할 거라고 예상하고, 예전에 수의사를 봤을 때처럼 양손을 꽉 움켜쥐고 앉아 있었다.

"저는 애버팬이 눈에서 뛰어노는 모습을 찍고 싶었지만, 애버팬은 항상 카메라로 달려들었어요. 그래서 애버팬을 앞마당에 내보내두고, 저는 옆문으로 몰래 돌아가 나를 볼 수 없는 길 건너의 소나무로 갔어요. 그런데 애버팬이 저를 본 거예요."

"그래서 길을 가로질러 뛰어갔군요." 캐서린이 말했다. "제가 쳤고요."

캐서린이 자기 손을 내려다봤다. 나는 캐서린의 얼굴에서 무엇을 보게 될지 혹은 보지 못할지 두려워하면서, 캐서린이 얼굴을 다시 들기를 기다렸다.

"당신이 어디로 가버렸는지 알아내느라 오랜 시간이 걸렸어요." 캐서린이 자기 손을 쳐다보며 말했다. "내가 당신의 인생기록부에 접속하는 것을 거부할까 봐 두려웠죠. 마침내 신문에서 당신의 사진을 봤어요. 그래서 피닉스로 이사 왔지만, 여기로 온 뒤로도 저는 당신이 전화를 끊어버릴까 봐 무서워서 당신에게 전화하지 못했어요."

캐서린은 동물병원에서 손모아장갑을 비틀던 것처럼 손을 비틀었다. "남편은 내가 집착한다고 했죠. 이제는 극복할 때가 되지 않았냐고. 다른 사람들은 다 그런다고. 그래 봤자 결국 개 아니냐고." 캐서린이 고개를 들어 올려다봤을 때 나는 손으로 인화기를 움켜잡았다. "남편은 용서가 다른 사람이 줄 수 있는 게 아니라고 했어요. 하지만 제가 원하는 건 당신이 저를 용서해주는 게 아니었어요. 저는 그저 당신에게 미안하다고 말하고 싶었을 뿐이에요."

동물병원에 있던 그날, 내가 캐서린에게 종의 멸종에 책임이 있다고 말했을 때 캐서린의 얼굴에는 어떠한 책망이나 비난도 없었다. 지금도 없었다. 어쩌면 캐서린에게는 그런 감정을 표현할 때 필요한 얼굴 근육이 없는 건지도 모르겠다는 생각이 씁쓸하게 떠올랐다.

"오늘 왜 내가 당신을 보러 갔는지 알아요?" 내가 화난 목소리로 말했다. "애버팬을 붙잡으려고 했을 때 카메라가 부서져버렸어요. 그래서 사진을 한 장도 못 찍었다고요."

앰블러 부인의 사진을 인화기에서 꺼내 캐서린에게 내던졌다. "이 부인의 개는 뉴파보로 죽었어요. 그들이 위네바고에 남겨두고 나갔다가 돌아왔더니 죽어 있었죠."

"불쌍한 것." 캐서린은 그렇게 말했지만, 사진을 보고 있지 않았다. 나를 보고 있었다.

"앰블러 부인은 사진이 찍히는 줄도 몰랐어요. 그래서 저는 당신에게 애버팬 이야기를 하도록 만든다면, 그런 사진을 찍을 수 있을 거라 생각했죠."

비록 아이젠슈타트가 엉뚱한 방향을 보고 있기는 했지만 캐서린의 부엌 탁자에 그걸 올려놓으며 내가 진짜로 보고 싶었던 얼굴은, 그리고 지금도 내가 보고 싶어 하는 얼굴은 개들이 절대 우리에게 보여주지 않았던 배신의 얼굴이라는 사실을 이제 깨달았다. 심지어 미샤도, 애버팬조차도 우리에게 보여주지 않았던 얼굴. 한 종의 멸종에 책임이 있다는 건 어떤 느낌일까?

내가 아이젠슈타트를 가리켰다. "이건 가방이 아니에요. 카메라죠. 당신 모르게 사진을 찍으려고 했어요."

캐서린은 애버팬에 대해 전혀 몰랐다. 캐서린은 앰블러 부인도 전혀 몰랐다. 하지만 울음을 터뜨리기 직전의 순간에는 그 둘 모두를 닮아 있었다. 캐서린은 입을 손으로 막았다. "어머." 그리고 목소리에는 애정과 상실감이 담겨 있었다. "만약 그때 당신에게 그게 있었다면, 그런 일은 벌어지지 않았겠네요."

나는 아이젠슈타트를 바라봤다. 그때 내게 이게 있었다면, 현관 위에 설치해둘 수 있었을 것이고, 애버팬은 전혀 알아채지도 못했을 것이다. 애버팬은 눈을 헤치고 코로 눈을 던지고 있었을 테고, 나는 애버팬이 뛰어들 수 있도록 눈을 던져 커다랗게 흩뿌렸을 것이다. 그리고 그런 일은 일어나지 않았겠지.

캐서린 파웰은 차를 몰고 지나갔을 테고, 나는 멈춰서 캐서린에게 손을 흔들었을 테고, 열여섯 살에 갓 운전을 배우고 있던 캐서린은 장갑 낀 손을 핸들에서 떼는 위험을 감수하고서라도 내게 마주 손을 흔들어주었을 테고, 애버팬은 눈보라 속에서 꼬리를 흔들며 자신을 안달하게 만드는 눈을 향해 짖어댔을 것이다.

애버팬은 3차 파동도 겪지 않았을 것이다. 열넷이나 열다섯까지 나이든 개가 되고, 더 이상 눈 속을 뛰어다니지 않을 정도로 늙었을 테고, 세상에 마지막 남은 개가 되었더라도 나는 우리에 갇히도록 놔두지 않았을 것이며, 사람들이 데려가도록 놔두지도 않았을 것이다. 만약 내게 아이젠슈타트가 있었더라면.

내가 아이젠슈타트를 싫어하는 것도 이상하지 않았다.

라미레즈가 전화한 지 적어도 15분은 지났다. 협회는 언제라도 들이닥칠 수 있었다. "협회가 왔을 때 당신이 여기 있으면 안 돼요." 캐서린은 고개를 끄덕이고 뺨에서 눈물을 닦은 다음 일어나 가방에 손을 뻗었다.

"사진을 찍으시나요?" 캐서린이 가방을 어깨에 메며 말했다. "그러니까, 신문사용 말고요."

"신문사용 사진도 얼마나 더 오래 찍게 될지 모르겠어요. 사진기자는 멸종되고 있는 종이거든요."

"오셔서 제나와 케빈 사진을 찍어주실 수 있나요? 아이들은 너무 빨리 자라서, 미처 알아채기도 전에 떠나버리니까요."

"그것 좋겠네요." 나는 캐서린을 위해 안전문을 열어 주면서 어둠에 잠긴 길 양쪽을 살폈다. "이상 없어요." 내가 말하자 캐서린이 밖으로 나갔다. 우리 사이에 안전문을 닫았다.

캐서린은 몸을 돌려 숨길 수 없이 따뜻하고 솔직한 표정을 지으며 마지막으로 나를 바라봤다. "개들이 그리워요." 캐서린이 말했다.

나는 안전문에 손을 올렸다. "저도 그리워요."

＊

나는 캐서린이 모퉁이를 도는 모습까지 지켜본 뒤 거실로 돌아와 미샤의 사진을 벽에서 내렸다. 사진을 인화기 옆에 세워두어 세구라가 문에서 볼 수 있도록 했다.

한 달쯤 뒤, 앰블러 부부가 안전하게 텍사스로 가고 협회가 캐서린에 대해 다 잊어버렸을 즈음, 나는 세구라에게 전화를 걸어 사진을 협회에 팔 의향이 있다고 말했다가, 그다음 며칠 이내에 다시 마음을 바꿨다고 이야기할 셈이었다. 세구라가 나를 설득하러 오면, 나는 퍼디타와 베아트리스 포터에 관해 이야기해줄 테고, 세구라는 협회에 관해 이야기해줄 것이었다.

기사에 대한 공은 치웨이와 라미레즈가 가져가야 했다. 헌터에게 다른 단서를 주고 싶지 않았다. 협회를 부수려면 이야기 하나로는 부족하겠지만, 적어도 시작은 될 수 있다.

캐서린은 앰블러 부인의 사진을 소파에 남겨두었다. 나는 사진을 들어 잠시 들여다보다 인화기에 넣으며 말했다. "재활용."

아이젠슈타트를 소파 옆 탁자에서 들어 필름통을 꺼냈다. 필름을 잡아당겨서 빛에 노출시키려 하다, 마음을 바꿔 인화기에 넣고 켰다. "양화 필름. 순서대로. 5초씩."

내가 카메라를 다시 작동시켰던 모양이었다. 히토리 뒷좌석의 사진이 10여 장 있었다. 차와 사람들. 내내 그늘에 들어가 있는 캐서린. 쿨에이드 물병과 고래 그림 물잔, 제나의 장난감 차. 몇 장은 캐서린이 가져올 때 렌즈를 아래로 눕혔던 모양인지 거의 검은색 사진들이었다.

"2초씩." 협회가 집에 오기 전에 인화기로 마지막 촬영분을 확인하고, 별 내용이 없으면 필름을 꺼내 빛에 노출시킬 참이었다. 아이젠슈타트 렌즈가 바닥 쪽으로 누워 있던 탓에 마지막 한 장을 빼면 나머지는 새까맸다.

마지막 사진은 나였다.

좋은 사진을 찍기 위한 비결 중 하나는 사람들에게 사진 찍히고 있다는 사실을 잊게 만드는 것이었다. 사람들의 주의를 흐트러뜨리라. 그들이 소중하게 생각하는 것에 대해 이야기하게 하라.

"정지." 화면이 멈췄다.

애버팬은 훌륭한 개였다. 눈밭에서 노는 것을 좋아했고, 내가 죽인 순간에도 내 무릎에서 고개를 들어 내 손을 핥으려 했었다.

협회가 당장에라도 들이닥쳐 망원렌즈 필름을 빼앗아 없애버릴 테니,

이것 역시 나머지 필름통과 함께 없애버리는 게 옳았다. 헌터에게 캐서린을 떠올리게 하고 싶지 않았다. 세구라가 제나의 장난감 차에서 증거를 채취하게 만들고 싶지도 않았다.

안타까웠다. 아이젠슈타트는 훌륭한 사진을 찍었다. "너조차도 이게 카메라라는 사실을 잊어버릴 거"라던 라미레즈의 말은 사실이었다. 나는 정확히 렌즈를 쳐다보고 있었다.

그리고 그 안에 모든 것이 담겨 있었다. 미샤와 타코와 퍼디타와, 동물병원으로 가던 중 내가 머리를 쓰다듬어주며 다 괜찮을 거라고 이야기해줄 때 애버팬이 내게 주었던 시선과, 사랑과 연민의 시선. 내가 그 오랜 세월 동안 담으려 했던 모든 것들이 있었다. 바로 애버팬의 사진이.

협회는 당장에라도 들이닥칠 수 있었다. "추출." 나는 필름통을 비틀어 열고 필름을 빛에 노출시켰다.

〈마지막 위네바고〉 후기

　온통 마야인의 달력 이야기에, 뉴스에는 핵폭탄 테러리스트가 나오며, 그 어느 때보다도 무시무시한 위협인 지구 온난화 등 세상의 종말에 대한 생각이 요즘 다시 유행이다. 하지만 사람들이 잊고 있는 사실은 세상은 언제나 종말을 맞고 있다는 점이다.

　멸종은 일상적으로 일어난다. 공중전화와 탄산음료 전문점, 먹지, LP판, 철제 회전목마, 울워스 슈퍼마켓, 빨래집게, VCR, 수영모자, 다이얼식 전화, 원양 정기선, 리넨 손수건, 비맨 풍선껌처럼. 그리고 이미 사라진 뒤에야 너무 늦게 그 가치를 깨닫게 된다.

　나는 특히 체리 포스페이트 음료와 자동차 전용 극장, 철제 체인에 나무 의자가 매달린 커다란 그네들이 그립다. 그래 알지, 알아. 커다란 그네가 분명 위험하기는 했지만, 정말 높이 그네를 탈 수 있어서 지평선을 넘어 하늘까지 올라갈 수 있었다. 자동차 전용 극장에서 집으로 돌아오는 길에는 에어컨도 없던 차 밖으로 머리를 내밀고 달빛이 비치는 여름밤의 구름과 어둠, 그리고 별들로 가득 찬 하늘을 바라볼 수 있었다.

　나는 롤러코스터가 그립다. 흰색 페인트로 마감한 목재 뼈대에 덜컹거리는 구식 차량들. 그리고 침대칸과 흰색 식탁보가 깔린 식당칸이 달린 여객용 열차, 그린 리버 소다수와 캔버스 스니커즈 운동화도 그립다.

그리고 곧, 책들도 그리워하게 될까 봐 두렵다.

〈마지막 위네바고〉뿐만 아니라 이 단편집에 있는 이야기들도 모든 것들이 얼마나 빨리 사라지는지에 대한 증언들이다. 많은 단편이 핸드폰이나 인터넷이 등장하기 전에 쓰였다. 이집트와 이라크도 많이 변했고, 필름 카메라는 거의 사라졌으며, 〈모두가 땅에 앉아 있었는데〉에 나오는 낱장 악보와 〈나일강의 죽음〉에 나오는 페이퍼백과 여행 가이드책은 얼마 지나지 않아 이상하게 예스러워 보일 것이다. 독자들은 "왜 이 사람들은 그냥 킨들 전자책을 사지 않는 거죠?"라고 물을지도 모른다.

SF는 특히 그런 질문들에 취약하다. 왜냐하면 우리는 미래를 모두 예측해야 하기 때문이다. 증쇄할 때마다 이야기를 개정하고 싶은 유혹에 빠진다. 특히 배우들이 신발 박스 크기의 핸드폰에 대해 이야기하는 영화를 본 뒤에는 더욱 그렇다. 혹은 주인공들이 세계 무역 센터 자리 앞에 서 있을 때. 날짜(특히 벌써 지나버렸다면)나 기술을 고치고 싶은 유혹은 언제나 있다.

하지만 하나를 고치기 시작하면, 다른 부분도 고쳐야 하고, 또 다른 곳도 고치게 되며, 결국은 모든 줄거리를 고치게 된다. 그뿐만 아니라, 이집트 파라오들이 선대 파라오들의 모든 발언을 쪼아내서 과거를 지우던 작업과 너무 비슷해 보인다.

그러니 과거를 기억하게 해주고 우리가 생각했던 미래를 보여주는, 그리고 얼마나 덧없는 것인지 보여주는 존재로 이야기를 오롯이 서게 하자. 그리고 그 주제에 대한 알베르 카뮈의 말을 기억하자. "심판의 날을 기다리지 말게나. 그건 매일 일어나고 있다네."

APPENDIX

부록

최세진 옮김

2006년 8월 17일

고귀한 소망이 만든 기적
책과 SF, 그리고 그 안의 제 삶에 대하여

2006 WORLD-CON GUEST OF HONOR SPEECH

월드콘에서 주빈이 된다는 것은 정말로 대단한 일입니다.

제가 작가가 될 수 있도록 도와주신 모든 분에게 감사할 기회를 주신 것이니까요.

중학교 때 워너 선생님 같은 분처럼 말이죠.

그분은 저희에게 루머 고든(Rumer Godden)의 《참새 이야기(An Episode of Sparrows)》를 읽어주셨어요.

그리고 제게 '런던 대공습'이라는 사건을 처음 알려주셨죠.

그리고 고등학교 때 후아니타 존스 영어 선생님.

그분이 제게 글을 쓰도록 용기를 주셨어요.

심지어 제가 전혀 재능이라는 걸 보이지 않았는데도 말이죠.

그래서 TV 드라마 〈66번 국도(Route 66)〉의

주인공 조지 마하리스와 제가 만나는 이야기를 써서 드렸죠.

그 글에는 이런 불후의 명문장이 있었습니다.

"그의 얼굴은 생일 케이크처럼 빛났다."

그 이야기에는 여주인공이 있는데,

맨해튼 시내에 차를 몰고 가다 나무에 충돌합니다….

《나를 있게 한 모든 것들(A Tree Grows in Brooklyn)》에 나온

그 나무가 틀림없을 겁니다.

그리고 이것은 최근에 계속 글을 쓸 수 있도록 도와주신 모든 분에게도 감사할 기회입니다.

— 참을성 있는 제 비서 로라 루이스

— 그리고 더욱 참을성이 있는 우리 가족

— 기적을 만들어내는 에이전트들: 패트릭 델라헌트(Patrick Delahunt), 랄프 비시난자(Ralph Vicinanza), 빈스 제라디스(Vince Gerardis)

— 극도로 인내심이 많은 편집자 앤 그로엘(Anne Groell)과 셰일라 윌리엄스(Sheila Williams)와 가드너 도즈와(Gardner Dozois).

— 진짜 극도로 인내심이 많은 독자들

— 그리고 내 친구들과, 참호 속에 함께 있는 동료 군인들은, 끊임없이 저를 격려하며 그만두지 말라고 한 번 이상 설득해줬습니다.

SF와 함께 보낸 최고의 순간들은 모두 여러분에게 빚지고 있어요.

— 네블러상의 첫 축하연이 끝난 후
존 케설(John Kessel), 짐 켈리(Jim Kelly)와 함께 밤을 새며
초코칩 쿠키와 빨간 피스타치오를 먹어서
빨갛게 물든 손이 몇 주가 지나도록 지워지지 않았었죠.

— 에드 브라이언트(Ed Bryant)와 워크숍에 참석했어요.
신시아 펠리체(Cynthia Felice)와
마이크 토먼(Mike Toman)과
조지 R.R. 마틴(George R.R. Martin)도 함께 했었죠.

— 잭 윌리엄슨(Jack Williamson)을 만나기 위해
찰리 브라운(Charlie Brown)과
스콧 에델만(Scott Edelman)과
월터 존 윌리엄스(Walter Jon Williams)와 함께 차를 몰고 포테일즈에 갔습니다.

— 낸시 크레스(Nancy Kress)와
엘렌 대틀로(Ellen Datlow)와
에일린 건(Eileen Gunn)과 수다를 떨었어요.

— 마이클 캐서트(Michael Cassutt)나
에일린 건이나
하워드 왈드롭(Howard Waldrop)의
이야기에 웃음을 터트리기도 했어요.

— 가드너 도즈와의 이야기가 너무 웃겨서
양상추가 코에 박혀 거의 죽을 뻔했어요.

여러분은 세상에서 가장 재치있고, 똑똑하고, 착한 사람들이에요.
그리고 여러분이 없었다면 단 5분도 SF 계에서 버티지 못했을 겁니다.

하지만 그 누구보다
　　로버트 하인라인(Robert Heinlein)과
　　루이자 메이 올컷(Louisa May Alcott)과

킷 리드(Kit Reed)와

데이먼 러니언(Damon Runyon)과

시그리드 운세트(Sigrid Undset)와

시어도어 스터전(Theodore Sturgeon)과

애거서 크리스티(Agatha Christie)와

제롬 K. 제롬(Jerome K. Jerome)과

대프니 듀모리에(Daphne du Maurier)와

필립 K. 딕(Philip K. Dick)과

루머 고든(Rumer Godden)과

루시 모드 몽고메리(L. M. Montgomery)와

레이 브래드버리(Ray Bradbury)와

셜리 잭슨(Shirley Jackson)과

밥 쇼(Bob Shaw)와

제임스 해리엇(James Herriot)과

밀프레드 클링거만(Mildred Clingerman)과

P. G. 워드하우스(P. G. Wodehouse)와

도로시 L. 세이어스(Dorothy L. Sayers)와

대니얼 키스(Daniel Keyes)와

J. R. R. 톨킨(J. R. R. Tolkien)과

주디스 메릴(Judith Merril)과

찰스 윌리엄스(Charles Williams)와

윌리엄 셰익스피어(William Shakespeare)에게 감사해야 합니다.

이제 이 연설의 주제로 넘어갈게요.

여러분은 이 주빈 연설에서 뭔가 중요한 문제를 이야기할 거라 기대하셨을 겁니다.
지구 온난화나
다가오는 특이성이나
우주여행이나
가석방 위반자에 대한 엄격한 선고나
세계 평화 같은 문제 말이죠.

하지만 저는 완전히 개인적인 이야기를 하고 싶어요.

책에 대해, 그리고 그 책들이 제게 어떤 의미였는지에 대해 이야기하고 싶습니다.
책은 이 세상의 전부에요.

저는 직업과 삶, 심지어 가족까지 책에 빚졌거든요.

농담이 아니에요.
아마 여러분도 이건 모르셨겠지만,
제가 결혼했던 것은 순전히 책 때문이었어요.
그리고, 아니요, 사랑의 시에 대해 말하려는 거 아니에요.
그리고, 아니요! 《롤리타(Lolita)》도 아니에요.
저는 《반지의 제왕(Lord of the Rings)》 때문에 결혼했어요.

《우주복 있음, 출장 가능(Have Space Suit, Will Travel)》의 주인공 킵 러셀의 말을
　　인용하자면, "이게 어떻게 된 일이냐면 말이지…."

저는 남자친구와 이별이라는 특별한 목적을 수행하기 위해
비행기를 타고 코네티컷으로 날아갈 때
비행기에서 읽기 위해 《반지의 제왕》 3권짜리 페이퍼백 시리즈를 구입했어요.
그리고 뉴에이븐에 도착할 즈음에
프로도와 샘이 너무 걱정이 되어서
남자친구에게 이렇게 말했습니다.
"정말 끔찍해. 개네가 모르도르에 몰래 들어가려는데,
반지악령들이 쫓고 있어. 난 골룸을 안 믿어. 그래서…."

그리고 남자친구와 헤어지려던 생각을 까맣게 잊어버렸죠.

그리고, 어제부로, 우리는 결혼한 지 39년이 되었습니다.

우리 딸의 이름도 책에 빚졌어요.
딸의 이름을 《리어왕》의 착한 딸 이름을 따라 지었거든요.
그리고 딸은 모든 면에서 자기 이름에 걸맞은 삶을 살아가고 있어요.

그리고 제가 쓴 책도 모두 책에 빚지고 있습니다.

책들이 저에게 어떻게 쓰는지 가르쳐줬어요.
　애거서 크리스티(Agatha Christie)는 제게 플롯을 가르쳐주고
　매리 스튜어트(Mary Stewart)는 긴장감을
　로버트 A. 하인라인(Robert A. Heinlein)은 대화를
　P. G. 워드하우스(P. G. Wodehouse)는 희극을
　셰익스피어(Shakespeare)는 풍자를
　그리고 필립 K. 딕은 독자들의 뒤통수를 때리는 방법을 가르쳐주었습니다.

책은 또한 모든 것들에 대처하는 방법에 대해 훌륭한 조언을 해주었습니다.
다음 규칙부터 시작해서요.

윌리엄 서머싯 몸(W. Somerset Maugham)이 이렇게 말했습니다.
"소설을 쓰는 데에는 세 가지 규칙이 있지만, 불행하게도 아무도 그 규칙을 모른다."

사람들이 작가에게 묻는 멍청한 질문에 대해….

[도로시 L. 세이어즈(Dorothy L. Sayers)의 작품 중 주인공 해리엇 베인의 생각]
　맙소사! 여기 끔찍한 여자가 있네. 뮤리엘 캠프쇼트, 아는 척하러 오는구나.
　캠프쇼트는 언제나 바보같이 웃지. 여전히 바보처럼 웃고 있어…. 캠프쇼트가
　말하려는 모양이네. "당신이 만든 그 모든 플롯에 대해 당신은 어떻게
　생각하세요?" 말해버렸어. 저 여자를 저주하라.

당신의 출판사 혹은 독자가 원하는 글을 써야 한다는 압박감에 대처하기 위해….

도로시 L. 세이어즈가 이렇게 말했어요.
"당신이 할 수 있는 유일한 일은, 자신이 원하는 글을 쓰고 잘 되기를 바라는
　것입니다."

직업을 선택하는 과정에서 끔찍한 실수를 한 것 같은 기분이 들 때….

로버트 벤츨리(Robert Benchley)가 이런 이야기를 해줬습니다.
"내가 글쓰기에 재능이 없다는 사실을 발견할 때까지 15년이 걸렸어요. 하지만
　포기할 수가 없었죠. 왜냐하면 그때는 이미 유명해진 상태였거든요."

책은 저에게 무엇을 쓸 것인지, 그리고 어떻게 쓸 것인지도 보여줬어요.

제가 영국에 처음 갔을 때
중학교 2학년 당시 워너 선생님이 읽어주셨던 런던대공습에 관한 책이 생각났어요.
그래서 세인트폴 대성당으로 향했습니다.
거기에서 화재 감시원과 옥스퍼드 대학의 시간여행 역사학자들,
그리고 제 인생의 작품을 발견했죠.

무엇보다, 저에게 작가라는 게 어떤 의미인지 가르쳐줬어요.

윌리엄 버틀러 예이츠(William Butler Yeats)는 이렇게 말했습니다.
"이야기꾼들은 인류에게 두려움이 없거나 의지가 약해졌을 때, 그리고 자연의
    법칙이 인류를 덮쳤을 때 어떻게 될지 우리에게 상기시켜 줍니다."

그리고 책들….

잠깐만요, 제가 너무 앞서 나가고 있네요.
처음부터 차근차근 시작할게요.

저는 책을 처음 봤을 때부터 사랑했어요. 심지어 읽지도 못하던 때부터요.

그리고 글을 배우자마자,
더러운 작은 손으로 잡을 수 있는 모든 것들을 읽었죠.

제가 어렸을 때는 여덟 살이 될 때까지 도서관 카드를 만들 수 없었어요.
(암흑의 미개한 시대였죠.)
그리고 동시에 세 권까지만 대출이 가능했어요.
(정말로 암흑의 미개한 시대였어요.)

도서관 카드를 만들게 된 날,
L. 프랭크 바움(L. Frank Baum)의 《오즈의 마법사》 시리즈를 세 권 대출했어요.

리타 메이 브라운(Rita Mae Brown)이 이런 이야기를 했었죠.

"도서관 카드를 만든 날, 내 삶이 시작됐다."

저도 그랬어요.

밤새 오즈 시리즈 세 권을 모두 읽었어요.
그리고 다음 날 모두 반납하고,
세 권을 더 대출했죠.

그 후 오즈 시리즈의 남은 책들을 대출했어요.
그리고 《메이다의 작은 가게(Maida's Little Shop)》 시리즈와
《엘시 딘스모어(Elsie Dinsmore)》 시리즈,
아마도 역사상 가장 사악한 책일 거예요.
그리고 《벳시, 테이시 그리고 티브(Betsy, Tacy, and Tib)》 시리즈와
파랑, 녹색, 노랑, 빨강, 자주색 동화책 시리즈를 읽었어요.

가족 중에는 아무도 책 읽는 걸 좋아하지 않았어요.
그래서 항상 저에게 "책에 고개 박고 있지 말고, 밖에 나가서 놀아라"라고 했지만,
저에겐 아무 효력이 없는 지시였죠.
저는 그 말을 듣자마자 곧장 가서 책을 읽었거든요.

《빨간 머리 앤(Anne of Green Gables)》 시리즈 전부와
《낸시 드류(Nancy Drew)》 시리즈 전부와
《버섯 행성(Mushroom Planet)》 시리즈 전부와
《이상한 나라의 앨리스(Alice in Wonderland)》와
《소공녀(A Little Princess)》와
《크레스 델라한티(Cress Delahanty)》와
《물의 아이들(The Water Babies)》.

6학년 때 《작은 아씨들(Little Women)》을 읽고
조세핀 마치(Josephine March)처럼 작가가 되고 싶다고 결심했습니다.

중학교 1학년 때에는 《나를 있게 한 모든 것들》을 읽고
그 책의 주인공 프랜시가 그랬듯이

도서관에서 A부터 Z까지 작가의 성 순서대로 모두 읽겠다고 결심했어요.

중학교 3학년 때
워너 선생님이 저희에게 루머 고든의 《참새 이야기》를 읽어주셨어요.
폭격으로 무너진 교회 잔해 속에서 정원을 가꾸는 고아에 대한 이야기였죠.
그리고 저는 런던대공습에 빠져들었어요.

그리고 열세 살이 되었을 때
《우주복 있음, 출장 가능》을 읽었습니다.
그리고 모든 게 끝나버렸어요.

　　이게 어떻게 된 일이냐면 말이지….

저는 열세 살이었는데,
중학교 도서관에서 책들을 꽂고 있다가
노란 책을 집어 들었죠. 아직도 그 표지가 눈에 선해요.
표지에는 우주복을 입은 한 아이가 그려져 있었어요.

제목이 《우주복 있음, 출장 가능》이었어요.
그래서 그 책을 펼쳐 읽었죠.

　　"이것 봐. 나한테 우주복이 있어.
　　이게 어떻게 된 일이냐면 말이지….
　　'아빠, 달에 가고 싶어요.' 내가 말했다.
　　'그러럼.' 아빠는 그렇게 대답하고 다시 책으로 눈을 돌렸다. 그 책은 제롬 K.
　　제롬의 《보트 위의 세 남자(Three Men in a Boat)》였는데, 아빠는 이미 그 책을
　　달달 외우고 있을 터였다.
　　내가 말했다. '아빠, 제발요! 저 진지하다고요.'"

〈스타워즈(Star Wars)〉의 마지막에 이런 장면이 있어요.
'죽음의 별'이 행성을 쓸어버리자
루크 스카이워커가 마지막 공격 시도에 참가하고
레아 공주는 본부로 돌아와 전투에 귀를 기울이죠.

다른 모든 전투기 조종사들은 사망했거나 움직이지 못하는 상태가 되었는데,
다스 베이더가 루크를 노리고 있었어요.
그런데 갑자기 왼쪽에서 한 솔로가 나타나
다스 베이더를 공격하더니 말합니다.
"야호! 경보 해제, 꼬마야. 이제 이놈을 날려버리자."

한 솔로가 그렇게 말했을 때,
레아 공주는 전투 지도에서 고개를 들지 않았고,
표정의 변화조차 없었어요.
그 장면을 보던 당시 여덟 살이었던 딸이
제게 기대며 이렇게 말하더군요.
"아, 레아 공주가 푹 빠졌어, 엄마."

그 노란 책을 펼쳐서
《우주복 있음, 출장 가능》의 첫 줄을 읽었을 때,
저는 푹 빠져버렸어요.

저는 《우주복 있음, 출장 가능》을 후다닥 읽고
잠깐 우회하여 《보트 위의 세 남자》를 읽은 후
《은하의 시민(Citizen of the Galaxy)》을 읽었어요.
《별을 위한 시간(Time for the Stars)》과
《별의 야수(Star Beast)》와
《더블 스타(Double Star)》와
《하늘의 터널(Tunnel in the Sky)》과
《여름으로 가는 문(The Door into Summer)》과
하인라인이 쓴 모든 책을 읽었어요.

그리고 이어서 아시모프(Asimov)와
　　클라크(Clarke)와
　　《화성 연대기(The Martian Chronicles)》와
　　《리보위츠를 위한 찬송(A Canticle for Leibowitz)》을 읽었죠.

그리고 그때, 이런 맙소사,

제가 《올해 최고의 단편 모음집(The Year's Best Short Story Collections)》을
발견했을 때, 세상이 휘황찬란한 가능성으로 폭발해버렸어요.

그 책에는 가장 놀라운 단편들이 나란히 있었어요.
그리고 중편 소설
그리고 시.

《포도 수확철(Vintage Season)》과
〈롯(Lot)〉과
〈바다를 잃어버린 남자(The Man Who Lost the Sea)〉와
〈나는 입이 없다 그리고 나는 비명을 질러야 한다(I Have No Mouth and I Must
　　Scream)〉와
〈앨저넌에게 꽃을(Flowers for Algernon)〉
〈휴스턴, 휴스턴, 들리는가?(Houston, Houston, Do You Read?)〉

킷 리드(Kit Reed)와
윌리엄 텐(William Tenn)과
제임스 블리시(James Blish)와
프레드릭 브라운(Fredric Brown)과
제나 헨더슨(Zenna Henderson)과
필립 K. 딕(Philip K. Dick)의 이야기가
모두 한 권의 책에 담겨 있었어요.

악몽 같은 미래와
첨단 기술의 미래와
신기한 샹그릴라와
이상하고 먼 행성들.

외계인과
시간 여행과
로봇과
유니콘과
괴물들.

비극과
모험과
환상과
낭만과
희극과
공포.

〈표면 장력(Surface Tension)〉,
〈달맞이꽃(Evening Primrose)〉,
〈백만 번째 날(Day Million)〉,
〈다음 바위에서 계속(Continued on Next Rock)〉,
〈우리가 세상의 종말을 보러 갔을 때(When We Went to See the End of the World)〉,
〈어서 그곳에 도착했으면(I Hope I Shall Arrive Soon)〉,
그리고 〈땅콩과 함께 보낸 평범한 하루(One Ordinary Day with Peanuts)〉.

몇 장 안 되는
몇천 단어도 안 되는 이야기들이
현실을 뒤집어엎을 수 있고,
완전히 새로운 시각으로
세상을 마주하게 하고,
우주를 바라보게 하고,
당신을 웃게 만들 수 있고,
생각하게 만들 수 있고,
가슴을 찢어놓을 수 있어요.

저는 완전히 빠져버렸죠.
깜짝 놀랐어요.
놀라서 말문이 막혀버렸어요.

마치 《우주복 있음, 출장 가능》의 킵과 피위가 마젤란 성운에서 은하수를 바라볼
    때처럼.
레이 브래드버리의 〈고귀한 소망이 만든 기적(A Miracle of Rare Device)〉에 나오는
    두 부랑자가 허공에 떠 있는 아름다운 도시를 바라볼 때처럼.

그리고 제가 남은 일생동안 책을 읽으며
그리고 쓰면서
살고 싶어 한다는 사실을 깨달았어요.

저는 도서관에서 A부터 Z까지 읽어가던 방법을 멈추고,
책등에 작은 원자나 로켓우주선 기호가 그려진 책들을
모조리 찾아서 읽기 시작했습니다.

저는 알파벳에 따라 읽어보겠다는 계획을 D까지밖에 실행하지 못했는데,
나중에 알고 보니
거기까지 간 것은 잘한 거였더군요.

제가 열두 살 때
어머니가 갑자기 돌아가셔서 엄청난 충격을 받았어요,
그리고 세상이 무너져 내려서,
책 말고는 의지할 곳이 없었습니다.

책이 제 목숨을 구했어요.

여러분이 무슨 생각을 하는지 알아요,
책이 제게 탈출구를 제공해줬다고 생각하죠.

책이 걱정과 절망으로부터 숨을 피난처를 제공할 수 있다는 것은 분명히
　　사실입니다.

리 헌트(Leigh Hunt)가 말했듯이,
"나는 슬픔과 악천후에 맞서 책 속에 파고 들어가 단단히 몸을 숨겼습니다."

저는 특히,
늦은 밤 병원에서 다섯 살 딸의 침대 곁에 앉아
맹장염인지 더 심한 병인지 검사 결과를 기다리며
제임스 헤리엇(James Herriot)의 《이 세상의 모든 크고 작은 생물들(All Creatures
　　Great and Small)》에

구명보트인 양 매달렸던 기억이 납니다.

런던대공습이 진행되던 동안,
지하 대피소에 설치된 임시 도서관에서
가장 인기 있는 책은 애거서 크리스티의 추리소설이었어요.
추리소설에서는 언제나 살인자들이 붙잡혀 처벌받지요.
그리고 정의가 언제나 승리하고,
세상은 이해할 수 있어요.

그래서 저도 불안할 때면 애거서 크리스티의 소설들을 다시 읽습니다.

그리고 메리 스튜어트의 작품들과
레노라 매팅리 위버(Lenora Mattingly Weber)의 《비니 멀론(Beany Malone)》
　　시리즈를 읽습니다.

책은 긴 밤과 긴 여행을 헤쳐나갈 때,
　　전화를 기다릴 때,
　　판사의 판결을 기다릴 때,
　　의사의 진단을 기다릴 때
　　도움이 됩니다.

　　책은 끊임없이 제자리를 도는 마음을 가라앉힐 수 있고,
　　킵과 피위와
　　프로도와
　　바이올라와
　　해리와
　　찰리와
　　헉의 문제에 빠져 자신의 어려움을 잊게 해줍니다.

그러나 어머니가 돌아가셨을 때 저에게 필요했던 것은 도피가 아니었어요.
진실이었죠.
하지만 제게 진실을 이야기해주는 사람을 만날 수 없었어요.

대신 그들은 이렇게 말했죠.

"이런 일이 일어나는 데에는 이유가 있어."
혹은 "넌 이 상황을 이겨낼 거야."
혹은 "신은 우리가 견디지 못하는 시련을 주지 않으신단다."

거짓말, 모두 거짓말이에요.

이모가 사려 깊은 목소리로 말했던 게 기억납니다. "착한 사람들이 일찍 죽어."
착하게 살도록 자극을 주는 말은 아니었죠.

그리고 한 명 이상이 제게 말했어요. "모두 신의 계획이야."
열두 살에도 이런 생각이 들었어요.
대체 신이란 놈은 어떤 바보인 거야?
나라도 이것보다는 나은 계획을 생각해낼 수 있겠다.

그중 최악의 거짓말은, "이게 최선이야."

모두 거짓말을 했어요. 친척들, 성직자들, 친구들.

그래서 제가 작가의 성을 D까지 읽은 것은 잘한 일이었어요.
마저리 앨링엄(Margery Allingham)과
제임스 에이지(James Agee)의 《가족의 죽음(A Death in the Family)》과
피터 S. 비글(Peter S. Beagle)의 《공동묘지에 사는 남자(A Fine and Private
Place)》와
페테르 R. 더프리스(Peter R. de Vries)의 《양의 피(The Blood of the Lamb)》가
저에게 진실을 말해줬어요.

페테르 R. 더프리스는 이렇게 말했죠. "시간은 아무것도 치유하지 못한다."

그리고 마저리 앨링엄이 말했어요. "애도는 잊지 않는 것이다. 기억은 시간을
되돌린다. 매 시간의 매듭은 풀려나갈 수밖에 없는데, 영구적이고 가치 있는
어떤 것은 시간의 매듭에서 다시 불려 나와 동화된다."

그리고 1년 후 SF를 알게 되었을 때,
로버트 셰클리(Robert Sheckley)가 말했습니다.
"왜 어떤 일들이 일어나고, 다른 일들은 일어나지 않는지 스스로에게 설명하려
애쓰지 마세요. 묻지도 말고, 어떤 설명이 있을 거라는 상상도 하지 마세요.
알겠죠?"

그리고 밥 쇼의 〈지난 시절의 빛(The Light of Other Days)〉과
존 크롤리(John Crowley)의 《눈(Snow)》과
톰 고드윈(Tom Godwin)이
죽음에 대해 알아야 할 모든 것들을 가르쳐줬어요.

그리고 추억과
차가운 방정식도요.

그 책들에도 희망적인 문구가 있었어요.

손턴 와일더(Thornton Wilder)는 이렇게 말했죠. "살아 있는 사람들의 땅과 죽은
사람들의 땅이 있다. 그 둘을 잇는 다리가 사랑이다. 사랑만이 살아남을 것이고
의미가 있다."

그리고 《오즈의 누더기 소녀(The Patchwork Girl of Oz)》에서 도로시는 "절대로
포기하지 마…. 다음에 어떤 일이 생길지는 아무도 몰라."라고 했어요.

C. S. 루이스(C. S. Lewis)는 이렇게 썼습니다. "당신이 진실을 찾는다면, 결국에는
위안을 찾을 것이다. 당신이 위안을 찾는다면, 위안과 진실 어느 쪽도 찾지
못하며, 오로지 교묘한 아첨과 희망적인 생각으로 시작해서 결국에는 절망만
남을 것이다."

제가 찾던 것과
필요했던 것과
원하던 것과
사랑하던 것을
책에서 찾았습니다.

당시 다른 어디에서도 찾지 못하던 것들이었어요.

《나를 있게 한 모든 것들》의 프랜시와 공공도서관과 책이 제 목숨을 살렸습니다.

그리고 책이 가르쳐야 할 가장 중요한 교훈을 가르쳐줬어요.

제임스 볼드윈(James Baldwin)은 이렇게 말했습니다.
"당신은 자신의 고통과 상심이 세계 역사상 유례가 없는 거라 생각한다. 하지만
  그렇게 생각한다면 책을 읽어라. 나를 가장 괴롭히는 것이, 현재 살고 있는
  사람들과 이전에 살았던 모든 사람들이 나와 연결되어 있다는 바로
  그 사실이라는 걸 가르쳐준 게 책이었다."

그리고 영화 〈마틸다(Matilda)〉에서 해설자가 더욱 좋게 표현했습니다.
"마틸다는 모든 종류의 책을 읽었습니다. 바다에 내보낸 배처럼, 세상으로 책을
  내보낸 작가들의 모든 목소리가 마틸다를 길렀습니다. 이 책들이 마틸다에게
  희망적이고 위로가 되는 이야기를 전해주었습니다. '너는 혼자가 아니다.'"

도서관 카드를 받던 날,
《우주복 있음, 출장 가능》을 펼쳐 첫 장을 읽던 날,
《올해의 단편 모음집》을 발견한 날
제가 책과 사랑에 빠졌다고 말씀드렸습니다.

하지만 저는 그저 책과, SF와
사랑에 빠진 게 아니었어요.

책을 필요로 할 때 책들이 거기에 있었다는 것만이 아니에요.
제가 책을 찾았을 때, 알게 되었어요.

제나 핸더슨(Zenna Henderson)의 《사람들(People)》 중 하나처럼,
혹은 《미운 오리새끼(The Ugly Duckling)》처럼,
혹은 《빨간 머리 앤》처럼
혹은 《해리 포터(Harry Potter)》처럼.

저의 진정한 가족,
빨간 머리 앤이 가족을 부를 때처럼,
'마음이 맞는 사람들'
내 사람들.

그리고 가족들을 찾은 후,
처음으로 알게 되었어요.

오즈마 공주가 마녀의 주문에서 풀려날 때처럼,
《안드로이드는 전기양의 꿈을 꾸는가?(Do Androids Dream of Electric
    Sheep?)》의 데커드처럼,
《순례(Pilgrimage)》의 베티와 제미와 밸런시처럼.

제가 진짜 누구인지 알게 되었습니다.

저는 탈출했어요,
하지만 현실 세계에서 탈출한 것은 아니었습니다.
도피에서 탈출한 거예요.

저는 집으로 돌아왔어요.

이야기가 끝나는 것처럼요.

그리고 그 후로 내내 행복하게 잘 살았습니다.

책은 놀라운 물건입니다.
책을 현실로부터의 도피나 뭐 그런 것으로 생각하는 사람이 있다면,
책에서 눈을 떼고 밖으로 나가 놀아야 합니다.

단순한 기분 전환이나
오락거리나
시간 보내기로 생각하는 것은
완전히 틀린 생각이에요.

책은 인류가 만든 물건 중에
가장 중요하고
가장 강력하고
가장 아름다워요.

《우주복 있음, 출장 가능》에서 킵과 피위가 지구에 대한 재판을 받으며,
지구를 파괴시킬 수 있는 위험한 고발에 맞설 때 킵이 말합니다.
"우리의 시를 읽어본 적이 있나요?"

이보다 우리를 더욱 잘 변호할 말을 생각해낼 수 있을까요?

책은 공간과
시간과
언어와
문화와
관습과
성과
나이와
심지어 죽음조차 가로질러
만나본 적도 없는 사람들과,
그 책이 쓰일 때 태어나지도 않았던 사람들에게 말할 수 있습니다.

그리고 그들에게 도움을 주고,
조언을 해주고,
우정을 나누고,
위로를 해줍니다.

클라렌스 데이 주니어(Clarence Day, Jr.)는 이렇게 말했습니다.
"책의 세계는 인류의 가장 훌륭한 창조물이다.
    인류가 건설한 그 어떤 것도 영원히 지속되지 않는다.
    기념비는 무너지고
    국가는 멸망하고
    문명은 늙어가다 자취를 감춘다.

그리고 어둠의 시대가 지나면
새로운 종족이 다른 문명을 건설한다.

그러나 책의 세계에서는
이런 일들이 일어나고 또 일어나는 것을 지켜본다.
그래도 계속 살아가고,
여전히 젊으며
여전히 책들이 쓰였던 날처럼 생생하며
여전히 수 세기 전에 죽은 사람들의 마음을, 사람들의 마음에 전해준다."

책은 고귀한 소망이 만든 기적입니다.

저는 루이자 메이 올컷이나
로버트 하인라인이나
루머 고든이나 L. 프랭크 바움이나, 필립 K. 딕이나
손턴 와일더나 세인트폴 대성당의 매튜스 주임 사제를
만나본 적이 없습니다.
하지만 그들은 시간을 가로지르고
공간을 가로질러 제게 다가와
말을 해주고
용기를 주고
영감을 주고
제가 아는 모든 것들을 가르쳐줬어요.

제 목숨을 구했습니다.

그리고 삶을 경이로움으로 채워줬어요.

그래서 그저 감사하다는 말을 전하고 싶습니다.

저는 강박 신경증이 있어서,
그랜드 마스터 네뷸러상을 받았을 당시 뭐가 필요한지 정확히 몰랐기 때문에,
영화 〈러브 액츄얼리(Love Actually)〉에서 오릴리아가 말했던 것처럼,
'혹시 몰라서' 연설문을 두 개 써갔습니다.

결국 연설은 한 번 하긴 했습니다만,
여러분의 기분전환을 위해 다른 연설문을 읽어드릴게요.

그랜드 마스터 예비 연설문

(미발표본)

GRAND MASTER
BACKUP SPEECH
(NEVER DELIVERED)

사람들이 내게 그랜드 마스터가 된 기분이 어떠냐고 계속 물어보는데,
그 질문에 대해서는 해줄 대답이 많습니다.

엄청나게 영광스러우며,
로버트 하인라인과
조 홀드먼(Joe Haldeman),
로버트 실버버그(Robert Siverberg),
그리고 내 소중한 친구 잭 윌리엄슨처럼
(그랜드 마스터상을 수상할 거라는 사실을 알게 되었을 때
　　가장 먼저 든 생각은 "잭이 나를 매우 자랑스러워 할 거야."였습니다.)

훌륭한 사람들 사이에 있게 되어
두렵고 겸손해집니다.
그 모든 것들이 다 느껴질 뿐 아니라,
제가 그랜드 마스터가 될 만큼 나이가 들었다는 사실을
알게 되어 유감입니다.
그리고 그랜드 마스터라는 호칭을 받아 기쁘고,
곧 깨어나 이게 모두 꿈이란 걸 깨닫게 될까 봐 걱정스럽습니다.

간단히 말해,
저는 《반지의 제왕》의 프로도와
《우주복 있음, 출장 가능》의 킵 러셀과
《이상한 나라의 앨리스》의 앨리스가 된 기분입니다.

하지만 대체로는
베아트릭스 포터(Beatrix Potter)가 된 기분이에요.

제2차 세계대전 중에
한 기자가 베아트릭스 포터를 인터뷰했습니다.
베아트릭스는 당시에 나이가 많은 노부인이었죠.
제 기억에는 여든네 살이었던 것 같아요.
베아트릭스는 영국 북서부 호수 지방의 농장에서 살며
군복 재료가 되는 양털을 만들기 위해 양을 길렀는데,

배급을 받았지만
음식도 부족하고,
연료도 부족했어요.

인터뷰를 하던 바로 그 당시
베아트릭스는 밭에 추락한
독일 비행기와 씨름하고 있었습니다.
그리고 여든넷 노년의 고통과 괴로움도 감당해야 했죠.

그리고 전쟁도.
히틀러는 이미 유럽을 정복했고,
호위함 수십 척을 침몰시켰으며,
영국 전역의 도시를 폭격하고,
금방이라도 쳐들어올 것 같았습니다.

만일 히틀러가 쳐들어온다면 어떤 일이 벌어질지 다들 잘 알았습니다.
　　정복과 처형, 강제 수용소.

그러나 기자가 베아트릭스 포터에게
가장 큰 소원이 무엇이냐고 물었을 때
베아트릭스는 이렇게 말했습니다.
"전쟁이 끝날 때까지 사는 거죠.
이 모든 게 어떻게 될지 알고 싶어서 참을 수가 없어요!"

제가 바로 그런 느낌이에요.

저도 항상 그런 기분이었어요.

처음에 그런 이유로 책을 읽기 시작했었죠.

신데렐라와 피터팬에게 무슨 일이 일어났는지,
열두 명의 춤추는 공주들이 잡혔는지,
피터 래빗이 맥그리거 씨의 화분 밑에서 빠져나왔는지,

그리고 왕자가 마법을 풀었는지 알고 싶어서요.

그리고 그건 제가 아직 책을 읽는 이유이기도 해요.
그리고 모든 사람들이 책을 읽는 이유라고 생각합니다.

숨은 의미와
상징적 표현과
고결한 실존적인 주제는 잊으세요.

우리가 알고 싶은 것은
엘리자베스 베넷과 피츠윌리엄 다아시에게,
프로도와 샘에게,
스카우트에게,
아기사슴 플래그에게 일어난 일이잖아요.

리어왕이 코델리아를 구하기 위해 제시간에 그곳에 도착할까?
일라이자 둘리틀이 헨리 히긴스에게 돌아갈까?
오르페우스는 에우리디케가 자신을 잘 따라오는지 확인하려 돌아보지 않고
　　지상까지 돌아갈 수 있을까?

우리는 알아야 했습니다.

제 친구가 이런 이야기를 해준 적이 있어요.
레오나르도 디카프리오와 클레어 데인스가 주연한
〈로미오와 줄리엣〉을 보러 갔을 때
어린 소녀 두 명이 극장에서 울면서 나오더니
그중 한 소녀가 "난 두 사람이 죽을지 몰랐어!"라며 훌쩍이더래요.

알아요.
저도 그 이야기를 듣고 빵 터졌어요.

하지만 여러분이 〈로미오와 줄리엣〉이 어떻게 끝났는지 모른다면 어떨까요?
만일 여러분이 그 연극을 처음 본다면 어떨까요?

여러분이 《반지의 제왕(Lord of the Rings)》이나
《차가운 방정식(The Cold Equations)》이나
《헝거 게임(The Hunger Games)》을 읽을 때
얼마나 빨리 책장을 넘겼었나요?

《레베카(Rebecca)》나
《레 미제라블(Les Miserables)》을 읽을 때는 어땠나요?

책을 끝까지 다 읽으려고 얼마나 늦게까지 깨어 있었나요?

찰스 디킨스의 《낡은 골동품 상점(The Old Curiosity Shop)》이 연재되던 당시,
미국 사람들이 부두에 몰려들어
영국에서 도착하는 배들을 향해 이렇게 소리쳤답니다.
"꼬마 넬이 죽었나요?"

저는 최근에 〈프라이미벌(Primeval)〉에 중독이 됐어요.
현대의 런던에서 공룡을 사냥하는 TV 드라마죠.
그래서 시즌 1을 단숨에 다 봤어요.
그러고는 새벽 5시에 딸에게 전화를 했죠.
그런데 딸은 캘리포니아에 살기 때문에, 거기서는 새벽 4시였어요.
하지만 딸은 졸리는 목소리나 당황한 상태로 전화를 받지 않았어요.
새벽 5시에 걸려오는 전화를 받는 유일한 이유는
뭔가 끔찍한 일이 발생했다는 뜻이기 때문이니까요.

딸이 침착하게 말하더군요.
"안녕, 엄마. 방금 6화를 마친 모양이네."

정말로 그랬습니다.

그리고 저는 일상생활을 모조리 방치한 채
시즌 2를 봤습니다.
그리고 시즌 3.

그 두 시즌 모두 DVD로 나왔거든요.
하지만 곧 시즌 4를 봐야 했어요.
각 에피소드가 일주일 간격으로 방영됐죠.
그리고 곧 시즌 5가 시작될 때까지 6개월을 기다렸어요.
거의 죽는 줄 알았습니다.

제 말을 믿으세요.
만약 제가 소리칠 상대 배가 있었으면 물어봤을 거예요.
"코너와 애비가 무사히 돌아왔나요?"
저는 순식간에 부두까지 달려 내려갔을 겁니다.
가장 가까운 해안에서 1천6백 킬로미터 떨어진 곳에 살고 있는데도 말이에요.

무슨 일이 일어났는지 알고 싶은 욕망은 왜 그렇게 강한 걸까요?
그리고 우리가 정말로 알고 싶은 게 뭘까요?
프로도와 샘에게 무슨 일이 일어날지 알고 싶은 걸까요?
아니면 우리에게 무슨 일이 일어날지 알고 싶은 걸까요?

이야기 속의 인물들은 성장합니다.
그리고 탐험을 떠나고,
사랑에 빠지고,
부모에 대한 끔찍한 사실을 알아내고,
자신에 대해 더 끔찍한 사실을 알아내고,
낯선 행성을 개척하고,
시간을 여행하고,
전투에서 지고,
전쟁에서 이기고,
절망에 빠지고,
수수께끼를 풀고,
중요한 문제를 알아내고,
사랑을 찾고,
왕국을 구하죠.

그리고 그런 과정에서 우리 자신에 대해 말해줍니다.

우리에게 무엇이 중요한지,
무엇이 중요하지 않은지 보여줍니다.
우리가 어떻게 인간이 될지 가르쳐주고,
우리 각자의 이야기가 어떻게 진행될지 이야기해줍니다.

그런데 베아트릭스 포터는 자신의 인생이 어떻게 될지 이미 알고 있었어요.
베아트릭스는 여러분이 다음에 무슨 일이 일어날지 절대 알 수 없다는 사실도
    이미 알고 있었죠.

베아트릭스는 조카딸을 위해 이야기를 써서
세계적으로 유명한 작가가 되었어요.
그리고 출판업자와 사랑에 빠져
부모님의 바람을 거스르고 비밀리에 약혼을 했는데, 약혼자가 사망해버렸습니다.

그러고는
모든 희망을 잃어버린 것 같을 때
다시 사랑에 빠졌습니다.
그리고 꿈꿔왔던 모든 것들을 찾았죠.

베아트릭스는 자신의 인생에서 무슨 일이 일어났는지 이미 알고 있었어요.
그렇다면 어떻게 될지 알고 싶다던 베아트릭스의 말은 무슨 뜻이었을까요?

전쟁에서 누가 이기는지 알고 싶은 걸까요?
아니면 더 큰 문제였을까요?

영국이 전쟁에서 이겼다는 뜻일까요? 아니면 다른 거?

《블랙아웃》과 《올클리어》에서
셰익스피어 전문 배우 고드프리 경은 시간 여행자 폴리에게 이렇게 묻습니다.
"우리가 전쟁에서 이겼나요?"

그리고 폴리가 그렇다고 대답하자,
그 순간 그들이 겪고 있는 전쟁보다 더 큰 의미를 담아 고드프리 경이 묻습니다.

"희극이었나요, 비극이었나요?"

제 생각에는 우리가 책을 읽을 때 정말로 궁금해하는 게 바로 그 부분인 것 같아요.

우리 자신의 이야기만이 아니라,
전체 사건, 세계를 말하는 거예요.
그리고 우리가 항상 겪고 있는 전쟁과
역사의 전체 과정, 과거와 현재 말이에요.

희극일까요?
비극일까요?
아니면, 끔찍한 생각이긴 하지만,
제대로 마무리를 짓기 전에 중간에 취소되어버린 TV 드라마일까요?

우리에게 말해줄 수 있는 유일한 것이 문학입니다.
어쩌면 역사도 우리에게 말해줄 수 있겠지만,
우리의 역사는 무엇을 말해야 할지 알 정도로 충분히 길지 않습니다.

영화 〈스트레인저 댄 픽션(Stranger Than Fiction)〉에서
윌 페럴(Will Ferrell)이 연기한 인물은
공책을 들고 다니며 실마리를 추적하고
자신이 어떤 이야기에 들어와 있는지 알아내려 했지만
효과가 없었어요.

그래서 문학만이 우리의 희망인 거죠.

그렇지만 어떤 책도
모든 해답을 알 수는 없습니다.

소설에 나오는 어떤 탐정도,
미스 마플이나 셜록 홈즈조차도,
이 수수께끼를 풀 수는 없습니다.

그러나 각각의 인물과
각각의 책,
그리고 그레이엄 그린(Graham Greene)으로부터
호머(Homer)
P. G. 워드하우스,
필립 K. 딕,
베아트릭스 포터까지
각 작가가
조금씩 실마리를 가지고 있습니다.

그리고 우리가 읽는 모든 책과
우리가 보는 모든 영화와 TV 드라마,
〈닥터 후(Dr. Who)〉와
《모비 딕(Moby Dick)》과
《낸시 드류(Nancy Drew)》와
〈지난 시절의 빛〉과
《롤리타》와
〈땅콩과 함께 보낸 평범한 하루〉와
《오이디푸스 왕(Oedipus Rex)》과
《브리짓 존스의 일기(Bridget Jones's Diary)》와
《미운 오리새끼》와
〈맨발 공원(Barefoot in the Park)〉과
《화려한 밤(Gaudy Night)》과
〈전설의 밤(Nightfall)〉과
《우리 읍내(Our Town)》와
〈대초원에 놀러오세요(The Veldt)〉와
《아서 왕의 죽음(Le Morte d'Arthur)》과
〈34번가의 기적(Miracle on 34th Street)〉과
심지어 〈환상특급(Twilight)〉에도
한 조각의 해답이 담겨 있습니다.

거대한 조각그림 맞추기 퍼즐 같은 거죠.

남편은 과학이 사물을 어떻게 파악하는지 가르칠 때
과학실험을 하는데,
그 실험에서는 추리소설을 자른 뒤 학생들에게 무작위로 각 페이지를 나눠줍니다.
그러면 학생들은 무엇이 어떻게 진행되었는지 알아내려 노력해서
수수께끼를 풀어요.

그게 바로 우리가 하는 일입니다.

우리는 퍼즐의 모든 조각을 가질 수 없습니다.
하지만 책과
영화,
그리고 심지어 공룡 사냥꾼들에 대한 TV 드라마에서도
해답의 조각을 얼핏 엿볼 수 있어요.

그게 제가 읽는 이유이고,
쓰는 이유입니다.
뒤엉킨 실마리에 제가 가진 파편을 한 조각 더하는 거죠.
그래서 저는 더 이상 아무것도 할 수 없을 때까지
읽기와 쓰기를 중단하지 않을 겁니다.
어떤 일이 일어나는지 알기 위해,
그리고 우리가 어떤 이야기 안에 들어 있는지 알기 위해서요.

고드프리 경이 폴리에게 "희극인가요, 비극인가요?"라고 물었을 때
폴리가 자신 있게 대답합니다. "희극이요."

제 생각에도 그런 것 같아요.

대체로는
《우주복 있음, 출장 가능》과
《보트 위의 세 남자》와
《폭풍우(The Tempest)》에서
제가 찾은 실마리들 때문이죠.

저는 킵과 피위에게 무슨 일이 일어날지 간절히 알고 싶었지만,
그들이 무사하길 바랐어요.
그리고 집에 안전하게 돌아갈 수 있기를 바랐어요.

우리가 스스로 행복한 결말을 맺기를 바랄 뿐만 아니라,
〈프라이미벌〉의 코너와 애비,
《이성과 감성(Sense and Sensibility)》의 엘리너 대시우드와 에드워드 페러스,
《말괄량이 길들이기(The Taming of the Shrew)》의 케이트와 페트루치오,
《맹독(Strong Poison)》의 피터 윔지 경과 해리엇 베인처럼
우리가 사랑하는 사람들이
실제와 소설 모두에서 잘 되기를 바라는 것은
좋은 징조라고 생각됩니다.

그리고 보트 위의 세 남자 J와 조지, 해리스가
(개는 말할 것도 없고)
템스강을 여행한 지 100년이 지난 후에도
우리가 그들을 보며 박장대소하는 것도
좋은 징조라고 생각합니다.

그러나 그중에서도 가장 좋은 실마리는
인류를 비현실적으로 묘사한다거나 '항상 인생의 밝은 면'만 바라본다는
비난을 전혀 받지 않을 셰익스피어가
행복한 결말의 열렬한 팬이라는 사실이에요.

셰익스피어는 모든 희극을 행복한 결말로 마무리했고,
심지어 비극도 일부는 그렇게 끝맺었습니다.

코델리아가 목이 졸리고, 리어왕도 죽지만
두 사람이 재회하고 서로의 죄를 용서하며
'새장 속의 새처럼' 함께 노래할 기회를 가진 이후에 일어난 일이었습니다.

그리고 더욱 중요한 사실은,
셰익스피어가 비극을 쓴 후

다시 희극으로 돌아갔다는 점이에요.

그 주제에 대한 셰익스피어의 마지막 말은
《맥베스(Macbeth)》가 아니라 《폭풍우》였습니다.

《폭풍우》는 애수를 띤 연설로 유명한 작품이죠.
"이제 우리의 여흥은 끝났어….
　　이 환상에 보인 가공의 현상처럼
　　구름에 덮인 탑도, 찬란한 궁전도
　　장엄한 사원도, 대지 그 자체도,
　　그래, 지상의 온갖 것은 모두 녹아서
　　이 허망한 연극이 사라지듯,
　　자국조차 남기지 않을 거야."

그러나 그 연극은 그렇게 끝나지 않습니다.
화해와
축복과
결혼식으로 끝납니다.
제 생각에 이 작품은 확실히 희극인 것 같아요.

물론 제가 완벽하게 확신할 수는 없어요.
하지만 제게는 희망이 있습니다.
그리고 베아트릭스 포터처럼
어떻게 될지 알고 싶어서 견딜 수가 없어요.

그랜드 마스터 수상 연설

2012년 5월 19일. 토요일. 워싱턴 D.C.

네뷸러상 축하연에서 코니 윌리스

GRAND MASTER
ACCEPTANCE
SPEECH

바브라 스트라이샌드가 오스카상을 수상했을 때처럼(트로피를 바라보며),
　"안녕, 멋쟁이!"

저를 잘 아는 분들은
제가 오스카상 시상식을 열심히 본다는 사실을 알 겁니다.

대체로는 옷을 보죠….
몇 년 전에 기네스 팰트로가 입었던 대단한 핑크색 옷이나,
올해 엠마 스톤이 입은 커다란 빨간 나비넥타이가 달린 드레스 같은 옷 말이에요.
하지만 수상 연설도 지켜봅니다.

잭 팰런스가 바닥을 짚고 팔굽혀펴기를 시작하는 모습 같은 거 말이죠.

아니면 샐리 필드가 오스카상을 꽉 붙잡고 이렇게 말하는 거 말이에요.
"여러분은 나를 좋아해요, 여러분은 정말로 날 좋아한다고요!"

아니요, 우리는 안 좋아해요.

혹은 제임스 카메론이 "내가 세계의 왕이다!"라고 소리치는 것,

그리고 리처드 애튼버러가 자신을 간디와 마틴 루터 킹 주니어에 비교하는 모습
　말이에요.

이런 연구가 지난 몇 주 동안 쓸모가 있었어요.

아니요, 나쁜 연설을 하는 방법이 아니라,
좋은 연설을 하는 방법을 보여줬다는 말입니다.

메릴 스트립이 해냈습니다.
메릴 스트립은 올해 〈철의 여인(Iron Lady)〉으로 여우주연상을 받을 때
훌륭한 연설을 했습니다.

엠마 톰슨이 해냈습니다.

존 웨인이 해냈습니다.
맙소사, '플라이트 오프 더 콩코즈(Flight of the Conchords)'라는 밴드도 해냈어요.
훌륭한 연설이 어려워 봤자 얼마나 어렵겠어요?

하지만 안 좋은 연설이 많은 것을 보면,
훌륭한 연설은 엄청나게 어려울 게 틀림없습니다.

제가 안 좋은 연설에 대해 말할 때는
사람들이 횡설수설하고 일관성이 없다는 뜻이 아닙니다.
그건 당연한 거예요.

그 사람들은 흥분한 상태잖아요.
그리고 저는 그들이 목이 메어도 상관없어요.
우는 것도 괜찮아요.

그리고 돋보기를 쓰고 목록을 꺼내서
학교에서 만든 신데렐라 연극에 호박으로 출연시켜줬던
초등학교 3학년 당시 선생님을 포함해서
알고 있는 모든 사람에게 감사인사를 하는 것도 괜찮아요.

그건 완전히 이해가 돼요.
특히 3학년 선생님 부분에 대해서는 말이에요.
저 같은 경우에는 6학년 선생님이었어요.
그분이 《작은 아씨들》을 제게 소개해주셨거든요.
그리고 중학교 2학년 선생님이 제게 '런던대공습'을 가르쳐주셨고,
고등학교 영어 선생님 덕분에 레노라 매팅리 위버를 알게 됐죠.

그분들이 아니었으면 저는 여기에 있지 못했을 겁니다.

그리고 제 최고의 친구들이 없었다면 여기에 있지 못했을 겁니다.
　　짐 켈리(Jim Kelly)와
　　셰일라 윌리엄스(Sheila Williams)와
　　신시아 펠리스(Cynthia Felice)와

멀린다 M. 스노드그래스(Melinda M. Snodgrass)와
존 케셜(John Kessel)과
낸시 크레스(Nancy Kress).

그리고 내 최고의 남편 코트니가 없었다면,
그리고 내 최고의 딸 코델리아가 없었다면.

작가 워크숍 전우들이 없었다면,
  에드 브라이언트(Ed Bryant)와
  존 스티스(John Stith)와
  마이크 토맨(Mike Toman)과
  월터 존 윌리엄스(Walter Jon Williams).

그리고 참을성 있는 편집자들이 없었다면,
  앤 그로엘(Anne Groell)과
  가드너 도즈와(Gardner Dozois)와
  엘렌 대틀로(Ellen Datlow)와
  리자 트롬비(Liza Trombi)와
  쇼나 매카시(Shawna McCarthy).

그리고 그랜드 마스터인 친구들(멋지지 않아요?)
  로버트 실버버그(Robert Silverberg)와
  조 홀드먼(Joe Haldeman)과
  프레데릭 폴(Frederik Pohl).

그리고 오랜 기간 제게 친절히 대해준 멋진 사람들,
크리스 로츠(Chris Lotts)부터
닐 게이먼 박사까지(Dr. Neil Gaiman),
그리고 로즈 비텀(Rose Beetum)과
리 화이트사이드(Lee Whiteside)와
크레이그 그리싱어(Craig Chrissinger)와
파트리스 콜드웰(Patrice Caldwell)과
베티 윌리엄스(Betty Williamson).

그리고 미국SF판타지작가협회(SFWA).

그리고 제가 아는 위대한 SF계 사람들,
그들 중 일부는 여기에 있습니다.
그리고 그중
    찰리 브라운(Charlie Brown)과
    랄프 비시난자(Ralph Vicinanza)와
    아이작 아시모프(Isaac Asimov)와
    잭 윌리엄슨(Jack Williamson)은
이 자리에 계시지 못합니다.

메릴 스트립이 수상 연설에서 말했듯이,
"가장 중요한 것은 우리가 나눈 우정과 사랑입니다.
    이곳을 바라보니 눈앞에 제 삶이 펼쳐지네요."

그래서 저도 했습니다.
    ─ 시카고 월드콘에 가려고 씨이(Cee)와 함께 밤새 차를 몰고 갔던 일.
    ─ 조지 R.R. 마틴(George R.R. Martin)과 초콜릿 도넛을 먹었던 일.
    ─ 터퍼웨어 박물관에서 셰일라 윌리엄스와 짐 켈리와 함께 쫓겨난 일.
    ─ 찰리 브라운을 포테일즈에 있는 잭 윌리엄슨의 집까지 태워줬던 일.
    ─ '그랜드 오우 아프리(Grand Ole Opry)'에서 셰일라 윌리엄스와 짐 켈리와
    함께 쫓겨난 일.
    ─ 마이크 레스닉(Mike Resnick), 로버트 실버버그와 함께 무대 안팎에서
    논쟁을 했던 일.
    ─ 에일린 건(Eileen Gunn)과 가드너 도즈와 함께 저녁 식사를 하다가
    너무 웃어서 상추를 코로 들이마셨던 일.
    ─ 짐 켈리와 존 케셀(John Kessel)과 함께 빨간 피스타치오를 먹으며 밤새
    이야기를 나누던 일.
    ─ 그리고 〈스타워즈〉와
    셰익스피어와
    샹그릴라와
    《알곤킨의 원탁(Algonquin Round Table)》과
    〈프라이미벌〉과

마르크스 형제(The Marx Brothers)와
전자책이 우리를 어떻게 죽일지,
그리고 우리가 죽은 뒤 무슨 일이 일어날지에 대해 멋진 이야기를 나눴던 일.

그리고, 아, 너무도 많은 사람들과 만나고,
아, 너무도 많은 친구를 만들었어요.

이제 여기가 음악이 나오기 시작할 부분입니다.
그리고 수상자는 그들이 무대에서 끌려 내려가기 전에
최대한 많이 말하려고 말이 점점 빨라지기 시작하죠.
저도 그럴 겁니다.
제가 가장 많이 빚진 사람들에게 감사인사를 해야 하거든요.

— 로버트 A. 하인라인(Robert A. Heinlein)
저에게 킵과 피위,
그리고 《보트 위의 세 남자》,
그리고 SF의 멋진 세계를 소개해주었습니다.

— 그리고 킷 리드와 찰스 윌리엄스와 워드 무어(Ward Moore)는
저에게 놀라운 가능성을 보여줬습니다.

— 필립 K. 딕과 셜리 잭슨과 하워드 왈드롭과 윌리엄 텐은
저에게 SF를 어떻게 써야 하는지 가르쳐줬습니다.

— 밥 쇼와 대니엘 키스(Daniel Keyes)와 시어도어 스터전(Theodore Sturgeon)과
그들의 이야기
〈지난 시절의 빛〉과
《앨저넌에게 꽃을》과
《바다를 잃어버린 사나이(The Man Who Lost the Sea)》는
제게 SF를 사랑하도록 가르쳐줬습니다.

그들이 없었다면,
그리고 여러분이 없었다면 저는 여기에 있지 못했을 것입니다.

메릴 스트립이 말했듯이,
"이 헤아릴 수 없을 정도로 훌륭한 직업을 갖게 해주어서
   친구들, 여러분 모두에게 감사합니다."

아니면 샐리 필드가 이렇게 말했어야 했겠죠.
"여러분을 사랑합니다.
   정말로, 정말로 사랑합니다."

이 헤아릴 수 없을 정도로 훌륭한 상을 주셔서 감사합니다.

작품 연보

중단편 소설 (한국어 제목, 수록 도서)

1970	**Santa Titicaca**
1978	**Capra Corn**
	Samaritan
1979	**Homing Pigeon**
	And Come from Miles Around
	Daisy, in the Sun
1981	**The Child Who Cries for the Moon**
	Distress Call
1982	**Lost and Found**
	Fire Watch (화재 감시원, 《화재 감시원》)
	And Also Much Cattle
	The Father of the Bride
	A Letter from the Clearys (클리어리 가족이 보낸 편지, 《화재 감시원》)
	Mail Order Clone
	Service for the Burial of the Dead
1983	**A Little Moonshine**
	The Sidon in the Mirror
1984	**Cash Crop**
	Blued Moon

1985	And Who Would Pity a Swan?
	All My Darling Daughters (사랑하는 내 딸들이여, 《마니아를 위한 세계 SF 걸작선》)
	Substitution Trick
	With Friends Like These
	The Curse of Kings
	The Pony
1986	Chance
	Spice Pogrom
	Presents of Mind
1987	Circus Story
	Lord of Hosts
	Schwarzschild Radius
	Winter's Tale
1988	Ado
	The Last of the Winnebagos (마지막 위네바고, 《여왕마저도》)
1989	Time Out
	Dilemma
	At the Rialto (리알토에서, 《화재 감시원》)
1990	Cibola
1991	Jack
	Miracle (기적, 《빨간 구두 꺼져! 나는 로켓 무용단이 되고 싶었다고!》)
	In the Late Cretaceous
1992	Even the Queen (여왕마저도, 《여왕마저도》)
1993	Death on the Nile (나일강의 죽음, 《화재 감시원》)
	Close Encounter
	A New Theory Explaining the Unpredictability of Forecasting the Weather
	Inn (우리 여관에는 방이 없어요, 《빨간 구두 꺼져! 나는 로켓 무용단이 되고 싶었다고!》)

장편 소설 (한국어판, 출간연도)

1987	**Lincoln's Dreams**
1992	**Doomsday Book** (《둠즈데이북》, 2018)
1994	**Uncharted Territory**
	Remake
1996	**Bellwether** (《양 목에 방울 달기》, 2016)
1998	**To Say Nothing of the Dog** (《개는 말할 것도 없고》, 2018)
2001	**Passage**
2010	**Blackout** (《개는 말할 것도 없고》, 2018)
	All Clear (《올클리어》, 2019)
2016	**Crosstalk** (《크로스토크》, 2016)
2023	**The Road to Roswell** (《로스웰 가는 길》, 출간 예정)

옮긴이 소개

최세진

대표역자
부록, 서문, 〈여왕마저도〉, 〈클리어리 가족이 보낸 편지〉, 〈화재 감시원〉

SF 전문번역가. 옮긴 책으로 《리틀 브라더》, 《별의 계승자 2: 가니메데의 친절한 거인》, 《별의 계승자 3: 거인의 별》, 《별의 계승자 4: 내부우주》, 《별의 계승자 5: 미네르바의 임무》, 《홈랜드》, 《크로스토크》, 《우주복 있음, 출장 가능》, 《온도의 임무》, 《별을 위한 시간》, 《계단의 집》, 《마일즈 보르코시건: 바라야 내전》, 《마일즈 보르코시건: 남자의 나라 아토스》, 《SF 명예의 전당 2: 화성의 오디세이》(공역), 《SF 명예의 전당 3: 유니버스》(공역), 《제대로된 시체답게 행동해!》(공역) 등이 있다.

김세경

〈나일강의 죽음〉, 〈리알토에서〉, 〈모두가 땅에 앉아 있었는데〉,
〈영혼은 자신의 사회를 선택한다〉

미국 캘리포니아 주립대학교에서 언어학으로 석사 학위를 받았고, 럿거스 대학교에서 언어학 박사 과정을 마쳤다. 캘리포니아 주립대학 법언어학 연구소에서 연구원을 지냈다. 옮긴 책으로 《정신병원을 탈출한 여신 프레야》, 《자신을 행성이라 생각한 여자》 등이 있다.

정준호

〈내부 소행〉, 〈마블 아치에 부는 바람〉, 〈마지막 위네바고〉

런던 위생열대의학대학원에서 기생충학을, 서울대학교에서 인문의학을 전공했다. 굿네이버스 탄자니아 소외열대질환 관리사업 사무장을 지냈다. 지은 책으로 《기생충, 우리들의 오래된 동반자》, 《기생: 생명진화의 숨은 고리》, 《독한 것들》과 옮긴 책으로 《말라리아의 씨앗》, 《바이러스 사냥꾼》, 《어쩌다 우리는 환자가 되었나》 등이 있다.

THE BEST OF
CONNIE WILLIS
베스트 오브 코니 윌리스

초판 1쇄 발행   2023년 3월 1일

지은이	코니 윌리스
옮긴이	최세진, 김세경, 정준호
펴낸이	박은주
디자인	김선예
마케팅	박동준

발행처	(주)아작
등록	2015년 9월 9일(제2021-000132호)
주소	04050 서울특별시 마포구 양화로 156
	LG팰리스빌딩 1428호
전화	02.324.3945-6 **팩스** 02.324.3947
이메일	arzaklivres@gmail.com
홈페이지	www.arzak.co.kr

ISBN	979-11-6668-715-0 03840

책 값은 표지 뒤쪽에 있습니다.
잘못 만들어진 책은 구입하신 서점에서 교환해 드립니다.